KB192880

눈의 문학

보이는 것과 보이지 않는 것에 관한 문학적 성찰

석영중 지음

일러두기

- 성서 인용은 한국 천주교 주교회의에서 펴낸 『성경』(『새 번역 성경』)을 기준으로 했다.
- 번역본 인용 시 가독성 제고를 위해 필자가 부분적으로 수정했다.
- 전집류에 대한 약어는 다음과 같다.

DKPSS: Dostoevskii, F., *Polnoe sobranie sochinenii v 30 tomakh* (Leningrad: Nauka, 1972~1990)
GGSS: Gogol', N. V., *Sobranie sochinenii v 7 tomakh* (Moskva: Khudlit, 1967)
MPSS: Maiakovskii, V., *Polnoe sobranie sochinenie v 13 tomakh* (Moskva: GIKhL, 1955~1961)
MSS: Mandel'shtam, O., *Sobranie sochinenii v 4 tormkh* (Moskva: Terra, 1991)
TGPSS: Turgenev, I., *Polnoe sobranie sochinenii v 30 tomakh* (Moskva: Nauka, 1978)
VMSS: Maiakovskii, V., *Sobranie sochinenii v 12 tormkh* (Moskva: Izdatel'stvo "Pravda," 1978)

이 책은 실로 꿰매어 제본하는 정통적인 사철 방식으로 만들어졌습니다.
사철 방식으로 제본된 책은 오랫동안 보관해도 손상되지 않습니다.

나는 그 깊숙한 곳에서 보았다
사방으로 흩어진 우주의 조각들이
한 권의 책 속에서 사랑으로 묶인 것을.
— 단테, 「천국」

머리말

만사는 시원에서 비롯되고 만물에는 근원이 있다. 시원도 근원도 견고하면서 부정확하고 실체적이면서도 관념적이다. 근원에 대한 탐구는 낭만주의자들이 희구했던 〈어슴푸레한 저 어딘가〉를 향해 사실주의적인 여행을 지속해야 하는 극도로 모순적인 행위이다. 그리고 모든 모순적인 행위들이 그러하듯 그것은 믿을 수 없이 많은 에너지를 요구한다.

나는 즐겁고 평화롭게 러시아 문학을 연구하며 살고 있었다. 그런데 약 15년 전, 당시 내가 심하게 앓고 있던 안구 건조증과 비문증(飛蚊症)이 〈본다는 것은 무엇인가〉라는 근원적인 질문을 촉발했다. 그 질문에 답하려면 눈의 기원부터 탐구해야 했다. 그리하여 나는 핏발이 선 뻑뻑한 눈을 껌벅이며 태초의 눈을 다룬 지각 생물학 저서에서 시작하여 최근의 인지 심리학 문헌으로까지 독서의 범위를 차츰 늘려 나갔다. 그러다가 〈인간은 눈이 아닌 뇌로 본다〉라는 신경 과학계의 정설과 딱 마주쳤다. 그리고 위스콘신 대학의 신경학자 폴 바크이리타P. Bach-y-

Rita 교수가 〈눈은 뇌에 정보를 보내는 기관에 지나지 않으며 눈이 없어도 뇌만 있다면 대상을 볼 수 있다〉라는 가설을 입증하기 위해 감각 피드백 장치를 사용해 혀로 보는 실험을 했고 실제로 성공을 거뒀다는 대목을 읽었다. 머릿속에 놀라운 신세계의 문이 활짝 열리는 순간이었다.

눈과 뇌가 직결된다는 신경 과학적 사실은 몇 권의 대중적인 과학 서적을 통해 나의 이마엽 속으로 들어왔다. 아는 사람은 알겠지만, 이런 식의 앎은 사실상 위험하다. 깊은 지식을 단박에 이해한(혹은 이해했다고 생각하는) 사람이 가장 용감하고 그래서 가장 무섭다. 나는 내가 무서웠다. 그래도 꾹 참고 여러 자료들을 읽으며 눈과 뇌를 탐구했다. 나의 눈 연구는 전공에서 한참 벗어난 듯 보였지만 실제로는 본연의 문학 연구와 수시로 만났다. 내가 가장 좋아하는 도스토옙스키 연구도 시각성 탐구 쪽으로 흘러갔다. 그러는 사이에 읽는 속도를 훨씬 앞지르는 검색 속도 덕분에 끝없이 늘어나는 복사물과 수천 장의 메모와 시시각각 반납 일자가 다가오는 도서관 직인 찍힌 책 들이 여기저기 산처럼 쌓여 갔다. 온라인 서점과 고려대학교 도서관 홈페이지의 〈내 서재〉에 무서운 속도로 축적되어 가는 도서 목록과 PC가 터질 정도로 다운로드된 논문 파일은 어둠 속에서 은밀하게 무한 증식을 거듭하는 무슨 외계 생명체처럼 나를 두려움에 떨게 했다. 더 이상은 카오스의 확장을 묵과할 수 없었다. 장구한 세월에 걸쳐 대단한 저술을 집필하고야 말겠다는 야심만만한 계획은 현실적인 이유에서 몇 차례 무산되었다. 그렇다고 그 모든 연구 흔적을 폐기 처분 하는 것은 나 자신에 대한 의무를 소홀히 하는 일이라는 생각이 들었다. 심지어 〈연구자의 직업 윤리〉(!) 같은, 태어나서 한 번도 입에 올려 본 적이 없는 괴상한 구절까지 갑자기 머릿속에 떠오르며 나를 압박했다. 그래서 욕심과 야심은 다 버리고 메모와 자료의 일부를 힘닿는 데까지 정리해 단숨에 이 책을 썼다.

인간은 〈뇌로 본다〉는 사실이 이 책의 출발점이다. 그러나 이 책의 종착점은 인간은 〈뇌를 넘어서 본다〉이다. 시각은 일차적으로 지각이지만 그것은 동시에 인지이기도 하다. 생물의 눈에서 시작되는 인간의 눈은 단순한 지각 기관을 넘어 인지의 기관이 되고 상상력의 기관이 되고 어느 순간 윤리적인 행위의 기관으로 상승한다. 감각이자 인지인 시각은 철학과 신학을 거쳐 문학 속으로 들어와 수많은 천재들의 상상력을 통해 변형되고 찬양되고 재현된다. 나는 이토록 다양하고 복잡하고 흥미진진한 시각의 여러 면들을 돋보기 삼아 내가 좋아하는 문학 작품을 하나둘 천착해 나갔다. 동시에 문학 작품에 새겨진 지혜를 등불 삼아 시각과 관련한 이론서들을 조금씩 이해해 나갔다. 때로 눈과 뇌와 문학이 자연스럽게 합쳐지는 순간이 닥치면 기뻐서 어쩔 줄 몰라 하며 너무 빨리 지나가는 시간을 아쉬워했다. 오래전에 읽었던 소설의 한 대목이, 혹은 시의 한 행이, 혹은 이론의 편린이 불현듯 기억의 저편에서 건너와 현재의 글쓰기에 빛을 던져 줄 때면 감격에 겨워 눈물까지 흘렸다.

눈과 뇌와 문학을 연결 지어 책 한 권을 쓴다는 게 얼마나 어처구니없는 일인지는 나도 잘 안다. 눈도, 뇌도, 문학도 웬만한 책은커녕 〈벽돌 책〉 여러 권으로도 담아낼 수 없는 주제이다. 눈 하나만 연구하려 해도 생물학에서 생리학, 물리학, 광학, 유전 공학, 지각 심리학에 이르는 다양한 학문 영역을 넘나들어야 한다. 게다가 그 학문 영역들은 내 전공과는 우주만 한 거리를 사이에 두고 장엄하게 포진해 있다. 이 책에서 내가 언급하는 생물학, 광학, 신경 과학 등의 지식은 엄밀히 말해 내가 실험하고 연구하고 발견한 결과물이 아닌, 다른 과학자들이 실험하고 연구하고 발견한 결과물을 읽고 인문학자의 지성으로 아는 만큼 정리한 것, 즉 불완전한 2차, 3차 자료이다. 그러므로 이 책은 초학제 연구 혹은 융합 연구라고 하기 어렵다. 어쩌면 2차 초학제 연구라고 부르는 편이 더 나을지도 모르겠다. 아니, 초학제니 융합이니 하는 수식어는 아예 붙이지 않는 게 더 낫겠다. 이 책의 의의는 사실상 깊은 과학적 지식과 깊은 인문학적 지식의 동등한 융합이나 병렬에 있는 것이 아니다. 그런 연구 업적을 창출하려면 한 연구자가 두 개 이상의 학위를 반드시 가져야 한다. 가끔 〈업계〉에서 그런 연구자와 마주치기도 하지만 현실적으로는 상당히 어려운 일이다. 이 책의 의의는 문학 연구자가 문학을 통해, 문학 안에서, 그리고 문학과 함께 추적한 시각의 의미에 있다고 말할 수 있을 것이다. 역으로 문학 연구자가 시각성의 코드로 문학의 저 깊은 심연을 들여다본 결과물이 이 책이라 할 수도 있다. 나는 공시적으로는 인접 학문의 결과물을 내 지성의 한도 안에서 참조하고 반영하고 대화하고 논쟁하면서, 또 통시적으로는 역시 내 지성의 한도 안에서 고대 그리스 철학에서 현대 현상학에 이르기까지 인류 지성사를 환기하면서 문학과 시각을 살펴보았다. 오래전부터 이미 많은 예술가와 자연 과학자와 예술사학자와 인문학자 들이 본다는 것의 의미에 관해 끝없이 높은 탑을 쌓아 왔다. 눈과 뇌와 문학을 결합해 살펴보는 이 책이 그 거대한 연구의 탑에 새로운 형태의 벽돌 하나를 더할 수 있다면 더 바랄 게 없다.

이 책의 출판을 선뜻 맡아 주신 열린책들의 홍지웅 사장님께 감사드린다. 오랜 세월 변함없이 내 연구와 번역을 응원하고 지원해 주심에 이 자리를 빌려 깊은 감사의 마음을 전한다. 서두르느라 채 정리하지 못한 원고를 덥석 받아 주신 권은경 편집장님의 너그러운 마음에 감사드린다. 김이재 선생님의 놀라운 편집력은 말로 표현하기가 어렵다. 전문성이라는 단어로는 다 담아낼 수 없는 치밀함과 박학함과 헌신에 경의를 표한다. 고려대학교 도서관이 아니었더라면 이 책은 아예 시작조차 할 수 없었을 것이다. 대학 도서관의 본질과 의미와 가치를 철통같이 지켜 오신 정은주 전 부관장님, 이상오 부관장님, 홍선표 부장님, 주태훈 팀장님의 열정과 헌신에 각별한 감사의 마음을 전한다. 지난 1년간 눈과 뇌와 문학의 세계를 정신없이 헤매고 다니던 내게 굳건한 지상의 울타리가 되어 준 남편과 아들에게 사랑을 전한다.

2024년 10월

석영중

차례

프롤로그

그녀는 나무에서 내려와 무섭게 소용돌이치는 급류에 휘말려 사라져 가는 대초원을 바라보았다. 검푸른 풀과 나무가 뒤엉킨 채 비바람에 미친 듯이 흔들리는 광경을 그녀는 이해할 수도 표현할 수도 없었다. 어두운 하늘을 완전히 장악한 먹구름을 뚫고 번개가 지나갈 때마다 천지는 화염에 휩싸였다. 그녀는 곧 지상의 다른 생명체들과 함께 천지개벽의 대혼돈 속으로 잠겨 들었다. 그러나 다른 생명체와 달리 그녀는 자신의 망막에 영겁의 시간을 새겨 두었다. 320만 년 후, 에티오피아의 뜨겁고 끈끈한 진흙탕에서 그녀의 작고 단단한 유골이 발견되었다. 상상력 풍부한 고고학자들은 그녀에게 아르디라는 음악적인 이름을 붙여 주었다. 그녀는 자신의 유골에 뻥 뚫린 두 개의 검은 구멍이 먼 훗날 인간이라 불리게 될 종에게 상상력의 기원이 되리라고는 단 한 순간도 예상하지 못했다.

I
인간의 위대한 눈

눈이 있습니까, 당신은?

— 윌리엄 셰익스피어, 『햄릿』

특정 신체 기관에 〈위대한〉이라는 수식어를 붙이려면 확실한 근거가 있어야 한다. 그러나 눈은 그냥 신체 기관 중의 하나가 아니다. 눈이 상대적으로 중요하다는 이야기를 하려는 것은 아니다. 내가 공적인 자리에서 시각이 얼마나 중요한가를 역설하면 반드시 누군가는 청각도 그 못지않게 중요하다며 즉각 반론을 제기한다. 맞기도 하고 틀리기도 하다. 인간의 감각은 독자적이고 독립적으로 작동하는 것이 아니다. 굳이 몸의 현상학을 언급하지 않더라도 대부분의 인간은 직관적으로 모든 감각이 서로 연관되어 있다는 데 동의할 것이다. 누군가가 레몬을 먹는 것을 볼 때, 혹은 레몬을 먹는 것을 상상할 때 우리 입안에 침이 고이는 상황을 생각해 보면 쉽게 이해될 것이다. 시각, 청각, 후각, 체감각 및 운동 감각self-motion과 같은 시공간적으로 다른 속성을 지닌 감각들은 신경계를 통해 통합되기 때문에 인간은 하나의 응집된 지각적 경험coherent perception을 하게 된다.(한경훈, 김현택 2011: 290) 사실 신체 기관 중 중요하지 않은 것은 없다.

눈도, 코도, 입도 다 중요하다. 아니, 그렇게 따지면 사람의 몸에서 중요하지 않은 부분은 하나도 없다. 엄지손가락도 중요하고 언제나 뭉쳐 있어 통증을 유발하는 승모근도 중요하고 무릎 관절도 중요하다. 그러나 그 모든 부위가 눈**처럼** 그렇게 중요한 것은 아니다.

단언컨대 눈**처럼** 중요한 신체 기관은 없다. 눈은 전적으로 생물학적인 차원에서 사물을 지각한다. 지금은 지구상에서 사라지고 없는 삼엽충에서부터 오징어, 코끼리에 이르기까지 생명체는 모두 눈으로 사물을 감지한다. 그러나 동시에 눈은 생물학과는 다른 차원에서 인간의 시적 본성을 자극하는 대표적인 기관이다. 아주 비근한 예로, 눈을 가리켜 〈마음의 창〉이라 부르는 사람은 얼마든지 있지만 입이나 코나 귀를 〈마음의 창〉이라 부르는 사람을 나는 이제까지 한 번도 본 적이 없다. 러시아 로망스 「검은 눈동자Ochi chernye」는 〈검은 눈동자, 열정의 눈동자, 타는 듯이 아름다운 눈동자, 나 얼마나 그대를 사랑하는가〉라고 노래한다. 오래전에 밥 웰치가 부른 팝송 「흑단 같은 눈동자Ebony Eyes」는 〈당신의 눈동자는 나를 꿈꾸게 해요〉라고 노래한다. 만약 이 노래들이 눈동자 대신 귓바퀴를 노래했다면 얼마나 초현실적으로 들렸겠는가. 불후의 명화 「카사블랑카」에서 험프리 보가트는 잉그리드 버그먼의 눈을 지긋이 바라보며 술잔을 들고, 히가시노 게이고는 영화에서 영감을 받았던지 아예 〈그대 눈동자에 건배〉라는 제목의 단편소설을 썼다. 청각도 미각도 후각도 촉각도 모두 시각만큼 중요할지는 몰라도 귀나 입이나 코가 눈**처럼** 중요한 것은 아니다.

학문적 관점에서 보더라도 시각은 다른 감각에 비해 압도적이다. 〈시각은 그 자체로서 눈에 비친 감각 경험을 말로 표현하고 설명할 수 있다는 점에서 독보적이다. 우리가 다른 감각 기관의 경험을 언어로 표현할 수 있는 것도 시각 덕분이다. 그런데 시각 경험을 다른 감각 경험으로 설명하기는 어렵다. 즉 우리가 눈으로 본 코나 귀의 형태나 구조는 말로 표현할 수 있지만 후각이나 청각 경험을 바탕으로 눈에 대해서 설명하기는 쉽지 않다.〉(최현석 2010: 128) 이와 유사한 지적은 오래전에 쓰인 성 아우구스티누스Augustinus Hipponesis의 신학 저술에서도 발견된다. 〈신체의 감관을 갖춘 외적 인간은 그 감관으로 물체들을 지각하게 마련이고, 저 감관이 다섯으로 나뉜다는 것은 쉽사리 파악할 수 있으니, 곧 보고 듣고 냄새 맡고 맛보고 만지고 하면서 지각한다. 다만 우리가 궁구하는 문제를 두고서 이 다섯 감관을 일일이 조사한다는 것은 지나칠뿐더러 필요치도 않다. 또 그중 하나가 우리에게 밝혀 주는 내용이라도 다른 것들 전부에 해당한다. 그러니 그중에서도 시각이 입증해 주는 바를 이용키로 하자. 이것은 신체의 감관으로서도 탁월할뿐더러, 비록 종류가 다르기는 하지만, 지성의 시선에 제일 근사하기 때문이다.〉(아우구스티누스 2015: 839)

이렇게 현대의 의학자와 4세기 중엽에 북아프리카의 타가스테에서 태어난 그리스도교 성인은 그 모든 차이와 시공간적 거리에도 시각이 얼마나 독보적이고 탁월한가에 관해 의견의 일치를 보인다. 그래도 고개를 갸우뚱하는 독자가 있을지 몰라 몇 가지만 더 언급하겠다. 뇌와 눈의 연관성은 인류가 고래로부터 전수해 온 지혜 속에 고스란히 담겨 있다. 온갖 격언이나 속담에 등장하는 견물생심, 백문이 불여일견, 보는 것이 믿는 것이다, 나무는 보고 숲은 보지 못한다, 눈뜬장님, 장님 코끼리 만지는 격이다 등은 보는 것과 인지 행위의 관련성을 그야말로 〈일목요연하게〉 말해 준다. 게다가 비유적인 표현 중에 〈보다〉만큼 다양한 의미를 창출하는 지각 행위는 찾아보기 어렵다. 한눈에 보다, 다시 보다, 눈을 부라리다, 눈독을 들이다, 훔쳐보다, 엿보다, 넘보다, 우러러보다, 깔보다, 둘러보다, 앞만 보다, 넓게 보다 등등. 어디 그뿐인가. 눈속임이라는 표현은 있어도 귀속임, 입속임, 코속임이라는 말은 없다. 그렇다, 시각은 그냥 여러 감각 중 하나가 아니다. 〈시각의 존재론ontology of vision〉을 말하는 한 연구자는 〈시각은 단순히 감각의 한 가지 통로인 것이 아니다〉라고 일갈한다. 시각은 전체가 하나의 완전한 감각 시스템을 형성하며 지구와 우주에서의 인간의 상호 작용과 조밀하게 엮인다는 것이다.(Fiorio 2016: 1)

과학자들은 수와 양으로 눈의 위대함에 오라를 더해 준다. 무엇보다도 뇌로 들어오는 감각 정보의 70~80퍼센트가 시각 정보라는 것, 그리고 대뇌 겉질의 절반 이상이 세상을 보는 데 할당된다는 것, 각 눈에는 1억 2천만 개의 막대세포와 8백만 개의 원뿔 세포가 있으니 모두 다 해 대략 1억 3천만 개의 광수용기 세포가 있다는 것, 우리가 하나의 장면을 보는 데도 30여 개의 시각 영역이 동원된다는 것 등을 지적할 수 있다.(스노든 외 2013: 61, 82, 103; 고재현 2020: 46) 모든 것을 다 접어 두고 그냥 시각 정보 처리에 할당된 겉질의 면적만 가지고서도 어느 신경 과학자

는 〈인간은 시각적인 동물이다〉라고 단언한다.(Pearson 2019: 624)

물론 이 정도로 위대한 눈 어쩌고 하려는 것은 아니다. 눈의 위대함을 제대로 논하려면 훨씬 입체적인 사고의 영역으로 진입해야 한다. 뒤에서 자세하게 살펴보겠지만, 인간은 보이는 것을 볼 뿐만 아니라 보이지 않는 것을 보고 심지어 존재하지 않는 것도 본다. 또한 보이지 않는 것을 더 많이, 더 잘 보려고 집요하게 노력한다. 바로 이 점에서 인간의 눈은 진정 위대하다. 이 책에서 탐구할 내용 역시 핵심은 보이는 것과 보이지 않는 것의 관계에, 존재하는 것과 존재하지 않는 것의 관계에 있다. 보이지 않는 것을 본다는 것이 과연 무엇인지, 어떻게 해야 보이지 않는 것을 보는지, 그리고 왜 그렇게 해야 하는지, 혹은 왜 그렇게 해서는 안 되는지 같은 문제는 시각 생리학의 영역을 훌쩍 뛰어넘는다. 그리고 이때부터 시각이라는 것은 인간의 실존과 관련된 거의 모든 연구 영역을 활성화하는 무섭도록 복잡한 초학제 연구 주제로 도약한다.

〈초학제〉 이야기가 나온 김에 몇 마디만 덧붙이자. 학자마다 내용이 조금씩 다르지만 시각과 관련한 연구 영역은 거의 『일리아스*Ilias*』의 〈선박 목록〉에 버금가는 지루함을 선사하며 끝없이 이어진다. 신경 과학자의 목록을 예로 들자면, 〈지각은 마음이 작동하는 방식의 측면이기 때문에 이 주제에 관한 대학 과정은 대개 심리학과에서 강의한다. 그러나 지각에 대한 완전한 이해와 관련된 분야는 감지될 수 있는 것들(빛, 소리, 화학 물질)의 연구를 포함하는 물리학과 화학, 인지 신경 과학, 뇌 인지 및 행동 연구, 신경 심리학과 신경학, 뇌 손상이 지각에 미치는 영향, 유기체가 세상을 인식하고 반응하는 방식을 모델링할 수 있는 전산 장치를 만드는 것에 관심이 있는 컴퓨터 과학과 인공 지능, 생물 의공학과 방사선학, 뇌 영상 및 감각 보철 구축과 관련된 분야, 주관적 인식과 의식 및 지식들의 주제를 고려하는 철학도 포함한다〉.(앤티스 외 2018: 2~3) 또 다른 연구자들은 이 목록에 〈해부학, 안과학, 생물학, 심리학, 생리학, 물리학, 신경 과학, 신경 심리학, 컴퓨터 과학, 철학〉을 포함한다.(스노든 외 2013: 29) 여기에 무언가를 보탤 여지는 아직도 많다. 나라면 무엇보다도 신학과 미학, 그리고 문학 연구를 목록 앞쪽에 넣을 것이다. 그 이유는 이 책이 끝나 갈 무렵 저절로 밝혀질 것이다. 이렇게 보니 사실상 시각과 눈에 관한 연구는 〈초학제〉라는 언급이 무색할 정도로 광범위하게 느껴진다. 이 세상에 존재하는 모든 학문은 어떤 식으로든 시각과 연관된다고 말하는 편이 더 정확할 것이다. 그래서 눈은 참으로 위대한 것이다.

눈의 위대함과 관련하여 가장 놀라운 점은 이미 수천 년 전부터 인간은 보이지 않는 어떤 것을 보는 것이야말로 눈의 가장 고차원적인 기능이라 생각했다는 사실이다. 〈마음의 눈〉은 이러한 기능을 우회적으로 지시하는 통속적인 비유이다. 무엇보다도 성서는 〈마음의 눈〉에 관한 언급으로 넘쳐 난다. 구약의 욥은 생물학적인 눈으로서 〈살덩이의 눈〉을 언급하며 그것을 하느님의 눈에 대립시킨다. 〈당신께서는 살덩이의 눈을 지니셨습니까? 당신께서는 사람이 보듯 보십니까?〉(「욥기」 10: 4) 신은 또 사무엘에게 직접 당신만이 마음을 볼 수 있음을 선포한다.

〈그러나 주님께서는 사무엘에게 말씀하셨다. 《겉모습이나 키 큰 것만 보아서는 안 된다. 나는 이미 그를 배척하였다. 나는 사람들처럼 보지 않는다. 사람들은 눈에 들어오는 대로 보지만 주님은 마음을 본다.》〉(「사무엘기 상권」 16: 7) 고대 그리스 철학자들 역시 눈의 가장 중요한 기능이 가시적인 현실을 지각하는 것 너머에 있다고 생각했다. 그들에게 교육이란 무엇보다도 〈제대로 보는 법〉을 가르치는 것이었으며 플라톤은 이를 〈영혼의 눈이 실상을 바라보게 도와주는 것〉이라 요약했다.* 마음의 눈에 관한 사유는 교부 철학과 중세 신학으로 줄기차게 이어졌다. 관련 자료가 너무 방대하여 여기서는 몇몇 저자만을 인용해 보겠다. 성 아우구스티누스는 『고백록*Confessiones*』을 비롯한 여러 저작에서 육체의 눈을 초월하는 정신적인 시각을 강조했다. 그에게 눈은 크게 두 가지로 나뉜다. 하나는 육체의 눈(육안)으로 욥이 언급한 〈살덩이의 눈〉이 여기 해당한다. 다른 하나는 마음의 눈(심안)invisibiles oculi, 곧 〈무형의 눈〉이다. 교부가 어떤 눈을 진정한 눈으로 여겼을지는 굳이 여기서 언급할 필요가 없을 것이다. 〈제 발로 당신의 길에 들어서는 마당에 눈의 유혹에 걸려들어 제 발이 거기 묶일까 저항합니다. 그래서 눈으로 볼 수 없는 눈을 당신께 들어 올리면서 저의 발을 올무에서 빼내 주시

* 플라톤은 『국가*Politeia*』에서 교육이란 지식을 가지지 못한 영혼에게 지식을 집어넣어 주는 것이 결코 아니라는 것을 강조한다. 〈눈이 어둠에서 밝음으로 향하는 것은 몸 전체와 함께 돌리지 않고서는 불가능하듯이〉, 교육이란 〈보는 능력을 생기게 해주는 것이 아니라 이미 그 능력을 지니고 있되 바르게 방향이 잡히지 않아 보아야 할 것을 보지도 않는 이에게 그러도록〉 해주는 것이라 했다. 그는 또 눈이 실재를 보고 그중에서도 가장 밝은 것을 관상하는 것이 좋음(선)이라 했다. 『국가』 518c~d(플라톤 2023: 456)를 참조할 것.

기를 바라는 뜻에서 무형의 눈을 당신을 향해 들어 올립니다.〉 (아우구스티누스 2019: 397) 중세 초기 성 빅토르 수도원의 리처드Richard of St. Victor는 아우구스티누스의 사유를 더 발전시켜 신학과 철학의 핵심으로서의 시각을 육신의 눈(시각 또는 생각), 이성의 눈(묵상 또는 성찰), 참된 깨달음의 눈(관상)으로 구분했다.(로어 2023: 34 재인용)

육신의 눈을 넘어서는 〈다른 눈〉(그것을 무어라 부르든)에 대한 탐구는 현대까지 이어진다. 특히 20세기 현상학, 물리학, 심리학, 신경 과학은 중세 신비 신학과는 다른 차원에서 보이지 않는 것을 보는 눈을 탐구한다. 메를로퐁티M. Merleau-Ponty는 회화에 초점을 맞춰 몸, 몸의 눈, 그리고 의식의 문제를 파고들었고, 신경학자 색스O. Sacks는 『마음의 눈*The Mind's Eye*』이라는 아름다운 책에서 존 헐J. Hull, 자크 뤼세랑J. Lusseyran 등의 사례를 들며 인간이 신체적인 시력을 상실하고서도 얼마나 능동적이고 풍요로운 시각적 소통의 세계를 완성할 수 있는가를 보여 주었다. 마음의 눈으로 생리적 눈의 상실을 상쇄한 사람들은 〈신체의 눈과 마음의 눈이 하나로 범벅이 되어 어느 쪽이 주인인지 알 수 없는 상태〉에 놓이고 〈빗소리가 어떻게 새로운 풍경의 윤곽을 보여 주는지〉 감지할 수 있음을, 그리하여 하나의 세계와 다른 세계가 실제로 연결될 수 있음을 보여 준다.(색스 2010: 202, 230) 〈시각 역사학자〉를 자처하는 예술사학자 켐프M. Kemp는 아예 책 제목을 〈보이는 것과 보이지 않는 것Seen and Unseen〉으로 하여 인간의 시각이 예술과 과학을 통해 얼마나 확장되어 왔는가를 풀어낸다. 물리학자 이강영은 원자, 중성 미자, 쿼크, 블랙홀, 암흑 물질, 다른 차원을 차례로 설명하면서 보이지 않는 세계를 보는 방법이야말로 현대 물리학의 핵심이라고 말한다. 〈본다는 것은 자연 과학의 시작이고 끝일 뿐 아니라 자연 과학 그 자체이다.〉(이강영 2012: 15)

이러다가는 끝이 없을 것 같다. 고생물학과 지질학과 철학과 신학을 두루 섭렵한 프랑스 사제 테야르 드 샤르댕P. T. de Chardin의 눈에 대한 생각을 엿보는 것으로 눈의 위대함에 대한 변론은 마치기로 하자. 그는 생명 전체가 〈본다는 것〉에 있으며 생명의 역사는 곧 완벽한 눈을 향한 진보의 역사라고 전제한 뒤 동물의 완성도나 생각하는 존재의 탁월함은 무언가를 꿰뚫어 보는 능력과 본 것을 종합하는 능력에 달려 있다고 단언한다.(샤르댕 1997: 41) 결국 테야르 드 샤르댕에게 눈은 생명이며, 보는 것은 곧 살아 있는 것이며, 더 잘 보려는 지향은 제대로 삶을 살아 내려는 인간의 숭고한 노력이다.

서론이 너무 길었다. 그러나 이 다소 장황한 서론이 이 책의 향방을 어느 정도는 제시해 주었으리라 믿으며 이제부터 본격적으로 눈이 왜, 어떻게 위대하고 중요한지 주제별로 살펴보기로 하겠다.

1
눈의 탄생

스트라빈스키I. Stravinskii의 「봄의 제전Vesna svyashchennaya(프랑스어로 Le Sacre du printemps)」은 호불호가 아주 분명하게 갈리는 발레 모음곡이다. 귀청을 찢는 불협화음과 기괴한 안무 때문에 파리에서 초연 당시 〈봄의 대학살Le Massacre du printemps〉이라는 지독한 혹평을 받기도 했다. 미리 밝히자면 나는 〈호〉에 속하는 사람이다. 그냥 좋아하는 정도가 아니라 정기적으로 이 곡을 듣지 않으면 왠지 허전해서 견디기 어려울 정도이다. 나는 내가 왜 이토록 이 시끄럽고 난해한 음악을 사랑하는지 도무지 이해할 수가 없었다. 그런데 최근에 눈의 기원을 공부하다가 대답을 찾았다. 이 곡은 〈기원〉에 관한 가장 직관적이면서 놀랍도록 정직한 음악이기 때문이다. 그렇다, 내게는 언제나 기원에 대한 향수가 있었던 것이다! 그래서 기원을 소리로 전환한 「봄의 제전」에 그토록 매료되었던 것이다. 「봄의 제전」에 제전은 없다. 땅속 저 깊은 곳에서 꿈틀거리고 아우성치고 비명을 지르고 서로 비벼 대고 고꾸라지는 생명만이 있을 뿐이다. 생명들은 무섭게 소용돌이치는 진화의 회오리바람 속에서 엉겨 붙고 드잡이를 하고 괴성을 질러 댔다, 마침내 어느 한 생명에서 훗날 눈이라 불리게 될 작은 틈새가 툭 불거질 때까지.

방사성 연대 측정법으로 수백만 년 전 내지 수십억 년 전 물질의 연대까지 측정할 수 있게 되자 〈빅 히스토리〉책을 비롯한 대부분의 인류학책, 세계사책, 과학사책은 앞다퉈 맨 처음 페이지에 우주의 기원에 관한 스토리를 담기 시작했다. 과학사는 거의 〈생물〉에 가깝다. 끊임없이 성장하고 진화하는 역동적인 학문이라는 얘기이다. 그러므로 앞으로 10년 뒤나 20년 뒤에 지금보다 훨씬 정확하고 정교한 기원 스토리가 확립될 가능성을 배제할 수 없다. 일단 최근 10년 정도의 서적을 종합해 보면 대략 137억~138억 년 전 무렵에 저 유명한 〈빅뱅〉이 있었고 그 결과 원소와 은하와 행성이 탄생했다. 137억이나 138억이나 그게 그거 같지만 1억 년은 어마어마한 시간이다. 오차의 정황을 굳이 짚자면, 천문학자들이 허블 망원경을 이용해 우주의 나이가 약 137억 년이라는 것을 밝혔는데 그 후 우주 배경 복사에 대한 정밀한 측정을 통해 138억 년이라는 수정된 숫자가 정설로 굳어졌다. 우주 탄생 이후 빅 히스토리 차원에서 발생한 굵직한 사건들을 연대기순으로 짚어 보면 이렇다.* 빅뱅 이후 우주는 물질과 에너지가 뒤섞인 일종의 수프 상태로 존재했다. 그러다가 약 45억~38억 년 전 무렵 생명체가 출현했다. 여기서 생명체라는 것은 무생물과 구분되는 어떤 것으로 과학자들은 대사, 번식, 적응을 생명의 3대 조건으로 꼽는다. 최초의 척추동

* 마 2012; 하라리 2015; 울프 2014; 김도현 2015; 크리스천 외 2023을 참조할 것.

물은 약 5억~4억 년 전에 등장했다고 추정되며 현생 인류 이전에 존재했던 호미니드의 가장 오래된 유골은 440만 년 전에 존재했던 여성의 것이라 알려져 있다. 그것은 1994년 에티오피아 아파르 삼각주에서 발견된 것으로 1974년에 발견된 이른바 최초의 여성 〈루시〉보다 약 1백만 년 앞선 유골로 추정된다. 이 종에게는 아파르족 언어로 〈땅바닥과 뿌리〉를 뜻하는 〈아르디피테쿠스 라미두스〉라는 이름이 붙여졌는데, 그보다는 〈아르디〉라는 애칭이 더 유명하다.(크리스천 외 2023: 177)* 현생 인류인 호모 사피엔스는 아프리카에서 약 20만 년 전에 나타나기 시작했으며 지구의 다른 지역으로 급속히 퍼지면서 다른 종들을 멸종시켰다. 지난 1만 년간 호모 사피엔스는 유일한 인간종이었다.

인간의 등장이 가까워짐에 따라 시간의 숫자가 훨씬 〈인간적〉으로 들리기 시작한다. 수십억, 수백억 년이라는 숫자는 얼마나 비현실적인가. 138억 년 전과 45억 년 전의 차이는 어마어마하지만 오히려 그 어마어마하다는 사실 때문에 우리의 사유를 동결한다. 4백만 년 전이나 20만 년 전은 상대적으로 가까운 과거처럼 들리긴 하지만 여전히 우리와는 상관없는 먼 나라 얘기이다. 때로 이런 숫자들은 의미와 무의미의 경계에 서서 수명이 고작 1백 년도 안 되는 인간을 향해 폭소를 터뜨리는 괴물처럼 느껴진다. 인간이 등장한 1만 년 전에 이르러서야 우리는 비로소 사유의 의욕을 느끼기 시작한다.

* 최근에 출간된 커밋 패티슨K. Pattison의 『화석맨』은 고인류학계를 뒤흔들었던 아르디 발굴 팀의 스토리를 전격적으로 재구성한 책이다.

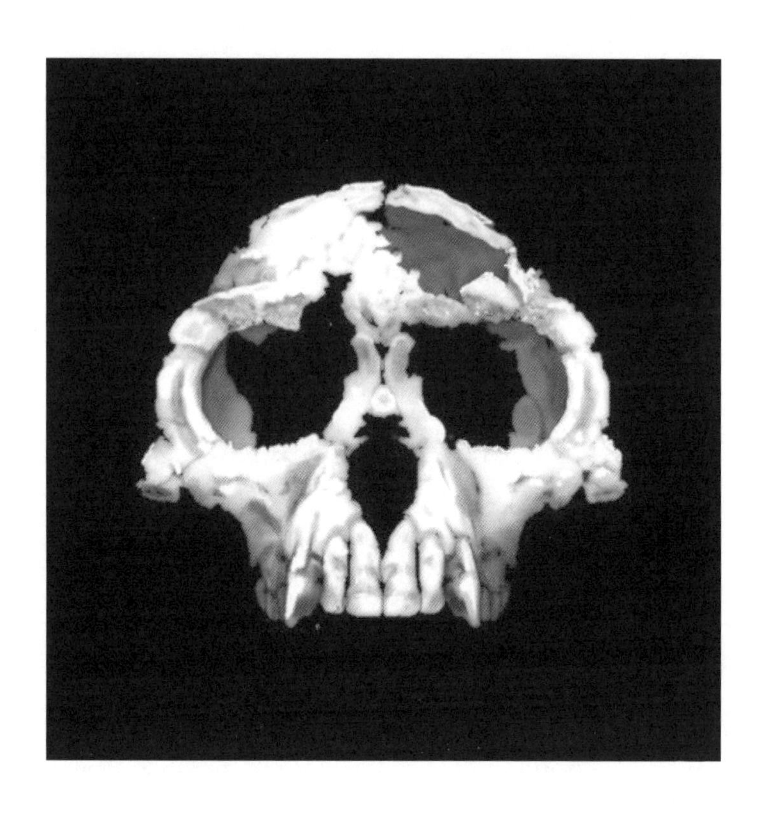

아르디피테쿠스 라미두스의 유골.

그렇다면 인간에게 눈은 언제부터 생겼던 것일까. 모든 기원 스토리가 그러하듯 눈의 기원 스토리 역시 대단히 드라마틱하다. 우리 눈앞에는 또다시 수십억 년이라는 비현실적인 숫자가 유령처럼 명멸한다. 생물학자들은 눈이라 부를 수 있는 시각기관이 지구상에 등장한 때는 5억 4300만 년 전이라 추정한다. 앞에서 우리는 지구상에 생명체가 등장한 연도를 45억 년에서 38억 년 전이라 추정했다. 그러니까 생명체는 태어나서 약 40억 년 동안 아무것도 보지 못한 채 생존했다는 얘기이다. 40억 년이라니! 40억 년 동안 빛이 무엇인지, 색이 무엇인지, 형태가 무엇인지 전혀 분간하지 못하던 생명체에 어느 날 갑자기 눈이라는 새로운 기관이 생겼다는 것은 생각만 해도 소름이 끼치는 대사건이다. 무려 40억 년 동안 암흑 속에서 꼼지락거리던 어떤 존재가 어느 순간 눈을 번쩍 떴다! 새로운 생명의 탄생 앞에서 경외감에 울부짖는 도스토옙스키F. M. Dostoevskii가 생각난다. 〈새로운 존재의 출현이라는 신비, 설명할 수 없는 위대한 신비이죠. (……) 더할 나위 없이 완전무결한 새로운 정신이 생겨난 겁니다. 이건 인간의 손으로는 어쩔 수 없는 거예요.〉(도스토옙스키 19: 1188)* 동물 진화의 빅뱅이자 지구 생명의 역사에서 가장 극적인 사건인 눈의 탄생은 5억 4300만 년 전, 지질학에서 캄브리아기 대폭발Cambrian explosion이라 불리는 시기에 일어났다. 캄브리아기는 지구 역사에서 매우 짧은 기간에 해당하는데, 이 짧은 기간에 동물들이 폭발적으로 진화해서 〈폭발〉이라는

* 이하 도스토옙스키 번역본 인용은 열린책들 전집을 토대로 하며 괄호 안에 아라비아 숫자로 권수와 면수를 표기한다.

이름이 붙여졌다.(김도현 2015: 56) 실제로 무슨 화산 같은 게 폭발했다는 뜻은 아니다.* 캄브리아라는 명칭으로 말할 것 같으면, 약 5억 4300만 년 전부터 4억 9000만 년 전 사이의 화석들이 처음 발견된 곳이 영국 웨일스의 캄브리아 구릉지였기 때문에 이 시기는 〈캄브리아기〉라 불리게 되었다.(파커 2007: 16, 30) 캄브리아기 폭발 이전에 살던 동물은 신체가 연하고 움직임은 매우 느렸다. 선캄브리아기 동물은 앞을 볼 수 없었기 때문에 적과 친구를 구분할 수 없었고 포식도 불가능했을 것으로 추정된다. 그러니까 당시 동물은 모두 초식 동물이었을 것이라는 얘기이다. 그러나 캄브리아기 폭발과 함께 포식자가 출현했다. 포식자가 되기 위해서는 다른 동물의 위치를 알고 추적할 수 있는 눈의 발달이 필수였다.(김도현 2015: 59) 그리고 당연히 다른 포식자의 먹이가 되지 않기 위해서도 눈이 있어야만 했다.

여기서 말하는 눈은 신체 기관으로서의 눈 자체만을 의미하는 것은 아니다. 본다는 행위가 가능해졌다는 의미에서 눈이 생겨났다는 얘기이다. 시각 정보를 눈에서 두뇌로 보내고 두뇌에서 상이 형성되는 과정이 있어야 본다는 행위가 가능해진다. 감광판이나 기타 초보적 단계의 광 수용기들은 눈이 아니며 눈이 지구상에 등장하기를 기다리고 있던 때에 시각 같은 것은 전혀 없었다.(파커 2007: 302) 조금 다른 식으로 표현하자면, 빛

* 캄브리아기 폭발 기간은 캄브리아기 중에서도 약 1천만 년의 시간에 해당한다. 지구의 나이 전체로 보면 약 0.2퍼센트에 해당하는 기간이라 점진적인 종의 진화에 의혹의 눈길을 던지게 하는 측면이 없지 않다.(김도현 2015: 56)

의 존재를 탐지하는 데만 국한된 광수용체가 나아가 빛의 방향도 감지할 수 있게 되었을 때 광수용체는 그룹으로 뭉쳐 주변 세계의 이미지를 생성할 수 있게 된다. 이때 비로소 〈빛 탐지〉가 〈실제 시각〉이 되고 〈단순한 광수용체〉가 〈진정한 눈〉이 된다.(용 2023: 97)

2
주인공 삼엽충

최초의 보는 행위의 주인공은 삼엽충이라 불리는 딱딱한 외골격을 가진 절지동물이었다. 눈이 있는 삼엽충 가운데 많은 종이 5억 4300만 년 전쯤에 등장했다. 그러나 그 이전의 것은 단 한 종도 없다. 결국 5억 4300만 년 전 지구상에 최초의 삼엽충이 등장했고 그와 함께 눈이 탄생했다는 계산이 나오는 것이다.(파커 2015: 297) 생물학자 앤드루 파커A. Parker는 〈어느 날 갑자기 눈이 지구상에, 그야말로 하늘에서 떨어진 것처럼 나타났던 한 순간은 역사에서 반드시 존재한다〉라고 주장하면서 지질 시대를 〈시각 이전pre-vision〉과 〈시각 이후post-vision〉로 나눈다. 그의 이른바 〈빛 스위치 이론light switch theory〉에 의하면 지질 시대를 시각 이전과 시각 이후의 두 시기로 구분하는 경계선은 5억 4300만 년 전이다. 〈지구상에서 가장 막강한 자극이 시각이라고 한다면, 오늘날 생명의 세계가 활동하는 방식은 1천만 년 전, 1억 년 전, 그리고 캄브리아기 폭발 직후인 5억 3700만 년 전의 방식과 똑같다. 마찬가지로 5억 4400만 년 전의 세계에는 6억

삼엽충 화석.

년 전에 그랬던 것처럼 시각이 존재하지 않았다. 생명 역사에서 이 두 시기의 막간에 빛 스위치가 켜졌다. 그 스위치는 한번 켜진 뒤로 시각 이후의 시기에는 켜진 상태로 남아 있지만 시각 이전의 시기에는 내내 꺼져 있었다.〉(파커 2007: 355) 파커의 이론은 매혹적이다. 전 우주를 압도한 어둠, 인간의 상상력을 총동원해도 그려 볼 수 없는 저 장대한 창세기적 어둠 속에서 어느 순간 스위치가 탁 하고 켜지며 불이 들어오더니 그 이후 한 번도 꺼진 적이 없다는 스토리에는 문학적인 감동이 스며 있다.

이제 동물에게 완전히 새로운 감각이 생겨났다. 파커는 시각이야말로 그 어떤 감각보다 막강하게 될 감각임을 여러 차례 강조한다. 〈이 감각은 결코 평범한 것이 아니었다. 그 어떤 감각보다 막강해지게 될 감각이 삼엽충으로 변화하던 어느 원시 삼엽충의 탄생과 함께 세상으로 나왔다. 눈을 가진 최초의 삼엽충이 출현한 것이다. 지구 역사에서 처음으로 한 동물이 눈을 떴다. 그리고 그것이 눈을 떴을 때, 바다 밑바닥과 물속의 모든 것이 사실상 처음으로 빛에 노출되었다.〉(파커 2007: 357)

눈의 탄생은 그러니까 우주의 탄생, 생명의 탄생에 이어 빅히스토리에서 세 번째로 가장 중요한 사건이었다. 토머스 하디T. Hardy는 이 역사적인 사건을 소설 『두 개의 푸른 눈동자*A Pair of Blue Eyes*』에 유장한 필체의 비문처럼 새겨 두었다. 아마도 삼엽충이 〈주인공급〉으로 등장하는 거의 유일한 문학 작품일 듯하다. 헨리 나이트는 날아가는 모자를 잡으려다 실수로 미끄러지면서 절벽에 매달린다. 문자 그대로 〈클리프행어cliff-hanger〉인 상황에서 그가 문득 정신을 차리자 화석이 된 생물체가 눈에 확

들어온다. 〈나이트의 눈 반대편에는 얕은 돋을새김 속에서 툭 튀어나온, 암석에 파묻힌 화석이 있었다. 그것은 눈을 가진 생물이었다. 돌이 된 죽은 눈은 여전히 그를 응시하고 있었다. 그것은 삼엽충이라 불리는 원시 갑각류의 일종이었다. 수백만 년의 세월을 사이에 두고 나이트와 이 하등 동물은 죽음의 장소에서 마주친 것 같았다.〉(Hardy 1957: 241)

하디의 이 소설을 언급하는 고생물학자나 문학 연구자는 모두 소설의 배경이 되는 콘월 해안 인근의 비니 절벽에서 삼엽충 화석이 발견될 가능성은 희박하며 심지어 하디가 실제로 화석을 보았을 가능성도 별로 없다고 입을 모은다.(포티 2007: 31; Clough 1988) 그러나 그 점은 중요하지 않다. 돌이 된 최초의 눈과 인간의 살아 있는 눈이 서로를 응시하는 순간의 숨 막힐 듯한 거대함이, 수백만 년의 시간을 한순간으로 수렴시키는 죽음의 공간적 응집력이 대단한 것이다. 〈시간은 그의 앞에서 마치 부채처럼 닫혔다. 그는 시원과 저 모든 중간적 세기를 동시에 직시하며 세월의 한 극단에 놓인 자신의 모습을 보았다.〉(Hardy 1957: 242) 역사는 생물과 돌의 경계선을 닳아 없어지게 했다. 인간이 그토록 기를 쓰며 오랜 세월 영원을 추구하는 동안 그 조그마한 생명체는 시간에 묵종함으로써 그 자체로 영원이 되었다. 세계 문학 명장면 1백선에 들어갈 만한 장면이다. 하디는 소설가라기보다는 시인의 직관으로 그 장면을 만들어 냈다(가령, 도스토옙스키 같은 소설가는 절대로 이렇게 못 쓴다). 오로지 시인만이 불과 다섯 개의 평범한 문장 속에 우주와 역사를, 시간과 공간을, 그리고 인간의 삶과 죽음을 담아낼 수 있다.

반면, 고생물학자는 돌이 된 화석의 눈이 지닌 필멸의 위대함을 〈양적으로〉 기술한다. 〈삼엽충은 대륙이 이동하고 산맥이 솟아올랐다가 중심에 있는 화강암이 드러날 때까지 침식되는 광경을 지켜보았고 여러 차례의 빙하기와 대규모 화산 폭발을 견뎌 냈다. (……) 삼엽충의 역사는 그들이 목격한 사건들을 통해 형성되었다. (……) 삼엽충은 무려 3억 년 동안, 거의 고생대 내내 존속했다. 인류가 산 기간은 그들이 산 기간의 0.5퍼센트에 불과하다.〉(포티 2007: 38) 문학적인 〈포스〉는 아무래도 하디보다 부족하지만 고생물학자의 진술 역시 삼엽충의 **주인공**적인 면을 부각하는 데 부족함이 없다. 자연사 박물관의 유리관에 들어가 꼼짝도 않고 방문객을 응시하는 화석 상태의 삼엽충은 영겁의 세월이 지나 자신이 이토록 중요한 존재로 남으리라고는 상상도 하지 못했을 것이다.

3
인간, 눈을 뜨다

삼엽충이 살아 낸 시간의 0.5퍼센트밖에 존재하지 못한 인간은 그렇다면 언제 어떻게 눈을 뜬 것일까. 인간 눈의 시원과 진화에 관해서는 생물학자들 사이에서도 여전히 의견이 분분하다. 논란의 계기를 마련해 준 것은 아무래도 다윈C. Darwin의 『종의 기원*The Origin of Species*』인 것 같다. 다윈은 유독 인간의 눈에 관해서만은 기이하게 겸손하고 조심스러운 태도를 견지한다. 무엇보다도 인간의 눈이 너무나 복잡하고 완벽해서 그러한 기관이 자연 선택에 의해 진화했다는 점이 믿기지 않는다는 것이다. 〈각기 다른 거리의 초점을 맞추고 각기 다른 양의 빛을 허용하고 구면 수차와 색채 수차를 보정하기 위한 저 흉내 낼 수 없이 교묘한 장치로서의 눈이 자연 선택에 의해 형성되었다고 가정하는 것은 극도로 부조리하다는 것을 나는 고백하지 않을 수 없다.〉(Darwin 1861: 167) 진화론의 창시자가 할 말은 아니다. 그래서 이후 일부 학자들은 이 대목을 두고 다윈이 진화를 설명하지 못했노라고 꼬집었다.

진화 생물학자는 어떨지 모르겠지만 나 같은 인문학자는 다윈의 진술이 이해된다. 어떤 생물학자는 인간의 눈이 다윈이 말한 대로 그렇게 완벽한 것이 아니라고 주장한다. 또 어떤 학자는 복잡한 눈이 완전하고, 단순한 눈이 불완전하다는 식의 주장은 틀렸으며, 눈이 불완전함에서 완전함으로 진화하지는 않았다고 주장한다.(용 2023: 99) 역사학자 유발 하라리Y. Harari는 눈의 다원적 구성이라는 다소 뻔한 근거를 토대로 다윈의 불안을 과감하게 해소해 준다. 〈단세포 생물들조차 세포 소기관을 통해 어둠과 빛을 구별하고 이쪽 혹은 저쪽으로 이동할 수 있다. 그런 원시적인 빛 감지 기관에서 인간의 눈으로 진화하는 길은 구불구불하지만, 수억 년의 시간이 주어진다면 처음부터 끝까지 한 걸음씩 갈 수 있다. 그렇게 할 수 있는 것은 눈이 많은 부분으로 구성되어 있기 때문이다. 만일 눈이 부분으로 나눌 수 없는 완전체라면, 자연 선택을 통해서는 절대 진화할 수 없었을 것이다.〉(하라리 2017: 150~151)

그러나 나는 다윈이 유독 눈과 관련해 이토록 겸손한 이유는 그가 무의식적으로나마 눈의 다차원적 기능을 인지하고 있었기 때문이 아닌지 추정해 본다. 그의 〈완벽하고 복잡한 눈〉은 단순히 보이는 것을 잘 본다는 의미가 아니라, 보이는 것 너머의 것까지 본다는 의미에서 복잡하다는 뜻 아닐까라는 것이 내 생각이다. 그는 눈의 완벽성을 망원경의 완벽성에 비견한다. 〈눈을 망원경과 비교하지 않기란 거의 불가능하다. 우리는 이 도구가 오랜 세월에 걸쳐 인간 최고 지성의 노력으로 완벽하게 발전했다는 것을 안다. 그리고 우리는 눈 또한 이와 유사한 과정에 의해 형성되었다는 것을 자연스럽게 추론해 볼 수 있다. 하지만 이러한 추론이 다소 주제넘은 것은 아닐까? 과연 조물주가 인간의 것과 같은 지적 능력으로 작업한다고 가정할 권리가 우리에게 있는 것일까?〉(Darwin 1861: 169)

그러나 이렇게 유보적인 입장을 취하면서도 다윈은 결국 눈의 시원과 진화에 대한 설명을 중단하지 않는다.〈이 거대한 동물의 강(綱)에서 눈이 완벽하게 형성되기까지의 초기 단계를 탐색하려면 최초의 화석층보다 더 먼 과거로 거슬러 올라가야 한다. 우리의 탐색은 단순히 색소로 코팅되었을 뿐 별다른 메커니즘이 없는 체절동물의 시신경에서 시작될 수 있다. 이 하등 단계에서 근본적으로 완전히 다른 두 줄기의 가지가 갈라지면서 수없이 많은 구조적 차이들이 발전해 나가다가 결국 높은 완성의 단계에 다다르게 된다.〉(Darwin 1861: 168)

오늘날 학자들은 옵신이라는 단백질이 인간 눈의 진화를 설명하는 핵심 인자라고 지적한다. 〈깡충거미, 인간, 또는 다른 동물의 눈 안쪽에는 광수용체라 불리는 빛 탐지 세포가 존재한다. 이 세포는 종마다 극적으로 다를 수 있지만 보편적인 특징을 공유한다. 그것은 옵신이라 불리는 단백질을 포함한다. (……) 2012년 진화 생물학자 메건 포터는 상이한 종들이 보유한 거의 9백 가지 옵신들을 비교해 그것들이 하나의 조상을 공유한다는 사실을 확인했다.〉(용 2023: 95~96)

공통 인자로서의 옵신은 인간 눈의 시원을 태초의 척추동물로 거슬러 올라가게 해준다. 최초의 척추동물은 약 5억 년에서 4억 년 전에 등장했다. 척추동물은 눈 구조가 비슷하다. 포유류의 복잡한 눈 구조가 어떻게 자연 선택으로 진화했는지는 아직도 논쟁의 여지가 있는 대목이다. 그러나 대략적인 그림은 그려 볼 수 있다. 현생 동물이 빛을 감지하는 기관은 단순한 안점(많은 색소를 지닌 세포 하나)에서 근육, 수정체, 시신경을 갖춘 복잡한 눈에 이르기까지 다양하다. 어떤 동물의 눈이 덜 발달한 중간 단계 수준으로 보이더라도 그 눈은 그 동물이 원하는 기능을 충분히 수행하고 있다고 말할 수 있다. 연체동물만 살펴봐도, 전복의 단순한 안배optic cup에서 복잡한 수정체를 지닌 문어와 고둥의 눈에 이르기까지 그 발달 단계가 다양하다는 사실은 이를 입증해 준다. 모든 눈에는 빛을 포착하는 데 핵심인 로돕신rhodopsin이라는 색소가 있다. 분자 생물학자들은 눈이 있는 모든 동물이 약 5억 년 전에 이 색소의 유전자를 지녔던, 갯지렁이처럼 생긴 동물의 후손이라고 본다. 그러나 수정체를 비롯한 구성 요소들은 다양한 계통에서 각자 진화한 듯하며 놀라운 수렴 진화 사례들도 있다.(크리스천 외 2023: 153~154)

수렴 진화란 각기 다른 혈통에서 구조와 기능상의 유사한 자질들이 독자적으로 진화하는 것을 의미하며 오늘날 비교 생물학의 중요한 연구 주제로 간주된다.* 눈은 수렴 진화의 대표적인 사례로 꼽힌다. 예를 들어, 연체동물인 두족류(오징어 등)의 눈과 어류의 눈은 척추동물과 무척추동물이라는 근본적인 차이에도 불구하고 카메라 눈으로 수렴 진화 했다. 〈눈의 진화 과정에서 초기에는 편평한 납작 눈flat eye이 나타났지만 납작 눈 형태는 빛의 방향을 감지하는 데 비효율적이어서 망막에 굴곡

* 수렴 진화에 관한 자세한 설명은 Pontarotti et al. 2016: 제1부를 보라.

이 생기며 함요를 이루기 시작했다. 캄브리아기에 함요 눈pit eye이 나타났는데 멸종된 과거의 달팽이 화석이나 현재의 일부 달팽이에서 보이는 형태이다. 함요 눈은 빛과 어둠의 구별에는 유용하지만 시각 정보의 질은 좋지 않았기 때문에 함요가 점점 깊어져서 컵 눈과 카메라 형태의 눈으로 진화가 일어났다.〉(김도현 2015: 74~75)

특수한 단백질과 갯지렁이와 수억 년이라는 숫자 얘기를 뛰어넘어 이제 좀 가까운(!) 6천만 년 전으로 거슬러 가보자. 인간의 눈은 그 구조적 특성상 화석으로 존재할 수 없다. 두개골에 뚫린 두 개의 검은 구멍이 고작이다. 인간의 상악골, 하악골, 어금니, 젖니 등의 화석은 지금도 어디선가 계속 발굴되어 고인류학자들과 고고학자들을 설레게 하지만 눈의 흔적은 찾을 길이 없다. 수억 년간 진행되었을 눈의 진화는 돌에 새겨진 흔적으로 역추적할 수 있는 성질의 것이 아니다. 우리는 선캄브리아기 진핵생물eukaryote의 눈 흔적에서 고도로 발달한 척추동물의 구형 눈에 이르기까지, 동물의 눈을 탐구함으로써 우리 눈의 진화를 추적할 수 있을 뿐이다.(Hudson 2010: 10~11)

빅 히스토리 연구자와 고인류학자, 그리고 고생물학자, 지구 과학자들은 대략 다음과 같은 가설에 동의할 듯하다. 약 6천만 년 전 땅에 살던 작은 포유동물들이 꽃나무에 열리는 열매를 찾아다니기 시작했다. 세대를 거치면서 일부 종은 나무를 거점으로 하는 생활에 적응하고 새로운 환경에서 번성했다. 서서히 자연이 가장 유용한 유전자를 선택함에 따라 그들의 앞발은 손이 되고 발가락은 손가락이 되었다. 또한 마주 보는 엄지가 발달하면서 그들은 한 손으로 나뭇가지를 쥔 채 다른 손으로 열매를 딸 수 있게 되었다. 두 눈이 얼굴 앞쪽으로 옮겨 가면서 양쪽 눈의 시야가 겹쳤고, 나뭇가지 사이로 몸을 흔들어 넘어가는 데 필요한 입체시가 갖춰졌다. 뇌가 점점 더 커지고 미숙하게나마 너클 보행을 하는 대형 유인원이 등장했다.(크리스천 외 2023: 160; 뵈메 외 2021: 241~317)

여기서 잠깐 시야의 문제를 살펴보자. 시야는 머리를 움직이지 않고 보이는 범위를 의미한다. 시야에는 한쪽 눈으로 볼 수 있는 범위(단안 시야)와 두 눈으로 볼 수 있는 범위(양안 시야)가 있다. 양안 시야의 경우 좌우 눈으로 보는 방식에 차이가 있어 그 덕분에 거리감을 파악할 수 있는 입체시가 가능해진다. 인간의 양안 시야는 수평으로 약 120도이다. 이 넓이는 동물계에서도 단연 최고에 해당한다. 머리 앞쪽에 눈이 붙어 있을수록 양안 시야가 넓어지는데 나무 위 생활에 적응하는 과정에서 눈이 얼굴의 옆면에서 정면으로 이동했을 것으로 추측된다.

그럼 이제 6천만 년 전에서 2백만 년 전으로 다시 한번 시간 도약을 해보자. 이제 우리는 인간과 훨씬 가까운 호미니드 시대로 들어간다. 춥고 건조한 기후가 아프리카 숲에 들이닥친 후 나무 위에 살던 아프리카 호미니드들은 두 발로 서서 살려는 노력을 처음 시도했다. 기후 변화로 숲이 드넓은 초원으로 변한 까닭에 달리면서 사냥하고 먼 곳까지 살피는 능력을 키울 수밖에 없었다.(마 2012: 32) 이 단순화한 설명만 가지고서도 우리는 포식과 경쟁과 적응이 인간 눈의 진화에 트리거가 되었다고 말할 수 있을 것이다. 진화론을 믿든 혹은 거부하든 이것은 충분히 납득할 만한 가정이다. 그리고 인간 눈의 인문학을 말하려면 반드시 이 가정에서 출발해야 한다. 이 책의 취지는 바로 이 부분, 즉 포식과 경쟁에서 출발한 인간의 눈이 어떻게 그와는 반대되는 연민과 공존과 성찰의 방향을 향해 나아갔는가를 알아보는 것이기 때문이다. 이는 인문학자가 눈의 생물학을 조금이라도 공부해야 하는 이유이기도 하다.

4
빛, 눈, 뇌

코맥 매카시C. McCarthy의 『로드*The Road*』는 대재앙 이후 살아남은 인간의 생존을 묘사하는 묵시록적인 소설이다. 태양이 먼지에 가리어져 있어 모든 것이 뿌옇게 보이고 모든 것이 무채색이다. 밤은 암흑보다 더 어둡고 낮은 나날이 더 짙은 잿빛으로 변해 간다. 추방당한 태양은 지구 주위를 돌며 슬퍼하고 생존자들은 빛이 없는 현실에 적응하기 위해 고군분투한다. 소설가는 생명의 끝을 빛의 끝으로 치환한 것이다.

빛이 사라지면 아무것도 볼 수 없다. 눈이 있어도 볼 수 없다. 빛은 그래서 곧 생명이다. 아마도 빛의 의미를 가장 먼저, 가장 아름답게 표현한 최초의 인간은 「창세기」의 저자일 것이다. 천지 창조의 첫날 조물주가 만든 것은 빛이었다. 〈하느님께서 말씀하시기를 《빛이 생겨라》 하시자 빛이 생겼다. 하느님께서 보시니 그 빛이 좋았다. 하느님께서는 빛과 어둠을 가르시어, 빛을 낮이라 부르시고 어둠을 밤이라 부르셨다. 저녁이 되고 아침이 되니 첫날이 지났다.〉(「창세기」 1:3~5) 아일랜드 시인 셰이머스 히니S. Heaney는 「사각형 만들기Squarings XLVIII」에서 태곳적의 빛, 이른바 〈디프 타임deep time〉의 빛을 환기한다. 내 감성 속에서 히니의 시는 「봄의 제전」과 중첩된다. 스트라빈스키가 음악화한 꿈틀거리는 생명이 히니의 시에서는 영겁의 빛 속에서 드러나는 앞바다의 사물로 바뀐다.

> 앞바다에 떠 있는 사물은 일단 감지되면
> 과거에 예지된 것으로 바뀐다, 이상하게도
> 어쩌다 그렇게 된 것인지는
>
> 빛, 이미 지나온 것들의 빛 속에서만 드러난다
> (Heaney 1991: 108)

빛은 우리가 시각sight을 말할 때 살펴야 하는 세 가지 필수 조건 중 첫째 조건이다. 빛이 없으면 시각도 없다. 원론적으로 말해서 지각이란 감각 기관을 통해 외부 환경으로부터 받아들인 정보를 재인하고 통합하여 뇌 안에서 의미를 부여하는 과정이다. 시각뿐만 아니라 모든 지각이 막대한 양의 역동적인 정보 입력으로부터 유의미한 정보를 출력하는 과정이다. 시각의 경우 입력은 빛 형태로 이루어진다. 한 문장으로 정리하자면, 빛이 눈으로 들어와 뇌에 전달될 때 시각이 형성된다. 조금 각도를 바꾸어 말하자면 눈은 빛을 뇌로 이어 주는 매개체이므로 눈이 있어도 빛이 없으면, 그리고 뇌가 없으면 시각은 존재할 수 없다. 시각 연구가 빛 연구, 요컨대 빛을 연구하는 학문인 광학 및 물리학과 긴밀하게 얽힐 수밖에 없는 이유이다. 『생명의 광학: 자연 속 빛에 대한 생물학자의 가이드*The Optics of Life: A Biologist's Guide to Light in Nature*』를 쓴 생물학자 존슨S. Johnsen은 인간이 체험하는 놀라운 실체 중 가장 기적적인 것이 바로 빛이라고 단언한다. 〈빛은 근본적으로 정의 내리기 어려우면서도 지구 생명의 궁극적 양식이며 우리로 하여금 거의 마술 같은 디테일과 다양성 안에서 세계를 지각할 수 있게 해준다.〉(Johnsen 2011: 1)

우리가 지상에서 체험하는 빛은 대부분 태양에서 오기 때문에 빛의 존재는 온도와 시간과 절기의 지표가 된다. 빛은 널리 알려진 것처럼 입자이자 파동이라는 물리학적 모순을 지니며 직진하고 반사되고 투과하고 굴절하고 분산되면서 놀라운 패턴과 실루엣을 생성한다. 빛은 또한 진화 생물학적 관점에서 보자면 다양한 눈을 만들어 낸 근원적 요인이기도 하다. 〈빛은 물체에 반사되어 적, 동료, 피난처를 드러낸다. 그것은 직선으로 이동하고 단단한 장애물에 의해 차단되며 그림자와 실루엣 같은 숨길 수 없는 특징을 생성한다. 그것은 거의 즉각적으로 지구 규모의 거리를 이동하며 광범위한 정보의 소스를 제공한다. 빛이 이처럼 여러모로 유익하다 보니 동물들은 이루 헤아릴 수 없는 이유 때문에 그것을 감지하게 되었고, 그 과정에서 시각이 다양화된 것은 당연한 귀결이었다.〉(용 2023: 96) 〈빛 자체의 에너지와 광 정보〉뿐 아니라 지구의 자전으로 밤낮이 교차하는 것, 그리고 지축이 기울어진 채 자전하기 때문에 태양의 회귀로 밤낮의 길이가 변하는 것은 생명체에게 대단히 중요한 정보가 된다.(김도현 2015: 122) 바로 이러한 속성 때문에 빛은 또한 에너지와 물리학적 정보의 차원을 넘어 생명의 상징이자 생명과 관련한 무한히 많은 것들의 긍정적인 은유가 된다.

어디 그뿐인가. 빛은 회화에서 조각, 사진, 건축에 이르는 모든 시각 예술의 근원이자 재료이자 현대적 삶의 토대이다. 빛이 생겨났기에 그림자가 생겼고 빛과 그림자는 인간으로 하여금 현존과 부재의 예술을, 부동과 역동의 건축을 창조하게 했다. 빛은 인간이 창조한 모든 것의 재료라 해도 과언이 아니다. 빛과 그림자는 명암의 제왕 렘브란트Rembrandt H. van Rijn를 탄생시켰고 모네C. Monet에게 〈천상에서 빛을 훔쳐 온 화가〉라는 별명을 붙여 줬으며 호퍼E. Hopper로 하여금 석양의 빛과 아침의 빛과 조명의 빛이 인간 내면과 교차하는 지점을 파고들게 했다. 미국 현대 화가 메리 코스M. Corse는 빛을 굴절시키고 반사하고 흡수하는 표면들의 다성악적 관계를 형상화함으로써 〈빛을 담아내는〉 회화를 완성했다. 수없이 많은 가톨릭 성당이 빛에서 시작하여 어둠으로 마무리되었고 반대로 정교회 성당은 어둠에서 시작하여 빛으로 마무리되었다. 빛은 안도 다다오로 하여금 오사카에 〈빛의 교회〉를, 원주에 명상관 〈빛의 공간〉을 건축하게 했고 사진작가 카르티에브레송H. Cartier-Bresson으로 하여금 〈달아나는 현실 앞에서 모든 능력을 집중해 그 숨결을 포착하는 것을 가능하게 해주었으며〉(카르티에브레송 2006: 15) 빛의 건축가로 알려진 루이스 칸L. Kahn에게는 가장 중요한 건축의 재료가 되어 주었다. 〈재료는 빛에 의해 살아난다. 우리는 소비된 빛이고, 산은 소비된 빛이고, 나무도 소비된 빛이고 공기도 소비된 빛이다. 모든 재료는 소비된 빛이다.〉(뷔티커 2002: 30) 빛은

2021년 아모레 퍼시픽 미술관에서 열린 기획전
〈메리 코스: 빛을 담은 회화〉 전시실 풍경.

러시아 목조 성당의 지붕에서 종일 춤추며 부동과 역동의 실루엣을 창조하고 샤갈의 유리화에서 색채와 형태와 기도를 하나의 평면에 모아들인다. 빛은 구름을 가르고 생명체의 섬약한 육신을 관통하고 도로를 붉게 물들이고 호수 표면의 수없이 많은 입자를 반짝이게 하고 아이들이 손에 쥔 돋보기로 모여들어 종이에 불을 붙인다. 빛은 한밤중 숲속에서 바스락거리는 수억 개의 나뭇잎 사이로 폭포처럼 쏟아지고 동트기 직전 콘크리트 건물의 벽면을 은색으로 부드럽게 물들인다. 초고층 빌딩의 경사면에 장착된 미디어 파사드는 발광 다이오드를 신의 빛으로 전환하고 빛의 간섭과 회절을 이용한 홀로그램은 무한과 공허에 관한 형이상학적 착각을 심어 준다. 더 밝고 더 선명한 화면을 조성하기 위해 빛 추출을 극대화하는 테크놀로지로 인해 인간의 삶은 찬란하고 허무한 빛의 환영으로 잠겨 들고, 소박한 시골 마을에까지 뻔뻔한 광휘로 치장된 풍요의 허상을 만들어 내는 인공의 빛은 한밤의 도심으로 연장되어 절대 무와 절대 고독의 그림자로 마무리된다.

순수하게 생리학적 측면에서 우리가 대상을 볼 수 있는 것은 물체에서 반사되는 빛이 우리의 눈까지 이르기 때문이다. 빛의 속성에 관한 연구는 3천 년의 역사를 지닌다.* 이집트에서는 이미 기원전 1900년경부터 거울(혹은 거울의 대용품)을 사용했을 것으로 추정되며 「탈출기」의 저자는 기원전 1200년경 당시에 히브리인들이 빛의 반사를 생활에 이용할 수 있었다고 전

* 광학 연구의 역사에 관해서는 헥트E. Hecht의 고전적 저술인 『광학*Optics*』 제1장에 일목요연하게 정리되어 있다. 헥트 2018: 1~10을 참고할 것.

안도 다다오가 설계한 뮤지엄 산의 명상관 〈빛의 공간〉.

모스크바의 우스펜스키(성모 승천) 대성당.
건축 규모에 비해 창문이 최소화되어 있다. 빛이 성당의 외부에서 들어오는 것이
아니라 내부에서 유출된다는 건축 원칙에 따른 것이다.

해 준다. 〈그는 만남의 천막 어귀에서 봉사하는 여인들의 거울을 녹여 청동 물두멍과 청동 받침을 만들었다.〉(「탈출기」 38:8) 이 대목으로 미루어 당시 인류는 표면이 반질반질한 구리나 청동, 주석 등으로 거울을 만들었을 것으로 짐작된다. 고대 그리스인들 역시 빛에 지대한 관심을 기울였다. 현대 광학에 비추어 보면 허점투성이지만 피타고라스, 플라톤, 아리스토텔레스 등은 빛의 본질에 관한 이론을 생각해 냈다. 유클리드는 기원전 300년경에 지은 『반사 광학*Catoptrics*』에서 반사의 법칙을 발표했고 플라톤은 『국가』에서 물에 일부가 잠긴 물체가 굽어 보이는 현상을 언급했다. 서구에서는 알하젠으로 알려진 이슬람 학자 이븐 알하이삼Abu Ali al-Hasan ibn al-Haytham(965~1039)은 단독으로 광학서 열네 권을 저술한 과학자로, 입사각과 반사각을 접촉면에 수직인 동일한 평면에서 다루는 경우에 관한 반사의 법칙을 자세히 설명했다. 그는 또한 구면경과 포물면경을 연구했고 인간의 눈에 관해서도 세밀히 기술했다. 예수회 수도사 로저 베이컨R. Bacon(1219/1220~1292)은 시력 교정용 렌즈의 개념을 도입했으며 광선이 렌즈를 통과하는 경로에 관해서도 어느 정도 이해하고 있었던 것으로 사료된다. 17세기에 이르면 이들의 실험과 사유를 토대로 확대경, 망원경, 현미경 등이 제작되면서 본격적으로 광학의 시대가 열리기 시작한다.

빛에 관한 오류의 가장 고전적인 사례로 늘 광학 교과서에서 언급되는 플라톤은 정신과 빛이 모두 불로 이루어졌다고 생각했으며 감각이란 눈이 방출하는 내부의 불(정신)이 외부의 불(빛)과 만날 때 이루어지는 것이라 간주했다. 플라톤의 『티마

이븐 알하이삼의 초상화.

이오스*Timaios*』에 의하면 눈에서 나오는 빛과 대기 중에 퍼져 있는 빛은 합쳐져 시선 방향에 따라 광선을 형성하며, 이것이 물질과 접촉한 다음 몸 전체를 관통하여 영혼으로 전해질 때 우리는 무언가를 본다고 말할 수 있다는 것이다.(『티마이오스』 45c~d, 플라톤 2000: 123~124) 리처드 윌버R. Wilbur의 시 「라마르크 해제Lamarck Elaborated」는 플라톤과 그의 추종자들의 오류를 지적하면서 시작된다.(Stork and Falk 1986: 3 재인용)

> 우리 눈이 빛을 지녔다고 말한 그리스인들은 틀렸어요
> 한낮의 밝음은
> 반짝이는 눈이나 동공으로부터 오는 게 아니에요
> 이 새파란 두 개의 구멍을 채우는 것은 태양이랍니다

오늘날 광학자들이 일목요연하게 정리한 바에 의하면 빛은 광원(태양, 전등 등)으로부터 대상이 되는 물체로 간 뒤 반사되거나 투과하여(유리의 경우) 탐지기(눈)으로 간다.(Stork and Falk 1986: 3) 여기서 빛이란 전자기파라는 파동 가운데 우리 눈에 보이는 것, 즉 가시광선을 가리킨다. 가시광선의 파장은 보통 4백~8백 나노미터이며 인간을 포함하는 동물들이 감지하는 것은 대체로 가시광선에 국한된다. 그러나 벌이나 나비 등은 자외선이나 적외선도 감지할 수 있다. 그러니까 빛의 감지라는 측면에서만 본다면 인간의 눈은 다윈이 말한 〈완벽〉과는 조금 거리가 있는 듯 여겨진다.

눈의 구조는 디지털카메라와 유사하다.* 디지털카메라의

영상은 피사체에서 나온 빛을 전기 신호로 변환해 기록한 것이다. 눈의 역할도 빛을 감지해 전기 신호로 변환하는 것이다. 디지털카메라와 눈 모두 피사체를 화소의 집합으로 포착한다. 눈의 구조를 교과서식으로 정리하면 다음과 같다. 눈의 내부는 일종의 암실이라 할 수 있다. 빛은 눈의 열린 동공(눈동자)을 통해 들어간다. 동공은 각막과 수정체 사이에 있는 얇은 원반 모양의 조직인 홍채의 중앙에 보이는 검은 눈동자를 말하며 빛이 많아지면 동공의 크기가 축소되고 어두워지면 확대된다. 동공의 크기를 결정하는 홍채는 카메라의 조리개 역할을 한다고 볼 수 있다. 동공은 8밀리미터까지 커질 수도 있고 2밀리미터까지 줄어들 수도 있는데 우리 의지대로 크기를 조절할 수 있는 것은 아니다. 동공의 크기는 빛의 양이나 감정 상태에 따라 자동으로 조절된다. 밝은 곳에서는 줄어들고 어두운 곳에서는 커진다. 또 흥분하거나 두려움을 느끼면 커진다. 우리가 흔히 말하는 푸른색, 갈색 등의 눈동자 색깔은 홍채의 색깔을 의미한다. 빛은 동공 뒤에 있는 투명한 렌즈인 수정체를 통과하여 일종의 스크린이라 할 수 있는 망막에 모인다. 수정체는 눈의 주된 굴절 기관으로 양면이 볼록한 돋보기 모양의 무색투명한 형태를 지닌다. 수정체의 기능은 초점을 맞추는 데 있다. 망막은 원뿔 세포와 간상세포로 구성되어 있다. 망막에서는 빛의 삼원색인 빨강, 초록, 파랑을 각각 흡수하는 광수용체가 가시광선을 흡수하고 광

* 이하 눈의 구조와 관련한 내용은 김양호 외 편 2017: 302~314; 최현석 2010: 128~170; 김도현 2015; 레스탁 2006: 71~140; 스코프 외 2019: 294~322; 바니치 외 2014: 122~184; Johnsen 2011 등을 참조한 후 종합하여 정리한 것이다.

수용체 단백질은 명암을 구분한다. 광수용체 세포는 1억 3천 개 정도로 광자(빛의 입자)가 흡수될 때 모종의 화학적 변화가 단계적으로 일어나면서 광자는 전기 신호로 바뀌어 대뇌 겉질에 전달된다. 즉 빛 에너지는 신경 에너지로 변환된 후 두뇌의 시각 겉질로 전달된다.

여기까지가 시각을 위한 눈의 일이라면 그다음은 뇌의 일이다. 대뇌 겉질에는 시각 정보를 처리하는 영역, 이른바 시각 겉질이 있다. 시각 겉질은 대뇌 반구 양쪽에 있는데 왼쪽 반구의 시각 겉질은 오른쪽 시야에서, 오른쪽 반구의 시각 겉질은 왼쪽 시야에서 신호를 받는다. 시각 뇌의 상이한 영역들은 두 가지 다른 처리 경로로 나뉘어 있다. 복측 경로가 물체의 크기, 형태, 색채 같은 세부적인 지각을 가능하게 한다면 배측 경로는 대상의 위치 지각을 가능하게 한다. 〈사람들이 시각 겉질 영역이 각각 특수한 기능을 갖고 있다는 사실을 더 잘 이해하게 됨에 따라 시각 뇌의 상이한 영역들은 두 가지 서로 다른 처리 경로 또는 흐름으로 나뉘어 있다는 가정을 하게 되었다. 이런 가정의 초기 아이디어는 《두 가지 시각 체계》라는 것이었다. 이는 1960년에 도출된 겉질과 상위 둔덕colliculi의 《무엇》 체계와 《어디》 체계 각각에서 도출된 차이를 발전시켰다. (……) 첫째로 하측두엽 경로 혹은 복측 경로는 대상의 크기, 형태, 정향, 색채 같은 세부 지각과 인식을 가능하게 하고, 후두정부 또는 배측 경로는 대상의 위치 지각을 가능하게 한다. 밀너와 구달은 이 이론이 발전하는 데 심대하게 기여했다. 그들에 의하면 서로 평행하는 두 개의 시각 처리 경로는 실제로 행동(배측 흐름)과 세계

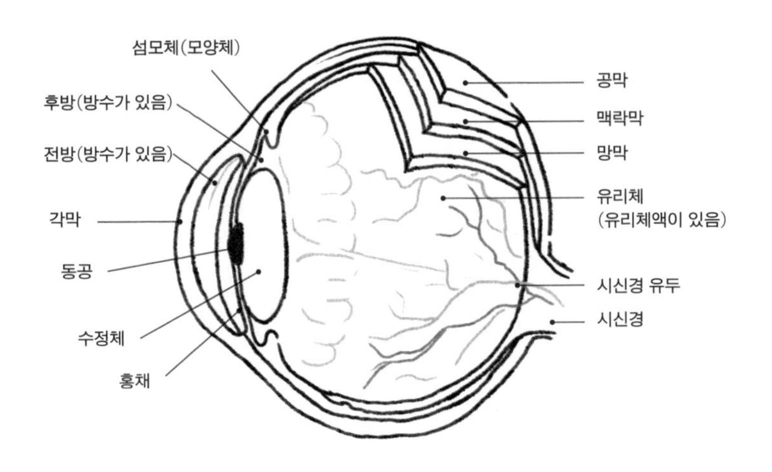

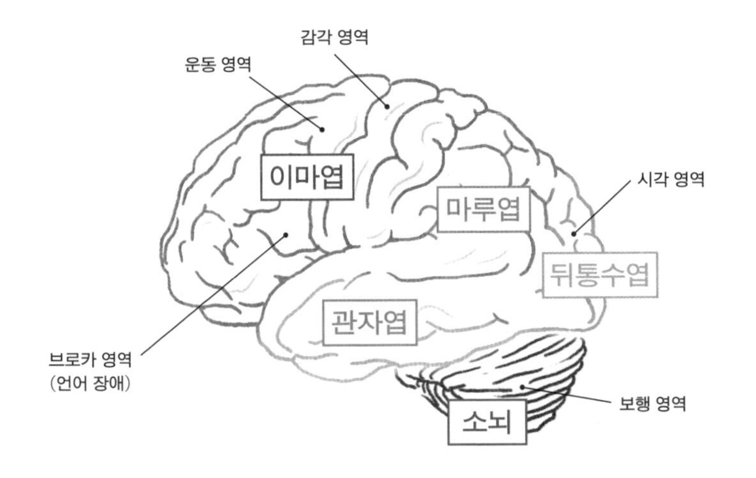

(위) 눈의 구조.

(아래) 대뇌 겉질.

에 대한 시각 경험(복측 흐름)으로 나뉘어 특화되어 있다. 배측 경로는 진화적으로 더 오래된 시각 체계로서 생명체가 세계 내에서 방향을 찾고 먹이를 잡도록 해준다. 그들의 주장에 의하면 복측 경로는 특히 유인원이 대상의 세밀한 지각과 해석, 그리고 의식적 자각을 가능하게 하도록 발전되었다.〉(스코프 외 2019: 313~315)

여기까지가 시각에 대한 가장 기본적인 설명이다. 빛이 있고 눈이 있고 뇌가 있을 때 본다는 것이 가능해진다. 아마도 욥이 말한 〈살덩이의 눈〉이 여기 해당할 것이다. 그런데 인간의 보는 행위는 이것으로 완결되는 것이 아니라 이것에서 시작된다. 〈보는 것이 아는 것〉이라는 해묵은 격언이 말해 주듯 보는 행위는 감각일 뿐 아니라 인지이기도 하기 때문이다. 광학자들이 빛이야말로 인간의 세계 인식을 가능하게 해주는 근원적 요인이라 주장하는 것도 빛에서 시작되는 시각과 인지가 불가분의 관계임을 뒷받침해 준다. 〈우리가 세계에 관해 아는 것 대부분은 물질과 전자기파의 상호 작용으로부터 얻어진다.〉(Al-Azzawi 2007: 1)*

* 빛이 시각과 연결될 때 물리학과 심리학도 연결된다. 〈빛이 물리적 속성으로 간주될 수 있으며 빛의 반사와 굴절은 물리적 원리에 따른다는 인식과 함께 빛에 관한 연구는 물리학자의 영역이 되었다. 반면 시각에 대한 검토는 주로 생리학자나 철학자들이 추구했다. 빛의 물리학을 시각의 철학과 구분한 것은 고대부터 유물론자와 관념론자 간에 놓여 있던 간극을 반영한다. 즉 빛은 외적이고 물질적인 현상인 반면, 시각은 내적이고 주관적인 현상으로 간주되었다.〉(스코프 외 2019: 297)

5
보는 것이 아는 것이다

> **햄릿** 욕정이 있는 것을 보니 필시 감각도 있었던 모양입니다만 그 감각도 이제는 정녕 마비되었나 보군요. (……) 무슨 귀신한테 홀려서 눈뜬장님이라도 됐단 말씀이오? 촉각이 없어도 시각이면, 시각이 없어도 촉각이면, 손과 눈이 없어도 청각이면, 다른 아무것이 없어도 후각만 있으면야, 아니 비록 병든 감각일지라도 한 조각만 남아 있다면야 이렇듯 망령을 부릴 리 없을 것 아니오.(셰익스피어 1995: 825)

셰익스피어W. Shakespeare의 『햄릿*Hamlet*』 3막 4장에서 햄릿이 부정한 어머니를 질타하는 대목이다. 여기서 햄릿이 말하는 〈눈뜬장님〉은 인지 과학적으로 설명하자면 시각은 있으나 인지하지 못하는 상태를 일컫는다. 인지란 동물이 환경으로부터 받은 정보를 획득하고 처리하고 저장하고 거기에 반응하는 메커니즘을 가리키며 지각, 학습, 기억, 그리고 의사 결정을 포함한다.(Shettleworth 2010: 4) 햄릿이 어머니를 향해 〈눈뜬장님〉이라 한 것은 물론 은유로 해석해야 한다. 그러나 실제로 신경 과학에서는 〈눈뜬장님〉을 가리키는 전문 용어가 있다. 이른바 시각 실인증agnosia으로, 물체를 볼 수는 있지만 인식할 수는 없는 증세를 말한다. 올리버 색스는 〈마음의 눈〉에 관한 저술에서 이러한 증상을 겪는 환자를 〈모든 것이 또렷이 보이지만 아무것도 알아보지 못하는 사람〉이라 정의한다. 1890년, 독일 신경학자 하인리히 리사워는 뇌졸중이 발생한 환자가 잘 아는 사물을 시각적으로 인지하지 못하는 상태를 심맹psychic blindness이라고 기술했다. 이 상태, 즉 시각 실인증을 겪는 사람들은 시력, 색 인지, 시야 등은 완전히 정상일 수 있다. 그러면서도 눈앞에 보이는 것을 전혀 인지하거나 식별하지 못한다.(색스 2013: 18, 74) 시각 실인증은 본다는 것이 시각 수단의 문제가 아니라 보는 행위에 부여된 의미의 문제임을, 그리고 나아가 본다는 것이 수반하는 지각과 인지의 얽힘이 생각보다 훨씬 복잡한 것임을 극명하게 보여 준다.

〈본다는 것〉은 보는 주체, 보는 행위, 보는 대상의 삼자 관계를 중심으로 무한히 다른 변주를 연출한다. 인간의 오감 — 시각, 촉각, 청각, 미각, 후각 — 중 시각만큼 많이 연구되고 시각만큼 감각을 넘어서는 의미가 부여된 감각은 없다. 20세기 중반 이후 급속하게 발전한 신경 과학은 눈이 받아들인 세계의 표상은 뇌의 번역 과정을 거칠 때만 비로소 의미를 획득한다는 전제하에 시각 신경 과학visual neuroscience이라는 연구 영역을 전경화했다. 시각은 오늘날 신경 생리학, 신경 심리학, 인지 신경 과학, 지각 심리학, 신경 미학 등 신경 과학의 제반 분야에서 연구되고 있는데, 그중 신경 과학을 전공하지 않은 인문학자에게 가장 흥미롭게 다가오는 영역은 아무래도 보는 것과 아는(이해하는) 것을 함께 연구하는 시각 인지visual cognition일 것이다. 이 책에서 앞으로 다루게 될 문학 속의 시각은 정도의 차이는 있지만 모두 시각 인지라는 커다란 테두리 안에서 논의될 것이다.

시각은 대단히 독특한, 거의 독보적인 경험이자 세계에 대한 인간 지식의 근원이다. 눈이 지각과 지식(인지)의 접점이라는 사실은 러시아어 동사 〈보다〉에서 문자 그대로 드러난다. 러시아어로 〈보다videt'〉와 〈보기videnie〉는 어원적으로 〈알다〉와 연관된다. 특히 〈videnie〉는 지극히 풍요로운 함의를 지닌 단어로, 보는 능력, 시각, 눈, 예언적인 비전, 얼굴, 이미지, 상 모두를 의미한다.(Jackson 1993: 333) 굳이 러시아어를 예시하지 않더라도, 전 세계에서 통용되는 한 단어만 예를 들어도 시각과 인지의 관련성은 충분히 보일 것 같다. 이른바 근시안이라는 단어를 보자. 가까운 곳만 볼 수 있는 사람을 의미하는 이 단어는 사실상 시력의 약화보다는 식견의 짧음을 지칭하는 데 사용된다. 먼 곳까지 볼 수 있는 사람은 당연히 미래를 내다보는 예지력이 있는 훌륭한 사람으로 간주된다.* 신경 과학의 관점에서 보자면, 본다는 것은 세계 속에 존재하는 대상을 뇌와 신경 세포의

* 심지어 20세기에 들어와서까지도 근시에 대한 인지적인 편견은 지속된 것으로 사료된다. 생리적인 시력의 약화 증상인 근시가 실질적으로 먼 곳을 보고 주변을 둘러보는 사고의 유연성 부족과 관련이 있다는 주장이 종종 발견된다. 근시 아동은 〈주변 환경에 자기를 맞추지 않고 타협도 하지 않고 자기가 생각하는 정의만을 고집하는 불쾌한 인물〉이 될 수 있다는 주장이 1930년대에 제기되었다고 한다.(엘버러 2022: 101~102)

활동을 통해 부호화된 상징적 표상으로 변환하는 것이다. 어떤 대상을 대상으로 인지하는 데서 나아가 그 대상이 무엇을 의미하는가를 인지하기 위해서는 우리 뇌에 이를테면 모종의 〈코딩〉 시스템이 존재해야 한다. 망막은 이미지의 여러 측면에 관한 정보를 추출해 전환한다. 따라서 우리가 세계에서 무언가를 본다는 것은 망막이 추출한 정보뿐 아니라 그 정보를 뇌가 어떻게 해석했는가에 달려 있다.(박찬웅 2009: 60)

시각 인지에 관해 조금 더 설명해 보자. 인간이 나무라는 대상을 본다고 가정해 보자. 나무에 대한 지각은 사람의 눈에 들어오는 나무에 바탕을 두는 것이 아니라 나무에서 반사되어 눈에 들어와 시각 수용기에 도달하는 빛에 바탕을 둔다. 이러한 사실은 지각의 또 다른 원리인 표상의 원리principle of representation를 보여 준다. 이 원리는 사람이 지각하는 모든 대상은 자극과의 직접적인 접촉에 바탕을 두는 것이 아니라, 수용기에 형성된 표상과 그 결과로 생긴 신경계의 활동에 바탕을 둔다는 것을 의미한다.(골드스타인 2023: 8)

시각과 관련하여 지각 심리학자들은 재인recognition을 강조한다. 〈전기 신호가 지각이라는 의식 경험으로 변형되고 그다음 재인에 이르러야〉 시각이 가능해진다. 심리학에서 재인이란, 현재 경험하거나 접촉하는 자극 및 정보가 과거의 학습 혹은 입력 과정을 통해 기억 체계에 저장되어 있는 자극 및 정보와 같다는 것을 알아보거나 확인하는 인지 과정을 말한다. 요컨대 〈이것이 내가 알고 있는 무엇이다〉라고 알아보는 것이 재인이다.(스코프 외 2019: 55) 나무에 대한 의식적 자각(느낌)을 지각이라고 한다면 재인은 어떤 물체를 〈나무〉라고 하며 그것에 의미를 부여하는 것이다. 그러려면 지각 과정에는 한 가지 요인, 즉 지식knowledge이 포함되어야 한다. 지식은 지각자가 지각 상황에 가져오는 과거 경험 또는 기대와 같은 어떤 정보이다. 지식은 지각 과정의 많은 단계에 영향을 미칠 수 있다. 한 사람이 지각 상황에 가져오는 지식은 몇 년 전에 획득한 정보일 수 있고 바로 직전에 획득한 정보일 수도 있다.(골드스타인 2023: 10~11) 우리말 속담 〈자라 보고 놀란 가슴 솥뚜껑 보고 놀란다〉는 과거 지식이 현재의 지각에 영향을 미치는 상황을 매우 직관적으로 예시한다.

물론 보는 것과 아는 것의 관계는 속담이나 격언처럼 깔끔하게 정리되는 문제가 아니다. 시각 인지 영역에 그동안 누적된 연구 결과들에는 우리가 결코 기웃거리고 싶지 않게 하는 거대함이 존재한다. 깨알같이 인쇄된 참고 문헌 목록만 수백 면이니 할 말이 없다. 우선, 인간이 보는 대상은 너무나 다양하다. 우리는 타인의 얼굴을 보고 자연 풍경을 보고 꽃을 보고 별을 본다. 인간은 다른 인간과 사물의 속성, 이를테면 윤곽선, 색깔, 부피감 등을 보고, 움직이는 물체의 속도까지도 본다. 우리는 또한 어떤 물체가 무엇을 기호화할 때 그 사실을 보기도 한다. 이를테면 붉은색 신호등을 볼 뿐 아니라 그것이 정지를 의미한다는 〈사실〉을 본다. 〈시각, 시각 경험, 시지각은 인간 경험의 특수한 종류이자 세계에 대한 인간 지식의 근본적인 원천이다. 더욱이 시각은 다양한 방식으로 인간의 사고, 기억 및 기타 인지와 상호 작용한다.〉(Jacob et al. 2003: ix)

인간은 또한 자신이 보는 것에 관해 사고할 수 있다. 그러나 자신이 사고하는 것을 반드시 볼 수 있는 것은 아니다. 예를 들어, 인간은 소수에 관해 생각할 수 있지만 그것을 볼 수는 없다. 수는 숫자와 달리 인간이 절대로 볼 수 없는 대상이다. 원자, 분자, 세포는 육안으로는 볼 수 없지만 수처럼 근본적으로 비가시적인 것은 아니다. 적절한 도구가 있다면 육안으로도 볼 수 있다.(Jacob et al. 2003: ix) 이 부분은 뒤에 가서 다시 자세하게 살펴볼 것이다. 지금은 일단 보는 것, 사유하는 것과 관련하여 가장 중요한 논지를 살펴보자.

우리 앞의 책상 위에 빨간 사과가 있다고 가정해 보자. 우리는 어떤 물건이 빨간 사과라는 것에 대해 아무런 인식 없이 빨간 사과를 볼 수 있다. 해당 물체가 빨간 사과라고 보는 것은 인식론적 봄이다. 어떤 대상이 빨간 사과라고 보는 것은 그것이 빨간 사과라는 것을 믿는 것이다. 빨간색과 사과에 대한 개념 없이는 이러한 믿음에 도달할 수 없다. 어떤 것이 빨간 사과라는 것을 알지 못하면서 빨간 사과를 보는 것은 비인식론적 봄이다. 이렇게 바라봄의 두 가지 방식, 즉 인식론적 봄과 비인식론적 봄은 분명하게 구분된다.

철학자 드레츠키F. Dretske는 아직 시각 신경 과학이나 시각 인지의 개념이 틀을 잡기 전에 집필한 시각 인지에 관한 고전적 저술인 『보는 것과 아는 것*Seeing and Knowing*』에서 인식론적 봄과 인식론적이지 않은 봄을 훨씬 심도 있게 구분하였다.* 드레츠키에 의하면 어떤 물체가 〈검은 책〉이라는 것을 보는 것은 인식

* Dretske 1969: 78; F. Jackson 1977: Ch. 7을 참조할 것.

론적 봄epistemic vision이다. 이는 눈이라는 감각 기관을 통해 어떤 물체를 보고 자신이 본 것이 검은 책이라고 믿게 되는 것을 의미한다. 검은색에 대한 관념, 책에 대한 관념 없이는 이런 믿음에 도달할 수 없다. 검은 책이라는 것을 알지 못한 채 검은 책을 보는 것은 비인식론적 봄non-epistemic vision이다. 인식론적 봄은 사실을 보는 것이지 대상을 보는 것이 아니다. 그러므로 인식론적 봄은 시각적 지식이라 해야 마땅하다. 여기까지는 조금 전에 말한 빨간 사과의 예와 대동소이하다.

그러나 인식론적 봄은 또한 두 가지로 세분된다. 우선 드레츠키는 제1차 인식론적 봄primary epistemic seeing을 이렇게 설명한다. 이웃의 차가 집 앞에 주차되어 있다는 것을 보는 것은 그 사실을 보는 것이다. 우리는 그 사실로부터 이웃의 차가 주차되어 있다고 믿게 된다. 우리의 시각 체계가 믿을 만한 것이라면 이웃의 차가 주차되어 있는 것을 보고 이웃의 차가 주차되어 있다는 것을 알게 된다. 그러므로 인간은 그가 실제로 보는 대상을 수반하는 사실을 알게 된다. 이것은 근본적인 인식론적 상황으로, 드레츠키는 이를 제1차 인식론적 봄이라 명했다. 인간의 시력은 그가 지각하는 대상에 관한 사실을 알도록 해준다.

그러나 이웃이 집에 있을 때만 이웃의 차가 주차되어 있다면, 우리는 다른 사실을 알게 된다. 우리는 이웃이 집에 있다는 것을 알게 된다. 이웃의 차가 주차되어 있는 것을 봄으로써 이웃이 집에 있는 것을 보는 것은 그냥 이웃이 집에(예를 들어 거실에) 있는 장면을 보는 것과는 다른 것이다. 우리는 이웃을 보지 않고도 주차되어 있는 차를 봄으로써 이웃이 집에 있다는 것을 알 수 있다. 우리는 심지어 주차된 차를 보고 〈이웃이 집에 있는 것을 본다〉라고 말할 수도 있다. 이것이 드레츠키가 말한 〈제2차 인식론적 봄secondary epistemic seeing〉이다.

하나의 사실을 보는 것으로부터 다른 사실을 보는 것으로의 전환은 시각 지식의 위계 구조를 보여 준다. 제1차 인식론적 봄에서 인간은 지각된 대상을 수반하는 사실을 본다. 그러나 제1차에서 제2차로 이동하면서 인간은 지각된 대상을 수반하는 사실을 넘어 비지각된 대상을 수반하는 사실을 보게 된다. 지각된 대상을 수반하는 봄에서 비지각된 대상을 수반하는 봄으로의 이동을 발생시키는 시각적 위계는 인간의 시각 지식에 편재한다. 제2차 인식론적인 봄은 시각 경험의 내용 중 일부가 부재하는 상황에서도 그 내용을 추론하는 일종의 재능이다. 인지적 자원이 결여된 존재에게서는 그러한 인식론적 봄이 생성될 수 없다는 얘기이다. 시지각은 인식론적 주장을 정당화하는 데 결정적인 역할을 수행한다. 이웃의 차가 주차되어 있는 것을 보고 이웃이 집에 있다고 주장하거나 계기판의 눈금을 보고 연료 탱크가 비었다고 주장할 때 우리는 우리 지식의 근거를 위해 시각에 의존한다. 우리가 안다고 주장하는 사실은 눈에 보이지 않는다. 그러나 그 사실이 의존하는 근거는 시각적이다. 보이지 않는 사실을 안다는 것은 그것과 연계된 또 다른 사실을 보는 것으로써 정당화된다.(Jacob et al. 2003: 146~147)

시각과 인지의 관계가 얼마나 복잡하고 다양한지는 이상의 논의만으로도 충분히 전달되었을 것이다. 우리는 실제로 〈보다〉라는 동사에서 파생된 어휘를 전혀 시각적이지 않은 맥락에서 종종 사용한다. 가령 누군가의 시점은 바라보는 각도가 아니며 시야를 넓힌다는 것 역시 실제로 가시 범위를 넓힌다는 뜻이 아니다. 어떤 시각을 견지한다는 것 역시 마찬가지다. 이러한 사실은 본다는 것과 안다는 것의 연계가 이론 이전에 이미 인간의 직관 속에 존재해 왔음을 말해 준다.

6
생각하는 대로 보인다

도스토옙스키 소설 『백야*Belye nochi*』의 주인공은 자타가 공인하는 외톨이 몽상가이다. 홀로 하숙집에 기거하는 그는 친구도 연인도 가족도 없이, 생계를 위한 최소한의 직장 생활 외 나머지 시간은 독서와 공상과 몽상으로 채우며 살아간다. 상트페테르부르크의 어느 초여름 날, 백야를 산책하던 주인공은 운하의 난간에 기댄 채 울고 있는 아가씨를 위로해 주다가 그만 사랑에 빠진다. 아가씨의 이름은 나스첸카, 멀리 돈 벌러 떠났던 약혼자가 페테르부르크에 돌아와서도 연락을 하지 않자 그에게 버림받았다고 짐작하고는 울고 있었던 것이다. 주인공은 이미 첫눈에 귀여운 나스첸카에게 반했지만 자신에게 속내를 털어놓은 그녀의 신뢰를 저버릴 수 없어 그저 위로만 해주며 사랑을 감춘다. 그녀의 약혼자에게서는 여전히 소식이 없다. 마침내 주인공은 사랑을 고백하고 그녀는 머뭇거리면서도 그의 사랑을 받아들인다. 〈제가 다른 사람을 사랑했는데도 (……) 언제나 지금처럼 저를 사랑하고 싶으시다면 저도 맹세합니다, 저의 사랑이 마

침내 당신의 사랑을 받을 가치가 있게 되리라는 걸…….〉(도스토엡스키 3: 340)

그런데 두 사람이 막 장밋빛 미래를 함께 그려 보려는 바로 그 순간 그녀의 약혼자가 나타난다. 나스첸카는 아무런 망설임도 없이 약혼자를 따라간다. 다음 날, 그녀에게서 편지가 온다. 〈용서해 주세요! 저는 당신도 저 자신도 속였습니다. 그건 꿈이었어요. 환영이었어요. (……) 다음 주에 저는 그 사람과 결혼합니다. 그이는 한시도 저를 잊은 적이 없었답니다…….〉(도스토엡스키 3: 346~348)

도스토엡스키는 주인공의 절망과 상실을 서사가 아닌 시각으로 묘사한다. 그의 세계는 갑자기 퇴락한다. 하숙집 하녀 마트료나도, 그의 하숙방도 모두 순식간에 활기를 잃는다.

> 나는 마트료나를 바라보았다……. 그녀는 아직 정정한, 〈젊은〉 할머니였다. 그런데 어찌 된 영문인지 갑자기 그녀가 눈이 가물거리고 얼굴에 주름살이 가득한, 허리가 착 꼬부라지고 노쇠한 노파처럼 보였다. 어찌 된 영문인지 내 방도 그 노파처럼 갑자기 늙어 버린 것 같았다. 벽과 바닥 모두 색이 바래 버렸다. 모든 것이 침침해졌다. 거미줄은 더욱 늘어났다. 창밖을 내다보자 어찌 된 영문인지 이번에는 건너편 건물이 늙고 우중충하게 변한 듯 보였다. 기둥의 회반죽은 벗겨져 무너져 내렸으며 처마 끝은 검게 그을고 여기저기 금이 갔다. 가라앉은 노란색으로 선명하게 보이던 벽은 얼룩덜룩해졌다…….(도스토엡스키 3: 348~349)

화자는 갑자기 달라진 풍경을 두고 〈어찌 된 영문인지〉 모른다고 말하지만 그 자신도, 소설의 독자도 너무나 분명하게 그 이유를 안다. 상실감과 슬픔이라고 하는 현재 상태가 그의 시각에 **침투**해 들어갔기 때문이다. 이 대목은 시각 인지의 가장 고차원적인 개념 중 하나인 〈인지적 침투 가능성cognitive penetrability〉을 환기한다. 인지적 침투 가능성은 〈인간의 지각 내용이 인지 상태, 즉 믿음, 욕망, 정서, 상상 등에 의해 수정되거나 영향을 받을 수 있다는 가설〉이다.(Dokic et al. 2015: 243; Siegel 2010: 11) 요컨대 믿음, 욕망, 그리고 다른 많은 가능한 인지적 상태가 주체의 지각 내용이나 경험을 결정할 정도로까지 지각 처리 과정에 영향을 미친다는 얘기이다. 이 가설이 옳다면 인간이 보는 것은 자극 조건뿐만이 아니라 인간 존재의 바탕에 깔린 정신 상태에도 달려 있다는 뜻이 된다. 이를테면 피부색에 대해 우리가 가지고 있는 믿음, 혹은 인종에 관한 선입견 같은 것들이 정당화되건 아니건 간에 우리의 지각에 의미론적 영향을 미친다는 것이다.(Orlandi 2014: 189) 그래서 일각에서는 지각의 현상학은 지각 내용에 의해서만 결정되는 것이 아니라 의식적인 느낌(현실감, 낯익음, 지각되는 것과 관련한 자신감 등)으로 이루어진 다른 차원, 이를테면 정서적 차원을 가진다고 주장한다.(Dokic et al. 2015) 『백야』에 적용될 때 이러한 가설은 상당히 설득력 있게 들린다. 특히 주인공이 겪는 감정의 변화를 단순히 정서나 느낌, 혹은 기분이 아닌 정동(情動, affect)으로 해석할 때 그렇다. 심리학에서 정동은 희로애락과 같이 일시적으로 급격하게 일어나는 감정, 진행 중인 사고 과정이 멎거나 신체적인 변화가 뒤따르는 강렬한 감정 상태를 의미한다.(스코프 외 2019: 23) 아마도 주인공은 세상에 태어나서 가장 고통스러운 상실감을 겪는 중일 것이다.

그러나 『백야』와 관련하여 정말로 흥미로운 것은 이른바 〈인지적으로 침투당한〉 시각에 관해 소설과 지각 심리학이 보여 주는 차이점이다. 문학 속으로 들어올 때 지각 심리학적 가정과 사실 들이 만들어 내는 그 다양한 변주들은 경이롭다. 도스토옙스키의 주인공은 인지의 간섭으로 변형된 광경을 바라볼 뿐 아니라 그 변형을 나름대로 해석한다. 〈아니면 먹구름을 뚫고 비죽이 나왔던 한 줄기 햇살이 다시 비구름에 가리어지는 바람에 모든 것이 내 눈에 우중충하게 보인 걸까.〉(도스토옙스키 3: 349) 그가 은유적으로 묘사하는 먹구름과 햇빛이 그의 평범한 일상과 나스첸카의 존재를 각각 가리킨다는 것은 충분히 납득할 만하다. 그의 말대로라면 연인과의 이별이 그의 시각에 침투해 들어와 장면을 변형한 것이 아니라, 연인과의 만남이 그의 시각에 침투해 들어와 장면을 밝게 변형했다가 이제 연인과의 이별 덕분에 그는 원래의 현실을 제대로 보게 된 것이다. 행복한 사건도 슬픈 사건도 우리의 시각을 변형한다. 그런데 문제는 그다음이다. 그에게 가장 서글픈 것은 현재의 어두운 상황이 아니라 그 상황이 먼 미래로 연장되는 것이고 그는 그것을 〈시각적으로〉 확신하고 있다. 〈아니면 눈앞에서 내 미래의 전망이 침울하고 슬프게 명멸했기 때문일까. 정확하게 15년 뒤의 내 모습, 지금의 이 방에 지금처럼 고독하게, 그토록 세월이 흘러갔어도 조금도 똑똑해지지 않은 마트료나와 함께 있는, 지금과 똑같은 내 늙은 모습을 보았기 때문일까.〉(도스토옙스키 3: 349) 주변 환경이 칙칙해진 것은 주인공이 미래를 칙칙하게 예견하기 때문이다. 즉, 칙칙한 풍경을 보면서 칙칙한 미래를 상상한 것이 아니라 어둡고 고독하고 권태로운 미래를 예견했기 때문에 현재의 풍경이 어둡게 보인다는 얘기이다. 그러나 주인공의 시각 덕분에 그에게는 창조의 기회가 주어진다. 잠깐 그를 비췄던 빛 덕분에 그는 오히려 그가 속한 어둠의 현실을 직시할 수 있게 되었고 결국 그 빛나는 시간을 한 편의 소설로 만들어 낸 것이다. 〈한순간이나마 지속되었던 지극한 행복이여! 인간의 일생이 그것이면 족하지 않을까?〉(도스토옙스키 3: 350) 이 단계로 진입하면 사실상 그에게 의미 있는 것은 풍경이 어떻게 보이느냐가 아니라 그 바라본 경험을 어떻게 예술로 승화하느냐이다. 가시적인 세계를 넘어서는 다른 세계, 더 큰 의미로 가득 찬 세계는 부재 속에서만 알아볼 수 있다. 어둠이 없으면 빛은 아무런 의미도 없다.(Judd 2016: 347)

인지적 침투라는 개념에 대한 합의된 정의는 아직 부재할 뿐 아니라 인지적인 침투 가능성과 불가능성(인지적 침투 가능성의 반대편에는 인지적 침투 불가능성의 개념이 존재한다), 인지적 침투가 가능한 시각 단계, 지각의 개념적 내용과 비개념적 내용 등, 이 개념을 둘러싼 논의는 여전히 진행 중이다.(천현득 2020; 윤보석 2021; 김태경 2021) 인지적 침투가 최근까지도 하나의 가정으로만 다루어지며 주로 철학자들 사이에서 강도 높은 논의가 진행되고 있다는 것은 그만큼 이 가정의 함의가 중요하다는 뜻일 것이다. 만일 인지적 침투가 가설이 아닌 〈과학적〉 사실로 밝혀진다면 그 철학적 함의는 어마어마할 것이다. 우리가 생각하는 방식이 우리가 세상을 보는 방식을 문자 그대로 좌지우지한다는 뜻이기 때문이다.(J. Zeimbekis and A. Raftopoulos, ed., 2015: Ch. 1)

7
보이는 것과 보이지 않는 것

〈우리가 어떤 것을 놓치는 이유는 그것이 너무도 작아 무시해 버리기 때문이다. 하지만 너무도 엄청나게 커서 보지 못하는 경우도 있다. 존과 나는 같은 사물에 눈길을 주고 있었고 같은 사물을 보고 있었으며 같은 사물에 대해 이야기하고 있었고 같은 사물에 대해 생각하고 있었지만 그와 나는 완전히 다른 차원에서 눈길을 주고 있었고 보고 있었고 이야기하고 있었고 생각하고 있었던 것이다.〉(피어시그 2010: 110) 미국 소설가이자 철학자 퍼시그R. Pirsig가 쓴 〈선과 모터사이클 관리술Zen and the Art of Motorcycle Maintenance〉이라는 신기한 제목의, 그리고 제목 못지않게 기이하고 복잡한 내용의 소설에 나오는 대목이다. 시각과 눈에 관한 흥미로운 관찰이 많이 포함되어 있어 눈을 연구하는 동안 내가 주의 깊게 읽었던 책이다. 맞다. 인간은 너무 작은 것도 못 보고 너무 큰 것도 못 본다. 그리고 이렇게 못 보는 것을 보기 위한 인간의 노력이야말로 과학과 기술 발전의 근원에 놓여 있다.

눈은 약 400~700나노미터 파장 사이의 협소한 범위 내 전자기적 에너지에 반응한다. 실제로 명료한 시각은 500~560나노미터에 한정된다. 우리는 이 범위를 벗어나는 것은 아무것도 볼 수 없다. 요컨대 우리는 많은 실재 중에서 우리의 시각 시스템이 지닌 물리적 한계에 부합하는 실재만을 볼 수 있을 뿐이다.(레스탁 2006: 87) 인간은 이렇게 제한적인 시각을 강화하고 인공적으로 시야를 확장하기 위해 끊임없이 노력해 왔다. 물체의 상을 추적하는 기술은 광학 기구 덕분에 장족의 발전을 거듭해 왔다. 광학 기구들은 대상을 고화질로 볼 수 있게 해줄 뿐 아니라 너무 작거나 너무 멀거나 너무 투명해서 볼 수 없는 것들을 보게 해준다. 프리즘, 렌즈, 안경, 확대경, 현미경, 망원경, 반사경이 대표적인 광학 기구이지만 조금 더 상세하게 들어가면 망원경만 해도 굴절 망원경, 반사 망원경, 반사 굴절 망원경, 무한 초점 망원경 등으로 엄청나게 다양하게 세분된다.(김도현 2015: 161~169; Falk et al. 1986: 159~180) 보통 사람에게 시각과 관련하여 가장 고마운 도구는 물론 안경이다. 안경은 13세기부터 상용화되었다고 알려져 있다. 즉 그 전까지 수천 년 동안 인간은 뿌옇고 침침한 시야를 속절없이 인내하며 살아가야 했다는 얘기이다. 〈1267년 로저 베이컨은 정밀하게 연마된 렌즈를 통해 미세한 글자를 선명하고 크게 볼 수 있다는 것을 과학적으로 증명했다. 이 발견의 결과로 이탈리아 무라노 공장은 유리 실험을 시작하여 안경의 요람이 되었다.〉(바예호 2023: 370)*

* 로저 베이컨의 『대저작*Opus Majus*』에 나오는 다음 대목을 참조하라. 〈구체의 일부분처럼 흰 수정이나 유리, 그 밖의 투명한 물질을 볼록한 면이 눈을 향하도록 들

안경이 주로 시각의 이른바 〈화질〉을 높여 줬다면 현미경과 망원경은 인간이 볼 수 있는 범위를 전격적으로 확장해 줬다. 현미경은 약 1590년경 당시 광학 기술의 성지였던 네덜란드에서 안경 제조공 차하리아스 얀선Z. Janssen이 발명했으며, 망원경은 1608년 역시 네덜란드의 안경 제조공 한스 리퍼르스헤이H. Lippershey가 발명했다.(보바 2004: 250~284) 당연히 현미경의 발견은 눈 연구를 가속했다. 과학자들은 현미경을 사용하여 동물의 눈을 해부학적으로 볼 수 있게 되었고 이는 더 좋은 광학 기구의 발명을 가능케 하는 촉진제가 되었다. 눈이 눈을 만들어 내는 선순환이 계속되었다. 네덜란드 과학자 안토니 판 레이우엔훅A. V. Leeuwenhoek은 자신이 만든 현미경으로 죽은 소의 시신경을 들여다봤다.(스코프 외 2019: 307) 베네치아에서 수학을 가르치던 천재 갈릴레오 갈릴레이G. Galilei는 네덜란드 안경 제조업자의 아이디어에 빛과 렌즈에 관한 깊은 연구를 더해 은근슬쩍 망원경을 자신의 업적으로 만들어 버렸다. 〈갈릴레이는 영리하게 그 망원경을 총독에게 선물했고 파도바 근처에 있던 작업실로 돌아가 훨씬 나은 망원경을 다시 만들었다. 그리고 얼마 후에는 그렇게 만든 망원경으로 밤하늘을 관찰하기 시작했다.〉(마 2012: 429)

17세기 유럽의 과학과 기술을 광학의 관점에서 일견해 보는 것은 흥미롭다. 뉴턴I. Newton, 케플러J. Kepler, 데카르트R.

고 글씨나 작은 물체를 들여다보면 대상이 훨씬 더 또렷하고 크게 보일 것이다. (……) 이런 원리로 아무리 작게 쓴 글씨라도 확대하면 노인이나 시력이 약한 사람도 읽을 수 있으므로 유용하다.〉(엘버러 2022: 67~68)

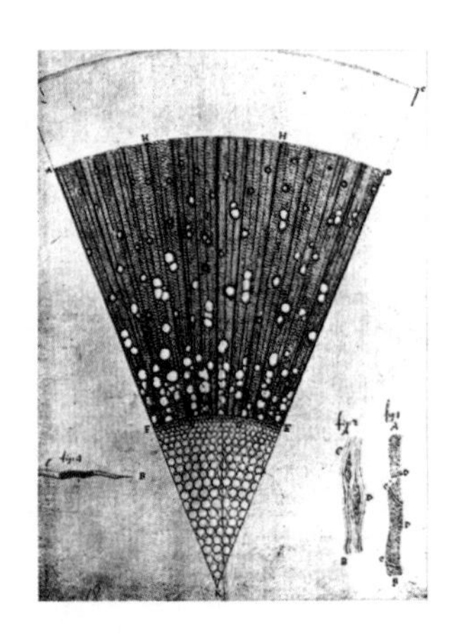

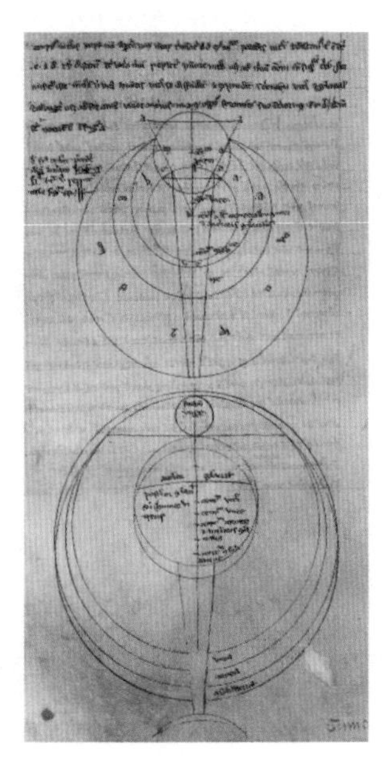

(위) 안토니 판 레이우엔훅이 현미경으로 나무의 단면을 들여다보고 그린 그림.

(아래) 로저 베이컨이 광학을 연구하며 그린 다이어그램.

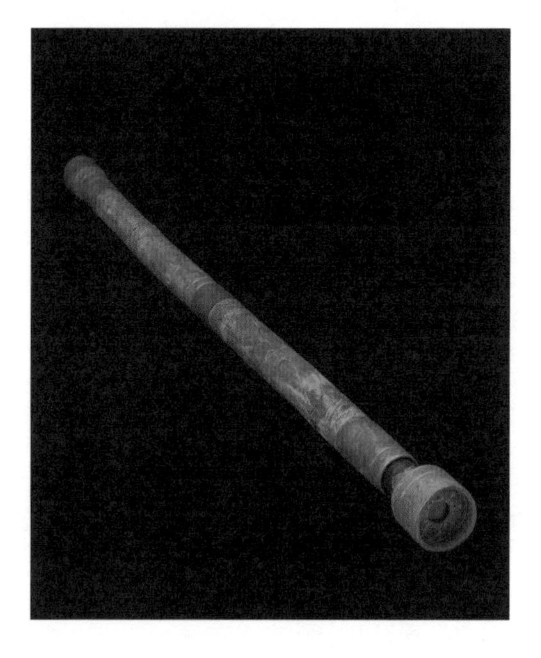

(위) 차하리아스 얀선이 발명했다고 추정되는 최초 현미경의 복제품.

(아래) 갈릴레오의 초기 망원경 복제품.

Descartes의 이름만으로도 우리는 시각 과학의 발전이 당시 얼마나 큰 도약의 단계에 있었는지 짐작할 수 있다. 거의 과학계의 신처럼 군림해 물리학과 광학의 발전을 진두지휘했던 뉴턴은 자신의 안경을 갈아 최초로 반사 망원경을 만들었다. 케플러는 빛이 망막 이미지를 형성하기 위해 눈의 다양하고 투명한 표면에서 어떻게 굴절되는지를 기술했다.(스코프 외 2019: 301) 데카르트는 빛을 탄성 매질에 의해 전달되는 일종의 압력으로 보는 모델을 사용하여 굴절의 법칙을 유도했다. 그는 「굴절 광학La Dioptrique」에서 다음과 같이 기술한다. 〈모든 다른 물체의 작은 구멍들을 메우고 있는 매우 파악하기 어려운 물질로 이해되는 어떤 운동이나 작용을 말할 때, 이러한 성질은 빛의 탓이라고밖에 말할 수 없다는 것을 기억해야 한다.〉(헥트 2018: 2 재인용) 우리에게는 주로 철학자로 알려진 데카르트의 눈에 대한 관심은 지대한 것이어서(철학자가 시각에 관심을 보이는 것은 어찌 보면 당연한 일이기도 하지만) 그는 달걀 껍데기를 사용해 인공 눈을 제작하는 단계로까지 나아갔다. 그의 인공 눈은 초점 맞추기의 문제를 전면에 내세웠다. 서로 다른 거리에 있는 대상들은 초점이 맞춰진 이미지를 형성하기 위해 상이한 강도의 렌즈를 요구한다는 것이 그의 생각이었다.(스코프 외 2019: 305~306)

오늘날 인간 시각의 확장을 말할 때 가장 먼저 생각나는 것은 인체 내부를 볼 수 있는 기구와 우주를 볼 수 있는 기구일 듯하다. 엑스레이로 몸의 내부를 찍게 된 일이 한 세기 전으로 거슬러 올라간다면, 1980년대에 등장한 자기 공명 영상법MRI은

LA
DIOPTRIQVE
Diſcours Premier
DE LA LVMIERE.

OUTE la conduite de noſtre vie depend de nos ſens, entre leſquels celuy de la veüe eſtant le plus vniuerſel & le plus noble, il n'y a point de doute, que les inuentions qui ſeruent a augmenter ſa puiſſance, ne ſoyent des plus vtiles qui puiſſent eſtre. Et il eſt malaiſé d'en trouuer aucune qui l'augmente dauantage que celle de ces merueilleuſes lunettes, qui n'eſtant en vſage que depuis peu, nous ont deſia découuert de nouueaus aſtres dans le ciel, & d'autres nouueaus obiets deſſus la terre en plus grand nombre que ne ſont ceus, que nous y auions veus auparauant: en ſorte que portant noſtre veüe beaucoup plus loin que n'auoit couſtume d'aller l'imagination de nos peres, elles ſemblent nous avoir ouuert le chemin, pour parvenir a vne connoiſſance de la Nature beaucoup plus grande & plus parfaite, qu'ils ne l'ont eue. Mais a la honte de nos ſciences, cette inuention ſi vtile & ſi admirable, n'a premierement eſté trouuée que par l'experience & la fortune. Il y a enuiron trente ans, qu'vn nommé Iaques Metius de la ville d'Alcmar en Hollande, homme qui n'auoit iamais eſtudié, bien qu'il euſt vn pere & vn frere qui ont fait profeſſion des

A mathe-

데카르트의 「굴절 광학」 첫 면.

76 LA DIOPTRIQUE

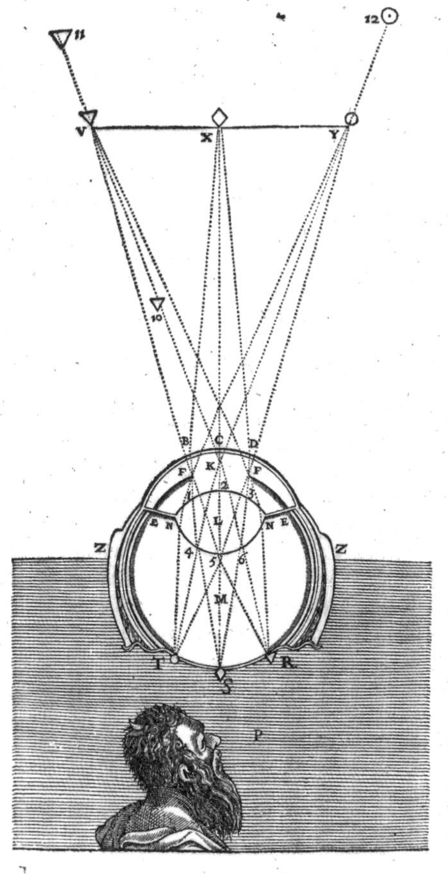

데카르트의 「굴절 광학」에 실린 안 굴절도.

뇌 내부 구조의 시각화를 가능하게 해줬다. MRI는 뇌 구조를 드러내 주는 표준 기술이 되었지만 신경 활동까지 보여 주지는 않는다. 그래서 그보다 더 고도화된 기술인 기능성 자기 공명 영상법fMRI이 개발되었는데, 〈스캐너〉라고 불리기도 하는 이 촬영 기술은 활성화된 뇌 영역에서 혈류량이 증가한다는 사실을 이용해 인간의 뇌를 탐색한다.(골드스타인 2023: 38) 오늘날 인간은 자기 뇌까지도 들여다보면서 해마의 크기가 정상인지 아닌지 같은 얘기를 의사와 나눌 수 있게 된 것이다.

더 멀리 보고자 하는 인간의 욕망이 구현되어 온 과정은 거의 마술에 가깝다. 갈릴레이가 수제 망원경으로 천체를 관찰한 지 불과 3백여 년이 지난 1946년, 젊고 잘생긴 천문학자 라이먼 스피처L. Spitzer가 대기권 밖으로 망원경을 보내자는 아이디어를 내놓았다. 그 후 반세기가 흐른 뒤 마침내 그의 제안은 전설의 〈허블〉이라는 이름으로 실현되었다. 에드윈 허블E. Hubble은 무엇보다도 다양한 성운 안에 있는 별들의 거리를 측정했다. 그의 측정 덕분에 우리는 우리의 〈은하가 더 거대한 우주 안에 있는 별들이 모인 섬이고, 우주 안에는 그야말로 수도 없이 많은 다른 섬이 존재한다는 것을 알게 되었다〉.(후퍼 2023: 66~67) 1990년 4월 24일 디스커버리호에 실려 지구의 궤도로 올려진 허블 망원경이 지난 사반세기 동안 찍은 150만여 장의 사진 덕분에 밝혀진 우주의 비밀은 경이롭다. 〈천문학자들은 허블 망원경을 이용해 우주의 팽창 속도를 정확히 측정하여 우리 우주의 나이가 약 137억 년이라는 것을 밝혔다. 그 후 우주 배경 복사에 대한 정밀한 측정을 통해 138억 년으로 수정되기는 했지만, 우리는 허블 망원경의 도움으로 우주의 나이를 가장 정확하게 파악한 인류의 첫 세대가 되었다. 게다가 우주가 과거보다 더 빠르게 팽창하고 있다는 사실과 이런 가속 팽창을 일으키는 암흑 에너지의 존재를 밝히는 데 결정적 역할을 한 것이 바로 허블 망원경이다. 가장 강력한 성능의 망원경이었던 만큼 허블 망원경은 가장 먼 거리를 볼 수 있었다. 빛의 속도는 유한하기 때문에 가장 멀리 있는 물체에서 오는 빛은 그만큼 더 먼 과거에서 출발한 빛이다.〉(고재현 2020: 280~281)

허블 망원경 다음으로 개발된 우주 망원경은 제임스 웹 우주 망원경이다. 미국 항공 우주국NASA, 유럽 우주국ESA, 캐나다 우주국CSA 합작으로 개발된 이 망원경은 2021년 12월 25일, 빅뱅 후 2억 년이 지난 초기 우주를 향해 날아가 2022년 7월부터 관측을 시작해서 별의 탄생 장면을 비롯해 우주의 신비를 밝혀 줄 상세한 관측 활동을 계속하고 있다. 내가 이 글을 쓰는 동안 또 하나의 우주 망원경이 미지의 세계를 향해 날아갔다. 2023년 7월 1일(현지 시간) 유럽 우주국은 우주 망원경 〈유클리드〉를 발사했다.* 허블과 제임스 웹이 20세기 천문학자의 이름이라면 이 새로운 망원경에는 다름 아닌 기하학의 아버지 〈유클리드〉의 이름이 붙여졌다. 20세기 물리학이 모두 비(非)유클리드 기하학에서 출발했다는 점을 감안하면 이름부터가 상당히 의미심장하다. 웹 망원경이 별이나 은하와 같은 천체 물질을 연구하기 위해 설계되었다면, 유클리드 망원경은 2029년까지

* 이하 유클리드 관련 소식은 2023년 7월 3일 자 『동아일보』 기사를 참조했다. https://www.donga.com/news/People/article/all/20230703/120043271/1.

〈암흑 에너지〉와 〈암흑 물질〉을 찾는 임무를 수행할 예정이다. 내가 천문학이나 천체 물리학에 관해 일자무식임에도 유클리드 망원경에 관해서는 국내외 모든 기사를 샅샅이 찾아보는 이유는 바로 〈암흑 물질〉 때문이다. 〈은하 내부 별들의 운동을 비롯한 여러 증거들은 별과 행성과 우리 인간의 재료가 되는 물질 외에 다른 종류의 물질이 우주에 있음을 알려 준다. 그 물질은 중력을 발휘하지만 빛을 방출하거나 흡수하거나 반사하지 않는다. 따라서 우리는 그 물질을 볼 수 없다. 그것은 암흑 물질이다. 암흑 물질의 정체를 아는 사람은 없지만, 암흑 물질의 후보자들을 찾기 위한 탐지기들이 건설되었다.〉(로젠블룸 2012: 411) 빛이 미치지 않는(혹은 그렇다고 추정되는) 어떤 물질, 존재한다고 말할 수는 있지만 아무도 본 적이 없는 어떤 물질, 천재 물리학자들의 지성을 다 합쳐도 아직 정체를 알 수 없는 그 물질을 탐사하는 망원경이야말로 인류가 만들어 낼 수 있는 궁극의 〈인공 눈〉이 될 것 같다.

과학자들이 갈릴레이의 수제 망원경에서 유클리드 우주 망원경에 이르기까지 4백 년 남짓한 세월 볼 수 없는 물질 세계를 바라보는 시각을 무한히 확장해 오는 동안 다른 한편에서는 일군의 사람들이 그보다 훨씬 오랜 세월, 아마도 수천 년 동안, 보이지 않는 비물질 세계를 보고자 마음의 시각을 연마했다. 숨가쁘게 전개된 르네상스와 종교 개혁과 과학 혁명의 릴레이 저편에는 항상 초월성에 대한 인간의 고도로 정적이고 심오한 열망이 존재했다. 네덜란드의 렌즈공들과 이탈리아 무라노섬의 유리 공방 장인들이 손톱이 새카매지도록 유리 조각을 갈고 다

(위) 제임스 웹 우주 망원경에서 전송된 은하계 이미지(2023년 7월 3일 공개).

(아래) 유클리드 우주 망원경.

듬을 때, 무한히 고결하고 또한 믿을 수 없이 지루한 일군의 사람들은 인간 내면의 눈을 갈고 다듬는 데 혼신의 힘을 기울였다. 유대교 카발라 신비주의자들, 고대 그리스의 관념론 철학자들, 그리스도교 신비주의자들, 헤시카즘 은수자들, 고행자들, 사막의 수도사들, 부정 신학자들에서 이슬람 수피들에 이르기까지 다양한 신비가들이 초월적인 어떤 것을 보기 위해 평생을 다 바치기를 불사했다. 궁극적 실재, 신, 브라만, 도, 아트만, 혹은 절대 선 등 형언할 수 없고 이름 지을 수 없고 표현할 수 없는 그 어떤 존재에 대한 인간의 희구는 이해할 수 없는 것에 닿으려는 뜨거운 지적 열망과 함께 인류 역사의 암반을 흐르는 도도한 물줄기를 이끌었다. 물리학자의 시선으로 보자면 이 모든 것은 〈다른 차원〉의 문제이며 이 또한 어느 정도까지는 〈물리학적으로〉 설명할 수 있다. 〈인간은 3차원의 생물이므로 우리의 감각 기관은 3차원을 지각하고 느끼도록 되어 있다. 3차원보다 낮은 차원은 3차원 안에 포함될 수 있기 때문에 우리가 지각하는 데 어려움이 없다. 반면 3차원보다 높은 차원은 우리의 감각으로 느낄 수 없다. 그러나 자신이 살고 있는 세상보다 높은 차원을 인식하는 것은 가능하다. (……) 3차원 공간에서 만들어진 우리의 뇌로 4차원 공간을 보는 것은 사실상 불가능하다. 더 높은 차원의 세계는 본질적으로 보이지 않는, 본다는 것을 초월한 세계이다.〉(이강영 2012: 325~326)

플라톤에게 초월성은 선의 이데아를 의미했다. 그것은 궁극의 실재이며 모든 옳고 아름다운 것의 원인이었다. 그가 『국가』에서 언급하는 저 유명한 〈동굴의 비유〉는 바로 이 선의 이데아를 향해 나아가는 과정을 시각화한 것인데, 인간이 처음에는 동굴 벽에 비친 태양의 그림자를 보다가 결국 실재 그 자체를 보는 과정이 곧 인간 정신의 성장이라는 것이 요지이다. 〈마지막으로는 그가 해를, 물속이나 다른 자리에 있는 해의 투영(投影)으로서가 아니라 제자리에 있는 해를 그 자체로서 보고, 그것이 어떤 것일지를 관찰하게 될 것이라고 나는 생각하네. (……) 또한 그는 곧이어 태양에 대해 벌써 이런 결론을 내리고 있을 걸세. 즉 계절과 세월을 가져다주며 보이는 영역에 있는 모든 것을 지배하며, 또한 어느 면에서는 그를 포함한 동료들이 보았던 모든 것의 《원인이 되는 것aitios》이 바로 이것이라고 말일세.〉(플라톤 2023: 451~452) 여기서 태양은 물론 궁극의 진리에 대한 은유라 할 수 있는데, 지혜로워지기를 원한다면 인간은 누구라도 반드시 이 선의 이데아를 〈보아야idein〉 한다.(플라톤 2023: 454)

그리스도교에서 회심이 항상 내면의 시각과 연관된다는 점은 괄목할 만하다. 그 가장 유명한 사례는 아마도 사울의 회심일 것이다. 그리스도인을 박해하기 위해 다마스쿠스로 가는 길에 사울은 강렬한 빛의 세례를 받고 땅에 엎어진다. 그는 사흘 동안 아무것도 못 보는 암흑 속을 헤매다 하나니아스의 안수로 눈을 뜨게 된다. 〈그러자 곧 사울의 눈에서 비늘 같은 것이 떨어지면서 다시 보게 되었다.〉(「사도행전」 9: 18) 박해자 사울이 사도 바오로로 다시 태어나는 순간이다.* 회심이 시각적으로 기

* 바오로의 회심은 그리스도교 역사에서 하나의 원형이다. 회심 후 예수회 수도사가 된 19세기 프랑스 유대인 마리알퐁스 라티스본M. A. Ratisbonne이 묘사하는

술되는 가장 근본적인 원인은 그리스도교 신학 자체에 포함되어 있다. 그리스도교인이 추구하는 신앙의 궁극적인 단계는 신과의 합일이며 그 합일은 신과 마주 봄, 혹은 신과의 시선 교환이라 불린다. 〈하느님이 우리를 바라보고 있음을 안다는 것은 구원의 희망을 품을 수 있다는 것을 의미한다. 그 구원은 결국 종말에 이루어지는 시선 교환, 즉 지복 직관beatific vision으로 귀결한다. 지복 직관은 하느님의 신성 안에서 그를 눈으로 경험하는 것을 말한다.〉(리멜레 외 2015: 41)* 이 지복 직관, 혹은 더 포괄적으로 관상(觀想, contemplation)이라 불리는 보는 행위는 서구 신비 사상의 핵심이자 전부이다. 이 책의 마지막 장에서 자세히 살펴보겠지만 관상이야말로 사실상 인간의 시각이 도달할 수 있는 궁극의 단계이기도 하다. 원래 관상의 라틴어 어원은 신전temple에 기인하는데 신전에서 신상을 바라보는 행위가 곧 관상이었다는 뜻이다.(Louth 2004: 73) 신비 사상의 기원을 논하는 대부분의 학자들이 플라톤으로 거슬러 올라가는 것도 바로 이 때문이다. 앞에서 살펴봤듯 플라톤은 실재 중의 실

시각 체험은 사울의 회심에서 파생된 듯 보인다. 〈내가 말할 수 있는 것은 한순간에 내 눈에서 붕대가 벗겨져 나갔다는 사실뿐이다. 그것도 붕대 한 겹이 아니라 내가 성장하는 동안 내 눈에 켜켜이 쌓여 있던 붕대 전체가 떨어져 나간 것이다. 그것들은 작렬하는 태양의 열기 아래서 진흙과 얼음이 녹아내리듯 재빨리 하나둘 사라져 갔다. 나는 관에서 나오기라도 하듯 어둠의 심연에서 빠져나왔다. 나는 살아 있었다. 완벽하게 살아 있었다. 그러나 나는 무한하신 자비 덕분에 빠져나온 심연의 바닥에 깔린 끔찍한 고통을 보았기에 목 놓아 울 수밖에 없었다. (……) 나는 그 변화를 깊은 잠의 비유, 혹은 소경으로 태어난 사람이 갑자기 눈을 떠서 대낮의 광명을 보게 된다는 비유보다 더 잘 설명할 수가 없다.〉(James 1987: 209~210)

* 가톨릭 미사에서 사제가 말하는 전구를 참조하라. 〈부활의 희망 속에 고이 잠든 교우들과 세상을 떠난 다른 이들도 모두 생각하시어 그들이 주님의 빛나는 얼굴을 뵈옵게 하소서.〉

재, 모든 아름답고 완전하고 올바른 것의 근원을 보는 것이야말로 인간의 전 존재가 올라설 수 있는 궁극의 단계라고 여겼다. 〈신비 신학은 관상의 교의라 할 수 있으며 플라톤 철학의 한 부분이 아니라 플라톤 세계관 전체가 여기 해당한다. (……) 영혼은 본래가 신적인 것이어서 신의 세계로 돌아가야 한다. 그리고 영혼은 이 일을 《실상》, 《진》, 《선》, 《미》에 대한 관상 — 테오리아 — 을 통해 수행한다. 이 테오리아는 단순히 숙고하는 것이나 이해하는 것만이 아니고 참된 지식으로 참된 대상 안에 한몫을 차지하는 일이며 그 대상과 하나가 되는 일이다.〉(라우스 2001: 23)

상상하기조차 어려운 일이기는 하지만 적어도 신학적으로는 바라보는 대상과 바라보는 주체가 하나로 합쳐지는 것이, 본다는 시각 행위가 시각 자체를 넘어서는 것이 곧 관상이다. 중세 수도원에서 영성 수련의 최종 목표를 관상에 둔 것은 이 점에서 당연하게 여겨진다. 수도원 학교는 인간 세계를 크게 두 가지로 구분했다. 하나는 거래의 세계로, 상업, 농업, 제조업 등 행위로 이루어진 일상의 세계이고, 다른 하나는 아무런 행위 없이 그저 바라보는 일을 하는 세계이다. 전자는 행위의 세계이고 후자는 관상의 세계이다.(Louth 2004: 71) 베네딕토 수도회의 유명한 회칙 〈기도하고 일하라Ora et labora〉는 두 세계를 모두 대상으로 한다. 그러나 행위와 노동과 학습보다 앞에 있는 것은 언제나 기도이다. 그리고 당연히 기도의 마지막 단계는 신과의 합일, 곧 관상이다.

그리스도교에서 신앙이란 상식적인 의미에서 무언가를 믿

카라바조M. Caravaggio, 「사도 바오로의 회심」(1600년경).

는다는 것과는 아주 다른 차원의 일이다. 그것은 〈이 세상에서 다른 세상으로 넘어가는 일, 피상적인 것을 깨뜨리고 본질적인 것을 바라보는 일〉이다.(그륀 2004: 121) 그리하여 〈신앙하다〉는 실존의 고유한 방식이 되며 바라보고 인식하고 이해하는 것은 신앙에 속하는 일이 된다.(그륀 2004: 122) 카르투시오 봉쇄수도원의 오귀스탱 길르랑A. Guillerand 신부는 오로지 깊은 침묵과 철저한 고독 속에서만 가능한 관상을 광채의 은유로 다음과 같이 아름답게 묘사한다. 〈신비는 우리의 시선으로 한껏 만끽해야 하는 눈부신 광채입니다. 하지만 우리는 이 신비가 우리의 시선을 넘어 저 멀리 퍼져 나간다는 것과 우리의 눈이 그 충만한 광채를 감당할 수 없다는 것을 깨닫게 됩니다.〉(길르랑 2022: 59)

여기서 물론 가장 중요한 것은, 관상이란 인간이 노력해서 도달하는 어떤 상태가 아니라는 사실이다. 유클리드 망원경을 만드는 것은 인간의 지성과 의지이지만 신을 바라보고 신의 현존을 알아차리는 것은 완수되거나 획득할 수 있는 일이 아니다. 그것은 위로부터 선물처럼 주어지는 일이다.(Louth 2004: 70) 아마도 암흑 물질을 찾아 나서는 눈과 신을 찾아 나서는 눈은 이 점에서 돌이킬 수 없이 갈라져 나가는 것이 아닌가 싶다.

종합해 보자면, 인간은 보이는 것을 보는 동시에 보이지 않는 것을 본다. 인간에게 본다는 것은 실질적인 지각(시각) 행위를 의미하는 동시에 감각과 긴밀하게 얽힌 비유적인 의미에서의 보기, 모종의 〈깨달음〉, 통찰, 심리적이고 영적인 의미에서의 〈개안〉을 의미한다. 인간의 모든 감각 중 시각만큼 보이는 것과 보이지 않는 것을, 물질적 영역과 비물질적 영역을, 형이하학과 형이상학을 촘촘하게 엮어 짜는 감각은 없다고 말해도 좋을 것이다.

8
상상하는 눈

영국 시인 블레이크W. Blake는 일찍이 〈한 알의 모래에서 세계를 본다〉라고 썼다. 모래 한 알갱이를 보면서 온 세상을 상상한다는 얘기일 수도 있지만 다른 한편으로는 자기 자신이 모래 한 알갱이 앞에서 세계를 보는 상상을 한다고 말할 수도 있을 것이다. 이 두 가지는 아주 다른 얘기이다. 보는 것과 상상하는 것의 관계는 너무도 복잡하여 책 여러 권으로도 다 설명하기 어렵다. 아니, 모든 것을 다 덮어 두고, 그냥 상식적으로 생각해도 인간의 예술이 상상력에서 탄생한다는 것은 자명하게 여겨진다. 일단 〈상상〉이라는 단어부터 놓고 보자. 상상은 존재하지 않는 것이 마치 존재하는 것처럼 뇌 속에서 그려 보는 일이다. 그렇게 할 수 있는 능력이 상상력인데, 상상력은 아주 오랜 세월 대부분의 영역에서 인간이 지닌 가장 훌륭한 자질 중 하나로 간주되어 왔다.

시각과 관련하여 상상하는 능력을 논하려면 무엇보다도 이미지를 출발점으로 삼아야 할 것 같다. 안톤 체호프A. Chekhov

의 조카인 연출가 미하일 체호프M. Chekhov는 이미지와 상상력의 긴밀한 관계를 직설적으로 지적한다. 〈성숙한 상상력을 가진 예술가에게 이미지는 살아 있는 존재이며 눈에 보이는 물체처럼 마음의 눈에 실재한다. 예술가들은 이러한 살아 있는 존재의 모습을 통해 내적 삶을《본다》. 이들은 이미지와 함께 행복과 슬픔을 경험하고 이미지와 함께 웃고 울며 감정의 불꽃을 나눈다.〉(체호프, 미하일 2015: 54) 체호프가 말한 〈마음의 눈에 존재하는 실재의 모습〉을 인지 과학에서는 심상mental image/imagery이라 통칭한다. 지각의 초기 단계에서 실질적인 자극이 부재하는데도 어떤 것의 표상이 존재할 때 그것을 심상이라 부른다. 이른바 〈마음의 눈〉을 통해 우리는 직접적이고 적절한 자극이 가해지지 않을 때도 무언가를 〈본다〉. 물론 심상이 시각 양상에만 국한되는 것은 아니다. 우리는 마음의 눈으로 보듯이 마음의 귀로 듣고, 마음의 피부로 무언가를 느낀다.(Kosslyn 2006: 4) 예를 들어 고양이 울음소리와 믹서기 돌아가는 소리 중에서 어느 것이 더 고음인가를 판단해야 할 때 우리는 믹서기 돌아가는 소리를 마음의 귀로 들어 본다.(Kosslyn et al. 1995: 1335) 심상은 오감 모두를 포괄한다. 그러나 지각 연구에서 시각이 압도적인 것과 마찬가지로 심상 연구에서도 시각 심상의 연구가 압도적이다.(Pearson 2019: 624) 인지 과학에서 심상을 다루는 이유는, 감각 시뮬레이션으로부터 획득할 수 있는 거의 모든 행동 혹은 인지 과정이 심상을 이용하는 경향이 있으며(Pearson 2019: 624) 심상은 기억과 공간적 추론뿐 아니라 추상적 추론, 기술의 습득, 언어의 이해에도 중요한 역할을 하기 때문이

다.(Kosslyn et al. 1995: 1335)

심상은 사실상 철학, 심리학, 신경 과학으로 이어져 온 수천 년 묵은 주제이다. 특히 신경 과학 분야에서는 1970년대부터 거의 최근까지 50년 가까운 세월 학계를 뜨겁게 달궈 온 논쟁 주제 중 하나이다. 심상 논쟁을 강력하게 이끌어 온 것은 무엇보다도 스티븐 코슬린S. Kosslyn 및 그의 연구진과 그에 반대하는 제넌 펄리션Z. Pylyshyn의 논쟁이라 할 수 있다. 1990년, 코슬린 연구진은 페트PET 스캔과 fMRI를 사용해 심상 활동이 요구되는 과제에 참여하는 사람들의 뇌에서 관련 영역의 지도를 구성할 수 있었다. 이 실험은 심상 활동이 시각 겉질에서 지각 활동을 담당하는 영역과 동일한 많은 부분을 활성화한다는 사실을 밝혀냈다. 이는 곧 시각적 표상이 심리적 현상은 물론 생리학적 실재라는 점, 그리고 이 시각 표상 활동이 시지각 활동과 같은 신경 경로의 일부를 이용한다는 점을 의미한다. 뇌에서 지각 기능과 표상 기능을 담당하는 시각 영역의 신경 기반이 같다는 것은 임상 연구에서도 나타난다.(색스 2010: 255) 코슬린은 만일 심상이 정말로 마음의 눈에서 그림을 생성하는 것에 의존한다면 시각에 요구되는 동일한 신경적 기계 장치의 일부가 요구될 수밖에 없다고 보았다. 그렇지 않으면 심상 과제는 이 세계의 대상들에 대한 명제적 지식propositional knowledge에만 의존하여 수행될 수 있을 텐데, 그럴 경우 두뇌의 기억이나 어의 정보 처리 영역들이 활성화되어야 하고 시각 영역은 활성화되지 않아야 한다. 경두개 자기 자극TMS에 의해 가해진 가역적 손상은 물론 두뇌 활성화 연구와 두뇌 손상 환자 연구 모두 시각 영역이 심상에 중요한 역할을 한다는 것, 지각과 심상이 어떤 공통적인 신경적 기초를 공유하고 있다는 점을 시사한다.(바니치 외 2014: 212~213)

코슬린의 주장이 사실이라면, 즉 우리가 실제로 대상을 볼 때와 상상력을 발휘해 눈앞에 존재하지 않는 대상을 볼 때 동일한 뇌 영역이 활성화되는 게 사실이라면, 〈시각화〉의 의미가 상징적이고 은유적인 것이 아닌 실질적인 것이라는 뜻이 된다. 코슬린의 주장은 〈상상이란 거꾸로 달리는 시각〉이라고 말하는 것과 마찬가지이다.(그린필드 2006: 117) 코슬린 실험의 의의는 그가 뇌 촬영 사진을 통해 우리가 어떤 대상을 상상할 때 그것이 시각 체계의 최초 부분으로 역행해 중계된다는 점을 보여줬다는 데 있다. 그러나 가장 중요한 사실은 이 역투사가 우리가 정상적으로 대상을 인지하는 과정을 설명하는 데 도움을 줄 수도 있다는 점이다. 우리가 무언가를 상상할 때 일어나는 역투사 과정은 바로 우리가 정상적으로 대상 세계를 인지할 때 동원되는 기제이기도 하다는 게 코슬린의 견해이기 때문이다.(그린필드 2006: 117)

코슬린 팀의 주장은 이후 여러 차례 도전받았다. 예를 들어 사고로 인해 지각에 치명적 손상을 입은 환자가 심상을 조성하는 데 아무런 문제가 없었다는 임상적 사례는 코슬린의 주장을 정면으로 반박한다.(그린필드 2006: 118) 코슬린의 의견을 지지하는 학자들도 다양한 임상 결과를 토대로 재론의 여지를 남겨놓는다. 〈지각 기능과 표상 기능이 높은 수준의 신경 기전을 공유하고 있다는 것이 분명해 보이기는 하지만, 1차 시각 겉질에서는 이러한 공유가 그만큼 분명하게 나타나지는 않는다.〉(색스 2010: 257) 〈심상과 지각이 매우 유사한 두뇌 구조들에 의존하고 있는 것 같지만 심상과 지각의 신경 통제의 적어도 어떤 측면은 분리 가능할 수도 있다.〉(바니치 외 2014: 213) 일각에서는 심상 논쟁이 코슬린 연구진의 압승으로 끝났다고 보는 반면 다른 한편으로는 최근까지도 코슬린식 심상 연구는 근거가 부족한 가설에 불과할 뿐이라는 반론도 존재한다.(Pearson 2019: 625; Cole et al. 2022: 1~7) 아마도 더 많은 임상 사례와 더 발달한 뇌 영상 기법이 이 논쟁을 진짜로 종식하지 않을까 한다.*

여기까지가 인지 신경 과학에서 바라보는 이미지의 문제인데, 이 문제를 다른 영역, 이를테면 문학과 예술의 영역과 결부해 논하려면 기억에 관한 논의를 피할 수 없다. 문학과 예술과 이미지의 문제는 이 책의 제5장에서 집중적으로 논할 예정이고, 여기서는 우선 신경 과학 차원에서 기억의 문제를 짚고 넘어가 보기로 하겠다. 일단 신경 과학에서 말하는 기억을 세분해 살펴보자. 기억은 생존 기간에 따라 크게 장기와 단기로 구분된다.** 우리가 친구와 대화할 때 대화가 이어지려면 상대방이 방금 한 말을 기억해야만 한다. 이때의 기억은 단기 기억 혹은 〈작업 기억working memory〉이라 한다. 친구의 말을 기억하는 것은 대화라는 작업에 필요하기 때문이다. 요컨대 어떤 작업을 위해 무언가를 기억할 필요가 있을 때 그 기억을 작업 기억이라

* 심상 논쟁의 과거와 현재에 관한 더 자세한 논의는 Behrmann 2000; Pearson 2019; Cole et al. 2022를 참조할 것.

** 이하 기억의 인지 심리학적 분류는 석영중 2011: 165~168을 보라.

한다. 한마디로 일상생활을 영위하는 데 꼭 필요한 실용적이고 현실적인 기억이다. 반면 인간의 기억 시스템에 아주 오래 저장되어 있는 기억을 장기 기억이라 부르는데, 이는 또한 언어로 서술할 수 있는 것과 없는 것으로 구분된다. 우리가 몸에 익힌 기술 같은 것은 웬만해서는 사라지지 않는다. 몸에 저장되어 있는 것과 마찬가지인 이런 기억을 우리는 절차 기억procedural memory이라 부른다. 언어로 설명할 수는 없지만 우리가 무의식중에 환기하는 것들, 수영하는 법, 운전하는 법 같은 것들이 여기 해당한다. 반면 언어를 써서 설명할 수 있는 장기 기억은 〈서술 기억declarative memory〉이라 불린다. 문자 그대로 말로써 〈서술〉할 수 있는 기억이라는 뜻이다. 그런데 이 서술 기억 역시 크게 둘로 나눠 볼 수 있다. 첫째는 〈의미 기억semantic memory〉으로, 어떤 사물이나 개념이나 말의 뜻을 기억하는 것을 말한다. 옛날에 읽은 책의 내용을 기억하는 것 등이 여기 해당한다. 서술 기억의 다른 한 가지는 〈일화 기억episodic memory〉이라 불린다. 우리말로 〈삽화 기억〉이라 번역하기도 한다. 그것은 기억하는 사람 자신에 관한 기억, 과거 자신의 인생에서 일어났던 어떤 에피소드(일화)에 관한 기억이다. 그것은 전적으로 〈1인칭〉 기억이다. 삽화 기억에는 언제나 행위자 또는 어떤 행위의 수용자로서 〈자신〉이 포함된다. 어떤 사람이 어떤 사건을 회상할 때 그는 그 사건이 자신에게 일어났다는 인식과 더불어 그 사건을 다시 경험한다.(가자니가 2008: 394)

인지 과학에서의 심상은 이 모든 기억 중에서 무엇보다도 〈작업 기억〉과 관련된다. 오늘날 신경 과학자들이 지각과 상상의 신경 처리 과정이 어느 정도 일치하느냐보다는 심상과 기억의 관련성에 더 많이 관심을 두는 듯 보이는 것도 이 때문이다.(Behrmann 2000) 여기서 잠시 코슬린의 비유를 다시 환기해 보자. 가게에 새 커튼을 사러 간다고 가정해 보자. 우리는 우리 집의 여러 방을 시각화해 볼 것이고 각 방에 난 창문의 위치와 크기를 〈심상〉으로 눈앞에 그려 볼 것이다. 즉 창문을 보지 않으면서도 시각적으로 창문을 기억해 낼 것이다. 이러한 현상은 이미 다윈의 사촌이자 유명한 우생학자였던 프랜시스 골턴F. Galton이 알아낸 바 있다. 그는 사람들에게 아침 식사 메뉴가 무엇이었냐는 질문을 던지자 대부분이 그 질문에 답하기 위해서 아침 식탁을 눈에 그려 봤노라고 했다.(Kosslyn 2006: 4) 여기서 심상과 작업 기억의 연계성은 자명한 듯 여겨진다.

그러니까 심상은 봤던 기억이 있는 대상을 시각적으로 환기하는 것이므로 상상력보다는 기억력에 더 가깝게 여겨진다. 사실 심상은 사람들이 의도적으로 활용하는 일종의 기술이기도 하다. 〈시각화〉나 〈사진적인 기억력〉이라는 것도 알고 보면 암기술의 일환이다. 그럼에도 기억과 심상의 기반이 되는 것은 이제까지 밝혀진 바에 의하면 별도의 신경 기제이다. 〈심상, 시각 작업, 일화 기억은 독립적으로 발전해 왔음에도 많은 사람들이 시각 기억이라는 작업을 위해 심상을 사용한다. 일화 기억에 관한 연구서들은 미래에 관해 생각하는 것을 미래를 상상한다고 설명하기도 한다. 당신이 누구인가에 따라, 그리고 당신의 심상이 얼마나 강력한가에 따라 다양한 기억의 스펙트럼에서 이미지가 수행하는 역할은 자명해 보인다. 그러나 심상 영역과

작업 기억 영역은 최근까지 별개의 연구 영역으로 남아 있다.〉 (Pearson 2019: 629)

신경 과학적 차원에서 심상과 기억의 관계를 마무리하기 전에 한 가지 흥미로운 사실을 덧붙여 보자. 이 세상에는 심상을 전혀 생성하지 못하는 사람과 너무 많이 생성하는 사람이 모두 존재한다. 아마도 심상 스펙트럼의 양극단을 점할 것으로 사료되는 이 두 유형은 일종의 병변으로 간주된다. 아무것도 상상하지 못하는 증상을 아판타시아aphantasia라고 하는데, 이는 시각 실인증에 속하는 증상으로 이 장애가 있는 사람은 시각적으로 다른 장애는 전혀 없음에도 본 것을 시각적으로 재현하는 데 어려움을 겪는다. 심상 장애를 겪는 사람들은 일화 기억과 관련해서도 장애를 겪는 것으로 알려져 있다. 즉 자신의 삶을 기억하지 못하므로 자신이 본 것을 형상화하지 못한다는 얘기이다. 아판타시아의 반대편에 있는 것은 하이퍼판타시아hyperphantasia라 불리는 증상으로, 이는 반드시 장애라고 부르기는 어려운 특성이며 이러한 경향을 지닌 사람들은 지나치게 선명하게, 지금 당장 바로 눈앞에서 대상을 보기라도 하듯 심상을 만들어 낸다. 이들에게 심상의 선명도는 일화 기억과 깊이 연관된다. 이들이 일화 기억을 유창하게 다룰수록, 그리고 일화 기억 속의 감각 디테일을 더 많이 구사할수록 심상의 선명도는 높아진다.(Milton et al. 2021: 2) 이들에게는 눈이 움직일 때도 이미지는 움직이지 않으며 이들은 이미지를 묘사할 때 과거 시제가 아닌 현재 시제를 사용한다. 어린아이들에게서 주로 발견되는 증상으로 이 분야에 관한 연구는 현재까지 매우 적은 편이다.(Pearson 2019: 632)

9
이미지 만들기

〈그 생각들은 일관성이 없고 당치도 않은 것이었지만 가끔씩은 실체를 띠고 나타나기도 했다. 실제로 형체가 없는 것이 형체를 가지고 나타날 수 있는가?〉(도스토옙스키 16: 830) 도스토옙스키 소설 『백치*Idiot*』의 등장인물 이폴리트가 하는 유명한 말이다. 실제로 도스토옙스키를 비롯한 많은 작가들이 형체가 없는 관념들, 예를 들어 선, 악, 미, 추 같은 것들을 형상으로 재현한다. 〈설명하기〉와 〈보여 주기〉 중 후자에 속하는 서사 기법을 생각해 보면 쉽게 이해된다. 오늘날 전 지구를 들쑤셔 놓고 있는 챗GPT는 이 문제를 아주 간단하게 해결한 듯 보인다. 명령어를 넣기만 하면 이 놀라운 인공 지능은 듣도 보도 못한 참신한 이미지들을 쉴 새 없이 쏟아 낸다.

신경 과학적 시각에서 보자면 심상은 작업 기억과 연관될 수도 있고 일화 기억과 연관될 수도 있다. 문학에서 언급되는 이미지들 역시 어느 정도는 기억과 연관된다. 기억 속에 누적되어 있는 시각 자료들이 관념을 형상화하는 재료로 사용된다는 것은 충분히 납득할 만하다. 그러나 도스토옙스키는 기억의 문제를 넘어서는 또 다른 이미지의 창조를 언급한다. 관념은 아니지만 형태의 원형이 부재하는 어떤 것을 창조하는 일이다. 원형이 부재하는 어떤 형상은 사실상 수없이 많은 그림과 영상물, 특히 중세와 르네상스 필사본의 삽화에서부터 현대 SF 영화와 비디오 게임에 이르기까지 어마어마한 양의 시각 예술과 대중문화 안에서 쉽게 발견할 수 있다. 비근한 예로 히에로니무스 보스H. Bosch, 피터르 하위스P. Huys 같은 화가들이 그린 기괴한 성화에서부터 살바도르 달리S. Dali의 초현실주의 회화로 이어지는 서양 미술사의 무수한 페이지는 인간의 무한한 상상력을 입증해 주는 괴물 같은 이미지들로 가득하다. 도스토옙스키는 원형 없는 이미지가 문학 속에 등장하는 방식을 상세하게 묘사한다. 조금 전에 인용한 『백치』에서 이폴리트는 한 번도 본 적이 없는 어떤 생물을 다음과 같이 묘사한다. 〈나는 소름 끼치는 짐승을 보았다. 그것은 무슨 괴물 같았다. 전갈을 닮았지만 전갈은 아니었다. 그것보다 더 흉측하고 더 소름 끼치게 생긴 것이었다. 이 세상에 그것과 비슷하게 생긴 짐승은 없다는 것, 그것이 《의도적으로》 내 앞에 나타난 것, 바로 그 점에서 어떤 신비가 담겨 있을 것이라는 생각에 더욱 오싹해졌다.〉(도스토옙스키 16: 790~791) 이폴리트의 꿈속에 등장하는 괴물은 이 세상에 그 형태가 한 번도 존재한 적이 없기 때문에, 즉 이폴리트가 태어나서 단 한 번도 본 적이 없는 어떤 것이기 때문에 이폴리트는 그것을 이미 존재하는 다른 생물, 그가 한 번이라도 본 적이 있는(실제로든 아니면 그림책에서든) 생물, 즉 파충류와 일상에서 본 적이 있는 삼지창에 비견해 기술할 수밖에 없다. 〈그것은 갈색빛 나는 비늘이 덮인 파충류로서 길이는 20센티미터가량 되었다. 머리는 손가락 두 개 굵기였으며 꼬리 쪽으로 갈수록 몸체가 가늘어져서 꼬리 끝의 두께는 겨우 4밀리미터가 될 정도였다. 머리 위쪽에서 4~5센티미터 되는 곳에는 두 개의 다리가 46도 몸 밖으로 나와 있었으며 다리의 길이는 각각 9센티미터 정도가 되어 위에서 보면 삼지창을 연상시켰다.〉(도스토옙스키 16: 791) 여기서 이폴리트가 묘사하는 괴물은 이미지에 대한 도스토옙스키의 이론을 함축한다. 도스토옙스키에게 이미지는 모든 이미지 중의 이미지, 즉 신의 이미지를 지향하며 그 점에서 그것은 선과 맞닿아 있다. 반면 원형이 부재하는 것들은 모두 무형의 소돔을 재현하며 그 점에서 죄악의 은유가 된다.* 도스토옙스키의 시학에서 이미지가 의미하는 바는 뒤에서 다시 논할 것이므로 여기서는 일단 이미지 만들기의 일반적인 내용부터 말해 보기로 하자. 이폴리트의 에피소드는 이미지의 창조가 환각, 환시, 몽상과 관련됨을 시사한다는 점에서 인간의 원초적인 이미지 창조 능력에 관한 논의로 우리를 인도한다.

선사 시대 동굴 벽화, 암각화, 암채화는 이미지를 생성해 내는 인간의 능력이 수만 년 전으로 거슬러 올라간다는 사실을 말해 준다. 방사성 탄소 연대 측정법이나 열 발광 측정법, 포타슘-아르곤 연대 측정법, 전자스핀 공명 측정법, 선사 기후 분석, 퇴적학 연구, 지층학 연구, 문체 연구 등의 과학적인 연대 측정

* 해당 이미지가 『백치』에서 결국 악을 은유하게 되는 과정은 석영중 2023: 347~353을 보라.

피터르 하위스, 「성 안토니우스의 유혹」(1547).

법으로 밝혀낸 사실에 의하면 지구상에서 가장 오래된 예술적 표현의 기원은 지금으로부터 5만 년 전으로 거슬러 올라간다.(아나티 2008: 32) 후기 구석기 시대에 해당하는 이 시기에 호모 사피엔스들은 지구 곳곳에 시각 예술의 기원이라 할 수 있는 무수한 그림을 남겨 놓았는데, 그 그림들은 이미지에 관한 이 책의 설명에 매우 중요한 시사점을 던진다. 우선 라스코 동굴, 알타미라 동굴, 그리말디 동굴 등에서 발견된 그림과 조각상은 정교한 사실주의적 묘사에서 고도로 양식화된 스케치에 이르기까지 다양한 기교를 보여 준다. 동굴을 방문한 고고학자와 예술사학자와 관광객을 열광케 한 것도 바로 그 놀라운 다양성이다. 그러한 그림들의 기원에 관해서는, 들소나 말이나 사슴이 남긴 자국이 호모 사피엔스의 마음속 저 깊은 곳에 있는 미학적 본능을 자극하여 그것을 선으로 재현하도록 한 것이 시초였다는 설에서부터 예술성이 뛰어난 한두 명의 호모 사피엔스가 그림을 그린 것이 점점 확산했다는 설에 이르기까지 여러 가지 설명이 있으나 여전히 모두 가설에 불과할 뿐이다.(Lewis-Williams 2004: 180~185) 고도로 발달한 테크놀로지로도 확답하기 어려운 기원의 문제를 일단 접어 둔다면 가장 흥미로운 것은 선사시대 인류에게도 무언가를 보고 이미지로 재현할 수 있는 능력이 있었다는 사실이다. 이는 앞서 살펴본 심상과 어느 정도 겹치지만 나아가 그것과는 다른 차원의 〈이미지 만들기image-making〉와 관련한 문제가 된다. 과거에 본 것을 이미지로 재현한다는 점에서 구석기 시대 그림은 심상과 동일한 신경학적 기반에서 논의될 수도 있지만 다른 한편으로 그것은 심상을 변형한다는 점에서 예술의 영역으로 진입한다. 이른바 〈시각적 사고〉, 요컨대 〈머릿속으로 이미지를 만들어 내거나 떠올려 그것을 조작하고 덮어씌우고 해석하고 유사한 형태와 연관 짓기도 하고 회전시키고 크기를 늘리거나 줄이기도 하고 왜곡하고 하나의 익숙한 이미지에서 다른 이미지로 단계적으로 변형하기도 하는 사고방식〉(웨스트 2011: 42)이 수만 년 전부터 가능했다는 얘기이다.

선사학자 엠마누엘 아나티E. Anati에 의하면 생각이 이미지로 변화해 가는 과정은 두 가지 단계로 구분된다. 첫 번째 단계에서 인간은 어떤 특정한 사건이나 현상의 구체적인 증거에 해당하는 기호나 흔적의 의미를 인식하게 되고, 의도한 메시지를 전하기 위한 기호나 표지를 의식적으로 그리고자 마음먹게 된다. 두 번째 단계에서는 자연이 이미 정해 놓은 형태를 그리는 차원에서 자신이 구상한 기호나 표지를 그리는 차원으로 옮겨 간다. 즉 남의 것을 모방할 수도 있고 자연의 실체를 비유적으로 그리거나 순수한 창작물을 만들어 낼 수도 있다. 이 같은 이론적 공식화는 여러 유사한 경우에도 독립적으로 발생할 수 있는 기초적인 인지 과정을 전제로 한다. 그리고 이 단순한 인지 과정에 무수히 많은 변화를 가능하게 해주는 요소들이 뒤섞이게 된다.(아나티 2008: 125) 이 이론에 의하면 인간의 시지각은 모종의 인지 과정을 겪으면서 이미지를 창조하는 능력으로 전환되었으리라고 가정해 볼 수 있다. 충분히 이해할 수 있는 가정이며 선사 시대 예술에 포함된 보편적인 추상성도 이로써 설명된다. 전 세계적으로 고르게 분포되어 있는 암각화만 하더라도 높은 사실성과 추상성을 함께 지니는 것이 대부분이다. 선사 시대 인류는 현대의 추상화가처럼 대상의 상징적이고 미학적인 부분을 추려 내 재구성하는 능력이 있었던 것 같다. 그들에게는 추상성이라는 개념조차 존재하지 않았겠지만 그들이 바위에 그려 놓은 그림들은 추상화가가 갖춘 고도의 종합적 인지 수준을 반영한다는 것이 미술사학자들의 의견이다.

그런데 그 모든 바위그림 중에서도 우리를 가장 놀라게 하는 것은 모델(원형)이 없는 이미지이다. 카자흐스탄 탐갈리에서 발견된 꼬리 달린 인간 그림, 중국 우루무치에서 발견되었으며 기원전 1100~기원전 700년 사이에 그려진 머리가 둘인 인간 그림, 혹은 미국 세미놀 캐니언 팬서 동굴에 그려진 반인반수 형상 등은 당시 인류가 공유했던 신화나 부족의 제의와 관련되었다고 추정된다.(아나티 2008: 151, 319, 333) 그러나 그보다 훨씬 전인 구석기 시대 예술에서도 신기한 그림들이 발견되어 인간 상상력의 기원에 관한 호기심을 자극한다. 예를 들어 라스코 동굴 지하 수갱, 일명 〈죽은 자의 통로〉에 그려진 새의 얼굴을 한 사람의 그림은 약 1만 5천여 년 전의 것으로 추정된다. 라스코 동굴에 그려진 그림 중 유일하게 인간을 묘사한 이 그림에서 인간은 새의 얼굴을 하고 있고 손가락은 네 개밖에 없다. 온갖 추측이 난무했지만 여전히 이 그림의 진짜 의미가 무엇인지에 관해서는 정답이 없다.(요코야마 2005: 38~39) 스페인의 오르노스 데 라 페냐Hornos de la Peña 동굴에 그려진 새와 말과 인간의 합성 그림 역시 여전히 신비로 남아 있다. 유럽에서 발견된 가장 오래된 선사 시대 조각은 독일 남쪽에 위치한 홀레

펠스Hohle Fels 동굴에서 발견된 〈사자 인간Lion-Man〉으로, 4만~3만 5천 년 전에 만들어졌다고 추정된다. 머리는 사자, 몸은 인간의 형상인 이 상아 조각품은 이미 오래전부터 인간은 세상에 존재하지 않는 어떤 것을 상상하는 눈으로 보고 그것을 이미지로 재창조할 수 있는 능력을 갖추고 있었다는 가설을 지지해 준다.(국립 중앙 박물관 2021: 162)

그런데 최근에는 〈사자 인간〉보다도 더 오래전의 것으로 추정되는 반인반수 암각화가 발견되어 미디어 지면을 달궜다. 2019년, 『네이처*Nature*』지는 2017년 인도네시아 술라웨시섬에서 발견된 벽화가 우라늄 방사성 동위 원소 측정법으로 연대를 측정한 결과 최소 4만 3천9백 년 전에 만들어진 것으로 밝혀졌다고 전했다. 〈반인반수는 인간이 기존에 존재하던 형상을 합쳐 새로운 형상을 상상하고 창조한 결과로 해석된다. 이형우 전북대 고고 문화 인류학과 교수는 《인간의 창조와 상상이 언제부터 보였는지 가늠하게 해줄 핵심 단서》라며 《반인반수는 기존에 존재하던 것을 새롭게 조합해 유에서 **무한한 유**를 창조한 결과물》이라고 말했다. 연구 팀의 애덤 브럼A. Brumm 호주 인류 진화 연구 센터 교수 역시 《당시 인간에게도 세상에 존재하지 않는 것을 만들 능력이 있었다는 증거》라며 《오늘날의 종교로 이어지는 기본 개념이 이때부터 존재했던 것으로 보인다》라고 말했다.〉*

* https://www.dongascience.com/news.php?idx=32917 참고. 내가 이 책을 쓰고 있는 동안에 이상희 저 『인류의 진화』가 출간되었는데, 이 책도 인도네시아 반인반수 그림을 소개한다.(이상희 2023: 102~105) 한편 인도네시아 술라웨시섬 동굴 벽화와 관련한 최신 뉴스는 그것이 5만 1천2백 년 전의 것으로 추정된다고 밝혔다. https://www.mk.co.kr/news/it/11059138 참고.

(위) 사자 인간 조각상.

(아래) 라스코 동굴의 반인반수 그림.

술라웨시섬에서 발견된 반인반수 동굴 벽화.

선사 시대 인류가 남겨 놓은 반인반수 이미지는 시각과 관련하여 여러 생각할 거리를 제공한다. 태곳적 인간의 망막에 새겨진 사람과 짐승의 형상이 전혀 새로운 형상의 사람과 짐승으로 재현되기까지의 신경학적 과정은 무엇인가. 과연 상상력의 문제를 눈과 뇌의 진화 차원에서만 논할 수 있는 것일까. 그동안 인류는 상상력과 관련해 수없는 논쟁과 이론과 연구와 가설을 누적해 왔다. 예술가들과 철학자들뿐 아니라 과학자들도 이미 오래전부터 상상력이 인간을 다른 생명체와 구별해 주는 유일한 요소라고 강조했다. 복잡한 정신적 상징을 만들어 내고 그것들을 새로운 결합으로 조작하는 능력, 마음속에서 세계를 창조하는 능력이야말로 오로지 인간만이 갖춘 고유의 능력이라는 것이다.(Vyshedskiy 2019: 103) 이 작은 책에서 그동안 축적된 모든 이론과 주장과 반론과 반박을 언급하는 것은 물 한 방울로 바다를 설명하는 것처럼 무모한 일이 될 것이다. 그럼에도 한 가지 흥미로운 논쟁을 소개해 보자면, 선사 시대 인간의 비현실적 이미지들은 수면이나 탈혼 상태의 환각에서 비롯되었다는 가설과 그와는 반대로 깨어 있는 상태인 뇌의 측면 이마엽 겉질LPFC에서 비롯되었다는 신경 생물학적 가설이 있다. 물론 반인반수 그림이 상식적인 선에서 초기 인류의 심상에 내재한 상상력으로부터 나온 것이라고 설명할 수도 있겠지만(우성주 2010: 55) 조금 더 구체적으로 그 상상력이라는 것 자체가 촉발되는 과정을 신경 과학적으로 세밀하게 들여다보는 일은 흥미롭다.

반인반수는 사실상 아주 오랜 전통을 지닌 상징적 존재이다. 그리스 신화만 보더라도 미노타우로스 같은 괴물을 비롯하여 다양하게 변형된 인간과 사물의 형상이 등장한다. 일부 학자들은 뱀으로 변한 모세의 지팡이와 비둘기처럼 보이는 성령도 변신의 신화 목록에 집어넣는다.(Lewis-Williams et al. 2011: 189~201) 그러나 선사 시대 동굴 벽에 그려진 그림은 신화 서사를 결여한 직관적 이미지이다. 남아프리카 여기저기에 흩어져 살며 세계에서 가장 오래된 인종으로 알려진 산족San Bushmen의 암각화를 연구한 학자들은 산족의 조상들이 결코 〈단순한〉 미개인이 아니었다고 주장한다. 그들이 그려 놓은 그림들은 상상력이라 총칭할 수 있는 어떤 능력을 넘어서는 모종의 현상, 이른바 황홀경의 체험을 보여 준다. 그들은 무아지경에 빠져 춤을 추면서 미지의 세계로의 비상, 광휘의 지각, 지하와 심해를 건너가기 등을 체험했으며 그 무아지경의 상태에서 지각한 바가 그림으로 구현되었을 것으로 사료된다. 따라서 산족의 암각화에 등장하는 기괴하게 변형된 형상들은 모두 〈신경계에서 비롯된 것〉이며 〈신경학적으로 창조된 변신〉이라는 것이다.(Lewis-Williams et al. 2011: 197) 요코야마 유지도 이와 유사한 시각에서 라스코 동굴 벽화에 그려진 새 얼굴의 인간은 수렵 마술 의식이 최고조에 달해 황홀경에 빠진 사람일 수도 있고, 새로 변신해 공중을 나는 시베리아 샤먼과 유사한 일종의 샤먼일 수도 있다고 지적한다.(요코야마 2005: 38) 아나티는 고대 채집인들이 상당량의 환각성 풀(버섯)을 복용한 후 환각 상태에 빠져 대형 도식 암각화를 그렸으리라는 과감한 추측을 하기도 한다.(아나티 2008: 236) 그 근거로 아나티는 시베리아 페티멜의 암채화 속 머리에 버섯을 얹은 사람들을 지적하는데, 그 그림이 환각 성분이 들어간 식물 복용을 은유적으로 보여 준다는 것이다.(아나티 2008: 311) 부연 설명하자면 고대 채집 사회에서부터 인간은 무언가를 먹거나 춤을 추거나 아니면 주술의 도움으로 환각 상태에 빠져드는 경험을 했으며 그 상태에서 시지각에 포착된 바를 그린 것이 곧 비사실적인 형상의 그림이라는 뜻이다.

반면에 비셰드스키 A. Vyshedskiy 같은 신경 생물학자는 이러한 환각설을 일축한다. 그는 우리가 흔히 상상력이라 부르는 것은 각기 다른 정도의 의도성을 척도로 수면 시의 환각에서 전전두엽 합성prefrontal synthesis에 이르는 여섯 가지 개별적인 신경 과정을 포괄하는 개념이라고 전제한 뒤, 우리가 일반적으로 상상력이라 부르는 것, 즉 다른 종과 인간을 구분해 주는 상상력은 오로지 전이마엽 합성에만 해당한다고 말한다. 그는 전이마엽 합성은 기억이나 회상이나 꿈과는 신경학적으로 다른 과정이며 의식적이고 의도적으로 새로운 정신적 이미지를 합성해 내는 인간 고유의 능력이라 설명한다. 그것은 심상을 제시된 기술에 따라 유연하게 종합하는 능력이며 인간의 다양한 인지 활동에 불가결한 요소이다. 전이마엽 합성의 고인류학적 증거는 4만 년에서 6만 5천 년 전으로 거슬러 올라가므로, 앞에서 언급한 선사 시대 인류는 환각 상태가 아닌 전이마엽 합성 과정을 통해 반인반수 그림을 그렸다고 사료된다.(Vyshedskiy 2019: 89~96)*

두 가지 가설 중 어떤 것이 옳은지는 내가 이 책에서 판단할

* 비셰드스키의 다음과 같은 진술을 참고하라. 〈상상력으로 새로운 시각 이미지를 창조하는 과정은 두 가지 경로를 통한다. 하나는 상향bottom-up 경로로 렘수면 시에 일어나는 현상이고, 다른 하나는 하향top-down 경로로 전이마엽 합성이 이에 해당한다. 후자는 뇌에서 외측 전이마엽 겉질의 통제하에 일어난다.〉(Vyshedskiy 2019: 89)

수 없는 문제이지만, 한 가지 확실한 점은 인간이 수만 년 전부터 현실에 존재하지 않는 어떤 것을 보고 그것을 재현할 수 있는 능력, 인지와 지각을 넘어서고 관습과 관례를 넘어서는 어떤 것을 향한 끝없는 희구, 융C. G. Jung이 말하는 이른바 〈상징 능력〉을 갖추고 있었다는 사실이다. 융은 세상에 인간의 이해 범주를 넘나드는 것들이 무수히 존재하며, 인간은 완전히 정의할 수도 설명할 수도 없는 이러한 것들을 나타내기 위해 끊임없이 상징을 사용한다고 지적한다.(융 1996: 20~21) 그는 또 상징은 자연 발생적인 것이므로 인간이 의도적으로 상징 형태를 만들어 내는 데는 한계가 있다고 주장한다. 〈아무리 천재라고 해도 《자, 지금부터 나는 상징을 만든다》라고 할 수는 없다. 논리적인 추론이나 자의적인 시도를 통해 다소 합리적인 사고를 할 수는 있으나 그 사고에다 상징적인 형태를 부여할 수는 없는 일이다. 그런 사고는 아무리 장식해 봐야 결국 배후에 남아 있는 의식적인 사고와 연결되는 기호이지 미지의 무엇인가를 암시하는 상징은 아니다. 그러나 꿈속에서는 상징이 저절로 만들어진다.〉(융 1996: 55) 상상하는 눈과 이미지를 만들어 내는 능력과 상징적 사유의 얽힘, 지각과 뇌와 무의식의 얽힘은 가장 복잡하고 가장 인지적이고 가장 심오한 예술품인 문학의 탄생으로 이어진다. 이 책의 제3장과 제5장은 그 점을 집중적으로 파헤칠 것이다. 말이 나온 김에 한마디 덧붙이자면, 이렇게 복잡한 얽힘의 과정을 결여하기 때문에 챗GPT는 아무리 참신하고 놀랍고 신기하고 창의적인 이미지를 만들어 낸다 하더라도 컴퓨터 공학의 경계를 넘어 문학의 영역으로 진입하기 어려울 것이다.

10
몸의 눈, 정신의 눈, 영혼의 눈

지금까지 살펴본 눈의 여러 측면을 세 가지로 정리해 보자. 도스토옙스키는 미술 평론 「예술 아카데미 전시회에 부쳐Vystavka v Akademii khudozhestv za 1860~1861 god」에서 예술가란 모름지기 〈몸의 눈〉을 넘어서는 〈정신의 눈〉, 나아가 〈영혼의 눈〉으로 세계를 보아야 한다고 썼다.(DKPSS 19: 154)* 그의 시각에 대한 관념을 함축하는 대목이라 많이 인용되지만 사실 그 자신의 독자적인 생각은 아니다. 그 이전에도 이후에도 시각을 논하는 사상가들은 이상하게 반드시 〈세 가지〉 시각을 언급했다. 프란체스코회 소속 사제인 로어R. Rohr는 지는 해를 바라보는 눈을 중심으로 인간의 시선을 세 가지로 분류했다. 석양의 아름다움을 보고 그저 즐기는 제1의 눈, 상상, 직관, 이성을 통해 광경을 바라보는 제2의 눈, 즉 조리 있는 사유, 기술, 과학을 사랑하는 사람의

* 도스토옙스키 러시아어 전집 인용은 모두 필자의 번역이며 Dostoevskii 1972~1990을 토대로 한다. 괄호 안에 약어 DKPSS와 함께 아라비아 숫자로 권수와 면수를 표기한다.

눈, 그리고 근원적인 신비 앞에서 경외심을 느끼는 눈, 즉 〈모든 봄과 앎의 완성된 목표〉를 보는 제3의 눈이 그것이다.(로어 2023: 33) 로어는 이러한 세 가지 눈에 이름을 붙인 것이 중세 파리 성 빅토르 수도원의 두 철학자 휴Hugh of St. Victor와 리처드Richard of St. Victor라고 지목하며* 제1의 눈은 육신의 눈(시각 또는 생각), 제2의 눈은 이성의 눈(묵상 또는 성찰), 그리고 제3의 눈은 참된 깨달음의 눈(관상)이라고 설명한다.(로어 2023: 34) 중세 광학의 성과를 설교 문학으로 연장한 리모주의 피터Peter of Limoges 역시 세 단계의 눈을 이야기한다. 첫째는 그리스도 부활 이후 영광의 빛 속에 잠긴 완벽한 눈, 둘째는 그리스도 부활 이전에 천국에 올라간 사람들이 신을 관상하는 눈, 셋째는 지상에 사는 동안 인간이 육신의 일부로 지니고 있는 눈이다.(Peter of Limoges 2012: 12~13) 눈의 완벽성이 단계별로 낮아지리라는 점은 자명하다.

그러나 뭐니 뭐니 해도 〈세 가지 눈〉의 기원은 성 아우구스티누스일 것이다. 성 아우구스티누스는 앞에서도 잠깐 언급했듯 인간의 지각 중 시각을 가장 중요시한 신학자였으며, 또 그 점에서 신학적이고 철학적인 시각 연구의 대부라 할 수 있다. 그가 비전의 물리학과 비전의 형이상학을 거의 완벽하게 융합했다고 평가받는 것은 그러므로 당연하게 여겨진다.(Miles 1983: 142) 그는 『고백록』, 『신국론*De civitate Dei contra paganos*』, 『삼위일체론*De Trinitate*』 같은 대작에서 「창세기 문자적 해설De

* 성 빅토르의 리처드의 시각과 시각에 근거하는 상상력에 관해서는 Palmén 2014를 참고할 것.

Genesi ad litteram」, 「마니 제자 아디만투스 반박Contra Adimantum Manichaei discipulum」 등의 논저에 이르기까지 수없이 많은 저술에서 시각 문제를 다루었다. 특히 「창세기 문자적 해설」에서 그는 인간의 시각을 세 가지로 분명하게 구분해 설명한다. 그에 의하면 인간의 영혼은 세 부분, 즉 육체, 정신, 그리고 지성으로 나뉘는데 각 부분은 거기 합당한 시각 양상을 보유한다.* 육체의 비전visio corporealis, 정신적 비전visio spiritualis/imaginativa, 지적 비전 visio intellectualis이 그것이다. 여기서 교부가 사용하는 단어 〈spiritualis〉는 정신을 의미하는 그리스어 프네우마pneuma의 라틴어 번역이라 사료된다.(Palmén 2014: 28)

아우구스티누스의 세 가지 시각 이론은 이후 중세 철학과 신학에 지대한 영향을 미쳤다. 세 가지 시각 중 첫 번째는 단순한 감각 인상으로, 〈몸의 눈〉이라 부를 수 있다. 두 번째는 일종의 중간적 시각으로 이를테면 부재중인 인물을 상상하거나 과거에 본 어떤 것을 시각적으로 되새기는 행위이다. 세 번째는 지적인 시각인데, 이것은 비유적인 것을 지각하는 것도 아니고 상상하는 것도 아니다. 앞의 두 시각이 〈오류〉로부터 자유롭지 못한 반면 이 시각은 절대적으로 무오류적이다. 두 번째 비전은 심지어 어둠 속에 앉아 있는 인간의 몸의 눈이 아무것도 감지하지 못할 때조차 천국과 지상의 모든 것을 상상할 수 있다. 앞 단락에서도 살펴봤듯이 인간은 육체적인 혹은 물질적인 이미지들과 유사한 것들similitudes/similes/similitudiness을 마음속에서 상상

* 이하 「창세기 문자적 해설」과 「마니 제자 아디만투스 반박」의 시각 이론은 Palmén 2014; Keskiaho 2015의 인용문을 토대로 했다.

할cogitare 수 있다. 이 영상들은 본래의 지각과 같을 수도 있고 아니면 마음속에서 만들어진 것일 수도 있다. 이러한 정신적 비전은 육체적 비전은 아니지만 감각의 지각과 지적인 작용 사이에서 적절한 중개를 한다는 점에서는 유사하다. 「마니 제자 아디만투스 반박」에서 교부는 세 번째 비전을 관상에 의한 것, 진리와 지혜를 이해하는 행위라 정의한다. 이것이 없으면 상기한 두 가지는 무의미하거나 심지어 인간을 악과 실수로 유도할 수 있다. 아우구스티누스의 세 번째 비전을 이해하려면 그가 분류하는 세 가지 시각 대상을 살펴볼 필요가 있다. 우선 시각 대상으로는 하늘, 땅 등 모든 물질적인 것이 있고, 그다음에는 물질적인 것과 유사한 것, 몽상이나 황홀경 속에서 보이는 것이 있으며, 마지막으로 육체도 아니고 육체를 닮은 것도 아닌 것, 물질도 아니고 물질과 닮은 것도 아닌 것, 오로지 정신의 이해력으로만 보이는 것이 있다. 『삼위일체론』은 이 세 가지 대상을 보는 세 가지 방식을 다음과 같이 종합한다. 우리가 감관으로 지각하는 사물들은 눈앞에 현전하여 신체의 감관으로 포착된다. 눈앞에 부재하는 것의 영상이라면 기억에 고착되어 있는 것을 상기해 내거나 그런 영상과의 유사성에 입각해 가상해 낸다. 이와는 다른 시각, 즉 세 번째 시각은 〈이성적 지성의 직관으로 진리의 형상을 식별하는 것〉이다.(아우구스티누스 2015: 753)

아우구스티누스의 세 가지 비전을 지칭하는 용어는 도스토옙스키의 용어와 약간 다르다. 몸의 눈과 정신의 눈은 같지만 세 번째, 가장 고차원적인 시각을 지칭할 때 19세기 작가 도스토옙스키는 〈영혼〉이라는 표현을 쓰는 반면 그리스도교 교부는 오히려 〈지성〉이라는 표현을 쓴다. 그러나 도스토옙스키에게 영혼이란 지성을 넘어서는 것이고 교부에게 지성이란 궁극의 인간 지성, 즉 지성을 넘어서는 지성을 의미한다는 점을 염두에 둔다면 두 가지 모두 결국은 순수한 관상을 의미한다고 봐도 좋을 것 같다. 흔히 우리가 〈영혼〉이라는 표현을 쓸 때는 어떤 알 수 없는 초월성, 신비 등을 함축하게 되지만 도스토옙스키도 아우구스티누스도 그런 종류의 신비를 말하는 것은 아니다. 아우구스티누스가 상상과 환상과 환시를 두 번째 시각, 즉 정신의 시각 범주에 넣은 것은 오히려 현대의 신경 과학자와 유사하게 들린다. 세 번째 시각은 우리가 〈지향〉할 수는 있지만 사실상 현실에서 그것이 과연 무엇인지를 설명하는 데는 한계가 있다. 그런 시선을 보유했다고 여겨지는 사람들은 인류의 오랜 역사 속에 언제나 있어 왔다. 성인이나 선견자, 신비가 등이 그들이다. 그런 사람들과는 전혀 다르면서도 어떤 점에서는 맞닿아 있는 다른 유형의 사람들도 언제나 있어 왔다. 광인이나 기인, 혹은 뇌에 병변이 있는 사람들이다. 신비가의 눈을 지닌다는 것은 어쩌다 환각을 보거나 꿈을 꾸거나 황홀한 환시를 체험하는 것과는 다른 얘기이다. 진정한 신비가란 지금까지 살펴본 세 가지 시선 모두를 갖춘 사람이다.(로어 2023: 35~36) 결국 신비가의 눈이야말로 인간 눈의 복잡성을 가장 잘 예시한다고 말해도 좋을 것 같다. 요컨대 우리가 인간 눈의 복잡성을 극한까지 파고들기 위해서는 이성으로는 다 파헤칠 수 없는 어떤 영역으로 들어가야 한다. 이 점은 이 책의 제6장에서 어느 정도 규명될 수 있을 것이다.

이제까지 우리는 인간의 눈에 관해 살펴봤다. 이 장의 제목에 쓰인 〈위대한〉이라는 수식어가 전혀 과장이 아니게 들리기를 바라는 마음에서 조금 장황하게 설명했다. 이 장의 논의가 앞으로 펼쳐질 장거리 여행을 위한 준비 운동이 되어 주길 바란다.

II

눈의 윤리

태양이라는 것은 모든 신 가운데 가장 잔혹한 신이지요.

어쨌거나 저 터무니없이 큰 눈은 무엇을 의미하는 겁니까?

— G. K. 체스터턴, 「아폴론의 눈」

인간의 오감 중에서 〈윤리적〉이라는 수식어를 붙일 수 있는 거의 유일한 감각은 시각이다. 여기서 〈윤리적〉이라 함은 비윤리적이고 부도덕한 것의 반의어라는 뜻에서가 아니라, 윤리/비윤리의 가치 판단이 적용된다는 뜻에서의 윤리를 가리킨다. 시각은 가장 비윤리적이고 부도덕한 행위에서 가장 도덕적이고 윤리적인 행위에 이르기까지 광대한 윤리학의 스펙트럼을 아우른다. 그런 의미에서 모든 감각 중 가장 〈윤리적〉이다. 너무나 자명한 얘기이지만 공적인 자리에서 내가 이렇게 얘기하면 반드시 반론을 제기하는 사람이 있으므로 설명을 좀 하겠다.

후각을 예로 들어 보자. 우리가 무언가의 냄새를 맡는 것이 얼마나 윤리적이거나 비윤리적일 수 있겠는가. 고급스러운 향기를 탐할 수는 있겠지만 좋은 냄새를 좋아하는 것 자체가 극도로 부도덕한 행위가 되기는 어렵다. 조향사와 향수 업체와 향수 소비자가 모두 단테의 지옥으로 떨어질 확률이 얼마나 되겠는가. 쥐스킨트P. Suskind의 『향수*Das Parfum*』는 매우 예외적인 사례이니 일단 접어 두자. 촉각도 미각도 청각도 몇 가지 예외적인 경우를 제외하면 윤리적 판단이나 행위와 무관하다. 아름다운 음악을 듣거나 최고급 실크 스카프를 목에 두르거나 좋은 향기를 맡으며 쾌감을 느끼는 일이 반드시 쾌락을 조절하고 제어하는 능동적인 도덕적 인지와 관련되지는 않는다는 얘기이다. 미각의 경우는 조금 다르겠지만 그 역시 미각 자체가 아닌 먹는 행위(포식)라는 포괄적 인간 본능과 연결될 때만 윤리/비윤리의 판단에 투사된다. 제2장에서 살펴볼 것은 다른 감각들과 구분되는 시각의 윤리이다. 인간은 타인을 노려봄으로써 시선의 포로로 만들고, 추악한 볼거리를 즐기고, 타인의 고통을 구경하고, 나아가 시선을 조작하여 자신의 지배력을 강화한다. 태초의 눈이 포식을 위해 생겨났기 때문에 인간 눈의 밑바닥에는 이런 공격성이 담겨 있는지도 모른다. 그러나 바로 이러한 반윤리적 시각성이야말로 위대한 눈을 향해 나아가는 길고 험한 여정의 출발점이다. 윤리학을 제1철학이라 규정한 에마뉘엘 레비나스E. Levinas가 윤리란 곧 〈영적인 광학spiritual optics〉이라고 단언한 것은 이 점에서 곱씹어 볼 만하다.(Levinas 1969: 78)

1
타인의 시선

〈벌써 사흘쨉니다. 저 여자는 저기 앉아서 저만 쳐다보고 있어요…….〉 뉴욕, 1942년. 술집 앤절모의 바텐더는 지배인에게 절규한다. 정말 그랬다. 어느 날 단정한 차림새의 젊고 예쁜 여성이 술집 문을 열고 들어와 자리에 앉더니 집요하게 그를 쳐다보기 시작했다. 처음에는 그냥 그런가 보다 했지만 시간이 지날수록 그녀의 시선에서는 불가해하고 불길한 의도가 확연하게 뿜어져 나왔다. 〈하지만 그녀가 쳐다보는 태도가 어쩐지 심상치 않았다. (……) 쳐다보는 것, 그 자체가 하나의 살아 있는 물체 같았다. 쳐다보는 것이 주목적이고 주문은 첨가물 같았다. (……) 그녀는 위스키와 물을 주문했다. 그가 그것을 가지러 갈 때도 그녀의 눈은 끝까지 그에게서 떨어지려 하지 않았다.〉(아이리시 1994: 109) 그녀는 어쨌든 손님이라 함부로 대할 수 없어 바텐더는 어떻게든 그녀의 눈길을 피하려 해보지만 소용이 없다. 그녀는 위스키 한 잔을 앞에 놓고 그린 듯이 앉아서 그를 쳐다본다. 〈마치 어디선가에서 오려 낸 종이 인형 그림을 의자

위에 꽂아 놓은 것만 같았다. 단 한 가지 움직이는 것이 있었다. 그녀의 눈이었다. 그것은 그의 움직임을 줄곧 좇고 있었다.〉(아이리시 1994: 110) 새벽 4시. 술집이 문을 닫자 그는 간신히 그녀를 반강제로 쫓아낸다. 그러나 그가 귀가하기 위해 전철역을 향해 가자 그녀의 눈길이 다시 그를 뒤따라온다. 여자는 같은 전철을 타고 그의 집까지 따라와 창문을 주시한다. 이런 일이 며칠째 계속된다. 경찰에 신고를 해봐도 출두한 경찰은 이상하게 매우 미온적이다. 그는 여자를 향해 소리도 치고 주먹을 흔들기도 하지만 여자는 한 치의 흔들림도 없이 그를 쳐다보기만 한다.

윌리엄 아이리시W. Irish(본명 코넬 울리치) 작 고전 추리 소설 『환상의 여인*Phantom Lady*』의 한 대목이다. 이 기이한 상황의 맥락을 좀 알아보자. 여자가 바텐더를 노려보기 시작한 데는 절박한 사연이 있다. 여자의 유부남 애인 헨더슨이 아내 살인죄로 사형 선고를 받았다. 그는 지능적인 진짜 살인범의 교묘한 함정에 빠졌다. 헨더슨이 아내가 살해될 당시 집에 있지 않았다는 사실을 말해 줄 사람들이 여럿 있지만 그들은 한사코 반대되는 증언을 한다. 진짜 살인범의 협박이 두려워서이다. 바텐더도 그중 하나이다. 형 집행일은 시시각각 다가오고, 애가 타는 애인은 헨더슨의 무죄를 확신하는 형사와 의기투합해 바텐더로부터 진실을 알아낼 계획을 세운다. 그들이 행사한 작전이 바로 쳐다보기 작전, 즉 시선으로 상대를 제압하고 붕괴시킨다는 작전이다. 작전은 거의 성공한다. 며칠째 여자의 시선 폭격을 당한 바텐더는 진짜로 무너지기 시작한다. 〈그는 서서히 기력을 잃어 가고 기묘한 절박감의 중압에 짓눌리기 시작한다.〉(아이리시 1994: 113) 이제 조금만 더 몰아붙이면 자백을 받아 낼 수도 있을 것 같다. 그러나 여자와 형사의 작전은 뜻밖의 사고로 실패한다. 앞으로 이 소설을 읽을지도 모를 독자를 위해 더 이상의 내용은 밝히지 않겠다.

아이리시는 이 소설에서 시각 심리학적으로 매우 중요한 사실, 요컨대 시선이라는 것은 최악의 경우 가장 잔인한 무기가 될 수도 있다는 사실을 전달한다. 〈그녀는 다만 가만히 앉아 올빼미 같은 눈으로 그의 뒤만 쫓고 있다. 그녀가 찾아내 사용하는 무기는 실로 무서운 것이었다. 긴 시간, 가령 한 시간, 두 시간, 또는 세 시간에 걸쳐 가만히 관찰당한다는 것이 얼마나 견디기 어려운 고통인지 보통 사람들은 상상도 못 하리라. 보통 사람들은 그러한 방법으로 인내도를 시험받은 적이 없을 테니까.〉(아이리시 1994: 113) 그동안 시선의 폭력에 관해 연구한 학자들 대부분이 바라보는 주체와 바라보이는 대상 간의 기울기를 지적했다. 보는 눈의 권력과 보이는 대상의 예속, 보는 눈의 지배와 보이는 대상의 피지배는 전형적인 대립 항이다.(임철규 2004; 박정자 2008) 그러나 보는 것과 보이는 것은 이러한 대립에서 출발해 훨씬 더 복잡하고 조밀하고 흥미진진한 관계망을 형성한다.

보는 것은 근본적으로 소통 행위이다. 오로지 인간만이 시선을 통해 타자와 대화할 수 있다. 마주 본다는 것과 함께 본다는 것은 그래서 최근 심리학과 철학의 가장 중요한 이슈 중 하나가 되었다. 그런데 타자를 바라본다는 것 혹은 타자의 시선을 받는다는 것은 가장 근원적인 소통 행위이지만 동시에 가장 교만한 자아실현이자 가장 견디기 어려운 심리적 고통이기도 하다. 모든 인간의 마음속 깊은 곳에 있는 나르시시즘 때문이다. 〈보는 것과 보이는 것〉을 연구한 정신 분석학자의 지적처럼, 시각적으로 타인의 숭배와 찬양을 받을 때 충족되는 과시욕과 자아도취증은 형언하기 어려운 쾌감을 유발한다.(Steiner 2011: 25) 모두의 눈이 한 곳으로 수렴하는 지점에 선 한 인간이 모두를 향해 〈자, 너희는 모두 나를 보라, 나를 보라〉라고 외치는 장면은 전체주의 국가 원수의 정치 선동장에서부터 현대의 아이돌 공연장에 이르기까지 일상에서도 수없이 접할 수 있다. 이와는 정반대되는 극단은 타인의 시선으로 인해 나의 자아가 완전히 붕괴되는 상황이다. 3백 킬로그램 가까이 되던 체중을 보통 수준으로 줄이는 데 성공한 한 여성이 인터뷰에서 고도 비만이던 시절에 가장 힘들었던 것이 무엇이냐는 질문을 받자 〈타인의 시선〉이라는 한마디로 딱 잘라 대답했다. 도스토옙스키의 『가난한 사람들*Bednye lyudi*』에서 찢어지게 가난한 하급 관리 마카르는 자신에게 가장 고통스러운 것은 궁핍한 삶 자체가 아니라 타인의 조롱하고 비웃는 시선이라고 울부짖는다. 〈바렌카, 도대체 무엇이 날 파멸시키는 걸까요? 나를 파멸하게 하는 건 돈이 아니라 삶의 이 모든 불안, 이 모든 쑥덕거림, 냉소, 농지거리입니다.〉(도스토옙스키 1: 168) 타자의 시선을 견딜 수 없을 때 몰려드는 수치심은 정체성 위기로 이어지고 결국 존재는 산산조각으로 분열된다. 『분신*Dvoynik*』의 주인공 골랴드킨은 그 전형적인 사례이다. 자신의 초라한 자아를 사람들이 발견해 쳐다보고 비웃고 놀려 대는 상황이 두려운 그는 자기 자신으로부터 도망치는 길을 택한다. 〈내가 아니고 놀랄 정도로 나랑 닮은 누구 다른 사람인 척할까? 그리고 아무 일도 없었던 듯 태연하게 쳐다봐? 그래, 내가 아니야. 나는 내가 아닌 거야.〉(도스토옙스키 1: 256) 일반적으로 보인다는 것은 극도의 수치심과 당혹감과 모욕감을 유발할 수 있다. 정신 분석의는 임상 경험을 바탕으로 보임을 당할 때 환자가 느끼는 감정을 다음과 같이 열거한다. 〈하찮다는 느낌, 비하되고 저하되고 조롱당하고 품위가 손상되고 흉하게 되고 굴욕적으로 되고 취약하게 된 느낌 등등.〉(Steiner 2011: 27) 특히 골랴드킨처럼 자존감이 바닥이거나 혹은 아이리시의 바텐더처럼 무엇인가를 숨기고 있거나 숨겨야만 하는 사람에게 쳐다보임은 그야말로 무서운 무기가 될 수 있다.

실제로 쳐다보기는 신문의 무기로도 사용된다. 도스토옙스키는 『죄와 벌*Prestupleniye i nakazaniye*』에서 형사 포르피리가 살인범 라스콜니코프를 신문하는 대목에 이 기술을 도입한다. 포르피리는 직감으로 라스콜니코프가 살인범이라는 사실을 안다. 그러나 물증이 없어 자백 외에는 용의자를 처벌할 방도가 없다. 그는 자신이 살인범을 관찰하기만 하면, 즉 지속적으로 바라보기만 하면 살인범 스스로가 무너져 자백하리라고 호언장담한다. 〈그러므로 만약 내가 어떤 사람을 멋대로 내버려 두고, 그를 붙잡지도 괴롭히지도 않고, 다만 내가 모든 것을 빠짐없이 알고 있고, 밤낮으로 그를 쫓아다니고 있으며, 잠도 자지 않고 지키고 있다는 것을 알게 합니다. 적어도 그런 의심을 품게 합니다. 만일 그가 나의 손아귀 안에서 늘 의심과 위협을 느끼게 된다면, 그럼 그는 하늘에 맹세컨대 스스로 기진맥진해져 자기 발로 내게 와서는 정말로《2 곱하기 2》같은 방식의 행동을 해버리게 될 겁니다. 말하자면 수학적인 형태를 갖추게 되는 것이지요. 그건 정말 유쾌한 일입니다.〉(도스토옙스키 14: 654) 그가 이렇게 호언장담할 수 있는 이유는 보이는 인간의 〈심리〉에 통달했기 때문이다. 〈그는 심리적으로 내게서 도망칠 수 없습니다. 그는 계속 제 주변을 맴돌며, 점차로 반경을 좁히고 또 좁히다가는 훌쩍! 곧장 제 입으로 날아들 겁니다. 그럼 저는 그를 삼켜 버리면 그만이지요. 그건 대단히 기분 좋은 일이에요, 헤헤헤!〉(도스토옙스키 14: 655~656) 라스콜니코프는 포르피리가 자신을 지속적으로 관찰한다는 사실 하나만으로도 견딜 수 없게 되어 스스로 경찰서에 출두해 범행 일체를 자백한다. 그냥 누군가를 뚫어지게 보기만 해도 그 사람을 붕괴시킬 수 있다는 사실을 입증해 준 사례라 할 수 있다. 실제로 미국 법 집행기관에서 수사관을 교육할 때 용의자 신문의 기술로 포르피리의 바라보기를 소개한다는 사실은 눈의 위력을 새삼 돌아보게 한다.(Beckman 2017: 89)

아주 오래전 로마의 문인 바로M. Varro는 시선의 위력을 이렇게 묘사했다. 〈나는 시각, 즉 힘으로부터 본다Video a visu, id a vi. 시각은 오감 중 가장 강력하기 때문이다. 그 어떤 감각도 1천 피트 떨어진 곳에 있는 무언가를 지각할 수 없다. 그러나 시지각의 힘은 심지어 별에까지 가 닿는다.〉(Frederick 2002: 1 재인용) 물론 라틴어 video(나는 본다)가 vis(힘)에서 파생된 것은 아니다.(Frederick 2002: 1) 뛰어난 학자였던 바로가 그 사실을 모르고 실수를 했을 것 같지는 않다. 그는 아마도 언어유희를 통해 시각의 위력을 시적으로 강조하려 했던 것 아닌가 싶다. 그 결과는 사실상 강렬하다. 시각은 힘이다. 별까지 가 닿는 힘이다. 그리고 모든 힘이 그렇듯 시각은 양날의 칼이다. 이제까지 살펴봤듯이, 그리고 앞으로도 계속 살펴볼 예정이듯이 시각은 가장 사악한 힘에서 가장 위대한 힘에 이르기까지 힘 전체를 아우른다.

2
보이지 않는 사람

크리스토퍼 채브리스C. Chabris와 대니얼 사이먼스D. Simons가 1999년에 공동 수행한 〈보이지 않는 고릴라〉 실험은 그 결과가 책으로까지 출판되며 한동안 명성을 떨쳤다. 아마 이 책을 읽는 독자 여러분도 대부분 들어 본 적이 있을 것이다. 실험 내용은 간단하다. 채브리스와 사이먼스는 각각 세 명으로 구성된 두 팀을 보여 주는 75초짜리 영상을 제작했다. 흰옷을 입은 한 팀이 농구공을 패스하고 검은 옷을 입은 다른 한 팀은 수비를 한다. 참가자들은 흰옷을 입은 팀이 패스한 횟수를 세어 보라는 지시를 받아 농구공에 시선을 집중해 계산을 하는데, 약 45초 후에 고릴라 복장을 한 사람이 농구 경기 한복판을 5초 동안 걸어서 통과했다. 영상 시청 후 참가자들에게 여섯 명의 선수가 아닌 다른 무엇을 봤느냐고 묻자 거의 절반이 고릴라를 보지 못했다고 답했다.(골드스타인 2023: 165; 스노든 외 2013: 289) 이 유명한 실험은 시각 심리학 영역에서 〈무주의 맹시inattentive blindness〉라는 개념을 활성화하는 데 기여했다. 〈무주의 맹시는 우리가 한 장면에서 어떤 곳에 주의를 집중할 때 그 장면에 있는 특정 위치의 자극을 의식적으로 볼 수 없다는 것을 의미한다.〉(앤티스 외 2018: 319) 즉 주의를 기울이지 않으면 코앞에 있는 것도 못 볼 수 있다는 얘기이다.(골드스타인 2023: 164) 무주의 맹시에 관한 실험은 사실상 보이지 않는 고릴라 외에도 다양한 방식으로, 이를테면 화면을 바라보는 참가자에게 전자 자극을 가함으로써 시각적 주의를 관찰하는 방식 등으로 수행되었다.(Mack et al. 1998; Cartwright-Finch et al. 2007)

이러한 일련의 실험은 새삼 주의attention에 관한 깊은 성찰을 가능하게 한다. 주의에 관한 학술적 연구는 두 가지 갈래로 나뉜다. 하나는 주의는 관련 없는 자극이 의식에 가 닿는 것을 방지한다는 주장이고, 다른 하나는 주의는 지각 의식에 영향을 미치지 않으며 나중에 일어나는 과정, 즉 반응의 선택이나 기억 같은 것에 영향을 미친다는 주장이다.(Cartwright-Finch et al. 2007: 321) 그러나 주의와 관련하여 가장 먼저 떠오르는 것은 선택의 개념이다. 도널드 브로드벤트D. Broadbent의 〈주의 여과기 이론filter theory of attention〉에 의하면 우리의 감각 수용기가 자극을 받으면 모든 정보가 물리적 신호로 등록되지만 제한된 용량 시스템에 접근하기 위해 선택된 신호만이 의미로 해석된다. 선택되지 않은 신호는 걸러지고 그 안에 있는 정보는 손실된다. 이 이론에서 선택을 수행하는 기제는 여과기 역할을 하는 주의이며 제한된 용량 시스템은 의식을 허용하고 기억 속에 정보를 저장한다. 이러한 생각은 대부분의 주의 이론에 매우 큰 영향을 줬다.(앤티스 외 2018: 317) 조금 풀어서 말하자면 우리가 무언

보이지 않는 고릴라 실험.

가에 주의를 기울이는 이유는 일단 그것이 중요하기 때문이다. 그러나 다른 이유도 있다. 〈당신의 지각 체계는 정보 처리를 위한 제한된 능력을 가진다.(Carrasco 2011; Chun et al. 2011) 즉, 이 체계에 과부하가 걸려 아무것도 제대로 처리하지 못하게 되는 상황을 방지하기 위해 (……) 시각계가 어떤 것들을 더 효과적으로 처리하기 위해 다른 어떤 것들에서 관심을 거둔다. 주의는 다른 어떤 정보를 뒤로하고 특정 감각적 정보를 먼저 선택적으로 처리하도록 하는 과정이다. 이 정의에서 핵심 단어는《선택적으로 처리하도록》이다.(골드스타인 2023: 148) 앞에서 말한 고릴라 실험은 그 좋은 예이다. 나를 예로 들자. 이 실험이 대중화되기 전 나는 어느 학자가 이 영상을 공개하는 자리에 있었다. 그런데 내 눈에는 고릴라가 선명하게 보였다. 나는 다른 사람들이 고릴라를 못 봤다는 사실을 도저히 믿을 수가 없었다. 〈선택적 처리〉에 근거해 생각해 보면 나에게는 선수들이 공을 패스하는 게 별로 중요하지 않았던 것 같다. 원래 게임이나 경기에 관심이 없었기 때문에 패스를 몇 번 하건 크게 개의치 않았고, 그래서 거기에 주의를 기울이지 않았던 것이다. 두 눈이 한 물체를 향하고 있다고 해서 그 물체를 본다는 것을 뜻하지 않는다는 점은 이미 앞에서 수없이 강조했던 사실이다. 물체를 〈처리〉하려면 우리는 어떤 종류의 노력을 반드시 해야만 한다. 또 우리의 시각은 중심에서부터 주변부로 옮겨 감에 따라 크게 달라진다는 점을 알아야 한다.(스노든 외 2013: 289) 주의의 문제는 대단히 다양한 사유의 소재를 제공한다. 만일 우리의 뇌 용량이 지극히 제한적이라 정보를 선택적으로만 받아들일 수 있다면, 즉 아주 제한된 부분에만 주의를 기울일 수 있다면 우리는 어떻게 중요한 부분으로 주의를 옮겨야 할지를 알 수 있을까?(스노든 외 2013: 297) 주의가 지각적 선택을 위한 기제라면 선택의 척도는 무엇인가? 주의와 무주의가 중요도에 의해 결정되는 문제라면 그것들을 윤리의 영역에서 고찰하는 일이 가능할 것인가? 만약 그것이 순수하게 뇌 용량의 문제라면 윤리가 무슨 상관이 있을 것인가?

영국 작가이자 신학자 길버트 체스터턴G. K. Chesterton의 〈브라운 신부Father Brown〉 시리즈는 이 문제에 관해 흥미로운 사례를 제공한다. 우선 그의 단편소설 「투명 인간Invisible Man」을 살펴보자. 자세한 내용은 접어 두고 핵심만 언급하자. 눈이 펑펑 내리는 날 건물에서 한 사람이 살해된다. 당시 건물 주위에는 네 명의 목격자가 있었다. 네 사람 모두 건물 안으로 들어가는 사람은 아무도 없었다고 진술한다. 살인 현장은 피로 얼룩져 있었다. 그러나 시신은 감쪽같이 사라지고 없었다. 네 명의 증인은 밖으로 나가는 사람도 전혀 없었다고 증언한다. 그런데 눈 위에는 사람의 발자국이 찍혀 있었다. 누군가가 건물 안으로 들어가 다른 누군가를 죽이고 시체까지 운반해 나갔다는 얘기이다. 요즘 같으면 포렌식 기술만으로 발자국을 분석해 범인을 특정할 수 있을 것이다. 그러나 사건은 한 세기 전의 일이다. 과연 어떻게 된 일인가. 〈네 사람의 정직한 인간이 아무도 그 집에 들어가지 않았다고 말한 건 정말로 아무도 들어가지 않았다는 뜻은 아니었소. (……) 한 남자가 건물에 들어갔다가 다시 나왔소. 그러나 아무도 그 남자에게는 주의하지 않았던 것이오.〉(체스터튼 1991: 126) 앵거스가 묻는다. 〈보이지 않는 남자인가요?〉 브라운 신부가 대답한다. 〈심리적으로 보이지 않는 남자라는 것이지요.〉(체스터튼 1991: 126)

무슨 얘기인가? 답은 〈무주의 맹시〉에 있다. 사람들은 자신에게 중요한 것만을 본다. 대부분의 사람에게 제복을 입은 경찰이나 제복을 입은 우체부나 제복을 입은 문지기는 중요한 사람으로 보이지 않는다. 그들은 건물에 들어간 사람이 아니라 배경의 일부인 존재, 언제나 같은 〈제복〉으로 대표되는 존재, 그러니까 누구도 주의 깊게 바라보지 않는 존재이다. 그런 의미에서 그들은 〈투명 인간〉이다. 해당 단편소설에서 범인은 우체부 복장으로 위장하고 들어가 피해자를 살해하고 커다란 우편물 가방에 시신을 넣어(피해자가 왜소증이 있는 인물이라 가능했다) 유유히 건물을 빠져나갔다. 모두가 우체부를 봤지만 아무도 범인은 보지 못했다.

체스터턴의 또 다른 단편소설 「폭발하는 책The Blast of the Book」은 그보다 훨씬 심도 있게 주의의 문제를 윤리의 영역으로 끌고 들어간다. 오펀쇼 교수는 평생 심령 현상이니 초자연 현상이니 하는 것들을 까발리고 사기꾼들의 정체를 꿰뚫어 보는 일을 업으로 삼아 온 저명한 학자이다. 그의 사무실에 딸린 작은 응접실에서는 서기인 베리지가 보고서를 작성하고 통계 수치를 기록하는 등의 일을 하며 교수를 보필하고 있다. 어느 날 그에게 프링글이라는 이름의 서아프리카 선교사가 무성한 턱수염을 휘날리며 찾아와 〈폭발하는 책〉에 관한 이야기를 들려준다. 동양의 여행가 행키 박사에게서 전해졌다는 그 책은 악령에 사로잡힌 책으로, 그것을 열어 보는 사람은 누구든 흔적도 없이 사라진다는 것이다. 프링글은 자신이 그 끔찍한 현장을 목격했다는 말도 덧붙였다. 반신반의하던 교수는 응접실의 광경을 보고는 입을 다물지 못한다. 〈서기의 책상 위에는 갈색 포장이 찢겨 나간 낡고 바랜 가죽 책이 놓여 있었다. 닫힌 채로 놓여 있기는 했지만 막 펼쳐졌던 듯했다. 서기의 책상은 거리가 내다보이는 큼지막한 창문을 마주 보고 있었는데, 그 창문 유리가 깨져 커다란 구멍이 뚫려 있었다. 마치 사람 몸이 그리로 통과해서 바깥 세계에 던져진 것처럼 말이다. 그 외에는 어디에도 베리지의 흔적은 없었다. 사무실에 남은 두 사람은 석상처럼 얼어붙었다.〉(체스터튼 2002: 22~23) 섬뜩한 사건은 계속 일어난다. 프링글은 그 책의 원래 소유자였던 행키 박사를 방문하고 돌아와 그의 집에는 열린 책과 박사의 흔적만 남아 있었다는 말을 전해 준다. 프링글은 또 오펀쇼 교수에게 전화해 자신이 그 책을 열어 보고 있다는 말만 남긴 채 비명과 함께 연기처럼 사라진다. 초자연적 현상을 부정해 온 오펀쇼 교수는 공포로 쓰러질 지경이다. 그렇다면 프링글이 가져온 책은 정말로 사람을 잡아가는 악령 들린 책이란 말인가?

오펀쇼 교수의 친구인 탐정 브라운 신부는 상황을 처음부터 꿰뚫어 본다. 프링글은 다름 아닌 변장한 서기 베리지였으며 신비한 책도 행키 박사라는 인물도 모두 베리지의 작품이었다. 오랜 세월 오펀쇼 박사에게 베리지는 사람이 아니었다. 그냥 일하는 기계였다. 〈그는 붉은 수염을 붙이고 후드가 달린 낡은 망토를 목까지 두르고는 자네 서재에 나타나, 자신이 선교사 루크

프링글이라고 말했네. 자넨 그가 그렇게 조잡한 변장을 했는데도 못 알아볼 정도로 서기에게 무관심했어. (……) 자넨 그의 영혼은 물론이고 그의 눈도 제대로 들여다본 적이 없어. 쾌활한 웃음기가 어린 눈인데 말이야. 그 우스꽝스러운 책이며 다른 모든 것은 그가 꾸며낸 거였네. 그 친구가 조용히 창문을 깨뜨리고 턱수염을 붙이고 망토를 걸치고서 자네 서재로 들어갔던 거야. 자네가 한 번도 자신을 제대로 본 적이 없다는 사실을 알고서 말이야.〉(체스터튼 2002: 33) 서기는 어째서 이런 장난을 쳤을까? 악령 들린 책은 유쾌하고 상상력 풍부하고 재미있는 서기 베리지가 교수의 완고한 시각을 자극하는 수단이다. 〈왜이기는, 자네가 생애 한 번도 그 사람을 제대로 보지 않았기 때문이지. 자네는 그를 계산기라고 불렀지. 자네가 그 친구를 그런 식으로만 써먹었으니까.〉(체스터튼 2002: 34)

인지 과학과 시각 심리학, 그리고 신경 심리학 분야에서 주의와 무시는 최근 들어 지속적으로 논의되는 이슈 중 하나이다. 주의의 신경 체계가 뇌에 존재하는가와 같은 신경 심리학적 논제부터 일상에서, 주의를 분산시키는 것들은 무엇이며 그럼에도 주의를 집중할 수 있는 방법은 무엇인가, 부주의로 인한 사고의 위험을 줄이려면 어떻게 해야 하는가 등 실용적 논제에 이르기까지 주의 연구는 광범위한 분야를 아우른다. 이 모든 주의 연구는 집중력 제고라는 목적을 향해 수렴한다. 〈주의 이론의 목표는 사람들로 하여금 해당 과제와 상관없는 주의 분산 요소들을 무시하도록 해주는 집중된 주의의 결정 인자를 선별하는 것이다.〉(Lavie 2010: 143) 최근의 지각 심리학에서 스마트폰

이 초래하는 산만함을 다양한 환경 — 예를 들어 운전 중이거나 수업 중인 상황 — 에서 연구하는 것도 그 일환이라 할 수 있다.(골드스타인 2023: 166~169)

주의는 인지 과정을 증대하기 위한 감각 입력의 한 가지 형태이다. 주의는 의식할 내용, 기억에 저장할 내용, 수행에 사용할 정보를 선택하는 방법을 제공하기 때문이다.(앤티스 외 2018: 316) 일찍이 심리학의 대부 윌리엄 제임스W. James는 주의를 〈동시에 가능한 여러 사물이나 연속적 사고 중 하나가 매우 선명한 형태로 마음을 사로잡는 것〉이라 정의했다.(엘리아스 외 2009: 375 재인용) 일차적으로 주의는 수의적 주의voluntary attention, 즉 개인이 의도적으로 하나의 입력 정보에서 다른 정보로 주의를 전환하는 것과 반사적 주의reflexive attention, 즉 외적 사건에 대한 반응으로 주의가 전환되는 것으로 양분된다. 제임스의 정의를 비롯해 우리가 앞에서 살펴본 주의는 수의적 주의에 해당한다. 여기서 중요한 것은 〈의도적〉이라는 단어이다. 우리가 하나의 입력 정보에서 〈의도적으로〉 다른 정보로 주의를 전환할 때 무엇을 기준으로 할 것인가가 이른바 시각 윤리의 기초가 되기 때문이다. 체스터턴의 단편소설은 이와 관련하여 많은 것을 함축하는 수작이다. 무주의 맹시나 주의는 본질적으로 윤리의 영역에서 다뤄질 만한 개념이 아니다. 그러나 체스터턴은 이를 윤리의 영역으로 전환하는 데 성공했다. 오펀쇼 교수는 초현실 세계라는 거대한 세계를 통찰하는 시각을 자랑하지만 정작 자신과 가장 가까운 한 사람, 자신과 가장 많은 시간을 보내는 그 유일한 조력자의 얼굴조차 기억하지 못한다. 수백 명의 심령 사기꾼을 집중해 관찰했지만 여러 해를 함께 해온 멋진 청년의 눈은 단 한 번도 제대로 본 적이 없다. 이 점에서 그는 부도덕하고 부도덕하기 때문에 또 어리석다. 체스터턴의 단편소설은 우리에게 시각 윤리의 핵심을 짚어 준다. 즉 인간의 눈으로 인간을 바라보는 것이 곧 윤리적 바라봄이다.

3
시선의 위조

빈프리트 제발트W. Sebald의 『토성의 고리*Die Ringe des Saturn*』를 집어 들 때까지 나는 토성에 관해 생각해 본 적도, 그 사진이나 그림 이미지를 눈여겨본 적도 없다. 제발트를 통해 만난 〈토성의 고리〉는 내게 은유였다. 토성과 그 고리가 우주 어디에선가 현란한 형상과 빛을 과시하며 실제로 존재한다는 것은 미처 생각지 못했다. 그러다가 신문에서 제임스 웹 우주 망원경이 2023년 6월 25일에 전송해 온 사진을 보게 되었다. 거기 토성과 그의 고리가 선명하게 찍혀 있었다. 머릿속에서만 존재하는 비유적 이미지가 실물이 되는 순간이었다.

『토성의 고리』는 제사부터 도발적이다. 〈토성의 고리는 적도 둘레를 원형 궤도에 따라 공전하는 얼음 결정과, 짐작건대 유성체의 작은 입자들로 구성되어 있다. 아마도 과거에는 토성의 달이었던 것이 행성에 너무 가까이 위치하여 그 기조력으로 파괴된 결과 남게 된 파편들인 것으로 짐작된다. (→ 로슈 한계) —『브로크하우스 백과사전』〉(제발트 2011: 제사) 『토성의 고

토성의 고리.

리』 옮긴이 주에 의하면 〈로슈 한계〉는 〈위성이 모행성의 기조력에 부서지지 않고 접근할 수 있는 한계 거리〉를 의미한다. 이것은 천체 물리학의 영역을 떠나서도 두 개의 물체가 공존할 수 있는 균형의 한계치를 의미할 수 있다. 실제로 이 개념은 인류 역사에 촘촘히 박힌 고통의 의미에 관해, 기억과 재현의 가능성에 관해 제발트가 제기하는 질문들을 그림자처럼 따라다닌다. 역사를 보는 현대의 눈과 역사를 살았던 과거 인간들의 눈이 그리는 차이는 어디까지 수용할 수 있을까. 파괴와 건설의 공존은 어디까지 가능할 것인가. 고통을 바라보는 시선은 어디까지 재현할 수 있고 어디서부터는 재현하면 안 되는 것일까.

『토성의 고리』는 소설의 화자이자 주인공인 〈나〉가 1992년 영국 동부의 서퍽 카운티를 도보로 여행한 후 돌아와 쓴 일종의 여행기이다. 화자가 연구한 17세기 노리치의 자연 연구자이자 의사인 토머스 브라운T. Brown의 글과 사상은 여행기와 수시로 뒤얽힌다. 그것은 〈오랜 과거로까지 거슬러 올라가는 파괴의 흔적들을 보며 느낀 먹먹한 전율의 기억〉에 관한 기록이기도 하다.(제발트 2011: 10) 그러나 소설은 시간적 과거에 대한 기억도, 서퍽 카운티라는 특정 공간도 무자비하게 뛰어넘는다. 여행기, 연구 논문, 메타 문학, 신문 기사, 개인적 기억, 문화적 기억을 모두 아우르는 특정할 수 없는 장르는 그렇다 쳐도 소설에 들어 있는 모든 것이 너무나도 광범위하고 거의 프랙털처럼 자기 복제적이며, 자기 복제적으로 무한해서 그 어떤 부분도 설명이나 분석의 의도를 허용하지 않는다. 그것은 자연사와 문명사의 교차점에서 땅이 기억하는 인간 잔혹사를 발굴하는 소설이지만 역사 소설은 결코 아니며 기억을 환기하는 소설이지만 동시에 기억의 무의미함을 역설하는 소설이며 모든 것을 담고 있지만 아무것도 말하지 않는 소설이다. 〈여행에 관한 서사가 아니라 경계를 무시하고 여행하는 서사〉라는(Cooke 2009: 26) 정의가 가장 적절하게 들린다.

소설은 폐허에서 긁어모은 잔재들을 전시해 놓은 일종의 박물관에 비견될 수도 있겠지만 〈큐레이터〉가 없는 박물관이기에 전시물은 아무런 인과적 순서도 전시 규칙도 따르지 않는다. 소설을 이끌어 가는 거의 유일하게 일관된 존재인 토머스 브라운의 두개골에서부터 포유류의 척추, 물고기의 등뼈, 물고사리의 뿌리, 쇠뜨기 줄기, 뽕나무, 비단 양탄자, 철과 뿔로 만든 집게와 바늘, 은제 버클, 정교하게 제작된 고문 기계들, 처형 도구들, 이미 몸에서 분리된 홀로코스트 희생자의 머리를 찍은 사진, 오팔과 진주를 먹고 산다는 중국의 용, 떡갈나무 숲, 골호 장지, 공작거울나방 등등, 등등, 이 박물관에 전시된 물건들의 목록은 거의 무한하다. 그러나 이 모든 것은 하나의 패턴으로 수렴하는데, 제발트는 그것을 브라운이 언급한 〈다섯 눈 모양quincunx〉 패턴에서 발견한다. 〈브라운은 무한하리만치 다양한 형태 속에서 때때로 반복되는 형(型)들을 기록했는데, 예컨대 키루스의 정원을 다룬 논문에서 그는 규칙적인 사각형의 꼭짓점과 그 대각선이 교차하는 점으로 이루어진 이른바 다섯 눈 모양에 대해 서술한다.〉(제발트 2011: 29) 제발트는 토머스 브라운이 〈생물과 무생물을 막론하고 모든 물질에서 이 구조를 발견〉한다고 지적하지만 이 구조는 사실상 제발트 자신의 사상의 핵심이자 그가 쓴 소설의 구조적 핵심이다. 〈모든 것이 이 패턴으로 수렴한다. 그것은 처음부터 끝까지 소설을 사로잡는 형상의 속기shorthand 이다.〉(Jacobs 2015: 55) 토머스 브라운은 〈일체의 인식이 뚫을 수 없는 암흑으로 둘러싸여 있다고 말한다. 우리가 지각하는 것은 무지의 심연 속에서, 짙은 그림자 안에 침잠해 있는 세계의 건물 속에서 드문드문 나타나는 빛의 조각들뿐이라는 것이다〉.(제발트 2011: 29) 그러므로 우리가 무엇을 탐구하든 그것은 덧없고 부질없는 몸짓인바, 〈우리는 우리의 철학을 오로지 소문자로만, 덧없는 자연의 약어와 약칭으로만 써야〉 한다.(제발트 2011: 29) 오로지 이것들만이 영원의 여운을 담고 있기 때문이다. 다섯 눈 모양은 바로 이러한 철학의 속기이자 약어이자 약칭이다. 사라져 가는 모든 형상, 되돌릴 수 없고 되살릴 수 없는 모든 것에 대한 해독제로서, 영원이 아니라 영원의 여운을 담고 있는 형태로서 그는 무한히 반복되는 프랙털을 제시하는 것이다. 형태의 상실과 무한히 지속되는 형태는 다섯 눈 모양에서 로슈 한계에 도달하는 것이다.

다섯 눈 모양이 모든 형태의 파괴와 상실과 죽음에 대한 유일한 형상적 대안이라면 소설에는 기억을 재현하는 다른 대안들이 제시된다. 그 대안들은 인간이 사라진 시간을 어느 정도까지 시각적으로 재현할 수 있는가에, 그리고 그것을 바라보는 행위의 정당성에 고통스럽고 불편한 윤리적 의문을 제기한다. 워털루는 소설의 시각 윤리 중심에 있는 수많은 지형 중 하나이다. 2015년 6월 15일, 벨기에 워털루에서는 워털루 전투 2백 주년을 기념하는 행사가 성대하게 거행되었다. 주지하다시피 워털

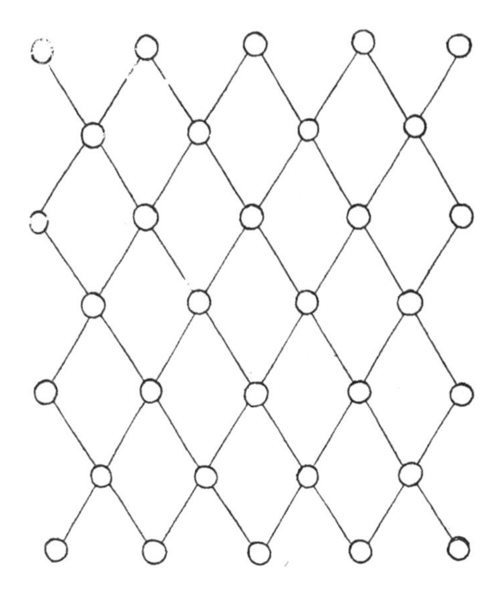

Quid Quincunce ſpecioſius, qui, in
quam cunq; partem ſpectaueris,
rectus est: Quintilian:

제발트가 소설에서 보여 주는 다섯 눈 모양.

루 전투는 영국과 프로이센 연합군이 나폴레옹 군대를 제패함으로써 유럽의 역사를 바꾼 중요한 사건이다. 1815년 6월 18일 오전 11시부터 오후 8시 반까지 벌어진 그 치열한 전투에서 5만여 명의 병사가 죽거나 부상당했다. 조형물 제막식과 실전 재현 등을 포함한 그 2백 주년 기념행사에는 전투를 승리로 이끈 웰링턴의 후손, 지금은 영국 국왕이 된 찰스 3세를 비롯해 유럽의 유명 인사들이 대거 참여했다.*

워털루 행사가 개최되기 20년 전 제발트가 발표한 『토성의 고리』는 그 행사를 지옥으로 예견하면서 국가 의식이 질서 정연하게 형성되기 위해 압살되어야만 하는 모든 것을 고통스럽고 부조리하고 당혹스러운 기억으로 묘사한다.(Shaw 2017: 14)

〈브뤼셀을 처음 방문한 때부터 줄곧 벨기에의 추함의 정점으로 여겨지는 것은 워털루 전투지에 있는 사자 기념물과 이른바 역사 기념지라 불리는 모든 곳이다.〉(제발트 2011: 149) 화자는 크리스마스가 다가오던 어느 날 워털루의 거리를 걸으며 〈나폴레옹 군대의 복장을 한 작은 부대가 북을 쳐대고 피리를 불어 대면서〉 행진하는 장면, 그리고 〈난잡한 화장을 한 너절한 종군 매점상 여자가 괴상하게 생긴 수레를 끌고〉 가는 장면과 맞닥뜨린다. 그러다가 그는 〈거대한 궁륭이 얹힌 원형 홀 안에 자리 잡은 파노라마관〉의 입장권을 산다. 그곳은 〈한가운데 솟아 있는 전망대에서 전투를 사방으로 조망할 수 있게 만들어 놓은 곳〉, 즉 관람객이 중심에 서서 그 사건들을 상상할 수 있는 곳이다. 〈나무 난간 바로 아래에 설치된 일종의 연극 무대에는 나

* 관련 기사는 다음을 참고할 것. https://www.bbc.com/news/uk-33160368.

무 그루터기와 덤불 사이에 실제 크기의 말들이 온통 핏자국으로 물든 모래 위에 쓰러져 있고, 눈이 고통으로 일그러지거나 이미 함몰된, 살해된 보병과 경기병 들이 널브러져 있는데, 밀랍으로 만든 얼굴, 이동 무대 장식, 가죽 제품, 무기, 갑옷, 그리고 해면 식물이나 솜 같은 것들로 속을 채워 놓은 것으로 보이는 요란한 색깔의 제복 등은 사건 당시의 모습을 그대로 재현한 듯했다.〉(제발트 2011: 150)

이제 관람자의 시선은 3차원 재현에서 거대한 벽화의 2차원 재현으로 넘어간다. 〈흘러간 시간의 차가운 먼지를 뒤집어쓴 잔혹한 3차원의 광경 너머 지평선 위에 그려진 거대한 원형 그림으로 옮겨 간다. 프랑스의 해양화가 루이 뒤물랭이 1912년에 서커스장과 비슷한 모양의 원형 홀 내부에 있는 가로 110미터, 세로 12미터의 벽에 그린 것이다. 관람객은 천천히 원을 그리듯 걸으면서, 바로 이게 역사를 재현하는 기술이구나, 하고 생각하게 된다.〉(제발트 2011: 150)

제발트는 이러한 파노라마식 관람이 〈시선의 위조Fälschung der Perspektive〉*에 기초한다고 지적한다. 〈살아남은 자들인 우리는 모든 광경을 위에서 내려다보고, 모든 것을 동시에 보면서도 실제로 현장이 어떠했는지는 모른다. 우리를 에워싸고 펼쳐진 것은 병사 5만 명과 말 1만 필이 몇 시간 안에 목숨을 잃은 황량한 벌판인 것이다. 전투가 끝난 밤, 여기서는 온갖 그르렁거리는 숨소리와 신음 소리가 뒤섞였을 것이다. 하지만 이제 남아 있는 것은 갈색의 흙뿐이다.〉(제발트 2011: 151) 파노라마식 관

* Sebald 2012: 152. 원문의 〈Perspektive〉를 역자는 시선이라고 번역했다.

람은 일련의 질문으로 이어진다. 〈당시에 사람들은 그 많은 시체와 뼈를 어떻게 처리했는가? 그것들은 원뿔형 기념물 아래 묻혀 있는가? 우리는 시신의 산 위에 서 있는 것인가? 결국 이것이 우리의 관점인가? 이런 지점에서 보면 많은 사람이 주장하는 역사적 조망이라는 것을 갖게 되는가?〉(제발트 2011: 151)

제발트는 이어 역사를 재현하는 또 다른 위조 방식을 소개한다. 그것은 자연을 훼손하면서 이루어지는 조작이다. 〈내가 들은 이야기에 의하면 브라이턴 해변 근처에 자그마한 숲이 두 곳 있는데, 이곳들은 워털루 전투 뒤에 이 의미심장한 승리를 기념하기 위해 조성되었다고 한다. 그중 하나는 나폴레옹의 삼각 모자 형태로 만들어졌고, 다른 숲은 웰링턴 사령관의 장화 모양을 하고 있다. 물론 땅 위에서는 이 모양을 인식할 수 없다. 이 상징물들은 나중에 기구를 타고 여행할 사람들을 위해 만들어진 것이라고 한다.〉(제발트 2011: 151)

문화적 기억에 관한 두 개의 정적인 모델, 즉 기념비적인 것과 재현적인 것에 대한 성찰은 오로지 하나의 답만을 지시하는 듯하다. 즉 문화적 기억의 공적이고 제도적인 저장 공간은 문자 그대로건 비유적인 의미에서건 과거의 은폐라는 사실이다.(Cooke 2009: 16) 이와 관련해 제발트 소설의 트레이드마크라 할 수 있는 텍스트와 사진의 병렬을 살펴보는 것은 흥미롭다. 제발트는 워털루 전투의 시선 조작을 말하는 대목에서 사자 기념물 사진을 한 장 곁들인다. 소설 전체에 삽입된 여러 사진 중 하나인데 그의 다른 소설 『아우스터리츠*Austerlitz*』에서처럼 여기서도 사진의 역할은 의미심장하다. 제발트 소설에 등장하는 사진들과 관련해서는 텍스트의 의미를 보완하고 서사의 흐름을 지지해 준다는, 혹은 서사의 사실성을 높여 준다는 지적(김응준 2009; 이소림 2022)에서 텍스트와 서사 간에 존재하는 것은 갈등 관계라는 지적(Aubrey 2022)에 이르기까지 다양한 의견이 있다. 양자 모두 옳다. 사진은 서사 흐름에 제동을 건다는 의미에서 서사와 갈등하지만, 시각적 재현의 신뢰 불가능성이라는 저자의 의도를 지지해 준다는 점에서는 서사와 상호 보완적이라 볼 수도 있다.

일단 제발트가 텍스트와 병치하는 사진들은 흐릿하고 초라하다. 이해 가능한 방식으로 텍스트를 보조하는 역할이 사진에 주어진 것은 아니라는 뜻이다. 사진은 이해도를 높여 주기는커녕 수수께끼의 층위를 증가시킨다.(Aubrey 2022: 42) 흐릿한 사진은 오히려 〈보이지 않고 기억되지 않고 경험되지 않고 재현되지 않는 것들〉을 고통스럽게 환기한다.(Elkins 2017: 14) 제발트는 소설 초반에서 시간적 공간적 거리와 시각 간의 함수 관계를 지적한다. 〈거리가 멀어질수록 시야는 더 맑아진다. 미세한 세부 사항까지도 더없이 똑똑하게 볼 수 있다. 마치 망원경을 거꾸로 잡고 거기에 현미경까지 덧대어 보는 것 같다.〉(제발트 2011: 29) 그러나 이는 환상이다. 토머스 브라운의 말을 다시 인용하자면 인간의 인식은 뚫을 수 없는 암흑으로 둘러싸여 있기 때문이다. 거리와 높이는 우리가 볼 수 없는 패턴에 대한 우주적 바라봄을 가능하게 한다. 그러나 그것은 위조된 시선, 현실적으로 불가능한 〈슈퍼 휴먼〉 퍼스펙티브일 뿐이다.(Aubrey 2022: 43)

제발트가 보여 주는 사자상 사진.

워털루 에피소드는 유럽의 식민주의와 콩고 착취를 다루는 소설의 제5장에서 비교적 간단히 언급되지만 거기 응축된 의미는 막강하다. 〈시선의 위조〉는 단순히 기억의 재현만을 함축하는 것이 아니라 보편적이고 포괄적인 시선의 윤리를 함축한다. 〈모든 광경을 위에서 내려다보고, 모든 것을 동시에 보면서도 실제로 현장이 어떠했는지는 모른다〉라는 진술은 사실성이 부족한 재현, 어쩌면 모든 재현의 한계를 지적하는 듯 들린다. 물론 이는 시각에만 적용되는 한계가 아니다. 우리와 거리를 둔 채 진행되는 과거사에 대한 모든 기술과 회고는 언제나 정도의 차이만 있을 뿐, 그리고 목적의 차이가 있을 뿐 위조이자 조작이자 기만의 여지가 있게 마련이다. 문제는 그게 아니다. 문제는 그것을 바라보는 사람의 시선이다. 한나절 동안 5만 명의 사람이 죽어 간 현장은 〈서커스장과 비슷한 모양의 원형 홀〉에 그려져 있으며 돈을 내고 입장권을 산 〈관람객〉들이 산책이라도 하듯 천천히 걸으며 그 벽화를 구경한다. 놀랍게도 그 참혹한 장면을 보며 관람객이 느끼는 것은 동정도 연민도 공포도 경악도 아닌, 〈바로 이게 역사를 재현하는 기술이구나〉라는 감탄이다.(제발트 2011: 150) 바로 이 대목에서 시선의 위조는 사실성 여부나 정확성의 정도 차원이 아닌 다른 차원, 즉 구경의 윤리 차원으로 넘어간다.

이런 관점에서 보자면 제발트가 병치하는 흐릿한 사진은 가장 근원적인 의미에서의 시선의 윤리를 우회적으로 조망해 주는 것 같다. 소설의 마지막 대목을 보자. 소설은 당대 네덜란드 풍속에 관한 토머스 브라운의 설명을 인용하며 끝난다. 〈그

곳에서는 망자의 집에 있는 모든 거울, 그리고 풍경이나 사람 혹은 들판의 열매가 그려진 모든 그림을 슬픔을 표현하는, 비단으로 만든 검은 베일로 덮는 습속이 있었는데, 이는 육신을 떠나는 영혼이 마지막 길을 가면서 자기 자신을 보거나 다시는 보지 못할 고향을 보고 마음이 산란해지는 것을 막기 위한 조치였다고 한다.〉(제발트 2011: 345) 검은 실크 베일에 덮인 거울과 그림(그리고 유추적으로 말해 오늘날의 사진)은 망자의 마음을 편하게 해주려는 살아남은 사람들의 배려라는 것이다. 이는 또한 망자에 대해 살아남은 자가 할 수 있는 유일한 예우처럼 들리기도 한다. 그렇다면 제발트의 흐릿한 사진들은 역사의 기록과 망자에 대한 예우 간의 로슈 한계로 이해해도 좋을 것 같다.

그런데, 문득 이런 생각이 들기도 한다. 검은 베일에 가린 이미지들이 정말로 망자를 위한 배려일까. 이승에 미련을 둔 망자들이 쉽게 떠나도록 해주는 것은 누구를 위한 것일까. 산 자의 계산적인 치밀함과 철저한 실용 정신이 유령의 존재를 원천적으로 차단하려고 시작한 풍속은 아닐까. 이것이야말로 가장 응숭깊고 현실적인 시선의 위조 아닐까.

4
구경과 구경꾼

그리스도교는 태곳적부터 눈을 윤리의 중심에 뒀다. 성경은 인간 육체의 욕망을 눈의 욕망과 동급으로 간주한다. 〈세상에 있는 모든 것, 곧 육의 욕망과 눈의 욕망과 살림살이에 대한 자만은 아버지에게서 온 것이 아니라 세상에서 온 것입니다.〉(「요한의 첫째 서간」 2: 16) 육의 욕망을 대표하는 눈의 욕망은 끝을 모른다는 점에서 지옥의 심연에 비견되기도 한다. 〈저승과 멸망의 나라가 만족할 줄 모르듯 사람의 눈도 만족할 줄 모른다.〉(「잠언」 27: 20) 중세 수도사와 평신도 모두에게 가장 많이 읽혔던 이른바 〈베스트셀러〉 중의 하나가 리모주의 피터가 쓴 『눈에 관한 도덕론*Tractatus Moralis de Oculo*』이었다는 사실은 그러므로 전혀 놀라운 일이 아니다. 리모주의 피터는 앞에서 언급했던 로저 베이컨과 이븐 알하이삼의 광학적 연구를 윤리의 영역으로 확장해 윤리학과 광학과 신학의 3중주를 완성했다. 그는 마음의 올바름이 곧 시선의 올바름이므로 도덕적인 생각이 곧 도덕적인 바라봄이라고 단언한다. 그는 상당히 민중 친화적인 비유,

요컨대 〈생선의 선도는 눈으로 알 수 있다〉라는 비유를 쓰면서 불순한 눈을 가진 자는 순결할 수 없다고 설교한다.(Peter of Limoges 2012: 71~72) 그러나 모든 그리스도교적인 눈의 윤리에 초석을 마련해 준 사람은 아우구스티누스이다. 앞에서도 잠시 살펴본 아우구스티누스의 저술들은 당대까지 누적된 눈의 과학과 철학을 집대성하는 동시에 이후 서양 중세를 수놓게 될 탁월한 저자들에게 확고한 출발점을 제공해 줬다.

아우구스티누스는 『고백록』에서 인간을 죄로 유도하는 세 가지 욕망, 즉 육의 욕망, 눈의 욕망, 세속의 욕망을 특정한다. 한 가지 놀라운 것은, 상식적으로 눈의 욕망보다는 육의 욕망이 더 심각한 죄악의 동기일 듯한데 교부는 눈의 욕망을 가장 심각한 욕망으로 간주한다는 점이다. 그는 눈의 욕망을 두 가지로 나눠 바라본다. 첫 번째는 아름답고 화려하고 멋진 대상을 보고 즐기려는 쾌락이다. 그것은 그가 깨어 있는 한 종일 그를 자극하므로 모든 욕망 중에서 가장 두려운 것이다. 〈아리땁고 다양한 맵시들이며 화려하고 멋진 색깔들을 눈이 좋아합니다. (……) 이것들로부터는 저에게 안식이 주어지지 않습니다.〉(아우구스티누스 2019: 396) 눈의 욕망을 설명하는 두 번째 인자는 호기심으로, 이는 감각 자체에서 오는 쾌락이 아니라 심리적으로 자극되는 쾌락이다. 우리가 구경(감상, 관람, 관광 등)이라 명명하는 행위 일반은 사실상 이 카테고리에 속한다. 〈여기에 덧붙여 여러모로 위험한 형태의 다른 욕망이 있습니다. 모든 관능과 쾌락을 즐기는 가운데 내재하는 육신의 욕망 말고도 육체의 똑같은 관능들을 경유해 영혼에 내재하는 호기심이 있습니다. 스스로 육신 안에서 쾌감을 즐긴다기보다는 육신을 통해 허망하고 흥미로운 것을 경험하려는 호기심이 앎과 지식의 미명으로 분장합니다.〉(아우구스티누스 2019: 398)

아우구스티누스는 눈에 관한 사유를 계속하면서 호기심을 눈의 욕망이라 부르는 이유를 설명한다. 여기서 교부의 접근법은 눈과 인지의 연관을 강조하는 현대의 신경 과학자를 떠올리게 한다. 〈감관 중에 무엇을 인식하는 데 첫째가는 것이 눈입니다. 거룩한 말씀에 의하면 《눈의 욕망》이라 불립니다. 본래 눈에 해당하는 일은 보는 것입니다. 그런데 《보다》라는 이 단어를 다른 감관들에도 사용하며 또한 무언가를 인식하는 데도 눈을 지칭하는 경우가 있습니다. (……) 《어떤 소리가 나는지 보라》고도 하고 《무슨 냄새가 나는지 보라》고도 하고 《무슨 맛이 나는지 보라》고도 하도 《얼마나 단단한지 보라》고도 합니다. 그래서 감관들의 경험 전반이 《눈의 욕망》이라고 불리며, 보는 기능이야 눈이 첫 자리를 차지하지만 다른 감관들 역시 뭔가를 인지하려고 탐색할 때 《보다》라는 비유를 써 그 기능을 공유하는 것입니다.〉(아우구스티누스 2019: 399)

이어지는 글에서 아우구스티누스는 감각에서 오는 직접적인 쾌락과 인지를 토대로 하는 호기심을 분명하게 구분한다. 〈여기서 감관을 통한 작용에서 어느 부분이 쾌감을 찾고 어느 부분이 호기심을 찾는지 훨씬 뚜렷하게 구분됩니다. 쾌감은 자태가 예쁘고 음성이 곱고 냄새가 감미롭고 음식이 맛깔스럽고 만지면 보드라운 것을 찾는 데 반해 호기심은 이것들과 정반대되는 것들마저도 시도해 보고 경험해 보고 알아볼 욕심에서 우러나는 것입니다.〉(아우구스티누스 2019: 399) 그는 이런 종류의 호기심의 예를 우선 연극 구경에서 찾는다. 〈이 호기심의 욕심에서 유래하겠지만 연극 공연에서는 그야말로 괴이한 일들이 연출됩니다. 이런 호기심에서 비롯하여 알아서 아무 보탬이 안 되는 것들을 알자고 저희 밖에 있는 대자연의 비밀을 탐구하겠다고 나서는데 여기서 사람들이 욕심내는 것은 그냥 알자는 것뿐입니다.〉(아우구스티누스 2019: 399~400)

눈의 쾌락은 시신 구경에서 절정에 이른다. 〈갈기갈기 찢긴 시체는 보기에도 소름이 끼칠 텐데 그 시체를 보며 무슨 쾌감을 느낀다는 말입니까? 그럼에도 어디에 누가 쓰러져 있든 사람들이 달려옵니다. 와서 보고는 애통해하고 창백해집니다. 사람들은 꿈에라도 볼까 무서워합니다. 그런데 호기심으로 그렇게 했으면서도 마치 누가 자기들더러 억지로 눈을 뜨고 보라고 시킨 것처럼, 또 멋진 구경이 있다는 소문에 넘어가서 왔다는 식입니다.〉(아우구스티누스 2019: 399)

아우구스티누스가 언급한 시신 구경은 구경이라는 관념 자체에 대한 깊은 사색으로 우리를 이끈다. 제발트는 워털루에서 느낀 역겨움을 〈시선의 위조〉라 설명하지만 그 밑바닥에 깔린 것은 사실상 구경에 대한 역겨움이다. 구경은 고통과 죽음을 〈소비되는 것〉으로 만들고 나와 타자의 거리를 무한히 넓힌다. 제발트의 역겨움은 소비되고 있음에 대한 깊은 혐오감이다. 오늘날 우리는 수없이 많은 것들을 구경하며 산다. 전쟁도 대재앙도 대참사도 즉각적으로 볼거리가 되고 미디어와 SNS와 OTT는 물론 고층 빌딩의 외곽, 병원, 공공장소, 거의 모든 건물의 엘리베이터, 버스와 기차, 택시 등받이에까지 설치된 화면은 하루 24시간 우리의 눈을 볼거리로 폭격한다. 스마트폰으로 수없이 많은 사진을 찍고 찍히고 또 그것을 보고 즐기는 눈, 슈팅 게임의 화면에 완전히 빠져들어 상대방에게 총알 세례를 퍼붓고 칼로 난도질하며 흥분하는 눈, 섹스와 폭력이 난무하는 드라마를 시청하는 눈에 어느 정도까지 도덕의 잣대를 들이밀 수 있을 것인가. 만일 구경이라는 것이 원천적인 악이라면 모든 볼거리 앞에서 눈을 감는 것 외에는 그 악에서 벗어날 길이 없는 것인가.

도스토옙스키의 소설과 산문은 아우구스티누스가 제기한 시선의 윤리를 환기하는 동시에 구경에 관한 훨씬 심화된 사유를 촉구한다. 우선 아우구스티누스가 언급한 시신 구경은 도스토옙스키의 소설 『악령*Besy*』에서 일군의 인물들의 도덕적 타락을 입증해 주는 사례로 언급된다. 한 무리의 인간들이 지루함을 견디다 못해 구경거리를 찾아 나선다. 도중에 〈지금 막 여관방에 투숙한 사람이 자살한 채로 발견되어 경찰을 기다리고 있다는 사실을 누군가가 갑자기 알려 줬다〉.(도스토옙스키 18: 651) 무리는 자살자를 구경하기로 한다. 〈당장 자살자를 보러 가자는 의견이 나왔다. 이 의견은 곧 지지를 받았다. 우리 부인네들은 결코 자살자를 본 적이 없었던 것이다. 나는 그들 중 어느 부인이 그 자리에서 즉각 《정말 지겨워 죽을 판인데, 기분 전환 거리라면 뭐든 가릴 게 없지. 그저 재밌기만 하면 되니까》라고 큰 소리로 말했던 게 기억난다.〉(도스토옙스키 18: 651)* 자살자는 아직 스무 살도 채 안 된 소년으로, 모친이 맡긴 돈을 탕진하

* 지루함과 구경의 관련성에 관한 자세한 논의는 석영중 2021을 보라.

고는 뒷감당할 자신이 없어 자살을 결심했다. 소년은 죽기 전에 샤토 디켐 백포도주 한 병과 포도 한 접시를 주문해 절반 정도 먹은 뒤 권총으로 자기 심장을 쏴서 자살했다.

이 시신에 대한 사람들의 시선은 악에 관한 숙고로 독자를 인도한다. 동네 부인들은 무엇보다도 호기심 충족에 여념이 없다. 〈우리의 모든 부인들은 탐욕스러운 호기심을 품고 요리조리 뜯어보고 있었다. 대체로 이웃의 불행에는 어느 것이나 할 것 없이 언제나 제3자의 눈을 즐겁게 하는 뭔가가 있는 법이다. 심지어 여러분이 누구건 간에.〉(도스토옙스키 18: 653) 남자들은 이보다 훨씬 능동적으로 시신에 관여한다. 오늘날 인터넷을 오염하는 악성 댓글을 예고하는 논평이 이어진다. 〈이건 가장 훌륭한 최후다〉, 〈이보다 더 훌륭한 일을 생각해 낼 수 없었을 거다〉, 〈짧지만 멋지게 살다 갔다〉, 〈왜 우리 나라에서는 이렇게 자주 자살을 할까〉 등등, 등등. 어떤 사람은 접시에 남은 포도 한 송이를 슬쩍했고 다른 사람은 낄낄거리고 또 다른 사람은 포도주병에 손을 뻗었다. 〈모두 벌써 지겹도록 구경했기 때문에 (……) 아무런 논쟁도 없이 밖으로 나갔다. 모든 이들의 공통된 즐거움, 웃음, 그리고 발랄한 대화는 아직 반쯤 남아 있는 여정 동안에 거의 갑절로 더 생기를 띠게 되었다.〉(도스토옙스키 18: 654)

인간을 대상으로 할 때, 그것이 살아 있는 인간이건 죽은 인간이건, 아니면 실존하는 인간이건 재현된 인간이건 구경은 절대로 가치 중립적일 수가 없다. 아니, 인간을 대상으로 할 때 이미 구경이란 것은 성립될 수 없는 개념이다. 구경의 개념 자체에는 이미 보이는 대상이 사물이라는 전제가 깔려 있으며 주체와 대상 사이의 견고한 거리가 불가피한 조건이기 때문이다. 〈구경꾼〉은 언제나 책임으로부터도, 양심이나 윤리적 사유로부터도 자유롭다. 도스토옙스키가 구경 장면에서 예외 없이 구경꾼을 무리 혹은 군중으로 설정하는 것은 구경의 이러한 속성을 강조하기 위해서이다. 『죄와 벌』에는 폭력의 현장에서 열광하는 군중을 묘사한 유명한 대목이 있다. 로마의 검투사 경기, 전차 경기, 공개 처형에 몰려드는 군중에서부터 현대의 격투기 관람객, 소싸움, 닭싸움 등 유혈이 낭자한 게임에 열광하는 군중, 재난 현장에서 카메라부터 들이미는 관광객에 이르기까지 인간 본성에 도사린 이른바 구경 본능을 도스토옙스키는 도끼살인범인 주인공 라스콜니코프의 꿈에서 재현한다. 꿈은 그가 일곱 살 무렵이던 어느 무더운 여름날의 축일을 배경으로 한다. 그는 아버지와 함께 마을 근교의 선술집 앞을 지나고 있었다.

〈그는 아버지 손을 꼭 붙잡고 공포에 질려 선술집을 돌아봤다. 특이한 광경이 그의 관심을 끌었다. 웃통을 벗은 상인들, 아주머니들, 이들의 남편들이 무리 지어 웃고 떠들며 놀고 있었다. 모두 잔뜩 취한 채 노래를 부르고 있었다.〉(도스토옙스키 13: 109) 선술집 앞에는 커다란 짐마차가 서 있었다. 〈그런 큰 짐마차에 어울리지 않게 적갈색 털을 지닌 작은 암말이 매여 있었다. 그가 여러 번 보아서 잘 알듯이, 이런 말은 장작이나 건초 더미 같은 무거운 짐을 싣고 가다가 진흙탕이나 바큇자국에 빠지기라도 하면 금방 기진맥진하는 허약한 말이었다. 그리고 그럴 때마다 농부들은 채찍으로 이런 말들의 콧잔등과 눈까지도 가차 없이 지독하게 두들겨 패는 것이었다. 이런 말을 볼 때마다 그는 너무나 마음이 아파서 울음을 터뜨리곤 했다.〉(도스토옙스키 13: 110) 선술집에서 만취한 농부들이 떼 지어 나오면서 잔혹한 드라마가 시작된다. 만취한 뚱뚱한 농부 미콜카가 만취한 다른 농부들과 함께 짐마차에 올라타 말에게 사정없이 채찍질한다. 여윈 암말은 짐마차를 끌기는커녕 한 발짝도 내딛지 못하고 신음한다. 술 취한 무리는 웃고 떠들며 더욱더 세게 채찍질한다. 꿈속에서 라스콜니코프는 아버지에게 외친다. 〈아빠, 저 사람들 무슨 짓을 하고 있는 거예요? 아빠, 불쌍한 말을 때리고 있어요!〉(도스토옙스키 13: 113) 구경꾼들은 채찍질이 드세질수록 흥이 나는지 소리를 지르고 노래를 부르고 탬버린을 흔들고 후렴으로 휘파람을 분다. 호두를 깨물며 웃어 대는 아낙네도 있다. 〈그는 말 옆을 지나 앞으로 뛰어나가 사람들이 말의 눈, 바로 눈동자를 치는 광경을 보았다! 소년은 울었다. 심장이 터질 것만 같았고 눈물이 쏟아졌다.〉(도스토옙스키 13: 114) 광기에 사로잡힌 농부들은 더욱더 잔인하게 채찍질을 하다가 마치 〈이래도 안 죽을 테냐〉 하듯이 끌채를 꺼내 말을 후려치기 시작한다. 〈쳐! 쳐! 뭐 하는 거야!〉 〈도끼로 쳐야지! 그래야 단방에 죽지!〉(도스토옙스키 13: 115) 취해서 얼굴이 벌겋게 달아오른 몇몇 청년이 닥치는 대로 채찍이고 몽둥이고 끌채 따위를 집어 들고는 숨이 넘어가는 말에게 달려든다. 여윈 말은 결국 머리를 축 늘어뜨리고 숨을 괴롭게 몰아쉬다가 죽어 버리고 만다. 소년은 죽은 말에게 달려가 피투성이가 된 머리를 붙잡고 키스를 퍼붓는다. 아버지는 그를 무리 속에서 끌어내 집으로 데려간다.

「가자! 가자! 집에 가자!」

「아빠, 왜 저 사람들은…… 불쌍한 말을…… 죽인 거예요!」 그는 흐느꼈다. 숨이 가빠 와서 그의 찢어질 듯한 가슴에서는 외마디 소리가 비명이 되어 튀어나왔다.

「술에 취해서 못된 짓을 하는 거야. 우리가 상관할 일이 아니니 어서 가자!」(도스토옙스키 13: 117)

라스콜니코프의 꿈은 여러 각도에서 분석되고 해석되어 왔다. 이 꿈을 꾸고 나서 그가 전당포 노파 살해 계획을 일시적으로 포기하는 것은 어린이 내면에 있는 선의 지향이 상기되었기 때문이고 여윈 말은 피해자의 원형이며 농부 미콜카는 가해자의 원형이라는 것이 일반적인 설명이다. 그러나 시각과 관련해 이 대목이 전달하는 가장 큰 메시지는 구경의 악이다. 말 못하는 짐승을 학대하고 도살하는 주체는 술 취한 농부들뿐만이 아니라 그것을 볼거리로 만들어 버리는 구경꾼들이기도 하다. 술이 그 모든 피의 향연을 만들어 낸 원흉이라고 비난하기에는 인간 본성에 뿌리박힌 폭력, 악, 추함을 향한 무지와 암흑의 질주가 너무나도 노골적으로 드러난다. 술은 피의 향연에 대한 근원적인 이끌림을 노출하는 데 촉매 역할을 할 뿐이다. 구경꾼들은 로버트 잭슨R. Jackson이 도스토옙스키 연구에서 상세하게 다루는 〈비전의 윤리ethics of vision〉를 극명하게 드러내어 보인다. 〈폭력을 구경하는 것은 그 폭력에 가담하는 추악하고 간접적인 한 형태이다.〉(Jackson 1993: 46)

도스토옙스키는 구경의 밑바닥에 깔린 대리 만족과 피를

향한 갈증을 『죽음의 집의 기록*Zapiski iz Myortvovo doma*』에서도 자세히 묘사한다. 그는 시베리아 유배지 감옥에서 죄수들과 간수들을 관찰하며 인간 내면의 폭력성에 주목한다. 그는 감옥 마당에서 종종 행해지는 태형을 관찰하고 죄수들의 체험담을 수집한 뒤 〈인간의 본성이 어디까지 왜곡될 수 있는지는 상상하기 어려운 일이다〉라고 결론을 맺는다.(도스토옙스키 9: 383) 채찍질을 하는 형리가 만끽하는 가학적인 쾌감은 말할 것도 없겠지만 어느 단계를 넘어서면 구경하는 다른 죄수들은 물론이거니와 심지어 태형을 당하는 죄수까지도 시시덕거릴 수 있는 지경에 이른다. 도스토옙스키를 경악게 한 것은 폭력의 가학적이고 피학적인 쾌감 못지않은, 폭력의 구경이 불러일으키는 쾌감이다. 〈채찍으로 때리는 권세에 한번 맛 들인 사람, 하느님에 의해 자신과 같이 인간으로 창조된 형제들의 육체와 피, 영혼을 지배하고, 더할 수 없는 모욕으로 그들을 멸시할 수 있는 권력을 경험해 본 사람은 그 자체에 도취하게 된다. 포악함은 습관이 된다. 이것은 차차 발전하여 마침내는 병이 된다. 나는 아무리 훌륭한 인간이라 해도 이러한 타성 때문에 짐승처럼 우매해지고 광폭해질 수 있다고 생각한다. 모름지기 피와 권세는 인간을 눈멀게 하는 법이다. 거만과 방종이 심해지고 급기야는 받아들이기 어려운 비정상적인 현실도 달콤하게 받아들이게 되는 것이다.〉(도스토옙스키 9: 377) 그는 이어 주장한다. 〈형리가 될 수 있는 싹〉, 그러니까 폭력을 행사할 수 있는 잠재적인 능력은 〈현대인이라면 누구나 지닌 어떤 것이다〉.(도스토옙스키 9: 378) 어디 현대인뿐인가. 폭력의 능력은 동생을 돌로 쳐 죽인

카인에서부터 현대의 연쇄 살인범에 이르기까지 지구상에 존재해 온 모든 인간이 지닌 본성의 일부분이다. 그러나 그 본성이 표출되는 방식은 각기 다르다. 〈인간의 동물적 속성이 각각의 인간에게서 똑같이 드러나는 것은 아니다.〉(도스토옙스키 9: 378) 어떤 인간에게서는 단순한 폭력의 행사로 표출되고 어떤 인간에게서는 폭력의 수용으로, 또 다른 인간에게서는 폭력의 구경으로 표출된다. 물론 표출의 방식은 이보다 훨씬 복잡하고 다양하다. 어떤 사람은 내면의 폭력성을 노골적으로 표출하고 어떤 사람은 다른 방식으로 미화해 표출한다. 또 어떤 사람은 후천적인 학습과 수양과 독서로 본성을 꾹꾹 누르지만, 억눌러 온 본성을 가끔 마치 요실금 환자처럼 자기도 모르는 사이에 찔끔찔끔 흘리기도 한다. 아마도 작가들만이 이토록 복잡한 인간의 내면을 보편적 언어로 설득력 있게 보여 줄 수 있을 것이다.

5
공개 처형, 볼 것인가 말 것인가

투르게네프I. Turgenev의 에세이 「트롭만의 처형식Kazn' Tropmana」은 피를 향한 인간 내면의 짐승 같은 갈증을 기술하는 모든 문학 작품의 원형이라 해도 좋을 것 같다. 로버트 잭슨이 〈비전의 윤리〉를 다루는 챕터에서 이 작품을 꼼꼼하게 분석하는 것도 바로 이 때문이다. 〈투르게네프에게 폭력의 장면, 특히 공개 처형 장면을 보는 것은 심오한 사회적, 윤리적, 심리적 문제를 제기한다.〉(Jackson 1993: 30) 「트롭만의 처형식」은 회고록 형태의 에세이이지만 1인칭 시점으로 쓰인 단편소설로 간주해도 좋을 만큼 문학적 완성도가 높다.

1870년 1월, 투르게네프는 파리에 머물고 있었다. 지인인 유명 저술가 막심 뒤캉M. Du Camp이 그에게 사형수 장바티스트 트롭만J. B. Troppmann의 처형식에 참관해 보면 어떻겠냐고 제안했고 그는 수락했다. 소설가인 그로서는 거부하기 어려운 제안이었을 것이다. 트롭만은 금품을 훔치기 위해 일가족 여섯 명을 살해한 악명 높은 사형수로, 형 집행을 기다리며 파리 감옥에 수감되어 있었다. 참관단은 몇 명의 유명 인사들로 구성되어 있었다. 처형은 아침 7시 정각에 집행될 예정이었는데 투르게네프를 포함한 참관단은 전날 자정 전에 감옥에 도착해야 했다. 처형식에 임박해서는 운집한 군중 때문에 감옥에 접근하는 것 자체가 불가능했기 때문이다. 참관단은 미리 도착해 교정국에서 제공하는 간식une collation으로 요기를 하고 몇 시간 잠을 자 체력을 보충해 둔다는 것이 주최 측이 마련한 일정이었다. 투르게네프는 간식을 먹을 수도, 눈을 붙일 수도 없었다. 그는 러시아 형식주의자들이 말한 〈낯설게 하기〉의 시각에서 전 과정을 묘사한다. 참관단은 무슨 관광이라도 온 듯이 담소도 하고 먹기도 하고 잠도 잔다. 그들은 시작을 앞둔 〈공연〉을 기다리고 있다가 광장에 설치될 기요틴이 도착했다는 소식이 전해지자 〈마치 기쁜 소식이라도 들은 듯이〉 그 괴물 같은 장치를 구경하러 우르르 몰려 나간다. 투르게네프에게는 인간 살해 현장에 위선적인 엄숙함으로 참석하는 것이 〈혐오스럽고 부당한 익살극의 공연〉처럼 느껴졌다.(TGPSS 11: 135~137)*

살아 있는 한 인간(설령 그가 연쇄 살인범이라 하더라도)의 목이 잘리는 장면을 보기 위해 새벽 3시에 벌써 여자와 어린아이를 포함해 2만 5천 명의 군중이 몰려들었다. 군중은 엄청나게 마셔 댄 듯 시큼한 술 냄새를 짙게 풍겼다. 부랑아들은 나무 위에 올라가 휘파람을 불고 새처럼 짹짹거렸다. 멀리서 들려오는 군중의 공허한 소음은 더욱 커져 가고 더욱 깊어지고 점점 더

* 이하 투르게네프 러시아어 전집 인용은 Turgenev 1978을 토대로 하며 괄호 안에 약어 TGPSS와 함께 아라비아 숫자로 권수와 면수를 표기한다.

하나로 길게 이어지면서 투르게네프의 예민한 청각을 혹사했다. 〈군중의 소요는 저 멀리서 으르렁거리는 파도 소리처럼 들려 나를 놀라게 했다. 바그너R. Wagner 음악의 끝나지 않는 크레셴도, 그러니까 지속적으로 높아지는 소리가 아니라 밀물과 썰물 사이에 거대한 휴지부를 두고 으르렁거리는 그런 소리였다. 여자와 아이 들의 새된 소리는 이 거대한 으르렁 소리 위에 미세한 스프레이를 뿌리는 것 같았다. 거기에는 자연력의 잔혹한 위력이 담겨 있었다. 소음은 잠시 잠잠해져 수그러드는 듯하다가 다시 시작되어 점점 커지고 부풀어 올라 모든 것을 찢어 놓을 듯하더니 다시 잦아들고 잠잠해지다가 또 부풀어 올랐다. 이런 식으로 끝이 없이 계속되는 것 같았다. 나는 스스로에게 묻지 않을 수 없었다. 이 함성은 무엇을 의미하는가? 초조함, 기쁨, 악의? 아니, 그것은 어떤 개별적인 인간의 감정을 반영하지 않았다. 그것은 모종의 자연력의 함성이자 괴성일 따름이었다.〉 (TGPSS 11: 138) 투르게네프의 작가적 역량은 이 에세이에서 유감없이 발휘된다. 그는 구경꾼을 묘사하는 장면에서 시각적인 설명을 극도로 자제하고 대신 압도적인 청각성을 도입한다. 그는 얼굴과 표정과 행동을 보여 주는 대신 〈모든 문명을 위협하는 심연에서부터 들려오는 괴성〉으로 군중의 광기를 묘사하는 것이다.(Jackson 1993: 32) 시각을 압도하는 청각은 그 자체가 시각성을 고발하는 텍스트 구성의 전략처럼 여겨진다.

마침내 참수의 시간이 닥쳐왔다. 참관자들이 광장으로 나서자 귀를 찢는 함성이 들려온다. 미칠 듯이 좋아하는 군중의 환호에 맞춰 기요틴이 쩍 하고 입을 벌린다. 투르게네프에게 한

기가 엄습해 온다. 그가 경험하는 한기와 역겨움은 극에 달한다. 그 한기가 곧 잘려 나갈 머리통의 공포에서 오는 것인지, 아니면 그 장면에 열광하는 군중의 함성에서 오는 것인지 구분이 안 된다. 투르게네프는 더 볼 수가 없어 고개를 돌린다. 그가 참수 장면을 볼 수 없어 눈을 돌린 것인지, 아니면 살아 있는 사람의 머리통이 어떻게 잘려 바닥으로 떨어지는가를 보려고 몰려든 수만 명의 사람들로부터 눈을 돌린 것인지 우리는 모른다. 어쩌면 둘 다인지도 모른다. 아니, 그는 눈을 돌린 것이 아니라 눈을 돌리는 행위를 함으로써 구경의 윤리에 대해 그 어떤 텍스트보다 강렬하게 자신의 메시지를 전달한다. 〈가장 심오한 윤리적이고 심리적인 의미에서의 구경의 문제, 시각의 문제, 비전의 문제가 그를 사로잡은 것이다.〉(Jackson 1993: 34)

투르게네프는 에세이가 진행되는 동안 여러 차례 자신에게는 그 자리에 있을 권리, 즉 처형의 장면을 관람(구경, 목격, 관찰)할 권리가 없다는 점을 강조한다. 그가 참수 장면에서 눈길을 돌리는 행위는 그 점에서 한 가지 복잡한 의문을 제기한다. 과연 눈을 돌리는 것은 윤리의 요구를 충족하는 것인가. 잔혹한 폭력 행위를 구경(목격, 관람, 관찰)하는 것은 그 행위에 가담하는 공범 행위이다. 잭슨의 정확한 지적처럼 흥분과 광기에 사로잡힌 군중뿐 아니라, 투르게네프 자신을 포함해 유명 인사들(즉 신사들)로 구성된 참관단 역시 군중과 동일한 차원에서 반문명적 행위에 참여한 것이다. 군중뿐 아니라 신사들로 구성된 참관단 역시 폭력을 공모한 혐의에서 벗어날 수 없다. 따라서 시각적으로 폭력에 참여하면서 심리적으로는 폭력 장면을 외면하는 것은 일체의 책임으로부터 도망치는 행위에 불과할 뿐이다. 투르게네프가 눈을 돌리는 것은 그러한 윤리적 외면 행위의 신체적 표출일 수도 있다.(Jackson 1993: 36) 그러나 다른 한편으로 폭력적인 범죄에 대한 구경은 인간이 스스로를 훼손하는 행위, 스스로를 도덕적으로 참수하는 행위를 상징한다. 참혹한 범죄 장면에 빠져들면서 그것에 도덕적으로 관여하기란 불가능하다.(Jackson 1993: 37) 그렇다면 투르게네프가 눈을 돌린 것은 최소한의 윤리적 행위라 할 수 있다.

투르게네프의 에세이는 적잖은 파장을 불러일으켰다. 그중에서 가장 유명한 것은 아마 도스토옙스키의 반응일 것이다. 일반적으로 투르게네프에 대한 도스토옙스키의 태도가 믿을 수 없이 편파적임을 고려한다 해도 그의 논평은 선을 넘은 듯 들린다. 그는 투르게네프의 에세이를 〈좀스럽고 교만한 글〉이라고 단정 지으면서 그가 참수 장면에서 눈을 돌린 행위를 꼬집어 비판한다. 일단 도덕적으로 볼 때 지식인이란 무릇 지상에서 일어나는 일에서 눈을 돌려서는 안 된다는 것이 그의 확고부동한 신념이다. 그래서 그는 라틴어 구절 〈Homo sum, humani nihil a me alienum puto(나는 인간이다, 그러므로 인간적인 그 어떤 것도 나에게 낯설지 않다)〉까지 인용하며 준엄하게 선배 작가를 나무란다. 게다가 그가 눈을 돌린 것은 사람들에게 〈자, 다들 보세요, 제가 얼마나 섬세한 인간인지를요〉라고 자랑하고 싶어서였다고 비아냥거리기까지 한다.(DKPSS 29-1: 127~128)*

* 투르게네프의 에세이에 대한 도스토옙스키의 반응은 Jackson 1993: 29~54; Lieber 2007에 자세하게 설명되어 있다.

도스토옙스키의 논평은 부정확하고 부당하다. 물론 그는 처형에 관한 한 독보적인 존재이다. 그 자신이 처형장 말뚝에 묶여 총알 세례를 받기 5분 전에 풀려났으니 뭐 더 할 말이 있겠는가. 시베리아에서 4년 반 동안 흉악범들과 함께 뒹굴었으니 그의 눈에 무언들 대수로이 보이겠는가. 그가 『백치』에서 펼쳐 보이는 처형과 사형수의 서사는 그 주제와 관련하여 인류 문학사의 최고봉을 차지한다.* 그는 법적이고 심리적이고 윤리적인 영역에서 처형의 모든 것, 처형당하는 자의 모든 것, 형리의 모든 것을 완벽하게 꿰고 있다. 그러니 투르게네프 같은 〈샌님〉 신사의 처형식 참관기가 시큰둥하게 여겨지는 것은 당연하다. 그러나 도스토옙스키 같은 작가, 즉 처형 직전에 살아나 죽기 살기로 소설을 써댄 작가는 인류 역사상 단 한 사람도 없다. 그와 같이 처형대에 묶여 있던 정치범 대부분이 처형은 면했지만 트라우마로 비참한 여생을 살아야 했다. 도스토옙스키는 처형과 관련한 글에서 절대로 기준이 될 수 없는, 완전히 예외적인 존재라는 얘기이다.

이 모든 것을 고려해 볼 때, 투르게네프의 에세이는 도스토옙스키가 비아냥거릴 대상이 결코 아니다. 「트롭만의 처형식」은 그 자체로서 최고의 완성도와 깊이를 자랑하는 글, 소설을 통해서는 드러나지 않았던 작가 투르게네프의 강렬한 감정, 그동안 그의 섬세한 필체에 가려져 있던 거칠고 노골적인 비판 정신을 유감없이 내보이는 글이다. 그의 글은 무엇보다도 그리스도교 신학의 해묵은 주제인 호기심을 환기한다는 점에서 흥미

* 자세한 것은 석영중 2023: 177~265를 보라.

롭다. 그가 느끼는 죄책감과 수치심은 단순히 있어서는 안 될 곳에 있다는 인식뿐 아니라 참관의 내적 동인인 호기심과 연관된다. 호기심은 범죄의 가능성이 내재한 끝 모를 충동이기 때문이다.(Lieber 2007: 673) 그가 참수 의식이 끝난 뒤 뿔뿔이 흩어져 가는 군중을 묘사하는 대목은 섬뜩하다. 신사들로 이루어진 참관단도, 운집한 군중도 사회적 정의 실현을 목격하려고 왔던 것은 아니다. 그들을 처형장으로 내몰았던 것은 동물적이고 병적인 호기심이었다. 〈군중은 조용히 삼삼오오 집으로 간다. 술 취하고 잠 못 자서 피곤하고 음울한 얼굴들. 지겨움, 피로감, 불만족, 실망, 무기력함, 무의미한 실망감! 도대체 무슨 감각을 위해 그들은 몇 시간 동안 일상에서 이탈했던가? 거기 숨겨진 비밀은 생각하는 것조차 두렵다.〉(TGPSS 11: 150) 그러니까 투르게네프가 참수 장면에서 눈을 돌린 것은 방관이나 회피의 행위가 아니다. 군중의 얼굴에서 호기심 충족 뒤에 오는 실망감과 따분함을 읽어 낼 정도로 그는 그 사건을 깊이 바라봤으며 눈을 돌림으로써 적어도 최종적인 공모 행위에서는 스스로를 구제한 것이다. 그는 문명의 보호 장치인 최소한의 자기 억제와 조절과 절제의 행위를 통해 가장 깊은 의미에서의 도덕과 예술의 본질을 전달한 것이다.(Jackson 1993: 54)

구경에 관한 기 드보르G. Debord의 지적은 투르게네프를 연상케 하는 동시에 현대의 볼거리 사회를 정확히 진단한다. 〈스펙터클은 사슬에 묶인 현대 사회의 악몽이다. (……) 스펙터클이 가시화하는, 존재하면서도 부재하는 세계는 경험되는 모든 것을 지배하는 상품 세계이다.〉(드보르 2014: 25, 38) 여기에 현대의 무한 〈엔터테인먼트〉가 지닌 비극적 본질이 있다. 엔터테인먼트에 모든 것이 맞춰진 사회는 총체적 무질서와 천박함과 무교양과 무감각을 피할 수 없다. 〈재미〉만 있으면 된다는 생각은 모든 계층과 계급을 초월한다. 상업주의와 인간 호기심이라는 영원한 짝패가 미친 듯이 함께 질주하면서 내거는 기치가 〈이래도 안 볼 테냐〉라는 것은 이미 오래전에 기정사실이 되어 버렸다. 재미있는 것은 시간이 지나면 재미가 상실된다. 그래서 더 재미있는 것을 만들어 내야 한다. 재미의 끝을 상상하는 것은 두려운 일이다.(석영중 2023: 140) 투르게네프가 따분해하는 군중의 얼굴을 보며 느낀 두려움이 바로 이런 두려움일 것이다.

도스토옙스키는 투르게네프가 참수 장면을 끝까지 지켜봤어야만 했다고 끝까지 우겼다. 투르게네프 에세이의 취지와 핵심을 벗어난 지적이다. 그는 투르게네프에 대한 개인적인 혐오감 때문에 제대로 행간을 읽지 못한 것 같다. 그러나 그의 주장이 구경과 관련해 중요한 시사점을 던진다는 것은 부인할 수 없는 사실이다. 앞에서 살펴본 바를 종합하면 참혹한 장면, 폭력 장면과 관련하여 인간 눈의 행위는 크게 세 가지로 갈라진다. 하나는 호기심 충족을 위한 구경, 다른 하나는 방관, 나머지 하나는 직시이다. 『악령』의 자살자 구경꾼들, 『죄와 벌』의 술 취한 농부들과 아낙들, 「트롭만의 처형식」에서 언급되는 파리의 군중은 첫 번째 유형에 속한다. 『죄와 벌』의 폭력 장면에서 라스콜니코프의 아버지가 취하는 태도는 두 번째 유형에 속한다. 그는 암말의 학대와 살해를 목격하며 분노하는 아들을 향해 말한다.

〈술에 취해서 못된 짓을 하는 거야. 우리가 상관할 일이 아니니 어서 가자!〉(도스토옙스키 13: 117) 도스토옙스키의 입장에서 보면 투르게네프가 에세이에서 취한 시선이 바로 이 방관자의 시선이다. 물론 의도적인 오독이다. 도스토옙스키에게 유일하게 도덕적인 시선은 세 번째, 곧 직시이다. 직시는 그러나 간단하게 정의 내리거나 문학적 예를 찾기 어려운 바라보기이다. 시각 윤리를 연구하는 사람들에게도 이는 가장 대답하기 어려운 문제이다. 〈어떻게 타인의 고통을 바라볼 것인가. 반응하지 않는 것은 실패이며 너무 쉽게 반응하는 것은 거짓이다. 볼 것인가 말 것인가는 도덕적으로 고통스러운 질문이다.〉(Grønstad, Asbjørn, and Henrik Gustafsson 2012: xv) 과연 누가 어떻게 도덕적인 직시를 구현할 수 있을 것인가. 투르게네프가 처형 장면을 직시하지 않았다고 비난한 도스토옙스키도 잔인한 장면의 직시를 서사화하지는 못했다. 악을 바라보다가 결국 악에 삼켜질 수도 있다는 것은 상식이다. 도덕이라는 것이 존재하는 이유는 바로 인간이 죽음과 고통에 취약한 존재이기 때문이다.(Bernstein 2012: xiii) 인간적인 취약함이 누군가에게서는 타인의 고통에 탐닉하는 괴물로 구현되고 또 누군가에게서는 그것을 고발하는 목격자와 증인으로 형상화된다.

고통의 장면이 이미지로 전환될 경우 문제는 더욱 복잡해진다. 포토저널리즘을 비롯한 여러 다큐멘터리 영상들에서 고통의 재생산은 어느 정도까지 허용될 수 있는가. 도스토옙스키의 직시 원칙을 고수한다면 사진은 극사실주의적으로 고통의 장면을 재현해야 하는가. 그리고 시청자와 관람자는 그것들을 직시해야 하는가. 연구자들의 대답도 한 가지로 모이지 않는다. 일단 사진은 고통을 유발하는 공모 행위가 될 수 있다는 시각이 있다. 〈사진은 우리로 하여금 잔인함을 보게 하는 데 특별히 효과적인 매체이므로 사진을 찍거나 그것을 관람하거나 분석하는 것은 고통을 유발하는 행위와 불가분의 관계를 맺는다.〉(Reinhardt 2012: 35) 그러나 다른 한편으로 모든 고통 이미지는 고통을 멈추라는 메시지를 전달할 수도 있다. 즉 잔인한 장면을 담은 사진은 잔인함에 대한 저항의 출발점이 될 수도 있다.(Reinhardt 2012: 36) 이것이 과연 어느 정도 실현 가능한가는 별도의 문제일 것 같다. 다만, 투르게네프의 태도는 이와 관련해 우리가 인간적으로, 그리고 현실적으로 상상할 수 있는 가장 가능한 대답이라는 생각이 든다. 그는 상황을 관찰하고 목격하고 증언한다는, 즉 도스토옙스키식의 직시한다는 사명감으로 처형식 참관을 수락해 참수 현장까지 갔지만 자신의 내면에 도사린 본능적인 호기심을 부인하지 않았다. 그리고 그는 참수 장면에서 눈을 돌림으로써 잔인함에 대한 저항을 표출했다. 그렇다고 그가 방관하거나 회피한 것은 결코 아니다. 청각적 묘사로 촘촘히 채워진 그의 에세이를 읽고 그가 진실을 외면했다고 할 독자는 없을 것이다. 실제로 머리통이 잘리는 장면을 극사실주의적으로 묘사하지 않았다고 해서 그가 작가로서 의무를 소홀히 했다고 비난할 독자도 없을 것이다. 「트롭만의 처형식」은 구경의 윤리를 가장 균형 있게 전달하는 문학 작품으로 남을 것이다.

6
다 보는 눈

차량용 대시보드 카메라, 속칭 〈블랙박스〉는 내장된 카메라와 녹화 장치로 사고를 비롯한 여러 돌발 상황을 기록하고 저장하는 장치이다. 한때 국내 블랙박스 시장을 석권했던 브랜드 〈다본다〉는 그 이름 때문에 나의 뇌리에 깊이 각인되어 있다. 작명자가 서구 문화사를 다 꿰고 있었는지, 아니면 우연히 그 이름을 떠올렸는지 모르지만 내게 〈다본다〉는 신의 눈을 대체한 전자 눈의 대명사이자 전자 감시의 시대상을 함축하고 새로운 테크놀로지 신화의 완성을 선포하는 상징으로 다가왔다.

그리스도교에서 신의 전지전능은 모든 것을 다 보는 눈, 이른바 〈전시안All-Seeing Eye〉의 관념으로 형상화된다. 전시안의 언급은 『구약』과 『신약』에 걸쳐 폭넓게 발견된다. 몇 가지만 예를 들어 보자.

> 주님께서는 하늘에서 살피시며
> 모든 사람들을 바라보신다.

당신 머무시는 곳에서 굽어보신다,
땅에 사는 모든 이들을.
(「시편」33: 13~14)

주님의 눈은 어디에나 계시어 악인도 선인도 살피신다.(「잠언」15: 3)

그가 두려워하는 것은 사람들의 눈이다. 그는 주님의 눈이 태양보다 만 배나 밝으시다는 것을 알지 못한다. 주님의 눈은 사람들의 온갖 행로를 지켜보시고 숨은 구석까지 낱낱이 꿰뚫어 보신다.(「집회서」23: 19)

그분께서는 너희의 머리카락까지 다 세어 두셨다. 그러니 두려워하지 마라.(「마태오 복음서」10: 30~31)

신의 메토니미로서의 〈모든 것을 낱낱이 다 보는 눈〉은 기원전 3500년경에 제작된 것으로 추정되는 〈눈 우상eye idol〉에서 현대의 대중문화에 이르기까지 인류 문화사를 다양한 형상으로 수놓으며 오늘날까지 살아 있다. 그리스도교에서 전시안은 〈섭리의 눈Eye of Providence〉으로 불리며 성화와 성당의 여러 부분을 장식했다. 그리스도교가 표상하는 섭리의 눈은 대개 구름으로 채워진 삼각형 안에 들어가 있는데 삼각형은 삼위일체를 상징한다. 이런 식의 전시안은 주로 성당 파사드와 성당 내부의 십자가 입상 등에서 발견된다. 한편 그리스도교는 눈의 형상이 아닌 그리스도의 얼굴 자체로 섭리의 눈을 표상하기도 한다. 일례로 비잔틴 성화에 영향받은 〈강렬한 눈의 구세주Spas Iaroe oko〉는 그 엄격한 시선으로 만물을 낱낱이 살피는 듯한 인상을 준다. 그러나 전시안은 무엇보다도 〈판토크라토르pantokrator(전능하신 그리스도)〉 이콘에서 가장 강렬하게 형상화된다. 판토크라토르 이콘은 정교회 성당 내부의 중앙 돔으로 인해 생긴 거대한 반구형 천장에 그려진다. 만유의 주관자께서 엄격하고 권위적인 눈으로 인간과 세상을 모두 다 굽어보고 계신다는 느낌 덕분에 이 이콘은 전시안의 이미지보다 훨씬 더 직관적으로 신의 눈을 대변한다.

모든 감시 연구에서 거의 예외 없이 언급되곤 하는 파놉티콘panopticon이 정교회 성당의 판토크라토르 이콘으로부터 영감을 얻었다는 것은 흥미로우면서도 당연하게 여겨진다. 파놉티콘은 제러미 벤담J. Bentham이 제안한 감시 시설로 널리 알려져 있지만 사실은 제러미의 동생 새뮤얼 벤담S. Bentham의 아이디어에서 출발했다. 조선 기사였던 새뮤얼은 드니프로강 인근의 포템킨 공작 영지에 머무르는 동안 정교회 성당의 구조와 판토크라토르 프레스코화에서 영감을 얻어 파놉티콘을 설계했고 그것을 형과 공유한 것이 파놉티콘 탄생의 계기가 된 것이다. 파놉티콘은 실질적인 감옥으로 구현되지 못했지만 새뮤얼은 파놉티콘의 원리를 적용한 예술 학교를 러시아에 세우기까지 했다.*

파놉티콘은 이중으로 설계된 원형 건물이다. 수감자들은 바깥쪽 건물에 수용되고 안쪽 건물, 즉 감시탑에는 감시자들이

* 새뮤얼 벤담과 파놉티콘에 관해서는 Steadman 2012를 보라.

배치된다. 원형의 감시탑에서는 수용실을 훤히 볼 수 있지만 수감자들은 감시자를 볼 수 없다. 〈이 건물은 중앙의 한 점에서 각 수용실을 볼 수 있는 형태로 된 하나의 벌집과 같다. 자신을 드러내지 않는 감독관은 마치 유령처럼 군림한다. 이 유령은 필요할 때는 곧바로 자신이 존재한다는 증거를 드러낼 수 있다. 이 감옥의 본질적인 장점을 한 단어로 표현하기 위해, 진행되는 모든 것을 한눈에 파악할 수 있는 능력을 의미하는 파놉티콘이라 부를 것이다.〉(벤담 2019: 24)

벤담의 파놉티콘은 다른 한편으로 중세 도덕 교육 이미지로 널리 보급되었던 히에로니무스 보스의 「일곱 가지 대죄Zeven Hoofdzonden」를 연상시킨다. 보스는 원형 구도에 그리스도교의 칠죄종을 자세히 묘사하고 가운데는 거대한 동공 모양의 원 안에 석관에서 부활하신 그리스도를 그려 놓았다. 앞에서 언급한 전시안과 판토크라토르 이콘에 스토리를 입힌 그림이라 할 수 있다. 혹시라도 관람자가 이해하지 못할까 봐 걱정되었던지 화가는 경고문까지 써놓았다. 〈Cave, Cave, Deus Videt(조심해라, 조심해라, 신께서 보고 계신다).〉 구도만으로도 보스의 그림과 파놉티콘의 형식적 유사점을 간과하기란 불가능하다. 가운데에 감시하는 신이 있고 주변에 죄상이 그려진 그림은 감시자를 가운데 탑에 두고 주변에 수감자의 방을 배치한 파놉티콘의 평면도와 일치한다.(Ball et al. 2012: 310) 그러니까 벤담은 신이 있어야 할 자리에 인간 간수를 슬쩍 끼워 놓은 셈인데, 이 점에서 〈파놉티콘은 신의 전지전능에 대한 세속적인 패러디이다〉(Lyon 1994: 63)라는 지적이 적절하게 들린다.

〈강렬한 눈의 구세주〉 이콘(14세기 중엽).

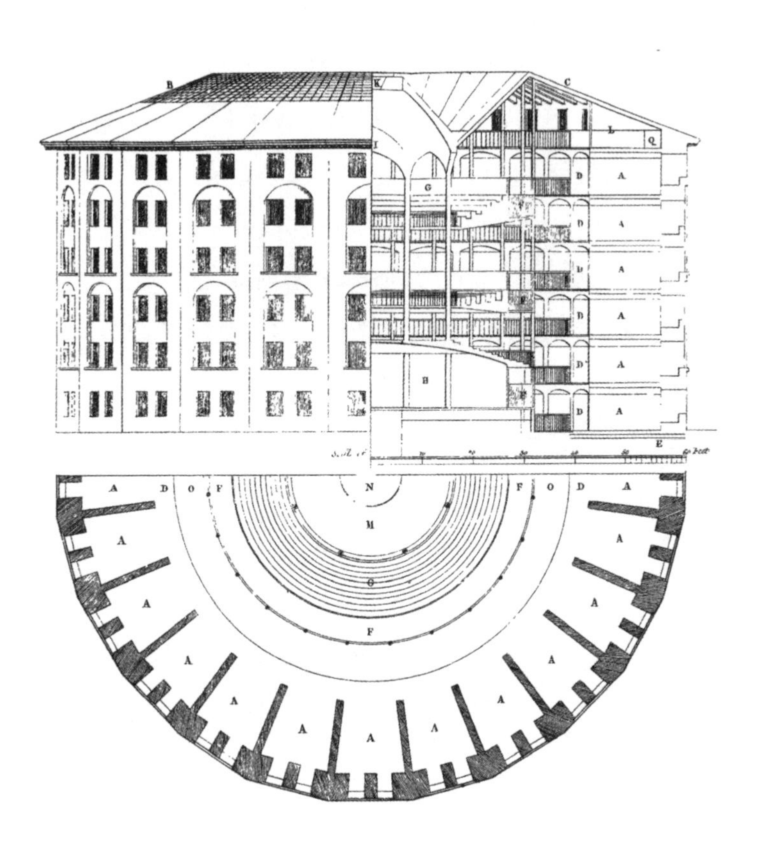

벤담의 파놉티콘.

공리주의자이자 합리주의자였던 벤담은 신의 〈다 보는〉 눈을 여러 영역에서 이른바 벤치마킹한 뒤 신의 자리에 인간의 감시하는 눈을 올려놓았다. 파놉티콘의 취지와 중세적 신의 다 보는 눈이 많은 점에서 중첩되는 것은 그 때문이다. 인간은 다 보는 눈의 존재는 인지하지만 그것을 본 적이 없다. 존재 자체만으로도 신의 눈은 인간을 지배한다. 보스의 그림은 〈그리스도에게 계속 초점을 맞춘 상태에서 모든 것을 보는 하느님의 시선을 내면화하는 것과 나아가 죄악을 도덕적 눈으로 깨닫고 멀리하려고 노력하는 것〉을 가르치며 그 점에서 시각적 권력 구조, 즉 죄악이 만연한 세상은 그보다 상위에 있는 응시의 권능자에 의해 잘못된 생각 하나하나까지 모두 감시당한다는 사상을 일깨운다.(리멜레 외 2015: 42) 인간은 신을 볼 수 없고 신은 인간을 볼 수 있다는 이 시선의 비대칭성 혹은 시각적 권력관계는 파놉티콘으로 고스란히 이전된다. 파놉티콘의 수감자들은 감시자가 있다는 것을 알 뿐 실제로 감시자를 볼 수는 없다. 파놉티콘의 가장 큰 의미가 바로 여기에 있다. 푸코M. Foucault의 지적처럼 〈일망 감시 장치는 봄-보임의 결합을 분리하는 장치이다. 즉 주위를 둘러싼 원형의 건물 안에서는 아무것도 보지 못한 채 완전히 보이기만 하고 중앙부 탑 속에서는 모든 것을 볼 수 있지만 결코 보이지 않는다.〉(푸코 2016: 312)

푸코는 파놉티콘이 지하 감옥의 조건, 즉 감금하고 차단하고 숨겨 두는 것 중 감금하는 것만을 제외한 나머지 두 가지를 전도한다고 해석한다. 〈충분한 빛과 감시자의 시선이 결국 보호의 구실을 하던 어둠 상태보다 훨씬 수월하게 상대를 포착할 수 있게 한다. 가시성의 상태가 바로 함정인 것이다.〉(푸코 2016: 310) 이 가시성이야말로 푸코에게는 파놉티콘의 가장 강력한 효과이다. 〈수감자는 권력의 자동적인 기능을 보장해 주는 가시성의 지속적이고 의식적인 상태로 이끌려 간다. 감시 작용에 중단이 있더라도 그 효과는 계속되도록 하며 또한 권력의 완성이 그 행사의 현실성을 점차 약화해 가도록 한다. 이러한 건축적 장치는 권력을 행사하는 사람과 상관없는 어떤 권력관계를 창출하고 유지하는 기계 장치가 되도록 해준다. 요컨대 수감된 자가 스스로 권력의 전달자가 되는 어떤 권력적 상황 속으로 편입되는 것이다.〉(푸코 2016: 311)

가시성은 교화와 교정의 문제를 중심으로 파놉티콘과 신의 눈을 중첩시킨다. 보스의 그림이 전달하는 메시지는 강력하고 분명하다. 신이 다 보고 있으니 죄짓지 말라는 것이다. 신의 감시하는 시선은 인간의 내면 성찰로 이어진다. 이 그림을 바라보며 인간들은 선과 악을 사유하고 정신을 수양할 수 있다. 그래서 〈개인의 양심은 종교적 관찰 효과의 산물〉이라는 지적이 타당하게 여겨진다.(리멜레 외 2015: 42) 바퀴 형태로 죄악의 종류를 배열한 것은 그리스도교 전통에 따른 것으로, 죄악이 전 세계를 향해 굴러간다는 것을 상징한다. 그러나 그 바퀴를 신의 눈에 비친 모습으로 설정한 것은 보스의 독창성에 기인한다. 사실상 신의 눈은 매우 유익한 죄악의 방지책이다. 스페인 국왕 펠리페 2세 침소에 걸려 있었다고 전해지는 이 그림은 인간이 죄악으로 망가진 자신의 영혼을 마주 보게 해주는 거울이다. 인간은 이 망가짐을 치유하기 위해 그리스도를 바라본다. 당시 보

히에로니무스 보스, 「일곱 가지 대죄」(16세기 초).

스의 그림은 묵상의 보조 도구, 특히 선한 그리스도인이 고해 성사를 받기 전 집중해서 양심 성찰을 하는 데 도구 역할을 했을 것으로 추정된다.(Bosing 2010: 26)

그러나 보스의 그림에는 그보다 더 미묘한 메시지가 담겨 있다. 신의 즉각적 응징과 연옥에서의 단죄에 대한 예상이 두렵기는 하지만, 심판의 날은 그리스도의 재림까지 많이 남아 있다. 그렇다면 착한 사람들은 그날이 올 때까지 그냥 기다리기만 할 것인가. 악한 자들이 죄를 짓는 것을 그냥 보고만 있을 것인가. 보스의 그림은 인간들끼리의 감시, 즉 수평적 감시와 교화와 성찰의 가능성을 내비친다.(Ball et al. 2012: 309) 벤담은 〈결국 수감자들은 자연스럽게 자신의 처지에 순응하게 되고 이 강요된 굴복은 점차 기계적인 복종으로 연결된다〉라고 파놉티콘의 효과를 예측했다.(벤담 2019: 28) 그러나 벤담의 감옥은 수평적 감시의 가능성을 원천적으로 차단한다는 점에서 신의 눈과 구분된다. 그의 감옥에서 수감자들은 완전히 분리되어 있다. 마치 〈혼자 있을 때가 가장 덜 외롭다Nunquam minus solus quam cum solus〉라는 라틴어 경구를 적용한 듯하다. 벤담은 신의 눈을 인간 감시자의 합리적이고 인식론적인 감시로 대체했다. 그러나 그 덕분에 철저하게 고립된 수감자들의 교정은 순수하게 유아론적이고 심리학적인 차원에 머물며 사회적인 차원으로 발전할 수 없게 되었다.(Ball et al. 2012: 310)

사실 벤담식 감시 체제의 가장 근원적인 문제는 죄인 교화가 시선의 비대칭에서 야기되는 권력만으로는 불가능하다는 사실에 기인한다. 벤담의 혁신은 복종을 야기하는 불확정성에 있다. 비대칭적 시선은 불확실성을 창조하고 불확실성은 복종을 생산한다.(Lyon 1994: 65) 그러나 복종을 생산하는 권력이 자동적이고 비개성적이라는 것은 감시와 처벌의 취지인 도덕과 교화와 교정을 불가능하게 한다. 〈그 권력의 근원은 어떤 인격 속에 있는 것이 아니라 신체, 표면, 빛, 시선 등의 신중한 구분 속에, 그리고 내적인 메커니즘이 만들어 내는 관계 속에, 개개인이 포착되는 그 장치 속에 존재한다. (……) 오직 비대칭성과 불균형, 그리고 차이를 보장해 주는 장치가 있을 뿐이다.〉(푸코 2016: 313) 파놉티콘이라는 가상 감시 체계 속에서 푸코는 권력의 속성을 집어냈다. 즉 보는 것과 보이는 것 간의 이른바 〈갑을 관계〉야말로 시각의 코드로 풀어낸 권력관계라는 것이 푸코 주장의 핵심이다.

도스토옙스키의 『죽음의 집의 기록』은 푸코의 시각적 권력관계를 보여 주는 대표적인 문학적 사례라 할 수 있다. 실제로 감옥살이를 한 죄수인 만큼 도스토옙스키는 그 어떤 문인보다도 첨예하게 감시와 처벌 문제에 감응했다. 도스토옙스키는 초반부터 시베리아 유배지 감옥 수감자에게 가장 괴로운 것은 24시간 내내 누군가에게 보인다는 사실이라고 못 박는다. 화자이자 주인공인 고랸치코프의 회고에 의하면 죄수들이 가장 무서워한 사람은 〈여덟 눈〉이라는 별명의 소령이다. 죄수들이 두려워한 것은 〈숨은 생각까지 낱낱이 꿰뚫어 보는 살쾡이 같은 소령의 시선〉(도스토옙스키 9: 36)이었다. 〈그는 안 본 척하면서도 보았다. 감옥 안에 들어오자, 그는 이미 저쪽 끝에서 무슨 일이 일어났는지 알고 있었다. 죄수들은 그를 여덟 눈이라고 불렀다.〉(도스토옙스키 9: 36) 소령은 뒤집힌 신의 눈과 벤담의 어설픈 파놉티콘에 인간의 가장 허접하고 노골적인 권력욕이 더해질 때 나타나는 존재라 할 수 있다. 벤담이 원래 파놉티콘을 설계한 것은 억압이 아닌 교정에 그 의도가 있었다. 그러나 그런 식의 감시 체계는 아무것도 교정할 수 없고 유지될 수도 없다.* 신의 다 보는 눈과 파놉티콘(여덟 눈)은 권능자가 인간을 속속들이 들여다본다는 점에서는 같지만 결정적인 지점에서 완전히 달라진다. 신의 〈다 보는 눈〉을 신과 인간 간의 권력관계로 해석한다 할지라도 신의 눈이 궁극적으로 지향하는 것은 처벌과 억압이 아닌 개개인의 양심 성찰이다. 요컨대 바라보임의 신학적 핵심은 윤리적인 갱생에 있다. 그러나 파놉티콘도 〈여덟 눈〉 소령도 도덕적 갱생을 유도하지 않는다. 강도 높은 억압이 파생하는 것은 폭력이다. 그래서 도스토옙스키 역시 〈여덟 눈〉 소령이 행사한 감시 방식은 행정적 오류라고 못 박았다. 도스토옙스키는 만일 〈여덟 눈〉의 폭압을 희석해 준 상급자의 부드러움이 아니었더라면 견디다 못한 수감자들이 폭동을 일으켜 〈여덟 눈〉 자신이 제명에 못 죽었을 것이라고 주장한다.(도

* 가장 진화한 파놉티콘은 감시자가 불필요한 감시 체계이다. 라이언의 지적처럼 〈파놉티콘에는 수감자들이 간수가 누구인지 볼 수 없도록 감시탑의 내부를 가리는 정교한 블라인드 장치가 있었다. 역광으로 죄수들을 비추고 죄수들의 모든 행동뿐 아니라 유형까지도 바로 파악할 수 있도록 분리된 감방들을 반원형으로 배치했다. 이런 발상은 규율 시스템을 자동화하고 죄수들의 자기 감시를 유도해 실제로는 감시를 거의 불필요하게 만드는 것이었다. 수많은 논평가들은 이제 소프트웨어 아키텍처를 통해 전자 기술이 이런 파놉티콘의 완성을 가능하게 할 것이라는 사실에 관심을 기울여 왔다.〉(라이언 2014: 212) 그러나 이렇게 정점에 도달한 파놉티콘이라 할지라도, 즉 감시자가 필요치 않은 감시 체계라 할지라도 여전히 수감자 개개인의 내면 성찰과는 아무런 관계가 없다.

스토옙스키 9: 36) 도스토옙스키는 이어 다음과 같은 결론에 도달한다. 〈범죄의 철학은 우리가 보통 생각하는 것보다 더 어려운 것이다. 감옥이나 강제 노동과 같은 제도가 범죄자를 교화하는 것은 아니다. (……) 그 유명한 독방 제도도 단지 위선적이고 기만적이며 표면적인 목적만을 달성할 뿐이다. 이 제도는 사람에게서 생명의 즙을 짜내고 영혼을 소진케 하여 영혼을 나약하고 놀라게 한 다음, 반쯤 미치광이가 된 바싹 마른 미라를 교화와 참회의 본보기로 보여 주는 것에 불과하다.〉(도스토옙스키 9: 38~39)

다 보는 눈의 감시 효과는 오늘날 블랙박스를 비롯한 CCTV, GPS 같은 전자 장치로 계승되었다. 신의 눈을 시원적 은유로 사용하는 이들 장치는 범죄를 미연에 예방하고 과속을 방지하고 피해자를 보호할 수 있다는 순기능에도 불구하고 한 가지 점에서 불완전할 수밖에 없다. 블랙박스의 상용화 이후 교통사고 분쟁이 현저히 줄었다는 통계 자료가 있기는 하지만 블랙박스 자체가 분쟁 당사자들의 내면으로 파고드는 것은 아니다. CCTV의 존재를 알기 때문에 범죄를 안 저지르는 것이 아니라 어떻게든 CCTV의 눈을 피해 범죄를 저지르려는 것이 범죄자의 심리이다. 오늘날의 CCTV는 다 보는 신의 눈을 양적으로 계승하는 한편 파놉티콘 및 〈여덟 눈〉의 질적 한계를 고스란히 계승했다. 신의 눈이 두려워 나쁜 생각까지도 머릿속에서 떨쳐 버리려는 태도와 CCTV에 포착되지 않으려고 사각지대를 골몰히 연구하는 것은 근본적으로 다른 태도이다. 실제로 성경에서 언급되는 〈신의 눈〉은 〈다 보는 것〉만을 특징으로 하지 않는다. 〈신의 눈〉을 〈다 보기〉라는 양적 개념으로 환산하는 것은 근대적 발상이다. 〈겉모습이나 키 큰 것만 보아서는 안 된다. 나는 이미 그를 배척하였다. 나는 사람들처럼 보지 않는다. 사람들은 눈에 들어오는 대로 보지만 주님은 마음을 본다.〉(「사무엘기 상권」 16:7) 신의 〈다 보는 눈〉과 〈마음을 보는 눈〉은 궁극적으로 인간의 자기의식, 내면의 눈으로 연장되어 성찰의 계기를 제공한다. 반면 기계의 눈앞에서는 그 어떤 체득도 내면화도 성찰도 상상하기 어렵다.

7
전자 감시와 슈퍼파놉티콘

블랙박스, CCTV 같은 유형의 감시 체계가 수반하는 윤리적 이슈들은 그동안 다양한 방식으로 표출되고 논의되고 분석되어 왔다. 이제 사생활 침해라는 것은 수많은 윤리적 이슈 중 하나에 불과해서 사실상 그다지 커다란 주목을 받기 어려운 형편이다. 오늘날 감시 테크놀로지는 그보다는 훨씬 복잡하고 복합적인 문제를 야기한다. 블랙박스도 CCTV도 사생활을 침해할 수밖에 없지만 그것들이 가져오는 이익은 사생활 침해보다 훨씬 크다. 어쩌면 문제는 바로 여기에 있는지도 모른다. 〈24시간 감시 카메라 작동 중〉이라는 문구나 고속도로 곳곳에 설치된 과속 감시 카메라 등 수많은 감시 도구와 장치는 도시 생활의 질적 향상을 위한 것들이며 그래서 사람들은 대체로 이것들을 반기는 편이다. 문제는 감시가 자동화되고 정보화되었을 때 감시의 긍정적인 측면과 그것이 동반하는 또 다른 효과를 생각하지 않을 수 없다는 사실이다.(Lyon 2014: 98) 이와 관련해 우리는 우선 감시 카메라의 역할은 역사와 사회의 맥락에 따라 달라진다는 점을 인정해야 한다. 일반적으로 블랙박스 덕분에 교통사고 분쟁은 대폭 줄었고 CCTV 덕분에 범죄자 검거율은 대폭 증가했으며 과속 방지 카메라 덕분에 과속 차량 단속은 훨씬 용이해졌다. 특히 라틴 아메리카의 경우 CCTV는 〈범죄와의 전쟁〉을 촉구하는 장치로 폭넓은 사회적 지지를 받았다. 여기에 〈CSI: 과학 수사대〉 시리즈 같은 미국 드라마의 간접 광고 효과까지 더해질 때 CCTV는 범죄 해결의 가장 강력한 도구로 환영받게 된다.(Botello 2013: 249, 252) 최근 들어 부쩍 많이 논의되는 셉테드CPTED, 즉 Crime Prevention Through Environmental Design(범죄 예방 환경 설계)은 물리적으로 범죄 가능성을 차단하는 방안으로, 핵심은 인적 드문 공원이나 주차장 등에 가급적 조밀하게 감시 카메라를 설치하는 것이다. 이에 덧붙여 기존의 수동 CCTV 대신 인공 지능을 접목한 지능형 CCTV를 설치해야 한다는 목소리도 높아지고 있다.

그러나 CCTV와 TV 드라마의 컬래버는 그 자체가 윤리적 이슈가 된다는 점을 부정하기 어렵다. 〈감시 카메라와 TV의 컬래버에 범죄 스토리가 더해지면 그것은 엔터테인먼트와 뉴스, 다큐멘터리와 쇼, 관음증과 시사 프로 사이의 경계를 흐리는 완벽한 결합이 된다.〉(Lyon 2006: 46) 앞에서 살펴본 구경의 윤리와 감시의 윤리가 〈융합〉될 때 훨씬 복잡한 윤리의 문제가 부상한다는 얘기이다. 파놉티콘의 뒤집힌 버전인 시놉티콘synopticon(역감시)의 논리는 오래전부터 대중 매체와 관련한 논의에서 언급되어 왔다.(Mathiesen 2017: 41~60) 역감시는 간단히 말해 소수가 다수를 감시하는 것이 아니라 다수가 소수를 감시(구경,

관찰)하도록 조정하고 통제하는 일체의 시스템을 총괄적으로 지칭한다. 범죄 희생자들과 그 가족, 혹은 범죄로 인한 고통의 장면을 전 국민이 TV 뉴스와 유튜브, 그리고 이른바 〈사회 고발성〉 탐사 프로그램 등을 통해 바라보는 것은 시놉티콘과 CCTV와 엔터테인먼트의 상업적인 합작품이다.

감시가 제기하는 또 다른 윤리의 문제는 이와는 다른 차원에서 제기된다. 감시라는 것은 원래 보는 것이다. 신의 눈도, 파놉티콘도 전자적인 눈인 CCTV도 결국 누군가가(무엇인가가) 무언가를 보는 것이다.* 감시의 어원이 프랑스어 sur(위에서)와 veiller(보다)의 결합에 기초한다는 것은 이를 분명히 말해 주며 시각, 시점, 시선, 가시성이 감시 연구에서 얼마나 중요한 요소인가를 강조한다.(Marks 2015: 83) 블랙박스와 CCTV 같은 감시 장치들은 여전히 감시 주체의 물리적인 시선을 필요로 한다. 이 장치들에서 본다는 것은 실질적인 시각 행위를 의미한다. 그러나 언제부터인가 감시라는 것은 실질적인 관찰이나 문자 그대로의 시각을 요구하지 않기 시작했다. 오늘날 감시의 주인공은 데이터이고 그것은 주로 스마트폰의 사용을 통해 우리를 타인에게 보이게 한다.(Lyon 2022: 74~75) 데이터를 주인공으로 하는 감시는 앞에서 말한 시놉티콘-CCTV-엔터테인먼트와는 다른 차원의 윤리 문제를 부상시킨다.

데이터의 가장 큰 문제는 그것이 우리와 우리의 삶을 다른 사람들에게 우리의 의지와는 상관없는 방식으로 〈보이도록〉 한

* 〈감시란 사물을 보는 것, 그리고 좀 더 구체적으로는 사람을 보는 것이다.〉 (Lyon 2007: 1)

다는 데 있다. 데이터는 우리를 대변하고 우리를 표상하고 우리를 드러낸다. 데이터는 우리를 다른 이들에게 보이도록 하기 위한 〈보는 방식way of seeing〉이다.(Lyon 2022: 84) 여기서 다른 이들이란 권력을 대표하는 기관과 정부와 기업이다. 그러므로 우리와 우리를 보는 기업 및 정부 간의 권력 비대칭은 파놉티콘의 영원한 반복에 불과하게 느껴진다. 시선의 비대칭도 반복된다. 우리는 플랫폼 기업들이 무엇을 하는지 모른다. IT 전문가가 아닌 일반인들은 〈빅 테크〉가 어떻게 개인의 데이터를 수집하고 이용하는지 일일이 확인할 수 없다.(Lyon 2022: 83) 파놉티콘에 적용되는 논리가 여기서도 적용된다. 〈비대칭적 시선은 불확실성을 창조하고 불확실성은 복종을 생산한다.〉(Lyon 1994: 65)

데이터 중심의 감시에서 가장 놀라운 부분은 우리가 그 감시에 직접 참여한다는 사실이다. 우리의 24시간은 조금 과장을 보태자면 데이터에 굶주린 시스템에 모든 것을 갖다 바치는 과정으로 점철되어 있다. 이 점에서 오웰G. Orwell의 『1984』는 현대 감시 사회에는 들어맞지 않는다는 지적이 심심치 않게 나온다. 현대인은 〈빅 브라더〉의 강압적인 감시 체제하에서 희생당하고 저항하는 인간들이 아니다. 현대 사회에서 가장 만연한 피감시자는 사치와 편리를 위해 자발적으로 SNS와 스마트폰 앱에 접속하여 프라이버시를 희생하는 사람들이다.(Gilliom and Monahan 2013: 20~21)

사실 우리는 날마다 무언가를 검색한다. 이 검색하는 과정은 동시에 우리가 〈검색당하는〉 과정이기도 하다. 우리는 언제나 정보를 필요로 하고 정보를 사용한다. 동시에 우리 자신이 누군가에게, 혹은 무엇인가에게 정보이기도 하다. 문제는 이 점을 안다고 해도 매 순간 의식하면서 살아갈 수는 없고 검색과 정보 이용을 중단할 수도 없다는 사실이다. 〈전자 기계들은 달력, 사진 앨범, 음악 선곡, 수없이 많은 저장 문서들을 통해, 오류에 빠지기 쉬운 인간의 뇌보다 우리의 과거와 미래를 더 잘 기록하고 보여 준다. 그보다는 덜 자발적으로 우리는 구글에서 국가안보국에 이르기까지, 데이터 기록 장치들에 매일 우리의 습관과 선호를 알려 준다. 그것들은 대다수가 점점 많은 일을 인터넷으로 수행하면서 어렴풋하게만 알고 있는 형태의 감시와 사회적 통제를 수행할 수 있다.〉(재서노프 2022: 197~198) 우리가 사이버 공간에서 의식적으로 무의적으로 흘리고 다니는 데이터, 검색 성향, 소비 형태, 페이스북에 올린 여행 기록, 인스타그램에 올린 사진 등등, 등등은 수집되고 저장되고 종합되어 거의 영원히 지워지지 않는 디지털 신상명세서가 된다. 속칭 〈신상 털기〉가 가능한 것도 이런 신상명세서 덕분이다. 〈우리는 사이버 공간에 접속해 방대한 정보에 접근할 수 있다. 하지만 동시에 우리 자신이 정보가 되어 스스로를 새로운 형태의 관찰, 모니터링, 추적에 노출하고 잠재적으로 그것에 취약한 존재로 만들기도 한다.〉(재서노프 2022: 198)

이 모든 것을 우리가 거의 자발적으로 하고 있다는 사실은 감시 이론에 새로운 차원이 더해져야 한다는 것을 말해 준다. 감시 이론은 관료제, 기술 논리, 정치 경제와의 관련 속에서 이해되어야 한다는 게 상식이다. 그러나 데이터와 관련한 현대인의 일상을 볼 때, 감시 이론에서는 심리학이 반드시 고려되어야 할 것 같다. 인간이 자발적으로 기업의 데이터 채굴에 참여하는 것은 적어도 일부분은 심리학의 문제이기 때문이다.

마크 포스터M. Poster가 지금으로부터 30년 전에 창안하여 이후 감시 연구에 영감을 준 〈슈퍼파놉티콘superpanopticon〉은 데이터 중심 감시의 핵심을 지적한다.(Poster 1996: 175~192) 바야흐로 닥쳐올 디지털 미래를 예상하며 포스터는 개인의 행위가 전선을 통해 컴퓨터화된 데이터베이스에 연결될 때 달성될 감시 시스템을 슈퍼파놉티콘이라 불렀다. 포스터에 의하면 슈퍼파놉티콘은 우리의 행동을 광범위한 감시 담론으로 변형하고 사적 태도를 공적 발표로 확대하며 개개인의 행동을 집단 언어로 번역한다.(Poster 1996: 184) 포스터의 예상을 오늘의 현실에 대입해 부연해 보자. 데이터베이스의 텍스트는 어느 누구의 것도, 그렇다고 모두의 것도 아니다. 그것의 소유주는 도서관, 병원, 기업 같은 기관들이며, 데이터베이스의 텍스트는 이 기관들의 권력을 증폭한다. 사람들은 이 사실을 알고 있으며, 때때로 여론 조사원에게 두려움을 드러내기도 하고, 회원 가입이나 보증서 작성에 필요한 정보 제공 요청을 거부하기도 한다. 그러나 동시에 저항의 순간이 닥쳐오는 때조차 권력은 쉽게 확대된다. 주체들이 휴대 전화로 통화를 한다거나 자동화된 은행 이체 서비스를 이용한다거나 온라인 예약 등을 함으로써 스스로 감시에 끊임없이 참여하고 있기 때문이다.(라이언 2014: 214) 개인 데이터베이스는 사회 보장 번호와 세금 납부 기록을 연결하고 구매 기록을 통해 개인의 구매 습관을 그려 낼 수도 있으며(라이언 2014: 215) 이러한 과정이 반복될수록 주체에 관한 데이터는 무한 증식된다. 물론 이때의 무한 증식은 주체를 위한 것이 아니다. 다시 포스터의 말을 들어 보자. 〈주체는 기록이 자동으로 확인되거나 다른 것과 대조될 때마다 그것과 관련된 개인에게 조회하는 일 없이 원격 조정 컴퓨터로 작동하는 데이터베이스 안에서 증식되고 분산된다. 컴퓨터는《검색 가능한 정체성》을 생산하는 기계가 된다.〉(Poster 1996: 186)

슈퍼파놉티콘이 결국 주체의 파괴로 이어질지 모른다는 것은 자명하게 들린다. 〈파놉티콘은 자신들의 내적 삶을 개선하고자 열망하는 주체를 만들어 냈다. 이와 반대로 슈퍼파놉티콘은 정체성이 분산된 개인들, 다시 말해 자신들의 정체성이 컴퓨터에 의해 해석되는 것을 깨닫지 못하는 대상object을 만들어 낸다.〉(라이언 2014: 215) 과학 기술과 공공 정책을 연구하는 실라 재서노프S. Jasanoff는 이렇게 붕괴할 위험에 처한 자아를, 덜 부정적인 표현을 사용해 〈디지털 자아〉라 부른다. 〈인터넷은 그들의 지나가는 생각, 일상적인 사진, 그동안 써온 글, 그들이 한 말, 구입한 물건, 그리고 일부 사례에서는 그들의 어둡고 그늘지고 범죄적인 충동까지 기록하고 때로는 영구적으로 저장할 수 있다.〉(재서노프 2022: 235) 이 디지털 자아를 읽고 통제하는 지배자로 그녀는 국가 이외에 구글, 마이크로소프트, 애플, 아마존, 페이스북(메타), 트위터 등을 손꼽으며 자연스럽게 인터넷 거버넌스의 문제를 제기한다. 〈인터넷 거버넌스는 이제 널리 알려진 정책 영역이다. 하지만 이를 주로 인터넷 접근에 가격을 매기는 문제로 보는 사람들은 엄청난 윤리적, 법적 딜레마를 놓치고 있다. 바로 현실의 사람들이 디지털 자원을 가지고 실시간으로 행동하면서 생성된, 가상의 죽지 않는 주체와 집단들을 통치하는 것과 관련된 딜레마들이다.〉(재서노프 2022: 236) 재서노프의 결론은 선언적이다. 그녀는 〈21세기에 인간이 된다는 것, 더 나아가 움직이고 변화하며 추적 가능하고 자기 의견을 고집하는 데이터 주체가 된다는 것이 어떤 의미인지에 대한 새롭고 창의적인 재구성〉이 필요함을 역설하는 것이다.(재서노프 2022: 236) 그러나 잠시 후에 살펴보겠지만 이런 선언적이고 희망적인 진술에는 한계가 있으며 이런 식의 접근만으로 디지털 자아가 테크 기업의 지배에서 벗어나는 것은 거의 불가능하다.

8
초윤리의 시대

현대의 감시와 관련하여 가장 중요한 저술 중 하나로 여겨지는 쇼샤나 주보프S. Zuboff의 『감시 자본주의의 시대*The Age of Surveillance Capitalism*』는 앞에서 논의한 감시의 문제를 한층 첨예한 비판적 시선으로 고찰하는 명저이다. 문학 속 감시를 논할 때 그녀의 저서가 도움이 될 것 같아 간략하게나마 훑어보기로 하겠다. 현대의 감시 이슈와 빅 테크 기업의 상관성을 일반 대중이 알기 쉽게 쓴 저술로 이보다 더 포괄적이면서도 깊은 논의는 이제까지 없었다고 해도 과언이 아니다. 〈감시 자본주의〉란 기업이 이윤 창출을 위해 개인 정보를 수집하고 상품화하는 시스템 일반을 통칭한다. 감시 자본주의의 주체는 공권력이 아니라 기업이라는 점에서 전체주의 국가의 감시 체제와 구분된다.

주보프는 우선 〈빅 어더Big Other〉의 개념을 제시한다. 분명하게 오웰의 〈빅 브라더〉를 연상케 하는 〈빅 어더〉는 〈유비쿼터스 감지 장치가 있고 네트워크로 연결되어 있고 전산화되어 있는〉 기반 시설로, 도구주의 권력을 활성화하는 주역이다. 〈감시 자본주의는 유비쿼터스 디지털 장치라는 매체를 통해 그 의지를 강요하는 꼭두각시 조종자이다. 나는 이제야 이 장치에 《빅 어더》라는 이름을 붙인다. 이것은 감응과 연산 기능이 있고, 네트워크에 연결되어 있는 꼭두각시 인형으로 인간의 행동을 렌더링, 모니터링, 연산 수정한다. 빅 어더는 지식과 실행 기능을 결합함으로써 전례 없는 행동 수정 수단을 만연케 한다.〉(주보프 2021: 509)*

〈빅 어더〉가 내포하는 윤리적 함의는 심오하다. 〈도구주의 권력은 빅 어더의 능력에 힘입어 인간 경험을 측정, 관찰 가능한 행동으로 환원할 뿐, 경험의 의미에는 관심이 없다. 나는 이 새로운 방식의 앎을 《극단적 무관심radical indifference》이라 부르고자 한다. 이것은 목격자 없는 관찰의 한 형태로 은밀하고 폭력적인 정치 종교와 정반대되는 지점에서 완전히 다른 종류의 대재앙을 낳을 것이다. 불가해할 만큼 복잡한 시스템과 그 시스템에 권한을 부여하는 이익은 원격적이고 추상화된 시선으로 사람들을 다른 사람들의 목표를 향한 급류에 내던진다.〉(주보프 2021: 510)

주보프가 감시 자본주의의 밑바닥에서 발견한 반윤리의 핵심은 바로 〈극단적 무관심〉이다. 그것은 무관심이라기보다는 추악하게 변질된 초월성이다. 추상적인 시선에는 선도 없고 악

* 이러한 지적은 내가 이 책을 쓰는 동안 출간된 『권력과 진보』에서 새삼 확인된다. 〈천재들이 공공선을 위해 노력하면서 열심히 일하고 있다고 보는 것이 대부분의 테크 회사에서의 분위기다. 그들이 중요한 의사 결정을 내리는 사람이 되는 것은 자연스러운 일이다. 이러한 접근에서 대중의 정치 담론은 독려되거나 보호되어야 하는 무언가가 아니라 이용하고 이득을 뽑아내야 하는 무언가이다.〉(아세모글루 외 2023: 530)

도 없다. 그것은 선도 악도 모두 초월하므로 반윤리보다는 초윤리에 가깝다. 바로 이 초윤리가 무서운 것이다. 빅 어더의 눈에 전통적인 의미에서의 〈휴먼〉은 존재하지 않는다. 정보가 제거되면 아무짝에도 쓸모없는 껍데기 인간만이 존재한다. 인간을 상품화해 소비하는 경향은 과거의 일이다. 이제 인간은 상품조차도 아니다. 그래서 주보프는 일갈한다. 〈빅 어더는 우리의 의미가 들어 있는 우리의 몸, 우리의 뇌, 아직 뛰고 있는 우리의 심장을 내버리고, 잉여를 착취하기 위해 우리의 행동만 가로챈다. (……) 당신은 상품이 아니다. 버려진 시체일 뿐이다. 상품은 당신의 삶에서 뜯어낸 잉여에서 나온다.〉(주보프 2021: 511) 게다가 이 감시의 망은 인간을 3중, 4중의 사슬로 묶어 도망갈 길을 완전히 차단한다. 〈타인들, 빅 어더, 결정의 주체인 감시 자본가들로부터의 출구 없음〉이야말로 오늘날 인간이 처한 감옥의 본질이다.(주보프 2021: 633)

문제는 개인 정보 보호 자체가 아니다. 주보프의 주장이 설득력 있게 들리는 것은 그녀가 개인 정보 침해만을 두고 분노하는 게 아니기 때문이다. 사실 감시 자본주의자들이 빼앗아 가는 것은 개인 정보만이 아니다. 감시 자본주의하에서는 인간이 인간일 수 있도록 해주는 모든 것이 산산이 부서질 위험에 처해 있다. 〈인간이라면 기대할, 자신의 삶에 대한 주권과 자신의 경험에 대한 권한이 위기에 처했다. 미래에 대한 의지를 형성하게 하는 내면의 경험, 그리고 이 의지에 입각해 행위할 공적 영역이 위기에 처했다.〉(주보프 2021: 698) 감시 자본주의는 인간을 〈정보원〉으로 축소함으로써 인간 본성에 관한 그 어떤 논의도 우스꽝스럽게 만든다. 이것이 감시 자본주의가 내포하는 악의 본질이다. 그래서 주보프는 〈안 된다〉라고 외칠 것을 촉구한다. 〈그러나 인간의 본성을 정복하려는 자들은 그들이 노리는 희생양에게 우렁찬 목소리가 있음을 깨닫게 될 것이다. 우리도 디지털 미래를 인류의 집으로 되찾기 위한《위대하고 아름다운 일》의 주체이자 저자가 될 수 있다. 이제 그만! 이것이 우리의 선언이다.〉(주보프 2021: 703) 주보프의 강력하지만 논란의 여지가 있는 이 대목은 다음 단락에서 다시 살펴보기로 하고, 현대의 감시 이슈에 관한 논의는 일단 여기서 마무리 짓기로 하자.

9
팬데믹 감시와 감시의 팬데믹

2019년 12월 중국 후베이성 우한시에서 시작된 코로나19 팬데믹은 인류의 삶과 사고와 문화를 완전히 바꿔 놓았다. 팬데믹으로 인한 대격변 중 가장 괄목할 만한 현상 중 하나는 감시 시스템의 확장과 변화이다. 팬데믹의 확산을 방지하고 감염자를 신속하게 격리 치료하기 위해 도입된 각종 전자 감시 시스템 덕분에 확진자, 밀접 접촉자, 동선, 사회적 거리 두기 같은 새로운 개념들이 순식간에 모든 이의 일상을 장악했다. 문명사적 대격변의 소용돌이 속에서 이전까지 진행되어 온 감시 연구의 향방 또한 급격하게 변화했다.

팬데믹 상황이 닥치기 전까지는 나 역시 주보프의 주장에 전적으로 동의했다. 그러나 팬데믹은 나의 태도를 바꿔 놓았다. 대부분의 보통 사람이 나와 비슷할 것이라 생각한다. 팬데믹은 앞에서 살펴본 슈퍼파놉티콘 현상을 전 세계로 확산시켰다. 우리는 생사의 갈림길 앞에서 자발적으로 전자 감시를 받아들였다. 아니, 받아들인 정도가 아니라 대부분 환영했다. 절체절명의 순간에 정보 제공에 모두 동의하지 않을 사람이 어디 있겠는가. 물론 한국과 유럽 사이에는 감시 수용 문제에 있어 온도 차이가 있었다. 서구인들이 전자 감시에 거세게 반발한 것과 달리 한국인들은 사생활 침해와 관련해 심각하게 문제를 제기한 경우도 있긴 하지만 대체로 감시의 두 얼굴인 보호와 통제 중 확실하게 보호의 손을 들어 줬다. 〈한국 사회는 감시받지 않을 권리를 포기하고 이동의 자유를 획득했다. 서구 사회는 그 반대이다.〉(주현경 2021: 143)

질병 관리 본부는 확진자의 감염 경로를 파악하고 이른바 〈밀접 접촉자〉를 보호하기 위해 스마트폰에 저장된 정보, 신용카드 사용 내역, CCTV 영상 자료, 모바일 위치 정보, 교통 카드 기록, 해외여행 정보 등을 광범위하게 수집하고 분석했으며 감염병 확산 방지를 위해 분석된 정보를 상세히 공개했다. 시민들과 관련 기관의 적극적인 협조로 확진자의 동선은 순식간에 파악되고 동선에 대한 분석 또한 순식간에 이루어졌다. 질병 관리와 통제라는 측면에서 이루어진 성공은 사생활 침해에 대한 반론을 제압했다. 정부는 또한 〈해외 입국자 자가 격리자가 휴대 전화에 《자가 격리자 안전 보호 앱》을 설치하게 하여 위치 정보를 확인했다. (……) 이 앱은 블루투스 기능을 통해 이른바 《안심 밴드》와 연동될 수 있다. 2020년 4월 27일부터 도입된 안심 밴드는 확진자 혹은 감염 위험이 큰 자가 격리자의 위치를 추적할 수 있는 전자 장치로, 이런 종류의 위치 추적 전자 장치는 일상생활에서 전자 발찌 등으로 불린다. 부정적인 의미를 지우기 위해 이름만 바꾼 것이다〉.(주현경 2021: 139)

2023년 기준 공간 대비 CCTV 설치 대수를 볼 때 한국은 세계 최대의 CCTV 감시 국가 중 하나로 손꼽힌다.* 〈범죄 예방을 위한 CCTV 활용이 이미 보편화되어 있고 블랙박스 영상, 카카오톡 대화 등과 같은 전자적 형태의 정보들은 범죄 예방뿐 아니라 범죄 수사 및 재판 단계에서도 빈번히 사용되고 있다. (……) 적어도 우리나라에서는 전자 감시라는 것이 더 이상 시민의 자유에 대한 과도한 침해로 여겨지지 않는 상황인 듯하다.〉(주현경 2021: 144) 이미 이전부터 CCTV 감시에 대한 거부감보다는 실용성에 의미를 두어 온 사회이기 때문에 팬데믹 상황에서의 감시 확대가 상대적으로 약한 저항을 불러일으켰으리라 추정된다.

사실 감시 테크놀로지에 이론적인 우려와 감정적인 거부감을 표방해 온 사람일지라도 하루에도 수천수만 명이 바이러스 감염으로 죽어 가는 상황에 개인 정보니 사생활 침해니 하기는 어려울 것이다. 감시 자본주의를 향한 주보프의 〈이제 그만〉이라는 호소가 팬데믹의 도래와 더불어 호소력이 많이 희석된 것도 그 때문이다. 그러나 다른 한편으로 바로 이러한 현실적인 문제 때문에 팬데믹 이후 전자 감시, 감시 자본주의에 대한 우려가 더 강력해진 것 또한 사실이다.

지난 30여 년간 서구의 감시 연구 분야를 선도해 온 데이비

* 국내에 설치된 공공 CCTV는 지난 2008년 전국 약 16만 대에서 2022년 약 161만 대(통계청 자료)로 열 배가량 늘었다. 민간에서 운영되는 CCTV까지 합치면 국내 전체 CCTV는 최소 1500만 대 이상에 달하는 것으로 추정된다. https://www.chosun.com/economy/economy_general/2023/09/01/LYPDPOSOEZG2THLG7OHGV4M4II/ 참고.

드 라이언D. Lyon 교수는 『팬데믹 감시*Pandemic Surveillance*』에서 〈팬데믹 감시〉란 두 가지를 의미한다고 말한다. 첫 번째는 자명한 것으로, 팬데믹 시기에 활성화된 전자 감시 시스템을 의미한다. 팬데믹 시기의 감시란 WHO의 정의를 인용하자면 〈공중 보건 계획과 시행과 평가에 필수 불가결한 건강 관련 데이터를 지속적이고 체계적으로 수집, 분석, 해석하는 것〉이다.(Lyon 2022: 4~5) 팬데믹 감시는 그러나 단순히 데이터 수집과 분석만을 의미하지 않는다. 자가 격리, 사회적 거리 두기, 재택근무 등은 전자 감시의 범위를 믿을 수 없이 확장했고 덕분에 감시 자본가들은 플랫폼에 들어오는 데이터로부터 이익을 챙기는 법을 그 어느 때보다 확실히 알게 되었다. 테크 플랫폼 기업에 대한 수요가 갑작스럽게 증가했으며 이와 더불어 감시 자본주의의 위세는 고공 행진을 거듭했다. 비근한 예로, 줌Zoom의 이용자는 2019년 12월 1천만 명 수준이었지만 5개월 만에 약 3억 명으로 급증했다.(Sumner 2022: 866) 〈줌 피로감Zoom fatigue〉, 〈줌 시선Zoom gaze〉 등의 신조어가 미디어 전면을 장식하기 시작했다. 바야흐로 기술 만능 시대가 활짝 열렸다. 가상 환경의 영토 확장은 감시의 문제를 디지털 소통 기술과 생물학적 존재로서의 인간의 몸 사이의 합병을 중심으로 재편하기 시작했다.(Sumner 2022: 876) 이제 감시는 실질적인 시각에 의존하는 단계에서 〈매우 특수한 방식으로 인간을 보이게끔 하는 데이터〉에(Lyon 2022: 16) 의존하는 방식으로 선회했다. 2023년 현재, 인권과 디지털 정의를 위협하고 감시가 인간의 삶에 끼치는 부정적 영향을 과소평가하는 기술 해결 지상주의tech-solutionism는 필경 포스트팬데믹 시대에도 지속될 디지털 기반 시설을 구축하고 있다.(Lyon 2022: 16) 라이언이 말하는 팬데믹 감시의 두 번째 의미는 바로 이 포스트팬데믹에 대한 불길한 예견에서 비롯한다. 요컨대 팬데믹 감시란 감시 형태가 너무도 급속하게 성장하고 돌연변이를 거듭하는 바람에 감시 확산 자체가 바이러스성이라 규정될 수 있다는 얘기이다. 그것은 팬데믹처럼 확산하는 감시, 감시의 팬데믹이다.(Lyon 2022: 17)

실제로 내가 이 책의 이 대목을 쓰고 있는 2023년 현재, 팬데믹은 엔데믹으로 축소되었고 일상은 상당 수준 회복되었지만 데이터 기반 감시는 약해지지 않았다. 감시에 대한 경각심이 팬데믹 이전으로 돌아간 것 같지도 않다. 〈긴급 상황에서 도입된 강화된 감시 조치가 긴급 상황 종료 이후 폐지되기는 어려운 일〉이라는 보편적인 사실이 확인된 셈이다.(주현경 2021: 145) 물론 〈시빅 데이터〉, 즉 시민을 위한 데이터, 데이터 혁신 같은 관념이 실생활에서 개인 정보의 민주적이고 안전한 활용을 촉구하고 있다는 사실은 고무적이다.(김재연 2023) 그러나 플랫폼 기업에 데이터를 제공하는 행위가 감시의 칼날에 자발적으로 목을 내미는 행위라는 사실이 우리 기억에서 점차 희미해지고 있는 것 또한 사실이다. 알고리즘은 가치 중립적인 기술이 아니다. 그것은 특수한 목적을 위해 데이터를 조작하는 기술이며 특정 계층의 불이익을 심화하거나 특권을 항구화하고 데이터에서 비롯된 불의data-driven injustice를 공고히 하는 도구이다.(Lyon 2022: 88~91) 어떤 감시건, 즉 시각적 감시건 데이터 기반 감시건, 그리고 어떤 시대건, 즉 팬데믹 시기건 팬데믹이 아닌 시기건, 감시가 윤리의 영역에서 고찰되어야만 하는 이유이다.

10
원조 감시 문학

감시의 문제를 애초에 인간의 관심사로 부각한 것은 문학이다. 라이언은 〈우리가 감시에 관해 알게 된 것은 고전 소설이나 영화 덕분이다〉라고 단언하면서 감시 문학의 핵심으로 웰스H. G. Wells－자마틴E. Zamyatin－헉슬리A. Huxley－오웰의 디스토피아 계보를 손꼽는다.(Lyon 2007: 139) 또 다른 연구자는 원조 감시 문학ur-surveillance literature으로 오웰의 『1984』, 그 소설에 영향을 미친 자마틴의 『우리들*My*』, 그리고 카프카F. Kafka의 『성*Das Schloss*』을 손꼽는다. 〈20세기 초에 쓰인 이 세 소설은 모두 미래 감시 사회를 예견하며, 부상하고 있던 전체주의에 대한 우회적인 응답이다.〉(Nellis 2013: 179) 물론 감시 문학은 이후 커트 보니것K. Vonnegut, 레이 브래드버리R. Bradbury, 마거릿 애트우드M. Atwood 등으로 끝없이 연장되는 동시에 훨씬 먼 과거, 이를테면 플라톤의 『국가』로까지 거슬러 올라갈 수도 있는 앞뒤로 열린 목록을 형성한다. 여기서 흥미로운 점은 이 소설들이 디스토피아 문학 연구서가 아닌 감시 연구서에서 언급된다는 사실인데,

이는 다른 각도에서 보자면 감시란 모든 디스토피아의 구성 요소라는 것을 의미한다고 볼 수 있다.* 오웰의 소설은 〈빅 브라더〉 덕분에 거의 감시의 대명사처럼 되었다(주보프의 빅 어더가 빅 브라더의 변주임은 앞에서 언급했다). 카프카의 소설은 다른 두 소설보다 훨씬 암묵적으로, 그리고 〈부조리 문학〉스럽게 감시와 통제의 문제를 천착한다. 반면 자먀틴의 『우리들』은 이 모든 원조 감시 문학의 대부임에도 오웰이나 카프카나 헉슬리의 기세에 눌려 덜 알려진 편이다. 이번 단락에서는 모든 감시 문학의 원조이자, 원조 중의 원조라 할 수 있는 『우리들』을 살펴보겠다.

자먀틴은 페테르부르크 종합 기술 대학 조선학과를 졸업한 엔지니어이자 열렬한 볼셰비키 당원이었다. 1917년 공산 혁명 직후 그는 과학적 상상력과 직관, 타고난 감성과 순수한 공산주의 이념을 갖추고서 문단에 뛰어들었다. 그러나 그의 열정은 곧 환멸로 바뀌었다. 소비에트 사회가 추구하는 집단화, 획일화에 절망한 자먀틴은 전체주의를 신랄하게 꼬집는 SF 소설 『우리들』을 발표했다. 소설은 소비에트 체제에 대한 노골적인 도전으로 간주되었고 그에게는 반혁명의 낙인이 찍혔다. 자먀틴은 파리로 망명해 집필 활동을 이어 가다가 심장 마비로 사망했다.

『우리들』의 내용을 간략하게 살펴보자. 길고 잔인한 〈2백

* 이는 영화나 시리즈물에서 더욱 선명하게 부각된다. 감시 영화의 원조 격인 「에너미 오브 스테이트」는 말할 것도 없거니와 오늘날 넷플릭스 등의 OTT에 올라오는 SF 중에 감시를 다루지 않는 영상은 거의 찾아보기 힘들 정도이다.

년 전쟁〉 끝에 전 인류의 10분의 2만이 살아남는다. 그들은 지구상 유일한 국가인 〈단일 제국〉을 건설한다. 단일 제국은 거대한 유리 벽으로 외부 세계와 단절되었으며 국민의 주거 공간 역시 모두 유리로 지어져 있다. 국민은 이름 대신 번호로 불린다. 남성은 알파벳 자음과 홀수 번호의 조합으로, 여성은 알파벳 모음과 짝수 번호의 조합으로 불린다. 예를 들어 D-503은 남자 번호이고 I-330은 여자 번호이다.

그들은 모두 똑같은 청회색 제복을 입고 똑같은 석유 음식을 먹고 똑같은 공간에 거주한다. 이곳의 삶은 모두 〈시간 율법표〉에 따라 정해져 있으므로 그들은 동일한 시간에 일어나 동일한 순서로 노동을 하고 동일한 시간에 취침한다. 소설의 제목 〈우리들〉, 그리고 〈단일 제국〉이란 명칭에서 짐작할 수 있듯이 이 나라에는 〈나〉라는 개념은 없고 오로지 〈우리〉라는 개념만 있다. 〈우리는 하나〉라는 관념이 문자 그대로 실현된 것이다.

> 매일 아침 동일한 시간, 동일한 분에 우리 — 수백만의 우리는 마치 한 사람처럼 기상한다. 동일한 시간에 우리는 수백만이 한 사람처럼 일을 시작하고 수백만이 한 사람처럼 일을 끝낸다. 그리고 하나로 합쳐져서 수백만의 손을 가진 단일한 몸체처럼 우리는 시간 율법 표에 따라 지정된 동일한 순간에 포크를 입으로 가져가고 동일한 시간에 산보를 나가고 〈테일러의 연습〉 강당에 가고 취침한다.(자먀찐 2005: 18)

훤히 보이는 유리방에 사는 번호들은 신격화된 지도자인 〈은혜로운 분〉과 보안 요원들에 의해 철저히 통제당한다. 그들은 양계나 양돈과 마찬가지로 인간의 번식도 이성적이고 합리적인 계획에 따라 이루어져야 한다고 믿는다. 그들에게 사생활은 하루 두 번, 한 시간씩 주어지는 〈개인 시간〉에만 가능하다. 이 시간에는 유리방에 커튼이 내려지고 번호끼리 성관계가 허용된다. 〈모든 번호는 다른 어떤 번호라도 성적 산물로 이용할 권리가 있다.〉(자먀찐 2005: 27) 국민의 성생활을 통제하는 〈성 규제국〉은 모든 번호를 주도면밀하게 검진하고 혈액 내 성호르몬을 분석한 뒤 그 결과를 토대로 각자에게 맞는 〈일정표〉를 산출해 준다. 성관계를 원하는 번호는 정해진 날에 이러저러한 이성 번호를 이용하고 싶다고 분홍색 티켓에 이름을 써서 제출하고 유리방에서 커튼을 내리면 된다. 사랑과 성이 수학적으로 처리되기 때문에 질투는 원천적으로 불가능하다. 적어도 주인공이 어떤 여성을 만날 때까지는.

주인공 D-503은 수학자이자 단일 제국이 우주를 정복하기 위해 구축 중인 우주선 〈인테그랄〉의 조선 기사이다. 그는 어느 날 I-330이라는 여성 번호를 알게 된다. 이 여성 번호는 어디서 구해 왔는지 단일 제국에서는 오래전부터 금지되어 온 술을 마시고 담배를 피우며 기이한 언행을 일삼지만 그녀의 신비한 매력에 사로잡힌 주인공은 보안국에 신고하는 대신 점점 더 그녀에게 빠져든다. I-330에게 매혹당한 주인공은 생전 처음 질투와 열정이라는 이상한 감정을 체험하며 평소의 이성과 판단력을 상실한 채 그녀가 이끄는 대로 유리 벽 너머의 세상을 방문한다. 그곳은 태곳적 자연이 그대로 보존되어 있는 〈거칠고 야만적인〉 세계이다. 그곳에는 번호가 아닌 〈사람들〉이 존재하며, 그들은 잃어버린 인간성을 되찾기 위해 〈메피MEPHI〉라는 조직을 결성해 단일 제국 타도를 도모한다. 우주선 인테그랄이 시험 비행에 오르는 날 그것을 탈취하는 일을 시작으로 단일 제국을 일시에 전복한다는 것이 그들의 계획이다. I-330은 그들의 주동자로, 인테그랄을 탈취하기 위해 의도적으로 주인공에게 접근했던 것이다.

그러나 메피들의 국가 전복 음모는 이중간첩 때문에 사전에 발각되어 실패로 돌아간다. D-503은 I-330에 대한 집착과 국가에 대한 충성 사이에서 갈등하지만 결정적인 순간에 I-330의 방에서 F로 시작하는 다른 남자의 번호가 적힌 핑크 티켓(즉 그동안 그녀에게 다른 남자가 있었다는 사실의 증거물)을 발견하고는 분노와 질투와 혼돈의 도가니로 빠져든다. 그는 결국 보안국에 출두해 그동안 I-330과 겪은 일들을 모두 자백한다. I-330과 주동자들은 체포되어 심한 고문을 받은 뒤 〈처형 기계〉 속 이슬로 사라진다. D-503은 국가에서 권장하는 뇌 수술을 받아 모든 불필요한 감정과 상상력의 기능을 제거당한 뒤 다시 온순하고 행복한 번호로 돌아간다. 단일 제국은 일부 〈행복의 적들〉이 일으킨 소요를 성공적으로 진압하지만, 완벽한 사회에 한번 생긴 균열은 여전히 위협으로 남아 있다. 소설의 마지막에서 주인공은 말한다. 〈나는 우리가 승리하기를 희망한다. 아니, 그보다 나는 우리가 승리할 것을 확신한다. 이성은 반드시 승리하기 때문이다.〉(자먀찐 2005: 228)

자먀틴은 스탈린 치하의 전체주의 사회를 풍자하기 위해 『우리들』을 썼지만 『우리들』은 균등화, 집단화, 획일화에 대한 시공을 초월하는 경고 덕분에 특정 시대를 타깃으로 하는 풍자의 경계를 훌쩍 뛰어넘는다. 특히 디지털 문명과 SNS의 확산으로 〈세계는 하나〉라는 거대한 화두가 점점 더 힘을 얻는 오늘날 자먀틴의 경고는 더욱 의미심장하게 들린다. 다른 말로 하자면, 감시 자본주의자건 아니면 전체주의 추종자건 이 소설로 인해 불편과 위협을 느낄 사람들은 오히려 오늘날 더 많을지도 모른다는 얘기이다.*

* 신예 감독 함레트 둘랸H. Dul'yan의 영화 「우리들」의 개봉(2022년 12월 1일 예정)이 갑자기 취소된 것은 여러 추측을 불러일으킨다. 영화의 개봉 여부는 2024년 4월 기준, 여전히 미지수이다.

함레트 둘랸 감독의 2022년 영화 「우리들」의 티저 영상 속 한 장면.

11
보호와 통제

주지하다시피, 보호와 통제는 감시의 두 얼굴이다.(Lyon 2014: 13) 감시 사회를 그리는 디스토피아 소설과 영화 대부분이 미래 시점에 발생하게 될 대재앙 이후를 배경으로 하는 것은 감시의 두 얼굴이 위기 상황에서 가장 첨예하게 부각되기 때문이다. 인류의 생존이 달린 절체절명의 상황에서 보호를 환영할 것인가 통제에 저항할 것인가는 그렇지 않은 상황에서는 상상조차 하기 어렵게 난해한(아니면 오히려 너무나도 단순한) 문제가 될 수 있다. 앞에서 말한 〈팬데믹 감시〉 역시 전 지구를 휩쓴 코로나19 때문에 부상한 개념이다. 팬데믹 앞에서 감시에 대한 주보프식의 저항은 소리 없이 무너짐과 동시에 더 큰 저항과 우려를 불러일으켰다. 『우리들』은 이 점에서 원조 감시 문학의 면모를 유감없이 발휘한다. 소설의 배경은 참혹한 〈2백 년 전쟁〉으로 지구가 초토화되고 난 이후의 사회이다. 당연한 일이겠지만 생존자들은 생존의 지속을 위해 자유 대신 통제를 선택한다. 안전과 보호 앞에서 자유의 의미는 퇴색하다가 결국 거의 제로 수준으로 축소된다.

〈단일 제국〉의 행복 공식에 의하면 자유가 줄어들수록, 즉 통제가 심화할수록 사회의 행복은 점점 더 커진다. 자유는 무질서하고 불필요하고 야만적인 어떤 상태이다. 자유로운 생각과 개성은 사회의 효율적인 작동을 방해하는 장애물이다. 그래서 행복한 사회를 위해서는 자유를 완벽하게 박탈해야 한다. 〈잠깐만 생각해 보게. 낙원에서 가능한 선택은 두 가지밖에 없었어. 자유 없는 행복이냐, 아니면 행복 없는 자유냐. 세 번째는 없었네. 저들 바보들은 자유를 선택했어. 그리고 이해하겠지만 그들은 그 뒤 몇 세기 동안 구속을 갈구했지. 구속을 말일세. 이해하겠나. 거기에서 바로 세계고가 연유하는 걸세. 수 세기 동안이나! 그리고 우리가 마침내 행복을 되찾는 길을 생각해 냈지…….〉(자먀찐 2005: 66) 단일 제국의 구성원들에게 행복을 보장해 주는 것은 절대 권력자인 일인 독재자, 처형 제도, 보안 요원들이다. 그것들은 모두 구성원의 행복을 보장해 주는 〈선〉이다. 〈이 모든 것은 장엄하고 아름답고 고상하고 고결하고 수정처럼 맑아. 그것들은 우리의 비자유, 즉 우리의 행복을 지켜 주기 때문이지. 이것 대신 고대인들은 윤리니 비윤리니 하며 이러쿵저러쿵 탁상공론을 벌이고 머리통을 처박고 했겠지.〉(자먀찐 2005: 66) 특히 철통같은 감시는 이 사회의 안전을 보장해 주는 일등 공신이다. 오늘날의 CCTV를 연상시키는 도로 내장형 〈가두 녹음막〉은 모든 번호의 동선과 대화를 도청해 기록하고 곳곳에 침투해 있는 보안 요원은 그들의 글을 조용히 검열한다. 이렇게 철저히 통제된 사회는 구성원들에게 최고의 안전과 평화를 제공한다. 그래서 그들은 〈비조직적이고 야만적인 상태〉에 불과한 자유를 거부하고 〈분자, 원자, 식세포 등이 누리는 것과 같은 복종의 기쁨을〉 만끽한다.(자먀찐 2005: 127) 개인과 개인의 자유가 완전히 사라지고 오로지 통제된 집단만이 존재하는 이 사회는 완벽하게 행복하다. 절대 불변의 수학 법칙인 〈2 × 2 = 4〉처럼 영원하다. 그래서 이 나라에서 가장 사랑받는 시는 「구구단 찬양가」이다. 〈영원한 애인 2 × 2 / 정열로 영원히 결합된 4.〉 〈구구단은 고대의 신보다 더 현명하고 더 절대적이다. 그것은 절대로 실수하지 않는다. 구구단의 영원하고 엄격한 법칙을 따라 사는 번호보다 더 행복한 번호는 없다.〉(자먀찐 2005: 71)*

자먀틴의 〈자유 대 행복〉은 도스토옙스키의 『카라마조프 씨네 형제들』을 환기한다. 소설 속 〈대심문관〉 챕터에서 대심문관은 지상에 강림한 그리스도를 향해 거의 같은 취지의 논지를 펼친다. 그는 그리스도를 비난하며 자신과 몇몇 추종자들이 그리스도 없이 지상 천국을 완성할 것이라고 호언장담하는데, 그가 그리스도를 비난하는 이유는 그리스도가 약속한 자유가 인

* 자먀틴은 여기서 도스토옙스키가 『지하로부터의 수기*Zapiski iz podpolya*』에서 언급한 〈2 × 2 = 4〉의 의미를 그대로 계승한다. 지하 생활자에게 〈2 × 2 = 4〉는 자유, 그리고 자유 의지에 반대되는 모든 것의 은유이다. 그에게는 자유 의지, 변덕, 멋대로 하고 싶은 욕구야말로 〈지하실〉에 존재하는 최고의 이익이다. 자유 의지는 〈이성, 명예, 평안, 행복에 반대되는, 그러면서도 그것을 얻기 위해 인간이 다른 모든 것을 희생하는 이익〉이다. 반면 〈2 × 2 = 4〉는 인간이 도저히 어찌할 수 없는, 변하지 않고 변할 수도 없고 사라지지 않는 영원한 법칙이자 철옹성이다. 이 철옹성을 향해 지하 생활자는 인간의 불합리한 욕망을 가지고 돌진한다. 〈모든 게 도표와 수학에 따라 진행되고 오직 《2 × 2 = 4》만이 주위에 있을 때 인간 자신의 의지라는 것은 어디 있는가?〉 석영중 2019-b: 200을 참조하라.

간을 오히려 불행하게 했기 때문이다. 대심문관의 반박에 의하면 그리스도는 인간에게 〈천상의 빵〉을 약속했지만 인간이란 원래가 무력하고 비열하고 죄 많은 존재이므로 하늘의 양식보다 지상의 양식을 필요로 한다. 설령 몇 명의 인간들, 〈위대하고 강력한 인간들〉이 천상의 빵을 위해 그리스도를 따른다 해도 여전히 대부분의 그만 못한 인간들, 〈가련한 생물들〉은 지상의 빵을 멸시할 힘이 없다. 그런데도 그리스도는 인간에게 정작 가장 필요한 빵 대신 오로지 극소수의 탁월한 인간만이 향유할 수 있는 천상의 빵을 약속했다.

여기서 대심문관이 말하는 〈지상의 빵〉이란 먹을거리에서부터 돈, 부, 안락에 이르는 일체의 물질적 조건을 포괄하는 개념이다. 그것은 인간의 동물적인 본능과 욕구를 충족해 주는 모든 것을 함축한다. 반면 〈천상의 빵〉이란 도덕과 윤리, 양심, 절제, 성찰, 가치 추구, 의미 추구, 그리고 궁극적으로 선악의 자유를 의미한다. 요컨대 지상의 빵은 물질적 〈행복〉이고 천상의 빵은 인간이 양심에 따라 선택하는 〈자유〉라 할 수 있다. 인간은 원래가 나약하기 때문에 감당하기 힘든 자유 대신 물질적 안정을 선택할 수밖에 없다는 것이 대심문관의 논리이다.*

* 대심문관의 논리에 의하면 대부분의 인간에게 본능 억제와 자기 성찰은 너무나 힘든 과업이다. 나약하기만 한 인간에게 욕구 충족 대신 의미를 추구하라고 하는 것은 지나친 기대이다. 같은 논리에서 선악의 자유, 양심의 자유는 끔찍한 짐이며 무서운 고통이다. 인간은 의지가 박약하기 때문에 자신을 이끌어 주고 자기 대신 선택해 줄 강력한 힘과 물질적 풍요를 갈망한다. 인류는 결국 자유의 짐을 견딜 수가 없어 〈우리를 노예로 삼되 우리들에게 빵을 주시는 편이 더 좋답니다〉라고 말할 것이다. 그들은 빵과 자유는 양립할 수 없다는 것을, 자신들이 무력하고 하잘것없는 존재들이어서 절대로 자유를 누릴 수 없다는 것을, 그리스도가 천상의 빵을 약속했지만 지상의 빵이 천상의 빵보다 훨씬 소중하다는 것을 깨닫게 될 것이다. 설령 무척 위대한 수천 명이

도스토옙스키가 말하는 천상의 빵과 지상의 빵이 인간 본성과 관련한 통찰을 내포하는 반면 자먀틴의 자유와 행복은 정치적 함의를 더 강하게 내포하지만, 양자 모두 오늘날 감시 연구에서 말하는 〈통제와 보호〉로 번역될 수 있다. 자유는 사생활, 프라이버시, 개인 정보, 인권, 주권을 포괄하고 행복이란 물질적 안정은 물론 범죄로부터의 안전과 보호, 나아가 질서와 예측 가능성과 균등을 포괄한다. 도스토옙스키에게 인간이 자유 대신 행복을 선택하는 것은 그 본성의 문제인 반면, 자먀틴은 지구 멸망이라는 대재앙을 변수로 사용한다. 그러나 양자 모두 인간이 자유 대신 행복을, 통제를 감수하는 보호를 선택한다는 사실을 강조한다는 점에서 팬데믹 감시를 상기시킨다. 〈『우리들』은 대다수 인간이 자유보다는 쇠사슬을 선호하고 개인성보다는 집단 정체성을 선호하는 현실을, 그리고 이 모든 것이 상시 감시 덕분에 확보되는 상황을 선호하는 현실을 드러내 준다.〉(Marks 2015: 56)

천상의 빵을 위해 그리스도를 따른다 해도 그 수만 배, 수십만 배에 해당하는 수천만, 수억, 즉 대부분의 민중은 지상의 빵을 택할 것이다.(석영중 2018: 146~147)

12
유리 제국

『우리들』의 세계가 투명한 유리로 건설되었다는 것은 아주 많은 것을 시사한다. 『우리들』이 소설로서 지닌 탁월성의 거의 전부는 유리라는 건축 재료에서 비롯한다고 해도 과언이 아니다. 자마틴이 헉슬리나 오웰보다 훌륭하다고 평가할 수 있다면 그 평가 역시 유리 덕분이라 해도 좋을 것이다. 자마틴은 소설 속 모든 건물 — 아파트, 공공건물, 도로, 벽 — 을 유리로 지음으로써 전체주의의 관념과 감시의 의미를 건축학적으로, 가시적으로, 그리고 시적으로 실현했다. 투명하다는 것은 기본적으로 훤히 들여다보인다는 얘기이다. 이 훤히 들여다보이는 속성은 유리를 감시 사회를 위한 완벽한 건축재로 만들어 주는 동시에 디스토피아의 과거와 미래를 연결하는 매듭으로 작용한다. 인간에 대한 통제와 질서를 확보해 주는 것은 군대나 경찰이 아니라 국가 건설에 사용된 건축재인 유리라는 사실이야말로 이 소설이 오늘의 현실에 투사되도록 만드는 핵심 요인이다.(Seits 2018: 53) 사실 유리의 투명성이 지닌 음산한 디스토피아적 함의는 자먀틴이 살았던 아방가르드 시기보다는 오히려 현대에 들어와 더 강력해진 것 같다. 모더니스트들이 그토록 열광적으로 사랑했던 건축재인 유리는 파울 셰어바르트P. Scheerbart가 『유리 건축*Glasarchitektur*』에서 강변한 〈인간의 집과 방의 폐쇄성을 제거하자〉라는 취지에서 벗어나 현대 감시 이론의 투명성으로, 「빅 브라더」 같은 인기 리얼리티 쇼의 관음증으로 이어졌다.(Mcquire 2003: 105) 어디 그뿐인가. 유리 자체, 그 물성(物性)은 코닝웨어의 광고 영상 〈유리로 만들어진 하루A Day Made of Glass〉로 들어가 오늘날의 〈스마트 시티〉와 그 기반에 놓인 테크놀로지를 찬양하면서 이전보다 훨씬 교묘하고 은밀한 디스토피아 대 유토피아의 대립을 창출한다.*

유리 건물의 관념은 19세기 런던에 세워진 수정궁으로 거슬러 올라간다. 수정궁은 1851년 런던에서 개최된 만국 박람회장의 이름이다. 벽돌 건물을 세워 박람회를 유치하려던 계획은 건축재인 벽돌을 구울 시간이 부족해 무산되었다. 그때 데번셔 공작의 책임 정원사로 일하던 조경 전문가 조지프 팩스턴J. Paxton이 규격화된 판유리로 초대형 온실을 건축해 박람회를 유치한 후 해체하자고 제안했고 이는 즉각 수용되었다. 그리하여 총 9만 2천 제곱미터에 달하는 하이드 파크 부지에 길이 564미터, 최고 높이 33미터, 넓이 124미터의 거대한 건축물이 들어섰다. 4천5백 톤의 주철을 사용한 총 3천3백 개의 기둥과 293,655장

* 코닝웨어 광고 영상은 https://www.youtube.com/watch?v=wk146eGRUtI&pp=ygUTYSBkYXkgbWFkZSBvZiBnbGFzcw%3D%3D을 보라. 유리를 축으로 연결되는 자먀틴의 소설과 코닝웨어 광고 영상에 관해서는 Caprotti 2018을 보라.

광고 〈유리로 만들어진 하루〉의 한 장면.

의 판유리로 조립된 건물은 눈부시게 찬란했다. 1851년 5월 1일부터 10월 15일까지 수정궁에서 만국 박람회가 개최되었고 6개월이 채 못 되는 기간에 전 세계에서 6백만 인파가 몰려들었다. 박람회가 끝난 후 수정궁은 해체되었다가 1854년 런던 남쪽의 시드넘에 다시 조립되어 세워졌다. 그즈음 설립된 〈수정궁 회사〉는 수익을 내기 위해 〈엔터테인먼트〉를 도입했다. 온실, 박물관, 서커스, 극장, 공장 등 무엇이든 수용했고 중산층뿐 아니라 노동 계급도 끌어들여 볼거리와 즐길 거리를 소비하게 했다. 1936년 11월 30일 화재로 전소될 때까지 시드넘의 수정궁은 근대 상업주의의 산실이었다. 수정궁이 있던 자리에는 현재 〈크리스털 팰리스 공원〉이 조성되었고 입구에는 팩스턴의 동상이 세워져 있다.

이렇게 근대 상업주의의 문을 연 수정궁은 이후 두 가지 상반되는 방향에서 유럽 지성을 자극했다. 〈1851년 런던의 수정궁에서 출발한 유리 집의 문화적 신화는 세기 전환기의 파국적 상황(전쟁과 혁명)을 배경으로 유토피아적 태고의 꿈을 재생하고 자본주의적 근대를 넘어설 수 있는 새로운 세계(와 인간)의 청사진을 모색하기 위한 유력한 내러티브로 사용되어 왔다. 그와 더불어 우주 혼을 담는 세계 모델로서 유리 집이 표상하는 전 인류적 화합 및 그에 수반되는《투명성》의 이상은 정확히 그에 반대되는 전체주의적 감시와 스펙터클의 악몽과 맞물리면서, 유토피아와 안티유토피아, 메시아니즘과 아포칼립스의 두 얼굴로 진화해 갔다.〉(김수환 2020: 82~83)* 나아가 수정궁은 안

* 수정궁에 관한 도스토옙스키의 해석은 석영중 2019-b: 187~195를 보라. 수

크리스털 팰리스 공원 입구에 세워진 팩스턴의 흉상(필자가 촬영).

과 밖을 동시에 표상하고 온실과 박물관과 서커스, 극장과 공장과 상점의 쇼윈도를 포함하며 보는 것과 보이는 것을 동시에 의미하고 교육과 오락을, 자본주의적 이익 창출과 진보적 사회 변혁을 동일하게 지시한다는 점에서도(Young 2015: 178) 유토피아와 디스토피아의 이중성을 담지한다.

우선 수정궁에 대한 유토피아적 해석부터 살펴보자. 당대 대부분의 언론과 지식인은 수정궁을 첨단 문명의 정점이라 부르며 찬양했다. 만국 박람회 개막식은 유토피아의 도래를 알리는 일종의 종교 의례처럼 보였다. 성직자들이 도열한 가운데 대규모 합창단은 오르간 반주에 맞춰 산업의 승리를 찬양하는 거룩한 송가를 불렀다. 사람들은 수정궁을 기점으로 〈신예루살렘〉이 도래하리라 예측했다. 기술 덕분에 모든 문제가 해결되고 모든 사람이 하나가 되어 번영과 평화를 누리는 낙원이 곧 실현되리라 기대했다. 수정궁의 외관은 사람들의 기대감을 충족하는 데 모자람이 없었다. 태양 빛을 반사하며 휘황찬란하게 반짝이는 초대형 유리 건물, 빛으로 가득 찬 공간에 전시된 최첨단 발명품들 앞에서 방문객들은 입을 다물지 못했다. 진보 지식인 체르니솁스키N. Chernyshevskii는 소설 『무엇을 할 것인가*Chto delat*』에서 수정궁의 이미지를 사회주의 지상 낙원의 아이콘으로 사용했다. 〈저게 무얼까? 그런데 저 건물은 왜 저렇게 생겼지? 어떤 건물일까? 도대체 무엇으로 지었을까? 저런 건물은 어

정궁에서 20세기 유리 건축에 이르기까지의 문화사적 흐름은 김수환의 2020년 논문 「유리 집의 문화적 계보학: 세르게이 에이젠슈테인과 발터 벤야민 겹쳐 읽기」에서 상세하게 논의된다.

디에도 없어. 아냐, 저런 비슷한 건물이 하나 있긴 있어. 시드넘 언덕에 세워져 있다는 궁전 말이야. 철근과 유리로 지었다는. 그래, 저 건축물은 철근과 유리로만 되어 있어. 그런데 저렇게 아름다운 빛이 나는 것은 무엇 때문일까? 맞아, 수정 때문이야. 아니면 수정처럼 빛이 나는 유리 말이야.〉(체르니셰프스끼 2009-하: 601) 이 대형 건물 안에는 동일한 크기의 편리한 집들이 들어서 있고 남녀노소 거주민들은 모두 적절한 노동과 여가를 즐기며 행복하게 살아간다. 기계가 많은 일을 대신 해주기 때문에 사람들은 아프지도 늙지도 않는다. 오늘의 기준에 미루어 봐도 상당히 그럴듯한 유토피아의 비전이다.

20세기를 유리 건축의 시대로 굳혀 놓은 일련의 건축가와 사상가는 어느 정도 이러한 입장의 후예라고 할 수 있다. 셰어바르트, 발터 베냐민W. Benjamin, 발터 그로피우스W. Gropius, 브루노 타우트B. Taut, 샤를에두아르 르코르뷔지에Le Corbusier에서 21세기까지 활동했던 건축가 이오 밍 페이I. M. Pei에 이르기까지 수많은 건축가와 작가와 예술가가 유리에 열광했다. 그들에게 유리의 투명성은 정직함과 명료함을, 철근은 기능주의적 미학을 각각 표상했다.(Matthewson 2009: 2) 일부 사상가들은 체르니솁스키가 구상한 유토피아에서 유리 건물의 의의를 도출해 냈다. 베냐민은 〈유리로 된 집에 산다는 것은 최고의 혁명적인 미덕이다. 그것 역시 도취이고, 우리가 정말로 필요로 하는 도덕적 노출증이다〉라는, 진담이라고는 도저히 믿기 어려운 진술을 남겼다.(벤야민 2008: 149) 그에게 유리의 속성은 물질적 투명성에서 관념적 투명성으로, 그리고 도덕적 투명성의 계단으로 숨 가쁘게 뛰어오른 것 같다. 베냐민을 비롯한 당시 일부 지식인에게 유리는 구시대의 부르주아적 주거 문화를 혁명적으로 뒤집어 줄 최적의 건축재였다. 개인이 흔적을 남기려는 열망을 고수하는 것은 부르주아적 성향이며 인간이 들어가 안락함을 만끽하는 일종의 누에고치 같은 주거지는 혁명에 대립하는 정체의 공간이다.(Matthewson 2009: 4) 〈유리가 그 위에는 아무것도 부착할 수 없는 단단하고 매끄러운 재료인 데는 이유가 있다. 또한 유리는 차갑고 냉철한 재료이다. 유리로 된 사물들은 오라aura가 없다. 유리는 보통 비밀의 적이다. 유리는 소유의 적이기도 하다.〉(벤야민 2008: 177) 1880년대 부르주아의 방은 너무나도 안락하고 방 주인의 흔적이 남지 않은 구석은 하나도 없었기 때문에 용도 폐기의 상황에 처하게 된다. 이제 유리로 건축함으로써 개인의 소유와 흔적은 불가능하게 되었다. 〈셰어바르트는 유리를 가지고서, 바우하우스는 강철을 가지고서 사람들이 이 세상에 남겨 놓은 흔적을 지워 버리는 길을 터줬다.〉(벤야민 2008: 178) 베냐민이 적어도 그 글을 쓸 당시에는 최첨단 유리 건축물 — 그러니까 타우트의 유리 파빌리온, 바우하우스 스튜디오, 빌라 사부아, 혹은 한참 뒤에 등장한 페이의 유리 피라미드 같은 것들 — 과 모든 인간이 거주하는 유리로 지어진 아파트는 완전히 다른 얘기라는 사실이 머릿속에 들어오지 않았던 것 같다.* 투명성의 관념 및 그것으로 뒷받침되는

* 베냐민은 도스토옙스키가 유배지에 겪은 고통 중 가장 극심한 고통이 프라이버시의 부재였다는 사실을 조금도 염두에 두지 않았던 것 같다. 〈나는 유형살이를 해야 할 10년 동안 결코 한 번도, 결코 1분도 나 혼자 있을 수 없다는 가공스럽고 고통스러운 사실을 조금도 상상할 수 없었다. 일터에서는 항상 감시병의 눈길 아래, 옥사에

페이가 설계한 루브르 박물관의 유리 피라미드.

신념과, 실재의 투명한 건물은 매우 복잡한 방정식을 통해 접근해야 하는 문제이다. 〈불투명에서 투명으로의 전이는 감시 사회로의 전이를 뜻한다〉(Jones 1999: 8)라는 사실은 관념적이고 사회적이고 정치적인 차원에서 투명성과 불투명성을 논의할 때 반드시 고려해야 하는 점이다.

수정궁에 관한 디스토피아적 해석의 대표자는 도스토옙스키이다. 그는 만국 박람회라는 개념 자체를 비판했고 그것을 유치한 유리 건물 수정궁도 비판했다. 20세기 SNS 창시자들이 전 세계 인류의 〈연결〉을 주창했듯 만국 박람회 개막의 주역인 앨버트 공작은 박람회가 전 인류의 화합이라는 위대한 목표를 달성하리라 장담했다. 그러나 도스토옙스키는 거기서 기이하게 불편한 〈획일화〉를 발견했다. 모든 사람이 똑같은 목소리로 찬양한다는 사실에서 전체주의의 악몽을 미리 읽었다. 〈만국 박람회……. 사실 이 박람회는 놀랄 만하다. 당신들은 전 세계에서 몰려온 이 무수한 사람들을 하나의 무리로 통일한 무서운 힘을 느낄 수 있을 것이다. (……) 지구 전역에서 단 한 가지 생각을 품고 온 수십만, 수백만 사람들이 거대한 궁전에서 조용히 끈기 있게 입을 다물고 모여 있는 모습을 볼 때 당신들은 여기에서 무엇인가 최종의 것이 성취되어 끝나 버렸다는 느낌이 들 것이다.〉(도스토예프스키 1999: 85~86)

만국 박람회의 물리적 공간인 수정궁은 『지하로부터의 수기』에서 기술과 과학과 합리성과 이성의 최종적인 승리를 통해

서는 2백여 명의 동료들과 함께 있어서 한 번도, 결코 한 번도, 혼자가 아니었던 것이다!〉(도스토옙스키 9: 29)

완성되는 디스토피아의 메타포로 등장한다. 수정궁은 한마디로 기술이 권력을 넘어 종교가 되는 미래 사회의 축소판이다. 모든 것이 다 들여다보이는 유리, 그 완벽한 투명함과 절대적 명료함은 모든 문제의 완벽한 해결과 모든 행동의 완전한 예측 가능성, 확고부동한 논리의 승리를 상징한다. 〈인간의 모든 행동은 이런 법칙들에 따라 수학적으로, 마치 로그표처럼 10만 8천까지 계산되어 달력에 기입될 것이다. (……) 모든 것이 대단히 정확하게 계산되고 표시되어 행동도 모험도 더 이상 지구상에 존재하지 않을 것이다. 수학적 정밀함으로 계산된 새로운 경제 관계가 수립될 것이다. 그래서 순식간에 모든 가능한 문제들이 사라지게 될 것이다. 그때는 수정궁이 완성될 것이다.〉(도스토옙스키 10: 48) 도스토옙스키가 만국 박람회와 그것의 건축학적 구현인 수정궁을 중심으로 전개한 비판의 핵심은 전체주의, 획일화, 테크노크라시로 요약된다. 그리고 그 점에서 자먀틴의 유리 제국은 도스토옙스키의 우려가 실현된 디스토피아와 19세기 과학의 승리를 자축하는 유토피아가 대립하는 공간이 된다. 그러나 유리에서 파생되는 대립은 여기서 그치지 않는다. 자먀틴이 수정궁으로부터 승계한 유토피아 대 디스토피아의 대립은 소설에서 투명성과 불투명성으로부터 파생되는 다면적인 대립의 쌍들로 재조정된다. 유리는 개량된 자본주의 사회건 사회주의 국가건 간에 새로운 사회의 집단생활을 지칭하는 기호이며(Jones 1999: 6~7) 그 점에서 유리 도시에서는 사적(개인의) 공간과 공적(공동의) 공간의 대립이 불가피해진다. 『우리들』에서 모든 공간이 투명한 유리로 되어 있지만 단 한 군

데만은 불투명한 건축재로 지어졌다는 점은 의미심장하다. 그곳은 〈고대관〉이라는 이름의 태곳적 건물로 고대인들이 〈아파트〉라 부르던 곳이다. 유리 제국 시민들에게 과거의 주거 공간이 얼마나 미개했는가를 보여 주기 위한 유적지이자 박물관으로 보존된 곳이다. 주인공에게 일어나는 모든 사적인 일, 개인적인 일, 특별한 일, 의미 있는 일, 인간적인 일, 예를 들어 생전 처음 느껴 보는 본능적인 열정, 사랑, 질투, 의심 같은 것들은 모두 온갖 물건들이 들어차 있고 미로 같고 불투명하고 어수선한 이 건물에서 시작된다. 남주인공은 여주인공과의 밀회를 위해 〈무겁고 불투명하고 삐그덕거리는 문〉을 열고 들어가서 〈투명 제국〉의 시민으로서는 처음으로 인간이란 존재 자체가 어쩌면 불투명하게 만들어졌을지도 모른다고 생각하게 된다. 〈인간이란 이 어리석은 아파트만큼이나 미개하게 구조되어 있으며, 불투명한 인간의 머리통에는 다만 두 개의 작은 창문이 안쪽으로 나 있을 뿐이다.〉(자먀찐 2005: 34) 여자 주인공은 〈두 개의 기분 나쁜 어두운 창문(즉 눈 — 필자)〉과 그 안쪽에 있는 전혀 알 수 없고 낯선 삶, 요컨대 들여다볼 수 없고 짐작할 수 없는 미지의 어떤 것으로 그를 유혹한다. 소설을 지속적으로 이끌어 나가는 이 두 가지, 즉 유리 제국이 상징하는 투명성(확실성, 완결성, 합리성, 공공성)과 고대관이 상징하는 불투명성(불확실성, 미완결성, 신비, 개인성)의 대립과 얽힘은 주인공이 의사와 〈영혼이라는 이름의 질병〉에 관해 논하는 장면에서 절정에 이른다. 주인공의 딜레마와 방황과 고통에 대한 유리 제국 의사의 진단은 명쾌하다. 유리 제국 시민이라면 절대로 가져서는 안 될 영혼이 마치 암처럼 주인공에게 생겼다는 것이다. 의사는 영혼이 머릿속에 들어오는 과정을 투명성과 불투명성의 대립으로, 모든 것을 반사해야 하는 매끄러운 평면이 울퉁불퉁하게 되어 버리는 과정으로 설명한다. 〈당신은 이처럼 변형된 평면과 같습니다. (……) 아시겠어요? 차가운 거울은 반사하므로 튕겨 버리지요. 그러나 이것은 빨아들입니다. 따라서 모든 것의 흔적이 남습니다. 영원히.〉(자먀찐 2005: 92)

유리와 철근을 추앙한 모더니즘 시기 건축 트렌드에 비춰 볼 때 『우리들』의 의사가 주장하는 영혼설은 그러한 트렌드에 정면으로 도전하는 듯 보인다. 〈모든 것의 흔적이 남게 되는 불투명한 뇌〉가 베냐민의 〈모든 흔적을 지워 버리는〉 유리 건물을 패러디하는 것으로 읽힐 여지가 충분히 있기 때문이다. 그러나 자먀틴이 유리의 투명성을 인간 존재의 저 깊은 심연을 간과하는 단순 명료한 합리성의 대명사로만 사용하는 것은 아니다. 투명성은 사실상 현대적 자아가 스스로를 들여다볼 수 있도록 해주는, 즉 성찰을 가능하게 해주는 속성의 은유가 될 수도 있다. 팬데믹 감시의 시대에 자먀틴이 우리에게 던지는 가장 중요한 화두는 어쩌면 여기에 기인하는지도 모른다. 이 점은 다음 단락에서 자세하게 살펴보기로 하자.

13
유리 인간

『우리들』은 수정궁이 내포한 유토피아의 비전이 현실에서 뒤집히고 변형되고 변질되는 양상을 보여 준다는 점에서 예언적이다. 그것은 〈실현된 유토피아가 어떻게 디스토피아가 되는가〉를 스토리의 근간으로 삼는다.(Çavdar 2021: 28) 그러나 다른 한편으로 『우리들』은 디스토피아 소설 혹은 감시 소설들 중에서 가장 희망적인 소설로 분류되기도 한다. 윌리엄 골딩W. Golding의 『파리 대왕*Lord of the Flies*』, 헉슬리의 『멋진 신세계*Brave New World*』, 오웰의 『1984』가 아무런 희망도 전달하지 않는 데 반해 『우리들』은 실질적인 반유토피아적 상황에서 쓰였음에도 강력한 희망의 메시지를 전달한다.(Sypnowich 2018: 667)

『우리들』의 희망은 아이러니하게도 유리의 투명성 그 자체에서 흘러나온다. 그리고 그 희망은 팬데믹 감시의 시대에 한 가지 미미하지만 유의미한 〈돌파구〉를 제공한다. 유리로 된 주거지가 개인의 일거수일투족이 만천하에 드러나는 상황을 의미한다면 그것은 오늘날의 전자 감시에 대한 물적 예언이라 할 수 있다. 요컨대 유리 거주지는 팬데믹으로 인해 감시에 가장 취약한 공간이 되어 버린 〈집〉의 위상을 예고한다. 전통적으로 집은 거리 및 다른 공적 영역과 분리된, 사실상 감시로부터 자유로운 유일한 안식처였다. 그러나 팬데믹 시기의 재택근무 확산은 직장과 학교와 홈 쇼핑을 모니터링하는 감시 장치들과 함께 가정을 데이터에 굶주린 기업의 데이터-리치data-rich 타깃으로 변모시켰다.(Lyon 2022: 19~20) 르코르뷔지에의 명언 〈집은 거주를 위한 기계다〉에 〈파놉티콘〉이라는 수식어를 붙인 〈거주를 위한 파놉티콘 기계panoptical machine for living〉가 자연스럽게 들리는 세상이 된 것이다.(Jones 1999: 11)

거주지의 투명성은 거주자의 투명성으로 연장된다. 인간은 〈투명한〉 존재가 되었고 그의 겉모습이 아닌 내부가 〈가시적인visible〉 대상으로 변모했다. 클릭과 카드 결제와 온갖 검색과 인터넷 쇼핑을 통해 우리가 남기는 흔적들이 수집, 저장, 집적되어 우리가 누구인지를 말해 주기 때문이다. 항구한 디지털 자아와 필멸의 아날로그 자아가 분열된 가운데 아날로그 자아의 죽음은 가속화하고 있다. 디지털 자아, 곧 우리의 데이터-분신이 훨씬 활용도가 높기 때문이다.(Gogröf 2019: 118) 우리가 하루에 걸은 걸음 수에서 수면 패턴에 이르기까지 우리의 거의 모든 것을 시시콜콜 기록해 주는 핏빗, 애플 워치 등의 소형 웨어러블 장치, 나아가 특별히 고안된 헤드셋을 통해 뇌파를 모니터링하는 범용 신경 감시neuro-surveillance 장치는 우리의 디지털 자아를 더욱더 투명하게 해주고, 그만큼 그 활용도를 더욱더 공고히 해줄 것이다. 이야말로 지그문트 바우만Z. Bauman이 일찍이

〈포스트파놉티콘〉으로서의 〈액체 감시liquid surveillance〉를 통해 예고했던 것, 즉 인간의 살아 있는 몸을 데이터로 축소하는, 점점 더 정교하게 변신하는 테크놀로지에 의해 달성되는 통제 시스템의 핵심이라 할 수 있을 것이다.(Gogröf 2019: 120, 124; Bauman and Lyon 2013: 52~75)

이처럼 인간이 〈투명해진다〉라는 것의 윤리적 함의는 무엇인가.* 우리가 테크 기업이나 정부에 자발적으로 제공하는 데이터 덕분에 우리가 좀 더 편안하고 안락한 삶을 누린다는 게 어째서 문제가 되는가.** 바우만, 제임스 룰J. Rule, 라이언 같은 서구 감시 이론의 선구자들이 공통으로 중요시하는 이슈 역시 〈감시라는 것이 되돌릴 수 없는 현상이라면 거기에 대해 새삼 문제를 제기하는 일이 무슨 의미가 있을 것인가〉이다.(Gogröf 2019: 118~119)

디지털 감시, 액체 감시, 데이터-분신 같은 개념들은 현대의 전자 감시 시스템에 함축된 심각한 윤리적 문제를 지적한

* 아직 보편적인 이슈가 되기에는 시기상조인 신경 감시는 그 윤리적 딜레마가 훨씬 명료하므로 이 책에서는 간단하게 언급만 하고 넘어가겠다. 가령 직장에서 고용주가 근로자의 뇌를 문자 그대로 모니터링하여 그의 성향이나 감정을 파악한 후 고용 결정에 반영한다든가, 아니면 이른바 〈뉴로마케터neuromarketer〉가 소비자의 뇌를 모니터링하며 쾌감 중추가 자극되는 것을 기록해 마케팅 방향이나 광고, 판매 전략에 반영한다든가, 그 데이터가 다른 경로로 유통되어 다른 용도로 사용된다든가 하는 것은 개인의 자발적인 데이터 제공과는 다른 차원의 윤리적 문제이다.(Moore 2017: 168) 최근에 〈신경권neurorights〉 문제가 언급되기 시작하는 것은 신경 감시에 대한 선제적 대응이라 여겨진다.

** 이 주제에 관한 제임스 룰의 고전적 저술 『위험에 처한 프라이버시: 우리는 어떻게 안전과 편의를 위해 근본적인 인권을 희생하는가*Privacy in Peril: How We Are Sacrificing a Fundamental Right in Exchange for Security and Convenience*』(2009)를 보라.

다.* 감시 사회를 원점으로 되돌릴 수 없다고 해서 그 심각한 윤리적 문제가 사라지는 것은 아니다. 일단 프라이버시는 인간이 인간으로서 존엄을 지키기 위해 반드시 확보되어야만 하는 조건이다. 아니, 심지어 대부분의 동물도 제대로 생존을 유지하기 위해서는 프라이버시가 필요하다.(Westin 1967: 8) 그것은 자유, 생명권, 재산권과 같은 맥락에서 논의될 수 있으며 주권, 자율권, 자치권 등과 한 꾸러미로 묶인다.(Moore 2017: 161, 166) 프라이버시는 외부의 탄압으로부터 인간을 지켜 주는 핵심 가치이며 그러므로 폭압적인 정권이 가장 먼저 박탈하는 것 역시 인간의 프라이버시이다.(Moore 2017: 166)

문제는 이토록 중요한 프라이버시의 문제가 절체절명의 순간에는 후경으로 밀려날 수밖에 없다는 사실이다. 우리가 감시 플랫폼을 감시하자고 촉구한다고 해도 거기에는 한계가 있고, 팬데믹이 입증해 줬듯 전 지구적인 대재앙 앞에서 인간은 자발적으로 프라이버시를 포기할 수밖에 없다. 그렇다면 감시와 관련해 인간은 무엇을 할 수 있는가? 『우리들』은 이에 대한 일종의 답으로 시선의 전환을 제안한다.

자먀틴이 유리를 활용하는 방식은 놀랍다. 아이러니하게도 감시의 상징인 유리가 개인의 내면에 적용될 때는 통찰의 상징이 된다. 그에게 개인의 〈유리와도 같음〉은 베냐민이 말한 비

* 일각에서는 프라이버시가 실제로 그토록 대단한 문제는 아닐 수도 있다고 말한다. 프라이버시라는 것은 수많은 다른 개념들처럼 딱 부러지게 정의하기 어려울뿐더러 인간의 도덕적 가치와 직결된 것이라는 증거도 별로 없으며, 프라이버시는 상대적인 개념이므로 신경 과학이 노출시키는 정보가 인간의 프라이버시에 해악을 초래하지는 않는다는 것이다.(Lever 2012: 211)

밀의 적과는 아무런 상관도 없다. 자먀틴은 유리 인간(속속들이 다 들여다보이는 인간, 정보가 다 노출된 인간)의 투명성을 외부 감시 시선의 대상에서 유리 인간 자신의 시각 대상으로 전변시킨다. 주인공은 다른 시민들처럼 〈확고부동하고 영원한 유리〉로 주조된 투명한 건물과 유리 포장도로를 찬양하고(자먀찐 2005: 9, 11) 유리 벽을 사이에 둔 옆집 번호의 모든 것을 보며 안정감을 느낀다. 〈좌우의 유리 벽을 통해 보이는 것은 나, 내 방, 내 옷, 수천 번 반복되어 온 나의 움직임과 똑같은 이웃 번호들의 모습이다. 그 사실이 나의 원기를 북돋워 준다. 나는 저 거대하고 강력한 단일체의 한 부분으로서 나 자신을 인식한다.〉(자먀찐 2005: 39)

그러나 스토리가 전개되면서 주인공의 시선은 자아를 향한다. 그는 항상 자아 외부의 유리만을 바라보다가 어느 순간부터 스스로가 〈유리처럼 되었다〉고 느낀다. 〈그리하여 나는 나의 내부를 속속들이 들여다볼 수 있었다.〉(자먀찐 2005: 61) 그가 유리 세계를 바라볼 때 그는 자신을 유리 세계의 일부로, 즉 완전하고 비모순적이고 일관되고 조화로운 존재로 인식한다. 그러나 그가 유리처럼 투명한 자신의 내부를 들여다볼 때 그는 자아의 분리된 모습을 감지한다. 유리 자아 안에는 〈두 명의 내가 있었다. 하나는 이전의 나, 이전의 D-503, 번호 D-503. 또 다른 하나는……. 이전에 그는 다만 자신의 털북숭이 손을 껍질 밖으로 슬쩍 내밀곤 했다. 그러나 지금 그는 온몸이 밖으로 나왔다. 껍질이 소리 내며 찢어지고 있었다. 그리고 이제 산산이 부서질 것이었다……〉.(자먀찐 2005: 61)

주인공의 〈몸 밖으로 나온 털북숭이 손〉은 디지털 자아로 분화되기 이전의 인간의 몸-자아에 대한 메토니미이다. 여자 주인공과 처음 만나는 선정적이고 감각적인 장면에서 몸-자아는 오감을 통해 압도적으로 구현된다. 그는 모든 번호들이 입는 청회색 제복이 아닌 비단 드레스가 사각거리는 소리를 듣고, 책에서만 읽어 알았던 담배 연기의 냄새를 맡으며, 금지된 독주를 혀끝으로 음미하고, 그녀의 날카로운 치열을 바라보고, 그녀의 유연한 몸을 털북숭이 손으로 부둥켜안는다. 이 사건 이후 그는 거울 앞에 서서 난생처음 자신을 바라본다. 〈나는 거울 앞에 있다. 그리고 난생처음, 그래, 정확하게 난생처음 나 자신을 명확하고 분명하게, 의식적으로 바라보고 있다. 놀라워하면서 나 자신을 제3의 인물 보듯 바라보고 있다. 여기 내가 있다.〉(자먀찐 2005: 64) 그는 이제 비로소 〈우리〉가 아닌 〈나〉에 관한 철학적 사색의 험난한 길에 들어선다. 〈내가 누구인지, 어떤 내가 정말 나인지 알 수 있다면.〉(자먀찐 2005: 69)

유리 제국의 투명성은 주인공이 느끼는 자아에 관한 불투명성으로 전이된다. 그는 이전처럼 다른 번호들과 열 맞춰 행진할 때도 그들과 일체감을 느끼지 못한다. 〈나는 다른 번호들과 발을 맞추어 걸어간다. 그런데도 나는 모든 이들과 떨어져 있다.〉(자먀찐 2005: 127) 그는 개인성을 느낀다는 것, 자아를 의식한다는 것의 의미에 관해 사고하지만 여전히 답은 발견하지 못한다. 〈태고의 열차가 방금 기적을 울리며 지나간 다리처럼 나는 나 자신을 느낀다. 그러나 사실 스스로를 느낀다는 것, 스스로의 개인성을 의식한다는 것, 그것은 먼지가 들어간 눈, 손가락, 충치를 의식하는 것과 마찬가지이다. 건강한 눈, 손가락, 치아는 마치 없는 것처럼 느껴지기 때문이다. 그렇다면 개인적인 의식이란 단지 질병임이 확실하지 않는가.〉(자먀찐 2005: 127) 그는 찢긴 자아, 모순덩어리 자아를 느끼면 느낄수록 공포의 심연으로 빠져든다. 아는 것과 모르는 것이 공존하고, 원하는 것과 원치 않는 것이 공존하고, 개인과 전체가 공존하는 자아의 심연 앞에서 그는 현기증을 느낀다. 〈그러나 어째서 내 안에《원치 않는다》와《원한다》가 나란히 있는 것일까. 무서운 것은 바로 그 점이다.〉(자먀찐 2005: 133) 그가 도달한 결론은 대답이 아닌 질문이다. 〈우리란 누구인가? 나는 누구인가?〉(자먀찐 2005: 215)

자먀틴은 팬데믹 시기의 인류처럼 개인의 자유가 전체 구성원의 물리적 안녕보다 앞서야 한다는 얘기는 하지 않는다. 단일 제국을 전복하려던 봉기는 진압되고 주모자는 처형당하며 주인공은 세뇌 수술을 받아 다시 원래의 〈온건한〉 번호로 돌아간다. 그럼에도『우리들』은 결코 암울한 미래를 예고하는 소설이 아니다. 가장 희망적인 디스토피아 소설이라는 주장에 힘을 실어 주는 것은 주인공이 〈우리〉가 아닌 〈나〉로서의 자아, 번호가 아닌 살과 피를 지닌 인간으로서의 자아를 의식하기 시작했다는 사실이다. 고뇌 속에서 자신의 내면을 마치 유리를 들여다보듯 샅샅이 파헤치는 동안 주인공은 수없이 많은 번호 중의 하나라는 것에서 벗어난다. 그는 〈우리〉의 틀을 부수고 나와 처음으로 〈나〉가 된다. 그리고 비록 봉기는 실패로 돌아갔지만 그토록 완전무결하게 보이는 단일 제국의 맨 밑바닥에서는 주인공처럼 〈나〉를 의식하는 사람들의 저항이 부글부글 끓어넘치고 있다.

『우리들』의 메시지는 감시에 저항하자는 것도, 획일화에 맞서자는 것도 아니다. 『우리들』은 인간이 스스로 인간임을 포기하지 않을 때만 인간을 〈번호화〉하는 권력이나 자본이 무너질 수 있다는, 매우 비장한 가능성에 관한 소설이다. 문제는 감시 사회를 뒤로 돌리는 것이 아니다. 그렇게 할 수도 없다. 인류의 미래는 노출과 기록과 감시가 점점 더 고도화되어 가는 시대에 개인이 어떻게 자신의 〈나〉를 구체적으로 의식하고 그 〈나〉의 눈으로 세계를 바라볼 것인가에 달려 있다. 한 사람 한 사람이 〈나〉의 눈으로 감시 시스템 속의 자신을 보는 것, 또 그 눈으로 감시 사회를 〈감시〉하는 것, 이것이 점점 더 정교하고 지능화되어 가는 디지털 전체주의 사회에서 개인이 할 수 있고 또 해야만 하는 일일 것이다. 이 점에서 자먀틴의 유리 제국과 광고 영상 〈유리로 만들어진 하루〉를 디스토피아의 맥락에서 비교한 페데리코 카프로티F. Caprotti가 미래의 전장을 좌우하는 것은 더 이상 테크놀로지도, 도시 디자인도 아닌 개개인의 몸과 정신이 되리라고 내다본 것은 정확한 예언처럼 들린다.(Caprotti 2018: 145)

III
실재와 환상

나는 환영 뒤에 진실이 있다고 정말 믿고 싶지만,

결국 환영 너머에 진실은 없다고 믿게 되었다.

— 도나 타트, 『황금방울새』*

인간이 현실에 존재하지 않는 어떤 것을 보는 행위는 성서 시대로 거슬러 올라가는 아주 오랜 전통을 지닌다. 구약의 모든 예언서에서 신약의 「요한 묵시록」에 이르기까지 그리스도교는 환시의 문학으로 가득하다. 문학은 존재와 부재가 불분명하고 육안으로는 볼 수 없는 것들에 크게 두 가지 방식으로 접근한다. 하나는 환각, 섬망에서부터 이른바 〈영적인〉 시선에 이르는 다른 차원의 시각을 구현하는 것이고, 다른 하나는 상상력에 의존해 실존의 영역을 넘어서는 대상을 가시적인 것으로 창조하는 것이다. 이 장에서는 주로 전자를 살펴보기로 하고 후자는 제5장에서 다룰 예정이다.

앞 장에서도 설명했다시피, 인간은 시야를 넘어서는 것을 보기 위해 부단히 노력해 왔다. 너무 작아서 안 보이는 것과 너무 커서 볼 수 없는 것을 보기 위해 현미경과 망원경을 비롯한 무수한 도구를 발명했다. 이 도구들이 어떤 식으로든 3차원 세

* 도나 타트, 『황금방울새』 제2권, 허진 옮김(서울: 은행나무, 2015), 479면.

상에서 인간 눈의 능력을 확장하기 위한 것이라면 인간은 또한 의지와는 큰 상관 없이(때로는 의지가 개재하기도 하지만) 부지불식간에 의식의 단면을 스쳐 지나가는 다른 차원의 그림자를 표현하기 위해 부단히 노력해 왔다. 차원의 문제는 눈과 뇌에 관한 중요한 이슈를 환기한다. 3차원 공간에 속한 인간의 뇌로 4차원 공간을 보기란 불가능하다. 이 불가능한 것을 지각하는 현상을 환각이라 부르는데, 인지 신경 과학에서는 두뇌가 망막에 등록되지 않는 시각적 특성까지도 그 지각을 생성할 수 있다는 사실로 이를 설명한다. 문학은 뇌전증 환자, 조현병 환자, 사랑에 빠진 사람, 탐욕에 눈먼 사람, 공포에 압도당한 사람 등이 체험하는 꿈, 몽상, 환각, 환시, 섬망 등 다양한 시각 현상을 통해 볼 수 없는 세계의 지각을 묘사한다. 이 장에서는 푸시킨A. Pushkin, 도스토옙스키, 체호프, 디킨스C. Dickens가 문학 속에 새겨 놓은 보이는 것과 보이지 않는 것의 경계, 존재하는 것과 존재하지 않는 것의 경계를 살펴볼 것이다.

모든 환시 중에서 가장 정교하고 복잡한 가상 현실은 문학과 의학과 첨단 테크놀로지가 수렴하는 지점에서 탄생한다. 그것은 또한 시각과 인지가 촘촘하게 맞물린 영역이자 다른 환시와는 달리 인간이 이익을 창출하기 위해 능동적으로 창조한다는 점에서 윤리와 직결되는 영역이기도 하다. 가상 현실(증강 현실이나 증강 가상 현실과는 구분되는 1백 퍼센트 가상 현실)은 테크놀로지의 위력을 빌려 인위적으로 조작된 몽상이다. 가상 현실의 윤리적 문제는 상업성, 프라이버시 등 여러 가지가 있지만 이 장에서 다루고자 하는 것은 두 가지인데, 첫째는 인간 눈에 대한 훼손의 문제이고 둘째는 시간성의 문제이다. 가상 현실을 지각하는 데 필요한 웨어러블 디바이스들은 메를로퐁티를 위시한 많은 현상학자가 경고했듯 인간 몸에 대한 훼손이다. 현상학의 시각에서 볼 때 눈동자를 움직이거나 눈을 깜박거리거나 대상을 응시하는 것은 단순히 우리의 신체 기관 중 하나인 눈이 자극에 반응하는 것으로 치환되지 않는다. 〈스마트 글라스〉의 가장 큰 문제는 이 점에 기인한다. 스마트 글라스는 우리 눈이 센서로 처리된 데이터가 통과하는 일종의 렌즈일 뿐이라는 전제하에서만 가능하기 때문이다. 한마디로 스마트 글라스는 우리 몸의 현상학적 본질, 즉 적극적이고 능동적이고 창조적인 생명 활동을 고려하지 않는 시스템이다. 둘째로 시간의 문제 또한 이 못지않게 심각하다. 인간은 정신과 몸 둘 다로 이루어진 존재이다. 그러므로 인간은 시간 속에 존재하고 자신이 시간 속에 존재함을 인지한다. 시간의 흐름에서 벗어난 가상 현실은 인간에게서 다름 아닌 이 시간성을 박탈하므로 가상 현실에 안주하는 인간은 필연적으로 〈탈인격화〉 현상을 겪을 수밖에 없다. 〈탈인격〉 상태에서 선악의 기준은 무의미해지고 결국 상식적인 의미에서의 성찰이나 도덕 인지 체계는 붕괴된다. 이 장에서는 고전 문학이 예고한 가상 현실의 윤리를 집중해 살펴볼 것이다.

1
두 세계

환각과 섬망의 문제를 본격적으로 다루기 전에 문학 속에서 쉽게 접할 수 있는 환상적인 것에 관해 얘기해 보자. 〈환상 문학〉이라는 범주에 넣을 수 있는 문학은 너무 많아 일일이 거론하는 게 불가능하고 불필요하다. 환상적인 것은 민담, 전설, 신화, 동화, 괴기담 등등부터 꿈이나 몽상을 포함하는 사실주의적 소설, 그리고 환상적 리얼리즘, 마술적 리얼리즘을 표방하며 무의식과 억압과 집단 기억을 탐구하는 포스트모던 소설에 이르기까지 문학의 전 스펙트럼을 아우르는, 그러니까 문학이라는 것 자체의 유기적인 한 부분이라 해도 좋을 것 같다. 또 환상 문학과 내가 이 책에서 이야기하고자 하는 〈존재하지 않는 것〉을 지각하는 것의 문제가 반드시 중첩되지도 않는다. 전자는 장르와 양식의 문제이고 후자는 시각의 문제이기 때문이다. 그럼에도 시각의 문제를 다룰 때 환상 문학을 살펴봐야 하는 이유는 환상 문학이 전면에 내세우는 것이 시각적 환영이기 때문이다.

양식으로서의 환상 소설은 우리가 지각하는 실재와 우리

가 지각하지 못하고 알 수 없고 믿을 수 없는 실재 간의 갈등에서 탄생했다. 〈환상 소설의 주제는 우리가 살아가고 지각을 통해 인식하는 세계의 실재와 우리 내부에 살아 있으며 우리에게 명령하는 사고 세계의 실재 간 관계이다.〉(칼비노 2010: 5) 18세기 말부터 19세기에 유럽에서 부상한 고딕 소설, 환상 소설, 저승 이야기, 유령 이야기에 등장하는 기괴하고 무시무시한 존재들은 우리가 엄정하고 객관적이라 믿는 지각과 인지와 사고 체계에 끊임없이 도전장을 던지는 가운데 철학적인 저변을 다져 놓았다. 그것들은 또한 19세기의 정치 사회적이고 문화적인 대격변과 맞물리면서 초자연과 자연의 경계를 불투명하게 만들었으며 산업화의 소용돌이 속에서 개인이 겪는 불안을 반영하는 심리적 상징으로 기능하기도 했다.* 〈환상은 존재할 수 없는 것이 존재함을 암시하면서, 존재할 수 있는 것에 대한 문화의 제한을 드러낸다. (……) 19세기 동안 환상성은 실재 세계에 구멍을 내고 괴이함에 대한 아무런 설명 없이 실재 세계를 기이한 것으로 만들기 시작했다.〉(잭슨 2001: 37)

푸시킨의 1833년 작 단편소설 「스페이드의 여왕Pikovaya dama」은 자연적인 것과 초자연적인 것, 현실과 환상, 논리를 뛰어넘는 우연의 일치와 사실적인 시공을 단순 명쾌하게 기록하면서도 엄정한 객관성을 유지함으로써 환상 문학과 사실주의 문학의 완벽한 균형을 과시한다. 이 점에서 「스페이드의 여왕」은 독일 낭만주의의 텃밭에서 생장한 호프만E. Hoffmann식 괴기

* 〈환상성이 실존적 불안 및 불편함과 관련되었다는 것은 일반적으로 동의되어 온 사실이다.〉(잭슨 2001: 41)

담과 사실적 심리 소설을 모두 수용하는 동시에 훗날의 고골과 도스토옙스키의 출현을 예고하는 거대한 소설로 간주할 수 있다.

소설의 내용은 다음과 같다. 〈빈틈없는 독일인〉 공병 사관 게르만은 귀족 동료들과 달리 아버지에게 물려받은 약간의 돈으로 생활하는 처지라 항상 검약한 생활을 유지해야 한다. 그는 노름은 좋아하지만 〈여분의 돈을 따기 위해 꼭 필요한 돈을 희생할 수는 없다〉라는 생각에서 노름판에 언제나 구경꾼으로만 참여한다. 그는 강렬한 열정과 불같은 상상력의 소유자이지만 굳건한 의지로 보통 청년들이 겪는 방종을 피해 갈 수 있었다. 그러면서도 그는 밤새 노름판에 눌러앉아 열병에 걸린 사람처럼 부들부들 떨며 노름의 다양한 형국을 지켜봤다.(뿌쉬낀 1999: 148~149)

그러던 어느 날 노름꾼 중 하나인 톰스키가 자기 할머니에 관한 이야기를 떠벌린다. 그 늙은 백작 부인은 반드시 이기는 세 장의 카드 패를 알고 있다는 것이다. 카드 세 장에 관한 일화는 그의 상상력에 강력한 영향을 미치고 밤새도록 그의 뇌리에서 떠나지 않는다. 〈만약에, 노백작 부인이 나한테 그 비밀을 가르쳐 주면 어떻게 될까! 아니면 확실한 패 석 장을 가르쳐 준다면! 한번 행운을 시험해 보지 말란 법이 있을까……? (……) 그 일화는 또 어떤가……? 정말 믿어도 될까……? 아니야! 절약, 절제, 근면, 이것이 나의 믿을 만한 패이다. 이것들이 나의 재산을 세 배, 일곱 배로 늘려 줄 것이고 나에게 평화와 자립을 안겨 줄 것이다!〉(뿌쉬낀 1999: 149) 고민하던 게르만은 반드시 이기는 카드의 유혹에 넘어간다. 그는 백작 부인에게 접근하기 위해 우선 그녀의 피후견인인 리자라는 아가씨에게 거짓 사랑을 고백한다. 리자와 밀애 약속은 잡은 그는 지정된 날 밤 백작 부인의 집에 들어간다. 그는 리자에게 자초지종을 털어놓은 뒤 경악과 분노에 떠는 리자를 뒤로하고 백작 부인의 방에 들어가 그녀에게 비밀을 알려 달라고 종용하고 협박한다. 너무나 놀란 백작 부인은 한마디 말도 못 하고 그냥 숨을 거둔다. 얼마 후 게르만에게 백작 부인의 유령이 나타나 이기는 카드 패는 〈3, 7, 에이스〉라고 가르쳐 주고, 게르만은 이 비밀을 가지고 대규모 도박에 참가해 연거푸 두 번이나 거액의 돈을 딴다. 그러나 세 번째 게임에서 〈스페이드의 여왕〉을 에이스로 착각하는 바람에 그는 땄던 돈을 모조리 잃고 그만 미쳐 버려 정신 병원에 갇힌다.

푸시킨은 잘못 보는 바람에 인생을 완전히 망친 한 청년에 관한 이 단편소설에서 착시와 환상이라는 시각의 두 문제를 제기한다. 일단 환상의 문제를 보자. 당시 러시아 문화 속에서 독일인은 합리적이고 현실적인 민족으로 간주되었다. 이름부터 확실하게 〈독일계(게르만)〉임을 드러내는 게르만은 그뿐 아니라 공병 사관, 즉 〈엔지니어〉 출신이다. 도박판에서 날밤을 새우면서도 돈 한 푼 허투루 쓰지 않기 위해 단 한 번도 베팅하지 않을 정도라면 그가 지닌 실용 정신과 불굴의 의지가 어느 정도인지 짐작된다. 그에게는 환상도 낭만도 없다. 연애에 빠진 적도 없고 따라서 누군가에게 연애편지를 써본 적도 없으며 아마도 연애 소설이나 환상 소설을 읽은 적도 없을 것이다. 소설의 묘미는 바로 이 절대적으로 현세적이고 철저히 현실주의적인 인물이 동시에 〈강렬한 열정과 불같은 상상력의 소유자〉라고 묘사된다는 점에 있다. 낭만주의의 프레임 안에서 열정과 상상력은 보통 연애, 창조 행위, 혹은 이상을 향한 갈망 등과 연결된다. 그러나 게르만에게 열정과 상상력은 물질 만능주의라는 이름의 깨진 거울에 비치면서 기괴하게 일그러진 형상을 띠게 된다. 그는 처음에 리자에게 거짓 연애편지를 쓸 때 독일 낭만주의 연애 소설을 그대로 베낀다. 그러나 시간이 지날수록 그의 열정은 상상력을 부추기는 무서운 힘이 된다. 〈편지들은 더 이상 독일 소설을 번역한 것이 아니었다. 게르만은 열정에 사로잡혀 썼으며 자기 나름의 언어로 말을 했다. 거기에는 불굴의 욕망과 자유분방하고 무질서한 상상력이 표현되어 있었다.〉(뿌쉬낀 1999: 154) 요컨대 게르만의 열정과 상상력이 부채질하는 것은 낭만주의적 환상이 아니라 물질주의적 환상인 셈이며, 그 점에서 그가 겪는 환상적인 사건들은 그때까지 낭만주의 소설이나 고딕 소설이 다루던 환상과는 질적으로 다른 차원의 문제가 된다.

1880년 6월 15일 도스토옙스키는 율리야 아바자Iu. Abaza라는 여성이 보낸 편지에 답신을 쓰며 푸시킨을 언급한다. 어쩌면 그의 말이야말로 이제까지 출간된 이 작품에 관한 평론 중 가장 본질적인, 그리고 환상 문학 일반에 관한 가장 본질적인 지적이 아닌가 싶다.

> 물론 그것을 환상적인 이야기로 치부할 수도 있겠지요. 하지만 예술에서는 환상적인 것도 한계와 원칙을 지닙니다.

예술에서의 환상적인 것은 당신이 거의 믿을 수 있을 정도로 현실적인 것과 맞물려야 합니다. 우리에게 거의 모든 형식의 예술을 선사한 푸시킨은 환상 예술의 정점이라 할 수 있는 「스페이드의 여왕」을 썼습니다. 당신은 게르만이 그 자신의 세계관에 따라 실제로 환영을 본 것이라 믿습니다. 그러나 이야기의 끝에 가면 당신은 어떻게 판단해야 할지 알 수 없어집니다. 요컨대 그 환영이 게르만의 본성에서 촉발된 것인지, 아니면 그가 인간에게 적대적인 악령들의 또 다른 세계와 접촉하는 그런 부류(심령주의 같은 것들)에 속한 사람 중 하나인지 알 수 없어집니다.(DKPSS 30-1: 192)

초자연적인 것과 인간 본성의 얽힘에 관한 도스토옙스키의 생각은 20세기 비평가의 입을 통해 반복된다. 츠베탕 토도로프Tz. Todorov 역시 문학 속 환상성이 갖는 매력은 환상적인 면과 현실적인 면의 팽팽한 공존에 있다고 주장한다.

우리의 세계, 악마도 공기 요정도 흡혈귀도 없는 우리가 알고 있는 바로 이 세계에, 이 친숙한 세계의 법칙들로는 설명할 수 없는 한 사건이 발생한다. 그 사건을 알아차리는 자는 가능한 두 해결책 중 하나를 선택해야 한다. 즉 그 사건이 감각들의 착오, 상상력의 산물일 뿐 세계의 법칙들은 그대로 남아 있다고 생각하거나, 아니면 사건이 실제로 일어났고 그것이 현실의 일부분이지만 그때 그 현실은 우리가 모르는 법칙들에 의해 지배된다고 생각하는 것이다. (……) 환상적이라고 하는 것은 자연법칙만을 알고 있는 한 존재가 겉보기에 초자연적인 사건에 직면하여 경험하는 망설임이다. 따라서 환상적인 것이라는 개념은 실제적인 것과 상상적인 것이라는 개념과 관련하여 정의된다.(토도로프 2022: 43~44)

그렇다면 게르만이 죽은 백작 부인의 유령을 보는 것은 환상적인 것인가 현실적인 것인가. 확실히 게르만의 환영에는 환경적 요소가 다분히 개재하며 그 환경적 요소를 고려한다면 그것은 〈현실적인 사건〉이라 간주할 수 있다. 이 점을 조금 찬찬히 살펴보자. 돈을 향한 열정이 상상력으로 확대되자 게르만은 환영을 보기 시작한다. 그는 종교나 신앙이라는 것들을 거의 모르고 지냈지만 대신 여러 미신을 믿었다. 게르만은 죽은 노파의 복수가 두려워 그답지 않게 많은 양의 술을 마시지만 술은 〈그의 상상을 더욱 뜨겁게 불태웠다〉.(뿌쉬낀 1999: 170) 바로 그날 밤 백작 부인의 유령이 그를 방문해 〈3, 7, 에이스가 연달아 너를 이기게 해줄 거야. 단 한 가지, 하룻밤에 한 장 이상 걸면 안 되고 이후론 절대로 노름을 하면 안 된다는 조건이야. 내 피후견인인 리자베타 이바노브나와 결혼한다면 나를 죽게 한 죄는 용서해 주겠다〉라는 말을 남기고 사라진다.(뿌쉬낀 1999: 171)

여기까지만 읽어도 게르만이 헛것을 보는 데는 현실적인 이유가 개재한다고 믿어도 좋을 충분한 근거가 있다고 여겨진다. 어쩌면 햄릿이 선왕의 유령을 보는 것보다 게르만의 경우가 훨씬 개연성이 높다고 해도 좋을 것 같다. 그의 탐욕, 일말의 죄책감, 미신적인 두려움, 엄청난 양의 알코올이 환각으로 이어진다는 데는 많은 설명이 필요치 않다. 어느 순간부터 그는 유령에 압도당하고 유령은 그의 시각계를 완전히 변형한다. 〈물질계에서 두 개의 물체가 동시에 한 장소를 점유할 수 없듯 정신계에서도 두 개의 고정 관념은 공존할 수 없다. 3, 7, 에이스는 곧 게르만의 마음속에서 죽은 노파의 이미지를 덮어 버렸다.〉(뿌쉬낀 1999: 173) 이제 세상의 모든 물체가 3, 7, 에이스로 현현한다. 젊은 아가씨는 하트의 3으로 보이고 시곗바늘은 7시의 5분 전을 가리키며 배가 나온 남자들은 모두 에이스를 연상시킨다. 3, 7, 에이스는 여러 형태를 취하면서 꿈속까지 그를 따라온다. 3은 그의 앞에서 화려한 한 떨기 꽃으로 피어나고 7은 고딕 건물의 대문처럼 보이며 에이스는 거대한 거미로 나타난다. 실제 카드에 그려진 그림과 게르만의 시각적 변형 간에 개재하는 복잡한 은유와 상징과 음성 유희적 관계는 오랫동안 연구자들의 관심을 끌었다. 러시아어로 스페이드의 여왕pikovaia dama과 거미 부인paukovaia dama 간의 음성적 유사는 그 대표 사례 중 하나이다.* 그러나 비밀스러운 숫자 저변에 깔린 신비한 연상 관계에 관한 모든 박식한 해석과 설명을 일단 덮어 두면, 지금 게르만이 보여 주는 것은 무언가에 사로잡힌 사람이 겪는 전형적인 증상이라는 것이 가장 상식적인 설명일 것이다. 게르만은

* 「스페이드의 여왕」에 관한 연구서는 수백 편에 이른다. 그중 3, 7, 에이스의 의미와 상징성에 대한 연구만도 엄청난 양을 자랑한다. 각 숫자가 어떻게 생겨났으며 무엇을 의미하는지에 관해서는 Davydov 1999; Solodkaia 2008을 보라.

앞에서 살펴본 『백야』의 주인공보다 더 깊게 〈인지적으로 침투당한〉 상태로 보인다. 그는 세상에 존재하는 모든 것을 3, 7, 에이스로 변형해 바라봄으로써 〈생각하는 대로 보인다〉라는 명제를 직관적으로 입증해 주는 셈이다.

그런데 이러한 현실적인 해석은 마지막 대목에 가서 딜레마에 봉착한다. 현실적인 해석만으로는 도저히 파고들 수 없는 초현실적인 벽, 착시의 문제가 존재하기 때문이다. 그는 마침내 도박장에 간다. 첫날 그는 카드 3으로 돈을 딴다. 둘째 날에는 카드 7로 역시 돈을 딴다. 그러나 마지막 날 그는 에이스라고 생각한 카드를 내보였는데, 그것은 에이스가 아니라 스페이드의 여왕이었다.

> 「에이스가 이겼소!」 게르만이 자기 카드를 내보이며 말했다.
>
> 「당신의 여왕이 졌소.」 체칼린스키가 상냥하게 말했다.
>
> 게르만은 몸을 떨었다. 실제로 그가 보인 것은 에이스가 아니라 스페이드의 여왕이었던 것이다. 그는 자기의 눈을 믿을 수가 없었다. 자기가 어쩌다가 패를 잘못 뽑았는지 이해할 수가 없었다.
>
> 바로 그때 스페이드의 여왕이 눈을 가느스름하게 뜨며 히쭉 웃는 것처럼 보였다. 누군가와 기묘하게 닮았다는 것이 그를 경악게 했다……
>
> 「그 노파야!」 그는 공포에 질려 소리쳤다.(뿌쉬낀 1999: 178)

알렉세이 크라프첸코A. Kravchenko, 「스페이드의 여왕」 삽화(1940년경).

게르만의 행위는 상식적인 의미의 착시로는 설명할 수 없다. 〈스페이드의 여왕〉 그림과 노백작 부인 간에는 시각적인 유사가 존재하지만 스페이드의 여왕과 에이스 간에는 시각적인 유사 대신 일련의 인접에 근거한 연상만이 존재할 뿐이기 때문이다.(Davydov 1999: 323) 현실적인 이유나 원인이 존재하지 않기 때문에 게르만의 실수는 그 자체가 환상적으로 여겨질 지경이다. 더 나아가, 노백작 부인의 유령이 가르쳐 준 카드가 실제로 이기는 카드였다는 사실 또한 합리적인 설명을 불허한다. 그렇다면 실제로 노파의 혼이 구천을 떠돌다가 도박장에 등장해 그를 파멸로 몰아넣었다는 초자연적인 해석밖에는 소설의 결말을 설명할 수 없는 것인가.

여기서 우리는 당대 러시아 사회에서 도박이 차지하는 의미를 조금 자세하게 들여다볼 필요가 있다.* 일단 당시 러시아 문화와 역사라는 프레임 안에서 볼 때 게르만의 행위는 단순한 물욕만으로는 설명되지 않는다. 당대 귀족들 사이에서 카드 게임은 귀족적인 유흥과 천박한 노름으로 나뉘었는데, 전자가 취미 생활이라면 후자는 투전판에 가까웠다. 게르만은 투전판의 사고방식을 가지고 있었지만 동시에 귀족적인 도박 서클에 진입하는 것이 그의 진짜 목표였다. 그가 도박판에 가져온 전 재산 4만 7천 루블은 당대 기준으로 막대한 재산이었다. 그만한 재산이 있다면 그는 이자만으로도 얼마든지 품위 있는 생활을 영위할 수 있었다.(Wachtel 2000: 15) 반면 체칼린스키와 다른 도박꾼들은 다른 코드와 다른 룰에 따라 돌아가는 다른 세계의

* Lotman 1992: 389~415; 로트만 2011: 333~388을 참조할 것.

사람들이었다. 그들에게 따거나 잃는 것은 늘 일어나는 일상적인 일이었으며 도박장은 귀족 주인의 환대와 호화스러운 식사를 즐기고 두루두루 친교를 맺는 사교장이었다. 그들에게 게르만의 〈저축, 근면, 절제〉는 코드가 아니었다.(Wachtel 2000: 16~17) 귀족들에게 한재산 장만하는 것은 도박이나 투기나 투자를 통해서 이루어지는 일이 아니었다. 그들은 구시대 귀족의 자제들로서 그냥 돈을 물려받았을 뿐이므로 돈에 대한 사고방식 자체가 게르만으로서는 도저히 흉내 낼 수 없는 어떤 것이었다. 〈사실상 사회생활의 모델처럼 되어 버린 카드 게임은 성공과 행운, 그리고 가장 중요한 권력을 약속했다.〉(로트만 2011: 360) 게르만은 행운의 주인공이 되고 싶었고 권력을 얻고 싶었고 무엇보다도 〈그들 중의 한 사람〉이 되고 싶었다. 그러나 게르만과 그들 사이에는 넘을 수 없는 심연이 존재했다. 예를 들어, 18세기 어느 귀족이 여제로부터 170만 루블을 하사받기도 했다는 에피소드는 게르만과 다른 도박꾼들 간에 건널 수 없는 심연을 파놓았다.(Lotman 1992: 398~399) 문제는 그러니까 게르만의 눈이다. 게르만의 눈에 환상적인 것은 유령이나 환영이나 반드시 이기는 카드가 아니라 상상할 수 없는 액수의 돈을 잃었다 땄다 하며 유유자적하는 귀족들의 세상이다. 백작 부인은 살아서나 죽어서나 수백만 루블을 잔돈푼처럼 주고받던 시대, 그러나 이제는 사라져 버린 구시대의 유령이자 게르만에게는 절대로 닿을 수 없는 신기루의 환유이다.

문학은 존재와 비존재, 사실과 환상의 공존에 대해 언제나 관대함을 넘어 환호로 응대했다. 수많은 연구자들의 지적처럼,

〈문학은 그것의 정의 자체로 말미암아 현실 세계와 상상 세계, 있는 것과 없는 것의 구분을 넘어〉서며(토도로프 2022: 256) 〈존대 대 비존재라는 대립의 일관성을 파괴한다〉.(프라이 1988: 351) 「스페이드의 여왕」 역시 환상과 사실의 공존이 그 최대의 장점이라는 견해가 도스토옙스키 이후 오늘날까지 푸시킨 연구의 정설로 받아들여져 왔다. 〈초자연의 침투에 대한 단정적인 긍정이나 단정적인 부정은 이 이야기의 최고 장점인 《환상과 사실의 이음새 없는 융합》을 망칠 것이다.〉(C. Emerson 1993: 32) 그러나 게르만의 눈에 초점을 맞춰 보면 사실상 노파의 유령을 초자연적인 현상으로 해석할 것인가 말 것인가의 문제는 소설의 핵심도 비껴가고 독자의 관심도 비껴간다. 귀족들의 노름판 한쪽에 앉아 처음부터 끝까지 그들의 놀이를 지켜보는 그에게는 노름판 자체가 일종의 초현실적 현상이기 때문이다. 질투와 선망과 동경과 자격지심으로 흐릿해진 그의 눈에 에이스와 스페이드의 여왕이 자리바꿈하는 것은 착시의 문제가 아니라 환상에 대한 해석의 문제이다. 「스페이드의 여왕」은 환상과 현실의 공존이 아닌, 침투 불가능하고 이해 불가능한 두 세계의 공존에 관한 이야기이며 이 점에서 정신 병원에 앉아 있는 게르만은 근대적 인물의 원형으로 자리매김한다.

2
질병으로서의 환시

환각(섬망)은 〈인간은 눈이 아니라 뇌로 본다〉라는 명제를 가장 구체적으로 입증해 주는 사례이다. 환각은 눈에 생긴 질병이 아닌, 뇌에 생긴 질병에서 오는 증상이기 때문이다. 환각은 문학과 예술의 단골 소재이지만 또한 신경 과학과 정신 의학이 각기 다른 방식으로 접근하는 질병의 증상이다.(Elliott et al. 2009: 164) 환각 혹은 섬망은 외부의 자극이 부재할 때 경험하는 감각이므로 실재하는 외부 자극에 대한 오지각을 의미하는 착시, 그리고 지각이 아닌 생각의 부조화를 일컫는 망상과 구분된다.(Elliott et al. 2009: 164) 환각은 매우 광범위하고 복잡한 현상으로 그 내용에 따라 요소 환각elementary hallucination과 복합 환각complex hallucination으로 구분되고, 병소와 유발 원인에 따라 약물 및 알코올에 의한 환각, 파킨슨병, 편두통, 뇌전증에서 유발되는 환각, 그리고 입면 환각hypnagogic hallucination, 대뇌다리 환각증peduncular hallucinosis, 진전 섬망delirium tremens 등으로 구분된다.(Manford and Andermann 1998: 1820~1821)

고래로 수없이 많은 소설과 드라마가 수없이 많은 방식으로 환각을 다뤄 왔다. 유령, 헛것, 허깨비, 그림자, 망령, 좀비 등등을 포괄하는 환각은 사실 너무나 사례가 많아 손꼽아 거론하는 것 자체가 무의미할 정도이다. 어쨌거나 고딕 소설, 괴기담, 환상 소설로 분류되는 무수한 이야기들, 셰익스피어의 『햄릿』, 헨리 제임스H. James의 『나사의 회전*The Turn of the Screw*』, 찰스 디킨스의 「크리스마스 캐럴A Christmas Carol」 등 심오한 고전에서 동화에 이르는 다양한 작품이 유령을 소재로 삼으며 토마스 만T. Mann의 장편소설 『파우스트 박사*Doktor Faustus*』에서 체호프의 단편소설 「검은 옷의 수도사Chyorny monakh」에 이르기까지 수많은 소설이 신경 매독, 양극성 장애, 뇌전증 등을 앓는 주인공의 환각을 포함한다.* 그러나 문학에서 질병과 환각을 논할 때 그 누구보다도 자주 언급되는 사람은 아무래도 도스토옙스키일 것 같다. 그는 평생 뇌전증을 앓은 환자였으며 당대 및 이후 그 어떤 작가보다 자세하고 깊이 있게 자신의 병력 및 그 유사한 증상들을 소설에 반영했기 때문이다. 또 그만큼 도스토옙스키는 신경과학과 서사 의학과 의료 인문학의 단골 주제이기도 한데, 비근한 예로 그와 같은 시대를 살았던 의학 박사 블라디미르 치시V. Chizh는 1885년에 쓴 「정신 병리학자로서의 도스토옙스키Dostoevskii kak psikholog」라는 저술에서 〈그는 동시대 그 어떤 작가보다도 정신 질환 환자를 많이 창조했다〉라고 단언했다.(Chizh

* 토마스 만의 신경 매독에 관해서는 Pedro et al. 2020을 보라. 저자들은 이 논문에서 도스토옙스키의 『카라마조프 씨네 형제들』에서 이반이 앓는 환각을 〈진전 섬망증〉이라 진단한다.

1885: 2~3)

도스토옙스키의 창작과 뇌전증의 관련성은 그동안 다양한 분야의 연구자들에게 탐구 주제를 제공했다. 뇌전증이 그의 창작에 어떤 영향을 미쳤는가에 관한 연구에서부터 소설에 등장하는 뇌전증 환자 인물 연구에 이르기까지 전기 작가, 문학 연구자, 심리학자, 신경 과학자, 그리고 임상의 들이 가설과 정설이 뒤얽힌 흥미로운 연구 결과를 남겼다.* 물론 뇌전증과 문학의 관계는 대부분의 융합적 주제가 그렇겠지만 조심스럽게 접근해야 하는 주제이다. 특히 도스토옙스키의 문학적 업적과 특이성이 모두 뇌전증에서 비롯했다는 환원주의적 접근법은 학자라면 반드시 피해야 하는 태도이다.** 그러나 도스토옙스키의 독특한 시각이 뇌전증에서 유래한 것일 수 있다는 견해는 환원주의적임에도 대부분의 연구자가 동의하는 사실이다.

뇌전증의 증상 중 연구자들이 공통으로 언급하는 요소가 환각이다. 도스토옙스키가 앓았던 관자엽 뇌전증은 섬망에서

* 뇌전증과 도스토옙스키에 관한 연구는 수백 편에 이른다. 도스토옙스키 전기와 입문서는 단 한 편의 예외도 없이 그의 뇌전증을 언급하지만 그 밖에도 의학자, 신경학자, 심리학자, 정신 분석학자 들이 지난 수십 년 동안 그의 뇌전증에 관한 연구서를 남겼다. 일례로 뇌전증을 앓았던 역사적인 인물들을 상세한 증상과 함께 도표로 정리해 놓은 논문에서 도스토옙스키는 가장 심각한 환자로 분류된다.(Saver and Rabin 1997: 501~503) 도스토옙스키의 뇌전증에 관해서는 Rice 1983; Lantz 2004: 198~203; Shukla 2021; Catteau 205: 90~134; Baumann et al. 2005; 시롯키나 2022: 107~166; 가자니가 2009: 207~209; 석영중 2013; 석영중 2019-a를 참조할 것.

** 환원주의적 해석에 대해서는 신경 과학계 내에서도 많은 우려가 감지되어 왔다. 예를 들어 피카소의 큐비즘은 편두통 조짐으로 환원하고 쇼팽의 섬망은 관자엽 뇌전증으로 환원해 보는 것 등이 대표적인 환원주의로 간주된다. Iniesta 2014: 376을 보라. 도스토옙스키의 뇌전증과 관련한 환원주의적 오류의 대표적인 사례는 플래허티 2003: 28~36; 석영중 2013: 272~276을 보라.

환청, 환취, 환촉에 이르는 일체의 환각 증상을 동반한다. 그래서인지 도스토옙스키가 창조한 신경증 환자와 뇌전증 환자는 대부분 환각을 체험한다. 흔히 소설가 도스토옙스키의 분신이라 간주되는『상처받은 사람들*Unizhennye i oskorblyonnye*』의 주인공 이반 페트로비치가 겪는 신경증 역시 환각으로 시작한다. 밤이 되면 그의 눈앞에서 벽들이 시나브로 사라지고 방이 점점 넓어진다. 〈어둠이 짙어질수록 내 방은 점점 더 넓어지는 듯, 마치 점점 더 확대되는 듯이 여겨졌다.〉(도스토옙스키 7: 104) 그는 자신이 겪는 질병을 아주 괴롭고 견디기 힘든 불가사의한 공포라고 설명한다. 〈그것은 나 자신도 정의할 수 없는 그 무엇, 불가해하고 사물의 질서 속에 존재하지 않지만 틀림없이 다음 순간, 모든 이성적 근거를 비웃으며 거역할 수 없고 무시무시하며 잔인하고 가차 없는 사실로서 내 앞에 모습을 드러내 현실로 다가올 것이다. 이 두려움은 통상적으로 어떤 이성적인 논거에도 불구하고 더욱더 커져, 결국 이성이 지금 이 순간 아마 다른 때보다 더 명료하더라도 그 느낌을 무력화할 가능성은 전혀 없을 것이다.〉(도스토옙스키 7: 105) 그의 눈에는 얼마 전에 죽은 노인도 보이고 그의 개도 보인다. 전형적인 섬망이다. 이반 페트로비치의 증상은 실제로 유배 직전 도스토옙스키가 페트로파블롭스크 요새 감옥에 수감되었을 당시 겪었던 환각과 유사하다. 1849년 8월 27일 자로 형에게 보낸 편지에서 그는 밤이 되면 길고도 끔찍한 악몽에 시달리며 마루가 흔들리고 있다는 환각 경험을 한다고 썼다.(DKPSS 28-1: 159) 유형지에서 그와 가까웠던 브란겔 남작 역시 그가 뇌전증과도 유사한 신경 발작 직전에는 거의 언제나 〈환영〉을 봤다고 회고한다.(Johnson 2012: 85 재인용) 브라이언 존슨B. Johnson은 이를 토대로 〈섬망은 도스토옙스키 자신의 신경 장애와 허구의 인물인 이반 페트로비치의 장애를 연결해 주는 끈〉이라고 주장한다.(Johnson 2012: 94)

『백치』의 주인공 미시킨 공작은 처음부터 뇌전증 환자로 소개된다. 그의 〈백치적인 면모〉는 근본적으로 뇌전증과 관련된다. 도스토옙스키의 모든 소설 중에서 뇌전증의 병리학적이고 임상적 측면을 이토록 소상하게 기술하는 작품은 찾아보기 어렵다. 미시킨은 뇌전증 발작을 일으키기 전 환상인지 실재인지 알 수 없는 두 개의 눈이 자신을 쫓아다니는 듯한 환각에 시달린다. 그 두 눈이 그의 연적인 로고진의 눈인지 아니면 그냥 환각인지는 끝까지 밝혀지지 않는다. 그는 발작 직전에 바로 그 두 눈과 함께 갑자기 설명할 수 없는 빛의 광경을 본다. 〈비상한 내면의 빛이 그의 영혼을 비춰 주는 것 같았다. 이 순간은 아마도 0.5초 정도 지속되었을 것이다.〉(도스토옙스키 15: 480) 도스토옙스키는 미시킨이 겪는 뇌전증 발작의 모든 것을 다음과 같이 기록한다. 길지만 독자의 이해를 돕기 위해 전문을 인용해 보겠다.

> 그의 간질병[뇌전증] 증후 중에는 거의 발작 직전에 오는 하나의 단계가 있었다. 그 단계에 들어서면 우수와 정신적 암흑과 억압 사이에서 순간적으로 그의 뇌는 불꽃을 튀기고 모든 활력은 폭발적으로 긴장한다. 삶의 감각과 자의식

은 번개처럼 이어지는 매 순간 거의 열 배로 증가했다. 정신과 마음이 신기한 빛으로 충만했다. 그의 모든 감정, 의심, 걱정은 지극한 평온함으로 바뀜과 동시에 빛을 발하는 기쁨, 조화, 희망이 되고, 그의 이성은 결정적인 원인을 이해하는 데까지 이른다. 그러나 이 순간들, 이 광채들은 발작 바로 직전에 오는 결정적인 1초를 예고할 뿐이다. 나중에 건강한 상태에서 그 순간을 곰곰이 생각해 보며 그는 곧잘 자기 자신에게 이렇게 말하곤 했다. 극도의 직관과 자의식이 〈최상의 삶〉의 형태로 떠오르는 이 섬광의 순간들은 정상적인 육체 상태를 위반하는 병에 지나지 않는다. 만약 그렇다면 그것은 최상의 삶이 아니라 가장 저열한 것에 속하는 것이다. 하지만 공작은 마침내 극히 역설적인 결론에 도달했다. 〈그것이 병이라는 사실이 어쨌단 말인가?〉 그는 이렇게 단정했다. 〈이 긴장이 비정상적이든 아니든 그게 무슨 상관인가? 이미 건강한 상태에서 상기되고 검토되는 일순간의 감각이 최상의 조화와 아름다움으로 확인된다면 그 결과 자체가 여태까지 들어 보지도 못하고 추측해 보지도 못한 충만과 중용과 화해의 감정과, 고귀한 삶의 합성과 혼합된 법열을 준다면, 긴장이 비정상적이든 아니든 무슨 관계인가?〉 안개에 싸인 듯한 이 표현은 상당히 설득력이 약했지만 그로서는 충분히 납득할 수 있을 것 같았다. 그것이 진정한 〈아름다움이자 기도〉이자 고귀한 삶의 총체라는 것을 그는 도저히 의심할 수 없었고 또 의심할 만한 여지도 없는 것처럼 생각되었다. 그가 존재 불가능한 어떤 비정상적인 환영을 본 것은 아니었을까? 이성을 침해하고 영혼을 곡해하는 최면제나 아편이나 술에서 비롯되는 환영을 본 것은 아닐까?(도스토옙스키 15: 464~465)

현대 의학에서는 미시킨이 겪는 발작 직전의 순간을 〈조짐 aura〉이라고 부른다. 조짐은 의식을 잃기 전에 환자가 주관적으로 느끼고 기억하는 증상이다.(대한 뇌전증 학회 2018: 68) 의학적으로 조짐의 순간은 너무 짧아서 기능성 영상으로 정확하게 추적하기 어렵다.(Wilkinson 2004: 311) 반면 도스토옙스키의 설명은 의학을 넘어서 종교적 황홀경의 상태로 그 순간을 승화한다. 그의 전 존재를 가득 채운 빛, 기쁨과 조화와 황홀경은 종교적 회심의 순간을 상기시키면서 질병의 경계를 넘어선다. 이반 페트로비치가 봤던 〈사물의 질서 속에 존재하지 않는 불가해한 어떤 것〉이 이제 황홀한 섬망으로 복제된다. 그것은 존재와 비존재 간의 팽팽한 긴장이며 질병에서 야기된 찰나의 신비 속에서 섬광처럼 스쳐 지나가는 천국의 비전은 시지각 깊은 곳에 지워지지 않는 흔적을 남긴다. 의학적인 뇌전증 연구가 치료를 목적으로 한다면 『백치』의 뇌전증 묘사는 순간과 영원을 축으로 하는 저자의 시간 철학을 시각적으로 구현하는 역할을 한다.*

도스토옙스키가 역사상 뇌전증을 앓았다고 전해지는 여러 선지자 중에서 무함마드를 특별히 언급하는 것도 그의 시간 철학에서 비롯된다. 그는 그리스도교의 성 바오로가 겪은 회심의

* 뇌전증의 증상과 시간 철학의 관련은 석영중 2023: 218~226, 〈증상으로서의 영원〉을 참조하라.

순간보다 무함마드의 이른바 〈야간 여행〉을 더 자주 언급한다. 〈아마 이 순간은, 간질병[뇌전증] 환자인 무함마드가 쓰러진 물병에서 물이 쏟아지기 전에 알라신의 모든 집을 관찰할 여유가 있었다는 바로 그 순간일 걸세.〉(도스토옙스키 15: 406) 무함마드는 일곱 천국으로 올라갈 때 물병을 쓰러뜨리지만 하늘에서 모든 것을 다 본 후 물이 쏟아지기 전에 돌아와 물병을 세워 놓았다고 한다.(Quran: xvii, i; Futrell 1979: 24) 이 전설에서 7층 천국의 영원은 지상에서의 순간과 동일시됨으로써 도스토옙스키가 생각한 뇌전증의 시간을 정확하게 예고한다. 무함마드와 도스토옙스키의 이른바 〈뇌전증적인〉 시간 속에서 신의 왕국과 한낱 지상의 물건 사이의 차이는 무의미한 것이 된다.*

문제는 이러한 극과 극의 마주침이 다른 한편으로는 가장 추악한 지옥의 조건이 될 수 있다는 사실이다. 뇌전증과 관련한 도스토옙스키의 소설가로서의 역량은 『백치』보다는 『악령』에서 절정에 이른다. 미시킨 못지않게 문학사적으로 중요하게 간주되는 니힐리스트 키릴로프는 자신이 앓는 증상을 시간성의 언어로 설명한다. 〈몇 초의 순간이죠. 그것들은 다 합쳐도 고작해야 5초 내지 6초밖에 안 되지만, 당신은 갑자기 완전히 성취된 영원한 조화의 존재를 느낍니다. (……) 이 5초간 나는 삶을 사는 것이고 이 5초를 위해서라면 내 삶 전체를 내줄 겁니다.〉

* 무함마드에 관한 도스토옙스키의 관심은 그가 시베리아 유배지에서 알게 된 선한 이슬람 죄수들 덕분에 시작된 것으로 알려져 있다. 도스토옙스키는 1859년 문우로부터 프랑스어로 번역된 『쿠란』을 선물받았으며 그 이전인 1857년에 러시아어로 번역된 워싱턴 어빙W. Irving의 무함마드 전기를 읽었을 것으로 추정된다. Futrell 1979: 25~26을 보라.

「무함마드의 야간 여행: 승천」(16세기 중엽).

(도스토옙스키 19: 1183) 그의 말을 듣고 있던 샤토프는 의학의 코드로 대꾸한다. 〈조심해요, 키릴로프, 난 간질[뇌전증]이 바로 그렇게 시작된다는 얘기를 들은 적이 있어요. 어느 간질 환자가 내게 간질 발작 직전의 그 예비적인 감각을 상세하게 묘사해 준 적이 있는데, 꼭 당신 같았어요.〉(도스토옙스키 19: 1184) 그러면서 샤토프는 다시 무함마드의 에피소드를 언급한다. 〈물 주전자에서 물이 흘러나오려는 찰나에 무함마드는 자신의 말을 타고 천국을 질주했다죠. 물 주전자 — 이것이 바로 그 5초를 말하는 겁니다.〉(도스토옙스키 19: 1184)

도스토옙스키는 자신이 앓고 있던 뇌전증을 두 가지 대립하는 시선에서 바라본다. 독자는 그의 소설에서 뇌전증 환자의 시선뿐 아니라 그 시선을 바라보는 저자의 시선을 바라볼 수 있다. 뇌전증 환자가 현실과 환상의 경계를 바라본다면 도스토옙스키는 그들의 시선의 플랫폼이 되어 주는 또 다른 경계선을 바라본다. 그 경계선은 궁극적으로 선과 악의 경계선으로 재설정될 수 있는 것으로, 미시킨과 키릴로프는 양극단을 대변한다. 요컨대 미시킨이 뇌전증 발작을 천국의 비전으로 연장한다면 키릴로프는 그것을 지옥의 비전으로 뒤집는다. 키릴로프에게 순간과 영원이 같은 것이라는 생각은 지금 당장 스스로 목숨을 끊어도 상관없다는 생각으로, 자살과 살인 사이에는 아무런 차이도 없다는 생각으로, 도스토옙스키의 모든 범죄자 주인공이 공유하는 〈모든 것은 허용된다〉라는 생각으로 연장된다. 실제로 키릴로프는 기괴하고 끔찍한 방식으로 자살을 실행에 옮긴다. 키릴로프의 사례에서 우리는 도스토옙스키의 뇌전증에 대한 냉정하고 중립적인 입장을 엿볼 수 있다. 도스토옙스키는 결코 뇌전증을 미화하거나 이상화하지 않는다. 옛날부터 성인과 예술가가 주로 앓았다고 전해지는, 그리하여 종종 〈신성한 질병morbus sacer〉이라 일컬어지던 뇌전증에서 그는 초현실적인 오라를 제거한다. 뇌전증은 질병이며 거기에서 유래하는 환각은 천국으로 이어질 수도, 지옥으로 이어질 수도 있다. 도스토옙스키에게 문제는 언제나 어떤 외부적 요인이나 환경이 아닌 인간 자신이라는 사실이 뇌전증의 경우에서 다시 한번 확인된다. 그의 서사에 들어 있는 뇌전증이 오늘날까지 독자뿐 아니라 신경과학자, 신경 의학자, 문학 이론가와 도스토옙스키 연구자에게 어필하는 것도 그 덕분이다.

3
뇌 신경의 꼬리

현대 러시아 최고의 지성으로 간주되는 신학자이자 수학자 파벨 플로렌스키P. Florenskii는 꿈을 가리켜 〈보이지 않는 세계로 인도하는 가장 단순하고 일차적인 입구〉라고 단정했다.(Florensky 1996: 34) 다시 말해 꿈은 보이는 세계와 보이지 않는 세계를 가르는 경계선 위에서 인간이 탐구할 수 있는 영역이라는 뜻이다. 사실 꿈은 인류 문명의 시원부터 인지적 과정에 대한 도전이자 불안과 공포를 촉발하는 인식론적 문제이자 해결해야 할 수수께끼였다.(Miltenova et al. 2024: 106) 문화사와 예술사와 지성사를 촘촘히 메우고 있는 꿈에 관한 문학과 예술과 학문적 논저는 보이지 않는 것에 대한 인간의 강도 높고 지속적인 시각적 희구를 입증해 준다. 우리가 오늘날 보편적으로 꿈에 관해 생각하는 방식은 고대 그리스로 거슬러 올라가는 오랜 전통을 지닌다. 그리스인들은 꿈에는 두 가지 유형이 있다고 믿었다. 하나는 〈enypnion〉이라 불리는 것으로 구체적인 요인, 이를테면 소화 불량, 불안, 기억 등이 초래하는 수면 중의 의사pseudo-

시각적 사건이고 다른 하나는 〈oneiros〉라 불리는 것으로 이른바 상아 문ivory gate을 통해 우리 의식으로 들어오는 신의 메시지 같은 것이다.(Porter 1993: 32) 전자는 의학적인 것이고 후자는 신비학적인 것으로 노먼 홀랜드N. Holland는 이를 꿈 설명과 꿈 숭배의 대립으로 요약한다.(Holland 1993: x) 꿈에 대한 이 두 가지 접근법은 현대에 와서 다양한 방식으로 변주된다. 일례로 한편에서는 지난 30년간 장족의 발전을 이룩한 신경 과학이 뇌 회로 연구를 통해 꿈을 규명하는 일에 상당한 진척을 보이고 있으며, 다른 한편에서는 수많은 예술가들이 꿈과 현실의 얽힘을 구현하는 작업에 매진해 왔다. 물론 꿈 설명과 꿈 숭배의 대립은 이론적인 것이다. 극단적인 몇몇 사례를 제외하면 실제로 양자는 상보적이며 대부분의 연구자나 예술가는 이 양극단 사이에서 활동한다. 지크문트 프로이트S. Freud와 카를 융 같은 대가들의 경우 꿈에 대한 그들의 접근법은 〈꿈 설명〉의 범주에만 넣기에는 너무나 복잡하고 유연하다. 반면 톨스토이와 도스토옙스키 같은 대문호들이 작품에 도입하는 꿈 역시 〈꿈 숭배〉만으로는 설명하기 어렵다. 사실주의를 대표하는 톨스토이만 해도 『전쟁과 평화*Voyna i mir*』, 『안나 카레니나*Anna Karenina*』에 꿈을 도입할 때 단순히 꿈이 지닌 신비한 의미에 의존하는 것은 아니다. 피에르와 안나가 꾸는 꿈은 그들의 심리와 깊이 연관될 뿐만 아니라 인물로서의 개인의 범주를 넘어 소설의 전략과 연관된다.

문학 작품에 삽입된 꿈은 〈경계의 경계〉 차원에서 접근할 수 있다. 꿈의 속성이 〈영적인 것과 물질적인 것 간의 상호 불침투성〉임을 인정한다면(Lee 1993: 301) 꿈을 꾸는 주체는 상호

헨리 퓨젤리H. Fuseli, 〈아가멤논의 꿈에 나타난 네스토르〉 삽화(1805).

불침투적인 두 세계에 양발을 걸친 채 그 경계선에 서 있는 셈이다. 문학 텍스트 안에서 그러한 주체를 창조하는 저자 또한 꿈 숭배와 꿈 설명의 경계선에 서서 꿈을 해석해야 한다. 쉽게 풀어 말하자면 인물들이 꿈을 꾸는 것은 몽상, 상상, 질병, 수면 장애 등 여러 원인에 기인하지만 작가는 설득력 있는 서사를 만들기 위해 인물이 처한 물질과 정신의 경계를 인지하고 그것을 예술적으로 표현해야 하며 거기에 의미를 부여해야 한다. 독자에게 흥미로운 것은 꿈 자체도 아니고 꿈의 원인도 아닌, 바로 이러한 저자의 의미 부여 과정이다.

꿈의 서사와 관련해 가장 흥미로운 작가를 한 사람 꼽으라면 단연 도스토옙스키가 될 것이다. 그의 전 작품은 〈리얼리즘〉으로 분류되므로 그의 작품에 들어 있는 꿈은 처음부터 환상과 사실의 대립을 수반한다는 점에서 독자의 흥미를 끈다. 도스토옙스키에게 꿈은 낭만적인 몽상, 백일몽, 환각, 환시, 수면 부조화를 포괄하는 가장 넓은 의미에서의 환상(판타지)이자 별도의 서사를 구성하는 대표적인 〈텍스트 안의 텍스트〉이다. 「우스운 인간의 꿈Son smeshnovo cheloveka」처럼 아예 제목부터 〈꿈〉을 포함하는 작품도 있지만 지극히 사실주의적인 소설에서도 꿈은 종종 인물의 무의식을 드러내는 독립적인 스토리로 삽입된다. 『죄와 벌』에서 라스콜니코프가 꾸는 네 번의 꿈은 플롯 라인과 얽히고설키는 가운데 주인공의 무의식을 파헤치는 동시에 소설의 복잡한 메시지를 전달하기 위한 매개물로 작용한다. 꿈, 환상, 몽상이 도스토옙스키의 작품에서 차지하는 위상은 소설가로서 그가 생각하는 자기 자신의 위상과 직결된다. 그는 무엇보다도 스스로를 가장 고차원적인 의미에서의 리얼리스트라 칭한다. 〈사람들은 나를 심리학자라 부른다. 틀린 말이다. 나는 순전히 가장 높은 의미에서 리얼리스트일 뿐이다. 즉, 나는 인간 영혼의 모든 심연을 묘사한다.〉(DKPSS 27: 65) 1868년도에 문우 아폴론 마이코프에게 쓴 편지에서 그는 자신의 리얼리즘이 일종의 〈아이디얼리즘〉이라고 주장한다. 〈나는 리얼리티와 리얼리즘에 관해 우리의 리얼리스트와 비평가와는 전적으로 다른 개념을 가지고 있어요. 나의 아이디얼리즘은 그들의 리얼리즘보다 더 리얼하답니다. (……) 나의 환상은 독창적이며 또한 진정한 리얼리즘이에요. 사실 그것이야말로 진짜 리얼리즘이랍니다. 더 심오한 리얼리즘이지요.〉(DKPSS 28-2: 329)

도스토옙스키 소설에 삽입된 꿈은 프로이트적인 과거와 융적인 미래를 모두 포함한다는 것이 연구자 대부분이 공유하는 견해이다. 요컨대 프로이트가 꿈의 토대라 생각한 내면의 욕망과 억압뿐 아니라 융이 언급한 미래의 해석까지도 그의 꿈에는 적용된다. 〈그들의 꿈은 자기 확인과 긍정이라는 광범위한 테제를 포함한다. 프로이트적인 분석은 원칙적으로 과거의 영향을 주로 다루지만 도스토옙스키의 꿈속에는 꿈이 과거뿐 아니라 미래도 해석한다는 융의 이론을 지지하는 자료들이 많이 들어 있다. 예측하거나 예언하는 매체로서의 문학적 꿈은 도스토옙스키의 경우 종종 독자와 인물 모두에게 각성을 전해 준다.〉(Mortimer 1956: 107) 실제로 도스토옙스키는 꿈과 환상을 자유자재로 활용하는 자신의 고차원적 리얼리즘이 미래를 예측까지 한다고 단언한 바 있다. 〈그들의 리얼리즘 가지고는 실제로 일어나는 현실 속 사실들의 1백 분의 일도 설명하지 못해요. 하지만 나는 나의 아이디얼리즘을 가지고 실제로 일어날 사실들을 예측까지 할 수 있답니다.〉(DKPSS 28-2: 329)

도스토옙스키는 거의 언제나 꿈의 이 두 가지 의미를 한꺼번에 소설에 반영함으로써 〈가장 고차원적인 의미에서의 리얼리즘〉을 완성한다. 마지막 장편소설 『카라마조프 씨네 형제들』은 무의식의 표출과 미래의 예측, 현실적인 꿈과 문학적인 꿈, 질병으로서의 환상과 신적인 메시지로서의 환상을 결합해 저자의 윤리적 전언을 완성한다. 당대부터 오늘날에 이르기까지 여러 연구자가 지적했듯 카라마조프가의 모든 구성원은 이른바 〈환자〉이다.(Chizh 1985; Rice 2009; Emery et al. 2020) 뇌전증 환자인 서자 스메르다코프는 차치하고서라도, 아버지 카라마조프는 심각한 알코올 의존으로 인한 섬망에 시달리고, 드미트리는 알코올로 인한 양극성 장애 증세를 보이며, 알료샤는 히스테리 성향을, 이반은 정신 착란 증상을 보인다. 아버지 카라마조프와 스메르다코프는 중간에 사망하거나 갱생의 가능성을 보이지 않으므로 그들의 섬망이나 환각은 질병 수준 이상을 벗어나지 못한다. 반면 세 아들은 환각과 섬망이 정도와 성격의 차이는 있지만 예외 없이 이피퍼니epiphany와 연관된다. 그들에게 이피퍼니는 정신과 몸의 연결을 토대로 하는 현상으로, 문화와 종교의 문제이기도 한 동시에 인간 뇌의 기능을 다루는 생명 과학과 의학의 문제이기도 하다.(Herman 2011: 129)* 그들은 인생

* 다음을 참조하라. 〈만일 데카르트의 주장처럼 영혼이 신체와 완전히 분리되는 것이라면, 그리하여 신체가 부재하더라도 영혼은 계속 존재한다면 이피퍼니와 같

의 전환점에서 환영과 환시를 체험한 후 다른 차원의 세계로 진입한다.(Siddiqi 2019: 59) 요컨대 세 아들은 각기 다른 맥락에서 각기 다른 방식으로 꿈(환상, 환각, 섬망)을 꾸고 나서 저자의 궁극적인 의도인 갱생의 서사를 완성한다. 여기서 말하는 〈갱생〉은 그들이 절체절명의 수난을 겪는 와중에 다시 태어나 새로운 삶, 이제까지와는 다른 눈으로 인간과 세계를 바라보는 삶으로 건너가게 된다는 것을 의미한다. 그들의 서사는 「크리스마스 캐럴」의 스크루지가 꿈에서 깨어난 후 개과천선하는 스토리와 선지자들이 환시를 본 후 회심하는 스토리 사이의 어딘가에서 가장 도스토옙스키적인(가장 이중적인) 소설의 윤리를 완성한다.

카라마조프가의 아들들은 모두 뇌전증과는 유사하면서도 다른 모종의 질병을 앓고 있거나 질병의 소인을 유전적으로 대물림한 것으로 그려진다. 우선 맏아들 드미트리를 보자. 그는 저지르지도 않은 살인의 누명을 쓰고 수감된 상황에서 비몽사몽간에 얼핏 헐벗은 아낙네들의 꿈을 꾸게 된다. 〈그리 멀지 않은 곳에 마을이 있었고 우중충하고 볼품없는 시골 농가들이 시야에 들어왔다. 농가의 절반은 불에 타버려 불에 그은 기둥들만이 서 있었다. 마을에 도착하자 길가에는 시골 부인들이, 많은 부인들이 긴 행렬을 이뤄 늘어서 있었다. 한결같이 바싹 마른 흙빛 얼굴이었다. (……) 그녀의 품 안에서는 갓난아이가 울고 있었는데 말라붙은 젖가슴에서는 젖이 한 방울도 나오지 않는 것이 분명했다. 갓난아이는 울고 또 울어 대며 굶주림에 푸른

은 이른바 영적인 과정을 이해하기 위해 뇌를 들여다보는 것은 별 의미가 없을 것이다.〉(Herman 2011: 129)

빛이 감돌기 시작한, 주먹을 쥔 앙상한 두 팔로 몸부림을 쳐댔다.〉(DKPSS 14: 456)

이 대목은 사실상 도스토옙스키가 어린 시절 아버지의 영지가 있던 작은 마을 다로보예에서 봤던 광경의 복사판이다. 마을에 화재가 나는 바람에 수없이 많은 농부들이 삶의 터전을 상실하고 굶주림과 병마에 시달리며 죽어 갔다. 당시 어린 도스토옙스키의 망막에 새겨진 이 광경은 오랜 세월이 지난 후 그가 창조한 인물의 꿈속에서 재현된다. 드미트리의 꿈은 인류에게 닥친(그리고 닥칠) 고통의 지옥을 보여 주는 대표적인 장면으로 자주 인용된다. 그것은 절대적인 고통, 그 누구도 어찌해 볼 수 없는 고통, 환영과 현실을 이어 주는 〈다른 어떤 곳〉의 지옥 같은 고통이다. 이런 고통 앞에서 우리는 무력하다. 그동안 깡패 짓과 낭비를 일삼아 온 드미트리는 이 꿈속에서 마치 독자의 무력감을 상쇄하고 독자 대신 연민의 짐을 짊어지려는 듯이 갑자기 변신한다. 〈그는 지금까지 한 번도 느껴 보지 못한 어떤 감동이 가슴속에서 솟구쳐 울고 싶은 심정이 되었고 아기들이 더 이상 울지 않도록, 까만 얼굴에 바싹 마른 아기의 어머니들이 눈물을 흘리지 않도록, 지금부터는 어느 누구도 더 이상 눈물을 흘리지 않도록 무언가 돕고 싶다는 마음이 들었다. 어떤 방해가 있더라도 시간을 질질 끌지 않고 카라마조프적 결단을 내려 지금 당장 무언가 도와야 한다는 생각이 들었던 것이다. (……) 그의 가슴은 활활 타올랐고 어떤 빛을 향해 돌진하고 있었으며 살고 싶다는 욕망이, 자신을 부르는 새로운 빛을 향한 길로 들어서고 싶다는 욕망이 솟구쳤다. 어서, 어서, 지금 당장 가야 해!〉

(DKPSS 14: 457) 여기서 흥미로운 것은 그에게 새로운 빛은 새로운 삶을 의미하지만 신비주의적인 맥락에서가 아니라 어디까지나 현실적인 맥락에서 그렇다는 점이다. 지극히 평범한 청년인 드미트리에게 꿈은 천국의 비전이 아닌 지상에서의 새로운 삶, 지상에서의 실질적인 갱생으로 이어진다.

이 대목에서 한 가지 반드시 짚고 넘어갈 점은, 드미트리의 입을 통해 도스토옙스키가 당대 새로운 학문으로 부상하던 신경 과학에 대한 이중적 입장을 전달한다는 사실이다. 드미트리는 그의 마음속에서 일어나는 여러 상념들을 당대 신경 과학의 용어로 설명한다.

> 뇌 신경에는 이런 꼬리들이 달려 있는데, 그것들이 요동을 치기 시작하면…… 다시 말해서 내가 무언가를 바라보기만 하면 그 꼬리들이 요동을 치기 시작하는데…… 요동을 칠 때면 형상이 나타나지. 그것은 당장이 아니라 1초 정도가 지난 다음에 나타나고, 이어서 일종의 어떤 순간 같은 것이 나타나거든. 아니, 순간이 아니지, 순간은 무슨 빌어먹을 순간. 그게 아니라 하나의 형상, 즉 어떤 물체나 사건이 나타나거든. 빌어먹을, 그래서 나는 인식을 하고, 이어서 어떤 생각을 품게 되는 거야……. 왜냐하면 그건 그 꼬리들 때문이지. 내가 영혼을 가지고 있기 때문도 아니고 하느님의 형상을 가지고 있기 때문도 아니야. 그건 모두 어리석은 생각일 뿐이지. 얘야, 미하일이 어제 내게 이런 이야기를 들려주었는데 나는 마치 불에 덴 것 같은 기분이었단다. 알료

> 샤, 그건 정말 대단한 학문이더구나! 새로운 인간이 등장하리란 사실은 나도 잘 알고 있거든……. 그러니 하느님이 불쌍하달 수밖에.(도스토옙스키 25: 1297~1298)

1860년대는 러시아 역사에서 이른바 〈과학의 시대〉가 시작되던 시기였다. 1864년에 다윈의 『종의 기원』이 러시아어로 번역 출간된 것을 필두로 지질학의 찰스 라이엘C. Lyell, 생리학의 클로드 베르나르C. Bernard, 심리학의 이반 세체노프I. Sechenov 등의 과학자들이 신문의 전면을 장식했다. 당대 진보 지식인들에게 과학은 새로운 세상으로 들어가는 유일한 문이었다. 이른바 〈과학적인 방법〉이 인문학과 형이상학 연구를 잠식했고 〈사실의 언어〉가 창조와 영감의 틈새를 파고들었다. 그들은 자연과학의 검증, 계산, 예측만이 인간과 사회의 모든 문제를 해결할 수 있으리라 믿었다. 과학은 단지 새로운 지식이나 관념, 혹은 연구 방법이 아닌 세상을 이해하는 완전히 다른 시각이자 하나의 이데올로기가 되었다. 과학과 진리는 동의어가 되었고 종교는 신화와 미신의 영역으로 쫓겨났다. 합리주의, 결정론, 실증주의는 거의 모든 지식인들에게 이를테면 〈디폴트값〉 같은 것이었다.(Thompson 2002: 192~193; Vdovin 2021: 99~117) 도스토옙스키는 동시대 트렌드와 실시간으로 공명하는 소설을 쓴 작가로 알려져 있다. 그는 역사 소설을 쓴 적이 없다. 〈지금 이곳〉이 그가 소설에서 다루는 유일한 시공간이었다. 따라서 당대 가장 뜨거운 과학적 이슈는 그의 펜을 비껴간 적이 없다. 과학의 주제는 그가 유배 이후 쓴 대부분의 소설에서 서사의 가장 깊은 층위로 스며들어 저자의 메시지를 전달하는 강력한 도구가 되었다. 도스토옙스키는 자연 과학의 발전 추이를 정확하게 읽어 내는 동시에 그것과 논쟁했다.

방금 인용한 드미트리의 설명 역시 과학에 대한 도스토옙스키의 이중적 태도를 반영한다. 그는 당대 신경 과학, 정신 병리학의 최신 성과들을 읽으면서 그것들을 드미트리의 진술에 반영했다. 드미트리가 언급하는 뇌 신경의 〈꼬리〉는 오늘날 신경 과학 입문서에 실린 뉴런의 모습과 놀랍도록 유사하다. 꼬리가 요동을 치면 형상이 나타난다는 것은 신경 과학적으로 말해 뉴런 간의 전기 작용 때문에 환상을 보게 된다는 뜻으로 해석해도 무방할 것 같다. 그러나 한편으로 드미트리의 말은 19세기 신경 과학을 패러디한다. 19세기 신경 과학의 원조 격인 세체노프의 저술 『뇌의 반사 작용*Refleksy golovnogo mozga*』은 인간의 정신 활동을 실험만을 토대로 하여 순수하게 과학적이고 생리학적인 방식으로 설명한다. 도스토옙스키는 신경 과학 자체에는 상당한 흥미를 보였지만 철학적 토대를 배제하는 세체노프의 주장에는 격렬하게 반대했다.(Vdovin 2021: 101~103) 드미트리의 입을 통해 조롱 조로 반복되는 〈꼬리〉는 당대 신경 과학계의 주장을 패러디하는 핵심 어휘라 할 수 있다.* 도스토옙스키는 뇌 환원주의적인 첨단 과학을 서사로 끌어들여 논쟁함으로써

* 사실 19세기 러시아 신경 과학은 이를테면 〈데카르트적〉이어서 정신과 몸을 완전히 분리해 바라봤다. 요컨대 세체노프를 비롯한 심리학자들과 생리학자들은 다마지우A. Damasio가 말한 〈데카르트의 오류〉에 대해 무지했다. 반면 드미트리의 〈꼬리〉는 즉각적으로 악마를 연상시킴으로써 19세기 데카르트적 사고를 논박한다.(Straus 2019: 40)

드미트리가 꿈을 통해 겪는 갱생 에피소드에 〈가장 고차원적인 의미〉에서의 사실성을 더해 준다. 그의 꿈은 신비주의도 아니고 신경 과학적으로 환원되는 단순한 질병도 아니며 그 점에서 그것은 도스토옙스키 시학의 다른 모든 테마가 그렇듯이 경계선적 현상이 된다.

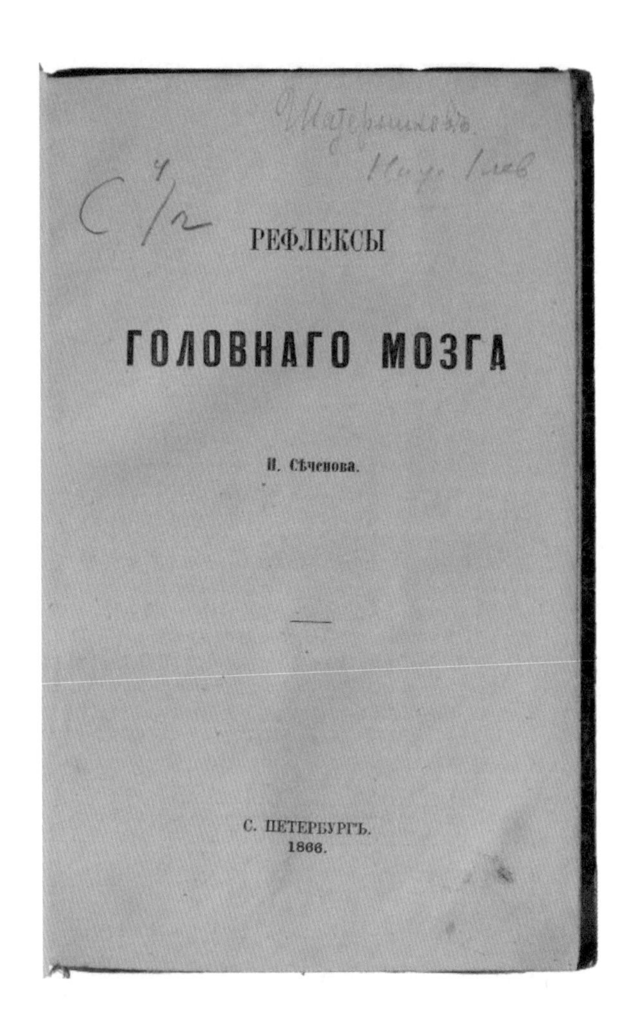

РЕФЛЕКСЫ

ГОЛОВНАГО МОЗГА

И. Сѣченова.

С. ПЕТЕРБУРГЪ.
1866.

세체노프의 『뇌의 반사 작용』 표제지.

4
꿈, 갱생으로 가는 문

수습 수도사이자 카라마조프 형제 중 가장 선한 막내아들 알료샤 역시 꿈을 통해 갱생한다. 다만 알료샤의 경우 꿈과 갱생의 서사는 다른 형제들에 비해 노골적으로 〈신비주의적〉이다. 그래서인지 화자는 오히려 처음부터 알료샤가 얼마나 건강한 청년인가를 강조한다. 그는 알코올 의존증 환자도 아니고 뇌전증 환자도 아니고 지적으로 지나치게 예민한 사람도 아니다. 〈병적이고 광신적이고 비정상적인〉 면은 조금도 없다. 〈알료샤는 뺨에 홍조가 돌며 두 눈이 반짝반짝 빛나는 건강미 넘치는 열아홉 살 청년이었다. 그는 당시 대단한 미남이었을 뿐만 아니라 중키의 다부진 몸매에다가 짙은 아맛빛 머리, 약간 길쭉하긴 하지만 이목구비가 뚜렷한 계란형 얼굴, 반짝거리는 짙은 잿빛의 크고 시원스러운 눈동자를 가진 사려 깊고 아주 얌전한 청년이었다.〉(도스토옙스키 23:58)

그러나 알료샤 역시 히스테리와 환시를 체험하는데 이는 구체적인 질병이나 후천적 원인에 의한 정신적 부조화라기보다

〈카라마조프〉 핏줄, 곧 DNA에 기인하는 현상이라 여겨진다.* 그토록 건강하고 얌전한 청년 알료샤는 아버지가 자신의 죽은 친모를 모독하는 장면에서 발작을 일으킨다. 〈알료샤는 갑자기 일어나더니 자기 어머니 이야기와 마찬가지로 손뼉을 탁 치고 나서 두 손으로 얼굴을 가린 채 짚단처럼 의자 위로 쓰러져 갑작스레 히스테릭하게 북받쳐 오르는 소리 없는 눈물 때문에 순간적으로 온몸을 부들부들 떨기 시작했다.〉(도스토옙스키 23: 305~306) 연구자들은 대체로 알료샤의 발작을 〈히스테리〉 증상으로 해석하려 시도한다. 도스토옙스키가 이 책을 쓸 당시는 히스테리와 뇌전증은 상호 연관된 경련성(발작성) 장애로 여겨지던 시절이므로 알료샤는 유사 뇌전증 환자로 봐도 좋을 듯하다.(Rice 2009: 356~357) 실제로 당시 파리의 병원들은 히스테리와 뇌전증을 같은 종류의 질병으로 분류했다는 기록이 있다.(Rice 2009: 362~363) 이러한 주장은 도스토옙스키의 의도를 추적할 수 있는 근거를 제공한다. 그는 『백치』의 뇌전증 환자 미시킨이 발작 시에 다른 차원의 시간과 공간을 경험하듯 알료샤로 하여금 다른 차원의 시간과 공간을 체험하게 할 예정이었다. 그러나 알료샤를 또다시 뇌전증 환자로 설정하는 것은 위험 부담이 컸다. 그래서 그는 〈건강한 청년〉 알료샤에게 유사 뇌전증의 증상을 부여함으로써 미시킨과 알료샤를 서사적으로는 구

* 어쩌면 도스토옙스키는 이런 식으로 카라마조프가의 아버지와 아들들이 일차적으로 동일한 〈핏줄〉에 의해 엮임을 보여 주는 것인지도 모른다. 이와 관련한 논의는 비교적 최근에 생물학자가 생물학의 관점에서 아버지 표도르의 DNA가 어떻게 네 아들들에게 유전되는지(혹은 유전되지 않는지)를 탐구한 저술 「닮은 듯 다른 우리」(김영웅 2021)에서 흥미롭게 전개된다.

분하되 임상적으로는 연결하는 전략을 구사한 것으로 추정된다.

러시아 문화의 전통에 깊이 새겨진 유로디비iurodivyi 역시 알료샤와 미시킨을 연결해 주는 고리이다. 소설 속에서 두 사람 모두 직접적으로 〈유로디비〉라 불리는데, 〈성 바보〉 혹은 〈바보 성자〉라 번역되는 유로디비는 바보짓과 광대 짓, 미치광이 짓을 하면서 정상인이 들을 수 없는 신의 음성을 들어 사람들에게 전하는 이색적인 남녀 성인을 의미한다. 도스토옙스키는 유로디비의 백치성과 예언자적 면모를 뇌전증 질환과 연결함으로써 지극히 사실주의적이면서 동시에 신비주의적인 인물 유형을 창조한다. 그의 작품에 나오는 유로디비들이 모두 뇌전증 환자이며 뇌전증 환자는 모두 유로디비 혹은 유로디비의 뒤집힌 형상을 공유하는 것 역시 〈고차원적 의미에서의 리얼리즘〉을 입증해 주는 사례라 할 수 있다.

다시 알료샤로 돌아가자. 알료샤의 이피퍼니는 그가 스승으로 모시던 조시마 장로의 선종을 계기로 일어난다.* 그러나 선종 사건을 갱생의 계기로 마련해 주는 것은 역시 꿈이다. 조시마 장로의 관 앞에서 파이시 신부가 죽은 자를 위한 성서를 봉송하고 있다. 알료샤의 마음속에서는 여러 상념들이 소용돌이친다. 〈여러 개의 감각들이 너무 많은 말을 하면서 오히려 하나가 다른 하나를 밀어내는 어떤 고요하고도 규칙적인 순환을 되풀이하고 있었다.〉(도스토옙스키 24: 800) 그러면서도 그의 마음은 거대한 깨달음을 받아들일 준비가 되어 있다. 〈상념의 조각들이 마치 잔별들처럼 가물거리며 반짝거렸고 이어서 다른 상념들로 대체

* 알료샤의 꿈과 이피퍼니에 관한 자세한 논의는 석영중 2017을 보라.

되면서 사라져 갔으나, 그 대신 완전하고 확고하며 갈증을 풀어 주는 그 무엇이 그의 마음을 지배하고 있었고 그 자신도 그것을 의식하고 있었다.〉(도스토옙스키 24: 800) 그러나 의식 속에서 진행되는 거듭남의 준비와는 별도로 밤샘 기도식의 독경 소리는 육신의 인간인 알료샤를 사로잡아 수면의 나락으로 떨어뜨린다. 꿈속에서 그는 선종한 스승 조시마 장로와 만나 형언할 수 없는 신비한 체험을 한 뒤 깨어난다. 〈무언가가 알료샤의 가슴속에서 불타오르고 별안간 고통스러울 정도로 충만하더니 그의 영혼에서 환희의 눈물이 쏟아져 내렸다……. 그 순간 그는 두 손을 뻗쳐 비명을 지르며 잠에서 깨어났다.〉(도스토옙스키 24: 806)

일부 연구자는 알료샤의 신비 체험을 과대망상적 mania grandiosa 비전이라 보기도 한다.(Rice 2009: 370) 사실 이어지는 알료샤의 황홀경은 관상이라고 하는 거대한 테마를 환기하며, 그런 점에서 그것은 사실주의 소설에서 현실적인 주인공이 감당해 내기에는 〈과대망상적〉으로 보일 여지가 있는 것도 사실이다. 관상은 이 책의 결론에서 다룰 예정이므로 알료샤의 회심과 갱생은 그때 가서 더 자세하게 살펴보기로 하고, 이 단락은 일단 알료샤의 꿈 역시 환상과 현실의 경계에서 발생하는 현상임을 확인하는 것으로 마무리 짓도록 하자. 건강한 청년이 졸음이 쏟아지는 상황에서 꾸벅꾸벅 졸다가 환시를 체험하고 다시 태어난다는 설정은 사실주의적인 동시에 신비주의적이다. 도스토옙스키에게, 그리고 독자에게 중요한 것은 알료샤가 그 순간 이후 다시 태어났다는 것, 그리고 보통의 건강한 인간에게도 다시 태어남의 경험은 가능하다는 사실일 것이다.

5
허접한 악마

이번에는 그동안 연구자들에게 가장 큰 흥미의 대상이었던 이반의 꿈을 살펴보자. 문학 속에 등장하는 모든 꿈들의 꿈, 꿈의 결정판, 궁극의 꿈이라 불러도 좋을 이반의 악몽은 도스토옙스키 소설의 정점을 장식한다고 해도 과언이 아니다. 내 개인적인 생각이지만, 이반의 악몽은 『카라마조프 씨네 형제들』에서 가장 강렬한 대목이자 도스토옙스키 소설 전체를 통틀어 가장 무시무시한, 너무 깊어서 들여다볼 수조차 없이 아찔한 암흑의 심연 같은 대목이다. 이반의 꿈에서 도스토옙스키가 평생 탐구했던 선악의 이중성, 그리고 그 이중성을 패러다임으로 무수히 변조되는 대립의 짝들, 미와 추, 신앙과 불신, 운동과 정지, 현실과 환상이 시각적인 언어로, 형상적으로, 가시적으로 서사화된다. 앞에서 언급했던 〈이미지 없는 어떤 것〉이 이미지가 되어 등장해 수시로 변신하는 장면은 이 세상 모든 호러물을 다 합친 것보다 더 무섭다.

도스토옙스키의 주도면밀한 준비 작업은 그 역시 이 대목의 완성도를 위해 각고의 노력을 기울였음을 알려 준다. 알료샤가 회심과 유사한 환시를 체험한다면 이반은 꿈속에서 악마와 마주함으로써 전통적인 회심 스토리를 뒤집는다. 이반은 뇌전증 환자가 아니지만 소설의 클라이맥스에서 악마의 환영을 볼 무렵에는 신경 계통에 질병이 생긴 환자로 묘사된다. 이러한 설정은 처음부터 도스토옙스키가 꿈의 의학적 측면과 신비주의적 측면을 고려한 결과라 여겨진다. 사실 소설에서 악마를 보는 것은 이반뿐이 아니다. 병약한 소녀 리자도, 광신적 신비가 페라폰트 신부도 모두 악마를 본다. 특히 페라폰트 신부는 사방에 숨어 있는 악마를, 그 〈꼬리〉를 자신만이 볼 수 있다고 부르짖는다. 그러나 악마의 환시를 신앙과 불신 간의 끊어질 듯 팽팽하게 잡아당겨진 경계선 위에서 지각하는 인물은 이반뿐이다.

드미트리의 약혼자 카테리나는 알료샤에게 의사들의 진단에 의하면 이반이 앓는 증세가 〈신경성 열병〉, 즉 〈뇌에 열이 차는 증세nervnaia goraichka, brain fever〉라고 알려 준다.(DKPSS 15: 38) 동일한 장면에서 이반은 또 알료샤에게 〈너는 사람들이 어떻게 미치는지 알고 있니?〉(도스토옙스키 25: 1323)라고 말함으로써 자신에게 광증이 있다는 것을 암시한다. 이 정황에 미루어 이반에게는 정신 착란과 유사한 모종의 뇌 질환이 생겼다고 추정할 수 있는데, 러시아어 〈nervnaia goriachka〉의 영어 번역인 〈brain fever〉(라틴어 학명 empresma cephalitis)는 우리말로 〈뇌척수염〉이라 번역된다. 반면 알코올 의존증 등으로 인한 〈진전 섬망〉은 러시아어로 〈belaia goriachka〉라 하며 악몽, 불안, 환각, 환청을 수반한다. 이반의 증세로 미루어 볼 때 이반의 병은 후자에 가까운 것으로 추측된다. 실제로 1890년에 출간된 백과사전을 보면 진전 섬망은 경련, 불면, 환각을 주요 증상으로 하며 이반을 비롯한 도스토옙스키의 인물들이 앓는 섬망은 진전 섬망이라 사료된다.(Emery et al. 2020: 895, 901)

이반의 환각과 뇌의 관련성은 계속해서 강조된다. 〈바로 그날 저녁은 이미 오래전부터 앓고 있으면서도 완강하게 버티던 그의 육체가 결국 점령당하여 섬망이 발병하기 직전이었다. (……) 이반의 설명을 들으며 진찰한 의사는 그의 뇌에 이상이 있는 것 같다는 결론을 내렸으며, 혐오스러운 태도로 털어놓는 이반의 어떤 고백들에 대해서도 전혀 놀라는 기색이 없었다. 《그런 환각은 당신의 병세로 봐서 흔히 있을 수 있는 일입니다》 하고 의사는 말했다.〉(도스토옙스키 25: 1399~1400) 도스토옙스키는 이반의 질병을 사실적으로 만들기 위해 여러 의사의 자문을 구했다고 편집장인 류비모프에게 보내는 편지에서 털어놓은 바 있다. 〈오랫동안 제가 의사들의 자문을 구했다는(한 의사에게만 물은 것이 아닙니다) 사실을 선생께 알려 드려야겠습니다. 의사들의 주장에 의하면 《뇌에 열 증세belaia goriachka》가 있기 직전에는 그런 악몽뿐만 아니라 환각도 가능하다는 겁니다. 물론 제 소설의 주인공도 헛것을 보는데, 그는 그것을 자신의 악몽과 혼동합니다.〉(모출스키 2000-2: 882) 그는 몇 줄 뒤에서 이반의 상태에 관해 의사들에게 자문을 구했다고 다시 한번 강조한다.(DKPSS 30-1: 205) 도스토옙스키는 악몽과 환각을, 즉 수면 중에 꾸는 〈나쁜 꿈〉인 악몽과 질병에서 오는 환각 증상을 구분할 뿐 아니라, 나아가 섬망이나 악몽이 단지 뇌의 질병 증상일 뿐 아니라 인간의 내면과 연관된다고 주장한다. 이 편지에 사실상 도스토옙스키의 환각에 대한 사유 전체가 압축되어 있다고 할 수 있다. 〈여기서 우리는 한 개인이 때때로 실제와 환상 사이의 경계를 망실하기 시작하는(누구나 일생에 한 번은 경험할 수 있는) 순간에 경험하는 육체적인fizicheskii, physical 병적 상태뿐 아니라 주인공의 성격과 일치하는 정신적dushevnii, mental 특징도 발견할 수 있습니다. 그는 환영의 실체를 부정하다가도 그 환영이 사라지면 그것의 실체를 갈망합니다. 불신앙에 의해 고통받으면서 동시에 그는 환영이 환상이 아니라 실재이기를 무의식적으로 갈망합니다.〉(DKPSS 30-1: 205; 모출스키 2000-2: 882)*

신체 일부로서의 뇌에 생긴 병변과 주인공의 정신과의 관련성을 강조하는 도스토옙스키는 현대의 정동 이론affect theory, 그리고 정동 이론과 신경 과학을 접목한 정동 신경 과학affective neuroscience을 예고한다.** 최근 부쩍 많은 연구 결과를 쏟아 내고 있는 정동 신경 과학은, 정서 과정에 개재하는 신경 회로와 신경 전달 물질의 의미를 이해하고 그것들이 정신 장애 사례에서

* 꿈과 실재에 관한 이러한 입장은 현대 신경 과학자의 주장을 예고한다. 마크 솜스M. Solms에 의하면 꿈은 뇌의 동기화 메커니즘을 활성화하기에 충분히 강한 자극이 주어질 때 시작된다. 꿈의 진행은 퇴행적이다. 지각 체계의 상부(기억과 추상적 사고 담당)가 활성화된 후 하부(구체적인 이미지 담당)가 활성화된다. 그래서 꿈을 꾸는 주체는 동기화된 사건에 참여하지 않음에도 자신이 참여한다고 생각한다.(Solms 2018: 138) 또 수면 중에는 변연계의 전두부 반사 시스템이 비활성화되므로 상상 속 장면이 무비판적으로 수용되고 주체는 그것이 실제 지각이라 오판한다.(Solms 2018: 139)

** 다마지우, 르두J. LeDoux, 솜스, 팽크셉J. Panksepp의 논지를 중심으로 도스토옙스키 인물들의 정서와 신체의 관련성을 논한 논문은 Straus 2019를 보라.

어떻게 역기능하는가를 탐구하는 신경 과학의 한 지류이다.(Kendrick et al. Ed. 2020: 5~6) 정서와 기억과 자기 변형에 관여하는 뇌/신체 회로가 어떻게 조성되는가는 비단 신경 과학자들뿐 아니라 문학 연구자들에게도 흥미로운 주제가 아닐 수 없다.(Straus 2019: 35) 다마지우에 의하면 〈복잡한 생명체의 정교한 뇌 속에서 뉴런들의 네트워크는 궁극적으로 그것들이 속한 신체 부분의 구조를 모방하게 된다. 그것들은 몸의 상태를 대변하며 문자 그대로 그들이 봉사하는 몸을 매핑하고 몸에 대한 일종의 가상 대리인, 신경적 분신을 형성한다〉.(Damasio 2012: 41) 도스토옙스키의 이반은 다마지우의 진술을 반영하는 동시에 뇌/정신의 신경 과학적 관계를 뛰어넘어 신앙이라는 다른 영역의 문제들을 반영한다. 그의 악마는 신체의 질병이자 뉴런들의 오작동이자 정신적 불균형의 소산이자 도스토옙스키의 말대로 〈불신앙〉의 소산이기 때문이다.

이반이 악마와 대면하는 장면은 고전적이고 파우스트적이지만 도스토옙스키의 의도는 괴테적이지 않다. 무엇보다도 이반의 악몽에 등장하는 악마는 철 지난 양복을 입은 꾀죄죄한 식객의 모습을 하고 있어 메피스토펠레스와는 사뭇 격이 다르다. 도스토옙스키는 류비모프에게 보낸 편지에서 자신의 악마가 거룩한 〈사탄〉이 아니라 허접한 악마melkii chert, petty demon라 강조한다.(DKPSS 30-1: 205) 이반의 환각이 반드시 시시하고 허접한 악마여야만 하는 일차적인 이유는 그것이 이반 자신, 내적으로 공허하고 미학적으로 초라한 그 자신의 분신이기 때문이며 또 바로 이 점에서 이반의 환각은 뇌 환원주의도 신비주의

프리츠 아이헨버그F. Eichenberg, 〈이반의 악마〉 삽화(1949).

도 아닌, 철저하게 〈고차원적인 사실주의〉 속에서만 설명될 수 있다.* 악마는 신앙을 조롱하고 이반의 학문적 업적과 이반이 과거에 썼던 논문을 상기시킴으로써 자신과 이반의 분신 관계를 공고히 한다. 융의 지적처럼, 〈꿈은 일종의 극장이다. 그 안에서 꿈의 주체는 그 자신이자 무대이자 연기자이자 프롬프터이자 프로듀서이자 저자이자 관객이자 비평가이다〉.(Jung 1969: 509) 자기 자신인 동시에 자신의 비평가인 악마와 연기 대결을 벌이는 이반의 악몽 극장은 그의 분열된 정신을 보여 주는 최적의 공간처럼 보인다.**

그러나 악마의 초라한 행색은 그가 이반뿐이 아니라 인간 일반에 대한 분신일 수도 있다는 점에서 다른 차원의 의미를 획득한다. 그의 형태는 끊임없이 긍정과 부정을 반복하는 가운데 점차 실체를 상실한다. 그는 〈뛰어난 재단사가 만든 것이 분명한 갈색 양복을 입고 있으나 그 옷은 유행이 지났고, 넥타이는 세련된 신사들이 착용하고 다니는 것과 비슷하지만 가까이서 보면 몹시 낡았으며, 체크무늬 바지 역시 몸에 아주 잘 맞는 것이지만 이젠 사람들이 더 이상 입고 다니지 않는 것이고, 하얀 모피 역시 계절에 어울리지 않는다. 금반지를 끼고 있지만 그 가운데 박힌 것은 싸구려 단백석이다. 한마디로 그는 《껍데기뿐인》 존재, 내면에 아무것도 없는 존재이다〉.(도스토옙스키 25: 1400~1401) 아무것도 확정적이지 않은 존재, 이것도 저것

* 그러나 또한 바로 이 점 때문에 이반의 환각은 현대 의학으로는 설명하기 어려우며 〈심리학적 사실주의〉 맥락에서 수용되기도 어렵다. Paris 2008: 180을 보라.

** 융의 지적은 악몽의 경우 더 적절하게 들린다. 악몽이야말로 정신 분열의 한 증상이기 때문이다. White-Lewis 1993: 53을 참조하라.

도 아닌 존재, 긍정과 부정의 연속으로만 그려질 수 있는 존재는 공회전을 반복하는 가운데 소멸해 가는 인간 실존의 그림자처럼 보인다.

악마의 수다 또한 긍정과 부정의 반복을 통해 〈말씀〉을 조롱하고 그럼으로써 지옥의 침묵과 영원한 허무를 표상한다. 악마의 말 중에서 어떤 대목은 도스토옙스키 자신의 생각을 비틀어 보여 주기도 하지만 이반의 악몽을 가득 채운 모든 말들의 의의는 그것들이 결국 아무것도 전달하지 않는다는 사실, 아니, 무언가를 전달하는지 아니면 아무것도 전달하지 않는지조차 불투명하다는 사실에 있다. 악마는 긍정한 후 뒤이어 부정하는 방식으로 말의 의미 작용 자체를 부정한다. 몇 가지 예를 들어보자. 〈내가 비록 자네의 환영이긴 하지만, 악몽 속에서처럼 자네가 이제까지 생각도 해보지 못한 독창적인 말들을 하고 있잖아. 보다시피 난 자네의 생각을 되풀이하는 게 절대 아니잖아. 그러나 한편으로 나는 다만 자네의 악몽일 뿐이지, 그 이상도 이하도 아닌 거야.〉(도스토옙스키 25: 1410) 〈태곳적부터 나는 내가 알 수 없는 어떤 섭리에 의해 부정하도록 결정되어 있지만 어쨌든 나는 정말 착하고 전혀 부정할 줄을 모르거든.〉(도스토옙스키 25: 1415) 요컨대 악마는 환영이자 환영이 아니고 부정하는 존재이자 부정할 줄 모르는 존재라는 얘기이다. 그는 결국 아무것도 아닌 존재, 무non-being이다.

이반 역시 악마의 공허한 어법을 그대로 답습한다. 악마와 그는 뫼비우스의 띠처럼 얽혀 있어 실제로 악마가 그를 흉내 내는 것인지 그가 악마를 흉내 내는 것인지 알 도리가 없다. 그와 악마의 대화는 대화라기보다 공허한 말에 대한 공허한 메아리의 연속에 가깝다. 이반의 공허가 악마라는 허상을 만들어 내고 악마라는 허상은 다시 이반의 텅 빈 내면을 조롱하는 식이다. 〈이건 자네가 내 정체를 깨달은 게 아니라, 내가 자네의 정체를 깨달은 거라고!〉(도스토옙스키 25: 1422) 이반은 그를 향해 〈내 어리석은 사상과 감정의 화신〉, 〈나 자신〉, 〈쓰레기에 불과한 내 환영〉, 〈존재하지 않는 꿈〉이라 부르지만(도스토옙스키 25: 1405~1422) 동시에 그의 실재를 믿고 싶어 한다.

「아무튼 자네는 나를 믿고 있다는 확신이 드는군.」
「1백 분의 일도 믿지 않아.」
「하지만 1천 분의 일은 믿겠지.」
「절대 그런 적 없어……. 그렇지만 나는 당신을 믿고 싶기는 해.」(도스토옙스키 25: 1422)

믿음과 불신 사이의 경계선 위에 선 이반의 자기모순은 그가 악마를 향해 물 잔을 던지는 장면에서 극대화된다. 신의 존재와 부재 사이에서, 신앙과 불신의 중간 지대에서 찢긴 상태로 존재하는 이반은 신이 부재한다고 확신하고 싶지만 동시에 신이 존재하기를 무의식적으로 바란다. 만일 신이 존재한다면 악마도 존재해야 한다. 만일 신이 부재한다면 당연히 악마도 부재한다. 악마가 그가 앓는 진전 섬망의 증상이라면 악마가 지껄이는 데 일일이 토를 달 필요가 없다. 그러나 이반은 악마가 질병에서 오는 헛것이라 단언하면서도 악마의 말을 더 이상 들어 주지 못하고 식탁에서 물 잔을 집어 들어 그를 향해 던진다. 그리고 바로 그 순간 그는 문을 두드리는 소리에 악몽에서 깨어난다. 〈그가 방문객을 향해 집어 던졌던 물 잔은 그의 앞 식탁 위에 그대로 놓여 있었다. 맞은편 소파 위에는 아무도 없었다.〉(도스토옙스키 25: 1434) 실체가 없는 존재이지만 실체가 없는 존재가 아니기도 한 악마의 최종적인 〈비존재성〉은 이반이 꿈에서 깨어난 뒤 다시 한번 확인된다. 이반은 정신 질환을 앓는 과정에서 악마의 환영을 보지만 악마의 환영을 본 뒤에 그의 정신 분열은 가속화하므로 악마의 환영이 정신 질환의 원인인지 아니면 정신 질환의 결과인지가 모호하기 때문이다. 이반의 악몽이 끔찍한 이유는 악의 실재성도, 악의 환상성도 아닌 악의 모호성에 기인한다. 악은 지각의 대상도 아니고 믿음/불신의 대상도 아니다. 악마는 이반의 분신이기도 하고 이반을 자신의 분신으로 삼기도 한다. 그는 〈부정 방정식의 *x*〉이자, 〈시작과 끝을 잃어버린, 이름조차 잊어버린 인생의 어떤 환영〉이자(도스토옙스키 25: 1416), 이미지 없는 어떤 것의 이미지, 원형이 없는 어떤 것이자 원형의 모사품이다. 이반의 악마는 도스토옙스키가 그려낸 악 중에서 가장 무시무시하다. 『죄와 벌』의 스비드리가일로프, 『백치』의 로고진, 『악령』의 스타브로긴에게서는 찾아볼 수 없는 초라하고 꾀죄죄한 옷차림, 범속함, 일말의 상냥함, 농담조의 수다 덕분에 그는 평균적인 인간의 모습에 가장 가까이 다가가며, 바로 그 점에서 그는 도스토옙스키가 생각한 가장 심오한 악, 곧 인간 내면의 끝없이 깊은 공허를 상징하는 거대한 악으로 우뚝 솟아오른다. 도스토옙스키는 거대한 악을 서사 속에서 완성하기 위해 〈허접한 악마〉를 필요로 했던 것이다.

꿈의 상징성에 대해서는 아직도 확고한 이론이 부재한다. 〈꿈에 정확하게 어떤 심오한 상징적 의미가 담겨 있는가를 단언하기란 불가능하다. 꿈은 뇌가 회로를 재정비하거나 메모리를 비우기 위해 행하는 시도의 부산물일 수도 있다.〉(Panksepp 2005: 126) 이반의 악몽은 다른 모든 꿈들처럼 의학적인 면과 신비주의적인 면을 둘 다 보여 준다. 이 꿈 이후에 이반의 정신은 돌이킬 수 없이 분열되지만 그가 이제까지 경험해 보지 못한 양심의 가책에 시달리기 시작한다는 것은 그의 꿈 역시 〈이피퍼니〉로 바라볼 여지를 제공한다. 만일 우리가 정서적인 각성과 이피퍼니 역시 정동 신경 과학의 맥락에서, 즉 아직은 명백하게 밝혀지지 않은 어떤 신경 과정의 맥락에서 설명할 수 있게 된다면 이반의 꿈은 그러한 설명을 뒷받침해 주는 충분한 근거가 될 것이다. 도스토옙스키의 문학은 어쩌면 꿈이 우리가 충분히 이해할 수 없는 어떤 중요한 신경 과정의 부대 징후일 수도 있고 성격과 인지 구조에 진정한 함의를 갖는 어떤 과정의 반영일 수도 있다는 신경 과학자의 주장에 힘을 실어 주게 될지도 모른다.(Panksepp 2005: 126)

6
문학과 의학

섬망은 라틴어 동사 〈allucinari(마음속에서 방황하다)〉에서 유래한 용어로 1837년부터 정신 장애와 관련한 일련의 증상을 일컫는 데 사용되기 시작했다. 섬망 환자의 가장 놀라운 판단 오류는 물리적인 의미에서 존재하지 않는 외적인 대상을 생생하게 지각하는 데서 드러난다. 섬망은 신경학적이고 정신 의학적인 질병 — 조현병, 우울증, 뇌전증 등 — 에서 비롯하지만 다른 여러 병인, 뇌 관련 외상, 약물 및 알코올 남용, 내분비 및 감염 질환 등도 섬망에 기여한다.(Herman 2011: 147) 앞에서 살펴본 카라마조프가의 아들들이 현실과 꿈의 경계선에서 새로운 삶의 가능성을 보여 준다면, 체호프의 주인공들이 겪는 의학적 차원에서의 섬망은 인간 의식 깊은 곳에 있는 공포를 드러내 보여 준다. 체호프의 단편소설 「검은 옷의 수도사」는 도스토옙스키가 인간의 영적인 갱생으로 승화한 환각을 냉정한 질병으로 축소하고 갱생의 서사를 가슴 서늘한 각성의 서사로 뒤집는다.

일단 체호프는 본업이 의사인 작가였으며, 독실한 신앙인이었던 도스토옙스키와 달리 인간의 영혼보다는 인간의 신체, 그리고 신체와 정신의 상관관계에 관심이 더 많았을 것으로 사료된다. 1884년 모스크바 대학 의학부를 졸업한 체호프는 모스크바 근교 치키노 병원에서 수련의로 일하며 의사의 길을 걷기 시작했다. 그는 훌륭한 의사였고 양심적인 의사였다. 의학은 체호프의 표현을 빌려 말하자면 그에게 평생 〈조강지처〉였고 그는 조강지처에게 한결같이 충실했다. 그의 의사로서의 삶을 일종의 부록처럼 얘기하는 평론가도 있고 의사로서의 경험이 그의 소설에 객관성을 부여했다는 식의, 그러니까 의학이 그의 문학에 보조 역할을 해줬다는 식의 말을 하는 평론가도 있지만 의사 체호프의 자리는 그보다 훨씬 크다. 오히려 글쓰기 체험이 그의 의사 경력에 더 큰 도움을 줬을지도 모른다.* 이와는 반대로 체호프를 주로 의사로서, 그러니까 의학적 지식을 문학이라는 틀 속에서 개진한 의료인으로 바라보는 시각도 상당히 강력하게 존재한다. 사실 오늘날 의학과 인문학을 융합한 초학제 연구 분야에서 실제로 의사였던 체호프만큼 적절한 주제는 없을 것이다. 체호프가 의료 인문학이나 서사 의학 분야에서 가장 자주 언급되는 이름 중 하나라는 사실은 너무나 당연하게 여겨진다.** 그러나 작가 체호프를 의사 체호프에 종속시키는 시각도, 그 반대의 시각도 모두 체호프 문학의 깊이를 다 파헤치는

* 체호프와 의학이라는 고전적 주제를 다룬 글에서 볼로고프P. Bologov가 최근 〈그의 삶이 그의 작품을 규정한 것이 아니라 그의 작품이 그의 삶을 규정했다〉라고 말한 것도 비슷한 맥락에서였다. https://ncpz.ru/stat/152?ysclid=lngme65z2h972746764/ 참고.

** 체호프를 의료 인문학 및 서사 의학의 시각에서 연구한 논문으로는 정지원 2018; Miller 2021; Starikov 2021을 보라.

데 뚜렷한 한계를 보인다. 체호프 문학의 심오함은 의학과 문학의 철저한 균형, 그 팽팽한 긴장에 기인하기 때문이다.

체호프가 의대에 입학할 당시 러시아 의학계는 장족의 발전을 거듭하고 있었다. 임상 의학은 유럽 어느 나라와 비교해도 뒤처지지 않을 만큼의 수준에 도달해 있었다. 의대에서 그를 가르친 자하린G. A. Zakharin은 의학계의 톨스토이라 불릴 만큼 탁월한 교수였다. 자하린 교수에게 수학할 당시 체호프는 단지 의학 지식과 기술만을 습득한 것이 아니라 의학의 사회적 기여에 관해 숙고할 기회도 제공받았다. 그에게 의사는 질병을 치유하는 존재일 뿐 아니라 더 나은 사회를 위해 헌신하는 리더이자 교사였다. 의대를 졸업할 당시 그는 의사란 모름지기 환경에 대한 적절한 이해를 통해 대중에게 건강한 진화 사상을 전해야 한다는 생각을 굳히고 있었다.

정신병에 대한 그의 관심은 1887년 1월 정신 의학자 메르제옙스키I. Merzheyevsky가 모스크바 의료 심리학회에서 정신병 예방학을 주제로 강연하는 것을 들으며 촉발된 이래 지속적으로 그의 소설 속으로 스며들어 왔다. 의대 재학 당시 그와 친하게 지냈던 로솔리모G. I. Rossolimo가 신경과 전문의였던 것도 우연이 아니다. 체호프에게 인간 본성에 대한 깊은 관심은 정신 의학에 대한 관심으로 연결되었다고 추정할 수 있을 것이다. 나아가 인간 본성에 관한 연구는 자연스럽게 비정상적인 정신 상태에 대한 관심으로 이어져 「6호 병동Palata nomer shest」, 「검은 옷의 수도사」 등 정신병을 소재로 한 일련의 작품을 탄생시켰다. 체호프는 1892년 모스크바 인근 멜리호보에 정착하여 의료 사

러시아 멜리호보 체호프 기념관에 재현된 진료소 내부(필자가 촬영).

업을 지속했다. 당시 그는 공중위생 의사 쿠르킨P. Kurkin, 정신 의학자 야코벤코V. Yakovenko 등과 교분을 지속했는데 특히 멜리호보 인근에 있던 야코벤코의 정신 병원을 종종 방문해 직업과 관련한 환담을 나눴다.

체호프가 멜리호보에 거주하면서 야코벤코와 교류하던 1893년에 쓴 「검은 옷의 수도사」는 체호프 특유의 모호함에 그로테스크가 더해진 신비한 작품으로, 톨스토이를 비롯한 많은 작가와 평론가의 극찬을 받았다. 주인공인 문학 박사 코브린은 과로로 심신이 쇠약해졌다. 그래서 휴식을 취할 겸 후견인이자 유명한 원예가인 페소츠키의 영지를 방문한다. 어느 날부터인가 그에게 검은 옷을 입은 수도사의 형상이 나타나 그가 인류를 선도하는 소수의 선택받은 천재라고 속삭인다. 그는 페소츠키의 소원대로 그의 딸 타냐와 결혼한다. 결혼 후에도 그의 섬망은 점점 심해지지만 그는 환각이 가져다주는 황홀경이 너무 좋아 자신을 치료하려 드는 장인과 부인을 증오하고 그들을 괴롭힌다. 결혼은 파탄으로 끝나고 장인은 화병으로 죽는다. 코브린은 뜨내기로 만난 내연녀와 요양차 세바스토폴에 간다. 그곳 호텔에서 그는 지병인 폐결핵이 악화되어 피를 토하며 조용히 세상을 하직한다.

이 소설은 당대부터 지금까지 정신 의학적 관점을 항상 해석의 조건으로 수반해 왔다. 코브린의 환영은 질병인가, 아니면 질병 이상의 어떤 초월적 의미를 갖는가? 이러한 질문은 유사한 질문들로 이어진다. 검은 옷의 수도사는 어떤 존재인가? 코브린에게 영감을 주는 정령인가, 아니면 그를 파멸로 이끄는 악령인가?* 체호프의 입장에서 볼 때 코브린은 어떤 인물인가? 과대망상증에 걸린 추악한 이기주의자인가, 아니면 주변의 몰이해로 성장을 차단당한 비극적 천재인가? 누가 옳은가? 자신의 정신병을 옹호하는 코브린인가, 그를 치료하려는 아내와 장인인가? 일단 체호프 자신의 설명으로 미뤄 본다면 코브린의 병은 병일 뿐이며 그것을 여러 설명과 논지로 꾸며 댈 의도는 없었던 것으로 보인다. 도스토옙스키가 뇌전증에 부여한 것과 같은 초월적 의미는 체호프에게 낯설었다. 체호프는 이 소설이 철저하게 〈의학적인 소설〉이라 못 박았다. 1893년 12월 18일 수보린에게 보낸 편지에서는 그것을 〈과대망상증maniia velichiia을 앓는 젊은이에 관한 묘사〉라 단정했고(Chekhov Pis'ma 5: 252) 이듬해 1월 15일 평론가 멘시코프O. Menshkov에게 보낸 서한에서도 그것은 〈질병에 관한 스토리이며 주제는 과대망상〉이라 강조했다.(Chekhov Pis'ma 5: 261) 나아가 수보린의 아내가 자신의 정신 건강을 걱정했다는 얘기를 전해 들은 체호프는 1894년 1월 25일 수보린에게 이렇게 답장했다. 〈저는 냉정한 성찰 상태에서 「검은 옷의 수도사」를 썼습니다. 우울증 같은 것은 없었어요. 저는 그저 과대망상을 기술해 보고 싶었어요. 꿈에서 시커먼 옷을 입은 수도사를 보긴 했어요. 그리고 그 얘기를 미샤에게 했지요. 그러니 사모님께 불쌍한 안톤은 아직 정신이 멀쩡하다고, 저녁 식사 때 맛난 음식을 너무 많이 먹어 꿈에서 수도사

* 이 문제는 이미 체호프 당대에 평론가 미하일롭스키N. Mikhailovskii가 제기한 것으로 이후 체호프 연구에서 종종 반복해 인용되었다. Beliakova 2014: 48을 보라.

를 본 것뿐이라고 전해 주세요.〉(Chekhov Pis'ma 5: 264) 체호프의 주장만 본다면 코브린은 천재도 아니고 위대한 예술가도 아니라 단순히 병든 인간이며 검은 옷의 수도사는 정신병의 한 징후일 뿐이다. 실제로 소설 속 어디에도 그가 천재임을 암시하는 대목은 없다. 게다가 그는 인문학을 가르치는 학자이므로 예술이니 영감이니 하는 것들은 그와 별로 관계가 없다.

일단 체호프의 주장을 토대로 코브린의 질환을 살펴보자. 코브린이 겪는 환각과 관련해서는 양극성 장애와 조현병(정신분열)이라는, 엇비슷한 듯하지만 근본적으로 다른 질병들의 시각에서 연구가 진행되었다. 양극성 장애도 조현병도 20세기 초에 이르러서야 병명이 도입되었으므로 체호프는 당대 가장 통상적으로 사용되던 〈과대망상〉이라는 용어를 질병의 이름으로 사용한 것으로 추정된다. 엄밀히 말해 양극성 장애는 기분 장애로, 조현병은 정신증적 장애로 분류되고 양자는 치료 방식 및 기간과 관련해 다른 과정을 취하며 예후도 매우 다르다. 그럼에도 몇몇 증상은 중복되기 때문에 진단에 혼선을 빚는 사례가 종종 있었다. 『DSM』(정신 질환 진단 및 통계 매뉴얼로 2013년에 제5판이 나왔다)에 의하면 양극성 장애와 조현병은 망상과 환상 등 유사 증상을 공유함에도 동시에 진단될 수는 없다. 바로 이 점에서 체호프 문학에 의학적으로 접근하는 것의 한계가, 그리고 문학 텍스트 해석에서 서사 의학이 차지하는 의의의 한계가 드러난다. 19세기 의사이자 작가인 사람이 그려 낸 주인공 코브린의 병이 오늘날 의학에 비춰 조현병인지 양극성 장애인지를 정확하게 진단하기란 사실상 불가능하다. 게다가 의학이 바라보는 체호프의 위상과 체호프의 소설이 지닌 심오한 의미가 항상 명료하게 드러나는 것도 아니다. 바꿔 말해서 의학적 해석과 문학적 해석이 수렴하여 의미를 창출하는 부분은 생각보다 복잡한 사유 과정을 요구한다.

그러면 우선 코브린의 환각을 양극성 장애의 증상으로 진단하는 시각을 살펴보자.* 코브린은 경조증hypomania과 우울 삽화를 특징으로 하는 2형이 아닌, 조증 삽화를 특징으로 하는 1형으로 진단된다.** 1형 양극성 장애의 주요 증상인 극단적인 행복감, 감소된 수면 욕구, 사고의 질주, 과대망상, 환청 또는 환시가 모두 코브린에게서 나타난다. 여기에 팽창된 자존심, 과잉 활동까지 덧붙이면 그는 전형적인 환자라 해도 무방하다.(Munzar 2022: 206) 그가 처음에 시골에 온 것부터가 신경 쇠약 때문이었다. 그러나 시골에서도 그는 도시에 있을 때처럼 긴장되고 불안한 삶을 계속해 나갔다. 〈그는 많이 읽고 많이 썼으며 이탈리아어 공부도 했다. 산책할 때도 책상 앞으로 되돌아가 공부할 생각에 기뻐했다. 그는 너무나 잠을 적게 자서 모두를 놀라게 했다. 뜻하지 않게 오후에 한 30분쯤 졸았다면 그날 밤에는 아예 날밤을 새웠으며 그러고도 마치 아무 일도 없었다는 듯이 활기차고 명랑했다.〉(체호프 2016: 121) 그는 특히 조증 삽화의 주요 특징인 끊임없이 말을 하는 단계를 거친다. 〈그는 말을 무척 많이 했고 포도주를 마셨고 값비싼 궐련을 피웠다.〉(체호프

* 「검은 옷의 수도사」와 양극성 장애를 연결 지어 다루는 가장 최근 논문은 Munzar 2022를 보라.

** 이하 양극성 장애의 일반적인 증상과 진단은 알브레히트 외 2010을 참조했다.

2016: 121)

이런 상태에서 그는 갑자기 수도사에 관한 전설을 생각해 낸다. 오래전에 어떤 수도사가 광야를 거닐면서 자신의 환영을 무수히 만들어 냈는데, 그로부터 정확하게 1천 년이 지난 뒤 수도사는 다시 지구의 대기권 안으로 돌아와 사람들 눈에 보이기 시작했다는 것이다. 〈책에서 읽었을까? 누구한테 들었을까? 아니면 꿈에서 검은 옷의 수도사를 본 걸까? 하늘에 맹세코 기억이 안 나. 그렇지만 이 전설을 잊을 수가 없어. 오늘도 종일 그 생각만 했어.〉(체호프 2016: 123) 얼마 후 그는 전설로 기억했던 검은 옷의 수도사를 강변에서 실제로 만난다.

> 코브린은 몰려오는 검은 기둥에게 길을 내주려고 호밀밭 쪽으로 비켜섰다. 그러자 (……) 검은 법의를 입은 수도사가 흰 수염과 검은 눈썹을 휘날리며 두 팔을 십자가처럼 가슴에 포갠 채 휘익 지나가는 것 아닌가……. 아무것도 신지 않은 그의 두 발은 지표면에서 떨어져 있었다. 한 6미터가량 지나간 뒤 그는 코브린을 돌아보며 고개를 끄덕이고는 다정하면서도 교활한 미소를 지었다. 야위고 창백한, 무섭도록 창백한 얼굴이었다! 수도사는 이제 다시 점점 커져 강을 건너 조용히 진흙투성이 강기슭과 소나무 숲을 가로질러 연기처럼 사라져 버렸다.(체호프 2016: 124~125)

환영과 대면한 코브린의 태도는 확실히 병적이다. 대부분의 환상 문학에서 환시에 대한 반응이 경악과 공포인 반면, 코브린은 전설이 사실이라는 바로 그 사실에 즐거워한다.(Whitehead 2007: 615) 그는 검은 법의뿐 아니라 수도사의 얼굴과 눈까지 지근거리에서 분명하게 볼 수 있었다는 사실 하나만으로도 만족했으므로 이 기이한 현상에 대한 이성적인 해석은 덮어 둔 채 즐거운 흥분에 휩싸여 집으로 돌아온다. 그 뒤 그의 〈즐거운 흥분〉은 점점 증폭된다. 그는 수도사와의 대면을 거듭할수록 더욱더 인생의 활력을 강렬하게 느끼며 더욱더 연구에 깊이 몰두하고 더욱더 신비한 황홀경을 만끽하게 된다. 〈그는 언제나 행복하고 환희에 가득 차 자기 방으로 돌아가 조금 전에 타냐와 입맞춤하던 그 열정, 그녀에게 사랑을 맹세한 바로 그 열정으로 책 혹은 원고에 정신을 쏟아부었다.〉(체호프 2016: 146) 이상에서 살펴본 것만 가지고도 코브린은 양극성 장애의 조증 삽화에 대한 문학적인 사례라는 느낌을 줄 정도로 정확하게 질병의 증상을 보여 준다. 실제로 러시아의 저명한 정신과 의사인 세르게이 코르사코프S. Korsakov와 니콜라이 오제레츠키N. Ozeretskii는 이 작품이 정신 의학의 모든 원칙을 그대로 따르는 작품이라 평가했다.(Beliakova 2014: 44)

한편, 일부 연구자들은 코브린의 증상을 조현병(정신 분열증)과 연관 짓는다.* 그 근거 중 하나는 병식이다. 코브린과 검은 옷의 수도사가 주고받는 대화를 살펴보자.

* 정신 의학자들은 조현병을 인격 분열과 혼동해서는 안 된다고 경고한다. 인격 분열은 〈해리성 장애〉라는 다른 병명을 갖는다.(토리 2021: 128) 그러나 문학에서는 인격 분열과 정신 분열을 종종 같은 것으로 다루어 왔다. 예를 들어 도스토옙스키의 『분신』은 의학적으로는 정신 분열에 관한 이야기이지만 문학적으로는 분열된 인격에 관한 이야기이다. 또 앞에서 우리는 이반 카라마조프가 보는 악마의 환영이 일정 부분 이반 자신의 분신이라는 점을 언급했다.

수도사는 잠깐 머뭇거리는가 싶더니 그에게 얼굴을 돌리며 조용히 대답했다. 「**전설, 신기루, 그리고 나, 이 모든 게 자네의 흥분된 상상에서 나온 걸세. 나는 유령이라고.**」

「그렇다면, 선생은 존재하지 않는다는 얘긴가?」 코브린이 물었다.

「마음대로 생각하게.」 수도사는 대답한 다음 희미하게 미소 지었다. 「**나는 자네의 상상 속에 존재해. 그런데 자네의 상상이란 자연의 일부이지. 그러니까 나는 자연 속에 존재하는 셈이지.**」

(……)

「하지만 나는 알고 있어, 선생이 떠나고 나면 선생의 본질에 관한 의문이 나를 괴롭히리라는 것을. **선생은 유령이자 환영이야. 그러니까 나는 정상인이 아니며 정신병에 걸렸다는 뜻이겠지?**」

「설령 그렇다고 치세. 그래서 뭐 어쨌다는 건가? 자네는 아파. 능력보다 더 많이 일을 해서 기력이 소진된 거지. 이는 곧 자네가 자신의 건강을 이상의 제물로 바쳤고 머지않아 목숨까지 바칠 거라는 뜻이야. 이보다 더 훌륭한 게 어디 있나? 천부적인 재능을 타고난 고결한 인물들은 대체로 이를 지향하지.」

「**내가 정신병에 걸렸다는 걸 알면서도 내가 나 자신을 믿을 수 있을까?**」

「자네는 어째서 세상의 신뢰를 받는 천재들은 유령을 볼 리가 없다고 확신하는 거지? 요즘에는 학자들도 천재와 광인은 한통속이라고 말들 하지. 이보게, 오로지 평범한 인간 군상이나 건강하고 정상적인 거야. 삶의 목표를 현재에서만 찾는 인간들, 그러니까 군중만이 이 신경증적인 시대와 과로와 퇴화 및 기타 등등에 대한 걱정 때문에 심하게 괴로워하는 법이지.」(체호프 2016: 137~140, 강조는 필자)

코브린은 검은 옷의 수도사가 환영이라는 사실을, 그리고 자신이 정신 질환 환자라는 사실을 인지하고 인정한다. 일부 초기 조현병 환자들이 보여 주는 〈질병 인식〉 혹은 〈병식〉의 사례라 할 수 있다. 코브린은 더 나아가 검은 옷의 수도사가 자신의 분신임을, 자기 내면의 부풀어 오를 대로 부풀어 오른 자아임을 인정한다. 〈거참 신기하군. 선생은 종종 내 머릿속에 떠오르는 생각들을 그대로 지껄이고 있으니. 마치 내 비밀스러운 생각들을 엿보고 엿들은 것 같아.〉(체호프 2016: 140) 그리고 그는 이 모든 병적인 환영으로부터 주체할 수 없는 기쁨을 끄집어낸다. 〈검은 옷의 수도사가 그에게 한 몇 마디 말은 그의 허영심만을 만족시킨 것이 아니라 그의 영혼 전체, 그의 전 존재를 만족시켰다.〉(체호프 2016: 141)*

* 코브린의 수도사는 이 점에서 이반의 악마와 구별된다. 이반의 악마는 일회적이며 이반은 악마가 사라지기를 바란다. 반면에 코브린은 수도사가 허깨비임을 인정하면서도 수도사의 말에 황홀해하고 수도사가 나타나기만을 손꼽아 기다린다. 이반의 악마가 이반의 양심을 자극한다면 코브린의 수도사는 코브린의 자아를 부추긴다. 이반이 악마와의 대면 이후 스스로의 신념에 대한 의심과 양심의 가책으로 돌이킬 수 없이 무너진다면 코브린은 수도사 덕분에 망상의 세계에 편안하게 안주한다. 이반의 악마가 궁극적으로는 이반에게 고통스러운 갱생의 계기를 제공한다면 수도사는 코브린을 자기기만의 수렁으로 던져 버린다.

일부 의료 인문학자들로 하여금 코브린의 증상을 조현병으로 진단하도록 해주는 또 하나의 요인은 코브린이 망상의 세계에 들어간 후 거기 완전히 정착한다는 점이다. 실제로 조현병 진단을 받은 환자의 진술을 토대로 코브린과 조현병 환자의 유사성을 논하는 논문에서 저자들은 증상뿐 아니라 예후까지도 양자가 중첩된다고 주장한다.* 연구자들은 특히 코브린이 치료를 거부하는 것이 조현병의 증상이라고 지적한다. 실제 환자들의 경우와 마찬가지로** 코브린은 자신이 치료받기 전에 더 매력적이고 더 행복했다고 주장한다. 아내와 장인의 압력 때문에 억지로 치료받기 시작한 그는 술과 담배를 중단하고 의사가 처방해 준 약을 먹고 연구하는 시간을 줄인다. 그러자 수도사의 환영은 더 이상 나타나지 않는다. 그러나 코브린은 그래서 불행하다. 〈그래, 나 미쳤었어, 과대망상증이 있었어. 하지만 그때는 즐거웠고 건강했고 행복했어. 나는 재미있고 창조적인 인간이었지. 지금 나는 좀 더 합리적이고 좀 더 튼튼하게 되었어. 하지만 그 대신 그냥 보통 사람이 되었어. 평범한 놈이 되었어. 사는 게 지겨워……. 아, 당신들 나한테 정말로 잔인했어! 그래, 나는 허깨비를 보았어, 하지만 그게 누구한테 해가 되었나? 대답해 봐, 수도사가 누구한테 해를 끼쳤냐고?〉(체호프 2016: 154~155)

다시 한번 강조하지만, 코브린의 질환이 조현병인지 아니면 양극성 장애인지 정확하게 진단하는 것은 문학 연구자의 일

* Kaptein et al. 2011을 보라.

** 실제 환자는 ECT 치료를 받았고 일부 증상의 개선 효과를 보았다. 그러나 그는 치료에 대해서 부정적이었으며 자신이 치료받기 전에 훨씬 매력적인 사람이었다고 주장했다.(Kaptein et al. 2011: 125)

이 아니다.* 무엇보다도 문학적인 인물을 현실에서 제대로 진단한다는 것은 거의 불가능한 일이기도 하다. 그러나 적어도 여기까지는 의학적인 해석이 적용될 여지가 충분히 있어 보인다. 그리고 정신 의학은 체호프 문학의 독특하게 〈체호프적인〉 측면, 즉 의사 체호프의 임상 경험이 녹아든 서사, 오로지 의학에 투신한 작가만이 쓸 수 있는 서사를 조망해 주고 그 의의를 객관적으로 판단하게 해준다는 점에서 유용한 해석의 도구가 된다. 문제는 그다음부터이다. 문학이라면 으레 다 그렇겠지만 「검은 옷의 수도사」 역시 의학적인 해석 이상을 요구한다. 이 소설이 제기하는 질문들, 예를 들어 코브린은 왜 하필 수도사의 환영을 보는가, 체호프가 임상적으로 정확하게 환자를 묘사했다면 그 의도는 무엇인가, 체호프는 실제로 과대망상증을 의학적으로 탐구하기 위해 이 소설을 쓴 것인가 같은 질문들은 의학적인 답변과 문학적인 답변의 공조를 요구한다. 우리는 여기서 체호프의 천재성은 의사와 예술가의 완벽한 조화에 기인한다는 벨랴코바의 진술을 상기할 필요가 있다.(Beliakova 2014: 42) 체호프는 자신의 수도사가 질병의 증상일 뿐이라고 못 박았지만 그것은 문학과 의학의 경계를 모호하게 하려는, 아니면 그 경계선

* 현대 의학에서도 양극성 장애와 조현병의 원인은 정확하게 밝혀지지 않고 있다. 양자 모두 다양한 원인을 가진 복합 질환으로, 유전학적이고 생물학적이고 심리학적이며 신경 과학적이고 사회적인 요소들이 서로 경쟁하며 발병 원인 규명에 개재한다. 조현병은 뇌의 질환으로 최근에는 염증, 감염, 면역과 관련한 이론들이 조현병의 원인 중 가장 유망한 이론으로 등장했다.(토리 2021: 216) 반면 양극성 장애는 스트레스 요인stressor이 원인 중의 하나로 고려된다. 확실히 코브린의 경우에도 스트레스 요인은 그의 발병에 깊이 개재한다. 조현병과 양극성 장애의 유사성과 다른 점에 관한 의학적 견해는 토리 2021: 117~124를 보라.

에서 사유한 인생과 인간의 진실을 〈거울을 통해 어렴풋이〉 보여 주려는 천재 작가의 전략적인 발언처럼 들린다.

체호프가 정신 질환을 탐구하는 소설의 핵심 이미지를 종교에서 빌려온 것은, 의사이기만 해서는 결코 도달할 수 없는 질병의 본질을 끄집어내기 위해서였다고 사료된다. 그에게 정신 질환은 육체의 질병이자 정신의 질병이며 인문학과 의학과 종교가 함께 관여할 수밖에 없는 패러독스였다.(Beliakova 2014: 44) 코브린을 사로잡은 검은 옷의 수도사는 포악한 경건주의자였던 체호프의 부친일 수도 있고, 자연을 깎고 다듬어서 흉측한 정원으로 변형시킨 강박적인 원예가 페소츠키일 수도 있다. 수도사는 또한 인간 영혼을 지배하는 병소를 육화하기 위해 작가가 전통적인 호러 문학의 구마 사제에서 빌려온 이미지일 수도 있고, 실제로 자신의 악몽에서 그대로 가져온 전기적인 이미지일 수도 있다. 이 모든 이미지들의 복합체인 수도사는 결국 인간 모두의 내면 깊은 곳에 있는 삶에 대한 불안과 공포를 상징하며 그 점에서 질병의 치료에는 정신과 의사와 성직자와 소설가의 시각이 모두 필요함을 역설적으로 보여 준다.*

의사 체호프가 묘사하는 것은 증상이지만 작가 체호프는 인생에 대한 한 가지 중요한 문제를 제기한다. 삶의 의미는 무엇인가. 아니, 무엇이 진짜 삶인가. 코브린이 안주한 망상의 세계가 진짜인가, 아니면 망상에서 깨어나 그가 마주하는 범속한 세계가 진짜인가. 어떤 것이 더 기괴한가. 사물처럼 다듬어진

* Beliakova 2014: 48~49. 벨랴코바는 코브린의 망상이 어느 정도는 영적인 질병이며 영적인 질병은 영적인 원인에서 비롯된 것이라는 과감한 주장까지 한다.

유실수가 들어찬 페소츠키의 정원인가, 수도사가 등장하는 코브린의 머릿속 호밀밭인가. 이 문제들에 대한 답은 독자의 사유를 자극하며 소설의 여백을 떠돌다가 치료 이후의 코브린의 삶에서 슬그머니 모습을 드러낸다. 망상에서 벗어난 코브린 앞에는 또 다른 망상이 도사리고 있다. 그것은 과대망상과 반대되는, 그러나 근본은 똑같은 〈미소 망상〉이다. 약의 도움으로 제정신을 되찾은 그의 눈에 인생은 너무나도 시시하고 하찮게 보인다. 그는 분노에 차서 삶이라는 것이 지극히 평범하고 하찮은 행복의 대가로 인간에게 얼마나 많은 것을 요구하는가에 관해 생각한다. 그에게 인생이란 고만고만한 학자의 자리에 올라서기 위해 15년간 공부하고, 밤낮으로 연구하고, 심각한 정신 질환을 앓고, 불행한 결혼을 파탄으로 마감하고, 기억하기조차 싫은 온갖 어리석고 부당한 일을 저질러야 하는 무의미하고 부질없고 소소한 것으로 다가온다. 〈이제 코브린은 자신이 평범 그 자체임을 분명하게 깨달았으며 이 사실과 기꺼이 화해했다.〉(체호프 2016: 163) 의학은 코브린의 질환을 치료했지만 삶의 공포는 언제나 그와 함께한다. 과대망상에서 미소 망상으로 명칭만 바꿀 뿐이다.

코브린이 최후를 맞이하는 장소가 낯선 도시의 낯선 호텔이라는 것은 의미심장하다. 그는 삶의 온갖 감옥 — 지식인에 대한 사회의 기대감, 사위에 대한 페소츠키의 기대감, 성공에 대한 집착, 책임과 의무 — 으로부터 마침내 도망친 듯 보인다. 그의 사망 원인이 정신 질환이 아닌 전부터 앓았던 폐결핵이라는 사실도 의미심장하다. 죽음의 순간에 이르러서야 그는 비로소 망상에서 벗어난 듯 보인다. 그는 페소츠키의 흉측한 정원도 아니고 호밀밭도 아닌 곳에서, 과대망상도 미소 망상도 아닌 상태에서, 정신 질환이 아닌 육신의 질환으로 인해 생을 마감한다. 그는 각혈하며 마지막으로 이슬 맺힌 화려한 꽃으로 가득 찬 정원을 불렀고 소나무와 호밀밭을 불렀고 자신의 탁월한 학문과 젊음과 용기와 기쁨을 불렀고, 그토록 아름다웠던 삶을 소리쳐 불렀다. 마지막 순간에 비로소 그는 삶 그 자체와 화해한 듯 보인다. 그러나 그가 임종하는 바로 그 순간 다시 검은 옷의 수도사가 등장해 〈그는 천재이며 허약한 육신이 균형을 잃어 더 이상 천재를 위한 껍질이 되어 줄 수 없기에, 오로지 그 이유 하나 때문에 죽어 가고 있다〉라고 속삭인다.(체호프 2016: 165) 이 마지막 장면의 모호성이야말로 어쩌면 체호프 문학의 정수이자 체호프가 생각한 삶의 본질인지도 모른다. 현실과 환상이 공존하고 기억과 망각이 갈등하고 정상과 비정상이 경합하는 인생에는 답도 없고 출구도 없고 치유책도 없다. 오로지 죽는 순간까지 우리 곁을 떠도는 수도사의 — 그가 누구건, 그가 무엇이건 — 환영만이 유일한 실재인지도 모른다.

7
유령의 사회학

1823년 영국에서 창간되어 현재까지 발간되고 있는 『랜싯*The Lancet*』은 가장 권위 있고 오래된 의학 저널 중 하나이다. 1860년대에 이 저널에는 철도 여행이 국민 건강에 미치는 영향, 철도 사고 후유증 등 철도와 관련한 의학 논문이 여러 편 게재되었다. 에릭슨J. Erichsen의 「철도 및 기타 원인으로 인한 신경계 손상On Railway and Other Injuries of the Nervous System」(1866), 버저드T. Buzzard의 「철도 사고 상해 사건: 신경계에 미치는 손상과 그 결과On Cases of Injury from Railway Accidents; Their Injuries upon the Nervous System, and Results」(1867)는 이른바 철도 트라우마의 원인을 탐구하는 논문으로 트라우마가 어느 정도까지 단순한 히스테리 증상으로 간주될 수 있는가를 밝히려 시도한다. 에릭슨이 트라우마의 생리적인 측면을 적극적으로 고려한다면 뇌전증 및 마비 전문의인 버저드는 트라우마의 심리적이고 정신적인 측면에 훨씬 큰 비중을 두면서 정신적인 불안과 불안정만으로도 마비와 기억 상실 같은 증상이 유발된다고 주장했다.(M. Smith 2017:

81) 철도 사고로 인한 트라우마 관련 연구는 철도 회사의 보상이 걸린 문제이므로 의학뿐 아니라 경제 분야에서도 매우 중요한 화두였다.

철도 사고는 빅토리아 시대 영국 사회를 가장 직접적으로 반영하는 현상 중 하나이다. 〈철도광Railway Mania〉 시대, 철도 패권주의, 철도 버블 등은 19세기 중엽 영국을 비롯한 유럽과 러시아를 휩쓴 첨단 기술과 산업화 광풍을 대변하는 개념이다. 19세기에 철도는 세계를 움직이는 힘의 중심이었다. 때는 철도를 많이 보유한 나라가 외교를 좌우하고 나라의 주권을 지키는 이른바 〈철도 패권〉의 시대였다. 철도는 사람과 기술을 전 세계로 확산시키는 촉매 역할을 하면서 단 한 세기 만에 세상을 완전히 바꿔 놓았다. 〈이전까지는 사람들이 자기 마을이나 시장이 있는 가까운 마을을 벗어나는 일이 거의 없었다. 하지만 철도가 놓이면서 몇 달이 아니라 단 며칠 만에 대륙을 횡단할 수 있게 된 것이다. 철도가 발달한 덕분에 대규모 제조업이 가능해졌다. 이에 따른 산업 혁명이 전 세계에 걸쳐 거의 모든 사람의 삶에 영향을 미치는 토대가 되었다.〉(월마 2019: 17) 1871년, 튀빙겐 대학의 경제학 교수 프리드리히 리스트F. List는 국가는 오로지 무역과 산업을 통해서만 번영할 수 있다고 주장하면서 철도의 역할을 강조했다. 〈철도는 목재, 토탄, 그리고 석탄을 지금의 절반도 안 되는 비용으로 운송할 수 있다. (……) 저렴해진 식품과 연료 덕분에 노동자들의 형편이 어느 정도 나아지고 인구가 늘어나 산업 규모가 커질 것이다. 저렴해진 건축 자재와 낮아진 임금은 건축을 활성화해 도시의 새로운 지역과 외곽의 임대료

가 낮아질 것이다.〉(월마 2019: 61, 63)*

그러나 철도 부설이 가속화하고 철도 여행이 보편화하면서 철도의 다른 측면에 대한 관념 역시 빠르게 확산했다. 일단 증기 기관차는 그 외관으로 사람들을 압도했다. 그것은 〈연기를 내뿜고 불의 혀를 날름거리는 무쇠 턱의 강철 괴물〉이었다.(빌링턴 2015: 39) 이는 기차의 〈경제적 관념〉과는 다른 차원의 문제였고 주로 시인과 작가 들이 경제성보다는 외적인 형상으로 먼저 기차를 이해했다. 경제적 관념과 외적 형상을 아우르는 역동성, 시간과 공간 관계의 새로운 영역에 대한 예술적 구현은 아직 요원했다. 19세기 유럽인들에게 기차 여행은 그 자체가 여행자의 신경계에 나쁜 영향을 미치는 것으로 간주되었다. 엄청난 속도로 지나가는 풍경, 덜컹거리는 느낌, 그리고 석탄과 철광 지대를 지날 때 창밖에 보이는 열악한 풍경 등이 여행자의 신경을 자극하고 불안하게 한다는 내용은 당대 신문이나 저널에서 종종 발견되곤 했다.(M. Smith 2017: 79~81) 이런 상황에서 철도 사고가 발발하게 되면 그 파장은 상상을 초월했다. 부상자와 사망자의 유가족뿐 아니라 사고 소식을 접한 사람들 또한 트라우마를 겪을 수밖에 없었고 앞에서 말한 『랜싯』의 논문은 바로 이러한 상황을 대변해 주는 문헌이었다. 러시아 문학에서 기차와 관련한 트라우마 사례는 즉각적으로 『안나 카레니나』를 환기한다. 여자 주인공 안나가 남자 주인공 브론스키와 처음 만나는 철도역에서 역무원이 기차에 치여 죽는다는 설

* 19세기 유럽과 러시아에서 철도가 갖는 정치 경제적이고 문화적인 함의에 관해서는 석영중 2023: 83~102를 참조할 것.

정부터 예사롭지 않다. 더욱이 안나는 소설의 마지막에서 달려오는 기차에 몸을 던져 자살한다. 기차역에서의 죽음으로 시작하는 소설이 역시 기차역에서의 죽음으로 마무리된다는 것은 저자의 의도를 분명하게 보여 준다. 톨스토이에게 철도와 기차는 질서를 파괴하고 도덕을 교란하는 사악한 문명의 상징이다. 열차 사고로 숨진 역무원은 소설이 진행되는 동안 지속적으로 안나의 불안한 심리를 반영하며 그녀의 꿈속에 등장한다. 열차 사고의 목격자가 겪는 임상적인 트라우마가 소설에서는 여자 주인공의 내면에서 진행되는 심리적인 트라우마로 변형된 것이다.

톨스토이의 안나가 꿈속에서 맞닥뜨리는 죽은 역무원의 환영은 사실상 디킨스의 소설을 생각나게 한다. 어디까지나 가정에 불과하겠지만 어쩌면 안나의 역무원은 디킨스의 단편소설 「신호수The Signal Man」에서 영감을 얻은 것이 아닐까 하는 생각까지 들 정도이다. 디킨스는 1865년 6월 9일 켄트주의 스테이플허스트에서 발생한 탈선 사고의 생존자였다. 쉰여 명의 사상자가 발생한 이 사고에서 디킨스는 구사일생으로 목숨을 건졌을 뿐 아니라 부상자들을 구조하는 데 일조했다. 그는 그때의 트라우마에서 완전히 벗어나지 못했으며 이듬해에는 사고 경험을 토대로 단편소설 「신호수」를 발표했다.

소설의 내용은 다음과 같다. 화자는 어느 날 깎아지른 듯한 절벽 아래 초소에서 신호수로 근무하는 남자를 알게 된다. 신호수가 일하는 곳은 매우 황량하고 음산하다. 양쪽은 물이 줄줄 새는 바위 절벽이고 눈에 보이는 것은 오직 절벽 사이로 보이는

『일러스트레이티드 런던 뉴스*The Illustrated London News*』에 실린 스테이플허스트 탈선 사고 삽화(1865).

좁다란 하늘뿐이다. 한쪽 풍경은 그 지하 감옥을 구불구불하게 연장한 것처럼 보이고 다른 한쪽은 적색 신호등이 세워진 터널로 이어진다. 햇빛이 거의 들지 않는 이곳에서는 항상 흙냄새와 곰팡내가 난다. 그러나 신호수가 일하는 초소 내부는 정리가 매우 잘되어 있다. 불을 따뜻하게 피운 오두막에는 그가 기록해야 할 장부가 놓인 책상이 있으며 원판과 바늘이 달린 전신기, 그리고 조그만 전기 벨이 있다. 초소 안 풍경은 신호수가 얼마나 정확하고 실무적인 사람인가를 보여 준다. 그는 젊은 시절 자연과학을 전공한 학생이었으나 우연히 방탕한 짓을 하다 기회를 놓쳐 이런 일을 하게 되었노라고 털어놓으면서 화자가 자신을 정도 이상으로 높이 평가하는 것도 원치 않는다는 듯이 말한다. 〈그것은 마치 현재 자신의 모습이 보이는 그대로의 인간이므로 그 이상으로 높이 평가하지 말아 달라는 부탁 같았다.〉(디킨스 2003: 184) 즉 신호수는 매우 현실적이고 건강하며 정상적인 사람이라는 뜻이다. 〈이런 임무를 하면서도 그는 최선을 다했으며 놀라울 정도로 정확했다. 벨이 울리면 즉시 이야기를 멈추고 일을 처리했으며 일을 하는 동안에는 절대 딴짓을 하지 않았다.〉(디킨스 2003: 185)

그런데 이토록 현실적이고 현세적인 인간인 신호수는 화자와 안면을 트게 되자 놀라운 유령 얘기를 한다. 그는 어느 날 터널 바깥쪽에서 왼쪽 소매로 얼굴을 가리고 오른팔은 신호라도 보내듯 격렬하게 흔드는 사람을 발견했다. 그가 달려가서 붙잡으려 하자 그 사람은 곧 사라졌다. 신호수는 터널 안으로 뛰어 들어가 살펴봤으나 사람 그림자도 없었다. 신호등 주변도 살샅이 조사했으나 역시 아무것도 발견하지 못했다. 그러나 유령이 나타난 지 여섯 시간 후에 실제로 끔찍한 열차 사고가 발생했으며 그 사고의 사상자가 유령이 있던 바로 그 장소를 지나 운반되어 나왔다. 반년이 지난 후 신호수에게 다시 유령이 나타났고 다시 열차 사고가 일어났다. 유령은 최근에 또다시 나타나 신호수에게 팔을 흔들며 위험 신호를 보내고 있다. 요컨대 유령은 사고를 예고하는 초자연적인 존재로 오로지 신호수의 눈에만 보인다는 얘기이다. 며칠 후 화자는 근면하고 책임감 강한 신호수를 도와주고자 다시 초소를 찾는다. 그는 절벽 위에서 문득 아래를 내려다보다가 터널 입구에서 왼쪽 손으로 눈을 가리고 오른팔을 격렬하게 흔드는 인간의 형상을 발견하고는 기절할 듯 놀란다. 그는 유령인 줄 알았던 형상이 실제 사람이며 그 주위에 사람들이 모여 있다는 사실을 깨닫고 부리나케 아래로 내려간다. 사람들은 그에게 끔찍한 사고가 일어났으며 이번 사고의 희생자는 바로 그 신호수라고 말해 준다. 신호수는 기관차가 터널을 빠져나올 때 등을 돌리고 있다가 그만 기차에 치여 죽었다는 것이다. 〈아아, 정말 끔찍했습니다. 저는 계속 소리쳤지요. 도저히 볼 수가 없었기 때문에 이 팔로 눈을 가리고 이쪽 팔은 계속 흔들었습니다만 아무 소용이 없었습니다.〉(디킨스 2003: 203) 기관사가 취한 행동은 신호수가 봤다던 유령의 행동과 정확하게 일치했던 것이다.

디킨스 하면 「크리스마스 캐럴」에서 구두쇠 스크루지 영감에게 나타나는 유령이 가장 먼저 떠오른다. 「신호수」의 유령은 그보다는 덜 유명하지만 이는 디킨스의 유령 이야기들 중 가장 입체적이라고 평가받는다. 그 자신의 열차 사고 경험이 녹아 있는 전기적 작품이자 당대 중요한 사회 문제 중 하나인 철도 사고 문제를 다루는 사회 소설인 동시에 빅토리아 시대 독자의 취향을 만족시켜 주는 유령 이야기이기 때문이다.

빅토리아 시대에 유령 이야기는 이미 대중의 취향에 깊이 뿌리내린 견고한 소장르였다.(Seed 1981; A. Smith 2013) 문제는 과학의 시대, 산업화의 시대, 진보의 시대와 유령의 존재를 결합하는 방식이었다. 당시 급속도로 발전하던 생리학은 유령을 주관적인 광학적 효과, 즉 보는 사람의 기만당한 눈 속에만 존재하는 무상한 이미지로 치부했다. 작가들은 그러한 생리학적 사실을 어느 정도 받아들이면서도 정확하게 어디에, 즉 객관적 지각과 주관적 지각, 광학적 사실과 광학적 착시 사이의 어디에 경계선을 그어야 하는가의 문제를 해결해야 했다. 본다는 것은 빅토리아 시대의 대중적 상상 속에서 존재론적인 경쟁 관계를 촉발했다. 생리학적 시각을 옹호하는 사람들의 반대편에서는 토머스 칼라일T. Carlyle, 존 러스킨J. Ruskin 등이 영적 비전을 적극적으로 옹호했다.(Smajic 2003: 1110)

디킨스가 창조한 유령은 상당히 미묘하다. 그것은 빅토리아 시대의 트렌드를 반영하면서 또한 그 시대 환상 문학의 경계를 넘어간다. 「신호수」는 지극히 사실주의적이고 합리적인 담론과 초자연주의적 담론이 이음새 없이 완벽하게 공존한다는 평가를 받기도 하지만(Çelik 2018: 125) 서사 곳곳에서 과학과 초자연, 생리학과 영성 간의 균형이 수시로 파괴되는 것 또한 사실이다. 신호수도 화자도 모두 19세기 과학의 시대를 살아가는 합리적인 인물이다. 비록 유령을 보기는 하지만 신호수는 한때 자연 과학도였던 〈놀라울 정도로 정확한 사람〉이고, 화자 역시 철도 시대를 살아가는 합리주의적인 인물로 그에게 유령은 뇌의 오작동에서 비롯하는 현상에 불과하다. 〈분명 당신이 잘못 보았으리라 생각합니다. 눈의 기능을 관장하는 섬세한 신경에 이상이 생겨 어떤 사물의 모습이 눈에 비쳐서 사람을 괴롭히는 예가 종종 있습니다. 그중에는 자신의 증상을 자각하고 있는 사람도 있는데 스스로를 실험하여 증명하기까지 했습니다.〉(디킨스 2003: 191) 화자는 일관되게 현실적이고 합리주의적이기 때문에 유령의 출몰에 대해 신호수의 신경 손상 이외의 원인은 생각하지 않는다.

반면 신호수의 태도는 훨씬 복잡하다. 그는 유령 때문에 공포에 질리기는 하지만 유령이 실제로 존재한다는 사실 자체는 의심하지 않는다. 그는 또 자신의 신경에 이상이 생겼다는 사실도 수용하지 않는다. 그에게 유령은 얼마든지 나타났다가 사라질 수 있는 존재이며 그 점에서 그는 초자연 현상을 믿는 사람으로 분류된다. 〈이 일을 하면서 지금껏 실수한 적이 없습니다. 유령과 인간을 혼동한 일 역시 한 번도 없습니다. 유령이 울리는 벨 소리에는 다른 것들과 구별되는 아주 독특한 진동이 있습니다.〉(디킨스 2003: 195)

그러나 신호수는 유령의 실재를 믿을 만큼 미신적인 동시에 유령의 의미에 관해 객관적으로 사고할 수 있을 만큼 과학적이다. 그는 유령 자체가 아니라 유령의 경고를 자신이 파악하지 못해 사고가 나는 사태를 무서워한다. 〈내가 고민하는 가장 큰 문제는 유령이 《무엇을 의미하느냐》 하는 것입니다. (……) 다시 말해 그 유령이 나타나는 게 무엇을 경고하기 위함이냐 하는 것입니다. (……) 뭔가 무서운 사고가 일어날 것 같은 예감이 듭니다.〉(디킨스 2003: 196~197) 그는 더 나아가 유령과 사람 사이의 경계선을 무시한다. 사고에 대한 경고라는 점에서 그 주체가 유령이건 사람이건 그에게는 큰 차이가 없다. 그는 그저 유령이 좀 더 높은 관리에게 가지 않고 한낱 불쌍한 신호수에 불과한 자신한테 나타났다는 사실을 아쉬워할 뿐이다. 〈그는 어째서 남의 존경도 받고 행동의 권한도 가진 그런 사람한테 가지 않는 걸까요?〉(디킨스 2003: 199)

실재에 대한 화자의 시각과 신호수의 시각이 기묘하게 엇물리는 지점에서 디킨스의 유령은 빅토리아 시대 독자의 요구를 만족시키는 동시에 천편일률적인 환상 소설의 경계를 뛰어넘어 사회 비판적인 리얼리즘 소설의 영역으로, 궁극적으로 사회적 담론의 영역으로 진입한다. 실제로 「신호수」가 전달하는 묵직한 사회적 메시지 덕분에 디킨스는 유령을 〈정치화〉한다는 평가를 받기도 한다.(A. Smith 2013: 47) 신호수도 화자도 독자도 연구자도 우회적으로 추론할 수는 있지만 〈유령이 무엇을 의미하는가〉에 관한 정확한 답은 제공하지 못한다. 그러나 신호수와 유령의 조우가 당대 사회 문제를 지적한다는 점에는 이론의 여지가 없다. 앞에서도 언급했듯 빅토리아 시대 철도는 양면성을 지닌다. 사람들은 철도라는 신기술이 가져다준 마술 같은 편리함에 열광하는 동시에 불을 내뿜는 괴물처럼 보이는 증기기관차와 너무 자주 일어나는 대형 열차 사고에서 묵시록적인 사멸의 징후를 읽어 냈다. 열차 사고의 원인으로는 철도 부설 이전까지는 꿈도 꿀 수 없었던 전대미문의 속도, 불완전한 기술, 오작동, 역무원의 무지, 역무원들 간의 소통 부재 등이 거론되었다. 스테이플허스트의 대형 탈선 사고 역시 역무원이 열차 시간표를 잘못 읽는 바람에 발생한 어처구니없는 사고였다. 신호수의 열악한 업무 환경 또한 열차 사고의 원인으로 종종 지목되었다. 1883년 『브리티시 메디컬 저널*The British Medical Journal*』에는 익명의 필자가 기고한 〈졸린 신호수Sleepy Signalman〉라는 제목의 논문이 실렸다. 논문의 저자는 신호수들이 열두 시간 이상 이어지는 야간작업 때문에 업무를 정상적으로 완수하기가 어렵다는 점을 꼼꼼히 지적하면서 신호수의 처우 개선이 철도 사고를 충분히 예방할 수 있음에도 철도 회사들이 수익에 눈이 멀어 이를 방치하고 있다며 신랄하게 질타했다.(Anonymous 1883)*

사실주의 차원에서 신호수가 유령을 보는 것은 업무 환경에서 자연스럽게 파생된 결과라 할 수 있다. 황량한 계곡에서 홀로 오랜 시간 동안 야간작업을 하는 신호수의 신경계가 건강할 수 없는 것은 당연하게 여겨진다. 그러니까 독자의 입장에서 보자면 유령이 실재하는가 아니면 그의 상상 속에만 존재하는가는 가장 중요한 문제가 아니다. 과도한 업무와 사고 방지에 대한 책임감 때문에 그가 유령을 잘못 해석한다는 점이 문제이다. 유령은 인간이 아니다. 그러나 신호수의 정신은 유령을 사람으로 대하고 초자연을 자연의 코드로 해석하며 존재하지 않

* 신호수의 처우 개선에 관한 유사한 논문은 Çelik 2018: 127~128을 보라.

는 것으로부터 존재의 비밀을 풀어내려 안간힘을 쓸 만큼 병들었다. 소설은 처음부터 신호수의 비극적 최후는 그의 차단된 시각에서 비롯됨을 암시한다. 깎아지른 듯한 절벽 때문에 오로지 손바닥만 한 하늘만을 볼 수 있을 정도로 그의 시야는 차단당해 있다. 차단된 시각은 차단된 세계 인식으로 연장된다. 그는 위험을 느끼지만 그의 제한된 지식은 위험을 해석하지 못한다. 그는 기계처럼 일하고 반응하므로 그것을 넘어서는 판단이나 해석은 그에게 불가능하다. 신호수의 눈에 들어오는 유령은 결국 그 자신이다. 유령은 산업화로 붕괴되어 가는 인간에 대한 환유이다. 끝없이 뻗어 나가는 철도를 따라 얼마나 많은 역무원과 신호수의 유령이 어른거릴지는 오로지 소설가의 상상력으로만 가늠할 수 있을 것 같다.

8
가상 현실

〈하지만 무엇이 환상이죠? (……) 모든 것은 꿈이고 모든 것은 착각이죠. 내가 당신에게 환상인 것처럼 당신은 나에게 환상이랍니다.〉(웨인바움 2016: 3) 미국 작가 웨인바움S. Weinbaum의 1935년 소설 『피그말리온의 안경*Pygmalion's Spectacles*』 도입부에서 루드위그 교수가 주인공 댄에게 하는 말이다. 오늘의 가상 현실을 기술적으로 예고하는 작품이라 평가받는 소설답게 도입부는 현실과 환상 간의 경계선 문제를 철학적으로 제기한다. 가상 현실은 문자 그대로 가상의 존재하지 않는 실재, 가짜 실재이므로 가상 현실 체험은 존재하지 않는 것을 지각하는 궁극의 단계라 할 수 있다.

리얼과 리얼이 아닌 것의 대립을 둘러싼 여러 변주들, 예를 들어 〈무엇이 현실이고 무엇이 환상인가〉, 〈무엇이 본질이고 무엇이 현상인가〉, 〈무엇이 실체이고 무엇이 형상인가〉 등의 문제는 동서고금을 막론하고 인류의 지성사와 궤를 같이해 왔다. 플라톤은 〈동굴의 비유〉에서 우리가 속한 현실은 사실상 현실이 아니고 동굴 밖 진짜 현실의 그림자일 뿐이라고 단언했다. 장자는 〈호접몽(胡蝶夢)〉 에피소드에서, 자신이 꿈속에서 나비가 되어 날아다녔는데 깨고 보니 실제로 자신이 나비가 되는 꿈을 꾼 것인지 아니면 나비가 인간 장자가 된 꿈을 꾸고 있는 것인지 분간할 길이 없다고 했다. 꿈이 곧 현실이고 현실이 곧 꿈이라는 얘기이다. 『반야심경』은 〈색즉시공공즉시색(色卽是空空卽是色)〉이라는 구절을 통해 형상과 실체의 구분이 무의미함을 설파한다.

가상 현실은 프랑스 시인이자 극작가인 아르토A. Artaud가 언어적이고 물리적인 연극의 요소들을 총체적으로 기술할 때 사용한 〈réalité virtuelle〉에서 따온 것으로, 컴퓨터 공학자이자 예술가인 재런 러니어J. Lanier가 1980년대에 컴퓨터로 생성되는 3차원 몰입형 스페이스를 고안하고 상용화한 것이 그 실질적인 기원이라 알려져 있다. 가상 현실이라는 용어를 사용하지는 않았지만 그보다 훨씬 전인 1968년도에 아이번 서덜랜드I. Sutherland가 고안한 〈헤드마운티드 디스플레이head-mounted display, HMD〉가 최초의 가상 현실 시스템이라 간주되기도 한다. 그러나 존재하지 않는 세계에 대한 인간의 탐구 의욕은 생각보다 훨씬 오랜 전통을 지닌다. 이 책의 제1장에서 살펴본 선사 시대 동굴 벽화부터 전설과 신화와 설화, 그리고 판타지 문학, 가상 세계 문학, SF에 이르기까지 인간의 문학과 예술은 상상력과 창의력이라는 날개를 달고서 실재하지 않는, 혹은 실재하는지 아닌지 알 수 없는 세상을 지속적으로 누비고 다녔다.* 특히 SF 영화는

* 여기서 가상 세계 문학이란 단순히 판타지 장르를 의미하지 않는다. 그것은

무엇이 진짜 현실인가라는 형이상학적 질문이 대중의 정서에 뿌리내릴 수 있도록 비옥한 토양을 제공했다. 「트루먼 쇼」를 위시하여 「매트릭스」, 「인셉션」, 「레디 플레이어 원」으로 이어지는 긴 영화 목록은 가상 현실 테마의 대중적 인기를 뒷받침해 준다. 물론 가상 현실이 대중성과 흥미를 넘어 진지한 문학적 테마로 굳어지는 데 기여한 일등 공신은 SF 소설이다. 포스터E. M. Foster의 단편소설 「기계가 멈추다The Machine Stops」, 매닝L. Manning과 프랫F. Pratt의 대중 과학 소설 『산송장의 도시*City of the Living Dead*』, 앞에서 언급한 『피그말리온의 안경』, 헉슬리의 『멋진 신세계』에서 예고되는 가상 현실은 깁슨W. Gibson에 이르면 현실을 대체하는 대안 세계로 실현된다. 깁슨이 단편소설 「버닝 크롬Burning Chrome」에서 최초로 사용한 〈사이버스페이스cyberspace〉라는 용어는 그의 대표작인 『뉴로맨서*Neuromancer*』를 거치며 가상 현실의 동의어로 굳어진다. 닐 스티븐슨N. Stephenson은 1992년작 『스노 크래시*Snow Crash*』에서 아바타와 메타버스 개념을 처음 소개했다.

기술 영역에서 가상 현실을 구현하려는 의지 또한 꽤 오랜 역사를 지닌다.* 가장 획기적인 아날로그식 VR은 1832년도에

그 자체만의 지도와 어휘와 연대기와 도표 등 여타 〈학문적인〉 성격의 부속물을 수반하는 세계를 다루는 소설이다. 논리적인 토대와 경험적인 디테일, 그리고 일관된 구조는 가상 세계 문학에 사실주의적 색채를 더해 준다. 가상 세계 문학의 원조라 할 수 있는 스티븐슨R. Stevenson의 『보물섬*Treasure Island*』, 해거드H. Haggard의 『그녀*She*』에서 톨킨J. Tolkien의 〈반지의 제왕The Lord of the Rings〉 시리즈에 이르기까지 가상 세계 문학은 가상과 현실의 경계를 모호하게 함으로써 현대 가상 현실에 대한 문학적 모델이 되었다. Saler 2012: 14~16을 참조할 것.

* 이하 VR의 전신에 대한 개요는 제럴드 2019: 제2장을 참조했다.

찰스 휘트스톤C. Wheatstone이 발명한 스테레오스코프stereoscope이다. 거울을 45도 각도로 정렬해 왼쪽과 오른쪽에서 이미지를 눈으로 반사해 주는 원리를 이용했다. 스테레오스코프는 여러 단계의 진화를 거쳐 30년 후에는 1백만 대가량의 판매고를 올릴 정도로 인기를 끌었다. 20세기의 괄목할 만한 VR 기기로는 프랫A. Pratt이 1916년에 특허를 낸 총기 발사 헤드셋과 1945년에 특허를 냈으나 구현 여부는 불분명한 TV용 입체 영상 안경이 기록에 남아 있다. 한편 테크놀로지의 발전은 20세기 영화 산업에 깊은 영향력을 행사했다. 영화의 관념과 기술의 발전을 모두 담아낸 바르자벨R. Barjavel과 바쟁A. Bazin의 〈토탈 시네마cinéma total〉는 현대의 가상 현실을 예술적으로 예고한다. 〈토탈 시네마(완전 영화)〉는 바쟁이 1946년 『크리티크*Critique*』에 발표한 에세이 「토탈 시네마의 신화Le Mythe du cinéma total」에서 개진한 〈완전하고 총체적으로 현실을 재현하는 영화〉에서 나온 개념이다.(정인선, 정태수 2019: 124) 움직이는 이미지-사진, 음향, 색채, 깊이감 등을 통해 감각 가능한 세계를 물질적으로 재현하는 토탈 시네마는 〈자연 세계에 대한 완벽한 시뮬레이션〉, 〈외부 세계와 구분이 불가능한 완벽한 복사물〉이라는 점에서, 오늘날의 가상 현실은 토탈 시네마의 최종 단계라 여겨진다.(Ross 2012: 1708)*

현대의 VR과 가장 유사한 기기는 1950년대에 하일리그M. Heilig가 만들어 낸 센소라마Sensorama이다. 센소라마는 양안 시

* IMAX 3D 영화 기술과 가상 현실 기술이 바쟁의 토탈 시네마를 궁극적으로 구현해 줄 것으로 예상하는 연구에 관해서는 정인선, 정태수 2019: 124를 보라.

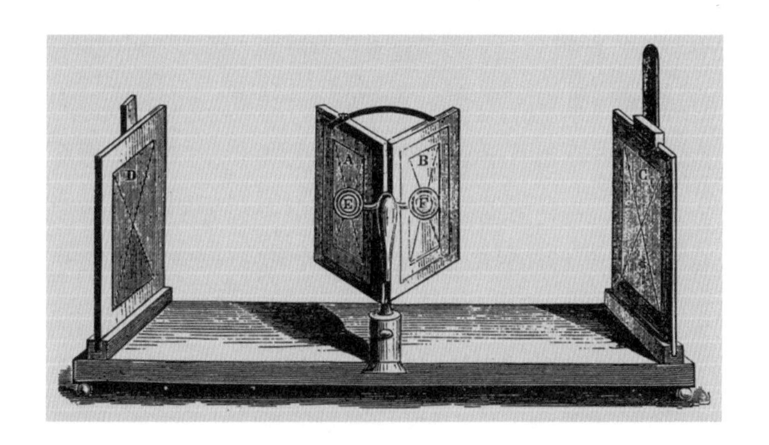

작자 미상, 찰스 휘트스톤의 스테레오스코프 목판화(1840년대).

차 원리를 이용해 만들어진 것으로 몰입형 체험을 위한 입체 컬러 이미지와 광시야각, 입체 음향, 좌석 기울임, 진동, 냄새, 바람 기능을 제공하는 특허 장치였다. 센소라마 이후 VR 개발은 상향 곡선을 그리며 지속되다가 1980년대와 1990년대 중반에 정점을 찍었다. 〈바야흐로 VR이 세상을 바꿀 것이며 무엇도 이를 막을 수 없을 것처럼 보였다. 하지만 안타깝게도 VR에 대한 이런 화려한 약속을 기술력이 받쳐 주지 못했다. 1996년 VR 산업이 정점에 달한 다음 서서히 내리막길을 걸으면서 버추얼 리얼리티를 포함한 대부분의 VR 기업이 1998년경 문을 닫게 되었다.〉(제럴드 2019: 57) 그러나 21세기 들어 VR은 새로운 전환기를 맞이했다. 파머 러키P. Luckey를 비롯한 소수의 개발자들이 2012년에 설립한 오큘러스Oculus가 VR에 대한 관심을 재점화했다. 2014년 페이스북(현재의 메타)이 20억 달러에 오큘러스를 인수하면서 바야흐로 VR의 새 시대가 열렸다. 물론 VR 시장은 여전히 부침을 반복하고 있다. 2023년의 예상과 2024년의 현실 간에는 괴리가 있으며 이러한 현상은 VR의 미래를 불투명하게 만드는 것이 사실이다.

가상 현실이란 무엇인가. 그것은 어떻게 작동하며 그 목적은 무엇인가. 문학 연구자인 내가 이 책에서 굳이 가상 현실 문제를 언급하는 것은 그것이 첫째, 기계 공학적인 차원에서 이 책의 주제인 시각을 가장 중요한 요소로 다루고 있기 때문이고*

* 시각은 가상 현실에서 가장 큰 역할을 수행하며 시지각, 입체시(양안 시차로 인해 생기는 깊이감), 시야각 등이 중요한 시각 요인으로 손꼽힌다. 정동훈 2017: 256을 보라.

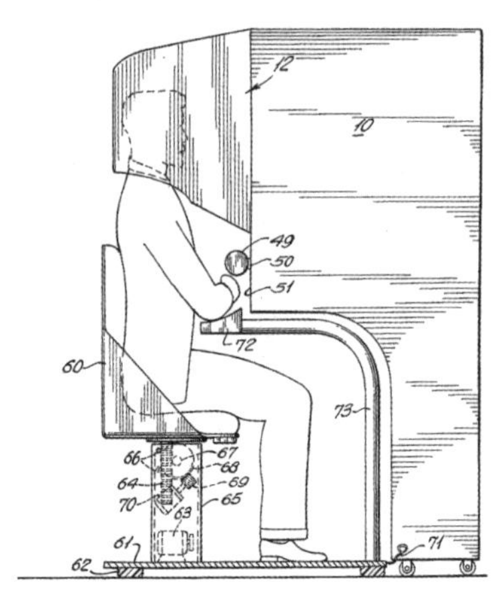

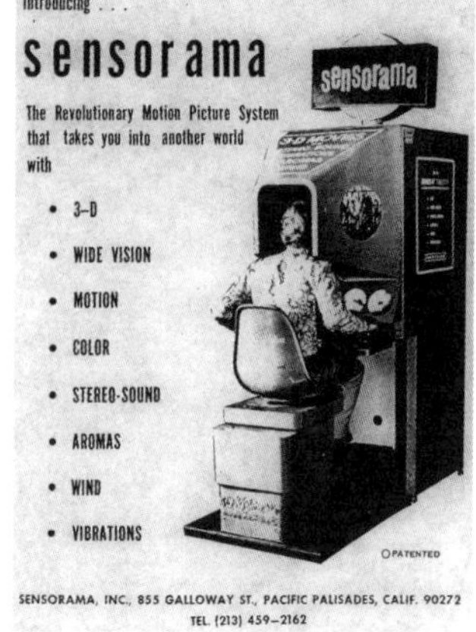

센소라마 도면 일부(왼쪽)와 광고지(오른쪽).

둘째, 이 책의 취지인 윤리적인 눈의 탐구 차원에서 심오한 철학적 문제를 제기하기 때문이다.* 일단 사전적 정의에 의하면 가상 현실이란 컴퓨터에서 제공하는 감각 자극(주로 시각과 음향)을 통해 사용자가 경험하는 인위적 환경으로, 사용자의 행동이 이 환경 안에서 일어나는 상황을 일부 결정한다. 다른 말로 〈사용자가 그 안에서 마치 실제인 양 무언가를 경험하고 상호작용할 수 있는 컴퓨터로 생성된 디지털 환경〉이 곧 가상 현실이다.(제럴드 2019: 39) 1백 퍼센트 컴퓨터 그래픽으로 만들어진 인공 세계, 가짜 세계, 기계 공학적으로 생산된 환상계 등 가상 현실을 부를 수 있는 이름은 많다. 오늘날 가상 현실과 더불어 자주 언급되는 〈혼합 현실MR〉은 완전한 가상이 아니라는 점에서 가상 현실과 구별된다. 밀그램P. Milgram과 기시노F. Kishino는 이른바 〈현실〉 분류의 고전으로 알려진 논문에서 일찌감치 현실의 양극단에 실제 현실과 가상 현실을 배치한 후 그 중간에 증강 현실AR과 증강 가상 현실을 배치했다.(Milgram, Kishino 1994) 증강 현실과 증강 가상 현실은 1백 퍼센트 인공 현실이 아니다. 가상 현실은 사용자가 완전히 몰입할 수 있는 세계이며 현실과 완전히 차단되는 데 반해 증강 현실의 경우 완전한 차단은 전제 조건이 아니다. 가상 현실이 헤드셋 혹은 서라운딩 디스플레이를 통해 사용자가 완전히 디지털 환경에 몰입할 수 있도록 한다면, 증강(혼합) 현실은 휴대용 모바일 장치 또는 헤드셋을 통해 실제 물리적 세계에 디지털 정보 개체 또는 미디어를

* 이하 VR에 관한 설명은 정동훈 2017; 제럴드 2019; 베일렌슨 2019; 나룰라 2023; 돌턴 2023을 토대로 했다.

제공한다.(돌턴 2023: 23) 오늘날에는 부분적으로 디지털화된 증강 현실부터 완전한 몰입감을 주는 가상 현실에 이르기까지 다양한 영역의 기술을 확장 현실XR, 몰입형 기술, 혹은 공간 컴퓨팅이라 부르기도 한다. 내가 이 책에서 관심을 두는 것은 혼합 현실을 포함하는 확장 현실 일반이 아니라 가상 현실인데, 그 이유는 그것만이 진짜 현실로부터 완벽히 차단된 진짜 〈가상〉 세계이기 때문이다.

우선 가상 현실의 작동 방식을 간단히 알아보자. VR에서 XR에 이르는 이른바 〈리얼리티 시스템〉은 완전한 감각 경험이 구현된 하드웨어 및 구동 체계를 말한다. 사람과 컴퓨터는 사용하는 언어가 다르므로 양자 간의 중개자 역할을 하는 시스템이 필요하다. 가상 현실 시스템은 〈입력(트래킹)〉, 〈애플리케이션〉, 〈렌더링〉, 〈출력〉으로 나뉜다. 사람과 시스템 사이의 커뮤니케이션은 하드웨어 기기를 통해 이루어지는데 이 기기가 입력 및 출력을 담당한다. 입력은 사용자로부터 시스템으로 이동하는 정보, 출력은 시스템으로부터 사용자에게 돌아가는 피드백이라 생각하면 된다. 입력은 사용자의 눈 위치, 손 위치, 버튼 누르기처럼 사용자에게서 나오는 데이터를 수집하는 과정이다. 렌더링 — 시각 렌더링, 청각 렌더링, 촉각 렌더링 — 은 데이터를 컴퓨터 친화적인 포맷으로 변환해 현실감을 부여하는 과정이며, 출력은 사용자가 직접 인지하게 되는 결과물로서의 물리적인 표현이다. 가상 현실을 시뮬레이션하는 주된 하드웨어는 헤드마운티드 디스플레이라 불리지만 그 외에도 월드 고정 디스플레이world-fixed display, 핸드헬드 디스플레이handheld display(한 손 혹은 양손으로 잡는 출력 기기) 등이 있다. 메타의 퀘스트Quest(구 오큘러스 퀘스트), HTC의 바이브VIVE, 밸브의 인덱스Index 등은 가장 대중적인 VR 헤드셋이다.

가상 현실의 기술이 지향하는 핵심은 바로 몰입과 〈존재감presence〉(프레즌스, 존재감, 현존감, 현전 등으로 번역된다)이다. 사용자가 일시적으로 현실 세계를 잊고 경험을 제공하는 기술적 매체를 망각하거나 인지하지 못하면서 완전히 가상 세계로 빠져드는 것을 몰입이라고 부른다. 가상 현실 개발자들의 모토인 〈실재보다 더 실재 같은〉이 말해 주듯 몰입도가 높으면 높을수록 가상 현실의 위상도 높아진다. 완전한 몰입 상태로 들어가려면 현실을 아예 볼 수 없어야 하므로 그러기 위해서는 현실로부터 시야를 완벽히 차단해야 한다. 그래서 디스플레이는 두 눈을 감싸는 형태로 제작된다. VR 시스템과 애플리케이션이 사용자의 시각, 청각, 촉각 등 감각을 광범위하게 자극해 완벽하게 몰입하도록 하기 위해서는 다양한 요소들, 광시야각, 공간 오디오, 360도 트래킹, 해상도, 조명 등이 고려되어야 한다. 이상적인 경우 사용자는 기술 자체를 의식하지 못해 인터페이스를 잊고 인공 현실을 실제처럼 경험할 수 있다.

〈몰입은 사용자가 경험에 빠져들도록 하는 잠재력을 지닌 객관적 기술이다. 하지만 주어진 자극을 인지하고 해석하는 주체는 사람이므로 VR 경험만이 몰입과 관련된다고 할 수는 없다. 몰입은 마음을 이끌어 가지만 마음을 조종하지는 못한다. 사용자가 주관적으로 몰입을 경험하는 것은 VR에서 《존재감》이라 불린다.〉(제럴드 2019: 76) 우리가 물리적으로 존재하는

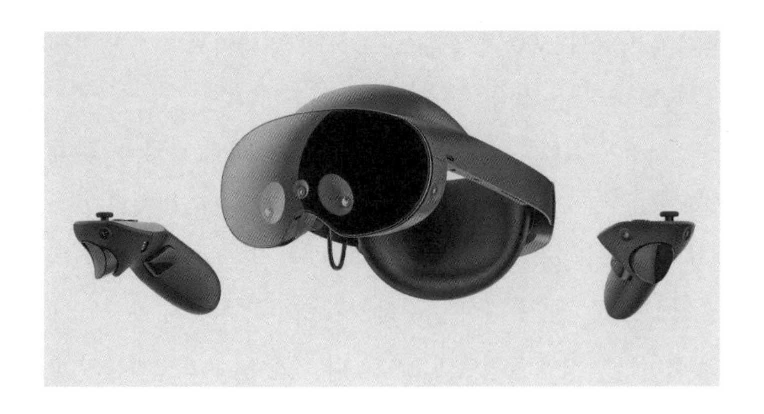

메타 퀘스트 프로.

장소와 다른 어떤 곳, 실제와는 다른 특정 공간, 공학적으로 창조된 다른 세계에 실제로 존재한다고 느낄 때 그 느낌을 존재감이라고 한다. 즉 〈이곳〉에 물리적으로 존재하면서 동시에 〈저곳〉에 있다고 느끼는 것이 존재감이다. 어떻게 보면 존재감이야말로 VR의 궁극적 목표라 할 수 있다. 사용자의 몰입 경험을 측정하는 평가 기준으로 가장 널리 활용되는 것도 바로 존재감이라는 개념이다. 〈존재감은 개인의 신체 일부 혹은 전체가 겪는 현재의 경험이 사람이 만든 기술을 통해 생성 및 필터링된다 하더라도, 이런 경험에서 기술이 맡은 역할을 개인의 신체 일부 혹은 전체가 정확히 알고 인지하지 못하는 심리적인 상태 또는 주관적 인지이다.〉(제럴드 2019: 76)

내가 하고자 하는 얘기는 지금부터이다. 기술이 창출하는 몰입에 의해 유도되는 존재감은 일종의 환상이다. 앞에서 우리가 봤던 환상들이 주체에서 유발된다면(뇌전증, 망상, 착오, 공포, 스트레스 등) 픽셀, 프레임 레이트, 오디오 비트 전송률 등에 의해 좌우되는 가상 현실의 존재감은 주체의 외부에서 컴퓨터 공학적으로 조성되어 주체에게 선택지로 주어진다는 점이 다를 뿐이다. 또한 가상 현실은 실생활에서 다양하게 활용될 수 있다는 점에서 다른 환상들과 구별된다. 실제로 교육, 스포츠, 의료, 군사 훈련, 비행 시뮬레이션, 건축, 엔터테인먼트 등 가상 현실의 활용 영역은 무한한 듯 여겨진다.* 한동안 부진했던 가상 현실의 중요도가 최근 다시 주목받는 것도 그 때문이다.

* 심지어 구애를 할 때 가상 현실 속 아바타가 상대방의 심장 박동 수를 알게 해 주면 결과가 훨씬 좋을 것이라는 예상까지 나오고 있다.(베일렌슨 2019: 242)

가상 현실에 대한 해석은 상당히 복잡한 여러 시각으로 세분된다. 그러나 크게 본다면, SF 소설의 미래가 유토피아와 디스토피아로 양분되듯 가상 현실에 대한 시선 또한 긍정과 부정으로 나뉜다고 말해도 크게 틀리지는 않을 것이다. 일단 기술 낙관주의적 해석은 가상 현실이 현대인의 삶을 무한히 향상해 줄 것이고 그 상업적 가치는 천문학적일 것이며 따라서 미래를 주도할 핵심 산업이 될 것이라고 장밋빛 전망을 제시한다. 가상 현실에 대한 관심이 재점화된 오늘날 각종 미디어의 헤드라인에 등장하는 가상 현실은 대부분 유토피아적인 시각을 반영한다. 이러한 시각의 선조 격인 엡슈테인M. Epstein은 아직 인터넷이 상용화되기도 전에 〈지성intellect〉과 〈인터넷internet〉을 합성한 인문학 웹사이트 〈인텔넷InteLnet〉을 열면서 사이버 공간에서 펼쳐질 탈경계적 학문의 향연을 예감했다.* 철학자들에게도 가상 현실은 근본적으로 〈가상으로서의 충만한 현실〉을 담고 있으며 〈실재를 만들어 가는 창조적인 힘이 될 수 있다〉고 여겨졌다.(홍경자 2006: 303) 가상 현실을 비롯한 확장 현실 전반에 대해 열광적인 전도사를 자처하는 돌턴J. Dalton은 〈VR의 위력은 물리적으로 가능한 수준보다 더 빠르고, 안전하고, 비용 효

* 〈그 당시 이미 엡슈테인은 기술 정신의 산물인 인터넷이 향후 인문 정신의 개념적 용량을 능가하게 되리라고 예측하면서, 인터넷의 인문학적 메시지를 전자 미디어와 연계하고 사이버 공간의 다차원성과 상호 연결성에 맞도록 직관, 담론, 방법론 및 사고방식을 정교하게 하는 적극적 대응이 필요하다는 점을 주지하고 있었다. 이러한 맥락에서 엡슈테인은 인텔넷이 《인터넷의 도전에 대한 인간 지성의 반응이자, 확장되는 전자 우주의 도전the challenge of the expanding electronic universe에 대한 창조적 정신의 반응response of the creative mind》(InteLnet)이라고 규정한다.〉(이희원 2020: 194)

율적으로 사용자를 특정 환경이나 시각적 상황에 몰입하게 하는 능력에서 나온다〉라며 감정적인 연결, 방해받을 일 없는 환경, 물리적 제약의 제거를 주요 강점으로 손꼽는다.(돌턴 2023: 26~27) 일각에서는 가상 현실이 인간의 직업과 연계될 가까운 미래를 예견하기도 한다. 〈머지않아 사람들은 가상 세계 안에서 현실 세계보다 보람 있고 벌이까지 좋은 직업에 종사해 소득까지 얻을 수 있을 것이다.〉(나룰라 2023: 21) 유토피아적인 입장을 견지하는 사람들에게 가상 현실의 이른바 〈부작용〉은 기술의 개발 혹은 사용자의 적응으로 해소될 수 있는 문제에 불과하다. 요컨대 첨단 과학 분야에서 종종 대중적으로 인용되는 〈모든 기술적 문제들은 결국 해결된다〉라는 모토가 여기에도 적용된다. 예를 들어, 잠시 후 자세하게 설명하겠지만 VR 사용자 대부분이 경험하는 현기증이나 메스꺼움은 아직도 해결되지 않는 커다란 문제이다. 그러나 VR을 전폭적으로 지지하는 돌턴은 기술 혁신에서 오는 불편함은 인류 역사에서 흔히 발견되는 것이며 오늘날 수백만 명의 사람이 유람선을 타거나 비행기를 타거나 자동차를 탈 때도 멀미를 겪는다는 논리로 이 문제를 축소한다.(돌턴 2023: 248~253)

가상 현실의 디스토피아적 측면을 간파한 주역은 누구보다도 SF 작가들이었다. 헉슬리부터 제임스 건J. E. Gunn에 이르는 무수한 작가들이 디스토피아의 맥락에서 가상 현실의 비전을 제시했다. 다른 한편에서는 철학적 사유를 기반으로 가상 현실을 일찌감치 진단한 마이클 하임M. Heim의 『가상 현실의 형이상학*Metaphysics of Virtual Reality*』이나, 가상 현실 논의에서 항상 출발점으로 회자되는 보드리야르J. Baudrillard의 『시뮬라시옹*Simulacres et simulation*』처럼 기술적인 분석이나 상업적인 활용과는 다른 차원의 저작들도 꾸준히 발표되어 왔다. 그러나 상업성이 학술적 연구를 앞서간다는 현실적인 이유로 가상 현실에 대한 철학적이고 윤리적인 분석은 단독 저술보다는 연구 논문 형태로 출간되는 경향이 있어 대중을 대상으로는 그 중요도나 설득력이 상대적으로 희석되는 실정이다. 너무 빠르게 범용 기술로 발전해 가는 가상 현실과 관련해 그 실체를 다차원적으로 규명하는 인문학적 고찰이 부족하다는 데 연구자들이 공감하는 것도 그 때문이다.

가상 현실과 관련한 윤리적 문제로는 과몰입으로 인한 중독 현상, 현실과 환상의 경계 해체에서 오는 혼돈, 포르노 등 비윤리적 활용에서 유발되는 도덕적 해이 등을 들 수 있다. 법적인 윤리 문제로는 프라이버시 침해, 신원 해킹, 저작권 침해 등을 들 수 있다.* 이러한 관점은, 조금 시각을 달리하면 이 문제들을 어느 정도 해결하거나 지속적으로 해결 방안을 모색한다면 가상 현실 기술의 상용화에 도움이 되리라는 의미로 받아들여질 여지가 있다. 즉 가상 기술의 상용화에 우려를 표명하긴 하지만 그럼에도 무언가 적절한 조치를 취하기만 하면 가상 현실은 잘 사용될 수 있다는 낙관적인 전망이 어느 정도 깔려 있으므로 오히려 유토피아적 견해 쪽에 넣어도 좋을 것이라는 뜻이다. 게다가 여기서 제기되는 문제들은 가상 현실 고유의 문제는 아

* 구체적인 윤리적 문제에 관한 좀 더 자세한 논의는 이상욱, 한정엽 2021을 보라.

니다. 예를 들어 과몰입에서 오는 중독은 사실상 전혀 새로운 것이 아니다. 요컨대 약물 중독에서 도박 중독, 게임 중독에 이르기까지 모든 중독은 몰입과 종이 한 장 차이이다. 몰입 상태인 사람과 중독 상태인 사람 모두의 뇌에서 도파민이 분비된다는 것은 널리 알려진 사실이다.* 〈뇌에서 분비되는 도파민은 뇌를 각성시켜 집중과 주의를 유도하고 쾌감을 일으키며 삶의 의욕을 솟아나게 하고 창조성을 발휘하게 하는 신경 전달 물질이다.〉(황농문 2008: 152) 아주 오래전부터 음성적으로 유통되어 온 음란물의 어마어마한 양을 고려해 볼 때 포르노 역시 가상 현실만의 문제가 아니라 할 수 있다. 가상 현실이 실제가 아닌 환경을 공간적 물리적 제약 없이 무한대로 경험할 수 있게 해줄 때 거기 수반될 부정적 활용은 우리가 이미 게임 중독 등에서 경험한 것이라는 얘기이다. 같은 원리에서, 모든 중독자가 치료를 거부하듯 가상 환경 현실에서 나오기를 거부하는 이른바 〈디지털 히키코모리〉의 증가 역시 새로울 것이 없는 부작용이다. 프라이버시 침해나 신원 해킹 등도 이미 인류가 디지털 사회로 들어선 이상 피해 갈 수 없는 부작용들이다. 한마디로 여기 열거한 부작용 혹은 윤리적 이슈 들은 가상 현실의 개발과 발전을 중단할 만큼 근원적이고 심오한 문제가 아니라는 얘기이다.

가상 현실에 대한 인문학적 성찰은 보다 근원적인 것, 그러니까 가상 현실이라는 〈관념〉 자체에 포함된 모종의 특성에서 시작된다. 가상 현실의 목적인 몰입과 존재감에서 파생되는 부작용의 문제가 아니라 몰입 자체의 문제, 존재감 자체의 문제가

* 도파민과 중독의 상관성에 관해서는 Inversen et al. 2010을 보라.

인문학적 고찰의 대상이라는 뜻이다. 가상 현실이 인문학적으로 제기하는 가장 큰 문제는 두 가지로 요약된다. 하나는 인간의 지각과 관련한 철학적 문제이고 다른 하나는 사유의 경계선에 관한 문학적 문제이다. 다음 단락에서는 이 두 가지 문제를 차례로 살펴보기로 하겠다.

9
시지각의 왜곡

가상 현실이 수반하는 지각의 문제를 철학적으로 논하려면 무엇보다도 후설E. Husserl과 메를로퐁티의 현상학에 의존하지 않을 수 없다. 〈가상 세계의 구현에 대해 논하면서 그 근본을 현상학, 특히 모리스 메를로퐁티의 현상학에서 찾지 않는다면《세계-내-존재》의 핵심적 의미를 놓치게 될 것이다.〉(Heft 2023: 194) 메를로퐁티에게 인간의 몸은 시간, 공간과 맞물려 존재하며 지각을 통해 세계와 관계를 맺는 것이다. 인간의 지각은 개별적으로 기능하지 않는다. 지각 전체, 그리고 지각 기관 전체가 서로 어울리고 조화를 이루면서 인간이라고 하는 존재 자체를 완성한다. 바로 이런 점 때문에 가상 세계를 지각해야 하는 상황에서 메를로퐁티를 불러내지 않을 수 없는 것이다. 인간의 의식은 육화된 의식이고 인간의 몸은 의식하는 몸이다. 인간의 몸과 정신은 분리될 수 없으며 인간이 곧 육화된 정신이다. 〈그러나 나는 나의 신체 앞에 있지 않고 나의 신체 안에 있다. 아니, 나는 차라리 나의 신체이다. 따라서 신체의 변화들도 변화들의 상수도 분명하게 정립될 수 없다. 우리는 우리의 신체적 부분들의 관계들, 시각적 신체와 촉각적 신체의 상관관계들만을 성찰하지 않는다. 우리는 그러한 팔과 다리를 함께 장악하는 우리 자신 자체이며, 그것들을 동시에 보고 접촉하는 우리 자신 자체이다.〉(메를로퐁티 2002: 238) 그러니까 메를로퐁티에 의하면 인간과 동의어인 인간의 신체는 사물로 취급될 수 없는 〈고유한 신체le corps propre〉이자 현상학적 신체이며 지각을 논한다는 것은 곧 신체를 논한다는 뜻이다. 〈심장이 유기체 안에 있는 것처럼 고유한 신체는 세계 안에 있다. 그것은 시각적 광경을 살아 있게 계속 유지하고 생명을 불어넣으며 내적으로 풍부하게 하고 그것과 더불어 하나의 체계를 형성한다.〉(메를로퐁티 2002: 311) 그의 역작 『지각의 현상학*Phénoménologie de la perception*』은 이러한 고유한 신체가 〈사람들이 그 신체에 강제로 부과되는 처우를 피해 가고 심지어 과학의 처우도 피해 가는 것〉을 보여 주는 책이다.(메를로퐁티 2002: 130) 메를로퐁티의 현상학이 가상 현실과 관련하여 제기하는 가장 근원적인 질문은 그러므로 육화된 정신인 인간이 살아가는 〈현상적 장〉이 가상 세계로 대체될 수 있는가, 과연 눈을 포함하는 우리의 〈현상학적〉 몸은 코드화된 기술적 세계-이미지 앞에서 〈탈육화〉의 위기를 극복하고 새로운 지각 방식을 구현할 수 있을 것인가의 문제이다.

이 문제에 대한 긍정적 대답과 부정적 대답이 모두 몸의 현상학을 근거로 제시하며 메를로퐁티가 말한 고유한 신체의 개념을 환기한다는 점은 흥미롭다. 긍정적인 답을 제시하는 학자들은 가상 현실이 탈육화가 아닌 새로운 육화의 과정을 전개해

갈 것이라는 전망 아래 궁극적으로 인간과 기계의 창조적 상호 관계 구현을 예측한다는 점에서 트랜스휴머니즘의 지지 쪽으로 기우는 듯하다. 그들은 메를로퐁티의 〈고유한 신체〉가 오히려 역설적으로 인간과 기계 간의 상호 작용을 가능하게 해준다고 주장한다. 〈가상 현실 체험은 단지 수용자의 몸이 이미지 구성에 개입하는 것을 넘어 가상적 이미지와 물질적인 몸이 연결되고 가로지르는 방식을 보여 주는 과정〉이라는 것이 그들의 시각이다.(이은아 2023: 56) 그들의 주장을 조금 더 들어 보자. 가상 현실을 체험하는 사용자는 그것이 가상일망정 실질적인 몸도 그 경험에 개입시킨다. 〈우리가 가상 현실과 같은 사이버스페이스로 들어가 가상성을 구성할 때 몸 혹은 물질성이 활용되고, 적극적으로 개입될 수밖에 없다.〉(이은아 2017: 57) 〈사실상 매개된 환경에서 현전을 가능하게 해주는《궁극적인 인터페이스ultimate interface》는 몸이고, 이 몸의 운동이 가상 현실 체험을 가능케 한다. 이때 몸은 감각을 실질적으로 행사하여 정신에 이르게 하는 채널이자 정신을 외부로 표시하는 장치이며 외부의 타자와 커뮤니케이션하는 장치로서 기능한다.〉(이은아 2017: 57) 또한 기술적 장치들에 의해 확장되는 지각은 몸과 분리된 작용이 아니라 여기에 존재하는 나의 몸의 작용으로서 파악되어야 한다. 지각은 세계와 맞닿은 가장 원초적인 인식 능력이면서 수용자와 세계를 매개하는 작용이므로 모든 매체나 이미지 체험에 필수적인 조건이다. 더욱이 가상 현실은 관조하고 감상하는 것으로 충분했던 기존의 이미지와는 완전히 다른 체험 방식, 즉 시뮬레이션, 원격 현전, 몰입이라는 메커니즘에 기반해 몸의 운동, 시각, 청각, 촉각 등의 복합적인 지각과 수용자와의 쌍방향적 소통을 요구하므로 이 이미지 체험에서 몸과 지각은 세계를 이해하는 일차적 통로의 기능을 더욱 강력하게 요청받는다. 지각 작용은 수용자의 몸과 유리될 수 없는 몸의 작용으로서, 디지털 이미지라는 세계와 수용자의 몸을 연결해 주는 매개의 역할을 담당한다.(이은아 2017: 61) 이러한 논지는 디지털 이미지가 결국 몸을 축소하거나 왜곡하기는커녕 오히려 감각과 몸의 기능을 더욱더 활성화한다는 결론으로 귀착한다.*

한편, 인류의 미래가 웨어러블에 있다고 단언하는 데이비드 로즈D. Rose는 가상 현실이 〈우리 주위의 세계와 무관한 경험을 제공하는 불투명하고 폐쇄적인 장치〉에 불과하다고 보면서 물리적 환경과 디지털 정보의 자연스러운 융합인 증강 현실의 의의를 강변한다.(로즈 2023: 17) 그는 증강 현실을 가리켜 〈공간 컴퓨팅〉, 〈슈퍼사이트SuperSight〉라 칭하면서 〈디지털 콘텐츠를 3차원 공간에 효과적으로 배치해 소비자들에게 더 몰입적이고 참여적인 경험을 제공하고 세계에 대한 이해도를 높일 것〉이라 주장한다. 가상 현실 대신 증강 현실을 찬양한다는 점만 다

* 〈결국 가상 현실 수용자 관계의 핵심은 몸과 이 몸이 일으키는 지각 작용이라고 할 수 있으며, 이것이 이 이미지 체험을 다른 이미지 체험과 차별화하는 요소이다. 디지털 이미지와 가상 현실 체험은 단순한 이미지 체험이 아닌 몸과 지각을 통해 이미지를 프레이밍하고 가상성을 현실화하는 과정이며, 이를 통해 다시 몸과 지각의 잠재적 능력을 촉구하고 복원하는 과정이다. 즉 가상 현실을 몸이나 지각과의 연계 속에서 바라보고 이 관계를 통해 구축된 시공간을 혼합 현실 시공간으로 바라본다는 것은 이미지와 수용자의 관계를 서로에게 긍정적 영향을 미치는 선순환의 관계로 바라본다는 것이다. 이것은 역설적으로 이미지의 기술적 발달이 몸을 소멸시키거나 몸의 기능을 약화하는 것이 아니라 몸과 감각의 귀환을 야기할 수 있음을 시사한다.〉(이은아 2017: 초록)

를 뿐 눈에 대한 그의 생각은 역시 기술 낙관주의자들의 전반적인 생각과 다르지 않다. 그에게 눈은 고유한 신체가 아닌 개발되고 향상되어야 하는 트랜스휴먼의 기관이다. 그의 책 제목이 〈슈퍼사이트〉인 점은 이를 단적으로 말해 준다. 〈이 모든 경이로움에도 불구하고 인간의 눈은 지난 수천 년 동안 거의 진화하지 않았다. 인류가 시력 교정을 위해 안경을 발명하고 특별한 과업들을 수행할 목적으로 현미경이나 망원경을 개발했지만, 우리가 눈으로 세계를 인식하는 방식은 우리 조상의 방식과 크게 다르지 않다. 그러나 향후 10년 동안 진행될 기술의 기하급수적인 발전으로《보다》라는 것의 의미 자체가 완전히 달라질 것이다. 인류는 시각적 능력의 거대한 유사 진화를 앞두고 있다.〉(로즈 2023: 17)

이와는 반대로 가상 현실 기술에 대한 강력한 우려 또한 지속적으로 제기되어 왔다.* 이종관은 후설의 현상학과 메를로퐁티의 현상학에 대한 깊은 성찰을 토대로 가상 현실, 3D TV, 구글 글라스 같은 웨어러블 디바이스를 눈에 가하는 폭력이라 규정한다. 후설 현상학적 지각 이론에 비춰 볼 때 가상 현실 기술은 〈인간의 자연적인 지각 세계를 작위적으로 가공함으로써 인간을 가상 세계로 몰입시키는 기술로, 인간의 지각 구조에 심각한 병리 현상을 일으킬 수 있는 위험 요인이 잠복해 있다〉.(이종관 2017: 152) 인공적인 입체성은 지각 훼손의 대표적인 예이

* 가상 현실, 웨어러블 디바이스, 3D TV에 대한 현상학적 비판은 이종관 2017에 자세하게 제시된다. 가상 현실의 탈윤리적이고 자폐적인 성격은 152~210, 3D TV는 211~223, 구글 글래스 등 웨어러블 디바이스는 224~251을 보라.

다. 〈몸의 자발적 행위 없이 양안 시차에 대한 조작만으로 구현되는 입체성은 몸에 의해 형성되어 몸이 자연스럽게 살아 내는 실존적 공간성을 훼손할 수밖에 없다.〉(이종관 2017: 223) 가상 현실이 내포한 가장 큰 문제 중 하나는 그 개념의 근저에 눈을 비롯한 지각 기관과 지각에 대한 속속들이 기계적인 생각이 자리 잡고 있다는 사실이다. 〈연구자들은 지각을 데이터로 이해한다. 데이터 중심 이론은 지각을 외부에 이미 존재하는 환경으로부터 마음에 입력된 데이터로 파악한다. (……) 사이버 철학자 하워드 라인골드H. Rheingold는 인간의 눈을 입체적인 입력 장치로, 눈동자와 목은 고도로 정교화된 입체적 감각 기관들을 움직이기 위한 복합적 자율 조절 수평 유지 장치로 파악하고 있다.〉(이종관 2017: 190~191)

그러나 눈(그리고 다른 감각 기관들)은 이런 식으로 〈탈육화〉될 수 있는 도구나 기계가 아니며 그렇게 될 수도 없다. 이종관은 감각을 넘어 소통으로 나아가는 〈고유한 신체〉로서의 눈을 다음과 같이 요약한다. 〈눈은 외부의 자극이 없거나 외부의 정보가 침투해 들어오지 않으면 텅 빈 유리 덩어리에 지나지 않는 렌즈나 수정 구슬이 아니다. 그것은 항상 눈빛과 시선을 통해 그 눈으로 사는 사람이 수행하는 육화된 지향 활동이며 그 활동은 근원적으로 표현 활동이다. 이 표현의 구체적인 운동이 시선의 움직임이며 그때 발하는 것이 눈빛이다. 따라서 눈빛은 언어이다. 우리는 문어나 구어보다 눈동자의 움직임과 눈빛에서 더 진실한 의미를 발견하며 눈의 움직임과 눈빛으로 표현되는 이 의미들은 언어적 소통에서와 마찬가지로 소통의 근원적 토대가 된다.〉(이종관 2017: 248) 눈빛으로 하는 소통의 예는 문학 작품에서 얼마든지 찾아볼 수 있다. 아니, 대부분의 훌륭한 소설가들은 언어를 넘어서는 소통의 창구로 눈을 언급한다. 톨스토이가 그 대표적인 예인데, 그는 아예 언어는 모두가 거짓이므로 진실한 인간이라면 누구나 눈빛으로 대화해야 한다는 과격한 주장을 했다. 『안나 카레니나』에서 남자 주인공 레빈과 그의 연인 키티가 오로지 눈빛으로만 서로의 마음을 전하는 대목은 오래도록 기억되는 명장면으로 남아 있다.

눈은 이토록 중요한 바로 그만큼 또 예민하다. 〈따라서 눈은 매우 자율적이고 표현적이며 적극적인 시선을 가지며, 이 시선이 다른 것에 방해받는 것을 견딜 수 없어 한다. 자신의 자율적 표현이 방해받을 때 실로 눈만큼 예민해지는 감각도 없다.〉(이종관 2017: 248~249) 눈의 〈예민함〉을 뒷받침해 주는 가장 비근한 예는 아마도 〈사이버 멀미cyber sickness〉가 아닐까 싶다. 가상 현실의 핵심인 존재감은 눈과 두뇌가 상호 보완적으로 작동해야 가능하다. 실제 세계는 넓이, 깊이의 3차원으로 구성되어 있는 반면 망막은 단지 높이와 넓이만 있는 2차원 형태로 되어 있다. 따라서 실제 세계를 이해하기 위해서는 먼저 실제 세계를 2차원의 망막에 투영한 후 뇌가 3차원으로 해석하는 단계를 거친다.(정동훈 2017: 49) 우리가 현실과 직접적으로 연결되어 있다는 느낌을 만들어 내기 위해 뇌는 다양한 형태의 감각 입력을 결합한다. 다시 말해 가상 현실이 우리에게 〈진짜 현실〉처럼 작동하기 위해서는 우리가 가상 현실이 실재라고 믿도록 뇌를 유도해야 한다는 뜻이다. 르네상스 시대에 발명된 1점 원근법이 평면에 3차원을 재현하기 위한 일종의 눈속임이었다면, 가상 현실은 눈속임을 넘어 〈뇌 속임〉의 단계로 감각을 조작한다. 가상 현실에 거의 모토나 다름없이 항상 붙어 다니는 〈현실보다 더 현실 같은〉 혹은 〈실재보다 더 실재 같은〉이 구현되는 강도는 뇌 속임의 강도에 비례한다고 말해도 좋을 것이다.

〈실재보다 더 실재 같은〉 가상 실재를 위해 인간의 눈과 뇌를 조작할 때 개발자들이 가장 많이 연구하는 대상 중 하나가 아마도 시야각일 것이다. 인간의 시야field of vision는 어떤 시점에서 우리가 볼 수 있는 각도치이다. 사람의 눈은 수평 시야가 160도이며 똑바로 앞을 향할 때 두 눈으로 보는 지점이 120도 겹친다. 정면을 볼 때의 총 수평 시야는 2백 도 정도이므로 우리는 머리 양쪽 면에서 뒤로 10도까지는 볼 수 있다. 눈을 왼쪽 오른쪽으로 굴려 보면 양 측면에서 50도를 더 볼 수 있다. 따라서 가능한 시야를 전부 덮는 헤드마운티드 디스플레이라면 수평 시야가 3백 도가 되어야 한다. 우리 눈은 이마와 상체로 가려지고 수직으로 배열되어 있지 않기 때문에 수직 방향으로는 그리 많이 볼 수 없다. 이마가 걸려서 위로는 60도, 아래로는 75도를 볼 수 있으며 총 수직 시야는 135도가 된다. 물리적으로 눈, 머리, 몸을 돌려서 볼 수 있는 각도의 총합을 전체 시야field of regard라고 한다. 완전 몰입형 VR은 수평과 수직 전체 시야 360도를 제공한다.

문제는 시야각이 넓으면 몰입도가 커지지만 사이버 멀미의 가능성도 함께 커진다는 데 있다. 사실 사이버 멀미는 가상 현실이 수반하는 가장 골치 아픈 문제점 중 하나이다. 사이버 멀미는 컴퓨터로 생성된 가상 세계에 몰입한 결과 시각적으로 유발되는 눈의 피로, 메스꺼움, 어지럼증, 현기증, 구토 등을 통칭하는 개념이다. 그것은 간단히 말해 시각 기관으로 들어오는 입력과 전정 기관으로 들어오는 입력 간의 괴리, 즉 의식은 가상 세계에 있지만 몸은 현실 세계에 있는 모순적인 상황에서 비롯한다. 사이버 멀미의 유발 원인을 둘러싼 여러 이론 중에서 가장 널리 받아들여지는 것은 감각 갈등 이론sensory conflict theory이다.(제러드 205; 한경훈, 김현택 2010; 정동훈 264) 인간은 시각, 청각, 후각, 체감각 및 운동 감각과 같은 시공간적으로 다른 속성을 가진 감각들이 신경계를 통해 통합됨으로써 하나의 응집된 지각적 경험을 하게 된다. 다중 감각 갈등multi-modal sensory conflict이란 시각, 청각, 체감각, 전정 감각 등의 개별 감각들이 뇌에서 통합integration되지 못해 와해한 지각적 경험을 말한다.(한경훈, 김현택 2010: 290) 간단히 말하자면 사이버 멀미라는 것은 인간의 정상적인 지각 체계가 인공적인 조작으로 인해 붕괴할 때 발생하는 현상이라는 뜻이다. 〈인간은 실제 환경에서 시각 체계와 전정 체계의 협응을 통해 적절한 자세를 잡고 균형을 잡으며 움직일 수 있다. 그러나 가상 환경에서는 이러한 두 감각 기관의 협응이 실제 환경에서 경험한 값과 다르기 때문에 부조화를 이루어 감각 간 갈등이 발생하기 쉽다. 다시 말해, 가상 환경 안에서 피험자는 시각적 자극에 의해서만 특정 방향으로 움직인다는 신호를 받지만 전정에 들어오는 각 가속과 직선 가속의 입력 정보가 없기 때문에 시각 정보에 따른 실제 물리적 움직임이 없는 상태, 즉 두 감각 사이의 갈등 현상이 극대화되는 상태로 인해 멀미감을 느끼게 된다. 예를 들어 가상 환경에서 경험하는 주행 경험과 실제 주행 경험의 차이를 비교해 보자. 실제 주행에서 운전자가 경사로나 요철 등의 장애물을 지각하게 되면 이에 대한 예측expectation이 일어나고 자극에 대한 물리적인 반응이 동반된다. 그러나 가상 환경에서는 이러한 장애물을 시각적으로 지각하는 데만 그치고 물리적 움직임을 동반하지는 않기 때문에 피험자는 어색한 느낌이 들게 되는 것이다.〉(한경훈, 김현택 2010: 290~291) 요컨대 사이버 멀미는 인간의 몸과 정신 간의 부조화, 인간 지각 체계의 인위적인 조작에서 비롯하는 것이므로 몸의 현상학에 관한 철학적 논의에서 출발해야 하는 문제라 할 수 있다.

그러나 가상 현실 개발자들에게 사이버 멀미는 지각 심리학과 현상학에 근거한 철학적 이슈가 아니라 기술적 이슈라는 데 문제가 있다. 그동안 사이버 멀미를 측정하고 그것을 감소시키는 방안에 관한 연구 논문이 다수 발표되었고 시야각의 축소, 모션 플랫폼 도입 등 기술적인 대책들이 제안되었지만 내가 이 책을 쓰고 있는 현재까지도 획기적인 해결책은 나오지 않았다.* 사이버 멀미는 단순히 3D 가상 환경 디스플레이 기술의 발전으로 해결할 수 있는 요소가 아니라는 점을 고려할 때, 〈인적 요인human factor을 고려해 인간 친화적인 3D 가상 환경을 개발하는 일이 매우 중요하다〉라는 지적이 여전히 유효하게 들리는

* 시야각 축소는 결국 몰입감 감소로 이어지므로 단순히 시야각을 축소하는 것으로 새로운 가상 현실이 퇴행할 가능성은 없어 보인다. 모션 플랫폼 역시 경우에 따라서 멀미감을 더욱 악화한다는 연구도 있으므로 이런 것들은 실질적인 해결책으로 불리기 어려울 것 같다.

가정용 저가 모션 플랫폼.

것도 이 때문이다.(한경훈, 김현택 2010: 296) 그러나 기술 낙관주의자들은 사이버 멀미 역시 통제 및 관리 가능한 부수 요인이자 개개인의 성향이나 상태에 달린 개인적인 문제에 불과하다고 여기며 가까운 미래에 해결책이 나올 것으로 전망한다. 〈절대다수의 사람은 잘 개발된 VR 프로그램과 잘 계획된 VR 환경에서 편안함을 느낀다. 경험과 연구, 협업을 통해 최고의 사례를 지속해서 발견하고 구현한다면 분명 이런 부작용을 개선할 수 있다.〉(돌턴 2023: 253)

한 가지 분명한 것은 가상 현실의 미래를 좌우하는 것은 철학적이고 윤리적인 근거가 아니라는 사실이다. 거대 자본과 연결된 가상 현실 개발 주체들이 시장성이 아닌 윤리성을 염두에 두고 활로를 개척할 가능성은 거의 없어 보인다. 웨어러블만 해도 그것이 아무리 인간의 지각에 대한 폭격이라는 주장이 설득력을 얻는다 한들 그 이유로 웨어러블 개발이 중단될 리는 없어 보인다. 어쩌면 인류는 이제 가상 현실의 윤리적 문제를 논하는 단계에서 가상 현실과 실재 세계 사이에서 살아남는 법을 논하는 단계로 넘어간 것 같다.

10
경계선의 철학

가상 현실이 몰입과 존재감을 날개 삼아 비상할 때 그 비상을 합리화해 주는 두 가지 〈존재 이유〉는 첫 번째, 〈현실과 환상의 경계 해체〉, 그리고 두 번째는 첫 번째에서 논리적으로 파생되는 〈인간 경험의 무한 확장〉이다. 후자는 인간 시야의 무한 확장과 거의 궤를 같이한다고 봐도 된다. 불가능도 없고 한계도 없는 새로운 세계 — 이것이야말로 가상 현실이 자랑하는 그 본질이다. 〈가상적 시공간과 현실적 시공간의 경계는 애매해지며 이로써 일상적 물리적 시공간이 지닌 한계는 극복되고 해소될 가능성을 얻게 된다. 시공간이 제한적이지 않고 유동적이라는 것은 바로 우리의 경험이 무한히 펼쳐지고 확장될 수 있음을 의미한다.〉(이은아 2017: 2) 이 두 가지 본질, 혹은 한 가지 본질의 양면에 대한 이론과 설명과 분석은 컴퓨터 공학적 차원에서 행해질 수 있지만 그에 대한 통찰은 오로지 문학을 통해서만 가능하다. 이번 단락에서는 그래서 문학 작품을 훑어보도록 하겠다.

일찍이 푸시킨은 가상과 현실 간의 분명한 경계가 얼마나 중요한지, 그리고 그것이 왜 중요한지를 서정시 「엘레지Elegija」의 한 행에서 압축적으로 묘사했다.

> 때론 또다시 화음에 도취되고
> 공상의 산물에 눈물 흘리며 살고 싶다
> 그 누가 알랴, 내 슬픈 만년에
> 사랑이 이별의 미소를 지으며 반짝일는지.
> (뿌쉬낀 1999-1: 298)

여기서 〈공상의 산물에 눈물 흘린다〉라는 구절은 환상에 대한 인간의 이중적 반응을 요약해 준다. 인간의 뇌 속에서는 어떤 대상이 허구임을 아는 것과 그럼에도 그에 대해 눈물을 흘릴 수 있는 반응이 동시에 일어난다. 그것이 한낱 허구에 불과할 뿐이라는 사실만을 인지한다면 모든 문학과 영화의 감상은 불가능하다. 그것이 허구임을 인정하지 않을 때, 즉 현실과 공상의 경계가 완전히 무너져 복구되지 않을 때 인간은 병적인 상태로 들어간다. 〈이것은 예술 작품의 이중적 본질에 대한 놀라운 묘사이다. 우리가 공상의 산물을 대하고 있다는 사실을 인정하는 것은 곧 눈물의 가능성을 배제한다는 뜻으로 들릴 수 있다. 아니면 역으로 생각해 볼 수도 있다. 즉 눈물을 쏟아지게 하는 정서는 우리로 하여금 그것이 공상의 산물임을 잊도록 해야만 한다. 그러나 실제로는 이 두 가지 상반되는 유형의 행위가 동시에 존재하며 한 쪽은 다른 한쪽의 임팩트를 증가시킨다.〉(Lotman 1977: 65)*

* 공상과 현실 간의 경계에 관한 신경 과학적 접근은 석영중 2011: 44~46을 보라.

요약하자면, 예술이라는 것의 존재가 가능하려면 실재와 허구 간에 경계가 있어야 하며 이 경계가 아예 없어질 때 예술도 인간도 모두 존재 불능의 상태에 처하게 된다. 이 경계선은 더 나아가 인간의 윤리적 실존을 보장하는 최소한의 저지선으로 기능한다. 공상이 공상임을 인지하지 못하는 사람, 그리고 예술의 의의와 가치를 감지할 수 없는 사람에게 도덕적 삶을 기대하기는 어렵기 때문이다. 건강한 정신과 아름다움에 대한 건강한 감각은 인간다운 삶의 기본 조건이다. 그 기본 조건조차 충족되지 않는 상황에서 도덕을 논하기는 어려울 것이다.

오스카 와일드O. Wilde의 『도리언 그레이의 초상*The Picture of Dorian Gray*』은 가상과 현실의 문제를 〈늙지 않는 인간〉과 그 인간을 그린 초상화의 뒤틀린 관계를 통해 묘사한다. 그중 한 대목은 이 책의 논의와 관련해 상당히 복잡한 사유의 세계로 독자를 유도한다. 〈헨리 경이 준 많은 선물 중의 하나인, 테이블에 놓여 있던 상아로 된 큐피드 조각 프레임에 끼워진 타원형 거울을 집어 든 그는 얼른 반들반들한 거울을 그 깊은 속까지 들여다보듯 뚫어지게 쳐다보았다. 그의 붉은 입술엔 초상화의 얼굴과 같은 잔인함이 묻어나는 선들이 없었다. 그렇다면 그건 무슨 뜻인가.〉(와일드 2013: 144) 번역본의 〈반들반들한 거울〉과 〈깊은 속〉은 원본으로 읽을 때 그 뜻이 훨씬 더 잘 전달된다. 〈……into its polished depths.〉(Wilde 1988: 73) 여기서 화자가 언급하는 〈반들반들한〉은 〈표면〉(2차원)을 수식할 수 있을 뿐이므로 〈깊이〉(3차원)와는 결합할 수 없다. 이 뒤틀림, 이 모순이야말로 2차원과 3차원에 대한 도리언의 착각을 묘사하는 표현이자 더 나아가 도리언이 처한 괴리 상황, 즉 진짜 현실과 가짜 현실 간의 괴리를 지적해 주는 표현이다. 3차원 현실에서의 도리언은 시간의 흐름에서 비껴가고 그 대신 2차원 화폭 위 그의 이미지가 시간의 지배를 받는다. 도리언의 비극은 2차원과 3차원 간의 경계가 해체되는 데서 비롯한 것이다. 이 소설에서 2차원과 3차원, 거울과 캔버스, 가상과 실재는 마치 뫼비우스의 띠처럼 연결되어 있어 메타포가 아닌 메토니미, 즉 인접의 관계를 형성한다.(Ramel and Paccaud-Huguet 2009: 112~113)

앞에서 언급한 푸시킨과 와일드의 예를 통해 알 수 있듯이, 가상과 현실이 그 경계의 해체로 인해 상호 인접의 관계를 형성할 때 그것은 사실상 윤리의 진공 상태를 촉발한다. 인간이 가상과 실재를 구분하지 못하는 것이 어째서 반윤리적 상태가 되는지는 도스토옙스키의 논리에서 분명하게 드러난다. 당시에는 가상 현실도 디지털 게임도 없었지만 도스토옙스키는 초기작 「페테르부르크 연대기Peterburgskaja letopis'」에서 자기만의 환상으로 빠져들어 나오지 않는 부류의 인간들을 〈몽상가〉로 분류한 뒤 그들을 아예 대놓고 악이라 칭한다. 〈그런데 여러분은 몽상가가 무엇인지 아는가? 그것은 페테르부르크의 악몽이요, 구체화된 죄악으로서, 모든 끔찍한 비극과 모든 참사, 대단원, 그리고 발단과 결말을 가진, 말 없고 비밀스러우며 음산하고 야만적인 비극인데 이것은 절대로 농담이 아니다.〉(도스토옙스키 2: 141) 그의 몽상가는 마치 약물이나 게임에 중독된 폐인처럼 〈초점을 잃은 눈빛에 창백하고 피로가 누적된 표정의 주의가 산만한 사람〉이며, 몽상에서 깨어나는 순간 그 순간을 견디지 못해 즉시 〈새롭고 더 많은 양의 독약〉을 찾는 의존증 환자이다.(도스토옙스키 2: 142) 19세기 러시아 대문호의 지적을 현대의 현상학자는 다음과 같이 번역한다. 〈가상 현실 체험은 그것이 종료되었을 때 그대로 사라지는 것이 아니라 파지에 의해 현재 경험에 침전되며, 지속적으로 현재의 경험이 수행되는 데 영향을 미칠 것이다. 따라서 우리는 가상 현실 경험 장치나 가상 현실 경험 동굴에서 나온 이후에도 의식하지 못하는 사이 그 가상 현실 경험에 내내 지배당하게 될 것이다.〉(이종관 2017: 184~185) 그리하여 〈VR의 포로가 된 폐인들〉, 〈대상과 자아를 구분하지 못하는 프로이트식의 유아가 주류가 된다〉.(서요성 2017: 352)

경계선의 윤리는 시간과 연계될 때 더욱더 심각한 문제로 부상한다. 몽상의 세계는 인간의 자연스러운 세계와 달리 시간의 흐름과 공간의 제약, 그리고 모든 인간이 겪어야만 하는 불안과 고통이 제거된 세계이다. 마이클 하임이 일찍이 가상 현실의 철학적 의미를 논하면서 지적했다시피 인간의 삶은 시간성 속에 존재하며 반복 불가능하고 고통으로부터 자유롭지 못하다는 점에서 순간적인 환각이나 스쳐 지나가는 놀이와 구별된다.(하임 1997: 217) 몽상가는 바로 이러한 삶의 본질을 의식적으로, 그리고 나중에는 무의식적으로 외면한다. 〈기쁨과 슬픔, 지옥과 천국, 매력적인 여인과 영웅적인 행동, 고귀한 활동과 위대한 투쟁, 그리고 죄악과 모든 끔찍함이 어우러진 완전한 공상의 세계로 갑자기 몽상가의 존재 전체가 빠져들어 간다. 방도, 공간도 사라지고 시간은 멈춰 버리거나 혹은 너무 빨리 날아가

버려 한 시간이 1분처럼 느껴진다. 이따금 하룻밤 정도는 표현할 수 없는 기쁨 속에서 그냥 지나가 버린다.〉(도스토옙스키 2: 143) 이종관은 바로 이러한 시간성의 왜곡이야말로 가상 현실이 인간에게 가하는 폭력 중 하나라고 지적한다. 지각의 시간성과 역사성이 가상 현실 속에서 부정되기 때문에 그것은 일종의 〈데이터 쇼크〉라는 것이다. 〈가상 현실은 이렇게 그것 이전에 형성된 파지와 예지의 피드백 고리가 일단 단절된 후에야 비로소 작동을 시작할 수 있는 전체를 확보할 것이다. 이처럼 지금까지의 경험 체계를 일순간 정지시키는 것은 경험의 영역에 순간적으로 상당한 방향 교란을 불러일으킬 것이다.〉(이종관 2017: 184) 이 세계에서 존재하는 시간이 길어질수록 몽상가(중독자)는 사람들과 공동의 관심사로부터 조금씩 멀어지게 되고, 그의 현실 생활 속 재능도 점차 무뎌지기 시작한다. 〈자연적으로 그에게는 이제 자신만의 공상이 가져다주는 만족이 실제 삶보다 완전하고 화려하며 사랑스럽게 느껴진다. 결국 그는 이런 오해 속에서 사람이 현실의 아름다움을 평가할 수 있게 하는 도덕적 직감을 완전히 상실하게 되고, 길을 잃고, 방황하고, 현실의 행복한 순간을 놓쳐 버리고 둔감해진 상태에서 귀찮은 듯 팔짱을 끼고는, 인간의 삶이란 자연과 현실 속에서 끊임없이 자신을 성찰하는 것이라는 사실을 외면한다.〉(도스토옙스키 2: 144) 도스토옙스키가 지적한 〈도덕적 직감의 완전한 상실〉은 결국 인간성의 상실, 시간의 상실과 치환될 수 있는 개념이다. 경계선의 해체, 거기에서 자연스럽게 파생되는 자아의 붕괴, 그리고 인간 실존의 근거인 시간의 상실을 현대의 현상학자는 〈반성의 무중력 상태〉라 칭한다. 〈가상 현실이라는 새로운 세계에서는 기존의 경계, 즉 인간과 기계, 자아와 타자, 정신과 육체, 환각과 실재의 경계가 해체되고 와해된다. (……) 가상 현실은 자아의 파편화라는 고통스러운 결과가 가상 현실에서 제공되는 도착된 쾌락과 유희에 의해 중화되고 (……) 실재 세계의 명령과 강요가 무력화되는 공간이다. (……) 흥분과 전율이 감동, 반성, 배려를 추방하고 환각과 현실의 혼재로 인해 반성의 입점 공간도 사라진다. 반성이 무중력 상태로 빠져들면 타자도 실종된다. (……) 탈신체화되고 나르시스적이며 일관성을 상실한 분열적 정체성이 가상 현실의 사회적 확산을 통해 정착될 때 인간 관계의 윤리는 붕괴할 수밖에 없다.〉(이종관 2017: 192~195)

시간의 문제는 결국 무한의 문제로 연결된다. 기술 낙관주의자들이 말하는 테크놀로지의 승리가 가장 두렵게 느껴지는 부분은 그것이 무한한 가능성의 세계를 열어 보일 수 있다는 바로 그 가능성에 있다. 악의 궁극성을 〈모든 것이 허용된다〉로 요약했던 도스토옙스키를 환기하지 않는다 해도, 그리고 무한에 관한 보르헤스J. Borges의 주장을 굳이 되새기지 않는다 해도 무한은 두렵고 끔찍하다. 〈다른 모든 개념을 뒤틀고 타락시키는 개념이 있다. 나는 악마를 말하는 게 아니다. 악마는 전적으로 윤리학의 문제이니까. 내가 말하는 것은 무한이다.〉(Borges 1974: 254) 현실과 가상의 경계가 무너지고 자아가 무너진 뒤 펼쳐질 무한한 가능성의 새로운 세계에 궁극적으로 들어설 것은 쾌락과 기쁨의 무한한 〈엔터테인먼트〉가 될 것이다. 〈쾌락과 유희가 무한히 팽창하는 공간, 그 안에서 펼쳐지는 삶, 평범한 인간의 한계가 극복되고 일상적 경계가 위반되는 마술적 현실과 실재론이 등장함으로써 새로운 기술 수단은 전능과 창의적 정복의 환상을 고무하고 만족시킨다.〉(이종관 2017: 193) 가상 현실과 관련하여 낙관주의자들이 가장 많이 지적하는 부분이 〈흥미〉임을 고려한다면, 그리고 가상 현실의 주 기능이 〈지루하고 단조로운 일상의 고통으로부터 도피하는 중독적인 수단〉임을 고려한다면(Lovén 2010: 15) 무한 쾌락의 세상은 얼마든지 가능하게 느껴진다. 사실 콘텐츠의 매력이 가상 현실의 흥미도를 결정한다는 것은 가상 현실 개발자들의 공인된 시각이다.(제럴드 2019: 74) 여기서 한 걸음 더 나아가 메타버스 기업 임프로버블Improbable의 CEO 나룰라H. Narula는 1세대 VR의 실패 원인을 그래픽의 현실감 부족이나 기술 기반 시설의 부족이 아닌 만족스러운 경험의 부족에서 찾으며 지금도 가상 현실 세계는 여전히 심심하고 밍밍하다고 비판함으로써 더욱더 재미있고 흥미진진한 가상 현실의 등장을 촉구한다.(나룰라 2023: 130~131) 가상 현실이 〈무한히〉 진화하면서 인류를 데려갈 곳은 욕망의 충족과 쾌락의 원칙이 모든 것을 지배하는, 제임스 건이 1961년 소설 『기쁨 제조 산업*The Joy Makers*』에서 그려 놓은 〈쾌락 판매 주식회사Hedonics. Inc〉의 복사판이 될 것이다.(Gunn 1961: 5) 그것은 쾌락과 욕망의 요구에 따라 디자인되고 경험의 질은 감각과 도취로 축소되며 모든 욕망이 충족되고 스릴과 속도가 사랑, 반성, 보살핌을 대체하고 소망과 현실 간의 경계가 희미해지는 정신병적 공간이 될 것이다.(Robins 1995: 143~144) 그것은 또 깁슨이 『뉴로맨서』에서 그린 〈합의된 환각〉의 세계가 될 것이며 그 안의 환희에 도취되어 사는 사람들에게 육체는 고깃덩어리에 불과하고 인간은 육체의 감옥에 갇혀 사는 불행한 수인이 될 것이다. 〈사이버스페이스. 전 세계에서 수억 명의 정규직 오퍼레이터와 수학을 배우는 어린이 들이 매일 경험하는 합의된 환각……. 인류의 조직에 존재하는 모든 컴퓨터의 데이터 뱅크에서 유추된 자료 구조의 시각적 재현. 그 상상을 초월한 복잡함. 정신 속의 공간 아닌 공간. 자료의 성운과 성단을 가로지르는 빛의 선. 도시의 불빛처럼 사라지는…….〉(깁슨 2005: 85)

11
합의된 환각

문학은 오래전부터 쾌락의 원칙에 의해 지배되는 디스토피아를 여러 형태로 묘사했다. 실재보다 더 실재 같은 엔터테인먼트 미디어에 대한 탐색은 『멋진 신세계』가 발표되기 전부터 시작되었다. 매닝과 프랫이 함께 쓴 1930년 작 펄프 픽션 『산송장의 도시』는 완벽한 환상의 추구가 소수 엘리트의 지갑을 불려 주고 결국은 인류를 전자 고치에 갇힌 채 인공 꿈으로 사육되는 존재로 축소하는 과정을 묘사한다.(Lovén 2001) 헉슬리의 『멋진 신세계』는 쾌락의 모티프를 중심으로 『산송장의 도시』를 상기시키지만 가상 현실의 쾌락으로부터 인간이 스스로를 지킬 수 있는 방법까지 유추할 수 있도록 해준다는 점에서 독보적이다. 모든 것이 통제되고 계량화되는 미래의 〈멋진 신세계〉에서 오락용 가상 현실은 〈촉감 영화feelies〉라 불린다. 그것은 구성원에게 지급되는 소마라는 범용 마약과 더불어 쾌락과 기쁨을 제공하는 국가 차원의 통제 수단이다. 그것은 일종의 다중 감각 토탈 시네마 시스템으로, 구성원의 비판적 기능을 완벽하게 마비시키는 공인된 엔터테인먼트이다.(Ross 2021: 1712, 1717) 방향 오르간에서 풍겨 나오는 향기, 음향 효과, 촉각과 시각을 만족시키는 영상이 구성원을 향해 폭포처럼 쏟아질 때 그들은 일종의 집단 환각을 체험한다. 야만인 존(멋진 신세계 밖의 다른 세계에서 양육된)이 이 세계를 방문해 도서관을 지나가면서 묻는다. 〈셰익스피어도 읽습니까?〉 그러자 여학생 사감이 전혀 읽지 않는다고 답한다. 개프니 박사가 설명을 보충한다. 〈우리의 도서관에는 참고서류밖에 없습니다. 학생들은 기분 전환이 필요하면 촉감 영화관에 가면 됩니다. 학생들에게 고립적인 오락은 권장하지 않습니다.〉(헉슬리 2020: 249)

야만인 존과 레니나는 함께 촉감 영화를 감상한다. 장내가 어두워지자 불덩이 같은 문자가 입체적으로 암흑 속에서 떠오른다. 〈「헬리콥터에서의 3주일」. 초육성 음악, 합성 대화, 총천연색 입체 화면 촉감 영화. 방향 오르간 동시 반주.〉 이 불덩이 같은 문자가 사라지고 10초 동안 완전한 암흑이 감돈다. 〈그러자 갑자기 살아 있는 실재 인간보다 훨씬 입체적이고 실물보다 더 실물 같은 거대한 흑인과 금발의 젊고 머리통이 짤막한 베타 플러스의 여자가 서로 포옹하고 있는 입체 영상이 눈부시게 나타났다.〉(헉슬리 2020: 255~256) 야만인과 극장을 가득 메운 6천 명의 관객은 가상 세계에서 펼쳐지는 포르노 영화를 오감 만족의 차원에서 단체로 관람하는 셈이다. 존은 놀란다. 그의 입술에 느껴진 그 감촉! 그가 손으로 입술을 막자 간지러운 감촉이 멎는다. 그러는 동안 방향 오르간이 순수한 사향 냄새를 뿜어낸다. 6천 명 관객의 안면 성감대가 참을 수 없는 극도의 쾌

감을 느낀다.(헉슬리 2020: 256)

야만인 존과 레니나의 영화에 대한 태도는 두 사람을 영원히 갈라놓는다. 야만인은 영화가 끝나자 수치심으로 엉망이 되지만 레니나는 전자식 간지러움이 그녀의 피부에 집어넣어 준 긴장된 초조와 쾌감으로 흥분한다. 야만인에게 촉감 영화는 무섭고 저속한 경험이므로 그런 영화가 상영된다는 사실에 분노한다. 〈5분 후 존은 자기 방으로 돌아왔다. 그는 은밀히 숨겨 놓았던, 쥐가 갉아 먹은 책을 꺼내 경건하고 조심스럽게 얼룩지고 구겨진 페이지를 넘기며 『오셀로』를 읽기 시작했다. 그의 기억으로 오셀로는 「헬리콥터에서의 3주일」에 나오는 흑인 주인공 같았다.〉(헉슬리 2020: 261)

존이 집어 든 셰익스피어의 『오셀로』와 촉감 영화라 불리는 공인된 포르노의 남자 주인공이 중첩되는 지점에서 문학의 〈문학적임〉은 빛을 발한다. 가상 현실로 인해 붕괴하고 해체되고 소멸되는 자아는 〈전자적〉으로 복구되기 어려울 것이다. 전자적으로 파열된 자아를 치유할 수 있는 것은 아날로그적 독서뿐일 것이다. 실재보다 더 실재 같은 배우의 키스 장면을 보면서 간접적으로 쾌감을 경험하는 것과 셰익스피어를 읽으며 인간의 죄와 한계에 공감하고 고통과 비극을 간접적으로 경험하며 눈물을 흘리는 것은 하늘과 땅의 차이이다. 만일 그 차이가 무엇이냐고 누군가가 꼬치꼬치 물을 때 그것을 여러 교육 방식을 사용해 납득시켜야 한다면 그 상황이 이미 디스토피아일 것이니 어차피 대답할 필요도 없을 것이다. 야만인 존은 소설의 마지막에서 멋진 신세계의 주권자인 무스타파 몬드에게 절규한다. 〈하지만 저는 안락을 원치 않습니다. 저는 신을 원합니다. 시와 진정한 위험과 자유와 선을 원합니다. 저는 죄를 원합니다. 저는 불행해질 권리를 요구합니다.〉(헉슬리 2020: 368) 고통과 불행과 비극은 행복과 쾌락과 희극과 동일하게 인간의 조건이다. 가상 현실은 두 가지 중 하나만을 추구하고 구현하기 때문에 근본적으로 인간을 말살하는 도구가 될 수 있는 것이다. 가상 현실에는 자유가 없다. 문학도 없고 선과 소통도 없다. 우리가 시간이 지나가는 것도 인식할 수 없을 정도로 강렬한 재미와 쾌락에 몰입할 때, 박탈당했던 모든 것을 가지게 될 것 같을 때, 〈마술적인 창조적 권능의 유아적인 환영을 되돌려 달라고 말할 수 있을 때〉(Robins 1995: 140) 실제로 우리는 많은 것을 잃어버린다. 우리가 잃어버리는 것은 자유, 고통의 자유와 비극의 자유이다. 메를로퐁티를 읽으며 이 장을 마무리하자. 〈만일 내가 나를 사물로 만들 수 있기라도 한다면 그다음에 어떻게 나는 나를 의식적으로 다시 만들 수 있을 것인가? 한 번이라도 내가 자유롭다면 그것은 내가 사물로 계산되지 않기 때문이고, 나는 부단하게 자유롭지 않으면 안 된다. 나의 행동들이 한 번이라도 나의 것이기를 멈춘다면 그것들은 다시는 나의 것이 될 수 없을 것이다. 내가 세계에 대한 나의 파악을 잃는다면 나는 다시는 그것을 되찾지 못할 것이다.〉(메를로퐁티 2002: 648)

IV
실명

눈은 광부도 잠수부도 아니며 숨겨진 보물을 찾지도 않는다.

— 버지니아 울프, 「런던 거리 헤매기」*

시각의 상실은 너무나 방대한 테마여서 도저히 책의 한 장(章)에 담을 수 없다. 물론 이 책의 모든 주제가 어느 정도 다 그렇기는 하다. 그러나 시각의 상실은 시각 전체와 동등하게 다뤄져야만 하는 주제이므로 시각을 구성하는 하나의 요소로 축소해서는 안 된다. 그렇다고 눈과 시각을 다루는 책에서 눈멂과 시각장애를 언급조차 하지 않는 것은 성실치 못하다는 생각이 들어 장을 하나 만들긴 했지만, 간략하게 설명만 하고 넘어갈 예정이다. 이어지는 장에서는 다소 장황하게 눈과 창조의 문제를 다룰 작정이므로 이 장은 그저 한숨 돌리는 의미의 막간극 정도로 읽어 주시면 좋겠다.

이 장이 간략할 수밖에 없는 이유를 변명처럼 조금 더 덧붙여 보자. 다시 강조하지만, 실명은 별도의 두툼한 책 한 권을 할애해도 모자랄 정도로 복잡한 주제이다. 여기서 내가 말하고자 하는 복잡함은 특별한 복잡함이다. 다른 어떤 신체적 장애와도

* 버지니아 울프, 『런던 거리 헤매기』, 이미애 옮김(서울: 민음사, 2019), 9면.

다르게 시각 장애는 거의 언제나 형이상학적이고 신학적인 깊이와 연관되는 동시에 눈과 관련한 다른 어떤 주제와도 다르게 실질적인 체험은 물론이거니와 상상하는 것조차 거의 불가능한 모종의 한계와 연관된다. 시각 장애인이 시각을 상상하는 것과 비시각 장애인이 시각의 부재를 상상하는 것은 동일하게 제한적인 일이지만 현실에서는 상당한 비대칭이 존재한다. 비시각 장애인 인문학자가 실명에 관해 글을 쓴다는 것은 의학적이고 신경 과학적인 지식을 옮겨 적는 일이자 시각 장애인 저자가 쓴 글을 재해석하는 일, 혹은 실명과 관련한 은유를 가까스로 해석하는 일이 고작일 것이다. 1989년 자크 데리다J. Derrida는 루브르 박물관 드로잉 전시회의 큐레이터로 초빙되었는데, 전시를 준비하던 중 갑자기 안면 마비로 왼쪽 눈이 감기지 않는 고통을 겪었다.(제이 2019: 694) 다행히 그의 눈은 회복되어 전시회는 1990년 10월에 무사히 개최되었다. 만일 그가 시력 상실의 위험을 실제로 체험하지 않았더라면 전시회의 제목이자 그의 저술의 제목이기도 한 〈눈먼 사람의 회고Mémoires d'aveugle〉는 지금과는 다른 식으로 빛을 보게 되었을지도 모른다. 문화사는 전설의 맹인 시인 호메로스부터 밀턴J. Milton, 보르헤스에 이르기까지 수많은 시각 장애인에 관한 자료로 넘쳐 나지만, 시각 장애인 작가이자 공연 예술가이자 교육자인 리오나 고댕M. Leona Godin이 쓴 『거기 눈을 심어라*There Plant Eyes*』보다 더 객관적인 실명의 문화사는 없을 것 같다. 또 종교적 예지 혹은 회심과 관련한 에피소드들이 그리스도 신비 사상의 곳곳에 박혀 있지만, 시각 장애인 종교학자 존 헐의 『손끝으로 느끼는 세상*On*

Sight and Insight』보다 더 깊은 심맹 담론은 찾아보기 어려울 것 같다. 이들의 책에 비하면 비시각 장애인이 논하는 실명은 그것이 소설이건 시이건 평론이건 끝까지 은유와 사변의 한계를 넘어서지 못한다. 바로 이러한 이유에서 이번 장은 수박 겉핥기식의 요약에 머무르게 될 것이다.

1
눈멂과 눈뜸

인지 신경 과학자들은 이미 오래전에 심상 활동이 시각 겉질에서 지각 활동을 담당하는 영역의 많은 부분을 활성화한다는 사실을, 그리고 시각 표상 활동이 시지각 활동과 같은 신경 경로의 일부를 이용한다는 것을 밝혀냈다. 이는 물리적인 눈, 즉 몸의 눈과 마음의 눈(시지각 없이 볼 수 있는 능력)이 우리가 상식적으로 생각하는 것보다 훨씬 긴밀하게 관련된다는 뜻이다. 물리적인 눈의 기능이 부재하는 상황에서 인간이 마음의 눈으로 바라볼 수 있다는 생각은 인류의 역사만큼이나 오랜 전통을 지닌다. 눈멂에 관한 서양 문화사는 두 가지 시나리오를 중심으로 펼쳐진다. 하나는 죄악과 처벌과 수난의 표지로서의 실명이고 다른 하나는 예지의 표지로서의 실명이다. 흥미로운 것은 전자와 후자의 관계는 언제나 비대칭적이며 양자는 궁극적으로 한 가지 시나리오, 즉 〈눈뜬장님〉 시나리오로 합쳐진다는 사실이다. 예를 들어, 필리스티아인들이 투사 삼손의 눈을 후벼 낸 사건, 혹은 오이디푸스왕이 제 눈을 찔러 멀게 한 것, 혹은 「리어왕」에서 콘월이 글로스터 백작의 눈을 뽑는 것, 혹은 바오로 성인이 그리스도인들을 박해하기 위해 다마스쿠스로 가던 중 사흘 동안 눈이 먼 사건은 모두 처벌과 관련이 있지만, 이 처벌이란 것은 또한 눈먼 주체들이 눈이 붙어 있는 동안 제대로 못 봄에 대한 처벌이므로 궁극적으로 이 모든 실명 에피소드는 〈눈뜬장님〉, 세칭 〈헛똑똑이〉 시나리오로 귀착한다. 문학 작품 속에서 이 단어가 얼마나 많이 사용되었는지는 굳이 설명할 필요가 없을 정도이다. 실명은 그러니까 눈의 반대가 아니라 바라보는 눈을 둘러싼 다양한 의미 중 하나로 간주되어도 좋을 것이다. 인간의 눈은 항상 최소한 두 가지로 양분된다. 하나는 물리적인(육체적인) 눈이고 다른 하나는 영적인(예지의) 눈이다. 영적인 눈 없이 육적인 눈으로만 보는 사람은 〈눈뜬장님〉이고 육적인 눈은 멀었을지라도 영적인 눈으로 볼 수 있는 사람은 〈눈먼 선견자〉이다. 눈뜬장님은 결국 이 두 가지 모두를 아우르는 원형적 관념으로 수천 년 동안 수없이 변주된 형태로 반복되어 왔다.

인류 최초의 맹인 음유 시인으로 추앙받는 호메로스부터 살펴보자. 호메로스가 진짜 맹인이었는지 아닌지는 그리 중요한 게 아니다. 고대 그리스인들이 위대한 음유 시인에게 시각 장애의 특성을 부여했다는 것은 역으로 그들이 생각한 눈의 중요성을 반증해 준다. 〈그리스인들은 보는 것이 곧 지식이요, 보지 못하는 것은 곧 무지라는 생각에 상당히 집착했기 때문에 맹인을 시인(호메로스)이나 예언자(테이레시아스)로 만들어 물리적인 시각으로 볼 수 있는 것보다 더욱 소중하고 심오한 초월적 시야를 그들에게 부여했다.〉(리오나 고댕 2023: 14) 호메로스는 맹인이었을 뿐 아니라 맹인 주인공을 창조한 시인이기도 하다. 『오디세이아』에 등장하는 음유 시인 데모도코스, 그리고 예언자 테이레시아스는 모두 앞을 못 보지만 앞을 보는 사람이 가지지 못한 재능으로 오디세우스를 도와준다. 호메로스가 자신의 (추정상) 눈멂과 눈먼 인물들을 통해 세워 놓은 앞 못 보는 선지자의 이미지는 너무나 강력하여 이후 문학에 일종의 이정표가 되었다. 이는 다른 말로 하면 리오나 고댕의 지적처럼 눈먼 예언자는 〈클리셰〉가 되었다는 얘기도 된다.(리오나 고댕 2023: 14)

그리스 문화 속 실명을 말할 때 빼놓을 수 없는 것이 오이디푸스왕이다. 오이디푸스는 운명의 장난으로 자신의 생모와 결혼하고 뒤늦게 그 사실을 알게 되자 모친의 브로치 핀으로 자기 눈을 찔러 실명한다. 오이디푸스에게 눈을 뜨고서도 진실을 보지 못한 죄에 대한 벌은 바로 그 눈을 파괴하는 것이었다. 그 점에서 오이디푸스는 〈눈뜬장님〉 시나리오의 원형이라 불러도 좋을 듯하다. 〈그는 자신이 알아보고자 했으나 알아보지 못한 이들을 어둠 속에서 보려고 눈을 찔렀다.〉(소포클레스 2009: 102)

그리스도교는 눈멂에 대한 수사와 은유와 교훈으로 가득 차 있다. 『구약 성경』도 『신약 성경』도 모두 눈에 관한 수사에 지면을 아끼지 않았다. 일단 성경의 눈은 거의 언제나 잘 못 보는 육적인 눈과 잘 보는 영적인 눈으로 구분된다. 육적인 눈이 제대로 붙어 있더라도 영적인 눈이 뜨이지 않았다면 그것은 눈멂으로 간주된다. 〈주님께서는 눈먼 이들의 눈을 열어 주시며 / 주님께서는 꺾인 이들을 일으켜 세우신다.〉(「시편」 146: 8) 〈헛된 것을 보지 않게 제 눈을 돌려 주시고 / 당신의 길을 따르게 하시어 저를 살려 주소서.〉(「시편」 119: 37) 영적인 눈이 먼 사람들은 무지할 뿐만 아니라 악한 존재들이다. 「지혜서」는 하느님의 신비로운 뜻을 알지 못하는 자들을 눈먼 자들로 칭하며 〈그들의 악이 그들의 눈을 멀게 한 것이다〉라고 질타한다.(「지혜서」 2: 21) 예언자 이사야 또한 눈멂과 죄와 악을 동일한 차원에서 바라보며 예루살렘의 구원을 눈뜸의 은유로 예언한다. 〈그날에는 귀먹은 이들도 책에 적힌 말을 듣고 눈먼 이들의 눈도 어둠과 암흑을 벗어나 보게 되리라.〉(「이사야서」 29: 18)

『신약 성경』에서도 눈멂은 어리석음 및 죄악을 지칭하는 은유로 사용되며 눈멂의 치유는 인간이 이 세상에서 얻을 수 있는 가장 큰 은총으로 간주된다. 눈먼 사람의 치유는 그리스도가 행한 여러 기적 중 단연 최고로 손꼽힌다. 그리스도는 바리사이들을 가리켜 〈어리석고 눈먼 자들〉이라 부르며(「마태오 복음서」 23: 17) 〈눈은 몸의 등불이다. 그러므로 네 눈이 밝으면 온몸도 환하고, / 네 눈이 성하지 못하면 온몸도 어두울 것이다〉라고 가르치신다.(「마태오 복음서」 6: 22) 이 가르침에 미루어 본다면 성경에 등장하는 그 수많은 눈먼 이들은 온몸이 어두운 이들과 동의어가 되며 눈멂의 치유는 질병의 치유라기보다는 영적 메시지의 전달로 읽히게 된다. 그리스도는 벳사이다의 눈먼 이를 고치시고(「마르코 복음서」 8: 22) 예리고에서도 눈먼 이를 고치시며 〈네 믿음이 너를 구원하였다〉라고 이르신다.(「루카

엘 그레코El Greco,「맹인을 치유하시는 그리스도」(1570~1575년경).

복음서」 18: 42~43) 「요한 복음서」 9장은 전체가 태어나면서부터 눈이 먼 사람을 고쳐 주신 이야기에 할애된다. 그리하여 보지 못하는 자와 보는 자들의 역설적 대립 관계가 최종적으로 드러난다. 〈나는 이 세상을 심판하러 왔다. 보지 못하는 이들은 보고, 보는 이들은 눈먼 자가 되게 하려는 것이다.〉(「요한 복음서」 9: 39)

이렇게 그리스도교는 두 가지 상반되는 상태, 즉 영적인 눈멂과 육적인 눈멂을 대립적으로 제시하지만 두 가지는 결국 〈영적인 눈뜸〉의 가르침으로 귀착한다. 〈눈멂은 그리스도 신학 속에 워낙 근본적인 방식으로 새겨져 있기 때문에 비시각 장애인이 시각 장애인을 보는 방식에 영향을 끼쳤음을 부인할 수 없다. 눈먼 음유 시인이나 눈먼 예언자와 비슷하게 눈먼 그리스도교인은 신의 보상이 내리는 장소로 여겨지는 것 같다. 이 경우 보상은 일종의 축복받은 순수함이다.〉(리오나 고댕 2023: 66) 그리스도교가 새겨 놓은 눈멂의 신학은 문학으로 들어와 신화와 합쳐졌다. 서구 문학은 호메로스와 소포클레스 이후 영적인 눈멂과 눈뜸에 수없이 많은 시와 소설을 할애했다. 작가와 시인들은 오랜 세월 실명을 창조성과 윤리의 문제에 결부해 다루었으며 마음의 눈과 몸의 눈, 육적인 눈멂과 영적인 눈멂은 다양한 방식으로 대립과 병행과 융합을 반복했다. 다음 단락에서는 문학 속에서의 실명을 조금 더 세밀하게 살펴보자.

2
눈먼 사람들의 문학

사도 바오로에서 시작되는 눈먼 성인 성녀의 계보, 그리고 호메로스에서 시작되는 눈먼 시인의 계보는 문학사에 예지와 영감으로 흘러넘치는 시각 장애인의 이미지를 심어 놓았다. 적어도 밀턴, 보르헤스는 물론 영양실조로 시력을 상실한 말년의 미하일 불가코프M. Bulgakov 같은 실존 문인들에게 실명은 일종의 권위와 신비를 더해 주는 오라 같은 요소임을 부인하기 어렵다. 그러나 실명이 문학 속 테마로 구현될 때 넘을 수 없는 장벽이 버티고 있는 것 역시 부인할 수 없다. 요컨대 〈눈뜬장님〉 혹은 그것과 동전의 양면을 이루는 〈눈먼 선견자〉의 의미론이 너무 확고하게 문화사에 자리 잡은 나머지 실명의 서사는 거의 언제나 예측 가능하며 그 해석은 알레고리의 한계를 넘기 어렵다는 얘기이다. 〈눈멂은 문학적 수사로서는 거부할 수 없는 매력을 지닌 것처럼 보이지만, 그만큼 삶의 경험이 가지는 특수성과 다양성을 잃어버렸다.〉(리오나 고댕 2023: 14)

실명과 시각 장애인을 중심으로 하는 문학 작품은 너무나도 많아 일일이 거명하는 것조차 무의미하게 느껴진다. 사실 실명은 셰익스피어, 브론테C. Brontë, 레르몬토프M. Lermontov, 로런스D. H. Lawrence, 사라마구J. Saramago에 이르기까지 수많은 작가를 사로잡은 수사적 장치이기도 하다. 어떤 작품은 〈눈뜬장님〉 시나리오를 답습하고 또 어떤 작품은 그 시나리오를 뒤집는다. 웰스의 작품 「맹인들의 나라The Country of the Blind」는 환상 문학의 범주에 들어가는 단편소설로, 제목에 〈맹인〉이라는 단어가 들어가는 대부분의 작품처럼 일종의 알레고리이지만 클리셰를 답습하지는 않는다. 에콰도르에 등반하러 온 영국인을 위해 안내인으로 고용된 누녜스는 안데스의 마터호른이라 불리는 험준한 산에서 발을 헛디뎌 실종된다. 사람들은 모두 그가 죽었다고 생각했지만 그는 사실상 눈 비탈을 3백 미터나 미끄러진 뒤 또 다른 가파른 비탈에 던져진 채 굴러떨어져 살아남았다. 그가 도착한 곳은 눈먼 사람들의 나라였다. 그 나라에는 〈보다〉라는 단어가 존재하지 않으며 그들은 맹인이라는 단어가 무엇인지도 모른다. 그들은 14대에 걸쳐 시각 없이 살아왔으므로 현재는 그 상황에 완전히 적응하여 비장애인보다 훨씬 매끄럽게 일상의 삶을 영위한다. 〈그들이 질서 정연한 세상을 얼마나 자신 있고 정확하게 운영하는지는 경탄스러울 정도였다.〉(웰스 2011: 247) 〈장님 나라에서는 외눈박이가 왕이다〉라는 생각으로 무장한 누녜스는 자신이 그들을 지배하게 되리라 생각하지만 오히려 그들에게 완전히 제압당한다. 그들은 시각만 없을 뿐 다른 감각과 능력이 시각을 대체하고 보상하여 누녜스보다 모든 일에서 우위에 선다. 눈먼 그들은 눈 뜬 누녜스에게 〈정신적으로 미숙하고 행동이 서투르지만 용기를 가져야 하고 최선을 다해 배워야 한다〉라고 조언한다.(웰스 2011: 244) 누녜스가 눈먼 나라 아가씨와 사랑에 빠져 결혼을 생각할 때 마을 원로들은 그가 눈을 제거하는 수술을 받아야 결혼이 가능하다고 주장한다. 의사가 말한다. 〈눈이라 불리는 그 이상한 것, 얼굴에 적당히 오목한 곳을 만들기 위해 존재하는 그것이 누녜스의 경우에는 병에 걸려서 뇌에 해로운 영향을 미치고 있는 거요. 누녜스의 눈은 심하게 팽창되어 있소. 속눈썹도 있고, 눈꺼풀이 움직이는 바람에 그의 뇌는 끊임없이 자극을 받고 혼란스러운 상태에 빠져 있는 거요.〉(웰스 2011: 259~260) 누녜스는 눈 제거 수술을 받기 전에 도망친다. 옷은 찢어지고 팔다리는 피멍이 들었지만 그는 산을 오르고 또 오른다. 〈그는 거기에 가만히 누워서 스스로 왕이 될 작정이었던 장님들의 골짜기에서 도망친 것만으로도 만족한 것처럼 미소 짓고 있었다.〉(웰스 2011: 266)

다양한 해석을 허용하는 이 환상적인 단편소설은 우선 장애와 비장애에 관한 알레고리로 읽을 수 있다. 최근의 생명 윤리학자는 이 소설이 빅토리아 시대의 장애에 대한 관념을 뒤집어 보여 줌으로써 독자로 하여금 생물학적 〈정상〉과 〈비정상〉에 대한 생각을 환경의 맥락에서 재고하게 해준다고 주장한다.(Gibson 2023) 다른 한편으로 이 소설은 세상과 분리된 눈먼 자들의 세계를 통해 유토피아와 디스토피아를 동시에 보여준다는 점에서 웰스의 다른 SF 소설들과 궤를 같이한다고 볼 수도 있다. 소설은 또한 앞에서 살펴본 〈눈뜬장님〉 시나리오의 한 가지 버전으로 해석될 수 있다. 누녜스는 맹인들의 세계에서 문자 그대로 〈눈뜬장님〉이 되어 그들의 인도하에 시각 없는 삶에 적응할 것을 강요당한다. 그러나 이 소설에서 눈먼 이들은 전통적인 실명 시나리오에서처럼 예지를 부여받은 사람들이 아니다. 이들이 시각만 결여하지 다른 지각은 비장애인들보다 월등하게 예리하다는 점이 여러 차례 강조되지만, 그렇다고 그들이 누네스보다 매사에 우월한 것도 아니다. 눈먼 이들과 누네스의 가장 큰 차이는 시각적 상상력에서 발견된다. 〈그들의 상상력은 눈과 함께 거의 위축되었고, 그들은 더욱 예민해진 청각과 촉각으로 새로운 상상을 스스로 만들어 냈다.〉(웰스 2011: 243) 이를테면 하늘을 한 번도 본 적이 없는 그들은 아름답고 푸르고 무한한 창공 대신 반질반질한 바위가 세상의 뚜껑이라고 생각하고 그것을 철석같이 믿으며 다른 어떤 하늘도 상상하는 것조차 거부한다. 그들은 또한 생존에 최적화된 나머지 세계를 가득 메운 아름다움에 관해서는 상상조차 할 수 없다. 〈맹인국 사람들은 소박하고 부지런한 생활을 하고 있었다. 사람들이 미덕과 행복의 요소로 생각할 수 있는 것을 그들은 모두 갖추고 있었다. 그들은 함께 일했지만 가혹할 만큼 지나치게 일하지는 않았다. 음식과 옷은 필요한 만큼 충분히 구할 수 있었다. 휴일도 있고 휴가철도 있었다. 음악과 노래 부르기를 중요하게 생각했고, 서로 사랑하며 아이들을 귀여워했다.〉(웰스 2011: 246~247) 거의 지상 낙원이나 마찬가지인 이 가상의 공간에서 누네스가 등장할 때까지 그들은 아무런 사건도 사고도 없이 끝없이 행복한 삶을 이어 가고 있었다. 반면 누네스는 가까스로 목숨을 부지하는 와중에도 아름다움을 보고 느끼고 찬미한다. 〈누네스는 온갖 아름다운 것들을 보는 안목이 있었다. 골짜기 주변 여기저기에 솟아 있는 빙하와 설원을 비추는 석양만큼 아름다운 것은 이제껏 본 적이 없는 것 같았다. (……) 그는 시력을 준 신에게 진심으로 감사했다.〉(웰스 2011: 245) 소설에는 누녜스의 눈에 비친 아름다운 하늘과 자연에 대한 묘사가 지속적으로 등장한다.(웰스 2011: 263~264) 그에게 신이 만든 이 세상은 은유로 가득 차 있다. 그는 걸어가다가 눈을 들어 동쪽을 바라본다. 그러자 황금 갑옷을 입은 천사 같은 아침 해가 가파른 비탈을 내려오고 있다. 그는 자신의 고향 보고타에서 봤던 무한히 푸른 아치 모양의 하늘, 회전하는 별들이 떠 있는 깊고 깊은 하늘을 회상하고 햇빛을 받아 호박색으로 보이는 눈밭을 보며 협곡에 걸린 짙고 신비로운 그림자를 보고 푸른빛이 자줏빛으로 짙어지고 자줏빛은 다시 빛을 내는 듯한 어둠으로 변해 가는 광경을 지켜본다. 이 모든 것을 봤기에 맹인 나라에서 도망친 것만으로도 만족하여 차갑게 빛나는 밝은 별들 아래 누워 있는 주인공의 모습으로 소설은 끝난다. 맹인국 사람들과 누녜스의 대립은 눈먼 선지자와 눈뜬장님의 대립에서 이탈하여 새로운 대립, 요컨대 실용과 예술의 대립을 만들어 낸다. 완벽하고 평화로운 맹인국을 유토피아에서 디스토피아로 변형하는 것은 아름다움의 향유 불능과 상상력의 부재이다. 웰스가 그리는 맹인들은 영어 단어 〈blind〉가 갖는 〈맹목〉이라는 의미를 가장 실감 나게 표현한다.

웰스가 시각 장애를 중심으로 상상력과 실용성, 예술과 기능의 문제를 말할 때 시각 장애는 어디까지나 은유이며 또 반드시 은유여야만 한다. 현대 신경 과학을 굳이 불러오지 않는다 해도 시각 장애가 상상력의 위축은커녕 강렬한 상상력과 공감각과 생생한 묘사로 이어질 수 있다는 것은 오늘날 정설로 받아들여진다. 앞에서 언급한 종교학자 헐은 시각을 완전히 잃은 뒤에도 여전히, 아니 이전보다 더 강렬하게 아름다움을 체험했다. 그는 빗소리를 들으며 마치 비가 내리는 것을 보기라도 하듯 그 아름다움에 도취되고 그 아름다움을 통해 우주와 소통했다. 〈정말 아름다운 경험이다. 마치 손으로 만지기 전까지는 감춰져 있던 세상이 갑자기 모습을 드러내는 것 같은 느낌이다. 나는 비에 감사한다. 비는 은총이다. 나는 이제 더 이상 혼자가 아니며, 다음에 무엇을 할지 걱정하면서 내 생각에만 사로잡혀 있지 않는다. 내 몸이 어디에 있고 무엇에 부딪힐까 염려하는 대신에, 내게 다가와 속삭이는 세상 전체와 함께 있는 것이다.〉(헐 2004: 41) 신경 과학자 올리버 색스의 『마음의 눈』은 헐을 비롯한 수많은 시각 장애인이 경험한 미학적 세상, 그리고 그들이 놀라운 시각적 표상 능력으로 그려 낸 눈부시게 아름다운 우주에 관한 사례로 가득하다.* 『티베트로 가는 길 *Mein Weg führt nach Tibet*』의 저자 사브리예 텐베르켄 S. Tenberken은 실명한 지 12년째에 티베트를 여행하며 〈거대한 옥빛 호숫가, 저무는 해를 받아 반짝이는 눈처럼 잔잔하게 빛나는 수정 소금의 호반〉을 언급했다.(색스 2013: 240) 어린 시절에 사고로 시력을 잃은 자크 뤼세랑의 『그리고 빛이 있었다 *Et la lumière fut*』는 저자가 지닌 거대한 시각화 능력의 기록이다. 〈뤼세랑의 내적 시각 세계는 빛에

* 올리버 색스 2013: 제 7장을 보라.

대한 감각, 형태 없이 쏟아지는 빛의 흐름으로 시작되었다. (……) 내면의 눈이 활성화되자 그에게는 생각하거나 바라는 것이 그대로 투사되며 필요한 경우에는 뜻대로 조작할 수도 있는, 일종의 정신적 화면이 만들어졌다.〉(색스 2013: 242)

색스의 책만으로도 우리는 시각 장애인들이 공감각과 시각적 표상 능력과 신비한 언어적 표현 능력으로 그려 낸 세계가 얼마나 경이로운지 상상할 수 있다. 그들의 기록과 비교하면 비시각 장애인 소설가들이 그려 낸 실명의 문학은 오히려 상대적으로 왜소하게 느껴진다. 노벨 문학상을 받은 주제 사라마구의 『눈먼 자들의 도시*Ensaio sobre a cegueira*』는 실명이라는 질병이 마치 페스트처럼 도시 거주민을 전염시키는 가상 공간을 배경으로 인간의 본성을 깊이 파헤치는 소설이다. 그것은 극한 상황에서 드러나는 인간 군상의 다양한 모습을 통해 가치와 도덕의 문제, 공존과 사랑과 헌신의 문제를 다루는 철학적 알레고리로 읽힌다. 단 한 사람만 제외하고는 도시 전체가 앞을 보지 못한다는 설정은 가히 충격적이지만 그러한 설정은 시각 장애인 독자에게는 시각 장애를 다루는 비시각 장애인의 소설이 가질 수밖에 없는 한계를 보여 준다. 리오나 고댕은 〈이 책이 실제의 눈먼 사람들을 얼마나 무시하고 있는지 또 한 번 놀랄 뿐이다〉라고 운을 뗀 뒤 눈먼 사람들이 시각과 함께 사고력이나 문제 해결 능력이 사라져 버린 것처럼, 그리고 독창력이라는 것이 아예 없는 것처럼 제시하는 책의 내용을 지적한다. 〈이것이 그 소설에서 가장 모욕적인 부분일 것이다. 소설의 팬이라면 우의적인 설정이라고 주장할 수 있고 어쨌든 그 또한 어디까지나 사실이다.

그러나 화자의 목소리는 끊임없이 독자에게 《진정》 눈먼 사람들을, 그리고 진정 눈먼 사람들이 할 수 있는 것과 할 수 없는 것을 상기시킨다.〉(리오나 고댕 2023: 342~343) 리오나 고댕의 말처럼 사라마구 소설의 실명은 웰스의 경우처럼 은유로 간주해야 한다. 그러나 그렇게 하더라도 아쉬움이 남는다. 소설은 깊은 사유와 철학적 성찰을 담고 있지만 여전히 실명의 은유와 맞닿아 있는 〈눈뜬장님〉 시나리오의 한계를 벗어나지 못하기 때문이다. 소설의 마지막에서 유일하게 눈이 멀지 않은 의사의 아내가 하는 말은 식상하게 들린다. 〈나는 우리가 눈이 멀었다가 다시 보게 된 것이라고 생각하지 않아요. 나는 우리가 처음부터 눈이 멀었고 지금도 눈이 멀었다고 생각해요. 볼 수는 있지만 보지 않는 눈먼 사람들이라는 거죠.〉(사라마구 1998: 461)

시각 장애인이 등장하는 레이먼드 카버R. Carver의 소설 「대성당Cathedral」은 또 다른 면에서 〈눈뜬장님〉 시나리오를 답습한다. 화자의 아내는 10년 전에 시각 장애인 로버트에게 책 읽어 주는 일을 했다. 일을 그만둔 뒤에도 그녀는 로버트와 줄곧 연락해 왔다. 어느 날 로버트가 화자의 집을 방문한다. 화자는 달갑지 않지만 아내가 초대를 강경하게 고집하므로 마지못해 로버트를 맞이한다. 아내와 로버트의 다정한 대화는 아내와 화자 간의 소통 부재를 상기시키면서 화자를 불편하게 한다. 푸짐한 저녁 식사 후 아내가 소파 위에서 선잠을 자는 동안 로버트는 화자에게 종이 위에 대성당을 그려 보라고 제안한다. 얼마 후 화자의 손 위에 로버트의 손이 올려지고 화자는 로버트가 하라는 대로 눈을 감은 채 그림을 그린다. 〈내 손이 종이 위를 움직이는 동안 그의 손가락들이 내 손가락들을 타고 있었다. 살아오는 동안, 내 인생에 그런 일은 단 한 번도 없었다.〉(카버 2014: 311) 그림을 다 그리고 나서도 화자는 눈을 뜨지 않는다. 눈을 감고 있는 동안 화자에게 기묘한 자유가 찾아온다. 〈나는 여전히 눈을 감고 있었다. 나는 우리 집 안에 있었다. 그건 분명했다. 하지만 내가 어디 안에 있다는 느낌이 전혀 들지 않았다. 「이거 진짜 대단하군요.」 나는 말했다.〉(카버 2014: 311)

이 소설은 훌륭한 심리 소설이 으레 그러하듯 많은 것을 깊이 숨겨 두고 있다. 이를테면 화자의 결혼 생활, 화자의 내면, 화자의 아내와 로버트와의 관계, 로버트의 내면 등등은 모두 숨겨진 채 독자의 문해력을 자극한다. 그러나 한편으로 이 소설에는 너무 많은 것이 노출되어 있다. 화자는 두 눈을 가지고서도 아무것도 보지 못하는 〈눈뜬장님〉이고 로버트는 눈이 멀었지만 화자에게 해방의 경험을 선사하는 인도자라는 점이 너무 노골적으로 드러나 있다. 눈 뜬 사람이 눈먼 사람으로부터 그리는 법을 배운다는 설정은 철학적이긴 하지만 흥미롭지는 않다. 오히려 화자의 아내가 로버트와 얼마나 깊은 관계였는지, 얼마나 오랫동안 연인 사이였는지, 로버트가 돌아간 뒤 화자는 아내와 어떤 대화를 할 것인지를 추측하는 것이 더 흥미롭다. 바로 이런 점 때문에 리오나 고댕은 이 소설에 대해 불편한 심기를 숨기지 않는다. 〈「대성당」은 여러 면에서 흥미롭고 독특하지만, 주인공의 행로나 깨달음에서 시각 장애인을 보조 역할로 묘사하는 낡은 덫에 여전히 갇혀 있다. 흔히 있는 일이지만, 솜씨 좋은 비시각 장애인 작가의 손에서 빚어진 시각 장애인의 이미지는 그 부류에서 최고가 된다(「대성당」은 위대한 단편 선집에 자주 포함된다).〉(리오나 고댕 2023: 265)

리오나 고댕의 혹평은 사라마구나 카버의 문학성을 폄훼하기 위한 것이라기보다 실명의 주제가 서사 속에서 빛을 발하는 것이 얼마나 어려운가를 지적하기 위한 것이라 해석된다. 내 생각에는 실명 자체가 짊어진 전통의 무게가 너무 확고해서 실명을 은유 혹은 철학적이고 심리적인 서사 전략으로 사용할 때 오히려 역효과가 나는 것 같다. 다음 단락에서는 조금 편안하게 읽히는, 리오나 고댕의 예리한 비평을 피해 간 실명 문학을 살펴보도록 하자.

3
시각의 보상

오랜 세월 동안 문학과 철학과 신학이 눈멂에 부여한 초월성과 예지와 신비는 시각 장애인을 곤혹스럽게 한다. 〈대체로 세속적인 오늘날의 세계에서, 눈멂이 초월을 위한 중요한 자리로 남아 있다는 사실은 골치 아프게 다가온다. (……) 눈멂의 의미란 사실상 시각의 결핍 이상도 이하도 아닌데 말이다.〉(리오나 고댕 2023: 68) 그러나 다른 한편으로 시각의 결핍이 다른 지각으로 보상된다는 것 또한 간과할 수 없는 사실이기도 하다. 일반적으로 시각 장애인은 비시각 장애인보다 다른 지각이 훨씬 발달했다고 여겨진다. 〈뇌는 감각 정보가 눈으로 들어오든 귀나 혀로 들어오든 모든 종류의 감각 정보를 다 받아들여 주위 세상에 대한 모형을 구성한다. 시각 장애인들은 눈으로 세상을 보는 시력은 잃었을지라도 다른 수단을 사용해 세상 그림을 그려 낼 수 있다. (……) 시각 장애인의 무의식은 감각 고속도로의 구성 체계를 재모델링해 시각 겉질의 프로그램을 다시 짜고 다른 감각을 얼기설기 엮어 세상을 그리는 화소를 만들어 낼 수 있다.〉

(스턴버그 2019: 69) 신경 과학자 올리버 색스는 이를 〈재할당〉의 개념으로 설명한다. 〈선천적 맹인이나 아주 어려서 맹인이 된 사람들을 대상으로 한 연구를 보면, 시각 겉질의 일부 영역이 재할당되어 청각과 촉각을 처리하는 기능을 수행한다. 이렇게 시각 겉질 일부가 재할당되면서 맹인의 청각과 촉각 및 기타 감각은 시력이 있는 사람들은 상상하기 어려울 정도로 예리한 기능을 수행한다.〉(색스 2013: 232~233)

이 점은 문학사상 유례없는 시각 장애인 명탐정을 만들어 낸 영국 추리 작가 어니스트 브라머E. Bramah에 의해 흥미진진한 서사로 구현된다. 그가 창조한 탐정 맥스 캐러더스Max Carrados는 앞이 보이지 않지만 탁월한 지각 능력과 인지 능력으로 난제를 해결한다. 그는 전형적인 〈눈먼 선지자 계열〉에 속한다고 말할 수도 있다. 예를 들어 「배우 해리의 마지막 업적The Last Exploit of Harry the Actor」에서 캐러더스는 사기꾼의 수염이 가짜라는 것을 지적해 친구인 칼라일을 놀라게 한다. 〈가짜 수염이라고! 하지만 자네는 앞을 못 보잖아! 아니, 그러니까 맥스, 그건 자네 능력의 한계를 벗어난 거 아닌가!〉 캐러더스는 침착하게 대답한다. 〈그 소중하면서도 실수투성이인 자네의 두 눈을 그렇게 무조건 믿지만 않는다면, 자네도 능력의 한계에 더 가까이 다가갈 수 있을 거야. 그 남자에게서는 수염을 붙일 때 쓰는 고무풀 냄새가 났어. 아마 50미터 밖에서도 맡을 수 있었을 거야. 게다가 더운 날씨에 땀을 많이 흘리는 바람에 냄새가 아주 진동했지.〉(브래머 2016: 179~180)

레르몬토프의 『우리 시대의 영웅*Geroj nasego vremeni*』에 실린 단편소설 「타만Taman」은 시각 장애인에게 부여된 초월성이 아닌, 그 초월성에 기만당한 비시각 장애인의 실패담을 담고 있다는 점에서 클리셰를 답습하는 동시에 클리셰를 넘어서는 독창적인 작품이다. 소설은 또한 은유로서의 실명이 지각과 문학적 상상력 사이에 존재하는 내적인 연결을 보여 준다는 점에서는 관례적이지만 그것이 어떻게 상상력 부족과 상상력 과잉을 동시에 함축하는가를 보여 준다는 점에서는 독창적이다.(Andrew 1992: 449~476) 주인공 페초린은 장교로서의 공무 수행을 위해 캅카스 지역을 여행하던 중 흑해 연안의 작은 항구 마을 타만의 역참에 며칠 묵게 된다. 그는 좀도둑 밀수꾼 일당의 접선 장면을 목격하는 바람에 하마터면 죽을 뻔할 고비를 넘기고 도망치듯 항구 마을을 떠난다. 그에게 닥친 불운은 제대로 보지 못한 그 자신이 자초한 일이다. 장교 숙소가 만석이 되었기 때문에 페초린과 그의 카자크 하사는 해안가 오두막에 여장을 푼다. 오두막에서 그는 흰자위만 있는 선천적인 맹인 소년과 마주친다. 장애에 편견이 있는 페초린은 그의 얼굴을 보면서 자신의 편견을 정당화한다. 〈하지만 눈이 없는 얼굴로부터 무엇을 읽어 낼 수 있었겠는가.〉(레르몬토프 2009: 89) 그런데 갑자기 소년의 얇은 입술 위로 보일락 말락 한 미소가 스쳐 간다. 페초린은 불쾌감과 함께 혹시 소년의 눈이 꾸며 낸 장애가 아닌지 의심하지만 곧 의심을 접는다. 흰자위만 보이는 눈이 꾸며 낸 것일 리 없다는 생각에서였다. 장애에 대해 생리적인 편견만을 가지고 있는 페초린은 시각 장애가 다른 기능적 능숙함으로 상쇄될 수 있다는 가능성을 짐작조차 하지 못한다. 소년은 선천적 맹인이지만 바위투성이 해안가 오솔길을 제집 드나들듯 자유자재로 헤집고 다니며 밀수꾼들의 심부름을 할 수 있을 만큼 실명에 적응해 있다. 그 점에서 소년은 웰스의 맹인국 사람들, 그리고 맹인 탐정 캐러더스와 같은 계열의 시각 장애인이라 할 수 있다.

그날 밤 페초린은 맹인 소년과 밀수꾼 얀코, 그리고 그들과 한패인 아름다운 아가씨의 회동 장면을 목격한다. 여기서 페초린의 두 번째 시각적 실수가 드러난다. 낭만주의 소설을 너무나 많이 읽은 그는 밀수꾼 소녀에게서 물의 요정 루살카와 푸케F. Fouqué의 운디네, 그리고 괴테J. W. Goethe의 미뇽을 읽어 내고 덕분에 악당들과 한패인 소녀는 신비한 요정으로 변신한다. 그는 소녀의 유연한 몸매와 긴 적갈색 머리카락, 살짝 볕에 탄 목과 어깨의 금빛 광택, 반듯한 코에 매료되고 비록 그녀의 시선에는 어딘지 거칠고 꺼림칙한 구석이 있었지만 그런 것은 자신의 선입관 때문이라고 치부하고 잊어버린다. 〈눈먼〉 페초린은 자신이 지어낸 요정의 환상에 빠져 정작 봐야 할 것은 아무것도 보지 못한다. 사실 모든 힌트는 처음부터 그의 앞에 보란 듯이 놓여 있었다. 카자크인 하사는 그 오두막이 〈부정한 곳〉이고 거기 사는 사람들은 〈나쁜 사람들〉이라고 알려 줬으며 그들의 오두막에서는 〈빈민치고는 꽤 훌륭한 식사〉가 차려지고 있었고 그들은 밤중에 해안가에서 만나 물건을 주고받았으며 소녀는 입 다무는 게 좋을 거라는 협박성 말까지 했다. 이 정도면 대충 오두막에 거주하는 사람들이 밀수나 그와 유사한 범죄 행위에 가담하고 있다는 것을 미루어 짐작할 만하다. 밀수꾼 일당은 그가 당국에 신고하게 될 것이 두려워 그를 죽이기로 한다. 소녀의 유혹에 넘어간 페초린은 바다 한가운데로 유인당해 하마터면 물에 빠져 죽을 뻔한다. 구사일생으로 물에서 나와 오두막에 돌아와 보니 맹인 아이가 그의 귀중품을 모조리 훔쳐 간 뒤였다. 타만에서의 사건은 주인공 페초린의 이미지에 아이러니의 그림자를 드리운다. 그는 낭만적 주인공도, 낭만주의를 비웃는 냉혹하고 오만한 주인공도 아니다. 그는 낭만주의라는 프레임에 갇힌 채 탈낭만주의적 주인공의 이미지를 그려 내는 이율배반적인 인물이며 그 점에 그의 비극적인 삶이 기인한다. 많은 것을 보면서도 아무것도 알아채지 못하는 그의 눈은 낭만주의의 틀 속에서 스스로를 반낭만주의자라 생각하는 인간 페초린에 대한 환유이다. 또 아무것도 보지 못하는 소년의 하얀 눈은 페초린을 비춰 주는 거울이자 페초린이 자신의 편견과 환상적인 비전을 투사하는 백지이다.(Tippner 2002: 446) 결국 페초린과 소년은 눈멂 속에서 하나가 된다. 실명은 레르몬토프 문학이 낭만주의의 허약한 장벽을 뚫고 도스토옙스키식 심리학으로 진입하는 계기가 된 것 같다.

4
시적인 순교

실명은 문학의 주제이기도 하지만 문학 주체의 정체성을 표상하는 자질이 되기도 한다. 사물을 바라보는 문제는 어떻게 세상을 사유하고 어떻게 글을 써야 하는가에 관한 사색과 직결되기 때문이다. 이 경우 〈눈뜬장님〉 시나리오를 훌쩍 뛰어넘는 어떤 숭고한 자리가 실명에 부여된다. 눈이 창조성과 긴밀하게 결합되는 만큼 시각 상실은 작가가 겪어야 하는 수난과 결핍을 상징하고 더 나아가 진정한 시인임을 표상해 주는 신체적 특성이 되기도 한다. 밀턴, 보르헤스, 불가코프는 모두 이러한 작가적 이미지의 원형이라 할 수 있다. 작가와 그를 둘러싼 정치적 상황이 불화할 때 작가의 시각 상실은 문학적 순교로 치환된다. 스탈린을 비방하는 시를 쓴 죄로 체포되어 비극적으로 생을 마감한 만델시탐O. Mandel'shtam이 말년에 유난히 시각과 관련한 시를 많이 쓴 것은 이와 무관치 않다.

만델시탐의 이미지 문제는 다음 장에서 제대로 다루기로 하고 이 단락에서는 실명의 주제만을 간략하게 살펴보도록 하

자. 일상적인 시각에 대립하는 비일상적인 시각은 만델시탐에게 글쓰기의 이정표이지만 다른 한편으로는 그것이야말로 시인이 겪어야 하는 불행의 원천이다. 만델시탐에게 시인은 무엇보다도 〈다른 눈〉으로 세계를 읽는 사람이다. 그러므로 시인이 시각을 상실한다는 것은 두 가지, 곧 창조성의 쇠퇴를 의미하거나 아니면 외부로부터 강제적으로 주어지는 침묵과 수난을 상징한다. 후자의 경우 실명은 현실적인 비극을 넘어 시인의 진본성을 표상해 주는 신체적 특성이 된다. 만델시탐의 예술적 시스템 속에 등록된 시각과 시각 상실의 대립은 창작, 시, 예술 등의 테마와 관련되는 덕분에 확고한 메타텍스트적 측면을 지닌다.(Shindin 1991: 94) 양자는 기본적인 의미론 수준에서는 반의어이지만 메타시적 수준에서는 동의어가 된다는 뜻이다. 1920년의 시 「나는 하고 싶었던 말을 잊었다Ia slovo pozabyl, chto ia khotel skazat'」를 보자.

> 나는 하고 싶었던 말을 잊었다.
> 눈먼 제비는 잘라 낸 날개를 타고
> 그림자 궁전으로 돌아가리라.
> 의식을 잃은 채 밤의 노래가 울려 퍼진다.
> (MSS 1: 81)*

이 시에서 눈먼 제비는 호메로스를 연상시키는 동시에 시적 정체성 상실에 직면한 시인을 연상시킨다. 말을 잃은 시인과 시력

* 이 시에 관한 자세한 분석은 석영중 2023: 208~228을 보라.

을 잃은 제비는 등가를 이루며 양자의 등가는 의식을 잃은 채 울려 퍼지는 노래(시)에서 하나로 융합된다. 언어를 망각한 시인, 시력을 박탈당하고 날개까지 잘린 제비, 그리고 의식을 상실한 노래는 모두 상실의 모티프를 공유하면서 시를 말살하는 시대의 도래를 예고하고 어둠 속에서 침묵하는 시인의 운명을 예고한다.

시각 상실은 특히 후기 시에서 만델시탐이 생각하는 자기 정체성의 핵심을 이룬다. 그는 수시로 자신이 아무것도 볼 수 없다고 절규한다. 그러나 시각, 청각을 비롯한 모든 감각을 박탈당한 시인은 상실의 대가로 거의 메시아적 오라를 부여받는다. 색채 및 음악의 세계와의 이별은 초월적 도약의 특성을 얻기 때문이다.(Gasparov 1994: 203) 이 시기 만델시탐에게 모델이 된 인물은 청력을 상실한 베토벤과 생물학자 라마르크J. Lamarck였다. 다음 장에서 라마르크의 주제에 관해 자세하게 살펴보겠지만, 만델시탐이 라마르크를 다윈보다 훌륭한 생물학자로 생각한 것은 그가 아르메니아에서 알게 된 생물학자로부터 습득한 자연 과학적 지식을 어느 정도 토대로 했을 것이라 사료된다. 그러나 그가 라마르크와 자신을 동일시한 것은 무엇보다도 라마르크의 학설이 당대에 인정받지 못했다는 사실, 그리고 그가 인생 후반부에 실명하여 빈곤과 고통 속에서 생을 마감했다는 사실에 기인한다. 라마르크는 확대경 앞에서 〈눈이 빠지도록〉 울었기에 자연 과학 분야에서 유일하게 셰익스피어적 인물로 부상했으며(MSS 2: 164) 라마르크가 시력을 상실한 것은 베토벤이 청각을 상실한 것과 동일한 것이었다.(MSS 3: 161) 이렇게 시력을 상실한 자연 과학자 라마르크는 시인의 여러 분신 중 하나가 되는데, 만델시탐은 목소리를 박탈당한 자신의 모습을 맹인 학자에게 중첩시킴으로써 시력과 시력 상실의 모티프에 시대와의 불화라는 또 다른 모티프를 덧씌운다. 20세기 러시아 시사에 수없이 등장하는 순교자-시인들, 즉 시대에 순응하지 않아 박해를 자초한 시인들에게 시를 쓴다는 것, 침묵하지 않는다는 것은 인간이 할 수 있는 가장 윤리적인 행위였다. 만델시탐이 1937년 유형지 보로네시에서 생을 마감하기 직전에 쓴 시 「나는 내 입술에 이 초록 세상을 바친다Ia k gubam podnoshu etu zelen'」는 강렬한 생명력과 눈멂을 동일시한다. 시시각각 다가오는 파멸을 예감하며 그는 맹인의 눈으로 초록 세상을 향유하고 재갈이 물린 입으로 그 초록 세상의 생명을 찬미한다. 이것이 그가 생각한 시인이었다. 그가 세상을 향해 외친 마지막 말은 눈멂과 강인함이 만들어 내는 시인의 윤리였다. 〈보라, 내가 장님이 되어 가는 것을, 강하게 되어 가는 것을.〉(MSS 1:266)

5
찬란한 어둠

그리스도교의 역사에는 시각 장애와는 다른 차원에서 암흑에 지대한 의미를 부여한 사람들이 있었다. 그들에게 아무것도 보이지 않는 상태, 아무것도 볼 수 없는 상태는 신의 빛으로 가는 절대적인 조건이었다. 이른바 〈부정 신학apophatic/negative theology〉 혹은 줄여서 아포파시스apophasis를 추구했던 사람들 얘기이다. 〈이성의 활동에 시각이나 그 밖의 감각을 끌어들이지 않으며 정신 자체의 밝은 빛만으로 참된 존재를 탐구할 것〉을 촉구한 플라톤(플라톤 2009: 39), 신은 본질적으로 알 수 없는 존재라고 주장한 필론Philon 등 아포파시스는 서양 신비 사상의 기원으로 거슬러 올라가지만 실제로 부정 신학이라는 신학적 영역을 확고하게 정립한 사람은 5세기의 디오니시우스 아레오파기타Dionysius Areopagite*라 알려져 있다. 디오니시우스 아레오

* 일각에서는 신학자 디오니시우스와 「사도행전」 속 〈아레오파고 법정의 판사인 디오니시오〉(「사도행전」17: 34)를 구별하기 위해 그의 이름 앞에 〈위pseudo-〉라는 접두어를 붙이기도 한다. 이는 〈가짜〉라는 뜻이 아니라 〈다른〉 디오니시우스라는 뜻이다.

파기타는 니사의 그레고리우스Gregorius Nyssenus와 더불어 부정 신학을 집대성했으며 그의 신비 신학적 저술은 고백자 막시무스Maximus the Confessor의 『주해서*Scholia*』를 통해 동방 교회와 서방 교회에 지속적으로 전파되었다. 클레르보의 베르나르Bernard de Clairvaux, 노리치의 줄리언Julian of Norwich, 니콜라우스 쿠자누스Nikolaus Kusanus에서 동방 교회의 헤시카스트를 거쳐 20세기 러시아 신학자들에 이르기까지 그 계보는 길게 이어졌다.

부정 신학은 신의 무한을 대하는 유한한 인간의 경외감에서 시작한다. 신은 너무도 위대하고 너무도 높은 존재이므로 인간의 그 어떤 언어도 신을 정의할 수 없으며 인간의 지각과 인지와 예지도 모든 원인의 원인이자 모든 존재 위의 존재인 신을 적절하게 파악할 수 없다. 만일 신이 인간의 지성이나 감각으로 파악될 수 없다면 우리가 어떻게 그를 알 수 있는가.(Pseudo-Dionysius 1987: 108) 신이 모든 지각과 상상과 의견과 이름과 담론과 앎과 이해를 초월한 곳에 존재한다면 그를 어떻게 부를 것인가.(Pseudo-Dionysius 1987: 53) 오로지 부정만이, 요컨대 〈신은 무엇 무엇이 아니다〉라는 부정적 진술만이 이에 대한 답이 될 수 있을 것이다. 이것이 바로 부정 신학의 요체이다. 〈신과 관련한 유일하고 완전한 앎의 방식은 부정 신학밖에 없다. 신에게 접근하기 위해서는 신보다 하위의 모든 것, 즉 존재하는 모든 것을 부정해야 하기 때문이다.〉(Lossky 2002: 25) 디오니시우스에 의하면 모든 것을 부정하는 것이야말로 진실로 보고 아는 것이며 삼라만상 저 위에 계신 하느님을 초월적인 방법으로 찬미하는 것이다. 〈마치 조각가들이 감춰진 형상을 분명하게 볼 수 없게 만드는 장애물을 모조리 깎아 내는 일과 같다. 이처럼 깎아 없애는 과정을 거쳐야 속에 감추어진 아름다움이 드러난다.〉(Pseudo-Dionysius 1987: 138) 한마디로 부정 신학의 본질은 모르는 것이 곧 아는 것이요, 보이지 않음이 곧 보는 것이라는 이율배반인데, 디오니시우스는 이를 〈찬란한 어둠〉이라는 역설적 언어로 표현한다.

무지와 빛을 넘어 저희를 인도하소서
더 멀리, 더 높이
신비한 성경의 절정으로
하느님의 말씀
소박하고 절대적이고 불변하는 그 신비가
숨겨진 침묵의 찬란한 암흑brilliant darkness 속에 존재하는 곳으로.
그 신비는
저 깊은 그림자 사이에서
개안의 광채를 내뿜나니
볼 수도 만질 수도 없는 것들 사이에서
우리의 눈먼 마음을
세상의 미를 초월하는 보물로 가득 채우나니.
(Pseudo-Dionysius 1987: 135)

디오니시우스는 찬란한 암흑을 〈거룩한 어둠divine shadow〉이라 바꿔 부르면서 그 어둠의 광휘라는 모순 어법이야말로 인간의 최종 목적지라 말한다. 〈이해할 수 있고 지각할 수 있는 모든 것을 내던져 버리고 나면 존재하는 모든 것 위에 존재하는 거룩한 어둠의 광휘를 향하여 들어 올려질 것이다.〉(Pseudo-Dionysius 1987: 135) 그는 모세를 예로 들면서 〈무지의 어둠〉을 설명한다. 〈모세는 눈에 보이는 사물의 세계와 보는 사람들로부터 떨어져 나와 진실로 신비한 무지의 어둠으로 뛰어들었다. 그곳에서 그는 지성이 상상할 수 있는 모든 것을 부정하고 보이지 않고 만질 수 없는 것에 철저하게 둘러싸여 모든 것 위에 계신 그분에게만 전적으로 속하게 되었다.〉(Pseudo-Dionysius 1987: 137) 요컨대 부정 신학자들에게 어둠은 빛의 부재도 아니고, 실재의 반대인 그림자도 아니며, 선의 부재를 의미하는 악도 아니다. 그것은 인간이 알 수 없는 방식으로 알 수 없는 신과 하나가 되는 알 수 없는 어떤 상태인 것이다. 니콜라우스 쿠자누스는 이를 절대적 무한, 모든 대립되는 것들이 하나로 합쳐지는 〈일치의 어둠〉이라 불렀다.(Pfau 2022: 338 재인용)

부정 신학자들이 신을 표상하는 유일한 은유로서 어둠을 가져왔다면 시인들은 언어 예술로 그 어둠을 표상했다. 그러니까 부정 신학자들과 작가들은 어둠을 중심으로 역방향의 표상을 시도한 셈이다. 단테, 수피 시인 루미Rumi, 십자가의 성 요한Juan de la Cruz에서 횔덜린F. Hölderlin, 릴케R. Rilke, 에밀리 디킨슨E. Dickinson, T. S. 엘리엇Eliot, 스티븐스W. Stevens에 이르기까지 수없이 많은 시인들에게서 보이지 않고 말해질 수 없는 것의 테마는 주제의 핵심으로 부상했다.(Franke 2012: 8) 그들은 인간의 언어와 지각을 의심했으며 말 대신 침묵을, 빛 대신 어둠을, 존재하는 것 대신 무를 탐구했다. 디킨슨은 사물을 지각하는 것은 곧 그 사물의 실종과 같은 것이라고 말한다.

> 사물을 지각하는 데는
> 그 사물의 실종과 동일한 값이 들지
> 지각 자체는 그 값에 상응하는
> 이득이고.
> 절대적 사물은 무(無).
> (Dickinson 1999: 446)

이들 시인들이 여전히 말로써 말과 지각의 불가능성을 설명한다면, 일군의 작가들은 말이 안 되는 말로 무지의 어둠을 탐구했다. 소비에트 시기 최후의 모더니스트인 오베리우 Oberiu(사실 예술 연맹) 시인들이 여기 해당된다. 찬란한 어둠이 신의 은유였듯 그들에게는 작품 자체가 어둠의 은유였다. 오베리우 시인들 중에서도 가장 종교적인 작가로 알려진 브베덴스키 A. Vvedenskii는 인간적인 언어의 빈곤을 누구보다도 깊이 성찰했으며 난센스 텍스트라는 초논리적 코드로 신과의 교신을 시도했다. 브베덴스키의 텍스트는 통사론에서 의미론에 이르기까지 모든 수준에서 뒤틀리고 해체되므로 상식적인 의미에서 아무런 정보도 전달하지 않는 것처럼 보인다. 이러한 특성은 〈무의미〉, 〈난센스 non-sense, bessmyslitsa〉, 〈부조리 absurdity〉 등의 용어로 설명될 수 있는데, 브베덴스키 자신도 스스로를 〈난센스의 권위자〉라 칭함으로써 의미를 초월하는 의미론이 자기 창작의 가장 핵심적인 특성임을 인정한 바 있다.(Druskin 1989: 1; Nakhimovsky 1982: 10)*

브베덴스키에 의하면 이 세상을 이해하려는 일체의 시도는 불가능하며 우리가 세상에 대해 체험할 수 있는 것은 오로지 〈비이해non-undersatnding〉밖에 없다. 〈우리의 인간적 논리와 언어는 기본적인 이해에 있어서건 아니면 복잡한 이해에 있어서건 좌우간 시간에 결코 상응하지 않는다. 우리의 논리와 언어는 시간의 표면을 따라 미끄러진다. (……) 우리가 저 난폭한 비이해를 체험한다면 우리는 그 누구도 그 어떤 명확성으로도 그것에 대적할 수 없다는 것을 알게 될 것이다.〉(Vvedenskii II: 79) 비이해가 유일한 이해라는 주장은 브베덴스키를 대표적인 아포파시스 시인으로 만들어 준다. 〈브베덴스키는 부정 신학적인 크리스천이었다. 그의 언어를 지배하는 의미론적 자기 비움은 신학적 목적을 지닌다. 그의 언어, 시, 사유 비판을 분석할 때 우리는 그의 시를 촉발한 부조리한 신앙을 반드시 염두에 두어야 한다. 그의 시가 지향하는 초논리적alogical 의사소통은 또 다른 유형의 의사소통 행위이다. (……) 브베덴스키는 일종의 시적인 아포파시스를 통해 우리의 인간적 이해를 입증하는 동시에 부정했으며 초월적 의미를 전달하기 위해 비(非)의미와 난센스를 사용했다.〉(Epstein 2004: 2~3)

난센스의 별이 빛나네
그것만이 유일하게 바닥이 안 보이네

* 브베덴스키에 관한 자세한 설명은 석영중 2007을 참조할 것.

죽은 신사가 달려 들어와
시간을 제거해 버렸네
(Vvedenskii I: 152)

브베덴스키에게 시간과 언어는 이해를 초월하므로 무의미와 무시간은 동의어가 된다. 그의 난센스는 이 점에서 디오니시우스 아레오파기타의 부정 신학과 맞물린다.(Druskin 1993: 169) 부정 신학자들의 최종 도착지가 신이듯 브베덴스키의 최종 도착지 역시 신이다. 브베덴스키는 자신의 관심사가 〈시간, 죽음, 신〉이라고 밝힌 바 있는데, 실제로 시간과 죽음과 신은 그의 모든 작품에 가장 유표한 모티프로 등장한다.(Roberts 1997: 145~146) 그것들은 사실상 세 개의 개별적인 모티프라기보다 하나의 중심 주제를 위한 복합체를 형성하는 것으로, 이 복합 주제에서 핵심은 신이다. 브베덴스키의 시적인 메시지는 죽음과 시간에 관한 명상, 그리고 그 명상을 뛰어넘고 부정하는 어떤 심원한 단계를 거쳐 신에게 가까이 가는 것으로 요약될 수 있다. 그는 시간의 끝과 이성의 어둠을 그리스도로 가는 최종 단계라 지적한다. 〈시간은 우리의 외부에 있는 모든 것을 집어삼킨다. 그러면 즉시 이성의 밤이 찾아온다. 시간은 우리 위로 마치 별처럼 떠오른다. 우리의 사고하는 머리통, 즉 이성을 버리자. 그러면 시간이 가시적으로 보이게 된다. 그것은 우리 위로 제로처럼 떠오른다. 그것은 모든 것을 제로로 변형한다. 마지막 희망은 부활하신 그리스도이다. 부활하신 그리스도, 이것이 우리의 마지막 희망이다.〉(Vvedenskii II: 78~79)

그리스도에게로 가는 어두운 밤의 여정을 브베덴스키는 「바다의 끝Konchina moria」에서 무의미하고 이해 불가능한 이미지들의 연쇄로 표현한다.

그리고 바다 역시 의미하는 것이 없어
바다 역시 둥그런 제로
(……)
바다, 어쩌면 너는 창문인가?
바다, 어쩌면 너는 홀로인가?
(Vvedenskii I: 130)

당연히 여기서 바다는 바다가 아니고, 바다와 제로라는 숫자와 창문을 연결하려는 이성적인 시도는 좌절할 수밖에 없다. 바다의 끝은 어둠의 끝이며 어둠의 끝은 신과의 만남이 이루어지는 곳이지만 우리의 지성이 거기에 이를 때 바다는 끝난다. 모든 것을 부정하는 것이 하느님을 초월적인 방법으로 찬미하는 것이라는 디오니시우스의 고전적인 아포파시스는 브베덴스키의 〈비이해를 통한 이해〉와 맞물린다. 신비 신학이 모든 원인의 원인이자 모든 존재 위의 존재인 신을 체험하기 위해 인간의 지력과 감성과 언어를 부정하고 그것을 표현하기 위해 찬란한 어둠의 은유를 사용하듯이, 브베덴스키는 언어와 사유와 문학적 관례가 제거된 암흑과도 같은 텍스트를 창조한다. 그의 시는 아포파시스적인 찬란한 어둠이 문학의 코드로 번역된 결과라 할 수 있다.

V
창조하고 감상하는 눈

눈을 심어야 한다

눈을 심는 사람이 앞으로 나아가야 한다

— 흘레브니코프, 「고독한 배우」

인간은 질병이나 중독으로 인해 인지 시스템을 뚫고 들어오는 환각, 혹은 고통스럽고 지루한 현실에서 벗어나기 위한 도피구로서 자발적으로 선택하는 환상/몽상과는 별도로 환상을 창조하고 그것을 감상한다. 수동적인 환상 체험이 아닌 능동적인 환상 창조는 눈의 고유한 행위 중에서도 가장 고차원적인 것으로 오랜 세월 동안 예술사의 저변을 도도하게 흘러왔다. 눈의 스펙트럼 한쪽 극단이 삼엽충의 눈과 같은 생존형 시각이라면 다른 한쪽 극단은 아마도 창조형 시각이라 할 수 있을 것이다. 물론 창조적 시각조차 넘어서는 다른 차원의 시각도 가능하지만 그것은 이 책의 마지막 장에서 별도로 다룰 예정이다. 예술적이고 능동적인 시각적 환각의 대표적인 창조물로 원근법과 이미지를 들 수 있다. 원근법은 눈의 착시를 이용하여 2차원 평면 위에 3차원 공간을 재현하는 방법이다. 르네상스 이후 미술사의 방향을 바꿔 놓은 원근법은 그 반대인 역원근법과 수시로 대립하고 교차하는 가운데 예술적 바라보기의 문제를 넘어서 철학과 신학으로 연결된다. 이 장에서는 원근법의 문제가 어떻게 작가의 상상력을 자극하여 문학 텍스트로 들어오는지, 공간의 구성이 어떻게 언어의 구성으로 전이되는지 살펴볼 것이다. 원근법이 착시에 기초하는 예술 방식이라면 이미지의 창조는 보이지 않는 것을 보고, 사물의 표면 밑에 숨겨진 다른 사물을 꿰뚫어 보고, 세계를 다른 눈으로 볼 때 가능한 창조의 방식이다. 물리적인 현실의 은닉된 차원을 추구하는 과정에서 요구되는 특별한 형태의 지각이 곧 이미지를 배태하는 힘이라는 얘기이다. 〈이미지들은 언제나 작가가 세계를 보는 방식에 따라 구축된다.〉(Kasatkina 2015: 14)

한편 인간은 타인이 창조한 예술을 감상하고 평가하는 특별한 눈을 지녔다. 바움가르텐A. G. Baumgarten이 미학이라는 개념을 도입한 이후 수많은 철학자가 미의 개념을 탐사하고 이를 토대로 예술의 본질을 규명하려는 시도를 해왔다. 그러나 대부분의 인문학적 질문이 그러하듯 오늘날까지도 〈미란 무엇인가〉, 〈예술이란 무엇인가〉 같은 질문에 대한 완벽한 해답은 존재하지 않는다. 미에 대한 감각, 그리고 예술 창조와 수용은 복잡한 인간의 정신 활동 중에서도 가장 고차원적이고 복잡한 활동이므로 이를 규명하려는 그 어떤 시도도 포괄성이나 완벽성을 주장하기 어렵다. 그럼에도 인류는 수백 년 동안 예술 창조의 문제를 탐구하기를 포기하지 않았다. 이 책에서 살펴보는 눈과 뇌의 관계 역시 미학에 접근하는 한 가지 통로가 될 수 있다. 사실 미의 창조와 수용이 시각-뇌-미학의 3자 관계에 관한 고찰을 촉발하는 것은 너무도 당연한 일이다. 최근에는 비침습적 신경 영상 기법의 발달 덕분에 예술의 창조와 수용이 어떻게 뇌와 관련되는가에 관한 연구가 비약적으로 발전했다. 신경 미학neuroaesthetics이라 알려진 상대적으로 새로운 연구 분야는 지각 및 지각 행동과 인간 두뇌 안에서 발생하는 각각의 신경 표상 간에 존재하는 긴밀한 연관을 탐색하면서 미적 경험이라는 것이 지각, 기억, 정서 등 기초적인 신경 과정에 뿌리를 두고 있다는 것을 증명하려 시도한다. 고골, 도스토옙스키, 톨스토이는 전문적인 미술 평론을 썼을 뿐만 아니라 소설 속에서 가상 혹은 실제 그림들을 집중적으로 고찰했다. 그들이 서사와 평론에서 개진한 회화 이론은 신경 미학의 최근 발전 과정에 중요한 시사점을 던진다. 그들에게 그림이란 아름다움에서 출발하지만 그 아름다움은 일부 신경 생물학자들이 쾌감과 환치하는 아름다움의 개념을 우회하여 도덕적 감정으로 이어진다. 특히 그리스도교 작가들에게 초상화에는 모든 얼굴의 원형인 신의 〈모습과 닮음〉이 내재해 있으므로 그림을 그린 화가도, 그 그림을 감상하는 관자도 어느 시점에서는 미적인 만족감을 넘어서 다른 정서적 영역으로 진입한다. 고골은 단편소설 「초상화Portret」에서 이름 없는 노인의 초상화가 든 금도금한 액자가 어떻게 타락의 기호가 되는가를 보여 주고, 톨스토이는 『안나 카레니나』에서 안나의 전신 초상화가 어떻게 관자의 도덕심을 붕괴시키는가를 보여 준다. 그들은 에크프라시스, 즉 〈시각적 재현에 관한 언어적 재현〉 혹은 〈예술 작품에 관한 언어적 재현〉을 시도하는데, 두 경우 모두 에크프라시스의 목적은 시각과 서사, 혹은 공간과 시간 간의 긴장과 반목을 넘어 결국은 작가 자신의 윤리적 메시지를 향해 나아간다. 따라서 일부 초기 신경 미학자들이 주장한 바와 같은 미적 경험의 신경학적 기반만으로는 위대한 회화의 창조와 수용과 감상을 설명하기 어렵다는 결론이 유도된다. 신경 미학은 상대적으로 역사가 짧은 학문이지만 이미 몇 년 전부터 초기 신경 생물학적 경향과는 다른 방향에서 아름다움이라는 것이 예술의 유일한 가치가 아니며 미적 쾌감이라는 것이 미술 감상의 유일한 의미가 아니라는 생각이 확산해 가고 있다.

1
잘못 보기의 마술

인간의 눈은 사물을 정확하게 있는 그대로 보는 기관도 아니고 사물의 빛을 받아들여 그대로 뇌에 전달하는 카메라 렌즈도 아니다. 눈은 세상을 거의 못 본다고 해도 과언이 아니다. 그래서 눈에 보이는 것과 사물의 실재, 보는 것과 보이는 것 간의 역동적인 관계는 고대 그리스 시대부터 오늘날까지 철학과 심리학과 예술에서 수시로 논의되는 주제이다. 우리는 우리가 이해하지 못하거나 활용하지 못하거나 정의할 수 없는 것은 보지 못하므로 세계의 많은 부분을 보지 못한다. 개개의 보는 행위는 보는 것과 안 보는 것을 뒤섞는다. 그래서 비전은 정보를 모은다기보다 피하는 것에 가까워진다.(Elkins 1997: 201) 눈이 실재와 달리 대상을 지각할 때 우리는 그것을 종종 착시라 부른다. 착시는 〈착각〉과 비슷하게 들리기도 하고 영어의 〈illusion〉이 환각hallucination을 상기시키므로 눈과 뇌의 〈오작동〉을 연상시킨다. 그러나 착시는 오작동이 아니라 매우 훌륭한 눈의 작동을, 인간의 눈이 인간의 눈일 수 있는 그 놀라운 잠재력을 입증해 주는 현상이다. 인류는 아주 오래전부터 착시 현상을 활용해 아름다움을 창조했고 착시로 다른 사람들을 즐겁게 했으며 착시를 느끼고 즐겼고 착시에 감동했다. 만일 인간의 눈이 착시라는 현상을 알지 못했더라면 예술이라는 것이 지금처럼 다양하고 입체적으로 존속하지 못했을 것이다. 고대 이집트 벽화에서 프랑스 회화의 눈속임trompe l'œil에 이르기까지, 원근법을 사용한 최초의 이탈리아 회화에서 왜상anamorphosis 그림, 무한한 깊이의 환영을 창출하는 미장아빔, 현대의 옵아트에 이르기까지, 빅토리아 시대 입체경에서 매직 아이, 무선 점 입체도, 보링 이미지Edwin Boring figure를 비롯한 더블 이미지들, 트릭 아이 뮤지엄에 이르기까지, 〈기만의 대가〉로 알려진 에스허르(에셔)M. Escher에서 심리학자 기타오카 아키요시K. Akiyoshi에 이르기까지 수없이 많은 발명품과 그림과 예술가와 그래픽 디자이너와 심리학자 들이 착시를 통해 기쁨과 흥분과 놀라움과 즐거움을 선사해 왔다.* 최근에는 생성형 인공 지능까지 착시 제작에 참여해 착시 목록은 끝없이 이어질 것처럼 보인다.

착시는 무엇보다도 눈의 문제이다. 아주 간단히 말해서 착시란 진짜 지각에서 이탈한 것을 말하며 시각에 관한 기록의 역사 내내 탐구의 지속적인 원천이 되어 왔다.(스코프 바타니안 2019: 330) 그것은 생리학으로부터 심리학을 해방해 줬고 다른 한편으로는 지각의 비밀을 풀어 줄 열쇠를 지니고 있다고 여겨졌다.(스코프 바타니안 2019: 331) 그러나 착시는 자각의 비밀을 풀어 주기보다는 여전히 더 많은 불가사의한 현상들을 보여

* 착시와 관련한 풍부한 사진 자료는 Seckel 2004를 보라.

(위) 반에이크J. van Eyck의 「아르놀피니 웨딩」(1434)과 미장아빔.

(아래) 홀바인H. Holbein의 「대사들」(1533)과 왜상.

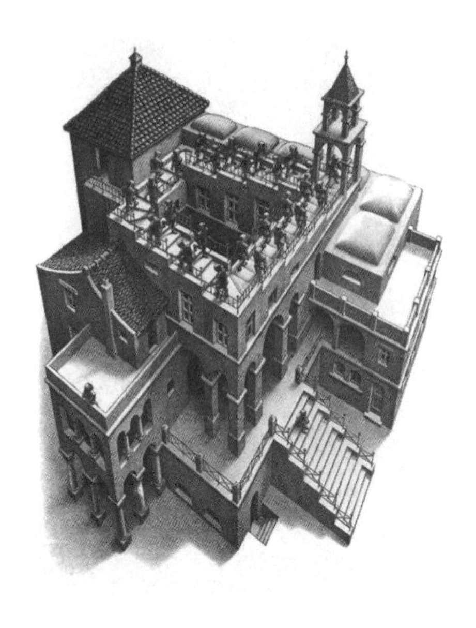

(위) 에스허르의 「오르내리기」(1960).

(아래) 기타오카 아키요시의 〈회전하는 뱀〉 시리즈를 모방한 착시 디자인.

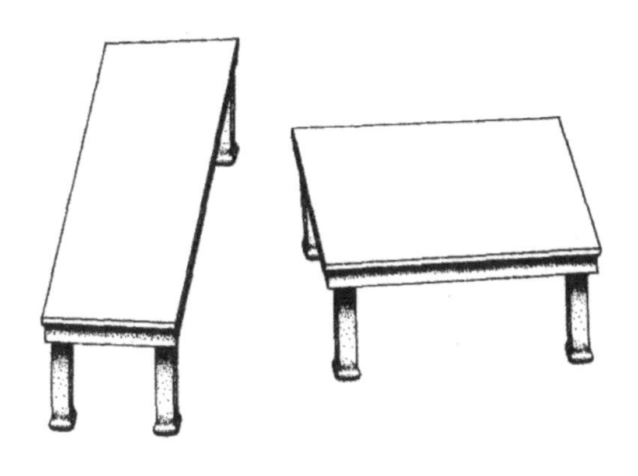

(위) 셰퍼드 테이블 착시.

(아래) 에드윈 보링이 언급한 대표적인 더블 이미지인 아내-장모 그림.

준다. 예를 들어 유명한 셰퍼드 테이블 착시의 경우, 테이블의 크기가 동일함을 아무리 사실적으로 증명해 보여도 우리 눈은 지속적으로 다른 크기로 지각한다.(스노든 외 2013: 250)

착시는 생리적인 원인에서 심리적인 원인에 이르기까지 그 원인이 드넓은 스펙트럼에 걸쳐 있다. 시각 심리학자들이 거론하는 〈망막 부등retinal disparity〉은 생리적 차원에서 설명될 수 있다. 그것은 우리 눈이 깊이가 아닌 것을 〈깊이〉로 착각하는 이유를 설명해 준다. 우리가 물체를 볼 때 물체에서 반사된 빛은 망막에 이미지를 형성하고 망막에 이미지가 형성된 위치는 공간 속에서 물체가 어느 위치에 있는지를 알려 준다. 그러나 망막상의 이미지 위치는 물체와 관자 간의 거리에 관해서는 아무런 정보도 제공해 주지 않는다. 여기서 바로 우리 눈이 두 개라는 사실, 즉 양안시binocularity의 이슈가 개입하게 된다. 가까이 있는 물체를 응시하면 이 물체는 각 눈의 중심 오목에 맺힌다. 이 두 중심 오목을 두 눈에서 같은 지점에 있는 것으로 간주하므로 두 중심 오목에 맺힌 두 이미지는 망막 부등이 없다고 표현한다. 더 가까이 있는 물체, 그리고 더 멀리 있는 물체의 이미지는 각 망막의 다른 지점에 맺히므로 망막 부등이 있다고 표현한다. 대다수의 사람들은 망막 부등에 관한 정보를 이용해 강한 깊이를 느끼는데 이것을 입체시라 부른다.(스노든 외 2013: 225~226) 인간에게 두 개의 눈이 없다면 복합 무선 점 입체도 같은 것들은 깊이 착시를 일으키지 못할 것이다. 〈뇌는 풍부한 정보를 이용해서 2차원 이미지를 3차원으로 바꾸어 지각한다. 두 눈 사이에서 벌어지는 이미지 부등의 이용은 입체 정보를 주고, 우리 눈을 움직일 때 나타나는 움직임 차이는 움직임 시차를 드러낸다. 이들은 세상이 어떤 식으로 구성되었는지에 관한 풍부한 정보로 보완되는데 그 정보는 빛이 위에서 비춘다는 것, 드리운 그림자, 멀리 있는 물체가 작은 망막 이미지를 낳고 흐리게 보인다는 것 등이다. 이들 단서는 자동으로 거리의 지각을 발생시키고 그 물체가 얼마나 큰지에 관한 믿음으로 이어진다.〉(스노든 외 2013: 254)

한편 크기와 거리에 관한 착시 역시 망막과 관련된다. 우리가 바라보는 물체가 멀리 있을수록 망막에 맺히는 이미지는 작아진다. 따라서 먼 곳으로 사라져 가는 철로를 보면 망막에서 철로의 넓이가 좁아지고 좁아지다가 결국 저 멀리 어딘가로 소멸한다. 다음 단락에서 좀 더 자세하게 살펴보겠지만 이 단서를 종종 선 원근법이라 부르는데, 크기 단서의 한 가지 예라 할 수 있다.(스노든 외 2013: 242~243) 비슷한 원리에서 크기가 같은 물체(항등성 크기)가 우리 눈에 가까이 올 때 그것이 한없이 커지는 것이 아니라 물체와 우리 눈의 거리가 단축되는 것이라고 우리가 지각하는 것은, 물체의 크기는 항상 같고 망막상 물체의 크기가 커지는 것은 그 물체가 가까이 오기 때문이라는 내재된 가정이 있기 때문에 가능하다.(스노든 외 2013: 247) 또한 우리가 관찰자를 속여 어떤 것의 거리를 잘못 판단하게 할 수 있다면 그 물체의 크기에 관해서도 잘못 판단하게 할 수 있다. 폰조 착시Ponzo illusion와 뮐러리어 착시Müller-Lyer illusion가 그 대표적인 예이다.

맹점blind spot 또한 착시와 관련하여 종종 언급된다. 맹점의

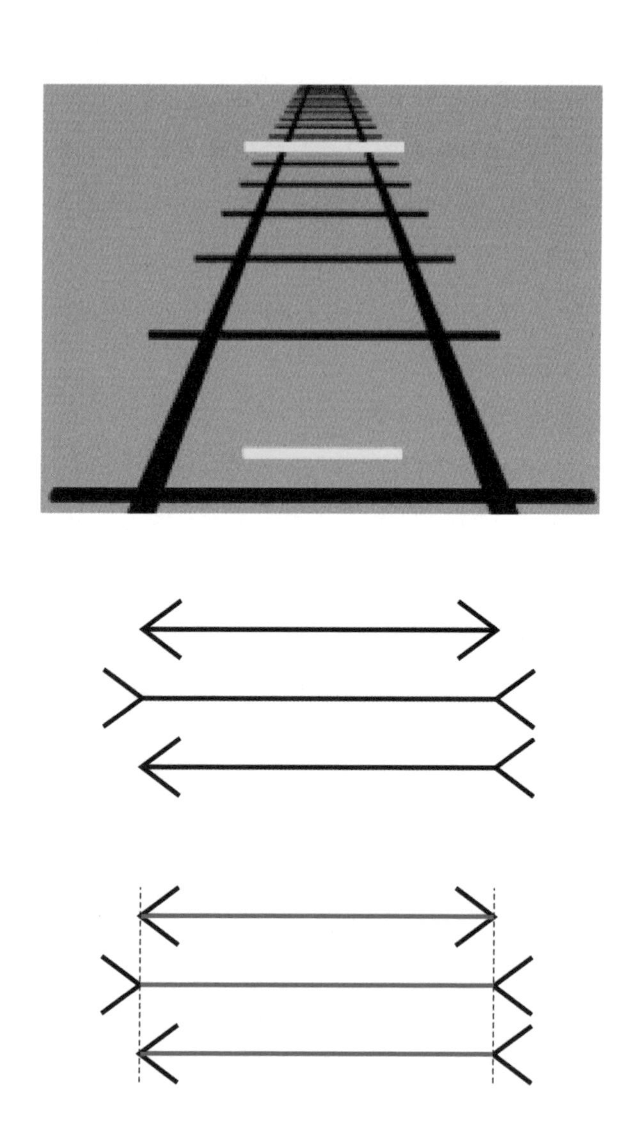

(위) 폰조 착시.

(아래) 뮐러리어 착시.

지각적 채우기perceptual filling-in는 두뇌가 망막에 등록되지 않은 시각적 특성에 대해서도 지각을 창조하는 현상을 설명해 줌으로써 착시의 이해를 돕는다. 사람의 두 눈 각각에는 맹점(시각 신경 원반)이 있는데, 맹점은 광수용기가 없는 망막 영역이 있기 때문에 생기는 현상이다. 일상에서 이 맹점을 감지하기 어려운 것은 우리에게 두 눈이 있되 맹점이 각 눈에서 살짝 다른 위치에 있기 때문이다. 그렇지만 한쪽 눈을 감는다고 다른 쪽 눈의 맹점을 알아차리게 되는 것도 아니다. 시각계가 빠진 정보를 지각적으로 채워 넣어 그 결과 마치 배경이 이 맹점을 통과해 계속 이어지는 것처럼 지각되기 때문이다.(바니치 2014: 164)

그러나 착시를 일으키는 뇌의 기제는 아직도 낱낱이 설명되지는 않는다. 어쩌면 인간의 심리가 맥락으로 작용해 실제와는 다른 지각을 불러일으키는지도 모른다. 또 어쩌면 인간은 일단 지각한 것은 그 지각 방식이 뇌에 입력되어 다른 방식으로는 볼 수 없을지도 모른다. 혹은 세상에 대한 자동적 지각이 착시를 불러일으킬 수도 있다. 더블 이미지의 경우, 미리 알고 있는 내용이 우리의 시지각을 결정하기도 한다. 예를 들어 아내-장모 이미지나 비트겐슈타인의 토끼-오리 이미지의 경우 미리 알고 있을 때 아는 대로 보인다.

그러나 인문학자인 나를 사로잡는 것은 착시의 원인이나 착시를 불러일으키는 뇌의 기제보다는 착시로 인해 무한히 풍요롭게 변화하는 세계의 모습, 그리고 그것을 묘사하는 데 총동원되는 인간의 미학적 본능이다. 세계는 어쩌면 그 전체가 마술인지도 모른다. 그 황홀한 마술적 정경을 묘사하는 화가와 시인과 소설가 역시 마술의 일부인지도 모른다. 무지개는 하늘에 있는 어떤 물체나 풍경이 아니다. 달무지개도 무리해도 우리 눈의 착시 덕분에 지각되는 현상이다. 착시는 자연이 예술가들에게 준 가장 큰 선물인 것 같다.

Welche Thiere gleichen ein=
ander am meisten?

Kaninchen und Ente.

토끼-오리 이미지.

2
낯선 시선과 벌거벗은 눈

화가들, 시각 예술가들, 그래픽 디자이너들이 착시를 예술의 단계로 올려놓았다면 문학 연구자들은 착시와 유사한 〈다르게 보기〉를 문학적 창조의 원칙으로 제안했다. 어느 시대나 눈은 중요했지만 눈이 중요한 이유는 시대마다 다르다. 20세기 초의 이른바 아방가르드 시대는 지각의 대격변과 궤를 같이했다. 그리고 지각 중에서도 시각은 가장 중요한 변혁의 요소였다. 러시아 형식주의자들은 1910년대에 〈낯설게 하기ostraneni, making it strange〉라 명명한 지각 대혁명을 제안하면서 문인들에게 새로운 방식으로 사물과 세계를 볼 것을 촉구했다. 시클롭스키V. Shklovskii에 의하면, 바닷가에 사는 사람은 파도의 노랫소리에 하도 익숙해져서 더 이상 그것을 귀담아듣지 않는다. 마찬가지로 우리는 매일 만나는 사람에게 하도 익숙해져서 더 이상 그를 눈여겨보지 않는다. 우리는 공기에 너무 익숙해져서 공기를 느끼지 않는다. 요컨대 낯익고 익숙한 세계는 더 이상 우리의 감각에 포착되지 않는다. 우리의 감각이 〈자동화〉되어 버렸기 때문이다. 우리가 늘 대하는 세상은 익숙하고 낯익고 편안하다. 예술가는 그 낯익은 세계를 마치 생전 처음 바라보기라도 하듯이, 태초의 인간 아담이 처음으로 세상을 바라보듯이 〈낯선〉 시선으로 바라보고 그럼으로써 세계와 사물을 새롭게 구성해야 한다.

예술의 목적이 수용자의 자동화된 감각을 새롭게 하는 데 있다는 형식주의자들의 생각은 순수한 형식에 대한 감각이 곧 예술이라는 주장으로 이어졌다. 시클롭스키에게 지각의 과정은 그 자체가 목적이므로 가급적 길게 지속(연장)되어야 하며 그러기 위해서 지각의 난이도와 지속을 강화해 주는 〈낯설게 하기〉와 〈어려운 형식의 장치priem zatrudnennoi formy〉가 요구되었다.(Shklovskii 1985: 13) 예술 작품의 창조와 수용을 지각이라는 생리적 과정으로 환원하는 이러한 입장은 형식의 〈지각 가능성oshchutimost'〉에 관한 집중적인 고찰을 전면에 부상시켰다.

형식주의자들이 주장했던 〈낯설게 하기〉가 낯선 시선만을 의미한다기보다는 낯선 감각 전부를 포괄하는 개념이었다면, 앞 장에서 잠깐 언급한 러시아 최후의 아방가르드 〈오베리우〉 그룹은 시각에 초점을 맞춰 〈벌거벗은 눈golymi glazami〉으로 세계를 보자고 촉구했다. 하름스D. Kharms, 브베덴스키 등이 참여한 오베리우 선언문은 눈에서 모든 작위적인 허물을 벗겨 버린 새로운 시선을 벌거벗은 눈이라 정의한다. 〈대상을 벌거벗은 눈으로 바라보라, 그러면 당신은 처음으로 노후한 문학적 도금이 벗겨진 대상을 보게 될 것이다. 어쩌면 당신은 우리의 주제가 비사실적이고 비논리적이라고 주장할지 모른다. 그러나 삶의 논리가 예술에서도 반드시 지켜져야 한다고 누가 말했는가? (……) 예술은 그 자체의 논리를 보유한다. 예술은 대상을 파괴하지 않는다. 예술은 우리가 대상을 알도록 도와준다.〉(Vvedenskii II: 146~147)

오베리우 선언문을 요약하자면, 시인의 과제는 보이는 대상 속에 숨겨진 보이지 않는 진리를 밝혀내는 것이므로 시인에게는 관례적인 지각을 뛰어넘는 눈이 필요하다는 얘기이다. 오베리우 미학의 초석이라 할 수 있는 〈벌거벗은 눈〉은 형식주의의 〈낯설게 하기〉를 상기시키지만 형식주의자들이 예술과 장치를, 그리고 예술의 목적과 지각 과정을 동일시함으로써 의미론을 파기한다면 오베리우는 예술의 목적을 궁극적인 진리의 추구에 둔다는 점에서 양자는 분리된다. 그리고 이 분리되는 지점에서 오베리우 그룹과 당대 아방가르드 시각 예술은 중첩된다. 이 부분은 뒤에서 역원근법을 얘기할 때 더 자세히 살펴보도록 하고 일단 다음 단락으로 넘어가자.

3
뒤통수로 바라보기

낯선 시선도, 벌거벗은 눈도 결국 새로운 눈으로 세계를 보자는 취지로 단순화된다. 20세기 초 러시아 아방가르드 작가들에게 예술의 새로운 방식은 곧 다르게 보는 방식으로 치환되었다. 그들에게 예술은 곧 세계를 다른 방식으로 보는 것 그 자체였다. 아니, 조금 더 과감하게 단순화해 말하자면 20세기 문학과 예술 전체는 아방가르드 문화가 세기 초에 그토록 강력하게 호소했던 〈다르게 보는 시선〉의 영향권 아래 놓여 있었다고 할 수 있을 것이다. 20세기 러시아 문학을 풍미했던 수많은 〈시각〉 시인과 〈시각〉 소설가들 중에서도 유리 올레샤Iu. Olesha의 중단편소설들은 다른 모든 것을 접어 둔다 해도 놀랍도록 참신한 시지각의 백과사전이라 칭해도 좋을 만큼 신선한 이미지로 가득 차 있다는 점 하나만으로 문학사에서 기억될 만하다.*

올레샤의 예술관에서 그 중심에 놓이는 것은 언제나 지각과 지각을 통한 세계와 언어의 새로운 체험이다. 그래서 그는

* 올레샤의 작품 세계 전반에 관한 고찰은 석영중 1992를 보라.

항상 등장인물과 서술자의 입을 통해 지각이야말로 모든 예술 체계의 중심이며 항구적 요소라는 점, 그리고 세계의 정상적인 구조가 지각의 주체에 의해 해체되고 변형될 때 예술이 태동한다는 점을 주장하며(Beaujour 1970: 11), 이러한 작가적 의도 속에서 창조된 그의 주인공들은 예외 없이 독특한 지각 능력 때문에 물리적 리얼리티로부터의 소외를 경험한다. 그들의 눈에 비친 세계는 본래의 법칙과 질서에서 벗어나 돌이킬 수 없이 무너지고 일그러지며 바로 이러한 이질적인 세계의 시각적 체험이야말로 그들이 실질적인 글쓰기와 상관없이 어떤 방식으로든 예술가(시인)와 동일시될 수 있음을 단적으로 시사한다.

주인공의 시지각과 예술적 시지각의 등가로 인해 올레샤의 소설은 인물과 모티프에 있어 매우 선명하게 도식화될 수 있는 양극적 대립을 포함하게 된다. 요컨대, 〈시인 대 비(非)시인〉으로 요약되는 주인공과 주변적 인물 간의 대위법적 관계로부터 〈소외 대 순응〉, 〈비생산 대 생산〉, 〈비노동 대 노동〉 등 몇 가지 변조된 대립 쌍들이 파생되는데, 각 쌍에서 전자에 속하는 인물과 후자에 속하는 인물의 관계는 혁명 후 구소련의 현실 속 인물 관계를 뒤집어 반영한다고 말할 수 있다. 다시 말해 사회주의 건설과 생산과 노동에 적극 참여한 인물이 1920년대 역사적 현실의 주인공이라면, 올레샤의 서사에서는 생산과 노동으로부터 이탈하여 이미지의 〈무절제한 주연〉에(Beaujour 1970: 39) 탐닉하는 소외된 인간이 주인공이다.

1928년에 발표된 단편소설 「버찌 씨 Visnevaja kostocka」를 예로 들어 보자. 몽상가를 자처하는 주인공 페댜는 사랑하는 여인 나타샤를 현실적인 인물 보리스에게 빼앗기고 보답 없는 사랑에 대한 일종의 보상 행위로 버찌 씨를 심은 뒤 수년 후 그 자리에 서 있을 아름다운 벚나무를 상상한다. 그에게 벚나무는 이루어지지 못한 사랑의 결실이며 또한 끝없는 생산과 건설을 요구하는 〈신세계〉에 몽상가가 헌정할 수 있는 유일한 〈생산품〉이다. 〈몽상가는 자손을 남겨서는 안 됩니다. 신세계가 몽상가의 자식을 필요로 할 리 있겠어요? 몽상가로 하여금 신세계를 위해 나무를 생산하도록 해야 합니다.〉(Olesha 1974: 156) 이 대목에서 벚나무가 예술혼의 상징임을 추측하기란 어렵지 않다. 그러나 「버찌 씨」는 기능 사회에서의 예술의 효용이나 현실적인 실패를 상쇄하는 창작 행위에 관한 문제뿐 아니라 예술적 비전의 본질에 관한 보다 근원적인 문제를 제기한다.

소비에트형 〈잉여 인간〉인 페댜를 시민의 위치로 격상해 주는 것은 무엇보다 보리스 같은 실무적 인간들이 결여한 독특한 지각 능력이다. 그는 현상과 사물을 인식하는 과정에서 사실적인 정보를 배제하는 기이한 시점을 선택하며 그의 눈에는 육안으로 감지할 수 없는 〈제3의 세계〉가 보인다. 그는 〈보이지 않는 나라Nevidimaia strana〉의 여행자이며 의인화된 〈주의력vnimanie〉과 〈상상력voobrazenie〉은 그의 고독한 여행의 동반자이다.

> 보이지 않는 나라……. 이는 주의력과 상상력의 나라이다. 여행자는 외롭지 않다! 두 명의 누이가 양옆에서 그의 손을 잡고 가니까. 한 명의 이름은 〈주의력〉이고 다른 한 명의 이름은 〈상상력〉이다. 하지만 이게 대체 무슨 뜻인가? 나는

모든 사람을 무시하고 질서와 사회를 무시한 채, 나 자신의 감각을 지배하는 유령 같은 법칙을 제외하면 그 어떤 법칙에도 종속되지 않는 세계를 창조했다는 뜻인가? 이는 결국 무엇을 의미하는가? 물론 현재 우리에게는 두 개의 세계가 있다. 소위 신세계와 구세계라는 것 말이다. 그렇다면 이것은 도대체 어떤 세계인가? 제3의 세계인가?(Olesha 1974: 151~152)

「질투Zavist'」는 주인공 카발레로프의 시각을 통해 「버찌씨」보다 구체적으로 신세계와 구세계의 대립을 묘사한다. 새롭고 신선한 시선에서 촉발되는 카발레로프의 언어는 우선 그의 유일한 〈오락〉인 관찰에서 시작한다.

나는 관찰하는 것을 오락으로 삼아 왔다. 당신들은 소금이 칼날로부터 떨어져 나오는 것에 주의를 기울여 본 적이 있는가? (……) 코안경이 마치 자전거처럼 양미간에 걸쳐 있는 것은 어떤가? 그리고 인간은 작은 문장들, 사방에 흩어진 개미 떼 같은 문장들로 둘러싸여 있다는 사실에 주목해 본 적이 있는가? 포크에, 숟가락에, 접시에, 코안경의 테에, 단추에, 연필에 문장들이 새겨져 있다는 사실을 아무도 깨닫지 못한다. 그러나 그들은 생존을 위한 투쟁을 하고 있다.(올레샤 1990: 202)

그의 눈을 통해 보이는 세계는 일상의 질서에서 벗어나 나름의 생존을 유지하며 그 속에서는 종종 주체와 객체의 입장이 전도된다. 그리하여 〈물건들은 그를 좋아하지 않으며〉, 〈담요에 싸인 고기파이들은 강아지처럼 꿈틀거리고〉, 〈해그림자는 토끼처럼 뛰어다닌다〉. 그가 걸어갈 때 발밑의 샛길은 그로 인해 통증을 느끼며 평범한 모스크바 교회의 종소리도 그의 청각을 통해 가사와 멜로디가 붙은 노래로, 나아가 낭만적 몽상으로 전환된다.(올레샤 1990: 200, 217, 221, 244) 그는 쌍안경의 원경 렌즈를 통해 보듯이 세상을 바라본다.

> 나는 쌍안경의 원경 렌즈를 통해 보이는 풍경은 더욱 빛나고 선명하고 더욱 입체적이라는 사실을 발견했다. 색채와 윤곽이 더 정확해 보인다. 일상적인 사물이 일상적인 채로 갑자기 우스울 정도로 작고 낯설어지는 것이다. 그것은 관찰자에게 어린 시절의 표상을 불러일으킨다. 꿈을 꾸는 것과 같다. 쌍안경의 원경 렌즈를 통해 보는 인간은 행복한 미소를 짓기 시작한다.(올레샤 1990: 254)

그의 세계는 광학과 기하학과 자연의 법칙이 파괴된 채 존재하는 거울 속 세계이며 그는 흩어지고 변형되고 새로운 법칙성을 획득하는 세계를 뒤통수를 통해 바라본다.

> 나는 거리에 세워진 거울들을 매우 좋아한다. 그것들은 길을 가로막으며 부상한다. 길은 평범하고 조용하다. 일상적인 도시의 길이다. 그것은 아무런 기적도 환영도 약속해 주

지 않는다. 그리하여 아무런 기대 없이 길을 걸어간다. 그런데 갑자기 눈을 들어 보니 순간적으로 세계와 우주의 법칙에 믿을 수 없는 변화가 일어났음을 알게 된다. 광학과 기하학의 법칙은 파괴되었다. 당신의 노정과 움직임, 그리고 가고자 하는 곳으로 가려는 의도 등의 자연성도 파괴되었다. 당신은 갑자기 뒤통수로 사물을 보고 있다고 생각하기 시작한다.(올레샤 1990: 255)

그는 사물의 움직임과 변화와 그것들 나름의 생명을 포착하며 그에게 세계는 일상성 너머의 신비를 볼 수 있는 사람에게만 스스로의 의미를 드러낸다. 그리고 그 때문에 세계의 신비를 표현하는 언어는 당연히 메타포의 향연을 초래하며 향연의 주역인 카발레로프야말로 시인이자 주인공이며 또한 예술의 본질 규명을 고집하는 작가의 대변인인 것이다.

올레샤는 자전적 단편소설 「세상 속에서 V mire」에서 작가의 창작 방식과 시지각의 관계를 다음과 같이 요약한다.

나는 더욱 집요하게 식물을 주시한다. 갑자기 내 두뇌에서 전변이 일어난다. 가상의 망원경의 이음쇠가 초점을 찾아 바짝 조여진다. 드디어 초점을 찾았다. 식물은 현미경 아래의 표본처럼 내 앞에 선명하게 놓여 있다. 그것은 어마어마하게 확대된다. 나의 시력은 현미경의 위력을 얻었고 나는 거인국에 도달한 걸리버로 변신한다. (……) 시각 현상이란 바로 이런 것이다. 그것을 창출하기란 어렵지 않다. 어떤 관찰자라도 할 수가 있다. 그것은 눈의 특성과 무관하다. 객관적 조건, 즉 공간, 사물, 시각의 결합이 충족되기만 하면 된다. (……) 우리는 세상을 새롭게 보아야 한다. 마술 사진을 연구하는 것은 작가에게 대단히 유익한 일이다.(Olesha 1974: 194~195)

요컨대 사물들의 공간을 다른 시각으로 바라볼 때 예술적인 시각 현상이 창조된다는 얘기인데, 올레샤는 이러한 시각 현상의 가장 막강한 조건으로 사랑을 손꼽는다. 단편소설 「사랑 Ljubov'」을 읽어 보자. 슈발로프는 지극히 건강한 유물론자이며 마르크시스트였으나 렐랴를 사랑하게 되는 순간부터 그의 감각계에 중대한 이상이 발발한다. 그는 〈존재하지 않는 것들〉을 보고 기존의 현상을 완전히 다른 각도에서 재관찰하기 시작하며 삶에서 발생하는 모든 변화를 전적으로 시각적인 차원에서, 시각적인 언어로 기술한다. 렐랴가 살구를 먹고 그 씨를 버리자 슈발로프는 씨에서 싹이 트고 싹이 자라 나무가 되는 광경을 목격한다. 〈무엇인가 괴상한 일이 일어나고 있어. 나는 이미지로 사고하기 시작했어. 내겐 법칙의 존재가 사라졌어. 5년 후에 이곳엔 살구나무가 자랄 거야. 전적으로 가능한 일이지. 과학과 전적으로 부합하는 일이지. 그러나 나는 모든 자연법칙을 거슬러서 그 나무를 5년이나 앞서 보았어.〉(Olesha 1974: 166) 그에게는 고통스러운 착시가 일어난다. 광대버섯은 무당벌레처럼 보이고 벌은 호랑이처럼 보인다. 슈발로프는 지나가는 낯선 이에게(그는 색맹이다) 외친다. 〈나는 완전히 건강한 인간입니다.

유물론자죠. 그런데 갑자기 내 눈에 죄스럽고 비과학적인 사물의 변형이 일어나고 있어요!〉 그는 사랑 때문에 발생하는 이 모든 기이한 시각 변화가 너무나 고통스러워 비명을 지른다. 〈내게 당신의 홍채를 주시고 대신 내 사랑을 가져가세요!〉(Olesha 1974: 171)

올레샤의 창작론은 아방가르드라는 트렌드와 공조하는 동시에 사회주의 예술론에 반대한다는 점에서 이중으로 시대를 반영한다. 그는 전체, 인민, 사회주의의 키워드가 러시아 문학에 뿌리를 내리는 지점에서 고독한 자아상을 내세움으로써 시대와의 불화를 자초했다. 그는 홀로 자기만의 플라톤적 동굴에 칩거하며 그림자놀이를 하고 착시 예술가가 되어 트릭 아이 뮤지엄을 구상하고 자체 제작한 〈카메라 오브스쿠라〉를 가지고서 빛과 유희를 벌인 셈이다. 그가 만들어 낸 이미지들의 잔치는 작품에 드러난 시대상을 압도함으로써 또 다른 인지적 착시의 계기를 제공한다. 올레샤 얘기는 뒤에 가서 다시 하기로 하고, 이제는 모든 착시 중에서 예술적으로 가장 중요한 착시인 원근법으로 넘어가자.

4
원근법

문학과 회화가 중첩되는 영역 중에서 가장 복잡하고 난해한 영역은 시점point of view이다. 우선 문학이 주제와 소재 차원에서 다루는 바라보는 방식은 화가의 바라보는 방식을 끊임없이 환기한다는 점에서 문학과 회화는 일정 정도 교집합을 이룬다. 그러나 그보다 더 흥미로운 것은 소설의 시점(그리고 어느 정도는 시에서 드러나는 서정적 자아의 시점)과 회화의 시점이 교차하는 지점이다. 문자 그대로 바라보는 지점을 의미하는 시점은 소설 서사의 기본 원칙이자 연구자에게 가장 도전적인 탐구 주제이기도 하다. 소설의 시점 연구를 어렵게 하는 요인 중의 하나는 그것이 회화에서의 시점, 즉 물리적인 관자의 바라보는 위치를 상기시킨다는 사실이다. 회화에서의 바라보는 시점은 원근법이라는 개념으로 통칭되며 크게 선 원근법linear perspective과 역원근법reverse perspective으로 나뉜다. 소설의 시점은 서사를 이끌어 나가는 서술자의 위상에 따라 1인칭 시점, 3인칭 시점, 전지적 시점, 제한 시점 등으로 세분된다. 원근법도 시점도 모두 눈과 시각 각도visual angle와 시거리visual distance를 수반하는 개념이지만 전자는 물리적이고 광학적이고 생물학적인 시각의 영역에 속하고 후자는 은유적이고 인지적이고 논리적인 영역에 속한다. 그러나 양자는 모두 예술 창조라는 지점에서 조우해 상호 작용을 일으킨다.

원근법은 르네상스 시기뿐 아니라 인간의 역사 전체를 통틀어 가장 위대한 발명품 중 하나라 해도 과언이 아니다. 간단히 말해 원근법은 2차원 평면 위에 공간적 깊이를 구현하고 단축법으로 거리감을 표현하는 기술이다. 우리가 그동안 미술책이나 미술 시간이나 미술관에서 감상했던 유명한 그림 대부분은 원근법으로 그려졌을 확률이 높다. 원근법이 창조한 정교한 환각은 이후 테크놀로지의 발전과 더불어 사진으로, 그리고 현대의 가상 현실로 이어졌다. 앞에서도 비슷한 얘기를 했지만, 인간의 시야에 들어오는 현실과 진짜 현실 간의 괴리는 고대부터 현재까지 무수한 예술가와 철학자와 수학자와 신학자가 우주를 형상화하는 데 출발점이 되었다. 우리는 원근법이 르네상스 때 〈발명된〉 회화와 건축의 공간 구성 방식이며 보통 〈1점 원근법〉 혹은 〈선 원근법linear perspective〉을 의미한다고 알고 있다. 그러나 원근법은 그보다 훨씬 오래된 전통을 지니며 거의 인류의 시각 문화 태동기부터 발전해 왔다고 말할 수 있다.*

원근법의 어원부터 살펴보자. 라틴어 〈perspectiva〉를 뒤

* 이하 고대 그리스부터 중세를 거쳐 르네상스 시기까지 원근법이 발전해 나간 양상 및 알베르티 회화론은 조은정 2002; 조은정 2014; 류전희 2009-1; 류전희 2009-2; 류전희 2011; 파노프스키 2014를 참조했다.

러A. Dürer는 〈통해서 봄seeing through〉이라 의역했으며(파노프스키 2014: 7) 로마 철학자 보에티우스Boetius는 아리스토텔레스의 『광학*Optiki*』을 라틴어로 번역할 때 〈perspectiva〉라는 단어를 사용했다. 이후 13세기에 베이컨과 페컴J. Peckham도 〈perspectiva〉를 광학을 의미하는 단어로 책 제목에서 사용했으므로 당시 사람들에게 원근법은 대체로 보는 방식을 의미했다고 여겨진다. 15세기 회화와 건축에서 〈perspectiva〉가 원근법을 지칭하기 시작하자 자연적/일반적 원근법perspectiva naturalis/communis, 인위적/회화적 원근법perspectiva artificialis/pingendi이 구분되기 시작했다. 자연적 원근법은 고대 그리스부터 르네상스까지 광학 혹은 시각에 관한 과학을 통칭하며 이를 토대로 건축, 회화, 조각, 벽화 등에서 사용된 재현 방식을 말한다. 고대 그리스에서는 무대 배경의 깊이감을 드러내기 위해 유클리드의 광학에 입각해 스케노그라피아skenographia라는 무대 배경 그림을 사용했고, 이는 로마 시대에 건축적 입면의 표현으로 발전했다. 현재 스케노그라피아는 남아 있는 것이 없지만 폼페이 유적에서 발견된 3차원 벽화는 고대 그리스에서 영감을 받은 것으로 사료되므로 인류는 매우 오래전부터 선 원근법을 이해하고 활용할 수 있었다고 추정된다.(류전희 2009-2: 168; 류전희 2009-1: 205, 207; 조광석 2009: 508~509; 조은정 2002: 177~185; Killian 2012: 89~90)

광학과 기하학에 기초하는 원근법은 과학과 예술의 이상적인 합일에 관한 사례로 손꼽힐 만하다. 원근법의 어원이 보는 방식을 뜻한다면 이후 그것은 회화적인 재현 방식을 의미하게 되었다. 고대와 중세 광학자들이 대상이 우리 눈에 나타나는 현상을 설명했다면 15세기 선 원근법주의자들은 동일한 원리를 역이용해서 대상을 재현하는 방법을 구축했다.(조은정 2014: 10) 바로 그 점에서 회화적 원근법의 원리는 다른 영역에서 폭넓게 적용되는 근대적 발명품이 될 수 있었다. 회화에서 선 원근법은 브루넬레스키F. Brunelleschi가 장차 지어질 성당의 완성된 모습을 미리 보여 주기 위해 개발한 것이 그 시작이었다. 그것은 3차원의 입체와 공간을 2차원 화폭 위에 표현하기 위해 평평한 바탕 위에 일정한 틀을 설정하고 그 틀에서 작업해 낸 투시법이다. 이후 알베르티L. B. Alberti가 화가들을 위한 최초의 근대적 매뉴얼이라 칭해지는 『회화론*De pictura*』(1435)에서 원근법의 원리를 조목조목 정리하며 그것은 회화의 가장 보편적인 원칙으로 굳어지기 시작했다. 마사초Masaccio가 피렌체 산타마리아 노벨라 성당 안에 그린 프레스코화 「성삼위일체Santa Trinità」는 원근법으로 그려진 최초의 성화인데, 당시 그 그림을 감상하러 온 사람들은 강렬한 깊이감에 놀라움을 금치 못했다고 전해진다. 깊이감뿐 아니라 그림의 실재성을 극도로 강조하기 위해 마사초는 배경 또한 실제 성당의 모습과 거의 일치시켰다. 〈마사초의 벽화에서 가장 핵심적인 요소는 실제 건축적 환경에 맞춰 조절된 소실점 높이와 시선 거리로서, 그것은 산타마리아 노벨라 성당의 중앙 네이브에서 양쪽 기둥 사이로 측랑 벽면을 바라보는 일반 참배객의 시점에 맞춰져 있었다.〉(조은정 2014: 26) 선 원근법은 관자, 캔버스, 그리고 캔버스 중앙의 소실점을 기본으로 하며 훗날에는 1점 원근법에서 2점 원근법, 5점 원근법

등으로 변형되었다.(McNaughton 2009: 11~14)

선 원근법은 틀에 맞춰 시점, 거리 단축, 음영 등을 재현하는 방법이므로 실제 보이는 대로의 자연스럽고 즉각적인 표현이라기보다 그 문법에 따라 표현하고 읽어 내기 위해 일정한 훈련이 필요한 인위적인 방법이다.(류전희 2011: 115) 원근법이 화면에 거리감을 조성하기 위해 사용하는 기술을 단축법 foreshortening 이라 부른다. 하나의 물체를 비스듬히 놓고 보면 앞쪽과 뒤쪽 사이에 거리가 생긴다. 이 거리를 줄여서(단축해서) 표현하면 화면에 거리감이 생긴다. 그러니까 원근법은 단축법을 사용해 물체를 변형하는 장치이자 착시를 일으켜 그럴듯하게 물체를 표현하는 장치라 요약해도 좋을 것이다.(박우찬 2002: 24, 27) 원근법의 핵심 요소는 그림 앞에 선 자아, 즉 〈나〉이며 내 눈과 물체 사이의 거리를 측량할 때 기본적으로 요구되는 조건은 눈을 고정해 기준점을 확고히 하는 일이다. 최초로 원근법을 성공적으로 구현한 화가 마사초는 앞의 물체와 뒤의 물체를 겹치게 하는 중첩법(오버래핑)과 거리에 따라 길이를 줄이는 단축법으로 공간의 깊이를 창조했다. 이렇게 창조된 화폭 위의 3차원은 일종의 정교한 환상으로 볼 수 있으며 바로 그 점에서 그것은 오늘의 가상 현실에 대한 르네상스적 원형이라 간주되기도 한다.(박우찬 2002: 43, 54~55)

원근법의 기술적인 세부 사항과는 별도로 원근법이 르네상스 시대에 전격적으로 개발되고 사용되었다는 사실이 인간의 눈과 관련해 무엇을 의미하는가를 파악하려면, 중세까지 회화의 주된 기법이었던 이콘 화법을 알아봐야 한다. 이콘의 제작

마사초, 「성삼위일체」(1426~1428년경).

방식에 관해서는 다음 단락에서 자세히 살펴볼 예정이니 여기서는 일단 원근법의 등장과 관련한 이콘의 일반적인 의미만 잠깐 살펴보기로 하자. 수도자나 성직자이기도 했던 이콘 화가들은 평면 위에 3차원을 재현하는 데 아무런 관심이 없었다. 이콘은 그리스어로 〈eikon〉, 즉 이미지, 상을 의미한다. 그래서 러시아 사람들은 이콘을 단순히 〈이미지〉라 부르기도 한다. 이콘은 거룩한 존재, 보이지 않는 존재를 인간이 영적인 눈으로 지각할 수 있도록 해주는 중개적 이미지이자 그 자체로 물질과 영혼의 혼재를 입증해 주는 이중적 이미지이며, 보이지 않는 것의 현존을 관자에게 깨닫게 해주는 일종의 설교이다. 다마스쿠스의 성 요한St. John of Damascus에 의하면 〈하느님은 물질 가운데 거처를 정하시고 물질을 통해 구원을 완성하셨으므로, 말씀이 사람이 되셔서 우리 가운데 계셨으므로, 안료와 나무와 왁스와 황금은 신성을 형상화하는 데 적절한 재료가 될 수 있다〉.(St. John of Damascus 1980: 61) 중세 그리스도인들, 특히 동방 교회의 신도들은 이콘을 보며 〈말씀이 진실로 육을 취할 수 있음〉을, 보이지 않는 존재가 육안으로 감지될 수 있음을, 인간은 변모한 세계에 참여할 수 있음을 깨달았을 것이다. 그리고 더 나아가 진정한 자아를 비춰 주는 거울이자 궁극적인 리얼리티를 순간적으로 비춰 주는 거울인 이콘을 통해 **이미** 지상에 도래한 하느님의 왕국과 **아직** 도래하지 않은 하느님의 왕국이 사실은 하나로 통합될 수 있음을, 인간은 천상의 존재들과 만날 수 있음을 깨달았을 것이다. 이콘은 인간을 천상과 지상, 두 세계 사이에 존재할 수 있게 해주는 침묵의 설교이자 강생의 리얼리티, 계시의 리얼리티 그 자체이다. 〈이콘은 일종의 물질적인 확신과 더불어 고대 러시아의 영성적 체험의 깊이와 복잡성과 진정한 풍요를, 러시아 정신의 창조적 위력을 말해 주는〉 가시적인 증거인 것이다.(Florovskii 1937: 1) 요약하자면, 관자의 영적인 눈으로 바라볼 때 형상에 내재된 무한한 의미가 드러나므로 이콘을 그리는 사람이나 이콘을 감상하는 사람은 모두 2차원이냐 3차원이냐의 문제가 아닌, 완전히 다른 차원의 문제를 숙고한다고 말할 수 있을 것이다.

반면 알베르티의 『회화론』이 제시하는, 그리고 훗날 피에로 델라 프란체스카P. della Francesca의 『회화의 원근법*De prospectiva pingendi*』에서 변형되고 논박되고 확대되는 입장은 〈이콘의 비전visio mentalis으로 중개되는 영적인 상승의 이상 대신 가시적인 것의 영역을 즉각적이고 전적으로 제압하는 경험적 시각visus의 손을 들어 주는 것〉으로 요약된다.(Pfau 2022: 370) 신플라톤주의적인 빛의 형이상학은 자연주의적인 시각의 관념으로 축소되고 후자는 또한 냉정한 광학의 법칙과 동일시된다. 알베르티의 회화 이론은 〈이슬람 이후의 비전 이론을 회화 이론으로 변형하기〉라는 패러다임 전환을 완성했다. 그것은 프랜시스 베이컨의 『신오르가논*Novum Organum*』을 2세기가량 앞서는 근대적 과학적 방법의 선언문이었다.(Pfau 2022: 370~371) 그러나 물론 이 점이 곧 알베르티를 비롯한 선 원근법 지지자들은 과학 추종자이고 이콘 화가들은 종교적 신비가임을 뜻하는 것은 아니다. 그리고 원근법이 논란 없이 동일하고 일관된 원칙을 중심으로 제정된 것도 아니다. 원근법 지지자들에게 원근법은 근대적 의미의 과학을 통해 신에게 다가가는 한 가지 방법이었으며 인간을 중심으로 신의 세계를 재해석하려는 혁신적인 종교였다. 알베르티가 시각 체험과 회화 공간을 철저하게 수학적인 논리에 따라 조직하려 시도한 것도 화면에 재현된 이미지가 대상의 본질을 진실되고 아름답게 구현할 수 있다는 믿음이 있었기에 가능했다.(조은정 2014: 26~28)

알베르티의 『회화론』은 빛과 공간과 인간의 눈을 중심으로 전개된다. 빛의 변화와 위치의 변화에 따라 사물의 크기도 표면의 외곽선도 색깔도 달라지는데, 그 이유는 〈우리는 눈으로 모든 사물을 보고 판단하기 때문이다〉.(알베르티 1998: 23) 그는 광선이 눈에서 나오는가 아니면 물체에서 나오는가의 문제, 이른바 플라톤의 방출론과 아리스토텔레스의 흡수론을 둘러싼 고대 광학 이론의 대립은 일단 덮어 두자면서 눈과 사물 사이를 이어 주는 〈시각 광선razzi visivi〉의 중요성을 강조한다. 〈시선(시각 광선)이란 시각의 도구라는 뜻에서 붙인 이름입니다. 시선은 일단 포착된 형태를 감각으로 전달한다고 합니다. 눈과 화면 사이를 잇는 시선의 가닥들은 눈 깜짝할 정도로 짧은 순간에 제힘으로, 그리고 신비로울 만큼 정교하게 모입니다. 시선은 공기라든지 얇고 투명한 물체쯤은 그대로 관통해서 달려가다가 어떤 두껍고 불투명한 물체에 부딪히면 점을 찍고 찍어 둔 표시에 가서 달라붙습니다.〉(알베르티 1998: 23) 이렇게 정의되는 광선은 그 기능에 따라 평면의 외곽선에 닿아 평면의 넓이를 측정케 하는 경계 광선, 평면을 빛과 색으로 채우는 중앙 광선, 중앙 광선들 가운데 평면을 수직으로 내리치는 중심 광선으로 구분된다. 이러한 광선의 구분은 눈과 사물 간의 거리가 곧 화면 위 물체의 크기를 결정한다는 전제의 출발점이 된다. 〈눈에서 출발하는 시각의 각도가 예각을 이룰수록 평면의 가시 면적은 작아 보입니다. (……) 어쨌거나 면적이 커 보이거나 작아 보이는 것은 시점과 대상 사이의 거리에 달려 있습니다.〉(알베르티 1998: 25)

알베르티는 이렇게 빛과 눈에서 시작된 회화론을 기하학의 영역으로 이끌어 간다. 알베르티 원근법의 핵심 관념은 이른바 〈시각 피라미드piramide visiva〉로, 그는 동시대 기하학의 원리에 기대어 관자와 화면의 관계를 공간화한다.* 그가 인간의 시야에 들어오는 수많은 면들 중에서도 등거리와 등선 관계의 면들에 초점을 맞췄던 것은 그것들이 관찰자의 시점과 화면 사이의 관계에서 특히 중요했기 때문일 것이다.(조은정 2014: 13) 〈눈으로부터 평면의 외곽선을 따라서 촘촘히 떨어지는 경계 광선들은 마치 어린 포도나무 가지를 엮어 만든 새장의 살처럼 누운 평면의 전체 구역을 감싸는데 이로써 시각 피라미드가 구성됩니다. (……) 피라미드란 바닥 면에서 그어 올린 모든 직선이 하나의 점에서 종착하는 어떤 물체의 형태라고 정의하면 좋을 듯합니다.〉(알베르티 1998: 26~27) 알베르티의 논의는 경계 광선을 거쳐 피라미드의 경계 광선 내부에 위치하는 수많은 중앙 광선으로 발전해 가다가 결국 〈우리가 보는 평면은 눈으로부

* 알베르티가 가장 강조하는 화가의 조건이 학식의 연마, 특히 기하학과 수학에 대한 깊은 지식이라는 것은 괄목할 만하다. 〈기하학에 문외한인 사람은 이 책의 내용뿐 아니라 회화의 어떤 법칙도 이해할 수 없습니다. 그러므로 화가는 무슨 수를 써서라도 기하학을 공부해야 한다고 나는 단언합니다.〉(알베르티 1998: 104)

터의 거리가 멀어질수록 흐릿해 보인다는 규칙〉, 즉 원근법의 기본 원칙으로 마무리된다.(알베르티 1998: 27)

시각 피라미드에 대한 알베르티의 강조는 회화에 대한 그의 태도 자체를 말해 주는 중요한 시사점이다. 그에게 중요한 것은 시각적 인지 과정이 아니라 회화적 재현 과정이라는 점은 앞의 논의에서도 드러나지만, 시각 피라미드는 여기서 더 나아가 재현에서 핵심이 되는 것은 관자의 위치임을 지속적으로 역설한다. 〈자신이 관찰한 것을 화면 위에 재현할 경우, 재현 대상을 마치 시각 피라미드를 횡단하는 투명한 유리창을 통해서 보는 것처럼 표현해야 합니다. 아울러 눈과 재현 대상 사이의 거리를 정하고, 광원의 위치, 방향, 밝기에 관한 성격을 규정하고, 눈의 위치를 결정하고, 재현 대상이 놓일 자리를 찾아야 합니다.〉(알베르티 1998: 32~33) 이 모든 논의를 토대로 회화를 정의할 때 알베르티가 사용하는 주 개념 역시 시각 피라미드이다. 〈회화의 정의는 이렇습니다. 회화란 주어진 거리, 주어진 시점, 주어진 조명 밑에서, 시각 피라미드의 횡단면으로 구성된 평면 위에서 선과 색을 사용해 이루어지는 예술적 재현입니다.〉(알베르티 1998: 33) 그러니까 알베르티에게 이상적인 그림은 진짜처럼 보이는 가짜, 물리적인 공간처럼 보이는 회화 공간이며 이를 가능하게 해주는 전제 조건은 관찰자의 고정된 위치라 말해도 좋을 것이다. 시각 각도와 시거리를 중심으로 전개되는 원근법은 관자를 영적으로 승화하는 데는 관심이 없었다. 원근법적으로 정확하게 물체를 공간 속에 위치시킴으로써 가시적 공간을 확보하는 것이 회화의 목적이 되었다. 당연히 시각 대상은 관자의 원근법적인 통제에 종속될 수밖에 없었다. 3차원 공간을 시뮬레이션하는 데 요구되는 기술에 초점을 맞춤으로써, 그리고 그것을 인간 개개인의 〈중앙 광선〉에 종속시킴으로써 알베르티는 원근법을 단순한 지향이 아닌 시스템으로 굳혀 놓았다.(Pfau 2022: 371)

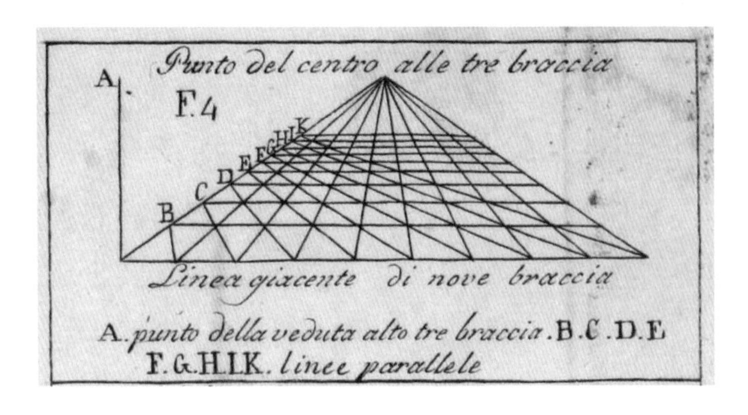

1804년판『회화론』의 삽화.

5
역원근법

원근법은 서양 미술사를 오랫동안 지배했지만 그에 대한 반론도 만만치 않았다. 브루넬레스키, 기베르티L. Ghiberti, 피에로 델라 프란체스카, 비아조 펠라카니B. Pelacani, 알베르티 등이 주축이 된 당대 시각 이론의 추종자들은 3차원 공간의 환영에 무관심했던 이콘 화가들과 이탈리아-비잔티움의 재현 기술을 아예 무시했다. 오늘날 메를로퐁티의 시각 이론에 입각한 현상학자들이 3D TV에 강하게 반대하듯 당대 성상 화가 중 일부는 원근법을 신성 모독으로 간주했다. 예를 들어 프라 안젤리코F. Angelico는 기하학적인 원근법으로 신성한 이미지를 투영하려고 하는 것은 처음부터 문제의 소지가 있다고 격렬히 반대했다. 그는 천국의 성스러운 신비를 세상의 수학에 입각해 묘사하는 것은 부정확할 뿐 아니라 신성 모독적인 행위라 간주했다.(김지인 2018: 58) 르네상스 초기 사상가 니콜라우스 쿠자누스는 이콘의 능력, 즉 관자를 관상적이고 정신적인 비전으로 인도하는 능력을 강조함으로써 당대 발전하고 있던 선 원근법과 1점 원근법을 우회적으로, 그러나 강력하게 부정했다. 그는 테게른제 호수 수도원 수도사들을 대상으로 한 설교에서, 만일 정신적인 비전이 선 원근법의 사실주의적 프레임으로 대체되고 내적인 비전이 자연주의적이고 인간 중심적인 시각 모델로 인해 왜곡된다면 엄청나게 가치 있는 무언가가 상실될 것이라고 경고했다.(Pfau 2022: 370)*

원근법의 문제는 그 부동의 전제에 있다. 원근법은 완전히 합리적인 공간, 즉 〈무한하고 연속적이며 등질적인 공간〉을 전제하며 그것을 확보하기 위해 관자는 고정된 위치에서 한 눈(단안)으로 보고 있어야 한다.(파노프스키 2014: 10) 그러나 무한하고 연속적이며 등질적인 공간, 즉 순수하게 수학적인 공간의 구조는 정신 생리학적 공간의 구조와 대립한다.(파노프스키 2014: 11) 그것은 사실상 르네상스의 인본주의적 경향에는 부응하지만 신과 인간의 관계 속에서 사물을 바라보는 그리스도교적 시각과는 불화를 빚을 수밖에 없는 지각 방식이다. 그것은 인간 중심적이며 〈거리를 설정하고 객관화하려는 현실 감각의 승리〉이자 〈거리를 부정하는 인간의 권능 지향의 승리〉라 간주할 여지가 충분히 있기 때문이다.(파노프스키 2014: 78)

러시아의 레오나르도 다빈치라 불리는 플로렌스키는 신학적이고 수학적이며 회화적인 원근법 논의에서 선 원근법의 재현 원칙을 통렬하게 비판하면서 그 대안으로 〈역원근법〉을 제안한다. 역원근법은 원근법이 등장하기 훨씬 이전부터 인류가

* 니콜라우스 쿠자누스의 설교집 내용은 이 책의 마지막 장에서 다시 살펴보게 될 것이다.

사용했던 회화적 재현 방식으로, 원근법을 뒤집는다는 뜻을 함축한다.* 러시아의 저명한 비잔틴 학자 드미트리 아이날로프D. Ainalov가 1901년에 『비잔틴 예술의 헬레니즘 기원*Ellinisticheskiya osnovui vizantiiskago iskusstva*』에서 역원근법이라는 용어를 처음 사용한 것이 그 시작이다. 러시아 태생의 독일 예술사학자 오스카 불프O. Wulff가 1907년 논문에서 러시아어 역원근법을 독일어로 〈umgekehrte Perspektive〉라고 번역하면서 역원근법은 유럽 문화권에 뿌리내리기 시작했다.(Antonova 2023: 12)

우선 역원근법의 원칙부터 살펴보자. 원근법과 달리 역원근법은 그 자세한 원리 원칙이 기록된 바가 거의 없다. 알베르티의 『회화론』에 상응하는 과학적이고 수학적인 이콘 제작법은 존재한 적이 없다. 역원근법은 19세기 중후반부터 이콘에 대한 관심이 서서히 고조되면서 나온 개념이자 원칙이지 그 이전의 비잔티움 예술가들에게는 매뉴얼의 개념이 존재하지 않았다. 원근법을 따르지 않은 이집트 고분 벽화, 이를테면 「네바문의 정원Nebamun's Garden」 같은 그림도 마찬가지이다. 이집트인들은 회화의 매뉴얼이 아니라 자신들의 세계관을 구현하기 위해 탈원근법적 그림을 그렸다. 오늘날 이콘 연구를 토대로 추적해 보면 이콘에서 사용된 역원근법의 원리는 크게 세 가지로 요약할

* 여기서 〈역원근법〉이라는 명칭은 어폐가 있다는 점을 지적할 수 있다. 영어로 〈reverse〉와 〈inverse〉는 무언가 존재하는 것을 뒤집는다는 뜻이다. 그러나 원근법이 원래 중세 비잔티움 예술의 이콘 회화에 대한 안티테제로 발명된 것임을 고려해 본다면, 그것은 선 원근법 이전의 원근법으로 불려야 마땅할 것이다. 그러나 실질적으로 이콘에 적용되는 원근법을 일반적으로 역원근법이라 부르므로 이 책에서는 관례를 따르기로 하겠다. 역원근법의 기원과 역사에 관한 고찰은 Lock 2011을 보라.

수 있다.* 첫째는 내부 시점의 원리로, 화면을 마주 보는 관자의 시선은 화면으로부터 화면 바깥의 공간을 향하는 시선으로 대체된다. 둘째는 크기의 문제인데, 멀리 있는 물체는 작아 보인다는 원칙 대신 중요하고 높은 존재는 크게 그린다는 원칙이 요구된다. 셋째는 플로렌스키가 말한 추가 평면supplementary planes의 원칙 혹은 다중 시점의 원칙으로, 마치 한 평면에 여러 개의 평면이 덧붙여지기라도 하듯 뒤집힌 소실점이 한 회화에 여러 개 존재한다는 원칙이다. 뒤에서 자세히 살펴보겠지만 추가 평면의 원칙은 플로렌스키 논저에서 역원근법의 가장 중요한 원칙으로 자리매김한다. 이 세 가지 원칙은 이콘 제작의 기본 법칙이자 역원근법의 원리인데, 사실상 그 원리 자체보다 원리의 토대에 들어 있는 보는 방식에 관한 철학적 의미가 훨씬 흥미롭다.

플로렌스키의 저작 「역원근법Obratnaia perspektiva」은 이콘의 창작 기법 및 구도에 관해 설명하지만, 이콘 제작이나 원근법을 뒤집는 기법에 관한 글이라기보다는 원근법이라는 개념에 초점을 맞춰 〈보는 방식〉을 설명하고 더 나아가 보는 법을 토대로 신의 현존을 암시하는 글이다. 플로렌스키에게 상식적인 의미에서 리얼리즘은 리얼리티를 전달하지 못한다. 왜냐하면 보이는 대로 묘사하는 방식은 문자 그대로 보이는 것만 묘사할 수 있기 때문이다. 그런 종류의 예술은 물적인 본질을 결여하면서 본질적인 것처럼 보이는 가짜simulacra를 지향한다.(Florensky

* 안토노바C. Antonova는 역원근법을 내부 시점 테제, 스케노그라피 테제, 위계적 크기 테제, 광학적 크기 테제, 비유클리드 기하학 테제, 추가 평면 테제, 총 여섯 가지로 요약한다.(Antonova 2023: 13~14) 이 책에서는 그녀의 분류를 세 가지로 압축해 설명하기로 한다.

이집트 고분 벽화 「네바문의 정원」(기원전 1380년경).

2002: 181) 플로렌스키는 그러한 예술에 대한 반테제로 이콘을 제시한다. 일반적으로 이콘에 사용되는 역원근법은 시공간의 조직을 토대로 영원에 관한 신학적 교의를 시각적으로 재현한다는 데 그 의미가 있다.(Antonova 2016: 1~3) 실제로 플로렌스키가 역원근법을 원근법의 반대가 아닌 원근법으로부터의 〈해방〉이라 정의하는 것 역시 원근법을 통해 시간을 초월하는 다른 차원의 존재를 말하려는 의도와 연관된다.(Florenskii 1994~1999: 3-1: 52) 플로렌스키에 의하면 회화의 과제는 현실 복제가 아니라 현실의 구조, 재료, 그리고 의미의 핵을 향해 깊숙이 침투해 들어가는 것이다. 이와 같은 파고들어 가는 시각은 예술가가 리얼리티와 진정으로 접촉할 때 그의 관상적인 눈에 제공된다.(Florenskii 1994~1999: 3-1: 53) 선 원근법은 관통이 아닌 복제에 목표를 두기 때문에 근본적으로 기만적이다. 앞에서 파노프스키E. Panofsky도 지적했다시피 선 원근법의 문제는 무엇보다 그것이 실재 세계를 유클리드적이고 3차원적이고 등질적이고 균일한 것으로 생각한다는 데서 출발한다.(Florenskii 1994~1999: 3-1: 87) 선 원근법의 주체인 예술가는 절대적인 가치를 지닌 단일한 시점을 상정하며 그의 한 눈(단안, 오른쪽 눈)이 모든 시선을 제압한다. 한마디로 그는 광학의 중심이다. 이러한 시선의 문제는 그것이 인간의 바라보는 눈을 생명 기관이 아닌 카메라 오브스쿠라의 고정된 유리 렌즈 정도로, 비전의 그 어떤 정신적인 요소도 결여한 기계적인 눈으로 폄하한다는 데 있다.(Florenskii 1994~1999: 3-1: 88)

이콘 화법은 그러한 기계적이고 비인간적인 비전에 대한

대안으로 플로렌스키가 제시하는 것으로, 세계와 세계 속에 존재하는 대상들을 한꺼번에, 동시에 바라보는 방식이 핵심이다. 그는 이콘과 역원근법의 가장 큰 특징을 〈추가적 평면들〉이 만들어 내는 〈다중심성polycentredness〉이라 손꼽는다. 요컨대 여러 각도에서 동시에 각기 다른 시선으로 동일한 물체를 바라보거나, 하나의 시선이 움직이면서 여러 차원을 보되 각 시선은 자신의 시각적 중심에서 바라보는 방식이다.(Florenskii 1994~1999: 3-1: 48~49) 다중심적 바라보기는 그의 다른 저술 「관념론의 의미Smysl idealizma」에서 〈종합성〉으로 다시 설명된다. 〈예술적 이미지의 실재는 각기 다른 순간에, 각기 다른 각도 아래 주어지는 통각 속에서 융합된다.〉(Florenskii 1994~1999: 3-2: 98) 이런 식의 비전은 세계를 바라보는 최고의 방식이자 현상을 전체로서 이해하는 방식이다.(Florenskii 1994~1999: 3-2: 110) 여기서 플로렌스키가 말하는 이콘적인 비전, 곧 전체로서의 현실을 종합적으로 보는 것이야말로 신적 비전의 다른 이름이다. 그것은 인간의 생물학적 시각을 넘어 4차원의 시공간을 지각할 수 있는 능력으로, 불완전한 존재인 인간이 전범으로 삼아야 할 시력이다.

이콘에서 사물은 예상되는 대로 그려지는 것이 아니라 실제 모습으로 그려진다. 그것이 가능한 이유는 모든 각도에서 동시에 보이는 바 그대로 그려지기 때문이다. 육면각체는 여섯 면을 가지며 실제 여섯 면이 그려지고 여섯 면이 동시에 다 보인다. 그러나 선 원근법에서는 세 면만 그려진다.(Dimitrov 2017: 243) 사물은 인간이 보는 바의 어떤 것이자 다른 한편으로는 신이 보시는 바의 어떤 것이기도 하다. 오로지 신만이 모든 면을 다 보고 본질과 현상의 구분을 초월한다. 모든 것을 다 보는 신의 눈은 무한하고 동시적이다. 이콘의 관자는 자신이 그림을 본다고 생각하지만 관자는 이콘 속에 그려진 성스러운 이미지의 시각 대상이다. 관자가 움직여도 시각 변화에 따른 왜곡이 일어나지 않는다. 원근법의 왜곡에 의존하는 이콘은 신의 편재를 상상하는 인간의 정신력을 보여 주지만 원근법으로 인한 그 능력의 상실 가능성을 보여 주기도 한다. 이 환각illusory 이미지는 인간의 고정된 원근법과 신의 무한한 원근법 간의 간극을 노출한다.(Cunnar 2012: 330)

대상을 동시에 바라볼 수 있다는 것은 시선의 주체가 시간성의 지배를 받지 않는다는 뜻이다. 그러므로 동시적 시각은 오로지 신에게만 가능한 시각이다. 인간의 경우 그것은 〈인간의 영적인 비전이 육체적으로 감각 가능한 세상을 넘어갈 수 있는 능력을 획득할 때 가능해진다〉.(Uspensky 1957: 114) 신의 동시적 시선은 탈시간성timelessness과 탈공간성spacelessness에 대한 표징이라 할 수 있다. 플로렌스키의 역원근법이 함축하는 탈시간적이고 탈공간적인 신의 비전은 단어와 개념의 중재에 의존하는 인간의 사유 과정을 초월한다.(Antonova 2017: 218) 시각 각도의 도치를 의미하는 역원근법은 궁극적으로 신의 무한과 영원에 대한 예술적 증언이며 그 점에서 이콘은 유한한 형상을 통해 무한을 구현하는 회화적 방식이라 요약된다. 시간의 차원을 초월하는 신의 시선 속에서 연대기순으로 일어나는 인간의 사건들은 더 이상 순차성이나 인과율에 지배받지 않는다. 요컨대 이콘의 화폭에서 암시되는 〈종합적 비전〉은 영원한 신의 세계를 지각하는 방식에 대한 공간적 재현이라 말해도 좋을 것이다. 결국 거룩한 이미지를 형상화하는 화가도, 거룩한 이미지 앞에 선 관자도 신의 눈을 모방하는 과정에 초대되는 셈인데, 이야말로 인간을 신화(테오시스)로 이끄는 가장 강력한 요소 중 하나이다.(Antonova 2017: 219)

정리해 보자면, 중세 이콘은 보이는 것과 보이지 않는 것 사이의 공간적 경계선을 철학적으로 개념화해 주는 소중한 자료이다.(Tarasov 2021: 33) 이콘이 개념화해 주는 가시성과 비가시성 간의 경계선은 또한 시간적 경계선으로 확장되어 무한에 관한 사유를 촉발한다. 역원근법의 심장에 놓인 무한성의 감각이야말로 소설가와 시인 들로 하여금 이콘의 제작 방식에 관심을 보이도록 한 일차적 요인이다. 시간의 차원을 초월하는 신에게 인간 역사의 사건들은 동시에 존재하고 그의 바라봄은 또한 동시적으로 발생한다. 신의 비공간성이란 그의 비시간성에 대한 메타포이다.(Antonova 2016: 103) 뒤에서 구체적인 문학작품을 분석하며 살펴보겠지만 이콘이 함축하는 이러한 깊은 사유의 세계가 시와 서사로 들어올 때 탄생하는 텍스트야말로 이 세상에서 가장 복잡하고 가장 심오한 문학이 아닐까 싶다.

여기서 한 가지 지적하고 싶은 점은, 원근법에 대한 플로렌스키의 비난은 일리가 있지만 선악이나 옳고 그름의 척도와는 무관하다는 사실이다. 원근법은 착시이자 환영이지만 역원근법으로 창조된 회화 역시 착시이자 환영이다. 원근법도 역원근법도 모두 회화적 착시 없이는 창조될 수 없다. 다만 화가의 눈이 지상으로 향하는가 천상으로 향하는가 하는 점만이 다를 뿐 이다.

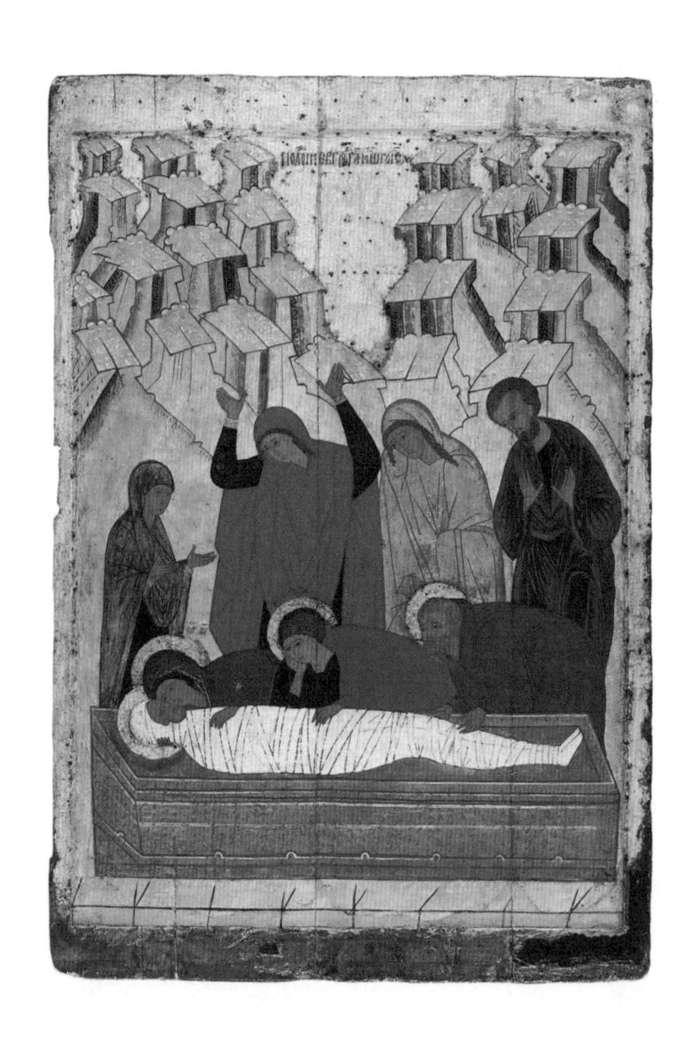

〈그리스도의 매장〉 이콘(15세기 후반 러시아).

6
이콘에서 큐비즘으로

큐비즘은 20세기 초 유럽을 휩쓸던 과학 혁명과 맞물린다. 플랑크M. Planck의 양자 이론, 아인슈타인A. Einstein의 특수 상대성 이론의 발표와 더불어 뉴턴의 절대 시간과 절대 공간은 역사의 뒤안길로 사라져 갈 운명이었다. 도스토옙스키가 저술 활동을 하던 무렵부터 이미 러시아 지성을 자극했던 로바쳅스키N. Lobachevskii의 비유클리드 기하학은 1876년 러시아 잡지 『즈나니에*Znanie*』에 실린 헬름홀츠H. Helmholtz의 논문과 거기 소개된 리만B. Riemann의 기하학으로 이어졌다. 수학자 리만이 창시한 휘어진 공간의 기하학, 현재 미분 기하학이라 부르는 분야는 아인슈타인의 일반 상대성 이론으로 이어지면서 20세기 초 유럽의 실재 개념을 전격적으로 변형했다. 인간은 3차원적 존재이므로 인간의 감각기관은 3차원보다 높은 차원을 지각할 수는 없다. 그러나 인간은 더 높은 차원을 〈인식〉할 수는 있다. 3차원 공간에 속한 우리의 뇌로 4차원 공간을 보기란 사실상 불가능하다. 더 높은 차원의 세계는 본질적으로 본다는 것을 초월한 세계이다. 우리가 사는 3차원 공간은 휘어진 공간이지만 그냥 보기만 해서는 그것을 알 수 없다. 우리가 그 속에서 살고 있기 때문이다. 3차원 공간의 휘어짐은 직접 느낄 수 없기 때문에 기원전 3세기에 유클리드가 평평한 세계의 기하학을 정리해 『원론*Stoikheia*』을 발간하고 무려 2천 년이나 지난 19세기에 들어서야 가우스C. F. Gauss, 로바쳅스키, 보여이J. Bolyai, 그리고 리만 등에 의해 공간이 휘어져 있을 때의 기하학이 성립되었다.(이강영 2012: 236~237)

이렇게 보면, 뉴턴의 고전 물리학으로 이어지는 유클리드 기하학과 20세기 상대성 원리를 예고하는 비유클리드 기하학의 차이는 3차원적인 인간 뇌로는 볼 수 없는 다른 실재의 존재를 인정하는가의 여부라 할 수 있을 것이다. 뉴턴 물리학에서 시간과 공간은 별개의 단위이며 거리, 길이, 시간은 언제나 불변이다. 뉴턴 물리학에서 시간의 추이에 따르는 위치의 변화를 기술하기 위해 기준을 바꿀 때 도입하는 수학적 방법을 〈갈릴레이 변환〉이라고 한다. 갈릴레이 변환에서는 시간과 공간을 절대적인 기준으로 삼아 세상을 바라본다. 그래서 시간과 공간의 길이가 일정하다는 틀 안에서 사물의 움직임을 기술한다. 반면 아인슈타인이 도입한 로런츠 변환에서는 빛의 속도가 기준이다. 여기서는 빛의 속도가 변치 않는 항수이며 그것을 기준으로 다른 모든 것이 변화한다. 시간과 공간은 더 이상 별개로 존재하는 절대적인 기준틀이 아니라 특정한 방식으로 얽혀 항상 어떤 기준틀에서 봐도 빛의 속도가 일정하도록 변화하는 존재이다. 그래서 아인슈타인 이후 우리는 공간 3차원과 시간 1차원을 합쳐서 4차원적 시공간spacetime이라고 부른다.(이강영 2012:

334~335) 아인슈타인 자신이 내린 정의에 의하면 〈상대성 이론이라는 이름은 다음과 같은 사실에서 유래한다. 즉 가능한 경험이라는 의미에서의 운동은 한 대상의 다른 대상과의 관계, 예를 들어 지면에 대한 자동차의 운동, 혹은 태양 및 고정된 별들에 대한 지구의 운동 같은 상대적 운동으로 형성된다. 운동은 결코《공간에 대한 운동》또는 지금까지 표현되었던 것처럼《절대 운동》으로서 관찰될 수가 없다. 가장 넓은 의미에서의《상대성 원리》는 다음과 같이 요약된다. 요컨대 물리적 현상 전체가 갖는 특성은 그것이 절대 운동의 개념을 도입할 근거를 제공하지 않는다는 데 있다. 즉 절대 운동은 존재하지 않는다〉.(Einstein 1959: 41) 인문학자의 언어로 번역하자면, 아인슈타인에게 실재는 시간 따로, 공간 따로 존재하는 불변의 어떤 것이 아니라 불변의 광속을 기준으로 무한히 변화하는, 우리 눈에는 보이지 않을 수도 있지만 반드시 존재하는 4차원, 그리고 더 나아가 더 높은 차원, 이를테면 5차원, 10차원, 1백 차원까지도 가능한 〈시공간〉이다.

유클리드 기하학의 범위 내에서 논증할 수 없는 새로운 시공 관계는 유럽인의 과학적 지성을 파고드는 동시에 과학의 경계를 넘어 예술과 문학의 영역으로 진입했다. 본질의 개념이 아닌 관계의 개념에 입각한 새로운 해석이 불가피해진 시점에서 아방가르드 예술가들은 세계관의 변화를 캔버스로 연결했다. 특히 과학적 변화의 토대 위에서 전개된 〈새로운 시선novoe zrenie〉 관념은 1910년대와 1920년대 유럽과 러시아 아방가르드의 가장 중요한 테마 중 하나였다.(Bobrinskaia 2006: 227) 앞에서 낯선 시선, 낯설게 하기 같은 개념을 통해서도 살펴봤지만 새로운 시선 혹은 새롭게 보기, 다르게 보기, 새로운 시각의 관념은 아방가르드 시기는 물론 20세기 전체를 관통하는 화두였다.

아방가르드 회화의 선두를 장식했던 큐비스트들의 새로운 시선은 비유클리드 기하학과 탈원근법(선 원근법에 반대하는 기법 일체, 역원근법, 다중 시점, 동시성, 탈시간, 탈공간 등)을 토대로 한다. 〈만약 우리가 회화의 공간을 기하학과 결부하고 싶었다면 우리는 그것을 비유클리드 수학자에게 부탁했을 것이다. 우리는 일정 기간 리만의 정리들을 공부해야 할 것이다.〉(메칭거 1988: 166) 그들에게 비유클리드 기하학은 관계의 학문이었으며 이 학문은 예술의 영역에서 새로운 원근법의 형태로 실현되었다. 그들은 불변의 법칙이나 공간 질서가 아닌 현상들의 관계 속에서 세계를 보고자 했으며 따라서 그때까지 유럽 회화를 지배해 온 선 원근법, 황금 분할golden section, 혹은 그것들이 창출해 내는 〈눈속임〉을 서슴없이 포기했다. 큐비즘의 창시자인 메챙제J. Metzinger는 큐비즘의 본질을 선 원근법의 타파라 설명한다.* 〈큐비스트라고 알려진 사람들은 과거부터 화가를 속박해 온 편견을 뿌리째 뽑아 버렸다. 그들은 더 이상 오브제 앞에서 미동도 없이 일정한 거리를 유지하고 서 있으려 하지 않으며 캔버스를 망막 사진의 역할을 하는 것으로 파악하려 하지 않는다. 이제 그들에게는 오브제 주변을 돌아다니며 여러 개의 연속적 측면으로 구성되는 오브제를 지성의 통제하에 구체적으로 제시하는 것이 허용된다. 과거에는 그림이 공간만을 소유

* 아방가르드의 원근법 거부는 Bobrinskaia 2006: 242~243을 보라.

했지만 지금은 시간까지도 소유한다.〉(메칭거 1988: 120) 그가 선 원근법의 이론적 해체를 설명하는 대목은 문자 그대로 큐비스트 초상화를 연상시킨다. 〈초상화에서 얼굴 가득히 눈을 그리고 절반의 측면에서 코를 그린 뒤 옆모습을 볼 수 있는 시각을 선택하여 입을 그린다 해도 장인에게 상당한 정도의 기술만 있다면 문제 될 것이 전혀 없다.〉(메칭거 1988: 120)

전통적인 선 원근법 화가들에게 오브제가 절대적인 형태를 취한다면 큐비스트들에게는 〈선과 선의 관계는 무한히 다양하고〉 〈지각의 영역에 많은 평면이 있듯 오브제는 수많은 형태를 가진다〉.(메칭거 1988: 167, 170) 이렇게 조성되는 큐비스트들의 공간은 〈모든 게 제각각의 방향을 가리키는 개별적인 《기울기》들의 상호 균형밖에는 다른 질서가 있을 수 없다는 것을 시사한다〉.(아른하임 1989: 390) 존 버거J. Berger는 이러한 공간적 상호 관계의 취지는 결국 〈해방〉의 개념으로 귀착한다고 주장한다. 〈큐비스트들은 현상들의 맞물린 상태를 시각적으로 드러낼 수 있는 체계를 창조했다. 그리고 이렇게 하여 그들은 존재의 정태적 현상이 아니라 《과정》을 드러내 보여 줄 가능성을 예술에서 창조했다. 큐비즘은 전적으로 상호 작용에 관심을 두는 예술이다. 서로 다른 양상들 간의 상호 작용. 구조와 운동 간의 상호 작용. 입체들과 그 주변 공간 간의 상호 작용. 그림 표면에 형성된 모호하지 않은 기호들과 그것들이 들어서서 뜻하고 있는 그 변화하는 실재 간의 상호 작용. 큐비즘은 모든 정태적인 카테고리들로부터 역동적으로 벗어나고자 하는 해방의 예술인 것이다.〉(버거 1989: 74)

이렇게 문화의 선두를 향해 첨단 과학의 등에 올라탄 큐비즘은 다른 한편으로 이집트 벽화를 포함하는 원시 미술과 중세 이콘을 불러들였다. 특히 러시아의 경우 많은 아방가르드 화가가 이콘에 지대한 관심을 보였다. 한때 러시아 아방가르드 조형 예술을 대표했던 타틀린V. Tatlin은 원래 이콘 화법을 배우다가 화가의 길에 들어섰다. 포포바L. Popova는 1912년부터 1913년까지 파리에서 큐비즘을 학습한 뒤 귀국해 한동안 이콘 연구에 몰입했다. 베누아A. Benua는 이콘과 아방가르드의 친연 관계를 다음과 같이 설명했다. 〈14세기 기적의 성인 니콜라이 이콘이나 성모 성탄 이콘은 우리로 하여금 마티스H. Matisse, 피카소P. Picasso, 르 포코니에H. Le Fauconnier, 곤차로바N. Goncharova를 이해할 수 있도록 해주며 우리는 또 마티스, 피카소, 르 포코니에, 곤차로바를 통해 비잔틴 그림의 아름다움을 훨씬 더 잘 음미할 수 있게 된다.〉(Antonova 2015: 3 재인용)

중세 이콘의 창작 원리가 20세기 초 큐비즘에 지대한 영향력을 행사할 수 있었던 것은 전적으로 르네상스 이후 서구 회화계를 지배해 온 원근법 덕분이라 해도 과언이 아니다. 특히 플로렌스키가 언급한 〈다중심성〉은 큐비즘 미학에 거의 그대로 반영된다. 이콘의 화폭에서 여러 개의 중심적 시점이 발견되는 것과 큐비스트 회화가 여러 개의 평면, 이른바 플로렌스키의 〈추가 평면〉으로 이루어지는 것은 간과하기 어려운 유사점이다.* 구체적인 회화의 기법에 있어서 큐비스트들이 행한 실질적인 공간의 해방 역시 이콘의 다차원적 구성을 상기시킨다. 큐비

* 자세한 것은 Spira 2008: 47~127을 보라.

포포바, 「피아니스트」(1914).

스트들이 공간을 해방했다는 것은 일차적으로 단일하고 고정된 시점을 여러 방향으로 분산했다는 뜻이다. 실제로 큐비스트 회화가 여러 평면들(혹은 큐브의 면들)의 동시적 공존으로 보이는 이유는 기존 회화의 단일한 시점이 여러 개의 분신적 시점으로 분화되거나 아니면 몇 개의 개별적 시점이 동시에 복합적으로 화면에 관여하기 때문이다. 이콘에서와 같이 선 원근법은 역원근법이나 동시 원근법simultaneous perspective으로 대체되며 화면에 등장하는 것은 더 이상 3차원적 공간의 환영이 아닌 각기 다른 위상에서 시각적으로 체험되는 오브제들 간의 엇물린 관계가 된다. 역원근법으로 묘사되는 이미지들을 지각하기 위해서는 〈느린 독해〉, 즉 형식주의자들이 말한 〈지각의 지연〉과도 같은 과정이 요구되는 것도 이 때문이다.(Antonova and Kemp 2015: 411) 모든 오브제는 큐비스트의 붓끝에서 분할되고 데포르메되는 과정에서 그 지각이 연기되며 이로써 이른바 〈전위sdvig, shift〉 혹은 〈전위된 오브제sdvinutyj predmet〉의 개념이 부상하게 된다. 요컨대 큐비스트의 회화 텍스트에서 시각 기호는 지시 대상과의 유사 관계를 유지할 수 없게 되며 기의의 역할은 최소로 축소된다. 따라서 야콥슨R. Jakobson이 모더니즘 회화의 본질을 가리켜 〈기표와 기의의 관계, 기호와 지시 대상과의 관계에서 일어난 극적인 전변〉이라 규정한 것은 정곡을 찌른 지적이라 할 수 있다.(Bailey et al. 1980: 231 재인용)

종합해 보자면 아방가르드(특히 큐비스트)와 이콘의 관계는 두 가지 맥락에서 요약될 수 있다. 첫째는 재현 방식이고 둘째는 재현 방식의 토대에 놓인 철학이다. 큐비스트들이 생각한 공간의 해방은 역원근법과 다중 시점을 축으로 이콘의 제작 방식과 중첩된다. 역원근법을 비롯한 여러 방식의 탈원근법은 이콘의 시공간, 비유클리드 기하학의 시공간, 그리고 큐비즘의 시공간을 하나로 엮어 주는 가시적인 고리라 할 수 있다.* 둘째는 이보다 훨씬 미묘한 연계인데, 이콘 이미지와 아방가르드 이미지의 근본적인 차이에도 불구하고 도출되는 연계이다. 이콘의 이미지는 관자를 천국으로 인도하는 신성한 존재의 모상이므로 이콘의 상징과 의미는 직결된다. 반면 아방가르드 화폭에 그려진 이미지는 그 자체로 순수한 기호이다. 이콘의 역할은 관자로 하여금 진리를 관상할 수 있게 인도하는 것이므로 광학 법칙이나 개인의 느낌은 개입할 여지가 없다. 반면 아방가르드 이미지는 개인성에 의거하는 이미지이며 그 목적은 형식의 혁신을 넘어 개인의 관념을 토대로 세계를 변형하는 것이다. 이콘과 아방가르드 미학이 마주치는 경우가 있지만 그것이 철학적 취지의 동일성에서 비롯되는 것은 아니다. 아방가르드 이미지의 목적은 관자의 정신을 관례적인 지각으로부터 해방하고 3차원 공간의 개념을 다차원 우주의 이론으로 대체하는 것이다. 아방가르드 예술가들이 신비주의, 신지학, 비교(오컬티즘), 종교적 상징, 이콘에 관심을 기울인 것도 이 때문이다.** 이콘 역시 그들에

* 1920년대 초에 타라부킨N. Tarabukin이 『이콘의 철학*Filosofiya ikony*』에서 수학적 공간과 회화적 공간의 연계를 탐구한 것은 이 분야를 선도하는 업적이었다. 그는 특히 리만의 휘어진 공간과 이콘의 회화적 공간의 닮음을 깊이 천착했다. Heffermehl 2018을 보라.

** 신지학에 대한 아방가르드 예술가들의 관심은 Antonova 2015를 보라. 안토노바는 이콘과 아방가르드 예술은 모두 르네상스 이후 서구 세계를 지배해 온 합리주의, 이성, 실증주의에 반대하므로 신비주의적 색채가 짙은 신지학theosophy이 양자

게는 인간의 의식을 확장하는 데 필요한 도구의 역할을 했다는 얘기이다. 이콘의 이미지도 아방가르드 이미지도 관자의 의식을 보이지 않는 리얼리티에 대한 확신의 길로 인도한다. 이콘의 경우 그것은 천국의 아름다움이고 아방가르드의 추상적 이미지의 경우 다차원 우주이다.(Tarasov 2017: 117) 요컨대 이콘도 큐비즘도 모두 새로운 공간에 대한 새로운 비전, 보이지 않는 리얼리티에 대한 새로운 관념을 축으로 전개되었다. 그러나 이콘이 보이지 않는 세계를 보이게 만들어 주는, 이른바 〈가장 심오한 리얼리티에 대한 상징적 기표〉(Florensky 2002: 210)를 지향했다면 큐비즘은 당대 가장 앞선 기하학과 물리학과 수학이 보장해 주는 새로운 공간의 창조를 지향했다.

를 이어 주는 철학적이고 신학적인 고리가 될 수 있다고 주장한다.

7
거칠고 묵직한 말

이제까지 살펴본 탈원근법의 원리는 20세기 초 문학에서도 강력한 존재감을 발휘했다. 1910년대 러시아 아방가르드 시인 대부분, 1920년대 장식주의 산문을 비롯한 모더니즘 작가들, 그리고 형식주의 이론가들 대부분이 아방가르드 회화와 탈원근법 원칙의 영향을 받았다. 그러나 회화와의 연계를 논할 때 무엇보다도 가장 먼저 부상하는 문학 그룹은 이른바 〈큐보 미래주의〉였다. 자기들의 명칭에 〈큐보〉라는 이름을 부여한 점만 봐도 큐비즘 유파와 큐보 미래주의 시의 연계는 자명한 듯 여겨진다.* 사실상 러시아 미래주의는 그 발단에서부터 엄청난 열기와 함께 큐비즘을 흡수했다. 큐보 미래주의의 핵심 멤버들이 대부분 화가 수업을 받았다는 것은 양자 간의 연계를 공고히 해주는 일차적 요인이다. 마야콥스키V. Mayakovskii는 직업 화가를 목표로 1908년에 스트로가노프 상업 미술 학교 예비반에 입학했으

* 이하 러시아 큐보 미래주의와 마야콥스키에 대한 논의는 석영중 1990; 석영중 2023: 281~368을 토대로 한다.

며 그 후 당대의 저명한 화가인 주콥스키S. Zhukovskii와 켈린P. Kelin의 모스크바 스튜디오에서 수학했다. 그는 1914년에 퇴교당할 때까지 모스크바의 회화 조각 및 건축 전문학교에서 화가 수업을 받았으며 1912년에는 페테르부르크에서 열린 전시회에 출품하기도 했다. 다비드 부를류크D. Burliuk는 파리와 뮌헨에서 미술을 공부했고, 크루촌니흐A. Kruchyonykh는 미술 교사였으며, 흘레브니코프V. Khlebnikov, 니콜라이 부를류크N. Burliuk, 구로E. Guro, 카멘스키V. Kamenskii도 화가로 활동했다.* 다비드 부를류크는 1909년에서 1910년 사이에 모스크바와 페테르부르크 및 기타 지방 도시를 순회하면서 유럽 미술의 신경향인 큐비즘을 선전했다. 그는 또한 1912년 2월에 모스크바 예술인 협회 〈다이아몬드의 잭Bubnovyj valet〉 1차 토론회에서 큐비즘에 관한 보고문을 낭독했으며 2차 토론회에서는 마야콥스키와 논쟁을 벌이기도 했다.

이렇게 시각 예술에 상당히 전문적인 지식을 갖추고 등단한 큐보 미래주의자들은 선언문과 강연 등을 통해 회화 지향적 태도를 천명했다. 크루촌니흐는 유명한 미래주의 선언문인 「말 그 자체Slovo kak takovo」에서 시가 회화처럼 시지각을 통해 인식되어야 한다고 주장했으며, 마야콥스키는 시와 회화는 상호 유추 가능하다는 입장에서 〈언어로 된 큐비즘, 언어로 된 미래주의〉를 주창했다. 그들의 주장은 실질적인 시 창작으로 이어지

* 이와 반대로 로자노바O. Rozanova, 라리오노프M. Larionov, 렌툴로프A Lentulov, 샤갈M. Chagall, 말레비치K. Malevich 등 당대의 유명 화가들은 시를 썼다. 흥미롭게도 이러한 현상은 러시아뿐 아니라 당시의 유럽 전체에 확산되어 있었다. 아폴리네르G. Apollinaire, 콕토J. Cocteau, 살몽A. Salmon 등의 시인들은 화가로서도 활동했으며, 피카소, 칸딘스키W. Kandinskii, 뒤샹M. Duchamp, 클레P. Klee, 키리코G. Chirico 같은 화가들은 시를 남겼다.

면서 새로운 언어와 형식을 러시아 시단에 도입했다. 그들은 무엇보다도 시어를 둘러싼 전통적인 관계를 파괴함으로써 큐비즘 미학에 접근한다. 그들의 시에서 언어 기호의 대상 지시적 기능은 무시되며 기표와 기의의 관계에서 강세가 주어지는 것은 전자 쪽이다. 큐비스트 회화에서 환영주의가 거부되듯 시어는 대상 지시적 혹은 의미 전달적 기능의 속박에서 풀려나 기표만으로 자신의 존재 이유를 정당화하며 메시지는 더 이상 1인칭 시점의 지배를 받지 않게 된다. 미래주의가 인식론적 언어의 규칙을 무시한 것은 〈보다 높은〉 인식을 위해서가 아니라 자유로운, 아무런 구속도 받지 않는, 추정상 형이상학적 재가 없이도 존재할 수 있는 언어유희를 방어하기 위해서였다.(Erlich 1981: 48) 여기서 〈언어유희〉란 단순히 말장난이 아닌, 형식 그 자체에 대한 무한한 권한 이양을 의미한다. 「말 그 자체」에서 크루촌니흐가 단언하듯이 〈새로운 언어 형식은 새로운 내용을 창조한다. 그러나 역은 성립되지 않는다〉.(Markov 1967: 64) 미래주의 시인은 〈새로운 단어를 제시하는 과정에서 새로운 내용을 만들어 낸다. 그 새로운 내용 속에서 모든 것(시간, 공간 등등의 관례성)은 미끄러지기 시작한다〉.(Markov 1967: 64)

미래주의 시인들은 말의 물성에 집중한다. 그 결과 그들의 시에서 기표는 선, 면, 색채 같은 회화적 요소와 동등하게 취급된다. 요컨대 언어는 의미 전달의 기호 혹은 상징이기에 앞서 그 자체가 하나의 시각 대상, 일종의 오브제로 변모한다. 따라서 시 텍스트를 청각적으로 지각하거나 감성으로 분석하거나 이성으로 인지하는 것과는 완전히 다른 차원의 감상, 즉 시각적

인식이 가능해진다. 이렇게 인식되는 시는 독자적인 공간을 형성하며 그 안에서 시어들은 마치 큐비스트 캔버스 위의 분할되고 전위된 무수한 평면들처럼 분할되고 전위된 채 이제까지와는 전혀 다른 차원의 지각을 독자에게 요구한다.

말로 이루어진 시에 대한 시각적 지각 가능성으로부터 자연스럽게 부상하는 것은 미래주의자들의 〈말-사물slovo-veshch'〉, 그리고 그 연장인 〈시-사물〉 개념이다. 마야콥스키의 장시 「목청을 다하여: 서문Vo ves' golos: Pervoe vstuplenie v poemu」은 시인의 마지막 작품이지만 물체로서의 말에 대한 미래주의자들의 초창기 믿음을 대변해 주는 시적 마니페스토로 기억될 만하다.

> 나의 시는
> 힘겹게
> 세월의 암석을 뚫고
> 등장하리라
> 묵직하게
> 거칠게
> 눈에 보이게.
> (MPSS 10: 281)

시-사물이 독자에게 〈힘겹게, 묵직하게, 그리고 거칠게〉 전달하는 것은 의도적으로 어렵게 된, 말의 색채와 소리와 감각만으로 이루어진 새로운 메시지이다. 우리가 큐비즘 회화를 바라볼 때 즉각적으로 그 소재를 이해할 수 없는 것과 마찬가지 원리로 큐보 미래주의자들은 말들의 어렵고 기이한 조합을 탐구했다. 그들이 〈말-사물〉의 모델로서 〈초이성어zaum, transrational language〉를 제시한 것은 형식주의의 〈낯설게 하기〉와 비슷한 맥락에서 그동안 지나치게 사용되어 신선함을 상실한 말을 말로 다시 인식하고 그 인식을 가급적 오래 지속시키기 위함이었다.* 초기 미래주의자들이 열광적으로 내세웠던 이른바 〈초이성어〉는 상식적인 의미를 넘어서는 말이자 분할과 전위가 무한히 가능한 시각 대상이자 세계와 사물에 새로운 이름을 부여하는 태초의 입이다. 크루촌니흐를 인용하자면, 말은 죽어 가고 세계는 영구히 젊다. 예술가는 세계를 새롭게 바라보고 마치 아담이 그러했듯 모든 사물에 이름을 부여해야 한다. 예를 들어 백합이라는 단어는 이미 너무 오랫동안 사용되어 낡고 닳았으므로 백합을 다른 이름으로 불러야 한다. 다른 이름, 이를테면 〈에우이euy〉라 부를 때 말이 지닌 최초의 순결함이 복원된다.(Markov 1967: 63)

큐비즘이 시 텍스트에서 실현되는 양상은 다양하다. 방금 언급한 초이성어는 가장 기본적인 방식이다. 그리고 초이성어를 토대로 하는 이른바 〈시각 시〉 역시 직관적으로 독자의 눈에 어필한다는 점에서 1차원적이다. 인쇄법의 왜곡, 즉 시행과 단어를 여러 가지 활자체로 인쇄하거나 시행의 수직적 배열을 해체하거나 연 형식을 자의적으로 변경하는 방식은 시의 외관을

* 미래주의와 러시아 형식주의는 낯설게 하기, 어려운 형식, 지각의 지연 등 여러 측면에서 뜻을 같이했다. 미래주의와 형식주의의 공생 관계는 Pomorska 1968; Hyde 1983; P. Steiner 1984: 140~155를 보라.

큐비스트 회화처럼 보이게 한다. 이러한 기계적인 장치는 시인들이 시각 개념을 음운론, 형태론, 의미론 등의 카테고리로 확산시킴에 따라 보다 복잡한 장치로 대체되지만 여전히 직관적으로 이해가 가능하다는 점에서 1차원적이다. 예를 들어 흘레브니코프의 다음 시 「Bobeobi pelis' guby」는 음운론상의 전위를 포함한다.

Bobeobi pelis' guby,
Veeomi pelis' vzory,
Pieeo pelis' brovi,
Lieeej pelsja oblik,
Gei — gzi — gzeo pelas' cep'.*

여기서 매 시행의 첫 단어는 아무런 의미도 지니지 않을 뿐 아니라 그 구조가 러시아어 음운론에 어긋난다. 러시아어에서 음소 /e/의 연쇄는 모음이나 구개음화되지 않은 자음 뒤에 올 수 없기 때문이다. 흘레브니코프가 음운론이나 형태론상의 전위를 주로 탐구한다면, 마야콥스키의 시는 거의 언제나 의미론적 전위를 근간으로 한다. 그의 시 「우리My」를 예로 들어 보자.

Doroga —
rog
ada —

* https://slova.org.ru/hlebnikov/bobehobipelisguby/.

p'iani gruzovozov xrapy

(MPSS 1: 53)

이 경우 전위 효과는 의미론적이다. 하나의 단어 〈doroga(길)〉가 분할됨으로써 파생되는 것은 두 개의 의미 단위들, 〈rog(뿔)〉와 〈ad(지옥)〉이기 때문이다. 모더니즘 산문은 이런 식의 아방가르드적인 시 형식보다 훨씬 복잡한 전위를 구현한다. 각기 다른 맥락을 지닌 몇 가지 내레이션이 한 텍스트 안에 병치되거나 내레이션과 기술이 교차하거나 다양한 시점이 한 편의 스토리에 공존하는 경우가 그것이다. 가장 복잡한 전위의 예라 할 수 있는 서사적 전위의 사례는 다음 단락에서 자세하게 살펴볼 예정이다.

초이성어 및 그것과 관련한 전위의 문제는 성숙한 미래주의 문학에서 의미의 파기나 초월이 아닌 새로운 의미의 생성으로 이어진다. 흘레브니코프의 시를 제외하고는 초이성어로 쓰인 대부분의 시가 고전으로 남을 수 없었던 것은, 의미를 초월하는 것과 아예 모든 의미를 부정하는 것 사이에는 분명한 차이가 있었기 때문이다.* 크루촌니흐가 선언문 「말의 새로운 길」에서 주장하듯이 그들은 전위된 말뿐 아니라 사물과 말에 대한 전위된 지각을 미학적 모토로 삼았는데, 목적은 더 깊은 의미를

* 초기 미래주의자들의 예술사적 의의가 문학 작품보다는 시각적인 타이포그래피의 영역에서 거의 전적으로 발견된 것은 자연스러운 결과였다. 초이성어 역시 급진적인 아방가르드 시인들의 선언문 효과가 잠잠해지는 것과 궤를 같이하여 그 의의가 희박해졌다. 그러다가 1950년대부터 다시 초이성어에 대한 관심이 고개를 든 것은 사실이지만, 그런 현상은 전후 구미에서 유행하기 시작하던 뉴 에이지 운동, 즉 명상, 요가, 초월성, 신지학, 비교 등의 확산과 무관하지 않을 것 같다.

발견하는 데 있었다. 〈우리는 대상을 절단했다. 우리는 세계를 관통하여 바라보기 시작했다. 우리는 세계를 끝에서부터 추적하는 법을 배웠다. 우리는 말을 끝에서부터 읽을 수 있으며 그럼으로써 보다 깊은 의미를 획득할 수 있다는 것을 알아차렸다.〉(Markov 1967: 71) 흘레브니코프의 경우에도 말은 대상 지시적이지 않지만 그렇다고 완전히 비대상 지시적인 것도 아니다. 그것은 대상을 명명하는 대신 내적인 표상 속에서 대상을 발생시킨다.(Duganov 1990: 21) 흘레브니코프의 말이 전적으로 결여한 것은 의미 일반이 아니라 외연적 의미일 뿐이다.

8
광장이 된 시인

〈양립할 수 없는 다양한 사물들, 혹은 그 개별적인 부분들의 결합, 병치, 혹은 교차〉라 정의되는 큐비즘의 전위 개념이 미래주의 시로 진입할 때 발생하는 결과 중에서 가장 괄목할 만한 것은 해체되고 뒤집히고 움직이는 의미론이다.(Grygar 1973: 74) 이러한 의미론을 가장 설득력 있게 개발한 시인은 아무래도 마야콥스키일 것이다. 그는 큐비즘의 미학 원리뿐 아니라 이탈리아 미래주의의 역동성도 자신의 시 세계로 들여와 결합해서 그 누구도 흉내 낼 수 없는 놀라운 역동성의 시학을 완성했다.

이탈리아 미래주의자들은 대부분의 아방가르드 화가들이 그러했듯이 대상의 움직임을 통해 종래의 공간 질서를 파괴한다.

> 참으로 모든 사물은 움직이고 뛰어가고 급격하게 변화한다. 하나의 프로필은 우리의 눈앞에 결코 고정된 채 존재하지 않는다. 그것은 끊임없이 등장했다가 사라진다. 망막에

> 잡힌 이미지의 집요함 덕분에 대상들은 언제나 스스로를 증식시킨다. (……) 공간은 더 이상 존재하지 않는다. 가로등의 광휘를 받아 빛나는 비에 젖은 페이브먼트는 무한히 깊어져 지구의 핵심을 향해 입을 벌린다. 수천 마일의 거리가 우리와 태양 사이를 갈라놓는다. 그러나 우리 앞에 있는 집은 태양의 표면에 꼭 들어맞는다.(Boccioni et al. 1973: 27~28)

그들의 화폭을 상대적인 공간으로 만들어 주는 이 유동적인 사물들은 부단히 움직이는 가운데 서로의 경계를 뚫고 침투해 들어간다. 〈우리의 육체는 우리가 앉아 있는 소파 속으로 침투해 들어가고 소파는 우리 안으로 침투해 들어온다. 버스는 길가의 집 속으로 질주해 들어가고 반대로 집들은 버스를 향해 스스로를 던져 그것과 하나가 된다.〉(Boccioni et al. 1973: 28) 이탈리아 미래주의의 이러한 상호 침투와 융해는 큐비즘의 분할, 전위, 변환의 법칙과 더불어 마야콥스키의 시와 회화 속으로 깊이 들어왔다. 마야콥스키는 1914년에 쓴 에세이 「전쟁과 언어Voina i iazyk」에서 시어의 전위와 역동성을 보여 주기 위해 〈잔인함zhestokost'〉이라는 러시아어 단어와 흘레브니코프의 신조어 〈철의 부름zhelezovut〉을 비교한다. 〈《잔인함》이라는 단어는 나에게 아무것도 말해 주지 않지만 《철의 부름》은 많은 것을 말해 준다. 후자는 내가 전쟁과 관련하여 상상할 수 있는 최고의 불협화음으로 울려 퍼지기 때문이다. 그 속에는 《강철zhelezo》과 같은 금속이 부딪치는 소리, 누군가를 《부르는zovut》 소리, 그리고 그 누군가가 어디론가로《기어드는lez》모습이 결합해 있다. 그래서 나에게는 흘레브니코프의 시가 가장 위대한 감정을 불러일으킨다.〉(VMSS 11: 54) 즉 〈강철〉과 〈부르다〉와 〈기어들다〉라는 제각각의 단어가 분할되고 그 부분들이 결합해 생겨나는 새로운 단어 〈철의 부름〉은 전위와 상호 침투의 원칙이 기본적인 의미론의 수준으로 전이될 때 일어나는 결과인 것이다.

Zhelezovut igraet v buben(철의 부름이 북을 친다).
Nadel na pal'tsy shumy pushek(손가락에 대포의 포효를 끼고서).

그러나 마야콥스키에게 있어서 회화의 원칙은 단어의 분할 같은 단순한 의미론의 수준에서만 실현되는 것이 아니다. 그것은 구성과 테마론에 이르기까지 시학의 여러 수준으로 확장되며 이를 통해 그가 궁극적으로 지향하는 것은〈예술의 유일하고 영원한 과제〉인 〈인식력들의 자유로운 유희〉이다.(VMSS 11: 17) 다음에 살펴볼 텍스트는 마야콥스키의 초기 시를 대표하는 작품 중의 한 편으로 큐비즘과 이탈리아 미래주의 회화의 역동성이 의미론에 적용될 뿐 아니라 그가 그린 그림에 대한 설명으로 제시될 수 있다는 점에서 특히 주목할 만하다.

마야콥스키가 1918년에 그린 「자화상」은 가히 혁명적이다. 그 어느 큐비스트 화가가 그린 인물화와도 비교가 불가능할 정도로 분할과 전위의 강도가 매우 높다. 예를 들어 피카소가 그린 볼라르의 초상화만 해도 그것이 누군가의 초상화라는 사

피카소, 「볼라르의 초상화」(1910).

마야콥스키, 「자화상」(1918).

실은 언제나 인지 가능한 반면에 마야콥스키의 그림을 인물화로 바라볼 사람은 없을 듯하다. 이 그림에서 유일하게 인간 마야콥스키와 관련된 것은 오른쪽 아래에 그려진 노란색과 검은색 스트라이프뿐이다. 당대 마야콥스키의 트레이드마크였던 노란색 재킷이 메토니미 형태로 시인을 상기시킬 뿐, 나머지 기하학적 형태들은 건물들을 연상시키고 전체 캔버스는 건물들로 들어찬 현대 도시 풍경을 연상시킨다. 시각적인 분할과 전위와 의미론적 분할과 전위가 융해되면서 큐비스트 화가의 눈으로 본 도시와 미래주의 시인의 눈으로 본 자아의 기괴한 중첩이 가능해지는 것이다. 시인 마야콥스키와 그에게 영감을 제공하는 도시, 그리고 화가 마야콥스키와 그가 거주하는 공간으로서의 대도시는 인접을 극한까지 밀고 가 아예 상호 대체의 단계로 들어선다. 도시는 시인이고 시인은 화가이며 또한 화가는 그가 그리는 도시이다.

시인의 자아와 상호 치환이 가능한 도시에 대한 묘사는 1913년의 이른바 〈도시 시urban poems〉에서 자주 발견된다. 그중 한 편인 「거리의Ulichnoe」를 살펴보자. 이 단락의 논지를 위해 선택된 시인 만큼 어색하더라도 가급적 직역하겠다.

천막(천막형 성당) 속에는 사람들의 낡아빠진 얼굴(용안)의 곰팡이 1
홈통(행상인 좌판)의 상처에서 흘러내리는 산딸기즙 2
채색된 글자가 나를 뚫고 3

청어색 달빛(달빛 청어) 속을 뛰어다녔다 4

나는 내 발걸음을 말뚝처럼 쾅쾅 박는다 5
나는 거리의 탬버린으로 파편을 튀긴다 6
걷기에 싫증 난 전차들이 7
빛나는 창끝을 십자형으로 교차시켰다 8

애꾸눈 광장이 외눈을 받쳐 들고 9
슬금슬금 다가왔고 10
하늘의 흰색 가스를 11
눈 없는 바실리스크처럼 바라보았다 12
(MPSS 1:37)

큐비즘 회화와 마야콥스키의 큐보 미래주의 시는 비슷하면서도 다르다. 양자는 전위와 분할의 방식을 공유하지만 큐비즘 회화에서는 좀처럼 찾아보기 힘든 서정성이 마야콥스키의 시에는 깊이 스며들어 있다. 러시아 시를 제대로 분석하려면 원어 텍스트를 한옆에 두고 소리와 압운과 율격까지 다 살펴야 하지만 시 텍스트의 자세한 분석은 이 책의 성격을 넘어서는 것이므로 그냥 우리말 번역만 가지고 어휘 차원에서 시와 회화의 연계를 살펴보기로 하자.

이 시는 얼핏 봐도 괴기하고 난해하다. 회화적 표현을 적용해 설명하자면 단일하고 고정된 시점은 분산되고, 오브제의 여러 면들이 동시에 그려지고, 의미 단위들은 파편화되고 전복되며 여러 개의 추가적인 의미 평면들이 교차하고 충돌한다. 〈거리의〉라는 제목 자체가 이미 분할을 예고한다. 그것은 〈거리〉의 중성 형용사로 그다음에 올 단어가 생략되는 바람에 일종의 열린 형태를 조성하며 생략된 단어를 채워 넣는 것은 연구자의 몫이 된다. 마야콥스키와 그의 큐보 미래주의 동료 시인들의 도시 지향성을 고려한다면 생략된 단어를 러시아어 중성 명사 〈움직임〉이라 추측할 수 있을 것이다. 실제로 그들은 현대 도시의 속도와 역동성과 에너지에 열광했으며 움직임과 속도를 언어로 그리는 데 전력을 기울였다.(Harte 2009: 37) 마야콥스키 역시 초기부터 급변하는 도시 문명이 자신의 테마임을 직감했다. 〈도시는 자연과 자연력을 대체했다. 도시 자체가 자연력이 되어 가고 있으며 도시의 자궁 속에서 새로운 도시 인간이 태어나고 있다.〉(MPSS 1: 453~454)

그의 이른바 〈도시 시〉는 예외 없이 〈도시의 신경증적인 삶은 빠르고 경제적이고 예측할 수 없는 말을 요구한다〉라는 그의 주장을 반영한다.(MPSS 1: 324) 빠르고 예측할 수 없는 시어로 이루어진 이 시는 큐비즘 회화가 상식적인 의미에서의 재현을 거부하듯이 상식적인 의미에서의 설명을 거부한다. 세 개의 연에서 사용되는 동사들 — 뛰어다니다, 박다, 교차시키다, 다가오다 — 이 창출하는 운동의 의미론과 뾰족한 천막, 홈통, 말뚝, 창이 창출하는 수직적 공간이 교차하면서 만들어 내는 강렬한 역동성은 신경증적으로 독자의 감각을 자극한다. 이 신경증적이고 역동적인 언어의 표면을 들춰 보면 단어들 상호 간에 존재하는 의미들의 연쇄를 추적할 수 있는데, 최소한 세 개의 의미론적 평면이 엇물린 채 드러난다. 첫 번째는 밤의 대도시 거리 풍경이고, 두 번째는 그리스도 책형이라는 종교적 테마이고, 세 번째는 앞의 두 평면과 교차하는 시적인 자아의 의미론이다.*

I: 천막-홈통-행상인의 좌판-산딸기즙-채색된 글자-청어-전차-광장-흰색 가스(등)
II: 성당-용안-상처-흘러내리는 피-꿰뚫다-말뚝-십자형
III: 시인-그리스도-거리-광장

1연에서 우선 눈길을 끄는 것은 거리를 구성하는 요소들이다. 대형 천막이 상기시키는 야시장, 피곤에 지친 사람들, 행상인의 좌판, 산딸기, 간판을 환유하는 채색된 글자, 인체를 통과하기라도 할 듯 눈부신 간판의 조명, 〈달빛 청어〉가 우회적으로 표시하는 생선 모양의 간판 혹은 은빛으로 빛나는 청어 모양의 간판이 들쭉날쭉 스타카토 리듬으로 이어진다. 한편 첫 행의 천막은 고딕식으로 끝이 뾰족한 성당을 의미하기도 하므로 두 번째 의미 계열을 파생시킨다. 만일 천막이 성당의 의미로 수용된다면 같은 행에 있는 〈얼굴〉이 원래 얼굴을 의미하는 〈litso〉가 아니라 성인들의 얼굴이나 고귀한 인물의 용안을 가리키는 〈lik〉이라는 사실이 개연성을 얻게 된다. 그리고 〈곰팡이〉라는 단어가 용안, 성당과 어우러질 때 파생되는 것은 해묵은 성상이

* 보다 정교한 의미론 차원에서의 분석과 큐비스트 회화, 특히 말레비치의 「모스크바의 영국인Anglichanin v Moskve」과의 비교는 Stapanian 1986: 70~84를 보라.

며 이러한 종교적 맥락 속에서 2행의 〈상처에서 흘러내리는 산딸기즙〉은 즉각적으로 십자가 위에서 피 흘리는 그리스도를 상기시킨다. 그러나 이어지는 행의 〈나를 꿰뚫고〉는 그러한 연상을 뒤집는다. 도시의 광휘가 나를 꿰뚫고 나는 도시의 야경이라는 십자가에 못 박힌 그리스도가 된다. 종교적 의미론의 평면은 세속적인 풍경화의 평면과 교차하면서 시적인 자아를 못 박은 간판과 조명이 빛 속을 〈뛰어다니는〉 광경으로 합쳐진다.

2연에서는 서정적 자아와 그 신체가 분리되고 부분과 전체의 관계가 왜곡되며 인간과 사물의 관계가 전도되고 시각과 청각의 관계가 뒤집힌다. 나는 나의 다리를 떼어 내어 도보에 말뚝을 박고 내 발자국의 울림 소리는 눈에 보이는 파편이 되어 거리로 흩어지고 거리는 곧 탬버린으로 변화한다. 여기서 파편처럼 흩날리는 소리의 주체인 〈나〉와 탬버린을 흔들어 대는 〈거리〉의 위상은 전도된다. 7행과 8행에서는 또다시 시적 자아와 물질적 대상의 관계가 뒤집힌다. 당시 유럽과 러시아의 아방가르드 예술가들 대부분에게 전차는 새로운 세기의 역동성과 속도감을 상징하는 대표적인 사물이었다. 그러나 이 시에서 질주하는 전차는 걸어가는 것이 피곤해진 생물체가 되고 반대로 걸어가는 시적 자아의 걸음은 땅에 말뚝을 박듯이 천지를 뒤흔든다. 시적 자아의 시점은 이 연에서 두 곳으로 분산된다. 5행과 6행의 시점은 거리를 걸어가는 보행자의 움직이는 시점이고 7행과 8행의 시점은 멀어져 가는 전차 안에서 창밖을 바라보는 승객의 시점이다. 필시 가로등을 지칭하는 것으로 추측되는 빛나는 창들은 전속력으로 질주하는 전차 안에서 볼 때 광학의 법칙을 무시한 채 교차한다. 사실 질주하는 전차의 유리창에 비친 거리 풍경은 이 시기에 마야콥스키가 자주 사용한 소재이다. 활보하는 자아의 수평적 움직임과 전차의 수평적 움직임, 그리고 말뚝과 가로등의 수직적 공간의 대비는 십자가로 구현되면서 다시 1연의 의미론, 곧 그리스도의 처형과 피 흘림의 의미와 연관된다. 이러한 맥락에서 볼 때 빛나는 창들은 1연에서 서정적 자아를 꿰뚫은 채색된 글자의 일부로 지각될 수도 있다.

3연에서는 나와 공간의 관계가 다시 뒤집힌다. 내가 광장을 향해 가는 움직임은 광장이 나를 향해 다가오는 움직임으로 치환된다. 나는 광장을 향해 다가갈 뿐 아니라 내가 곧 광장이 된다. 이 연에서 이어지는 눈과 관련한 일련의 어휘는 서정적 자아와 광장의 관계에 새로운 의미론 차원을 더해 준다. 〈애꾸눈〉, 〈외눈〉, 〈눈 없는〉은 모두 불구와 관련되는데 1913년의 연작시 〈나Ia〉의 마지막 시인 「나 자신에 관한 몇 마디 말Neskol'ko slov obo mne samom」을 참조하면 불구의 의미가 분명해진다.

시간!
절름발이 화가야
너만이라도
불구자 시대의 제단에
내 얼굴을 성인처럼 그려다오!
나는 장님이 되어 가는 사람의
하나 남은 눈처럼 고독하다!
(MPSS 1:49)

낡은 시대와 낡은 시선에 도전하는 서정적 자아에게 시대와 시간은 도치되고 분할되고 훼손된 형태로 지각되며 그러한 지각 덕분에 그의 초상화는 그리스도 이콘을 대신한다. 세상 사람들은 두 개의 눈으로 사물을 보지만 그는 한 개의 눈으로 세상을 바라본다. 그가 고독한 이유는 바로 이 시선, 한 개의 눈으로 바라보는 시선 때문이다. 마야콥스키에게는 일반적인 눈이 아닌 다른 눈, 그리고 거기서 파생되는 실존적 고독이야말로 시인의 특권이다.

다시 시의 3연으로 돌아가자. 앞의 연들에서 나왔던 불구와 고통과 신체 훼손의 테마는 애꾸눈 광장을 거쳐 눈 없는 괴물 바실리스크에서 완성된다. 광장은 의인화되고 의인화된 광장에서 눈이 분리되며 이 분리된 눈을 스스로 받쳐 든 괴기한 이미지는 맹인이 되어 가는 시인의 이미지로 치환된다. 그가 그린 1918년 자화상에서 그를 대표하는 노란 재킷의 일부가 분할된 공간의 일부를 차지하는 것과 마찬가지로 고독한 시인은 인적이 끊어진 한밤중 광장의 일부가 된다. 광장은 시인이 되고 시인은 광장이 된다. 바로 이 점에서 시인의 천재성은 불꽃처럼 터져 나온다. 1연과 2연에서 불연속적으로 언급되었던 그리스도와 십자가 위의 피 흘림은 3연에서 시인의 고독이라는 다면체 의미론의 한 면이었음이 드러난다. 갓 스무 살을 넘긴 청년 시인에게 피 흘리는 그리스도는 세상을 거꾸로 보는 천재의 허세와 고독을, 용기와 불안을 동시에 상징했다.

고독의 테마는 마야콥스키의 시와 큐비즘이 갈라져 나가는 중요한 변곡점이다. 문학과 회화가 지닌 본질적인 차이일 수 있겠지만, 마야콥스키의 시가 담고 있는 서정성과 도시의 파토스를 큐비스트 회화에서 찾아보기는 어렵다. 또 마야콥스키는 도시의 역동성과 속도에서 문학적인 테마를 발견했지만 이탈리아 미래주의자들처럼 도시와 테크놀로지를 무조건 찬미한 적은 없다.(Harte 2009: 42) 그에게 도시는 고통과 부조리에 찌든 지치고 병든 공간이었다. 그것은 사람들을 꿰뚫는 조명이고 피 흘리는 홈통이고 애꾸눈 광장이고 눈 없는 바실리스크이다. 시인은 그러한 도시를 바라보는 사람이 아니라 그러한 도시의 시점에서 바라보이는 사람이며 그 시선의 뒤집힘이라는 점에서만 그의 시는 큐비스트 회화에 수렴한다.

9
사물과 그 이름

큐비스트 화가들이 지향했던 탈원근법이 문학 작품에서 구현되는 방식 중 하나로 다중 시점을 들 수 있다. 여기서 시점이란 인칭을 척도로 하는 서사의 말하는 주체가 아니라 텍스트의 해당 부분이 어떤 각도에서 서술되는가의 문제와 결부된 개념이다. 그런 의미에서 그것은 알베르티의 원근법을 논할 때 언급했던 〈시각 각도〉 개념을 상기시킨다. 우스펜스키B. Uspensky와 로트만Iu. Lotman이 지적하듯 회화에서의 원근법/탈원근법은 문학 속 시점과 〈동형isomorphism〉을 이룬다.(Uspensky 1973: 130~172; Lotman 1975: 339) 문예 사조와 상관없이 그 어떤 소설가도 한 가지 시점으로만 서사를 이끌어 나가지는 않으며 그럴 수도 없다. 수없이 많은 작가들에게서 1인칭 시점과 3인칭 시점, 전지적인 시점과 제한적인 시점의 공존은 물론이거니와 여러 차원에서의 내부 시점(서사를 이끌어 가는 주체가 인물의 내면에서 사건을 기술하는 것)과 외부 시점(서사를 이끌어 가는 주체가 인물의 바깥에서 사건을 기술하는 것)의 교차가 소설 구성의 원칙으로 연구되었다.* 그러나 반환영주의라고 하는 아방가르드 예술의 보편적인 취지에 부합하게 시점을 다각도에서 실험한 주역은 아무래도 모더니즘 작가들일 것이다. 그중에서도 앞서 논의한 올레샤는 〈새롭게 보기〉의 테마를 시점으로 연결해 바라본 대표적인 소설가 중 하나이다.**

단편소설 「리옴파Liompa」는 매우 짧지만 올레샤의 작품 중에서 가장 난해하고 심오한 작품이다. 여기서 작가는 지각과 인지, 사물과 사물의 이름을 철학적인 차원으로 연장해 고찰한다. 전지적인 3인칭 서술자가 기본적으로 서사를 이끌어 나가지만 서술자는 각 인물의 내부와 외부를 수시로 넘나들 뿐 아니라 인물과 사물 간의 경계를 넘나들기 때문에 마치 역원근법으로 그려진 그림처럼 기괴한 느낌을 유발한다.*** 그는 인간이 사물을 어떻게 보는가가 아니라 사물이 어떻게 인간을 보는가를 그리고 있는 것 같다.

소설의 공간은 공동 주택의 주방과 복도와 거주자의 방으로 삼분되며 등장인물은 이름 없는 어린아이, 알렉산드르라는 이름의 소년, 그리고 죽어 가는 환자 포노마료프다. 외관상 이 세 사람 사이에는 같은 주택에 거주한다는 사실 말고는 아무런 연관성도 없다. 오로지 세 사람이 차지하는 공간과 그들이 각자 사물과 맺는 관계만이 있을 뿐이다. 소년은 주방에 속하고 환자

* 우스펜스키가 다양한 시점의 유형들을 분석하면서 주로 19세기 사실주의 대가들, 도스토옙스키와 톨스토이의 작품을 예로 드는 것은 주목할 만하다.

** 올레샤의 중편소설 「질투」에 나타난 시점의 문제는 석영중 1992를 보라.

*** 내부 시점과 외부 시점의 공존은 극단적인 주관성과 극단적인 객관성 사이의 왕복으로 기술되기도 한다. 올레샤의 탈원근법적 시점에 관해서는 Barratt 1980을 보라.

는 자신의 방에 속하며 어린아이는 복도를 통해 방과 주방을 자유롭게 돌아다닌다. 이 세 사람은 각기 다른 방식으로 사물을 지각하지만 그 역도 성립한다. 즉 사물은 이 세 사람을 각기 다른 방식으로 지각한다. 임종을 앞둔 포노마료프에게 죽음의 과정, 즉 지상에서의 시간을 상실해 가는 과정은 사물을 잃어버리는 과정과 중첩된다. 그에게 남은 시간이 점점 줄어들듯이 그에게 남은 물건들은 점점 그 수가 줄어든다. 사실상 인간이 죽어 가는 과정에서 점점 숫자가 줄어 가는 것은 사물이 아니라 사람이다. 사람들은 점점 우리 곁을 떠나고 결국 우리는 혼자 죽음으로 들어선다. 올레샤는 보이지 않는 시간의 흐름, 그리고 이별이라는 심리적 사건을 눈에 보이는 사물의 움직임으로 재현한다. 〈하루가 다르게 물건들의 수는 줄어들었다.〉(올레샤 2024: 9) 서술자는 종횡무진 포노마료프의 내부와 외부를 오가며 그와 사물들의 관계를 때로는 물리적인 차원에서 때로는 관념적인 차원에서 서술한다. 그와 사물들의 관계는 〈진행형 떠남〉이라 요약된다. 사물들은 그의 곁을 차례로 떠나갔다. 철도 승차권처럼 흔한 물건도 그에게는 이미 돌이킬 수 없이 머나먼 것이 되어 버렸다. 포노마료프에게 기차를 타고 여행할 기회가 사라진 것은 철도 승차권의 입장에서 승차권이 포노마료프를 떠난 것으로 뒤집혀 기술된다. 이러한 뒤집힘은 사물의 의인화를 토대로 하는 기본적인 뒤집힘이지만 이어지는 대목은 이보다 더 복잡하다. 〈처음에는 그로부터 멀리 있는, 주변부에 있는 물건들의 수가 줄어들었는데 다음에는 줄어드는 수가 중심 쪽으로 그를 향해, 심장을 향해, 마당으로, 집으로, 복도로, 방으로 갈수록 빨리 다가왔다.〉(올레샤 2024: 9) 사물들이 그로부터 멀어져 가는 것과 동시적으로 그려지는 것은 사물들이 줄어드는 숫자의 크기(양)가 그를 향해 점점 더 가까이 다가오는 과정이다. 논리적으로 병치될 수 없는 〈가까워지는 것〉과 〈줄어드는 숫자〉의 병치는 포노마료프의 죽음을 큐비스트적인 엇물림의 캔버스로 전이한다. 사라짐은 계속된다. 〈나라들이 사라졌고 아메리카가 사라졌다. 아름다워지거나 부자가 될 가능성이 사라졌고 가족이 사라졌다(그는 독신이었다).〉(올레샤 2024: 9) 이 모든 사라짐은 사실상 물질의 실종이 아닌 시간의 실종, 기회의 실종이자 다른 측면에서 보자면 욕망의 실종이며 그의 질병과는 큰 상관이 없다. 철학적인 언어로 경험으로서의 존재와 사물로서의 존재 간의 경계선이 무너졌을 뿐이다. 인간이면 모두가 거쳐야 하는 죽음으로의 긴 여로에서 자연스럽게 마주치는 현상이다.

이 모든 실종 중에서 그를 진정으로 고통스럽게 하는 것은 그와 함께 움직여 왔던 물건들이 그를 떠나기 시작한다는 사실이다. 〈어느 날 하루 만에 길거리와 직장, 편지, 말이 그를 떠났다. 그러더니 이제는 옆에서, 바로 곁에서 재빨리 물건들이 사라졌다. 복도가 그의 손아귀에서 빠져나갔고 방 안에서는 바로 그의 눈앞에서 외투와 문의 걸쇠와 장화의 의미가 죽어 갔다.〉(올레샤 2024: 9) 그는 복도로 나갈 수조차 없게 쇠약해졌고 외투나 장화가 필요 없을 정도로 침상에 누워만 있게 되었다. 포노마료프의 잃어버린 물건들은 죽음이란 인간과 사물의 관계가 점점 축소되는 과정에 다름 아니라고 말하는 것 같다.

두 번째 인물 알렉산드르에게 사물은 법칙과 매뉴얼대로 움직이고 그의 의지에 따라 작동한다. 그는 신세대 소년이므로 과학이 가르치는 대로 행동한다. 알렉산드르와 사물의 관계는 그가 제작하는 모형 비행기에서 압축적으로 드러난다. 〈모형은 설계도에 따라 만들어졌고 여러 가지 계산도 이루어졌다. 소년은 여러 법칙들을 알고 있었다.〉(올레샤 2024: 10) 소년에게 사물들은 그 자체로 살아 있다. 아니, 소년이 살아 있는 만큼 사물들도 살아 있다. 포노마료프의 공간이 그가 거주하는 방이라면 소년의 공간은 그가 대패질하는 주방이다. 방은 죽음의 공간이고 주방은 삶의 공간이다. 주방에서는 모든 것이 약동한다. 주전자 안에서는 달걀들이 보글 대며 뛰고 있고 수도꼭지는 조용히 코를 풀었으며 위쪽에서는 파이프들이 여러 가지 목소리로 말하기 시작했다. 이 사물들은 알렉산드르와 가깝지도 멀지도 않으며 그저 살아 있을 뿐이다. 소년의 주변에는 〈고무줄 꼰 것과 철삿줄, 나무판, 실크 천 조각, 차를 마실 때 쓰는 가벼운 실크 타올, 딱풀 냄새 따위가 널려 있었다〉. 이 물건들은 소년과 그 어떤 관계도 맺지 않은 채 존재하며 소년의 의지에 따라 도구로 사용될 뿐이다. 소년의 시선과 관계없이 하늘이 빛나고 바위 위에서는 벌레들이 기어다닌다. 그러나 〈바위 속에 조개 화석이 있는 것〉을 소년은 보지 못한다. 오로지 서술자만이 그것을 감지한다.

마지막으로 이름 없는 아이, 〈고무줄 바지〉만 입고 뛰어다니는 반벌거숭이 아이를 살펴보자. 아이는 이제 막 사물을 인지하기 시작했으므로 사물이 존재하는 시간대의 차이를 구별할 줄 모른다. 아이는 사물의 이름이나 용도나 그 의미 같은 것을 생각하기 전에 사물을 본다. 버거의 지적처럼 〈말 이전에 보는 행위가 있다. 아이들은 말을 배우기에 앞서 사물을 보고 그것이 무엇인지 안다. 그러나 보는 행위가 말에 앞선다는 것에는 또 다른 의미가 있다. 보는 행위는 우리가 어디에 있는지를 결정해 준다. 우리는 우리 주위를 에워싼 이 세계를 말로 설명하고는 있지만, 어떻게 이야기하든 우리가 보는 이 세계가 우리를 둘러싸고 있다는 엄연한 사실은 변하지 않는다〉.(버거 2012: 9) 어린아이는 이른바 축복받은 〈언어 이전prelanguage〉 상태의 원시적 지각을 만끽하며 여기저기 돌아다닌다.(Beaujour 1970: 29) 오로지 아이만이 삶의 공간인 주방과 죽음의 공간인 방, 그리고 삶과 죽음을 연결해 주는 복도를 자유자재로 돌아다닌다. 그는 알렉산드르의 작업을 방해하다 쫓겨나기도 하고 포노마료프의 방에 불쑥 들어가 환자를 보기도 한다. 그는 알렉산드르의 모형 비행기가 어떤 것인지 이해하지 못하며 포노마료프의 병도 이해하지 못한다. 아이는 누워 있는 그를 바라보며 〈수염이 덥수룩한 사람이 방 안 침대에 누워 있다〉라는 사실을 지각할 뿐이다. 아이는 자전거도 이해하지 못한다. 아이가 복도로 가자 벽에 기대어 세워져 있는 자전거가 눈에 들어온다. 페달이 벽지에 긁힌 자국을 만들었지만 아이의 눈에는 자전거가 〈이 긁힌 자국으로 인해 벽에 지탱되고 있는 듯이 보였다〉.(올레샤 2024: 11) 그러나 아이의 이러한 원시적 지각 덕분에 사물은 아이를 따라다니고 아이에게 다가온다. 매초마다 아이에게는 새로운 사물이 생긴다. 〈물건들이 아이 앞으로 달려왔다. 아이는 그 물건들의 이름을 하나도 모르면서 물건들에게 미소를 지었다. 아이가 나가자 물건들의 화려한 자락이 그 뒤로 물결쳤다.〉(올레샤 2024: 13)

이렇게 각각의 지각을 지닌 채 사물과 각기 다른 관계를 형성하며 공존하는 세 인물은 마지막 장에 가서 결국 생사의 테마를 중심으로 연계를 이루어 내는데, 이 경우 역시 그 연계를 가능하게 해주는 것은 인간과 인간 간의 관계나 공감이 아닌 사물이다. 앞에서 언급했듯이 포노마료프에게 가장 두려운 것은 사물을 잃어버리는 것, 요컨대 사물에 대한 통제와 지배권을 상실하는 것이다.(Barratt 1980: 606; Peppard 1989: 108) 사물이 그를 떠나며 남겨 놓은 이름들은 그의 머릿속을 부질없이 헤집고 다닌다. 그는 〈이 이름들이 내게 무슨 소용인가〉라고 반추하지만 그럼에도 그에게 이름은 그나마 사물을 소유하고 지배할 수 있는 마지막 끈이다. 그가 최종적으로 겪는 고통이 부엌에서 달그락거리는 생쥐의 이름을 생각해 내는 일이라는 것은 사물과 사물의 이름에 대한 심오한 사색을 유발한다. 이름 붙이기는 실제 세계의 데이터를 자아의 지성으로 장악하는 첫 단계이다.(Barratt 1980: 610) 이런 의미에서 포노마료프가 마침내 생쥐의 이름을 생각해 내고 〈리옴파(이 단편소설의 제목)〉라고 외치는 대목은 포노마료프의 퇴행이 절정에 이른 순간이라 할 수 있다.

> 그는 그 유일하고도 무의미하며 무시무시한 이름을 생각해 내는 바로 그 순간 자신이 죽을 거라는 걸 알면서도 생

각을 계속했다. 〈리옴파!〉 갑자기 그가 무서운 목소리로 외쳤다.(올레샤 2024: 14)

이 장면은 이름 붙이기 과정에 대한 그로테스크한 패러디를 넘어 부조리의 차원으로 이어진다. 일단 포노마료프의 생쥐는 그가 직접 본 것이 아니며 오로지 그의 환각 속에서만 살아 있는 존재이다. 그것은 사물도 생물도 아닌 하나의 추상이며 그는 지적인 추상성에 이름을 붙여야 한다는 모순에 빠져 있는 동시에 그것이 얼마나 부질없는 일인가를 인지한다.(Barratt 1980: 610) 게다가 〈리옴파〉라는 이름은 일종의 초이성어나 마찬가지로 러시아어에는 존재하지 않는 단어이므로, 결국 포노마료프의 최후는 존재하지 않는 존재에 이름 아닌 이름을 붙여 주는 것으로 마무리된다고 볼 수 있다. 그의 최후를 더욱 무섭게 만들어 주는 것은 쥐의 이름을 내뱉은 후 섬망 상태에 빠진 그가 자신의 공간인 방에서 나와 좀비처럼 알렉산드르의 공간이자 삶의 공간인 부엌으로 들어간다는 사실이다. 〈죽어 가는 자가 배를 구부리고 손은 축 늘어뜨린 채 두 팔을 뻗고 부엌을 걸어다녔다. 그는 물건들을 주워 담으려고 돌아다녔다.〉(올레샤 2024: 14) 물론 그는 아무것도 잡지 못한다. 알렉산드르가 날려 보내는 모형 비행기는 그와 포노마료프를 처음이자 마지막으로 연결해 주는 사물이자 포노마료프의 생을 마감해 주는 사물이다. 〈소년 알렉산드르가 마당을 뛰어갔다. 모형 비행기가 그의 앞에서 날아갔다. 이것이 포노마료프가 마지막으로 본 물건이었다. 그는 모형 비행기를 잡지 못했다. 비행기는 날아가

버렸다.〉(올레샤 2024: 14)

어린아이와 포노마료프의 연계는 관을 통해 이루어진다. 모든 사물이 그의 곁을 떠난 후 새롭고 견고한 또 하나의 사물이 영원히 그와 함께하기 위해 그를 찾아온다. 오후에 노란 장식이 달린 관이 주택에 도착한 것이다. 관은 일단 부엌으로 운반된다. 그러나 복도로 통하는 문이 작아서 관은 간신히 복도로 들어온다. 아이가 외친다. 〈할아버지한테 관을 가져왔어요.〉(올레샤 2024: 15) 죽어 가는 포노마료프가 마지막으로 뱉는 말이 존재하지 않는 단어 〈리옴파〉라면, 사물을 지각하되 그 이름을 모르는 아이가 처음으로 제 이름으로 부르는 사물이 〈관〉이라는 것은 이 단편소설의 의미론을 무한히 다양한 각도에서 바라볼 수 있게 해준다. 기이하게 비인간적이고 섬뜩한 이 소설에서 인간과 사물, 사물과 그 이름, 시간과 공간, 삶과 죽음은 그 어느 것도 완벽한 관계를 형성하지 않으면서 마주쳤다가 멀어지기를 반복하다가 결국은 올레샤가 오랫동안 숙고했던 예술적 바라보기의 문제로 독자를 유도한다. 어린아이, 학생, 노인 환자가 바라보는 세상, 그들을 바라보는 사물, 시간적 존재인 그들의 동시적 재현은 인간 지각의 유한성과 죽음의 필연성을 불가피하게 보여 주지만 이는 완전히 다른 시각에서 해석될 여지를 남긴다. 〈우리가 사물을 그것과 무관한 다른 이름으로 부를 때 세계와 우리의 단절은 최종화되며 이는 곧 죽음, 혹은 시를 의미한다〉라는 주장을 우리가 수용한다면(Beaujour 1970: 29) 포노마료프의 최후와 시인의 탄생은 맞물린다고 해석할 수 있다. 그리고 어린아이가 관을 관으로 부르는 바로 그 순간 어린아이의 축복받은 시선은 종말을 고한다고 해석할 수 있다. 그럴 경우, 이 단편소설의 유일한 주인공은 포노마료프도 소년도 어린아이도 아닌, 낯선 시선과 낯선 시점으로 지각에 관한 시각적 서사를 만들어 낸 올레샤가 될 것이다.

10
눈의 시인

반복해서 말하지만, 러시아 모더니즘은 시각의 사조였다. 세기 말과 세기 초의 물리학과 심리학에서 자양분을 취한 아방가르드 회화, 아방가르드 회화를 러시아 토양에 이식한 말레비치와 같은 화가들, 아방가르드 회화의 캔버스를 시집의 페이지로 들여온 마야콥스키 등의 큐보 미래주의 시인들, 낯선 시선을 주창한 형식주의 비평가들, 지가 베르토프D. Vertov 같은 영화감독, 이콘의 의의를 되살려 낸 플로렌스키, 1920년대 러시아 산문을 전대미문의 창조성으로 장식해 준 올레샤 같은 소설가들은 모두 눈과 시각에 열광했다. 데뷔 초기의 아방가르드적인 성향을 어느 정도 끝까지 지켜 나가면서도 지속적으로 〈쉬운 시〉의 영역을 개척한 파스테르나크B. Pasternak는 심지어 자신의 유일한 소설의 주인공인 지바고에게 〈안과 의사〉라는 직책까지 부여함으로써 시각성을 향한 일관된 관심을 입증해 보였다. 그런데 이렇게 표면적으로 드러난 시각 중심의 작가와 시인 들과는 달리 형이상학적이고 지적인 시 창작에 주력했다고 알려진 시인이 사실상 가장 강렬하게 눈의 문학을 주장했다는 사실은 곱씹어 볼 필요가 있다. 오시프 만델시탐, 바로 그 사람 얘기이다. 만델시탐은 시각 시는 한 편도 쓰지 않았지만 그보다 더 눈과 눈의 부분들(홍채, 망막, 속눈썹, 동공)이 지각과 맺는 관계에 매료당한 시인은 찾아보기 어렵고(Kahn 2020: 304) 그보다 더 자세히 시각성에 관한 이론적이고 시학적인 산문을 남긴 시인을 찾아보기도 어렵다.*

만델시탐의 시각성은 두 가지 커다란 테두리 안에서 고찰할 수 있다. 하나는 그가 동료 시인 아흐마토바A. Akhmatova, 구밀료프N. Gumilyov와 함께 결성했던 아크메이즘akmeizm의 예술관이고 다른 하나는 그것과 유기적으로 연관되는, 그러면서도 아크메이즘 일반과는 구분되는 그만의 언어관이다. 20세기 초 러시아 문학을 〈은(銀)시대〉라는 약간은 퇴색한, 그렇지만 푸시킨 때의 황금시대에 버금가는 이름으로 부를 수 있게 해준 주역은 상징주의, 큐보 미래주의, 아크메이즘이다. 상징주의가 음악을 지향하고 큐보 미래주의가 회화를 지향했다면 아크메이즘은 건축을 지향했다. 아크메이스트의 건축 지향은 상징주의자들이 실질적인 음악, 가령 바그너의 악극과 연결되고 큐보 미래주의자들이 피카소의 그림과 연계되는 것과는 사뭇 차원을 달리한다. 만델시탐이 「해군성」, 「노트르담」, 「하기야 소피아」 같은 건축 시를 쓴 것은 사실이지만 그를 비롯한 아크메이스트들에게 건축은 기본적으로 은유였다. 요컨대 그들은 시에서 모든 단

* 이하 만델시탐에 관한 논의는 석영중 2023: 155~279, 369~409를 토대로 했다.

어는 한 개의 돌이며 시인은 그 돌을 가지고 건물을 짓는 건축가라고 생각했다는 뜻에서 건축 지향을 모토로 삼았다는 뜻이다. 그러나 만델시탐이 원숙기에 접어들면서 실질적으로 그의 시 속으로 깊이 들어온 것은 건축이 아닌 회화였다. 1930년 이후 그의 시는 강력한 회화적 코드를 도입한다. 프랑스 인상주의, 점묘파, 큐비즘, 네덜란드와 플랑드르 회화 등이 그의 시 텍스트로 직접 혹은 우회적으로 들어오면서 사물을 바라보는 방식과 예술 창조의 연계로, 그리고 궁극적으로는 그것을 훌쩍 넘어 예술과 윤리의 문제로 독자의 사유를 유도한다.

만델시탐의 시각성은 다른 한편으로 언어에 관한 그의 독자적인 사유와 연관된다. 그는 우선 상징주의자들의 시어관에 노골적으로 반대했다. 상징주의는 시어의 〈의식적인 의미〉가 아닌, 시어가 상징하는 다른 어떤 의미를 강조한다. 단어와 지시 대상 간의 관계는 제로화되고 단어는 순전히 지시 대상이 아닌 다른 어떤 것을 상징하기 위해 존재한다. 『파우스트*Faust*』의 마지막 부분 〈일체의 무상한 것은 한낱 비유이니 Alles Vergängliche Ist nur ein Gleichnis〉는 상징주의자들에게 진리처럼 받아들여졌고 괴테는 부지불식간에 러시아 상징주의의 아버지로 변신했다.(Przybylski 1987: 71) 만델시탐은 상징주의 시에서 거미줄처럼 복잡하면서도 허약한 연상들의 시스템으로 녹아들어 가버리는 리얼리티를 개탄한다. 〈일체의 무상한 것은 한낱 비유이니 장미와 태양, 비둘기와 소녀를 예로 들어 보자. 이들 이미지 중 어떤 것도 그 자체로 상징주의자들의 흥미를 끌지 않는다. 장미는 태양의 비유이며 태양은 장미의 비유이다. 비둘기는 소녀의 비유이며 소녀는 비둘기의 비유이다. 이미지들은 허수아비처럼 내장이 뽑힌 채 외래의 내용물로 채워진다. 그리하여 우리에게 남은 것은 상징주의자들의 숲이 아닌 허수아비를 생산하는 공방이다.〉(MSS 2: 254)

만델시탐은 〈상징의 숲〉 대신 장미는 곧 장미이고 태양은 태양이라고 규정하는 〈동일성의 원칙〉을 제시한다. 〈A = A. 시를 위해서 얼마나 장엄한 테마인가! (……) 아크메이즘은 애매모호한《a realibus ad realiora》대신 동일성의 원칙을 슬로건으로 삼는다.〉(MSS 2: 324) 그가 말하는 동일성의 원칙이란 단어에 오로지 하나의 근원적 의미만을 허용하는 법칙이 아니라 기표와 기의, 기호와 지시 대상 간에 있어야 할, 그러나 상징주의자들이 잃어버린 모종의 원칙적 관계를 재설정해야 한다는 법칙으로 받아들여야 한다. 만델시탐의 시어에 대한 입장은 아크메이스트들의 공통된 교의였던 쿠즈민M. Kuzmin의 〈아름다운 명료성prekrasnaya yasnost'〉으로 요약될 수 있을 것이다.(Kuzmin 1910: 5~20)

만델시탐은 또한 초기 큐보 미래주의자들의 극단적이고 저돌적인 언어관에도 반대했다. 앞에서 마야콥스키를 언급할 때도 지적했다시피 「말 그 자체」를 비롯한 일련의 미래주의 선언문에서 관건이 되는 것은 의미의 틀에서 해방된 형식으로서의 말이다. 그들에게 기의는 곧 내용이며 기표는 곧 형식이다. 그리고 말 그 자체에서 지배적인 것은 후자이며 전자는 형식에 종속되거나 아예 폐기된다. 그러나 〈아름다운 명료성〉을 지지하는 만델시탐에게 형식과 내용의 이분법은 말에 대한 돌이킬 수 없는 모독에 가까웠다. 그는 형식과 내용으로 이분되는 말이 아니라 내용은 형식이고 형식은 내용이 되는, 즉 내적 연관성에 의해 소리와 의미가 결합하는 유기적으로 통일된 전체로서의 말을 지지한다. 형식의 분석은 내용이 되고 내용의 구조는 형식이 되는 말, 바로 이러한 말이야말로 예술 텍스트의 〈무서울 정도로 압축된 리얼리티〉를 보장해 주는 로고스였다.(Levin et al. 1974: 52~53)

이론적으로만 보자면 과도한 상징성으로 불투명해진 의미론도 거부하고 초이성어나 실험적인 레이아웃 등 파격적인 미래주의의 의미론도 거부한 만델시탐의 시는 간결성과 소박함을 특징으로 할 것처럼 여겨진다. 그러나 그의 시는 표면상 극도의 절제미를 자랑하지만 간결하고 소박한 의미론과는 거리가 멀다. 그는 러시아 시사 전체를 통틀어 가장 난해하고 심오한 시인 중 하나로 손꼽힌다. 만델시탐의 난해함은 기본적으로 그 역시 다른 아방가르드 시인들처럼 예술의 의미를 새로운 시선에 뒀다는 사실에 기인한다. 그러나 그는 동시대 러시아 아방가르드 시인들, 이를테면 마야콥스키와는 달리 단어 하나하나의 본래 의미를 고집스럽게 유지하면서 시각뿐 아니라 인간의 오감을 총동원해 완전히 새로운 시점에서 세계의 이미지를 구축했다. 눈과 귀, 보는 것과 듣는 것, 망막과 손끝의 감촉들이 모두 제자리를 지키면서도 서로 뒤엉켜 바라보는 눈의 놀라운 창조력을 증명해 주는 그의 시에는 독특한, 거의 난공불락의 성채와도 같은 거대함이 있다. 만델시탐은 1908년 파리 소르본 대학에서 유학할 당시부터 유럽 회화의 최신 조류에 심취했으며

19세기 말부터 유럽 과학사에서 주목을 받기 시작한 지각 생리학과 게슈탈트 이론에 크게 경도되었다. 시지각과 인지와 미학적 창조 간의 연관성에 대한 그의 관심은 그때부터 시작된 것으로 사료된다.(Kahn 2020: 305~308) 그러나 〈눈의 시인〉으로서 그의 위상을 가장 굳건하게 문학사에 새겨 놓은 것은 그의 경이로운 에세이 『아르메니아 여행*Puteshestviye v Armeniyu*』이었다. 다음 단락에서 자세하게 살펴보겠지만 만델시탐이 생전에 출판한 마지막 작품인 이 수필에서 시인은 인간 눈의 한계에 도전하고 결국 그 한계를 넘어선다. 그에게 눈은 인간의 환유이자 인간의 가장 숭고한 정신을 담아내는 시의 은유였다.

11
여행하는 눈

만델시탐이 1930년에 약 8개월 동안 아르메니아를 여행하고서 쓴 『아르메니아 여행』은 문학 이론과 수필과 미술 평론과 실험적인 명상록과 여행기를 다 담고 있는 독특한 글이다. 아직 한국어로는 번역이 안 되었지만 영어로는 두 차례 번역되었고 스벤 버커츠S. Birkerts, 시드니 모너스S. Monas, 헨리 기퍼드H. Gifford, 셰이머스 히니 같은 쟁쟁한 영미권 문인들이 이 글에 열광했다.* 이 짤막한 여행기가 그토록 강렬하게 지성을 매혹하는 이유 중 하나는 바로 시각성에 있다. 그의 여행기는 〈바라보는 방식〉에 관한 지침서라 할 수 있을 정도로 시각과 시선과 눈에 대한 언급으로 가득하다. 만델시탐에게는 우주의 모든 것이 메타포이듯이 여행도 메타포이다. 아르메니아는 그에게 말의 원천지이자 지혜와 상상력의 샘이었으며 아르메니아 여행은 그에게 있어 모든 사고와 비전과 상상력의 지속적이고 독립적인 행위에 대한 메타포의 성질을 획득했다.(Isenberg 1987: 159) 만

* 자세한 것은 Balakian 2022를 보라.

델시탐이 여행길에 가져갔던 유일한 책이 괴테가 쓴 가죽 장정의 『이탈리아 여행 *Italienische Reise*』이었다는 점은 여행의 핵심을 무엇보다도 분명하게 알려 준다. 괴테는 1786년부터 1788년까지 이탈리아를 여행했는데, 이탈리아 체류는 그에게 잠들어 있던 시심을 일깨워 주고 침체되었던 창작 활동에 활기를 불어넣어 줬다.(괴테 1992: 256) 괴테의 목적은 한마디로 〈시계를 넓히기 위한 것〉이었으며(괴테 1992 : 37) 만델시탐이 아르메니아에서 그러했듯이 당시의 괴테에게는 〈내 눈이 밝고 깨끗하고 환한가, 내가 짧은 시간 안에 어느 정도 외계를 파악할 수 있는가, 그리고 내 마음속에 잡힌 주름들을 다시 펼 수 있는가〉가 가장 중요한 문제였다.(배정석 1983: 32 재인용) 괴테의 여행기는 만델시탐에게 시적인 갱생과 성장을 위한 플랫폼을 제공해 줬다.(Nesbet 1988: 111) 그는 괴테가 그러했듯이 자신의 여행기를 비전의 맥락에서 기획했으며 여행의 목표는 오로지 비전의 수정을 통해서만 달성될 것이라 믿었다.(Pollak 1987: 453)

여기서 우리는 〈여행자-눈〉의 비유에 주목할 필요가 있다. 그는 자신이 눈의 인간임을 천명하고 아르메니아 여행은 근본적으로 시선의 여행임을 강조하기 위해 〈여행자-눈〉의 비유를 만들어 낸다. 여행자인 자기 자신과 신체의 일부인 눈을 등가로 놓음으로써 그는 또 하나의 복잡한 메타포, 요컨대 메토니미를 사용하는 메타포를 시도한다. 〈여행자-눈은 의식에게 칙서를 위임한다. 그때 관자와 그림 사이에는 외교적인 밀약과도 유사한 냉정한 협약이 성립된다.〉(MSS 2: 162) 여행자-눈은 종횡무진 공간과 관념을 넘나들며 장식주의자들의 산문에서처럼 산만하게 나열된 여행의 단상들, 그리고 자연 과학과 인상주의 회화와 아르메니아의 지리와 페르시아 문학에 관한 상념을 한 줄로 엮어 〈여행기〉라는 장르에 담아낸다. 더 나아가 여행자-눈은 아르메니아 여행이 끝난 뒤에도 만델시탐을 대신해서 세계를 인식한다. 이는 여행 뒤에 쓰인 이른바 후기 시에서 눈 혹은 눈과 관련된 일련의 어휘들 — 눈동자, 동공, 홍채, 시선, 시각, 시계 등등 — 의 출현이 압도적인 빈도를 보여 준다는 점으로 입증된다.

만델시탐의 시와 산문에서 보기, 듣기, 말하기 및 그에 상응하는 감각 기관인 눈, 귀, 입의 중요성은 이미 여러 차례 지적된 바 있지만(M. Gasparov 1995: 357) 특히 아르메니아 여행기의 모든 페이지는 비전과 그것의 새로운 각성, 그리고 감각과 정신의 갱생에 대한 시인의 관심을 분명하게 드러내어 준다.(Isenberg 1987: 156) 그에게 눈은 한마디로 〈사색의 무기〉이다.(MSS 3: 169) 그가 기술하는 비전이란 눈을 통해 보이는 대상에 정신을 관여케 하는 명상적 과정이기 때문이다.(Isenberg 1987: 156) 눈은 또한 〈여행자-눈〉에서 비유적으로 드러나듯이 시인의 메토미니적 분신이다. 시인과 마찬가지로 눈도 〈고상한, 그러나 고집스러운 동물〉이다.(MSS 2: 161) 눈은 또 〈이미지의 가치를 증가시키는 기관〉이므로(MSS 2: 161) 눈을 통해 사물을 어떻게 바라보는가의 문제는 궁극적으로 글쓰기의 문제로 연장된다.

결국 만델시탐에게 눈은 그가 시인이라는 사실에 관한, 그리고 어떻게 세상을 바라보고 어떻게 글을 써야 하는가에 관한 사색의 결정체라 할 수 있다. 따라서 눈을 씻는 행위는 세상을 새롭게 바라보기 위한 첫 번째 준비 작업이다.

> 거기서 나는 시각을 확장해 바다의 넓은 잔에 눈을 담갔다. 모든 세진과 눈물이 밖으로 나오도록 하기 위해서였다. 나는 염소 가죽 장갑처럼 시각을 잡아당겨 늘여서 배경에 보이는 푸른 바다의 틀에 팽팽하게 끼워 놓았다. (……) 나는 재빨리 게걸스럽게 봉건적인 분노에 차서 내 시계(視界)의 소유지를 조망했다. 그런 식으로 사람들은 세진이 밖으로 나오게 하기 위해 철철 넘치게 물이 가득 찬 널따란 잔에 눈을 담근다. (……) 눈은 목욕을 요구한다. (……) 그는 목욕을 좋아하는 사람이다.(MSS 3: 159~160)

이렇게 〈깨끗이 씻긴〉 눈, 〈잡아당겨져 늘어난〉 시각은 〈영혼의 눈〉 혹은 〈예술의 눈〉으로 변형되며 정상적인 광학의 법칙을 이탈해 사물을 바라보기 시작한다. 그는 『아르메니아 여행』의 핵심, 즉 예술의 눈을 통해 사물을 어떻게 볼 것인가의 문제에 답하기 위해 다양한 방식의 시각 실험을 제시한다.

우선 그는 〈나이브한 리얼리즘의 무해한 역병으로부터 회복하고 있는 모든 사람들을 위해〉 다음과 같은 그림 감상법을 제시한다.

> 어떤 경우라도 교회당에 들어가듯 하지 말 것. 어리둥절해하지도 얼어붙지도 말고 캔버스에 붙어 서지도 말 것. 마치

> 가로수 길을 산책하듯 걸어가라, 처음부터 끝까지! 유화 공간이 내뿜는 거대한 온도의 파장을 가르며 나아가라. 침착하게, 흥분하지 말고 — 타타르족 어린아이가 알루시타강에서 말을 목욕시키듯이 — 눈을 새로운 물적 환경에 가라앉히라. (……) 이러한 균형이 달성되면 복구의 제2단계인 그림의 세척, 즉 낡은 외피, 바깥쪽에 최근에 생긴 야만적인 층위(그것은 모든 사물처럼 그림을 밝고 응축된 리얼리티와 연결해 준다)를 벗겨 내는 작업을 시작하라. (……) 여기서 비로소 그림 속으로 들어가는 세 번째, 그리고 마지막 단계가 시작된다. 즉 사상과의 대면이 그것이다.(MSS 2: 161~162)

여기서 만델시탐이 제시하는 그림 감상법은 간단히 말해 대상과 관자 사이의 시각적인 균형 획득, 대상을 덮고 있는 외적 눈속임 제거, 대상의 내적 본질과의 대면으로 일반화될 수 있으며 이 점에서 그것은 다만 그림에만 해당하는 감상법이 아니라 모든 사물에 해당하는 새로운 〈바라보기〉의 방식이라 할 수 있다. 여행기에서 기술되는 이 새로운 바라보기는 네 가지로 나눠 볼 수 있는데, 그것들은 모두 정상적인 시각을 거부한다는 점에서 앞서 살펴본 큐보 미래주의, 장식주의, 형식주의, 오베리우 그룹을 상기시킨다. 그러나 그는 바라보는 방법을 설명하는 동시에 설명하는 문장에 그 바라보는 방식을 반영함으로써 바라보는 방식에 관한 새로운 바라봄의 글이라는 기이한 문장들, 특히 한국어 번역으로는 결코 그 의미를 전달할 수 없는 문장들을 만들어 낸다. 우선 만델시탐은 사물을 확대해 볼 것을 제안한다. 확대해 보기는 소위 〈늘어난 시각〉의 결과라 할 수 있으며 관자의 확대된 시선 속에서 사물은 스스로 그 본질을 드러낸다. 일례로 만델시탐은 극도로 작은 한련 새싹에 확대의 원칙을 적용해 다음과 같이 기술한다. 〈한련 새싹은 두 갈래로 갈라져 있으며 작은 혓바닥으로 변형되어 가는 길고 가느다란 돈지갑 혹은 도끼 창의 형태를 지녔다. 그것은 또한 구석기 시대 화살촉과도 닮았다. 주위에서 술렁이는 힘의 긴장 덕분에 새싹은 5등분이 가능한 형태로 변형된다.〉(MSS 2: 153~154) 대상뿐 아니라 대상의 주위에서 술렁이는 힘의 장까지도 볼 수 있는 확대경 같은 눈에 비친 식물은 더 이상 식물학자의 연구 대상이 아닌 〈우주에서 항구히 요동치는 살아 있는 폭풍의 사절〉이자 〈사건, 일, 화살〉이다.(MSS 2: 154) 〈식물이 곧 사건이다〉라는 진술은 식물의 본질이 그 실존의 사실, 그 창조의 현상 자체에 필적함을 시사한다. 그 사건은 원인과 발전의 과정을 내다보는 현대의 이론으로는 결코 설명될 수 없다.(Harris 1986: 13) 오로지 예술가의 확대된 시선 속에서만 실존과 본질의 등식이 성립될 수 있기 때문이다.

만델시탐이 제시하는 두 번째 방식은 〈이상한 눈〉으로 바라보기이다. 그는 인간의 눈이 아닌 동물의 눈, 심지어 나비나 조류의 날개에 새겨진 눈 모양의 무늬를 통해 보고자 시도한다. 〈저 나비의 회색빛 도는 긴 촉수는 가시 꼴 구조를 가지고 있으며 정확하게 프랑스 아카데미 회원의 칼라에 꽂힌 꽃나무 가지 혹은 관 뚜껑에 놓인 은빛 종려나무 잎새를 연상시킨다. 그것의 튼튼한 흉부는 작은 보트처럼 생겼고 미미한 머리통은 고양이의 머리통과 흡사하다. 그것의 눈 달린 날개는 체시메와 트라팔가르에 있었던 장군의 아름다운 비단으로 만들어졌다. 갑자기 나는 이 괴물의 《그려진 눈narisovannymi glazami》으로 자연을 바라보고 싶다는 야만적인 욕구에 사로잡혔다.〉(MSS 2: 164)

세 번째는 〈비유적으로 바라보기〉인데, 상상력의 눈을 통해 보는 세상은 연상의 사슬을 거치면서 그 외면과는 전혀 다른 모습으로, 하나의 비유로 재창조된다. 페르시아의 세공품들을 바라보는 것에서 시작한 만델시탐의 비유적 시각은 표범과 버드나무의 이미지에서 아담과 이브의 이미지로 이어지다가 마침내 지평선도 원근법도 모두 제거된 세상을 창조한다.

> 페르시아의 세공품에는 우아한 다이아몬드를 닮은 놀란 듯한 표정의 눈이 비스듬히 새겨져 있다. 순진무구하면서도 육감적인 세공품은 그 무엇보다도 훌륭하게 인생이란 값지고 영원한 선물임을 확신하게 해준다. 나는 회교도의 에나멜과 카메오를 사랑한다! 나의 비유를 계속해 보자. 불타는 말의 눈과도 같은 미인의 눈은 비스듬히, 그리고 자비롭게 독자에게 내려온다. 햇빛에 그은 양배추 줄기 같은 원고 뭉치는 수후미산 담배처럼 부스러진다. 저 화 잘 내는 인간들 때문에 얼마나 많은 피가 흘렀을까! 그들의 정복자는 그들 덕분에 얼마나 즐거워했을까! 표범에게는 벌서는 학생의 교활한 귀가 있다. 수양버들은 풍선으로 둔갑하여 둥둥 떠다닌다. 아담과 이브가 낙원의 최첨단 유행 옷을 입

고서 협의하고 있다. 지평선은 제거되었다. 원근법은 부재한다.(MSS 2: 167)

마지막으로 들 수 있는 것은 〈쌍안경을 통해 바라보기〉이다. 작은 도시 수후미를 여행하던 중 군용 쌍안경을 통해 멀리 늪지대를 바라보던 만델시탐은 하루살이들의 무의미한 춤을 시각 차원에서 형이상학적 사색의 차원으로 전이시켜 아르메니아 여행의 실질적인 메시지이자 자신의 삶과 시 전체를 아우르는 최종적인 진술에 도달한다.

멀리 푸른 늪지에서 등대가 회전하며 테이트 다이아몬드처럼 빛을 발하고 있었다. 나는 우연히 죽음의 무도, 인광충들의 혼례 무도를 보았다. 처음에는 여기저기 떠도는 무척 작은 궐련의 불꽃이 빛을 내뿜는 듯 보였지만 그것들이 그리는 장식 무늬는 너무도 위험스럽고 자유롭고 대담했다. 그것들이 어디로 날아가는지 누가 알랴! 조금 더 가까이 다가가니 전기에 감염된 광기 어린 하루살이들이 눈짓하고 부들부들 떨고 선을 그리며 현재 순간이라는 저속한 책을 먹어 치우는 것이 보였다. 만일 우리가 존재의 물적 증거를 남겨 놓지 않는다면 우리의 무겁고 튼튼한 육신도 그와 똑같이 부패할 것이고 우리의 행동 또한 그러한 신호들의 복마전으로 변형될 것이다.(MSS 2: 158)

여기서 중요한 것은 쌍안경도 아니고 하루살이도 아니다. 하루살이의 허무한 무도를 보면서 존재의 물적 증거를 상상하는 시인의 눈이다. 이제 시인의 눈은 단순히 새롭게 보는 방식을 말하기 위한 기관이 아니다. 그것은 시인 자신의 시적 정체성이다. 그것은 하루살이들의 춤에서 시간을 사유하는 시인의 눈이다. 그의 눈에서 현재라는 시간은 저속한 책이 될 수도 있고 물적 증거가 쌓여 가는 토대가 될 수도 있다. 〈존재의 물적 증거〉는 우리가 무언가 물적 증거를 남기지 않으면 인간은 하루살이처럼 스러져 간다는 저 자명하고 섬뜩한 사실을 말하기 위한 관념이 아니다. 그것은 모든 보는 행위의 최종적인 목적이자 모든 이의 삶의 목적이자 시인이 반드시 수행해야 하는 윤리적 의무이다. 만델시탐에게 본다는 것이 궁극적으로 윤리적인 행위가 되는 것도 이 때문이다. 『아르메니아 여행』의 페이지를 빼곡히 메우고 있는 저 모든 기이한 비유들, 생전 처음 소환되는 이미지들, 난공불락의 메타포들은 모두 만델시탐이라 불리는 존재의 물적 증거였다. 모든 위대한 문학적 이미지들은 결국 시간에 대한 메타포라는 사실을 만델시탐은 다시 한번 입증해 준다.

12
메타포의 데카르트

『아르메니아 여행』은 다음 단락에서 더 논하기로 하고 만델시탐 얘기를 하는 김에 잠시 이미지에 관해 살펴보자. 만델시탐은 이미지의 시인(물론 대부분의 시인이 이미지의 시인이다)이자 이미지에 관해 심오한 저술을 남긴 이론가이기도 하기 때문이다. 이 책의 제1장에서 우리는 눈과 이미지의 문제, 이미지와 상상력의 문제를 주로 인지 과학과 지각 생리학과 동굴 벽화로 거슬러 올라가는 시각 예술의 차원에서 정리해 봤다. 사실 철학에서 신학, 예술, 컴퓨터 공학과 의학에 이르기까지 인간과 관련해 이미지를 언급하지 않고 논할 수 있는 영역은 거의 없다. 특히 예술을 논하면서 이미지를 말하지 않는다는 것은 어불성설이다. 인간의 모든 창조는 본질적으로 이미지의 창조이기 때문이다. 이 장에서 다룬 주제들, 즉 원근법, 탈원근법, 큐비즘, 미래주의, 〈낯설게 하기〉, 장식주의 산문만 해도 이미 논의 자체에 이미지의 문제가 포함되어 있다. 더 나아가 이 책의 마지막 장에서 다룰 시각의 신학에서도 역시 이미지는 일종의 디폴트값이다. 그러나 시인(작가 일반)이 사용하는 이미지, 즉 언어적 이미지verbal image의 문제는 또 하나의 독자적인 연구 영역을 점한다. 화가가 창조하는 이미지와 시인이 사용하는 이미지는 다른 차원에 속하기 때문이다. 언어 이미지에 관한 부르크하르트S. Burckhardt의 고전적 진술은 언어 이미지를 별로도 탐구해야 하는 이유를 압축해서 설명해 준다. 〈화가의 나무는 이미지이다. 그러나 시인이 《나무》라고 쓰면 그는 이미지를 창조하는 것이 아니다. 그는 이미지를 사용하고 있는 것이다. 시적인 이미지는 오로지 은유적인 의미에서만 이미지이다. 실제로 그것은 이미지를 환기하는 어떤 것, 우리의 시각 기억 속에 미리 자리 잡은 모종의 형태를 가리키는 기호이다.〉(Burckhardt 1956: 280)

이 책의 제1장에서도 잠깐 언급했지만, 인지 과학적 차원에서 보자면 이미지는 근본적으로 뇌의 작동 결과이다. 그것은 감각 양식에서의 심적 패턴을 뜻하며 그런 의미에서 대체로 심상과 동의어로 간주된다. 좀 더 구체적으로 말해서 이미지는 각 감각 양식의 표시로, 즉 시각, 청각, 후각, 미각, 신체 감각이 나타남으로써 구축된 구조를 지닌 심적 패턴이다.(다마지오 2023: 439~440) 이미지는 우리가 뇌의 외부로부터 내부로 사람, 장소, 치통 같은 대상을 연관 지을 때, 또는 뇌의 안쪽으로부터 바깥쪽으로 기억을 통해 대상을 다시 구축할 때 만들어진다.(다마지오 2023: 441) 이미지가 뇌의 작동 결과라는 것은 충분히 납득할 만하지만, 언어 이미지와 비언어 이미지, 그리고 시인이 사용하는 이미지와 화가가 사용하는 이미지 사이에 그어진 섬세한 경계선을 인지 과학적으로 규명하기란 쉽지 않아 보인다.

한편 플라톤 철학과 그리스도교 신학에서 이미지imago, eikon는 광학적 환영으로서의 그림eidolon, pictura과도, 물질과 본질을 전도하는 우상idol과도 구별된다.* 그림이 보는 사람과 그리는 사람의 착시에 의존한다면 우상은 물체의 이면에 있는 지배와 복종의 심리학에 의존한다. 반면 이미지는 알 수 없고 이름 지을 수 없는 절대적인 본질의 반영이자 비가시적인 어떤 존재에 대한 가시적인 기호이다. 이렇게 이해되는 바의 이미지는 유한한 관자의 감정적 상태와 인식론적 관심을 초월한다. 그것은 진리의 버팀목이자 비가역적으로 사실적이고 내적으로 선한 어떤 존재, 즉 광학적 데이터의 무상한 집합체가 아닌 로고스 그 자체이다.(Pfau 2022: xiv) 러시아 사람들이 성스러운 그림인 이콘을 종종 이콘이 아닌 그냥 〈이미지obraz〉라 부르는 것도 그 때문이다. 이러한 의미에서의 이미지는 예술과 문학의 영역으로 들어올 때 복잡하고 이중적인 창작의 문제를 유발한다. 인간이 상상할 수 있는 가장 거룩한 이미지, 로고스로서의 이미지를 어떻게 상상할 것인가. 그것은 뇌의 작동이라는 인간적 현상과 거룩한 영감이라 부를 수 있는 모종의 탈인간적 현상 간의 팽팽한 긴장에 달린 문제일 것이다. 가장 거룩한 이미지가 아닌 보통의 이미지, 인간의 상상력이 만들어 내는 이미지의 경우는 어떤가. 낭만주의자라면 그러한 이미지라 할지라도 탈인간적 현상이라 볼 것이고 인지 과학자는 인간적 현상으로 볼 것이다.**

* Pfau 2022: Introduction을 참조할 것.

** 다마지우는 상상의 과정이 이미지들의 상기 및 단축과 확대와 기록 등의 조

그렇다면 문학 작품에서 작가들이 창조하는 언어적 이미지들은 어떻게 정의 내릴 수 있을까. 인지 과학자라면 문학 속 이미지를 오감이 창출하는 심상이 헤아릴 수 없이 다양한 조합으로 언어를 관장하는 뇌와 협업할 때 이루어진 생산품이라 할 것이고 낭만주의자는 공상과 영감의 산물이라 할 것이다. 문학 이론가들은 장구한 세월 동안 메타포와 상징을 언어학과 기호학과 심리학의 분석 도구를 사용해 설명하면서 궁극적으로 이 모든 언어 현상을 이미지로 통합해 왔다.* 문학 작품에 등장하는 상징과 메타포는 이미지이다. 그러나 모든 이미지가 메타포나 상징인 것은 아니다.

만델시탐은 메타포의 시인이자 이미지 이론가였다. 그는 어렵긴 하지만 언제나 지적으로 인지 가능한, 사물의 연결성에 대한 표현으로서의 이미지를 추구하는 가운데 자신의 창작 시에 두꺼운 메타포의 층위를 깔아 놓았다. 메타포는 대부분의 기호 시스템이 허용하는 기호적 현상이라는 점에서 시어의 본질적인 측면이다.(Eco 1984: 88) 일반적으로 말해 세계에 대한 시적 관계는 지각되는 대상을 동시에 다양한 시각에서 포용하고, 지각이라는 하나의 행위를 통해 주어진 대상의 여러 가지 연결과 관계성을 포착하는 데 그 특징이 있으며, 이러한 〈세계의 이중화〉 도구 중 하나가 메타포이다.(Levin 1965: 293) 특별한 방

작들로 이루어진다고 본다. 그는 실질적인 지각과 오감에 의한 이미지, 요컨대 청각 이미지, 시각 이미지의 작동은 중첩된다고 주장한다. 그 예로 그는 지각 장애와 이미지 장애를 동시에 초래하는 뇌손상 병소를 언급한다. 후두 관자뼈 영역의 손상으로 색채를 지각하지 못하는 환자는 세계를 흑백으로 지각하며 색채를 상상하지도 못한다.(Damasio 2012: 159)

* 메타포 이론에 관한 자세한 논의는 석영중 2023: 210~217을 보라.

식으로 세계를 지각하는 것이 시인의 과제라 여겼던 만델시탐 역시 메타포를 시인의 조건으로 생각했다. 그는 단테를 〈메타포의 데카르트〉라 명명함으로써 메타포에 관한 생각을 단적으로 표명한다. 〈나는 비유한다, 고로 나는 존재한다 ― 라고 단테는 말했을 것이다. 그는 메타포의 데카르트였다. 우리의 의식 속에서 (……) 재료는 오로지 메타포를 통해서만 개진될 수 있고, 비유를 넘어서는 존재가 있을 수 없고, 그리고 존재 자체가 비유라는 점에서 그렇게 말할 수 있다.〉(MSS 3: 190) 이렇게 만델시탐에게 존재하는 것은 곧 메타포를 창조하는 것이고 메타포를 창조하는 것은 곧 시를 쓴다는 것이다. 그는 단테를 〈메타포의 데카르트〉라 불렀지만 사실상 이 명명은 그 자신에게 더 걸맞은 것 같다.

모든 것이 갈라지고 흔들린다
공기는 비유로 진동한다
어떤 말도 다른 말보다 나을 것이 없다
땅은 메타포로 울려 퍼진다
―「편자를 찾은 사람Nashedshii podkova」 중에서
(MSS 1: 104)

메타포는 가장 기본적인 차원에서 매체와 취지의 문제로 압축된다. 이론적으로 말 원래의 관념, 즉 〈취지tenor〉와 차용된 관념, 즉 〈매체vehicle〉의 동시적 존재 및 공동 작용co-operation에 메타포의 의미는 의존한다.(Richards 1979: 100) 이렇게 매체

와 취지의 상호 작용적인 의미 복합체에서 출발하는 메타포는 궁극적으로 통사론과 문맥과 상황과 유관 텍스트 들을 수반하면서 점점 더 복잡한 해석의 우주로 독자를 유도한다. 문학 속에 표현된 언어적 이미지들이 아무리 강력하게 시각성을 토대로 한다 해도 다른 영역에서의 시각 이미지들, 예를 들어 회화에 그려진 이미지나 컴퓨터 그래픽의 이미지나 영화 이미지들과 차별화될 수밖에 없는 이유도 여기에 기인한다. 시 속의 메타포는 유한한 해석을 불허한다. 동의어 사전, 반의어 사전, 상징 사전은 존재할 수 있지만 메타포 사전은 존재할 수 없는 이유이다.

메타포를 포함하는 이미지 일반에 대한 만델시탐의 생각은 그의 시어 이론에서 요약된다. 그는 시어 자체를 하나의 이미지, 〈언어적 표상verbal representation〉이라 생각한다. 〈언어적 표상은 현상들의 복잡한 연결linkage, 즉《시스템》이다. 말의 의미는 종이 초롱 안에서 타오르는 촛불로 간주될 수 있고, 반대로 그 음성적 표현, 요컨대 음소는 촛불이 초롱 안에 있는 것과 마찬가지로 의미 안에 수용된 것으로 생각할 수 있다.〉(MSS 2: 255~256) 그는 더 나아가 이미지와 일반적인 단어 사이에는 아무런 차이도 없다는 과감한 주장을 한다. 〈근본적으로 말과 이미지 사이에는 아무런 차이점도 없다. 이미지란 단순히 밀봉된, 그래서 만질 수 없는 말이다. 이미지는 성상 앞에 켜두는 등잔불이 담배에 불을 붙이는 데 적합하지 않듯이 일상적인 사용에는 부적절하다. 그러나 그렇게 밀봉된 이미지는 우리에게 필수 불가결한 존재이다.〉(MSS 2: 254) 이미지로서의 시어는 자체 내에 균형과 논리성과 상호 연관성을 보유하는 구조물이다. 만델시탐의 표현을 빌려 말하자면 그것은 〈말-사물slovo-predmet, word-object〉이며 그러한 말은 영감이나 신비주의의 산물이 아닌 엄격한 장인성의 산물이다. 〈낭만주의자, 이상주의자, 그리고 순수한 상징과 추상적인 말의 미학을 꿈꾸는 귀족적 몽상가 대신, 상징주의, 미래주의, 이미지파 대신, 말-사물의 살아 있는 시가 도래했다. 그것의 창조자는 이상주의적인 몽상가 모차르트W. Mozart가 아니라 근엄하고 엄격한 살리에리A. Salieri이다. 그가 손을 내미는 대상은 사물과 물질적 가치의 거장, 물질적 세계의 창조자이자 건설자인 위대한 장인이다.〉(MSS 2: 259) 시인은 조각가나 건축가나 화가처럼 말을 사물로 대하면서 말을 다듬고 말들을 연합하거나 분리하고 말과 말 간의 균형을 꾀하고 말과 말의 거리를 조절한다. 사물을 창조적으로 바라보고 새로운 방식으로 표상하는 것이 예술이라면 메타포와 이미지와 시어에 관한 만델시탐의 사유는 예술론 일반으로 확장될 수 있을 것이다.

13
문학적인 바라보기

다시 만델시탐의 아르메니아 여행기로 돌아가자. 『아르메니아 여행』의 세 가지 핵심 소재는 자연 과학, 회화, 문학이다. 이 세 가지는 모두 시각을 축으로 하여 리얼리즘과 반리얼리즘의 대립을 창출하면서 문학적인 바라보기에 대한 세 가지 패러다임으로 기능한다. 만델시탐은 아르메니아 여행 중에 젊은 생물학자 보리스 쿠진B. S. Kuzin과 알게 되었고 그것을 계기로 한동안 자연 과학에 관한 시와 산문을 집필했다. 자연 과학에 관한 만델시탐의 사색은 20세기 초 러시아 학계에서 일고 있었던 다윈주의와 신(新)라마르크주의 간의 논쟁을 프레임으로 하는데, 만델시탐에게 전자가 발전과 자연 도태를 토대로 하는 기계적 실증주의와 리얼리즘으로 정의된다면 후자는 내적인 자기 발전과 성장, 반리얼리즘으로 정의된다. 〈신라마르크주의자들은 유기체의 진화에 있어 유기체와 외적 환경 간의 상호 작용에 의한 자극의 영향을 받아 발생하는 내적 자기 성장의 역할을 강조했다. 이러한 개념에서 무게의 중심은 적자생존이라고 하는 순수하게 외적인 요인으로부터 내적인《지향》, 즉 유기체가 외부로부터, 그러니까 변화하는 주변 환경으로부터 주어지는 자극에 적응하려는 지향으로 옮겨졌다.〉(B. Gasparov 1994: 189) 만델시탐에게 자연 과학은 그 어떤 다른 학문 영역 못지않게 눈의 학문이었다. 〈자연 과학자의 방법론에 대한 열쇠로서의 눈은 무엇보다도 가변적인 시각을 유지할 수 있어야 한다.〉(MSS 3: 172) 〈자연 과학자의 눈은 맹금의 눈처럼 시력 조절 능력을 지녔다. 그것은 때로 장거리 군용 쌍안경으로 변형되기도 하고 때로는 볼록 렌즈로 만들어진 보석 세공용 확대경으로 변형되기도 한다.〉(MSS 3: 177) 라마르크와 린네C. Linnaeus, 뷔퐁C. Buffon, 팔라스P. S. Pallas 등 소위 〈자연 과학자-분류학자〉들은 이러한 시각의 소유자들로서 그들의 보는 방식은 역으로 그들의 책을 읽는 독자의 시각을 〈똑바르게 펴준다〉.(MSS 2: 162) 그 중에서도 독일 출신의 자연 과학자로서 1768년부터 페테르부르크 과학 아카데미 교수로 재직했던 팔라스의 시각은 특히 관심을 끈다. 팔라스의 신축성 있는 시각은 만델시탐이 이상적으로 생각하는 눈에 필적한다. 〈광활한 러시아의 풍경화는 팔라스에게서 무한히 작은 위대함으로 이루어진다. (……) 팔라스는 오로지《근경》만을 알고 또 좋아한다. 그는 근경과 근경을 접합해 무늬를 만든다. 그리고 갈고리와 매듭으로 자신의 지평선을 확장한다.〉(MSS 3: 163) 팔라스의 이러한 시각은 그의 문체로 연장되어 흔히 자연 과학자에게 기대되는 바의 사실에 근거한 기술과는 전혀 다른, 자연에 대한 시적인 묘사를 파생시킨다. 그가 편찬한 『러시아 제국의 여러 지방 여행기*Puteshestvie po* *raznym provintsiiam Rossiiskoi Imperii*』는 그 고도로 문학적인 문장으로 만델시탐을 매혹한다. 〈여기서 눈이 가지는 귀족적 예리함과 민감함, 묘사의 화려함과 원숙함은 그 절정에 도달하여 거의 농노제 시대의 세공품처럼 여겨질 정도이다. 그가 묘사하는 아시아 딱정벌레는 중국 황실의 극장 혹은 지주의 발레 무대에라도 등장할 듯한 의상을 입고 있다. 이 자연 과학자는 순수하게 회화적이고 환상적인 과업의 실현을 목표로 하는 듯하다.〉(MSS 3: 173~174)

자연 과학의 패러다임에서 팔라스의 반대편에 서 있는 인물은 다윈이다. 다윈의 시각은 전형적인 자연 과학자의 그것이며 그는 일체의 감정과 상상력을 배제하고 〈마치 업무 안내서나 주식 목록, 혹은 가격, 징후, 기능 등의 색인을 읽듯이 사려 깊게 자연의 책장을 넘긴다〉.(MSS 3: 173) 따라서 그의 역사적인 저서 『종의 기원』도 〈신문이나 시사물, 정치 평론의 직접적인 연장〉(MSS 3: 171)에 불과하며 그의 문체는 간단히 말해 〈중간 정도의 독자를 상대로 한 통속성과 산문성〉이라 요약된다.(MSS 3: 170) 팔라스가 헨델G. Handel, 글루크C. Gluck, 모차르트와 같은 위대한 예술가에 비유될 수 있다면 다윈은 19세기 영국의 사실주의적 산문 작가 디킨스에 비유된다. 〈나는 다윈과 화해하고 그를 상상의 선반 위에 디킨스와 나란히 올려놓았다. 그들이 함께 식사한다면 제3의 인물은 픽윅 씨가 될 것이다. 다윈의 선량함에 매혹되지 않기란 어려운 일이다.〉(MSS 2: 163) 여기서 다윈은 디킨스와 병치됨으로써 후자가 상징하는 일상의 범속함(〈선반〉, 〈식사〉, 〈선량함〉), 리얼리즘, 상업성의 의미를 부여받는다.(B. Gasparov 1994: 191) 다윈의, 혹은 다윈과 디킨스의 〈리얼리즘〉이 만델시탐이 상정하는 바의 예술과 반대되는 속성임은 그다음에 이어지는 수사 의문문으로 자명해진다. 〈그러나 진정 선량함이라는 것이 창조적 인식의 방법이자 현실 관조의 정당한 수단일 수 있을까?〉(MSS 2: 164)

두 번째 패러다임인 회화 영역에서 양극성은 인상주의, 점묘파 등 시각 실험으로 알려진 일군의 화가들과 소위 〈나이브한 리얼리즘〉의 화가들, 일례로 베레시차긴V. Vereshchagin 같은 화가들의 대립을 통해 형성된다. 그는 마네E. Manet와 모네C. Monet가 세워 놓은 〈공기와 빛과 영광의 성전〉을 찬미하면서(MSS 2: 155) 이들 인상주의 화가들이 자신의 독특한 시각 체험을 관자의 시각에 전염시킨다고 주장한다. 만델시탐 자신도 그들의 회화를 감상한 뒤에 정상적인 광학 법칙으로부터 이탈한 세상을 체험하게 된다. 〈프랑스인들의 그림을 보고 난 직후 내게 햇빛은 이지러지는 일식의 한 단계처럼, 그리고 태양은 은종이에 포장된 어떤 것처럼 보였다.〉(MSS 2: 162) 반면에 사물을 다윈처럼 바라보는 베레시차긴의 사실주의적 회화는 단조로운 일상성을 반영하며 오로지 만델시탐이 혐오했던 자모스크바레치예 지역의 범속함에 대한 비유로 사용될 수 있을 뿐이다. 〈뻔뻔스러울 정도로 높다랗게 쌓여 있는 저 창백한 초록빛의 양배추 폭탄 더미는 내게 희미하게나마 베레시차긴의 지루한 회화에 그려진 해골들의 피라미드를 연상시켰다.〉(MSS 2: 150)

마지막으로 문학 영역의 패러다임은 장식주의와 리얼리즘의 대립을 축으로 한다. 에세이 안에서 장식주의를 옹호하는 직

베레시차긴, 「전쟁의 절정」(1871).

접적인 진술은 발견되지 않지만 그는 장식주의를 거부한 작가에게 지옥의 한 자리를 예견함으로써 자신의 입장을 완곡하게 표명한다. 〈바로 얼마 전에 어느 작가가(만델시탐의 주에 의하면 코자코프M. E. Kozakov — 필자) 자신이 장식주의자였다는 것을, 혹은 죄스럽기 짝이 없게도 그렇게 되려고 노력했다는 것을 공개적으로 반성한 적이 있다. 내 생각에는 단테의 지옥에 있는 제7원에 그를 위한 자리가 마련되어 있을 것 같다.〉(MSS 2: 154) 그가 장식주의를 옹호하는 것은 에세이의 일관된 논지에 미루어 볼 때 무엇보다도 장식주의가 지향했던 〈낯선〉 시각 체험 때문이리라고 사료된다. 더욱이 에세이 자체가 기술된 방식은 필냐크의 몽타주를 연상시키며 그가 묘사하는 사물의 세계는 올레샤의 주인공들이 바라보는 세계처럼 광학과 기하학과 자연의 법칙이 파괴된 세계이다. 그가 이렇게 몇 가지 우회적인 방식으로 옹호하는 장식주의의 반대편에는 자연 과학의 패러다임에서도 잠시 언급했듯이 리얼리즘이 자리한다. 특히 당대의 문학 풍토를 고려해 볼 때 그가 적대시하는 리얼리즘은 얼마 후 사회주의 리얼리즘으로 공식화될 그런 종류의 〈나이브한 리얼리즘〉이라고 해석해도 무방하다.(Isenberg 1987: 157) 그가 「수후미Sukhum」의 마지막 부분에서 화려한 수사와 더불어 비방하는 러시아 프롤레타리아 작가 동맹RAPP의 멤버인 베지멘스키A. Bezymenskii는 그러한 리얼리즘을 대표하는 작가라 할 수 있다. 〈베지멘스키, 종이 아령을 들어 올리는 장사, 온화하게 붓을 놀리는 둥근 머리통의 대장장이, 아니 대장장이가 아니라 새 장수, 아니 새 장수조차도 아니고 RAPP의 애드벌룬. 그는 시종일

관 등을 구부린 채 노래 부르며 자기의 푸른 눈으로 사람들을 들이받았다.〉(MSS 2: 158~159)

이상에서 살펴본 시각에 관한 세 가지 패러다임은 한 가지, 즉 문학적 바라보기로 압축되며 훌륭한 자연 과학자들과 인상주의 화가들은 시인의 분신임이 드러난다. 자연 과학도 회화도 만델시탐에게는 문학적으로 세계를 바라보는 방식에 대한 메타포였던 것이다. 그가 이토록 장황하게, 어려운 비유와 난해한 문장으로 문학적 바라보기를 강조한 것은 1930년대 사회에 던지는 도전이었다. 사회주의 리얼리즘이라는 경직된 창조 원칙이 예술계를 휩쓸게 될 시대에 만델시탐은 예술가의 바라볼 권리를 주장했다. 리얼리티 자체가 내적인 황홀경도 빛나는 천재도 모두 잃어버린 채 몇 가지 규칙과 규범의 시스템 속으로 용해되어 버리는 시기에 그는 빛과 영광의 성전을 이야기했다. 만델시탐의 두터운 이미지들, 그의 책 전체에서 꿈틀거리는 메타포들은 그가 보이지 않는 부름에 응답하는 방식이었다. 그래서 그의 이미지들은 속속들이 윤리적인 것이었다.

14
뇌와 예술

눈과 뇌와 창조를 논하면서 결코 간과할 수 없는 학문 분야가 신경 미학이다. 신경 미학이란 상대적으로 최근에 부상한 신경 과학 분야의 한 지류로, 예술과 아름다움의 기제를 신경 과학적으로 설명하는 학문 영역이다. 물론 〈최근〉이라는 표현은 생각하기 나름이다. 거의 30여 년의 역사를 지닌 신경 미학은 2011년에도 신생 학문이라 불렸고, 2014년에는 초기 단계라 불렸고, 2016년에는 상대적으로 최근에 등장한 학문이라 불렸다. 즉 언제나 막 등장한 학문이라는 뉘앙스가 연구자들에게 숨 쉴 공간을 제공했다는 뜻이다. 이는 한편으로 그만큼 일관된 연구 분야로서의 위상이 미약하다는 뜻이고 또 그만큼 다양한 접근법이 난무한다는 뜻도 된다.*

신경 미학은 크게 계량적이고 통계적인 데이터를 산출하는 실험적 신경 미학과 두뇌의 사실과 미학적 경험을 연결 짓는 관찰에 의존하는 정성적 신경 미학으로 나뉜다.(Cappelletto

* 신경 미학의 발달 과정은 Cappelletto 2022: Ch. 1을 보라.

2022: 17) 신경 미학자들은 미적 경험과 예술적 창조성이 혼연하고 신비로운 심리적 과정들에 의지하는 것이 아니라 지각, 기억 감정 등 기초적인 신경 과정에 뿌리를 둔다는 것을 증명하기를 희망한다.(스코프 외 2019: 21) 신경 미학은 여러 예술 장르 중에서도 주로 회화를 대상으로 연구되어 왔는데, 그 이유는 시각 신경 경로 및 그 구조에 관한 신경 과학적 이해가 이미 상세하게 구축되어 있어 그것을 기반으로 예술 체험에 고유한 신경망을 추적하기가 용이하다는 사실에 부분적으로 기인한다.(김채연 2015: 351) 실제로 신경 미학 관련 저널이나 논문집에서 가장 많은 공간을 차지하는 것은 시각 예술과 관련한 연구이다. 가장 적은 부분을 차지하는 것은 문학과 관련한 신경 미학 연구인데 그것은 문학에 신경 과학적으로 접근하는 데 한계가 있음을 방증한다.* 신경 미학은 상대적으로 유소한 학문이지만 신경 과학자 제키S. Zeki의 선구적 저술 『이너 비전*Inner Vision: An Exploration of Art and the Brain*』, 그리고 라마찬드란V. Ramachandran과 허스틴W. Hirstein의 「예술의 과학: 예술 체험의 신경학적 이론The Science of Art: A Neurological Theory of Aesthetic Experience」이 발표된 1999년을 기점으로 국내외에서 일군의 학자들이 전통적으로 철학과 심리학, 미학의 영역에서 다루어졌던 예술 창조의 메커니즘, 예술 지각, 예술 수용과 체험, 예술에 대한 미적 판단과 정서적 판단 등을 생물학적 기반에서 탐구함으로써 신경 미학 발전에 기여

* 비근한 예로, 250면에 달하는 최근의 신경 미학 논문집 『뇌, 아름다움, 그리고 예술*Brain, Beauty, and Art*』에서 언어와 문학에 할애된 부분은 15면밖에 안된다. Chatterjee and Cardillo 2021를 보라.

해 왔다.

회화와 관련된 신경 미학 연구는 주로 미술 장르를 볼 때 피실험자들의 뇌에서 활성화되는 부위를 비교 고찰하거나 각기 다른 지각 대상에 대한 피실험자들의 선호도를 조사함으로써 미학적이고 정서적인 경험의 저변에 놓인 신경학적 기반을 탐색한다. 이 단락에서는 이러한 실험을 토대로 제키가 발전시킨 〈시각 뇌visual brain〉 개념을 살펴보고 더 나아가 시각 뇌와 러시아 문호들이 탐구한 시각성의 관련성을 탐색해 보고자 한다. 회화에 관한 신경 미학과 문학 속 회화를 연결해 살펴보는 것은 아마도 이 책의 주제인 〈눈, 뇌, 문학〉의 핵심을 모두 담아낼 수 있는 논의가 될 것 같다. 미학자, 신경 미학자, 미술 평론가가 바라보는 그림과 문인(시인)이 바라보는 그림이 어떻게 근본적으로 다를 수밖에 없는지를 천착하는 것은 아름다움을 신경 미학의 코드로 설명할 수 있는 한계는 어디까지인지 보여 줄 것이다.

이 책에서 여러 번 강조했다시피 인간은 눈으로 보는 것이 아니라 뇌로 본다. 시각과 인지를 분리하려는 시도들은 오류일 뿐 아니라 무의미하다.(Schwartz 2001: 708) 본다는 것은 지각의 문제이자 인지의 문제이며 때로는 감각과 인지를 통합하고 넘어서는 더욱 복잡한 모종의 행위에 관한 문제이다. 그렇기 때문에 시각을 토대로 하는 회화의 창조와 수용은 단순한 〈미〉의 문제를 넘어선다.

신경 미학은 대략 세 가지 범주로 나뉜다. 아름다움 및 아름다움을 토대로 하는 예술 일반에 대한 정의, 예술 감상의 신경학적 기반에 관한 탐구, 그리고 예술 창조의 신경학적 메커니즘 탐구가 그것이다. 아름다움에 관한 정의는 모든 미학 이론이 공유하는 것이지만, 즉 미학적 과학과 비과학적인 미학 연구가 공유하는 것에 대한 공통의 전제라 할 수 있지만(Bergeron and Lopes 2012: 63) 신경 미학이 추구하는 미의 생물학적 정의는 진화와 적응의 차원에서 이루어진다는 점에서 차별성을 보인다. 간단히 말해, 아름다움이란 적응과 관련된 〈미적 즐거움(쾌락)〉이라는 것이 신경 미학의 전제이다. 〈사람들이 아름답다고 하는 것은 임의적이거나 무작위적인 게 아니라 인류의 감각, 인식, 인지 능력의 발달과 함께 수백만 년에 걸쳐 진화해 온 결과이며 적응에 유용한 가치를 지닌 감각과 인식(예를 들어 안전, 생존, 번식을 높이는 감각과 인식)은 아름다운 것으로 선호되었다.〉(가자니가 2009: 297) 이러한 시각에서 보자면 아름다움이라는 것은 〈심리학적으로는 즐거움이고 신경학적으로는 오피오이드의 방출을 의미하며 그렇기 때문에 아름다움을 기반으로 하는 예술에서 문제가 되는 것은 쾌감 중추를 자극하는 방식이다〉.(지상현 2005: 72) 아름다움에 대한 생물학적 정의는 자연스럽게 예술 활동(창조와 수용)을 진화의 한 단계로 바라보게 해준다. 그래서 디사나야케E. Dissanayake는 〈예술은 조작, 인식, 감정, 상징, 인지 등 많은 부분으로 구성되어 있으며 인간이 지닌 다른 특성, 즉 도구의 제작, 질서에 대한 욕구, 언어, 범주 형성, 상징 형성, 자의식, 문화 창조, 사회성, 적성 등과 함께 발현되었다〉라고 주장한다.(가자니가 2009: 284~285 재인용)

이렇게 아름다움에 대한 생물학적 정의에서 출발하는 신경 미학은 예술 수용의 신경학적 기반 연구로 이어진다. 예술에 대한 수용자의 이해 및 감상의 본질과 관련된 질문은 수용자가 인지적으로 예술에 관계하는 방식에 관한 질문에 달려 있으므로 미학은 인지 과학과 불가분의 관계를 맺는다.(Carroll et al. 2012: 57) 시마무라A. Shimamura는 신경 미학 연구를 가리켜 〈객관적이고 체계적이고 반복 가능한 척도를 수반하는 경험적인 리서치〉라 정의하면서 이 리서치의 핵심은 뉴로이미징 도구를 사용해 수용자가 예술을 감상할 때 활성화되는 신경 회로를 찾는 것이라 요약한다.(Shimamura 2012: 14) 미학적 경험에 관한 신경학적 기반 연구의 활로를 개척한 연구로 널리 알려진 가와바타H. Kawabata와 제키의 2004년 논문은 fMRI를 사용해 참가자들에게 다양한 장르의 그림을 보여 준 뒤 뇌 영역이 활성화되는 부위를 추적해 예술 작품에 대한 정서적 반응과 예술의 평가 및 판단에 안와 이마엽의 두드러진 활성화가 개재함을 발견했다.(Kawabata and Zeki: 2004) 최근의 신경 미학 저술에서도 같은 내용이 발견되는 것에 미루어 이들의 실험은 신경 미학에서 어느 정도 정설로 굳어진 듯하다. 〈모든 시각 예술의 미에는 공통되는 성질이 존재하는데 그것은 개별 작품의 객관적인 특징이 아니라 감상자 뇌의 특정 부위, 즉 안와 이마엽 겉질을 활동하게 하는 성질이며 아름다움의 경험이 강할수록 이 부위의 활동이 강해진다.〉(도모히로 2023: 52, 90)

한편 제키의 저술 『이너 비전』은 수용자의 미학적 체험이 아닌 예술 창조의 신경학적 메커니즘을 탐색했다는 점에서 창조와 신경 과학 관련 연구 분야의 선구적 저술이라 할 수 있다. 제키는 『이너 비전』에서 신경 과학과 미학의 융합적 고찰 대상으로 시각 예술, 특히 그림을 집중적으로 다루는데, 그 가장 중요한 이유는 인간은 근본적으로 시각적인 존재이며 시각은 인지 과학에서 핵심적인 위상을 점하기 때문이라고 주장한다. 제키에 의하면 시각이란 두뇌가 사물을 분류하기 위해 필요한 정보만을 추출하고 그 외의 끊임없이 일어나는 변화들을 제외하는 능동적인 처리 과정이다. 이 저술의 한국어 번역본의 부제인 〈뇌로 그리는 미술〉이 말해 주듯 제키는 그림을 그리는 행위(시각 예술의 창조)와 시각 뇌의 활동은 동일하다고 전제한다. 〈미술이란 시각 뇌의 기능과 극히 유사한 종합적 기능을 가지고 있으며 실제로 시각 뇌의 기능이 확장된 것이다. 따라서 미술은 시각 뇌의 법칙에 따라 자기 기능을 수행할 수밖에 없다.〉(제키 2003: 20)

제키는 이러한 전제를 토대로 시각 뇌의 기능과 미술의 기능이 공유하는 〈능동적인 처리 과정〉을 세 가지로 요약한다. 첫째, 시각 뇌와 그림은 방대하고 변화무쌍한 정보들 속에서 대상의 지속적이고 본질적인 속성을 판단하는 데 필요한 요소만 골라내야 한다. 둘째, 그 정보를 얻는 데 중요하지 않은 다른 정보를 배제해야 한다. 셋째, 뇌와 그림은 모두 과거 경험에서 얻은 시각 정보들과 선택된 시각 정보를 비교해 사물이나 장면을 판별하고 분류해야 한다.(제키 2003: 17)

화가는 대상을 눈으로 보지만 그가 본 대상이 그림이 되기 위해서는 뇌가 필요하다는 것이 제키 주장의 요지이다. 〈일단 겉보기에 눈의 해부학적 구조는 카메라와 유사하다. 카메라와 마찬가지로 눈은 좁은 구멍을 통해 빛이 들어오는 상자 같은 구조로 되어 있고 감광성 막 위에 초점을 맞추기 위한 렌즈(망막)가 장치되어 있다. 마치 필름이 손상을 입어 빛에 반응하지 않으면 사진을 찍을 수 없는 것과 마찬가지로 눈에 있는 감광성 막에 손상을 입으면 빛을 느낄 수 없고 따라서 시력을 잃게 된다. 그러나 시각 세계의 상은 단순히 망막에 각인되는 것이 아니며 망막 위에 일어나는 과정을 보기 위해서 정교하게 설계된 시스템 중 중요한 초기 단계에 해당할 뿐이라는 사실은 비교적 최근에 와서야 밝혀졌다. 즉 망막은 시각적 신호를 받아들이는 기본적인 여과기의 역할을 하며 시각 구역field of vision의 부위에 따라 나타나는 빛의 강도와 파장의 변화를 기록하여 대뇌 겉질로 전달한다. 비록 망막의 해부학적 구조가 복잡하긴 하지만 불필요한 정보는 버리고 대상의 항상적이고 본질적인 특성만을 표상하기 위해 필요한 정보만을 선택하는 강력한 기제는 포함되어 있지 않다. 이러한 역할을 수행하는 시스템은 대부분 대뇌 겉질에 존재한다. 대뇌 겉질에는 시각만을 다루는 특정한 부위가 있는데 이를 1차 시각 겉질primary visual cortex(V1)이라 부른다. 최근 신경 과학자들은 1차 시각 겉질만이 망막과 직접 연결되어 있다는 시각 국재화 개념을 입증했다.〉(제키 2003: 27~29)

유추적으로 말하자면 그림과 뇌는 모두 정보의 선택, 정보의 배제, 그리고 정보의 해석(비교, 판별, 분류)이라는 세 가지 과정을 공유한다. 이러한 공통적인 과정을 통해 그림과 뇌가 궁극적으로 추구하는 것은 항상성이다. 〈나는 예술의 기능이란 항상성을 추구하는 것이라 정의하고자 한다. 또한 항상성은 뇌의 가장 기본적인 기능 중 하나이기도 하다. 즉 예술의 기능은 끊임없이 변화하는 세계에서 정보를 찾아내는 뇌의 기능을 확장하는 것이라 할 수 있다. (……) 플라톤이나 그와 비슷한 생각을 가진 철학자들의 의견 속에서, 회화의 목적이란《개개의 형태와 모든 세세한 특성을》초월하는 수단을 통해 신경 생물학자들이 말하는 항상성을 추구하는 것이라는 관점을 쉽게 확인할 수 있다. (……) 뇌는 외부의 물리적 현실의 단순한 수동적 기록자가 아니라 독자적인 법칙과 프로그램에 따라서 시각상을 생성해 내는 능동적인 참여자이다. 그리고 이것이야말로 화가들이 미술에 부여한 역할이고 일부 철학자들이 회화에 기대했던 역할이다.〉(제키 2003: 24, 57, 89)

이상에서 간단하게 신경 미학의 취지와 방법론을 살펴봤다. 지속적으로 발전해 가는 학문 영역인 만큼 평가나 판단은 현시점에서 어렵다. 다만 현재 수행되고 있는 연구들은 초기와는 달리 훨씬 유연하게 아름다움의 문제에 접근한다는 점은 지적할 필요가 있다.* 신경 미학자들은 표상과 감정적 반응은 모두 예술 행동의 본질적인 특징을 만들어 내는 데 중요한 신경 기제이지만 예술 창조와 예술 수용이 미적인 감정이나 쾌감이나 보상으로만 이루어질 수 없다는 점을 직시한다. 〈미적 감정은 대상의 특성과 관련되어 있으므로 예술을 대상에 대한 평가, 즉 미적 반응으로 축소하는 것은 어쩌면 자연스러운 일일지 모른

* 최근의 신경 미학 연구서는 다양한 접근법에도 불구하고 신경 미학이 가지는 합의된 요소로 세 가지를 언급한다. 첫째, 통제된 상황에서 경험적인 연구를 가능케 하는 비침투적 뉴로이미징 기술은 신경 미학이라는 것을 애당초 가능케 하는 핵심 요인이다. 둘째, 신경 미학은 테스트가 가능한 가정에 근거한다. 셋째, 모든 대상이 실험적 방식을 사용하는 연구에 동등하게 적합한 것은 아니다.(Cappelletto 2022: 17~18)

다. 하지만 우리는 오로지 대상의 속성에만 근거한 예술 이론은 부적절하다고 믿는다. (……) 우리는 인간 행동이라는 면에서 예술의 효능이 대상에 근거한 미적 감정만이 아닌 모든 종류의 감정 생성과 지각에 의존한다는 것을 강조할 필요성을 느낀다.〉(스코프 외 2019: 103)

사실 상식적인 눈으로만 보더라도 모든 그림이 아름다움의 기제로 설명되는 것은 아니다. 그림은 예술이지만 그것을 바라보는 것은 미학의 영역에만 국한되지 않는다. 관자의 눈은 언제나 새로운 통찰의 과정을 겪으면 변화한다. 이 점은 사실상 신경학적으로도 입증된다. 시마무라는 정보 처리와 감각의 상호 관계를 두 가지로, 즉 상향식bottom-up과 하향식top-down으로 나누어 보는데, 상향식이란 지각 시그널이 지식을 향해 가는 정보 처리 루트를 가리키고 하향식이란 지식이 하위의 지각 과정을 주도해 관자로 하여금 특정 대상을 보도록 유도하는 것을 의미한다. 시마무라는 전자의 〈보는 것이 아는 것이다Seeing is knowing〉에 대립시켜 후자를 〈아는 것이 보는 것이다Knowing is seeing〉로 요약한다. 시마무라는 미술 수용에 관한 얘기를 하는 것이지만 미술 창조 역시 이러한 이분법으로 설명될 수 있다. 화가가 그림을 그릴 때 그는 보이는 것을 그릴 수도 있지만 보이는 것과 상관없이 아는 것을 그릴 수도 있다. 앞에서 살펴본 원근법의 문제만 놓고 봐도, 보이는 (혹은 보이는 것이라 추정되는) 것을 그리는 것이 원근법이라면 아는 것을 그리는 것은 탈원근법이라 할 수 있다. 이집트 회화나 이콘은 보이는 것이 아니라 아는 것을 그린 것이다.

미술의 창조와 수용이 이렇게 복잡한 과정을 수반한다면 생물학적 미학에서 개진되는 쾌감 중추에 관한 논의는 사실상 재고해 볼 여지가 있다. 오늘날 신경 미학에서는 이미 이 점에 대해 자체적인 반성이 이루어지고 있다. 〈신경 미학은 그 정의상 예술과 미의 신경 기전을 밝히고자 하는 학문 분야이다. 하지만 아름다움은 예술이 지니는 유일의 가치가 아닐 뿐만 아니라, 현대 예술에서는 더 이상 가장 중요한 가치도 아니다. (……) 신경 미학 연구가 아름다움, 또는 긍정적 정서에 기반한 미적 경험의 주관적 측면에 주목하는 것은 예술과 관련된 다양한 반응을 포괄하지 못한다는 한계를 지닌다.〉(김채연 2015: 58) 초상화건 아니면 정물화건 풍경화건 혹은 성화건 긍정적 정서에 기반한 미적 경험의 주관적 측면에만 주목하는 것에는 문제가 있다. 그냥 상식적으로 말해서, 그리스도의 책형을 그린 이콘이나 전쟁의 참상을 그린 그림이 미학적 체험을 제공한다고는 아무도 생각지 않을 것이다. 조금 더 연장해 말하자면 역사에 등장하는 무수한 명화가 아름다움과는 관계가 없다. 자기 집 거실에 걸어 두고 보고 싶어 할 그림이 아닌 것도 많다. 특히 종교화의 경우 아름다움과 신성함이 교차하므로 그것을 미적 경험이라 획일화해 치부하기 어렵다. 이 책의 제2장에서 보았던 히에로니무스 보스의 그림만 해도 미적 체험과는 거리가 멀다. 그렇다고 중세 회화를 예술이 아닌 것이라 하기도 어렵다. 그것은 분명 예술 작품이지만 그 기능은 미적 체험을 훌쩍 뛰어넘어 종교적, 교훈적, 철학적 영역으로 진입한다. 그런 그림을 바라보는 것은 아름다움의 체험이 아니라 성찰과 명상과 반성을 의미한다. 바라보는 행위가 자기 변모의 과정이 될 수 있는 것은 이 때문이다.

예술(특히 그림)의 창조 또한 제키의 시각 뇌만으로는 설명하기 어렵다. 제키가 말한 시각 뇌의 기능은 변화하는 정보의 흐름 속에서 근본적인 요소를 선택하고 나머지는 배제한 뒤 이미 가지고 있는 시각 정보(시각 기억)를 동원해 주어진 장면을 판단하고 분류하고 해석하는 것이다. 그런데 마지막 단계, 즉 시각 기억을 동원해 주어진 장면을 판단하고 해석하는 과정은 항상 지켜지는 것이 아니다. 많은 화가들이 자신이 동원한 시각 기억(즉 그때까지 봐온 다른 그림들과 성화들과 조각들) 중에서 필요한 부분만을 선택하고 나머지 다른 부분은 의도적으로 폐기한 채 오로지 보이는 것에만 집중하여 보이는 것만을 그린다.

바움가르텐이 미학이라는 개념을 도입한 이후 수많은 철학자가 미의 개념을 탐사하고 이를 토대로 예술의 본질을 규명하려고 시도해 왔다. 그러나 오늘날까지도 〈미란 무엇인가〉, 〈예술이란 무엇인가〉 같은 질문에 대한 완벽한 해답은 존재하지 않는다. 미에 대한 감각, 그리고 예술 창조와 수용은 복잡한 인간의 정신 활동 중에서도 가장 고차원적이고 복잡한 활동이므로 이를 규명하려는 그 어떤 시도도 포괄성이나 완벽성을 주장하기 어렵기 때문이다. 신경 미학은 이제까지 사변적인 성격을 지녀 온 미학을 경험적이고 실험적으로 다룬다는 점에서 획기적인 시도라 할 수 있다. 신경 생물학자, 인지 심리학자, 그리고 신경 심리학자 들의 미학 연구는 미학의 지평을 넓히고 더 나아가 인간의 본질에 더욱 가까이 다가가려는 시도라는 점에서 그 의의를 인정받을 만하다.

물론 신경 미학에 대한 반발이 없는 것은 아니다. 일부 인문학자들에게 신경 미학은 예술이라는 고도로 복잡하고 고차원적인 인간의 정신 활동을 생물학으로 환원하는 행위에 불과한 듯 보인다. 그들은 뉴런의 차원으로 예술의 의의를 좁혀서 본다는 발상 자체에 반대한다. 그러나 뇌 연구와 미학 연구의 융합은 지속되어야 할 것 같다. 뇌라는 신체 기관이 인간의 존재 의의, 인간의 실존, 그리고 인간의 생존 원리를 이해하는 데 결정적이라는 사실, 그리고 뇌 스캔 영상이 특정 인지 과정과 연관된 신경 작용에 관한 정보를 전달한다는 사실은 부인할 수 없다. 또 미에 대한 선호, 예술의 창조와 수용, 예술의 확산이 뇌의 작용과 연관된다는 점, 그러므로 뇌에 대한 고려 없이 예술 일반을 설명하는 것은 적절치 않다는 점 역시 부인할 수 없는 사실이다. 제키의 말처럼 〈비록 미적 경험을 일으키는 것이 무엇인지는 아직 잘 모르지만 반대로 시각 뇌의 능동적이고 정상적인 도움 없이는 어떤 미적 경험도 할 수 없다는 점만은 명백하다〉.(제키 2003: 256)

아름다움이란, 그리고 아름다움을 요체로 하는 예술이란 대단히 복잡하고 주관적이며 환원 불가능한 개념이다. 특히 인류 문화유산이라 할 수 있는 위대한 예술 작품이 대부분 아름다움 자체에 국한되지 않고 다양한 종교적, 철학적, 심리적 체험과 연관된다는 것은 아름다움의 다면성을, 그리고 많은 경우 미와 선의 경계가 불분명함을 입증해 준다. 이 점은 사실상 최근의 신경 미학자들도 강조하는 사실이다. 〈우리가 말하고자 하는 핵심은 예술이 결과, 대상, 행위 주체, 사회적 상호 작용이라는 네 가지 감정적 초점의 결합을 제공한다는 것이다. 예술을 미학의 협소한 영역으로만 격하하는 것은 오해의 소지가 있으며 환원주의적이다. 협소한 신경 미학은 예술도, 예술에 동반하는 감정의 풍부함도 정당하게 평가하지 못한다.〉(스코프 외 2019: 104) 환원주의를 거부하는 신경 미학자들에게 〈미적 감정은 의심할 여지 없이 예술의 중요한 부분이지만 예술을 특징짓는 필요조건도 충분조건도 아니다. 따라서 미적 반응에 협소하게 초점을 맞추는 것은 결국 예술이란 무엇인가에 관한 더 큰 그림을 그리는 데 방해가 된다〉.(스코프 외 2019: 106) 신경 미학자들의 이러한 견해는 미술이 예술의 경계를 넘어서고 시각뇌의 법칙을 넘어설 수 있다는 사실을 인정하는 것으로 이해된다. 신경 미학이 쾌감과 환치되는 〈아름다움〉의 개념에 머무르지 않고 진선미의 합일에 관해 신경 과학적이고 생물학적인 해석을 시도할 수 있다면 이는 미학 일반, 그리고 신경 과학 일반에서 일종의 도약으로 간주될 수 있을 것이다.

15
말하는 그림

미술과 문학과 신경 미학을 언급하다 보니 또다시 간과할 수 없는 화두가 튀어나온다. 문학 작품을 읽다 보면 종종 그림이나 조각, 공예품, 사진 등 시각 예술 작품을 언급하는 대목이 나온다. 그러한 작품들에 관한 언급이나 해설이나 평론은 소설(혹은 시) 전체의 의미와 어떤 식으로든 연관된다. 이러한 현상을 에크프라시스ekphrasis라 부른다. 에크프라시스에 대한 고전적 정의는 〈시각적 재현에 관한 언어적 재현〉이다.(Heffernan 1993: 2) 물론 어떤 문학 작품이 그냥 회화를 언급만 한다고 해서 그것이 무조건 에크프라시스로 간주되는 것은 아니다. 우리가 에크프라시스를 언급할 때는 시의 의미, 서사의 의미와의 깊은 연계, 강렬한 표현성, 메타 비평적인 측면 등이 고려되어야 하며 그런 의미에서 에크프라시스는 문학 비평뿐 아니라 미술사와 미학과 문화사의 주제가 된다. 일찍이 머리 크리거M. Krieger가 에크프라시스를 가리켜 문학적 매체의 시각적이고 공간적인 가능성이 가장 극대화된 사례라 부른 것도 그 때문이다.(Krieger

2019: 6)

시, 소설, 드라마가 그림이나 조각, 혹은 가상의 작품을 언급하는 예는 수도 없이 많다. 호메로스가 『일리아스』에서 묘사하는 아킬레우스의 방패는 가장 오래된 에크프라시스의 사례로 간주된다.(Semerenko et al. 2022: 51) 근대 이후 홀바인, 라파엘로Raffaello, 클로드 로랭C. Lorrain 등 유명 화가의 작품을 직접 평가하는 도스토옙스키에서 톨스토이, 고골, 오스카 와일드, 버지니아 울프, 에드거 앨런 포, 토마스 만에 이르기까지 수많은 소설가들이 서사를 뒷받침하기 위해, 혹은 미학적 입장을 개진하기 위해 에크프라시스를 도입했다.* 시인들도 예외는 아니다. 주콥스키, 푸시킨에서 만델시탐에 이르기까지, 키츠J. Keats에서 예이츠W. B. Yeats에 이르기까지 시인들은 그림과 조각을 시적 공간에 들여와 시각적인 인지의 가능성을 다각도에서 구현했다. 예이츠는 「비잔티움으로의 항해Sailing to Byzantium」에서 아야 소피아 성당의 모자이크를 다음과 같이 묘사한다. 비잔티움 예술의 정수라 할 수 있는 성당의 황금빛 모자이크는 육신과 죽음과 시간을 뛰어넘고자 하는 시인의 희구를 은유한다.

> 오, 황금의 모자이크 벽화 속에서처럼
> 하느님의 성화 속에 서 계신 성인들이여
> 자이어 모양으로 감기는, 성전에서 나와,
> 내 영혼의 노래 스승들이 되어 주오.
> 내 마음을 소진시켜 주오. 욕망으로 병들고

* 도스토옙스키의 에크프라시스에 관해서는 석영중 2023: 276~281을 보라.

안젤로 몬티첼리A. Monticelli, 「아킬레우스의 방패」(1820년경).

죽어 가는 동물에 얽매여
자신의 처지도 모르오니. 그리하여 나를
영원의 세공품으로 만들어 주오.
(예이츠 2011: 69)

투르게네프의 산문시 「그 모습 그대로Stoi」 역시 에크프라시스를 토대로 하는데, 투르게네프는 공간적 작품을 시간적 언어로 풀어내는 과정을 뒤집어서 시간 속 예술인 음악을 공간적 예술인 조각상으로 전환한다. 거의 역(逆)에크프라시스적인 전환이라 할 만하다. 천상의 음성으로 노래를 부르는 아름다운 가수는 그의 소망 속에서 시간을 초월하는 조각상으로 굳어진다.

하지만 무슨 상관이야. 이 순간 너는 모든 무상한 것의 저 위에, 저 바깥에 있어. 지금 너의 이 순간은 절대 끝나지 않아. 그 모습 그대로 있어 줘. 너의 불멸을 나에게도 나눠 줘. 영원의 빛을 내 영혼에도 비춰 줘.
(TGPSS 10: 170)

에크프라시스라는 용어의 기원을 살펴보자면 그것은 고대 그리스의 수사학으로 거슬러 올라가는데, 당시 에크프라시스는 단순히 〈묘사〉를 의미했다. 흔히 에크프라시스의 기원으로 기원전 6~기원전 5세기경 시모니데스Simonides의 〈그림은 말 없는 시이며 시는 말하는 그림이다〉라는 주장이 인용된다. 이후 로마 시인 호라티우스Horatius가 『시학*Ars Poetica*』에서 〈그림에서처럼 시에서도Ut pictura poesis〉라고 말한 것은 오늘날 에크프라시스 연구가 모든 비언어 장르 중에서도 특히 그림을 문학과 결부해 논하게 된 시초라 간주된다. 이후 중세를 거쳐 18세기에 레싱G. E. Lessing이 『라오콘*Laokoon oder Über Gresen der Malerei und Poesie*』에서 조형 예술과 문학의 차이를 논함으로써 미술과 문학의 상관관계에 관한 사유에 다시 불을 지폈다. 현대에 들어와 에크프라시스 연구의 신지평을 연 것은 헤퍼넌J. Heffernan이라 간주된다. 그는 에크프라시스의 핵심을 언어와 비전 간의 긴장에 있다고 주장한다.

> 에크프라시스란 언어적 재현과 시각적 재현 간의 반목에 기초하는 문학 양식이다. 양자의 경합은 언어 영역에서 이루어지므로 한 가지 특성이 아니었더라면 전적으로 불공정한 경합으로 취급될 것이다. 요컨대 에크프라시스는 시각 예술을 향한 심오한 양가성, 즉 도상 애호와 도상 공포의 융합, 경배와 불안의 융합을 드러내 준다. 그림이나 조각상을 언어로 재현한다는 것은 관자를 제자리에 고정하고 흥분시키고 놀라게 하고 매료하고 방해하고 혹은 위협하는 그 힘을 환기하는 것이다. 아무리 언어가 그 힘을 제어하려 노력한다 하더라도 그렇다.(Heffernan 1993: 7)

헤퍼넌이 지목한 두 예술 양식 간의, 혹은 시각의 힘과 말의 힘 사이의 〈반목〉 혹은 경합paragone은 상당 기간 에크프라시스 연구의 절대적인 가설로 수용되었으나, 최근 학자들은 경합을 넘어서는 다양한 시각에서 에크프라시스를 연구하고 있다.(Atherton and Hetherington 2022: 1~2) 사실상 말과 시각 이미지 간의 경합이란 전적으로 메타포의 차원에서 다루어져야 하는 문제이다. 경합이라는 표현이 경쟁이라는 뉘앙스를 풍기기는 하지만 그것은 양자의 위상을 동등하게 높여 주기 위해 선택된 단어로, 실제로 다양한 사상과 사유와 관념 간의 공존과 협동은 르네상스 시대의 트레이드마크였다.(Kennedy et al. 2018: 4~5) 기록된 말은 이미지와의 경합을 시도하지도 않거니와 시각적 형태를 위해 스스로를 다른 것으로 대체하지도 않는다. 오히려 에크프라시스는 시인과 소설가의 영감에 찬 비전이야말로 언어의 근원임을 말해 줌으로써 말과 이미지의 상보성으로 우리의 주의를 유도한다.(Pfau 2022: 192) 언어적 이미지와 시각적 이미지 사이에는 너무도 많은 변수들이 존재하며 시각 인지 역시 미메시스적인 인지에서 체화된 인지와 비(非)미메시스적인 인지에 이르기까지 광범위한 스펙트럼을 조성한다. 요컨대 현대에 와서는 가시적인 에크프라시스와 비가시적인, 즉 〈제로 에크프라시스〉, 미메시스적인 에크프라시스와 비미메시스적인 에크프라시스 등 세분된 측면에서 에크프라시스가 논해지고 있으므로 단순히 시각 예술과 언어 예술 중 어떤 장르가 우세한가 같은 화두는 더 이상 연구 대상이 아니다.(Chichkina 2015: 192~194)

21세기에 들어오면서 한동안 뜸했던 에크프라시스가 다시 주목받기 시작했다. 그 이유는 여러 가지가 있겠지만 예술 형식과 미학과 수사학에 대한 관심의 증대와 무관하지 않을 것 같다.

그러나 에크프라시스에 대한 현대적인 관심은 표상이나 재현 자체가 아닌 윤리와 정동, 상호 주관성에 관한 심리학과 신경 과학적 연구와 밀접하게 맞물린다는 점에서 이전의 경향과 차별화된다.(Kennedy et al. 2018: 11) 신경 과학적으로도 에크프라시스에서는 체화된 경험이 더 확장되며 공감과 정서와 상상력이 더 활성화된다는 것이 입증되었다.(Gambino et al. 2017: 151~160) 에크프라시스는 텍스트들이 자신의 기호적 타자와 조우하는 공간(장소)으로 기능하므로 차이에 의해 활성화된다.(Mitchell 1995: 156) 문학 작품, 특히 예술의 윤리에 관해 깊이 숙고한 러시아 대가들에게 이 차이는 시각 예술의 창조와 문학적인 수용 간의 윤리적 간극으로 활성화된다.*

* 에크프라시스의 윤리적 기능에 관한 자세한 내용은 Cunningham 2007: 57~71을 보라.

16
그림의 신학

19세기 러시아 대문호들은 대부분 전문적인 미술 평론과 예술론과 미학 이론서를 썼다. 고골, 푸시킨, 톨스토이, 도스토옙스키는 미술 평론을 썼을 뿐만 아니라 소설 속에서 가상의 혹은 실제의 그림들을 집중적으로 고찰했다. 그들이 서사와 평론에서 개진한 회화 이론은 신경 미학의 최근 발전 과정에 중요한 시사점을 던진다. 그들에게 그림이란 아름다움에서 출발하지만 그 아름다움은 일부 신경 생물학자들이 쾌감과 환치하는 아름다움의 개념을 넘어서 도덕적 감정으로 이어진다. 특히 초상화 혹은 전신 인물화에는 모든 얼굴의 원형인 신의 〈모습과 닮음〉이 내재한다고 믿어졌으므로 그림을 그린 화가도, 그 그림을 감상하는 관자도 어느 시점에는 미적 만족감을 넘어서 다른 정서적 영역으로 진입한다.

도스토옙스키는 특정 회화를 가장 깊이 있게 다룬 러시아 소설가들 중 하나로 손꼽힌다. 에크프라시스 연구에서 도스토옙스키가 항상 중심을 차지하는 것은 그 때문이다. 특히 『백치』

는 여러 점의 실존하는 그림은 물론이거니와 서예와 사진에서 상상 속의 그림에 이르기까지 다양한 장르의 시각 예술을 서사 속에 들여온다. 『백치』의 그림과 에크프라시스는 내가 최근의 저술에서 이미 자세하게 논했으므로 여기서는 그 핵심만 언급하겠다.* 도스토옙스키의 에크프라시스를 논할 때 중요한 것은 그의 서사가 특정 회화를 어떻게 기술하는가의 문제도 아니고 인물들이 회화에 대해 어떤 입장을 취하는가의 문제도 아니다. 문제는 특정 회화가 어떻게 그리스도 강생을 궁극의 메시지로 하는 소설의 서사를 지지해 주는가이다. 『백치』의 중심을 차지하는 한스 홀바인의 「무덤 속의 그리스도Der Leichnam Christi im Grabe」는 모든 것을 이미지로 전환해 사유하고 강생을 예술의 원칙으로 삼는 도스토옙스키 시학의 정수를 보여 준다. 이미지에 대한 도스토옙스키의 집착은 그의 신앙과 직결된다. 인간이 〈신의 모습과 닮음〉으로 창조되었다는 그리스도교의 기본 교리에서 출발하는 그의 시학은 가장 아름다운 존재, 로고스, 그리스도를 궁극의 이미지(러시아어로 오브라즈)이자 윤리의 정점으로 삼는 반면에 이미지(오브라즈)가 없는 상태 〈베즈오브라지에〉는 최악의 반윤리로 상정한다. 그러므로 오브라즈와 베즈오브라지에를 구별하고 판단하는 능력은 미적 감각을 넘어 도덕성을 결정하는 척도가 된다. 요컨대 도스토옙스키 시학에서 미학과 윤리는 오브라즈를 중심으로 하나로 연결되는 것이다.

이런 의미에서 홀바인의 그림을 묘사하는 장면은 도스토옙스키 전 작품을 통틀어 가장 중요하고 가장 심오한 에크프라

* 석영중 2023: 269~392를 보라.

시스이다. 도스토옙스키는 스무 살이 채 안 된 청년 이폴리트를 통해 홀바인의 그림에 대한 장문의 평론을 제공한다.

> 그림 속에는 방금 십자가에서 풀려난 그리스도가 그려져 있었다. 나는 화가들이 십자가에 달린 그리스도를 그릴 때나 십자가에서 내려진 그리스도를 그릴 때나 그 얼굴에 비범한 뉘앙스가 닮긴 미를 반영한다고 알고 있다. 화가들은 그리스도가 가장 무서운 고통에 처했을 때의 모습에서도 그 미를 간직하려고 부심한다. 로고진의 집에 있는 그림 속에는 미에 관한 언어가 전혀 없었다. 거기에는 인간의 시체가 적나라하게 묘사되어 있을 뿐이었다. 십자가에 매달리기 전에 받았던 끝없는 고통, 상처, 고뇌, 십자가를 지고 가거나 넘어졌을 때 행해졌던 보초의 채찍질과 사람들의 구타, 마침내는 (내 계산에 의하면) 여섯 시간 동안 계속되었던 십자가의 고통을 다 참아 낸 자의 시체였다. 사실 그것은 방금 십자가에서 내려진 인간의 얼굴이었다. 또한 신체의 어떤 부분은 아직 굳어 버리지 않아서 죽은 자의 얼굴에서는 지금까지도 그가 느끼고 있는 듯한 고통이 엿보였다(화가는 이 순간을 매우 훌륭하게 포착하고 있다). 그 얼굴에는 조금도 부족한 데가 없었다. 그것은 가차 없는 진실이었고 실제 인간의 시신은 그래야 했다. 그와 같은 고통을 겪고 난 후 인간이면 누구나 그 같은 모습이어야 한다.(도스토옙스키 16:828)

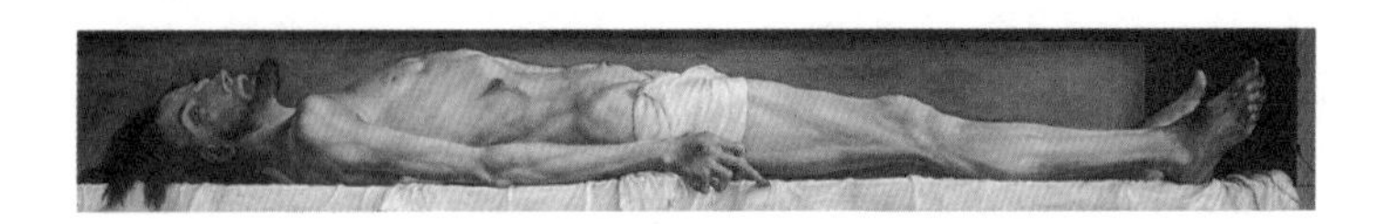

한스 홀바인 2세, 「무덤 속의 그리스도」(1521년경).

이폴리트는 화가가 지나치게 사실적으로 그림을 그렸다고 비난한다. 화가는 핍진성에 충실하게 그리스도의 시신을 묘사함으로써 그리스도가 가지고 있어야 할 아름다움을 배제했다는 것이다. 그러나 홀바인의 그림에서 끔찍한 시신을 읽어 내는 것은 전혀 윤리적인 이슈가 아니다. 이폴리트의 감상 방식이 윤리와 신학의 문제로 전이되는 이유는 그가 시각적인 미의 부재를 신학 차원에서의 부활 가능성 부재로 번역했기 때문이다. 〈만약 그를 신봉하며 추앙했던 모든 제자들과 미래의 사도들, 그리고 그를 따라와 십자가 주변에 서 있었던 여인들이 이 그림 속에 있는 것과 똑같은 그의 시체를 보았다면 그들은 이 시체를 보면서 어떻게 저 순교자가 부활하리라고 믿을 수 있었을까? 만약 죽음이 이토록 처참하고 자연의 법칙이 이토록 막강하다면, 이를 어떻게 극복할 수 있겠는가 하는 생각이 저절로 들었다.〉 (도스토옙스키 16: 829) 이폴리트는 나아가 슬픔에 잠긴 제자들이 신앙을 잃어버리고 부활의 가능성을 믿지 못한 채 모종의 〈거대한 사상〉을 가지고 돌아갔으리라고 추측한다. 이는 그리스도교의 전통과도 홀바인의 미학적 의도와도 관계없는 이폴리트만의 생각이다. 그가 말하는 거대한 사상은 당대 유행하던 르낭E. Renan식의 그리스도론을 반영하면서 결국 근대의 허무주의적 정언인 〈신은 죽었다〉로 흘러간다.(Miščin, 2021: 58)

르낭이 1863년에 발표한 『예수의 생애*La Vie de Jésus*』는 도스토옙스키에게 일종의 시대적 위협으로 다가왔다. 급진적인 신학과 실증주의 역사학의 시각에서 그리스도의 생애를 추적하는 르낭의 저술은 슈트라우스D. Strauss의 『예수의 일생*Das*

Leben Jesu』을 비롯하여 18세기 독일 신학자 라이마루스H. S. Reimarus, 19세기의 슐라이어마허F. Schleiermacher, 슈바이처A. Schweitzer, 20세기의 모리아크F. Mauriac 등의 저술과 더불어 예수의 역사성과 인성에 초점을 맞춘다. 도스토옙스키는 『예수의 생애』가 유럽에서 발간된 직후에 그 책을 읽었으며 부활과 영생을 후대인이 지어낸 전설로 치부한 르낭의 시각을 단호하게 거부했다. 그는 르낭을 〈그리스도의 신적 기원을 논박하는 무신론자〉라고 규정했으며(DKPSS 20: 192) 르낭의 책을 〈불신으로 가득 찬 책〉이라 못 박았다.(DKPSS 21: 10)*

『예수의 생애』가 기초한 가장 중요한 전제는 과학만이 진리라는 사실이다. 〈다만 과학만이 순수한 진리를 찾는다. 오직 과학만이 진리의 정당한 근거를 제공하며 확신시키는 수단을 사용함에 있어 엄격한 비판을 가한다.〉(르낭 2010: 41) 이러한 과학 우선주의에 입각해 그는 역사에 존재하는 모든 기적을 미신으로 치부한다. 〈대개의 경우 민중 자체가 큰 사건이나 위대한 인물로부터 어떤 신적인 것을 보고 싶어 하는 간절한 욕구에서 나중에 기적 운운하는 전설을 지어낸다는 것을 누가 모르랴? 그러므로 초자연적인 이야기는 도대체 받아들여질 수 없으며 거기에는 언제나 경신과 기만이 들어 있다. 역사가의 의무는 그것을 해석하고 그 어느 부분에 진실이 있고 어느 부분에 숨길 수 없는 허위가 들어 있는가를 찾아내는 것이리라는 이 역사 비평의 원칙을 우리는 새 세상이 오는 그날까지 지켜 나갈 것이다.〉(르낭 2010: 85) 과학적으로 입증된 기적은 역사에 존재하지 않

* 도스토옙스키와 르낭의 관계에 대한 좀 더 자세한 논의는 석영중 2006을 보라.

는다고 주장하는 르낭에게 그리스도교의 핵심이자 도스토옙스키 신앙의 핵심인 그리스도 강생과 부활은 망상이자 제자들의 계략이고 전설이다.

홀바인 그림에 관한 에크프라시스는 르낭을 향한 도스토옙스키의 문학적 응전이다. 이 그림에서 그리스도의 부활 불가능성을 읽어 내는 이폴리트는 역사학자 르낭의 이론을 미술 평론의 언어로 반복한다. 요컨대 이폴리트의 에크프라시스와 르낭의 그리스도론은 중첩되며 이러한 중첩을 통해 르낭을 무신론자라고 규정한 저자의 사회 평론적 진술은 예술적으로 변형되는 것이다. 홀바인의 그림이 이폴리트에게 〈신은 죽었다〉라는 사실을 전달한다면 그것은 그의 내면에서 신이 죽었다는 사실을 보여 준다. 도스토옙스키 소설에서 인물들이 환경, 예술, 자연, 다른 인물에 던지는 미학적 응답은 그 인물의 도덕적 본질의 반영이기 때문이다.(Goerner 1982: 80)

홀바인의 그림은 르네상스 회화로 분류되기는 하지만 원이미지proto-image를 지시하는 이미지라는 점에서 이콘의 전통에 속한다고 볼 수 있다. 인간의 시신과 거의 같은 그림은 강생에 대해 인간이 취하는 태도에 따라 신앙을 긍정할 수도 있고 부정할 수도 있다. 도스토옙스키가 홀바인의 그림에 매료된 것은 그것이 그리스도 부활이라는 사건을 직접적으로 재현하지 않으면서도 그 사건을 지시하기 때문일 것이다.(Evdokimova 2016: 230~231) 잘 그려진 그림이 언제나 보이지 않는 것을 담고 있는 이미지이자 이콘이라면 그 그려진 것 속에서 그려지지 않은 것을 읽어 내는 것은 관자의 의지이다. 이 경우, 죽은 인간의 시신에서 그리스도의 부활을 읽어 내는 것은 관자의 선택에 달렸다는 뜻이다. 이폴리트의 주장은 홀바인의 그림을 이콘이 아닌 그냥 그림으로 관람할 때만 적용되는 논리이다. 이폴리트는 앞에서 언급한 오브라즈와 베즈오브라지에를 구분하고 인지할 수 없다는 점에서 윤리적인 갈림길에 서 있다고 말할 수 있을 것이다.

앞에서도 언급했지만 도스토옙스키는 리얼리즘에 관해 독특한 시각을 견지했다. 그의 리얼리즘은 사실상 사진적 리얼리즘을 포함하는 동시에 그것을 뛰어넘는 새로운 리얼리즘이다. 인간에게 닿을 수 없는 곳에 있는 사물의 본질을 도스토옙스키는 때로 〈아이디얼〉이라 부르며 그것을 리얼리티에 포함한다. 〈아이디얼 역시 리얼리티이다. 즉각적인 리얼리티 못지않게 적법한 리얼리티이다.〉(DKPSS 21: 75~76) 다시 말해 도스토옙스키에게 리얼리즘은 원칙적으로 리얼리즘과 아이디얼리즘이 합쳐진 리얼리즘이며 이것이야말로 〈완전한 리얼리즘〉이다. 이런 완전한 리얼리즘을 가지고서 〈인간 속의 인간을 발견하는 것〉이 그에게는 예술가의 가장 숭고한 자질이다.(DKPSS 27: 65) 요약해 보자면, 도스토옙스키에게 리얼리티는 〈리얼〉과 〈아이디얼〉 모두를 내포하는 것, 인간의 감각이나 지성으로는 완전히 포착할 수 없는 어떤 것이다. 그러나 진정한 예술가라면 (그리고 진정한 리얼리스트라면) 완전하게는 아니지만 어느 정도까지는 현실에 담긴 이른바 〈아이디얼〉을 꿰뚫어 보고 육안으로는 파악할 수 없는 〈가장 높은 차원〉의 리얼리티까지 볼 수 있어야 한다. 따라서 미메시스적인가 비미메시스적인가, 리얼리즘인가 비리얼리즘인가, 정확한 재현인가 부정확한 재현인가는 훌륭한 예술의 척도가 아니다. 시지각 행위와 긴밀하게 얽힌 비유적인 의미에서의 보기, 궁극적으로 어떤 〈깨달음〉, 통찰, 심리적이고 영적인 의미에서의 〈개안〉이 가능할 때 훌륭한 예술이 탄생한다. 그리고 물론 그것을 알아볼 수 있는 사람은 오로지 예술가의 눈과 동일한 눈을 가진 관자뿐이다.

17
악마의 초상화

니콜라이 고골 역시 미술에 남다른 관심이 있었다. 그가 쓴 역사 화가 이바노프A. Ivanov의 그림 「그리스도께서 민중 앞에 나타나심Iavlenie Khrista narodu」에 대한 평론은 오늘날까지도 종교화 평론 분야에서 고전으로 읽힌다. 그는 우선 〈화가는 자기가《느낀》것, 그리고 자기 머릿속에 이미 완벽하게 자리 잡은 심상만을 묘사할 수 있습니다〉라고 운을 뗀다. 고골에 의하면 이바노프는 화가들이 그림을 완성하는 데 필요하다고 생각되는 모든 일을 완벽하게 해냈다.

> 그림의 물질적인 부분 전체, 그러니까 인물군을 화폭 위에 엄격하고 치밀하게 배치하는 것과 관련된 모든 것이 완벽하게 실행되었습니다. 인물들은 복음서에 등장하는 인물들의 전형적인 인상과 더불어 유다인의 인상을 지니게 되었습니다. 그들의 얼굴만 보아도 묘사되는 사건이 어느 지역에서 일어나고 있는지 알 수 있습니다. 그것은 이바노프

가 유다인의 얼굴을 공부하기 위해 작심하고서 온갖 데를 다 돌아다닌 덕분이었습니다. 모든 것이, 그러니까 색채의 조율, 인물의 의상, 신체와 의상을 어울리게 하려는 세심한 배려에 이르기까지 모든 것이 철저하게 연구되어 거기에 그려진 주름 하나까지도 전문가의 눈길을 끌 정도입니다. 마지막으로, 역사 화가들이 대체로 별반 주의를 기울이지 않는 풍경에 관해 말하자면, 인물 군상을 둘러싸고 있는 그림 같은 광야는 너무도 완벽하게 재현되어 로마에 거주하는 풍경화가들까지도 놀랄 정도입니다. 이바노프는 그렇게 하기 위해서 건강에도 해로운 폰티우스 늪지대와 이탈리아의 다른 황량한 지대에서 몇 달씩이나 지냈고, 로마 근교의 모든 황폐한 벽지를 습작해 보았고 돌멩이 하나 나뭇잎 하나까지도 공부했던바, 한마디로 말해서 자기가 할 수 있는 일은 다 했고, 모델만 있다면 모든 것을 다 묘사했습니다.(고골 2007: 209~210)

이 정도만으로도 이바노프는 최고의 화가라 불려 마땅하다. 그러나 문제는 이제부터이다. 화가가 모델을 찾아내지 못한 얼굴, 그리스도의 얼굴은 어떻게 그릴 것인가? 홀바인은 앞에서 언급한 그림에서 익사한 유다인을 그리스도의 모델로 삼았다. 이바노프의 경우도 비슷한 상황이다. 〈그림 전체의 주된 과제, 즉 인물들의 얼굴에 그리스도에의 지향, 그 과정 전체를 제시하는 일을 위해 그는 어디서 모델을 찾아낼 수 있었을까요? 어디서 그런 모델을 구할 수 있었을까요? 머릿속에서요? 상상력으로 만들어 낼까요? 아니면 생각으로 포착할까요? 아니, 그건 말도 안 됩니다! 생각은 차갑고 상상력은 무용지물입니다.〉(고골 2007: 210) 이바노프는 화가가 할 수 있는 한 최대로 상상력을 짜내 봤고 지인들의 얼굴에서 고상한 정신적 움직임을 포착하려 시도했고 성당에서 기도하는 사람의 얼굴을 관찰하기도 했지만 〈그 어떤 것도 자신이 필요로 하는 것에 대한 완벽한 심상을 영혼 속에 고착시켜 주지 못함〉을 깨달았다.(고골 2007: 210) 그리하여 길고도 지난한 고뇌의 시간이 화가를 엄습했다.

도스토옙스키가 제기한 오브라즈의 문제는 고골에게도 적용된다. 그러나 고골의 답은 도스토옙스키의 답과 다른 차원에서 전개되며 어떻게 보면 도스토옙스키의 경우보다 단순하다. 도스토옙스키가 서사의 코드로 그리스도의 오브라즈를 직접 그려 보였다면(그 결과는 소설 『백치』이다) 고골은 오브라즈의 구현에 이르기까지 화가가 겪어야 하는 고뇌와 수행에 초점을 맞춘다. 이바노프의 걸작은 자기완성을 향한 그의 뼈를 깎는 수행과 극기와 기도를 통해 완성되었다. 〈아니, 화가 자신이 진실로 그리스도에의 지향을 체험하지 못하면 그는 그것을 화폭에 옮길 수가 없습니다. 이바노프는 그러한 완전한 지향을 내려 주십사고 하느님께 기도했고, 하느님께서 불어넣어 주신 생각을 수행할 수 있는 힘을 달라고 청하며 정적 속에서 눈물을 흘렸습니다.〉(고골 2007: 210) 오로지 그만이 유행만을 좇는 화가들은 상상도 할 수 없는 최고의 경지라는 게 존재한다는 사실을 알고 있었으며 신의 섭리에 따라, 그리스도에의 지향을 붓으로 표현해야 한다는 생각에 사로잡혔으며 스스로가 진실로 변화하기 전에는 그 일을 할 수 없다는 것을 깨달았다.(고골 2007: 210~213) 그리하여 그는 마침내 〈하느님 안에서 살 수 있는 능력〉을 부여받음으로써 그 대작을 완성할 수 있게 되었다는 것이 고골의 결론이다. 중세 이콘 화가를 생각나게 하는 고골의 주장은 그에게 모든 화가는 이콘 화가이며 모든 그림은 궁극의 오브라즈에 대한 재현이라는 사실로 요약될 수 있을 것이다.

고골의 예술관은 사실상 크게 참신한 것이라 부르기 어렵다. 그의 이바노프론은 광신에 가까운 그리스도교와 메시아니즘, 그리고 낭만주의 예술관이 결합할 때 나올 만한 결과물이다. 반면 같은 취지를 담고 있는 그의 단편소설 「초상화Portret」는 평론과는 비교도 할 수 없이 복잡하고 입체적이고 흥미진진하다. 가난한 화가 차르트코프는 우연히 시장에서 무섭게 생긴 노인의 초상화 한 점을 구입한다. 노인의 초상화는 너무나 사실적으로 묘사된 나머지 초상화가 마치 살아 있는 인간처럼 이글이글 타오르는 눈으로 그를 노려본다. 어느 날 이 초상화의 낡은 액자에서 숨겨져 있던 거액의 금화가 쏟아져 나온다. 차르트코프는 그 돈으로 명예를 거머쥐게 되지만 바로 그 때문에 타락의 구렁텅이로 빠져든다. 그는 유행하는 화풍을 좇아 대충대충 그린 그림으로 부를 쌓고 뇌물로 얻은 유리한 평론으로 명예를 유지하며 살아가던 중 옛 친구의 전시회를 방문하게 된다. 차르트코프는 친구가 온갖 고뇌와 고통을 견뎌 내며 진정한 재능과 영감의 붓으로 완성한 그림을 보고는 질투와 회한에 사로잡혀 발광한다. 그는 쌓아 놓은 부를 다 탕진해 가며 위대한 작품을 사들인 뒤 모두 파괴해 버리는 행동을 일삼다가 비참하게 죽는다.

알렉산드르 이바노프, 「그리스도께서 민중 앞에 나타나심」(1857).

스토리만 놓고 보자면 다소 진부한 작품이다. 세속의 명예와 진정한 예술, 모방과 창조 등 낭만주의 시대를 풍미했던 대립 주제들은 오늘날 더 이상 독자에게 어필하지 않는다. 위대한 화가는 가난해야 한다는 설정도 그렇지만, 모방이냐 창조냐 같은 이슈는 답이 자명해서 시시하게 느껴진다. 초상화가 말을 하고 움직인다는 설정, 요컨대 호프만과 포를 연상시키는 환상 문학의 문법 또한 별로 새로운 것이 아니다. 그러나 「초상화」에 내재된 서사의 위력은 막강하다. 단편소설 「외투Shinel'」가 표면상으로는 고만고만한 자연주의와 박애주의 서사처럼 읽히지만 내면에는 어마어마한 형이상학적 우주를 담고 있는 것과 마찬가지이다.

「초상화」의 창조적 위력, 그 에크프라시스가 지닌 힘은 무엇보다도 먼저 노인의 초상화, 즉 그림 자체가 아니라 액자에서 나온다. 고골의 에크프라시스는 전적으로 액자를 중심으로 진행된다. 고골이 숱한 낭만주의 작가들이나 환상 문학 작가들과 완벽하게 차별화되는 천재 작가가 될 수 있었던 것은 액자 덕분이라 해도 과언이 아니다. 일단 차르트코프는 그 그림을 〈액잣값〉만도 못한 20코페이카를 지불하고 구매한다. 초상화 자체의 가격을 논하기에 앞서 가게 주인은 액자의 값부터 얘기함으로써 액자에 상품성을 부여한다. 액자는 그림도 예술도 가치도 아닌 물건이자 가격이며, 또한 거래와 자본을 지시하고 그것을 토대로 예술의 생산과 재생산과 유통을 예측하게 하는 기표이다. 금으로 도금한 액자에서 실제로 황금이 쏟아져 나온다는 기막힌, 지극히 〈고골적인〉 설정은 액자의 물성을 과장되고 괴기하게 확인해 주는 동시에 가치와 가격, 예술과 상품, 창조와 시장성이라는 대립적인 의미론을 공고히 한다. 〈금박 액자는 예술을 물건으로 폄하하고 그림을 가격에 대한 기표로 전락시킨다.〉(Milkova 2016: 154) 액자의 이러한 의미는 〈액자 없음〉의 의미론을 활성화한다. 그의 가난한 셋방에 널려 있는 표구하기 전의 캔버스들이야말로 그의 재능을 보여 주는 진짜 그림들이었다.

액자는 황금을 쏟아 냄으로써 세속의 부에 대한 환유의 역할을 하는 동시에 그림 속 노인이 예술의 공간에서 나와 현실의 공간으로 들어오도록 해주는 일종의 문과도 같은 역할을 한다. 원래 액자라는 것은 예술과 현실, 그림과 문학 사이의 경계선을 분명하게 그려 주고 양자 간의 〈경합〉을 가시화해 주는 물적 오브제이지만, 고골에게서는 역으로 바로 그 경계선이 양자의 경계를 허물어뜨려 텍스트의 권위를 회복해 주는 역할을 한다. 차르트코프는 혼몽한 상태에서 초상화 속 노인이 액자를 넘어 밖으로 나오는 장면을 목격한다. 노인은 차르트코프 앞에서 돈주머니를 확인하더니 다시 캔버스로 돌아가고 공포에 질린 차르트코프는 식은땀을 흘리며 꿈에서 깨어난다. 액자는 초상화의 재현된 리얼리티와 차르트코프의 세계 간의 조리개 역할을 하면서 사실주의 서사와 판타스틱 장르 사이에 뚫린 대문을 열어준다.(Milkova 2016: 155) 여기서 액자의 환유성은 재현된 노인의 사악한 이미지에서 반복된다. 금박 액자가 실질적인 황금의 환유이듯이 노인의 이미지는 실제 인간의 환유로 해석되어도 좋을 만큼 사실적이다. 〈그것은 이미 예술이 아니었다. 그것은 초상화의 조화도 깨버렸다. 그것은 살아 있는 인간의 눈이었다! 마치 살아 있는 인간의 얼굴에서 눈을 도려내 거기에 끼워 넣은 것 같았다.〉(GGSS 3: 83) 소설 전체를 통해 수도 없이 강조되는 초상화의 이글이글 타는 듯한, 세계를 노려보는 듯한 두 눈은 이미지가 아닌 인간 자체의 일부로 인지됨으로써 액자로 치환되는 힘을 부여받는다. 무섭게 노려보는 노인의 초상화와 화가를 타락시키는 힘의 상징인 금박 액자는 관념적으로 상호 치환이 가능한 동시에 물리적으로 인접한 기이한 악의 쌍곡선인 것이다.

실제와도 같이 이글거리는 노인의 눈은 도스토옙스키가 제기한 것과 똑같은 의문에서 촉발된다. 〈실제로 형체가 없는 것이 형체를 가지고 나타날 수 있는가.〉 이 의문에 대한 답은 소설의 제2부에서 제시된다. 노인의 초상은 재능 있는 화가가 그린 것으로 악독한 고리대금업자가 그 모델이었다. 화가는 마치 이콘 화가가 보이지 않는 오브라즈를 가시적인 이콘으로 그려내는 데 몰두하듯이 보이지 않는 악을 보이는 이미지로 재현하기 위해 고심한다. 그는 캔버스에 〈어둠의 정령〉을 재현하면서 〈그 어둠의 정령에 어떤 이미지를 부여해야 할지 오랫동안 고심했다〉.(GGSS 3: 125) 그는 인간을 압박하는 모든 고통스러운 것들을 그 얼굴에 체현하고 싶었고 마침내 고리대금업자를 모델로 악마를 그리기 시작했다. 이후 초상화는 온갖 불행과 재앙을 가져오는 악의 표상이 되어 버렸고 사람들은 고리대금업자의 사악한 영의 일부가 초상화에 들어갔다고 믿었다. 초상화는 살아 있는 악마가 되었고 화가는 악마를 만들어 낸 뒤집힌 〈창조주〉가 되었다.

고골의 초상화는 인류의 역사만큼이나 오래된 예술의 화두인 미메시스의 문제를 환기한다. 실제와 똑같이 재현하는 것의 한계는 무엇인가. 조각상이 인간이 되는 그런 신화적인 문제는 접어 둔다 해도 2차원 평면에 진짜와 똑같이 3차원적으로 오브제를 재현한다는 것은 착시로 간주된다. 금방이라도 액자 밖으로 뛰쳐나올 것만 같은 (그리고 차르트코프의 환각 속에서는 실제로 튀어나오는) 초상화는 훌륭한 예술인가. 그렇다면 사진적인 핍진성은 재현 예술의 필요조건인가.

고골의 에크프라시스는 미메시스를 중심으로 결국 윤리의 문제로 옮겨 간다. 도스토옙스키의 에크프라시스가 관자의 수용을 중심으로 하는 윤리를 전개한다면 고골은 창조자를 중심으로 하는 윤리를 전개한다. 고골의 윤리에서 핵심이 되는 것은 예술의 타락 여부가 아니라 재현의 방식이다. 노인의 초상화는 실제보다 더 실제적으로 그려졌기 때문에 아무것도 의미하지 않는다. 거기에는 기분 나쁘도록 원본과 닮은 모사만이 있을 뿐 의미도 없고 상징도 없다. 그것은 거룩한 이미지 이콘에 대한 패러디이자 환영을 만들어 내는 광학적 허깨비이자 인간을 타락시키는 물질의 한 조각이다. 한마디로 그것은 도스토옙스키가 그토록 경계했던 베즈오브라지에의 극단적인 한 사례였던 것이다.

18
액자 속의 귀부인

미메시스의 문제는 톨스토이의 예술과 윤리에서도 가장 큰 부분을 차지한다. 톨스토이는 존재하는 거의 모든 예술을 비난하는 바람에 유명세를 탄 예술론 『예술이란 무엇인가*Chto takoye iskusstvo*』에서 나쁜 예술을 만들어 내는 네 가지 방법으로 표절, 모방, 속임수, 흥미를 손꼽는다. 두 번째 방법 〈모방〉은 타인의 작품에 대한 모방(그는 이것을 표절이라 부른다)이 아니라 실물의 모방, 곧 미메시스를 지칭한다. 그림에서 모방이란 〈그림을 사진에 접근시켜 사진과 그림의 차이를 없애는〉 방식인데(톨스토이 2017: 143) 그것이 나쁜 이유는 다음과 같다.

> 만일 예술의 주요한 특질이 예술가가 체험한 감정을 타인에게 전달하는 데 있다고 한다면, 감정의 전달은 전달되는 것을 상세히 묘사하는 일과 일치하지 않을 뿐 아니라 대개의 경우에는 그 자질구레한 것들의 과잉 때문에 손괴되어 버리고 말기 때문이다. 이를테면 예술적 인상을 받아들이

> 고자 하는 사람들은 세부에 현혹되기 때문에, 비록 거기에 작자의 감정이 나타나 있다 하더라도 그것은 정확하게 전달되지 않는다. 예술 작품을 그 사실성이나 전달되는 진실성 따위에 의하여 평가하는 것은, 음식물의 영양을 외관에 의해 판단하는 것처럼 묘한 일이다. 우리가 사실성에 의해서 작품의 가치를 운위한다면, 그것은 예술 작품이 아니다. 예술의 모조품을 논하고 있음을 드러내는 데 지나지 않는다.(톨스토이 2017: 146)

나쁜 예술의 조건인 미메시스는 톨스토이의 소설로 들어와 구체적인 윤리적 메시지와 뒤얽힌다. 톨스토이는 예술 장르를 그림, 음악, 문학의 순서로 계층화했다.(Silbajoris 1991: 153) 그가 시각 예술인 회화를 가장 높은 곳에 둔 이유는 그림에 대한 사랑이나 안목과는 별 관계가 없다. 그는 사실상 예술이란 것 자체를 대체로 혐오했으므로 장르 사다리의 맨 위 칸을 차지했다는 것은 그가 그것을 가장 혐오했다는 뜻도 된다. 소설가로서, 사상가이자 예술 평론가로서, 그리고 궁극적으로 인간으로서 톨스토이에게 가장 중요한 주제는 언제나 소통이었다. 예술은 소통이며 좋은 예술은 좋은 감정을 감염시키는 수단이어야 한다는 것이 톨스토이 예술론의 핵심이었으며 또 바로 그 점에서 그의 예술론과 윤리론은 동전의 양면과도 같았다. 그가 소설가이면서도 문학을 장르의 위계 가장 밑바닥에 둔 이유는 언어의 소통력과 직결된다. 그는 언어를 불신했으며 언어로 이루어지는 소통 또한 불신했다. 언어로 이루어진 거의 모든 것을 거짓이자 위선이자 허위로 생각한 그에게 시각 예술은 불안정하고 이중적인, 다른 한편으로 무한히 위험한 대안이었다. 시각 예술이 지닌 소통의 힘이 잘못 사용될 때 그 여파는 문학보다 훨씬 치명적일 것이었다. 그가 『전쟁과 평화』, 『안나 카레니나』를 비롯한 수많은 소설 작품에서 에크프라시스를 시도한 것은 언어에 대한 불신, 그리고 언어 예술의 소통 가능성을 보강해 줄 수 있는 시각성을 반신반의하는 믿음과 맞물린다. 그에게 시각 예술은 언어를 보강해 줄 수도 있지만 동시에 리얼리티를 왜곡할 수도 있는 이중적인 매체였다.(Luttrell 2019: 93, 94)

러시아 문학 전체를 통틀어 도스토옙스키의 홀바인 에크프라시스와 더불어 가장 심오한 에크프라시스로 손꼽히는 『안나 카레니나』의 경우를 살펴보자. 『안나 카레니나』는 처음 발표될 당시부터 한 권의 소설이 아닌 두 권의 소설이라는 지적을 받았다. 하나는 불륜의 주역인 안나가 주인공인 소설이고 다른 하나는 건전하고 건강하고 도덕적인 레빈이 주인공인 소설이다. 전자는 상류 사회의 허위와 위선과 부도덕을 배경으로 진행되는 소설이고 후자는 소박한 시골의 삶과 노동과 교육과 가정을 배경으로 진행되는 소설이다. 톨스토이가 받은 편지 중에는 〈두 개의 테마가 나란히, 아름답게 발전하고 있지만 그 둘을 하나로 이어 주는 것이 없다〉라는 비난도 발견된다.(TTPSS 62: 378) 톨스토이는 이러한 비난을 일축했지만 실제로 많은 독자와 연구자가 소설 속에 두 개의 소설이 있다는 시각을 견지한다. 일단 안나에게 할당된 지면과 레빈에게 할당된 지면은 거의 그 분량이 동일하다. 또 레빈이 말하는 모든 것, 그가 생각하는 모든 것은 톨스토이 자신의 말과 생각이라 해도 좋을 정도로 그는 작가를 대변하기 때문에 레빈의 스토리라인은 소설이 아닌 일종의 〈교훈서〉처럼 읽히는 것도 어느 정도는 사실이다. 그러나 레빈의 스토리라인과 안나의 스토리라인은 끊임없이 얽히고설키면서 수많은 플롯으로 이루어진 방대한 소설을 〈하나의 소설〉로 든든하게 받쳐 준다. 두 개의 스토리라인은 소설의 처음부터 마지막까지 병행과 대립의 원칙에 따라 연결되면서 사랑과 결혼, 삶과 죽음에 관한 톨스토이의 의도를 점진적으로 구체화한다. 이 두 개의 라인이 마주치는 장면이 우리가 이제부터 살펴볼 초상화와 관련한 에크프라시스라는 것은 소설 구성의 시학으로 보나 저자의 윤리적 의도로 보나 가볍게 넘길 일이 결코 아니다.

레빈과 안나는 대하소설 속에서 딱 한 번 물리적으로 만난다. 레빈은 친구인 스티바, 아내 키티, 그리고 처형 돌리를 통해 사교계에 떠돌던 안나와 브론스키의 불륜 소문을 전해 들을 뿐 정작 그녀와 대면하는 것은 딱 한 번, 소설의 클라이맥스에 해당하는 제7부에서이다. 스티바의 주선으로 사실혼 관계인 안나와 브론스키가 거주하는 집을 방문하게 된 레빈은 우선 안나의 초상화를 통해 그녀와 만나고 그다음에 실물과 만난다. 레빈은 현관을 지나고 층계를 오른 뒤 식당을 지나 서재로 들어간다.

> 단 하나의 반사경이 달린 램프가 벽에 걸려 있었는데, 부인의 커다란 전신상을 비추고 있었다. 레빈은 자신도 모르게 그것에 눈길을 주었다. 그것은 이탈리아에서 미하일로프

> 가 그린 안나의 초상화였다. (……) 레빈은 밝은 램프의 불빛을 받아 액자에서 두드러져 보이는 그 초상화에서 눈을 뗄 수가 없었다. **그는 자신이 어디에 있는지도 잊어버리고** 서재에서 얘기하는 소리도 듣지 못한 채 오로지 그 멋진 초상화만을 **정신없이 바라보고 있었다.** 그것은 이미 한 폭의 그림이 아니라 살아 있는 미인이었다. 검은 머리가 물결치고 어깨와 팔은 살이 드러나 있으며, 보드라운 솜털로 덮인 입가에는 수심에 잠긴 듯한 미소의 그림자가 떠돌고, 상대방을 당황하게 할 것만 같은 시선이 자랑스러운 듯이, 그러면서도 다정하게 레빈을 바라보고 있었다. 그것이 살아 있는 여자가 아니라는 증거로는 다만 그것이 현실적인 여자로서는 존재할 수가 없을 만큼 아름답다는 것뿐이었다.(톨스토이 1999-하: 345, 강조는 필자)

안나의 그림은 이미 그림이 아니라 〈살아 있는 미인〉이다. 고골의 노인이 프레임을 뚫고 나오듯이 안나의 그림 역시 거의 프레임을 뚫고 나올 기세이다. 다만 고골의 소설은 환상 문학에 속하고 톨스토이의 소설은 사실주의 문학에 속하므로 안나가 실제로든 환상 속에서든 프레임을 뚫고 나오지 못할 뿐이다. 톨스토이가 『예술이란 무엇인가』에서 통렬하게 비판했던 〈모방(미메시스)〉이 거의 한계치를 넘어 이미지가 실물과의 경계를 무너뜨린, 심지어 실물보다 더 실물처럼 보이는 지경에까지 이른 그 그림은 톨스토이의 감염 이론을 그대로 보여 준다. 레빈이 평소에 견지해 온 도덕의 잣대로 재단하자면 안나는 남편과 자식을 배반하고 애인과 따로 살림을 차린 〈타락한 여성〉이다. 그러나 실물보다도 더 아름답게 묘사된 미인 앞에서 그는 넋을 잃는다. 아름다움과 매력과 쾌감에 레빈은 문자 그대로 감염된다. 그가 그곳에 가기 전에 마신 술은 도덕의 해이를 부추긴다. 톨스토이의 관념 속에서는 이미 포르노와 마찬가지인 〈어깨와 팔을 드러낸〉 물결치는 검은 머리 여인 앞에서 도덕의 화신인 레빈은 〈자신이 어디에 있는지도 잊어버리고〉 하염없이 초상화만 바라본다. 이 지점에서 사실주의 소설가 톨스토이의 천재성이 두드러진다. 그의 에크프라시스는 방향을 살짝 틀면서 고골의 초상화 에크프라시스와는 다른 길로 나아간다. 초상화가 프레임을 넘어 나오는 대신 안나라는 여성의 실물이 서재 뒤쪽에서 나타나는 것이다. 그것도 처음에는 목소리가 등장하고 그다음에 비로소 그녀의 몸이 나타난다. 〈갑자기 바로 곁에서 분명히 자기를 향해 하는 말이라고 여겨지는 목소리가 들렸다. 그것은 그가 넋을 잃고 바라보고 있는 초상화 속 바로 그 여자의 목소리였다. 안나가 격자 가리개 뒤에서 레빈을 맞이하러 나온 것이었다. 레빈은 서재의 어슴푸레한 불빛 속에서 수수하고 여러 가지 색깔로 보이는, 푸른빛이 도는 옷을 입은, 다름 아닌 초상화와 똑같은 여자를 보았다. 그녀는 자세도 표정도 초상화의 그것과는 달랐으나, 화가가 초상화 속에서 표현한 바로 그대로의 아름다움을 간직하고 있었다. 현실적인 그녀는 그림 속의 그녀만큼 곱지는 않았으나, 그 대신 살아 있는 그녀 속에는 초상화에서 찾아볼 수 없는 일종의 새로운 매력이 있었다.〉(톨스토이 1999-하: 346)

현실 속에서 레빈이 마주하는 것은 몸을 지닌 살아 있는 여성 안나이지만, 일단 실물보다 더 실물 같은 그림에 사로잡힌 레빈은 허구와 현실의 불분명한 경계선 위를 방황한다. 정신과 몸, 영혼의 명령과 사회적 마스크의 요구 사이에서 찢긴 개인을 탐구하는 역할을 그림에 부여한 톨스토이의 전략은 성공한 듯 보인다.(Mandelker 1991: 2) 죽은 이미지의 힘은 살아 있는 레빈을 지배하고 레빈의 도덕성은 나쁜 그림의 시각적 바이러스에 감염되어 마비된다. 〈레빈은 여기서 그 유별나게 매력이 느껴지는 이 여성이 지닌 또 한 가지 새로운 특징을 발견했다. 안나에게는 지성과 우아함과 미모 외에 성실성이 있었던 것이다. 그녀는 자기 처지가 괴롭다는 것을 조금도 그에게 숨기려고 하지 않았다.〉(톨스토이 1999-하: 351) 레빈은 안나의 미모(육체적인)에 사로잡혔음에도 자신이 그녀의 성실성(정신적인)에 반했다고 생각함으로써 자신을 기만한다. 〈레빈은 흥미 있는 이야기를 들으면서 한결같이 안나에게 홀려 있었다. 그 미모나 지성이나 교양만이 아니라 그와 동시에 그 솔직성이나 성실성에도. 그는 듣기도 하고 얘기하기도 하면서 끊임없이 안나의 내면생활에 관해 생각하고 그 감정을 추측하려 애쓰고 있었다. 이리하여 이전에는 그토록 냉혹하게 그녀를 비난하던 그가 지금은 뭔가 이상한 생각이 진행되어 감에 따라 그녀를 변호하기도 하고, 그뿐만 아니라 그녀를 사랑스럽게 생각하기도 하면서 브론스키가 그녀를 충분히 이해하지 못하고 있는 게 아닐까 염려하기까지 했다.〉(톨스토이 1999-하: 351) 레빈이 안나에게서 느낀 〈성실성〉이나 〈솔직함〉은 근거가 없는 것이다. 그는 안나를 향해 느껴지는 육체적 열정을 숨기고 치장하기 위해 스스로에게 성실성이나 솔직함 같은 단어로 마법을 건다. 즉 여기서 그가 느끼는 안나의 〈정직함〉은 그의 부정직함에 대한 거울이 되는 것이다. 그는 안나에게 〈연민의 정〉까지 느끼며 집으로 돌아온다. 물론 이 연민의 정이라는 것 역시 거짓이다. 자기기만 속에서 그의 수치심도 〈수치를 모르는 어떤 것〉이 되어 버린다.

집에 돌아온 레빈은 자신이 안나를 향해 품은 연민에는 〈어쩐지 좋지 못한 것ne to〉이 있었다는 것을 깨닫는다. 키티는 그의 눈이 평소와 달리 수상쩍게 빛나고 아내의 질문에 얼굴을 붉히는 것을 보고 어디 갔었냐고 추궁한다. 키티는 남편이 〈그런 여자〉한테 다녀온 것에 격분하고 레빈은 아내를 진정시키느라 진땀을 뺀다. 결국 레빈은 다시는 안나를 만나지 않겠다는 약속을 하고 실제로 다시는 그녀와 안 만난다. 안나의 초상화에 대해 레빈이 느낀 감정은 단도직입적으로 말해 성적인 이끌림이다. 실제 안나를 향해 그가 느낀 모든 감정들, 연민이니 공감이니 이해니 하는 것들은 사실상 정신적인 간음이다. 이날 레빈이 안나의 초상화를 시작으로 경험한 모든 것은 거짓이었다. 간단히 말해 레빈은 안나의 아름다운 초상화가 아닌 안나의 〈나쁜 의도〉에 사로잡힌 것이다. 안나는 자신이 여전히 매력적이어서, 아내를 사랑하고 가족이 있는 사람까지도 사로잡을 수 있음을 증명하고 싶어 레빈이 자기를 사랑하도록 밤늦게까지 온갖 노력을 기울였다. 그리고 그녀는 단 하룻밤 사이에 충분히 그 목적을 달성한 것을 알자 레빈을 완전히 잊어버렸다. 레빈이 안나에게서 느꼈던 성실성과 솔직함은 두 사람이 공모해 합동으로 만들어 낸 허위였던 것이다.

안나의 초상화는 단지 관자의 도덕성만을 시험대에 올려놓는 것이 아니다. 톨스토이가 준비한 에크프라시스의 의미는 소설 전체에 복선의 형태로 꼼꼼하게 박혀 있다. 일단 레빈은 안나에게 다가가기 위해 여러 겹의 프레임을 뚫고 지나가야 한다. 현관, 층계, 칸막이, 액자로 이어지는 프레임들은 안나의 실제성을 희석한다. 또한 레빈에게 안나가 다가오는 방식, 즉 소문, 초상화, 음성, 몸의 형태로 진행되는 실제의 현현은 그 시퀀스 자체가 불길한 뉘앙스를 풍긴다. 소문과 초상화가 이미 레빈의 뇌리에 뿌리박혀 그는 현실 속 안나를 제대로 볼 수 없다. 어두침침한 서재의 벽에 걸린 단 한 개의 램프는 오로지 그녀의 전신상만을 비추므로 레빈으로 하여금 다른 것은 아무것도 보지 못하게 한다. 디테일의 제왕으로서 톨스토이의 명성을 확인해 주는 작은 램프는 시각성과 언어성의 경합에서 시각의 손을 들어 주는 듯하다. 〈실제 크기의 초상화는 관자를 제자리에 고정하고 현실의 환영은 소설의 실제 세계를 전복하며 예술에 대한 관상은 서사의 진행을 방해할 수 있다.〉(Milkova 2017: 157)

그러나 바로 이 시각적 이미지의 힘이야말로 안나의 비극에 결정적 요인으로 작용한다는 사실은 톨스토이의 문학이 언제나 시각 예술을 지배한다는 사실을 다시 한번 입증해 준다. 겹겹의 프레임 속에 갇힌 이미지로서의 안나는 사실상 소설의 처음부터 종말을 향해 치닫는 비극 서사에서 중심을 차지한다. 카레닌에게 안나는 〈금박 틀 속에 들어 있는, 유명한 화가에 의해 훌륭하게 그려진 초상화〉였다. 원래는 그의 부와 명예를 과시하는 트로피이자 상품이었지만 그녀가 브론스키와 염문을 뿌리자 상품 가치를 상실한 혐오스러운 물건으로 전락한다. 〈화가에 의해 솜씨 있게 그려진 머리 위의 검은 레이스며 검은 머리카락, 그리고 무명지에 여러 개의 반지를 낀 희고 아름다운 손, 이러한 모습은 알렉세이 알렉산드로비치에게 견디기 어려울 정도로 파렴치하고 오만한 느낌을 자아냈다. 잠시 동안 그 초상화를 보고 있는 것만으로도 알렉세이 알렉산드로비치는 입술이 떨려 부르르 소리가 날 만큼 몸을 떨고는 얼굴을 돌렸다.〉(톨스토이 1999-상: 370)

안나는 자신이 브론스키를 선택함으로써 남편의 서재에 걸린 초상화의 액자에서 탈출했다고 생각하지만, 오히려 더 큰 액자 속에 갇힌 초상화가 되어 뭇사람의 시선을 받는다. 그녀는 천박한 사교계의 천박한 가십거리이자 구경거리가 된다. 브론스키와 내연 관계에 있는 그녀가 여봐란듯이 오페라 극장에 등장하는 장면은 그녀가 스스로 선택한 액자의 비극적 의미를 알리는 복선이다. 브론스키는 사교계의 알 만한 사람들은 모두 모일 이탈리아 가수 카를로타 파티의 자선 공연에 안나도 가겠다고 하자 불쾌감과 불안감을 넘어 증오심을 느낀다. 〈안나는 파리에서 맞춘, 가슴이 넓게 패이고 비로드로 가장자리를 장식한 엷은 빛깔의 비단옷을 입고, 하얗고 값진 레이스의 머리 장식품을 달고 있었다.〉(톨스토이 1999-하: 144) 극장에 온 사람들의 눈에 확 띄는 옷차림의 안나가 박스석에 앉아 있는 모습은 액자 속 초상화를 실물 크기로 확대한 것이다. 브론스키는 그녀의 자리를 굳이 찾지 않아도 사람들의 시선이 쏠리는 방향으로 그녀의 위치를 알아차렸다. 그는 움직이는 오페라글라스의 렌즈를 통해 깜짝 놀랄 만큼 아름다운 레이스의 테두리 속에서 미소 짓고 있는 안나의 얼굴을 찾아냈다. 부인들은 안나가 뻔뻔스럽게 사교계에, 그것도 눈에 띄기 쉬운 레이스로 화려하게 몸치장을 하고 타고난 아름다움을 빛내면서 나타났다는 데 경악하고 분노했다.(톨스토이 1999-하: 149, 151) 박스석의 프레임 안에 들어 있는 안나도, 나중에 레빈을 잠시 동안 사로잡은 뇌쇄적인 안나도 모두 이미지일 뿐이다. 안나는 인형이고 그림이고 상품이며 보이는 대상이다. 그림은 언어보다 나은 소통의 수단일 수도 있지만 그 악마적 분신일 수도 있다. 안나는 결국 공허한 기표로 축소되고 그 실존 자체가 달려오는 기차 바퀴 아래서 말소된다.(Luttrell 2019: 99) 유명한 화가가 그토록 아름답고 생생하게 묘사한 안나의 초상화는 오브라즈가 아닌 베즈오브라지에였다. 아니, 어쩌면 톨스토이에게는 모든 그림이 베즈오브라지에였는지도 모른다.

VI

신의 바라봄, 신을 바라봄

내가 기어이 뵙고자 하는 분,

내 눈은 다른 이가 아니라 바로 그분을 보리라.

—「욥기」 19: 27

삼엽충의 눈에서 출발한 여행이 드디어 목적지에 도착했다. 이 책의 결론이 될 이번 장에서는 인간 눈의 가장 숭고한 자질을 살펴보는 것이 마땅할 듯하다. 인간이 스스로의 정신과 육체를 초월하여 바라볼 수 있는 궁극의 대상을 우리는 신이라 불러도 좋을 것이다. 신을 향한 눈이야말로 인간의 눈과 동물의 눈을 완전히, 절대적으로, 그리고 최종적으로 구분해 주는 시각적 경계선이다. 서구 사상의 오랜 전통 속에서 눈은 신적인 본질로의 회귀를 가능하게 해주는 가장 직접적인 기관으로 간주되었다. 고대 그리스 철학자들에게 철학의 정점은 진리를 똑바로 보는 것이었다. 이 책의 제1장에서도 언급했지만 플라톤 철학에서 영혼은 본래가 신적인 것이어서 신의 세계로 돌아가야 하는데, 이 일을 수행하는 것이 곧 관상(〈테오리아〉)이었다. 그에게 교육이란 영혼의 눈이 궁극의 이데아를 바라보고 선이라 불리는 최고의 광명을 바라볼 수 있도록 이끌어 주는 것이며 이렇게 교육을 받은 인간은 결국 태양을, 그리고 태양의 본질을 직접 바라볼 수 있게 된다. 이후 교부 철학과 신학에서 관상은 신과의 시선 교환, 지복 직관, 그리고 더 나아가 신과 하나가 된다는 뜻의 신화(테오시스theosis) 개념으로 발전했다. 신과의 시선 교환을 통해 인간은 신과 하나가 된다. 그러나 신과 마주 본다는 것, 그리고 신과 하나가 된다는 것은 평범한 인간에게는 상상하기조차 어려운 지나치게 숭고한 이상이며 그것을 인간이 현실에서 체험하는 것도, 그리고 문학에서 구현하는 것도 거의 불가능하다. 관상에 관한 종교 서적이나 신학 서적은 존재하지만 관상을 테마로 하는 문학 작품은 거의 찾아보기 어려운 것도 그 때문이다. 환시를 통해 신을 보고 신의 음성을 들었던 극소수의 선지자를 제외한다면 지상에서 신과 마주 봄을 체험할 수 있는 인간이 과연 존재할 수 있을까. 또 그 마주 봄을 과연 서사 속에 구현할 수 있을까. 관상을 경험하지 못한 소설가가 어떻게 관상을 주 테마로 소설을 쓸 수 있을까. 눈과 시각을 주제로 삼은 대부분의 소설가는 오랜 탐구에도 꼬리에 꼬리를 물고 이어지는 이런 의문들에 답을 주지 못했다.

신을 마주 볼 수 없는 인간이 상상할 수 있는 가장 거룩한 시선은 신의 눈을 흉내 내는 시선이 될 것이다. 보통 사람이 그리스도와 일치하는 경험은 엄두조차 내기 어렵지만 그리스도를 〈모방〉하는 것은 시도해 볼 수는 있는 목표다. 인간은 신의 시선을 흉내 내는 가운데 어쩌면 신과 마주칠 수도 있다. 관상은 인식론적인 자신감이나 계몽의 파토스, 혹은 신비 신학적 반논리로 꿰뚫을 수 있는 영역이 아니다. 그러나 시각의 문제를 진지하게 성찰하는 인간이라면 신이 인간과 세계를 바라봄, 인간이 신을 바라봄, 인간이 인간을 바라봄이라는 세 시각성이 중첩되는 지점을 깊이 사유할 수 있고 또 그래야만 한다. 그러기 위해 일단은 신의 바라봄을 상상할 수 있어야 한다. 작가들은 수천 가지 다른 방식으로 신의 바라봄을 상상하고 그것을 흉내 내는 인물을 창조했다. 그들은 또 그 흉내를 통해 인간과 인간 간의 시선 교환이 승화되는 모습을 서사에 새겨 놓기 위해 부단히 노력했다. 이 장에서는 대가들이 흉내 낸 신의 눈을 살펴봄으로써 이 책을 마무리 짓도록 하자.

얀 프로부스트J. Provoost, 「그리스도교의 알레고리」(1515년경).
그림의 하부에는 하늘을 올려다보는 인간의 눈이,
상부에는 지상을 내려다보는 신의 눈이 그려져 있다.

1
신과 마주 봄

「시편」의 저자는 신과 마주 봄, 신의 얼굴을 봄이 자신의 지향임을 여러 차례 반복해서 노래했다. 〈《너희는 내 얼굴을 찾아라》하신 / 당신을 제가 생각합니다. / 주님, 제가 당신 얼굴을 찾고 있습니다.〉(「시편」27: 8) 〈제 영혼이 하느님을, / 제 생명의 하느님을 목말라합니다. / 그 하느님의 얼굴을 / 언제나 가서 뵈올 수 있겠습니까?〉(「시편」42: 3) 「시편」의 저자가 말하는 〈하느님의 얼굴〉은 이후 그리스도인이 도달해야 하는 가장 숭고한 목표이자 영적인 성숙의 완성을 의미하는 관상의 시원이었다. 라틴어 〈contemplatio(관상)〉는 고대 그리스어 〈theoria〉에 상응하는 개념으로 〈바라보기〉 및 응시하기, 인지하기 등을 의미했다. 슈피들리크T. Spidlik의 지적처럼 그리스어 〈theoria〉는 〈thea(시각)〉라는 단어에서 유래했으며 그러므로 본다는 개념을 강조하는 표현들인 〈바라보다〉, 〈구경하다〉, 〈반추하다〉, 〈묵상하다〉, 〈철학적 사색을 하다〉 등이 여기 포함된다.(슈피들릭 2014: 544) 이후 관상은 플라톤에서 시작하여 플로티노스

Plotinus를 거쳐 아우구스티누스, 아퀴나스T. Aquinas, 니콜라우스 쿠자누스, 그리고 성산(聖山) 아토스를 중심으로 한 이른바 〈헤시카스트〉 수도사들로 이어지는 동서방 신비 사상의 전통 속에서 항상 중심적인 위치를 차지했다.*

이 책의 제1장에서도 언급했지만 라틴어 관상은 〈템플〉에서 유래한 것으로 템플, 즉 신전에 있는 신상을 바라보는 것을 의미했다. 이렇게 바라보는 일에서 시작되는 관상이 궁극적으로 신을 마주 보는 것으로 마무리되는 것은 시원적인 감각의 행위가 가장 영성적인 〈신과의 일치〉와 맞물리고 육체의 눈과 정신의 눈이 하나가 될 수 있다는 그리스도교 신학의 근본정신에서 비롯한다. 관상을 가능하게 해주는 〈영혼의 눈〉 개념은 신플라톤주의 철학으로 거슬러 올라간다. 신비 신학의 대부 격인 로마 철학자 플로티노스는 『엔네아데스*Enneads*』에서 이후 아우구스티누스를 거쳐 마이스터 에크하르트M. Eckhart로 이어지는 〈영혼의 눈〉에 관한 정초를 마련해 뒀다. 플로티노스에게 영혼의 눈은 주어지는 것이기에 앞서 개개인이 스스로 수련을 통해 개발해야 하는 것이었다. 개인은 마음의 심연으로 물러서서 스스로를 관찰하며 자기 자신이라는 이름의 조각상에 끌질을 해야 한다. 〈조각가처럼 자신의 지나친 부분은 잘라내고 굽은 부분은 바로잡고 어두운 곳은 밝게 해주어 모든 부분이 한결같이 빛나도록 쉬지 않고 자기 자신이라는 조각에 끌질을 가하여 드

* 헤시카즘은 논란의 여지가 있었던 신비주의 수도 생활의 한 지파이지만 1375년경에 동방 교회의 보편 원리로 인정되었다. 헤시카즘의 핵심 교의는 그리스도의 변모된 몸을 관상하는 것이다.(Strezova 2014: 64)

디어 신처럼 거룩한 미덕의 광채가 빛나고 마침내 티 없이 순수한 신전에 세워진 완전무결한 선을 보게 될 때까지〉 끊임없이 노력해야 한다는 것이다.(라우스 2001: 74) 이 단계를 넘어선 후에야 인간은 신을 마주 볼 수 있는 영혼의 눈을 가지게 된다.

> 자신이 이처럼 완전무결한 작품이 되었다는 것을 깨닫게 될 때, 스스로 자신의 순수한 존재 속에 고요히 잠겨 들 때, 이 내적 조화를 깨뜨리려는 것이 이젠 하나도 없고 외부로부터 이 참다운 인간에게 집착하는 것도 전혀 없어진 때 자신의 본성에 충실한 참다운 〈빛〉이 되어 길이로 잴 수도 없고 한계를 그어 좁힐 수도 없고 경계가 없이 산만하지도 않고 오히려 어떠한 기준보다 더 크고 어떠한 수량보다 더 많은, 그래서 결코 측량할 수 없는 그 어떤 것이라는 것을 발견하게 될 때 — 이만큼 자기 자신이 성장했다는 사실을 인식할 때 비로소 영혼은 마음의 눈을 가지게 된다.(『엔네아데스』 I-6: 8~9; 라우스 2001: 74~75 재인용)*

십자가의 성 요한 역시 철저한 자기 부정과 극기를 관상의 과정으로 설명한다. 그는 감성의 정화 단계를 거치고 밤의 메마름과 어둠을 거쳐 결국 영의 정화 단계로 나아가는 여정을 그리면서 〈이 밤을 우리는 관상이라 부르는데 이것은 영성인에게 두 가지 어둠 혹은 정화를 마련해 준다〉라고 설명한다.(십자가의

* 플로티노스의 『엔네아데스』는 우리말 완역본이 아직 출간되지 않았다. 그래서 라우스 2001의 인용을 재인용했으며 부분적으로 조규홍의 선집(2019)을 참조했다.

성 요한 1973: 46) 그에게 암흑은 그 자체가 관상이자 관상에 이르는 여정이다. 〈이 어두운 밤이란 영혼에 끼치는 하느님의 한 작용으로서 영혼을 그 자연적, 영성적 무지와 불완전에서 정화하는 것이다.〉(십자가의 성 요한 1973: 94) 그는 관상을 사다리에 비유하며 사다리의 가장 높은 층에서 영혼이 온전히 〈하느님과 닮게 된다〉라고 말함으로써 관상의 궁극적인 목적은 신과의 일치임을 확인해 준다.(십자가의 성 요한 1973: 174)

눈의 수련은 중세 수도원 학교의 교육 방침과도 일치했다. 중세 수도원 학교는 수도사들이 본분을 이행하도록 이끌어 주는 데 목적이 있었다. 여기서 본분이란 그리스도의 강생과 말씀을 통해 스스로를 드러내신 신을 아는 것, 신을 찬미하는 것, 그리고 신을 사랑하는 것이었는데, 관상은 이 모든 것을 아우르는 통합적인 개념이었다.(Louth 2004: 70) 수도원의 학습 뒤에는 삶에 대한 두 가지 관점이 존재했다. 하나는 능동적인 삶이고 다른 하나는 관상하는 삶이었다. 양자는 거래의 세계와 사유의 세계로 바꿔 말해질 수 있었는데, 거래와 상업과 농업과 제조를 포함하는 전자가 사물을 행하는 일에 관심을 뒀다면 후자는 사물을 보는 일에 관심을 뒀다. 고대 그리스인들에게 안다는 것이 일종의 지적인 바라봄이었듯 관상은 일종의 지식, 그러나 〈노하우〉라는 의미와는 다른, 오히려 그것과는 정반대되는 지식이었다.(Louth 2004: 71) 이 지식의 목적이 신과의 대면, 즉 지복직관임은 자명하지만 그것이 지상에서 과연 어느 정도 가능한가는 다른 문제이다. 여기서 신을 보는 것, 그의 현존을 인식하는 것은 수도사들이 기도와 묵상을 통해 완결 지어야 하는 과업이 아니라 신으로부터 주어지는 선물이었다는 사실을 지적할 필요가 있다. 관상에 필요한 것은 분석 능력이 아닌 직관이라는 것은 대부분의 신학자가 강조해 온 사실이다.(Binz 2008: 87) 다시 말해 신과의 마주 봄은 인간적인 수행과 신적인 은총이 마주치는 지점에서 일어나는 신비한 사건이었다. 이런 사건을 서사 속에 녹여 내는 것이 과연 가능할 것인가. 화가이자 수도사인 인간이 자신의 영혼 속에서 한순간 스쳐 지나간 신의 모습을 이콘을 통해 그려 내는 것과 소설가(그가 그리스도인이건 아니건)가 서사 속에 그리스도와 마주침을 그려 내는 것은 전혀 다른 차원의 얘기이다. 그리스도를 주인공으로 하는 소설이 불가능한 소설이듯이 관상을 주제로 하는 소설 역시 불가능한 소설이다. 도스토옙스키는 『카라마조프 씨네 형제들』에서 이 불가능한 과업에 도전했고 어느 정도 완수했다. 아마 서구 문학 작가와 시인 중에 관상이라는 주제를 이 정도나마 구현한 것은 단테, 홉킨스, 엘리엇과 더불어 도스토옙스키가 거의 유일할 것이다.

도스토옙스키는 『죄와 벌』에서 『카라마조프 씨네 형제들』에 이르는 일련의 대작들에서 궁극적인 〈지복 직관〉에 관해 깊이 사색했다. 그의 인물들은 시선을 통해 구원받기도 하고 파멸하기도 한다. 그러나 그는 신학자가 아닌 소설가였다. 독실한 그리스도인이었던 도스토옙스키는, 관상이란 그리스도인의 지향이자 최종 목적임을 누구보다도 잘 알았지만 그것을 현실에서 체험하는 것도, 그리고 그것을 소설 속에서 형상화하는 것도 거의 불가능하다는 점 또한 누구보다도 잘 알았다. 『카라마조프 씨네 형제들』의 주인공 수습 수도사 알료샤가 소설 중반에 체험하는 지복 직관과 유사한 경험이 그가 직조해 낼 수 있는 최선의 서사였다.

『카라마조프 씨네 형제들』에서 가장 중요한 단락 중 하나인 〈갈릴래아 카나〉는 보통 사람이 경험할 수 있는 유사 관상에 대한 거의 교과서적인 사례라 할 수 있다. 조시마 장로가 가장 아끼는 제자 알료샤에게 위기가 닥친다. 장로가 선종하면 시신이 썩지 않는 기적이 일어날 것이라는 대다수 주민의 믿음과는 정반대로 시신은 정상보다 더 빨리 부취를 풍긴다. 알료샤는 배신감과 수치심에 사로잡혀 거의 신앙을 잃을 위기에 처한다. 〈갈릴래아 카나〉는 바로 이 시점에서 그가 신과 마주하는 것과 비슷한 일대 사건을 겪게 되는 이야기를 다룬다. 조시마 장로의 관 앞에서 파이시 신부가 고인을 위한 밤샘 성서 봉송을 진행하고 있다. 알료샤의 마음속에서는 여러 상념이 소용돌이치지만 밤이 깊어질수록 수면의 유혹은 커져만 간다. 게다가 단조로운 소리의 반복은 그를 수마의 품으로 몰아간다. 알료샤가 쏟아지는 졸음 속에서 듣는 것은 「요한 복음서」 제2장의 〈카나의 혼인 잔치〉 대목이다. 알료샤의 무의식과 의식 사이에서 성서의 구절과 선종한 장로의 가르침은 슬그머니 하나로 겹친다. 〈난 이 구절을 좋아하는데. 갈릴래아 카나는 첫 번째 기적이거든……. 아아, 기적, 아아, 그건 정말 놀라운 기적이야! 그리스도께서는 최초로 기적을 행하실 때 슬픔이 있는 곳이 아니라 기쁨이 있는 곳을 찾아 주셨고 인간의 기쁜 일을 도와주신 거야……. 《사람들을 사랑하는 자는 그들의 기쁨도 사랑하는 법이니라…….》 이건 돌아가신 장로님께서 늘 하시던 말씀이야. 그분의 가장 중요한

사상 중의 하나였지…….〉(도스토옙스키 24: 802)

그런데 이렇게 그의 의식 속에서 장로의 가르침을 연상시키던 성서 구절들은 갑자기 시각적인 차원으로 전이된다. 알료샤의 눈앞에 장로가 등장하고 두 사람은 같이 혼인 잔치로 이동한다. 꿈속의 장로는 마치 현실에서 그러는 듯이 〈함께 즐기자〉라고 알료샤를 초대한다. 알료샤와 장로는 문자 그대로 복음서 〈속으로〉 들어가 복음서의 사건에 참여자로 관여한다. 〈우리는 새 포도주를 마시는 거야, 새롭고 위대한 기쁨의 포도주를. 자, 보려무나, 손님들이 얼마나 많은지를. 저기 신랑도 있고 신부도 있고, 지혜로운 연회장도 있고, 다들 새로운 포도주를 맛보는구나.〉(도스토옙스키 24: 805)

알료샤가 꿈속에서 조시마 장로와 만난 것을 관상이라 말하기는 어렵다. 그러나 알료샤의 비전은 조시마의 도움으로 관상의 상태에 다가간다. 앞에서 말했듯이 관상은 신을 바라보는 것이고 관상의 목적은 신과의 일치이다. 사실 신과의 일치는 관상의 목적일 뿐 아니라 신학 전체의 목적이기도 하다. 고인이 된 장로의 위상은 이중적이다. 그가 살아생전에 신과의 일치를 경험했는지는 또 다른 문제이지만 그가 알료샤에게 신의 대리인 역할을 한다는 것은 거의 자명하다. 꿈속에서 조시마는 알료샤에게 〈그분〉을 직시하라고 권한다. 〈그런데 넌 우리의 태양이 보이니? 그분이 보이니?〉 알료샤는 〈전 두렵습니다……. 감히 쳐다볼 수가 없어요……〉라고 답한다. 장로가 〈그분을 두려워하지 말아라. (……) 그분은 한없이 자비로우시며 우리에 대한 사랑으로 형상을 닮게 만드셨고 우리와 함께 즐거움을 나누시며……〉라고 말하며 재차 신을 직시할 것을 권하는 바로 그 순간 알료샤는 잠에서 깨어난다. 〈무언가가 알료샤의 가슴속에서 불타오르고 별안간 고통스러울 정도로 충만해지더니 그의 영혼에서 환희의 눈물이 쏟아져 내렸다……. 그 순간 그는 두 손을 뻗쳐 비명을 지르며 잠에서 깨어났다…….〉(도스토옙스키 24: 805~806)

알료샤가 신과의 대면 직전에 잠에서 깨어난다는 설정은 대가의 솜씨를, 그 절묘함의 극치를 보여 준다. 알료샤가 지복 직관을 아슬아슬하게 경험했다는 지적도 있지만(Thompson 2001: 93) 엄밀히 말하자면 그는 지복 직관 바로 직전에 현실로 돌아온다. 이 텍스트는 신학 서적이 아니라 소설이다. 성서 봉독을 들으며 꾸벅꾸벅 조는 혈기 왕성한 청년 알료샤가 조시마 장로의 경지에 오르기 위해서는 더 많이 삶을 살고 더 많이 고통을 당하고 플로티노스가 말한 바처럼 자신의 영혼을 끌로 깎아 내는 과정을 거쳐야 한다. 그래서 그는 신과의 마주 봄 직전에 깨어나야만 한다.

관상이란 정신의 진정한 투명성을 재발견하는 것이며 그런 의미에서 그것은 통찰diorasis이다.(슈피들릭 2014: 577) 이 통찰의 순간에 보는 주체와 보이는 대상의 경계는 사라진다. 〈모든 영성 훈련의 목표인 관상은 주체와 객체 간의 분리를 무너뜨린다. 신의 현존에 대한 생생한 감각은 보편적인 어떤 존재와의 일치로 체험된다. 이 경우 보편적인 존재를 우리는 신이라 부른다.〉(Muskhelishvili 2014: 117) 그리스도교 영성가들에 의하면, 영적인 바라보기는 마치 내 안에 두 개의 눈이 있어 나를 통해서 보고 나와 함께 보고 내 안에서 보는 것과 유사하다.

신은 어디에서고 신을 보고, 내 안의 신도 어디에서고 신을 본다.(Paintner 2014: 148) 같은 맥락에서 카나의 혼인 잔치에서 축복의 주체로 등장하는 그리스도와 모든 사람을 천상의 잔치로 불러 모으는 그리스도는 동일한 존재이다.(Thompson 2001: 93) 그리고 그리스도를 직시하는 조시마와 천상의 잔치에 초대받은 손님들도 모두 동일한 하나의 존재로 융해된다. 바로 그런 의미에서 알료샤의 체험은 관상이라 불릴 수 있다.

알료샤의 꿈이라는 소설적 에피소드와 신학적 의미에서의 관상을 연결해 주는 또 다른 고리는 변모의 관념이다. 도스토옙스키는 관상의 순간을 〈소설적으로〉 회피한 뒤 바로 이어서 관상의 결과인 변형(변형된 삶)을 제시한다. 알료샤는 이 순간 이후 〈완전히 달라진다〉. 그의 변화는 드라마틱하다. 이 변화를 단순히 잃을 뻔했던 신앙을 되찾은 것으로 설명하는 것은 턱없이 부족하다. 그는 이때의 경험 이후 관상의 핵심인 자기의식을 되찾고 그 의식의 변형을 체험한다.(Muskhelishvili 2014: 102) 파이시 신부는 누구보다도 먼저 이 변화를 눈치챈다. 〈파이시 신부는 순간적으로 성서에서 눈을 돌려 알료샤를 바라보았으나 그에게 이상한 일이 벌어졌음을 눈치채고는 얼른 눈길을 돌려 버렸다.〉(도스토옙스키 24: 806) 알료샤의 변모는 일단 그가 수도원을 나가는 것으로 시작된다. 도스토옙스키의 편지와 작가 노트에 미루어 보건대 알료샤에게 닥칠 거대한 변모는 속편에서 전개될 예정이었다. 작가는 속세에서는 어차피 불가능한, 그리고 리얼리즘 서사 속에서는 제한될 수밖에 없는 영혼의 구원 대신 흥미진진하고 현실적인 스토리를 기획했던 것으로 사료된다. 『카라마조프 씨네 형제들』 속편이 쓰이기 전에 도스토옙스키가 사망했으므로 알료샤의 변모가 새 소설에서 어떻게 구현될지는 아무도 모르는 일이 되어 버렸다. 그럼에도 우리는 이후 알료샤가 현실을 직시하고 타인을 직시하고 결국 자기 자신을 직시하는 인물로 거듭나게 되리라는 것을 상상해 볼 수는 있을 것 같다.

반복해서 말하지만, 관상을 문학 작품 속에 녹여 내기란 상당히 어려운 일이다. 그래도 서사보다는 시적 비전이 관상을 전달하는 데 좀 더 수월한 것이 사실이다. 도스토옙스키의 관상 서사를 보강하는 의미에서 관상과 관련한 시를 한편 인용해 보겠다. 사제 시인 제러드 홉킨스G. Hopkins의 「물총새에 불이 붙듯As Kingfishers Catch Fire」은 신의 눈과 인간의 눈 간의 일치에서 나오는 장엄한 우주의 형상을 그려 보인다. 홉킨스는 어디에서나 나를 보는 신과 어디에서나 신을 보는 나의 눈을 자연의 질서 속에서 발견한다.

> 내겐 할 말이 더 있네: 의로운 이는 의를 행하고
> 은총을 간직하고, 그래서 그의 모든 행함이 은총이 되네
> 신이 보는 그대로 신 앞에서 행하는 그분은—
> 그리스도—그리스도는 수만 가지 곳에
> 당신 것이 아닌 몸짓과 눈짓에서 아름답게 거하시니
> 인간 얼굴의 표정을 통해 성부의 뜻을 따르시네.*

* 홉킨스 2014: 144~145; 김성규 2020: 87~88을 참조하여 필자가 번역했다.

이 시는 그리스도가 인간의 눈 속에 존재하고 인간은 그리스도의 눈 속에 존재할 때 전 우주적 조화와 아름다움이 창조된다고 노래함으로써 관상의 핵심을 전달한다. 홉킨스에게 자연은 은총이자 선물로 이해되는 성사적 질서이며 시적 이미지들은 미메시스적 수단도 상징도 다 넘어서는 어떤 역동적 존재의 현현이다. 그의 시적 비전은 어휘론과 인식론과 문화적 규범의 매트릭스로 동화되는 것을 거부함으로써 관상의 차원으로 들어간다.(Pfau 2022: 587)

2
신의 바라봄

신을 바라봄과 짝을 이루는 개념은 신의 바라봄에 대한 성찰이다. 관상은 이 두 가지가 솔기 없이 합쳐질 때 완성된다. 신을 보는 것과 신의 보는 법을 배우는 것은 결국 같은 것이라는 뜻이다. 인간이 신을 보기 위해서는 신이 보는 방식을 본받아야 한다. 요컨대 신의 보는 눈과 나의 보는 눈이 일치해야 한다. 어쩌면 이것이야말로 그리스도교 영성 훈련의 최고점, 그 궁극의 단계일 것이다. 신을 보는 것이 아니라 신의 위치가 되어 신의 눈으로 인간과 세계를 보는 것, 이것은 그리스도교 신학에서 종종 테오시스, 즉 신화라 불린다.

테오시스는 한마디로 〈인간이 하느님처럼 되는 것〉을 의미한다.* 신을 모방하고 신처럼 되어 신과 일치하는 것이 곧 테오시스인데 이것은 그리스도교인이 추구해야 하는 최고 단계의 완덕이라 할 수 있다. 인간은 그리스도를 본받고 그리스도의 케노시스를 삶 속에서 실천하는 가운데 신성을 획득한다. 그러므

* 테오시스에 관한 자세한 설명은 석영중 2005: 222~223을 보라.

로 테오시스를 획득하기 위해서 인간은 부단한 기도와 영적인 수련과 은총에 대한 희구뿐 아니라 실천적으로 그리스도의 길을 따르려는 의지를 가져야 한다. 신학자 세르게이 불가코프S. Bulgakov는 이러한 의지를 〈창조적인 그리스도의 모방〉이라 부른다. 〈그분 안에서 각 개인은 자기 자신의 영원한 이상적 얼굴을 구하고 발견해야 하지만 이는 외적인, 비창조적인 모방을 통해서는 결코 완성되지 않는다. 그것은 언제나 정확하게 《자기 나름의》 십자가를 찾고 자기 자신의 방식으로 그분을 따라 그 십자가를 짊어지는 《창조적인 길》이어야만 한다.〉(Bulgakov 1927: 227~228)

한 가지 흥미로운 것은 테오시스의 문제를 시각성의 코드로 설명하는 예는 그리스도교 신학의 전 역사에서 발견된다는 점이다. 토마스 아퀴나스의 스승이었던 대(大)알베르투스(혹은 알베르투스 마그누스Albertus Magnus)는 『신과 하나가 되는 길 *De adherendo Deo*』에서 인간이 신화되기 위해 가장 먼저 해야 할 일은 〈눈을 감고 감각들의 문에 빗장을 거는 것〉이며 그런 다음 온전히 자신 안으로 들어가 오직 상처 입은 그리스도에게 시선을 고정하는 것이라고 했다.(알베르투스 마그누스 2023: 19~20) 성 대(大)바실리우스Basil the Great는 인간의 모든 감각기관 중에서 시각이 차지하는 최우위를 역설하며 가장 분명하게 감각의 개념을 명시하는 것은 비전horasis이라 강조했다. 다마스쿠스의 성 요한도 인간의 모든 감각 중에서 시각이야말로 가장 고귀한 것이라고 지적하면서 신성의 이미지가 인간에게 드러난 것은 예언자들의 영성적 시각을 통해서였다고 말한다.(St. John of Damascus 1980: 25, 72, 79) 니사의 성 그레고리우스는 이를 인간뿐 아니라 신 자신에게도 적용해 신의 형상으로서의 이콘에 대한 흠숭을 공고히 했다. 성 그레고리우스에 의하면 신은 무엇보다도 먼저 스스로에게 비전과 관상의 감각을 부여했다. 그리하여 테오시스가 인간의 최종 목표인 한 이콘은 신의 비전을 모방하도록 우리를 초대하고 테오시스로 인도한다.(Antonova 2023: 17)

신의 눈, 신의 비전, 신의 바라봄은 사실상 깊은 신심과 더불어 인간의 종교적 상상력이 최고조로 발휘될 때야 언급할 수 있는 것이다. 그리스도교는 그 시원부터 인간의 눈과는 다른 〈신의 눈〉을 반복해서 언급했다. 욥은 신의 눈과 인간의 눈이 다름을 〈살덩이의 눈〉의 비유로써 설명한다. 〈당신께서는 살덩이의 눈을 지니셨습니까? 당신께서는 사람이 보듯 보십니까?〉(「욥기」 10: 4) 그렇다면 살덩이(인간, 피조물)의 눈이 아닌 눈은 어떤 것인가. 플로티노스, 오리게네스Origenes, 아우구스티누스를 거쳐 니콜라우스 쿠자누스에 이르는 서양 신비 사상의 긴 역사는 신의 눈을 상상하고 인지하고 모방하고 따르고자 하는 인간의 지향에 관한 기록이라 해도 과언이 아니다. 그중에서도 중세 말에서 르네상스 초기에 활동한 니콜라우스 쿠자누스의 『신의 바라봄*De visione Dei*』은 번역자가 붙인 부제 〈신을 통한 인간의 바라봄과 인간을 통한 신의 바라봄에 대한 쿠자누스의 신비주의〉에서 드러나듯이 신학의 핵심을 전적으로 시각의 은유에 입각해 천착한 저술이다.(니콜라우스 쿠자누스: 2014) 니콜라우스 쿠자누스의 논고는 〈신의 눈은 모든 것을 본다〉라는 사실에서 출발한다. 〈모든 완전성의 최고 정점이며, 사유될 수 있는 것보다 더 큰 신은 모든 것을 보기 때문에《테오스》라 불립니다.〉(니콜라우스 쿠자누스 2014: 79) 신의 눈은 또한 모든 시선의 근원이라는 점에서 절대적인 눈이다. 〈보는 자의 모든 봄이 유래하는《절대적 봄》은 현실적으로 보는 모든 이들의, 일체의 예리함과 일체의 민첩함, 그리고 일체의 능력은 물론 (앞으로) 보는 자가 될 수 있는 이들을 능가한다고 해도 지나침이 없습니다.〉(니콜라우스 쿠자누스 2014: 80) 그의 논거에 따르면 인간의 바라봄은 세상의 시공간에 따라 개별적인 대상들 및 제한적인 여타 조건들에 결부된 〈추상적인 봄〉인 반면 신의 바라봄은 아무런 제한도 없는 〈참된 봄〉이다. 인간은 내면의 통찰을 통해 감각적인 봄에서 신적인 봄으로 건너가며 이로써 신적인 시선의 본질을 파악하게 되는데, 그 본질을 니콜라우스 쿠자누스는 〈섭리, 은총, 영원한 생명〉이라 부른다. 인간이 신의 시선을 영원한 생명으로 체화할 때 인간의 사랑은 신의 사랑을 본받을 수 있게 된다. 〈주님, 당신의 바라봄은 사랑입니다. 그래서 당신의 시선이 저를 관심 있게 쳐다보시는 것처럼 당신은 결코 저로부터 그 눈길을 거두시지 않는데, 당신의 사랑 또한 그러합니다.〉(니콜라우스 쿠자누스 2014: 87) 신의 눈은 또한 선 그 자체이다. 〈저는 당신의 시선이 가장 선하시며, 이 선하심은 그것을 받아들일 능력이 있는 것에게 자신을 나누어 주는 것 외에 다름이 아니라는 것을 알고 있습니다.〉(니콜라우스 쿠자누스 2014: 87~88)

니콜라우스 쿠자누스의 시각 신학은 결국 신의 바라봄이

곧 생명이라는 고백으로 귀착한다. 다음 대목은 영원한 생명을 시각의 언어로 기록한 가장 아름다운 신비 신학적 진술 중의 하나라 간주된다. 〈당신의 봄은 살아 있게 만드는 것vivificare 외에 다름이 아니며, 끊임없이 (제 안에) 흘러 들어오게 하는 당신의 달콤한 사랑 외에 다름이 아니며, 이러한 사랑이 흘러 들어오게 함으로써 당신에 대한 사랑이 불타오르게 하고, 이러한 불타오름을 통해서 당신에게 가까워지며, 가까워짐을 통해서 저의 갈망에 불을 붙이며, 이러한 불붙임을 통해서 기쁨의 이슬로 목을 축이게 하고, 이로써 《생명의 샘》으로 흘러 들어가게 하며, 이러한 흘러 들어감으로써 성장하고 또 계속 유지하도록 해주십니다. 이것은 당신의 불멸성을 나누어 주는 것과 다름없으며, 천상적이며 가장 높고 가장 위대한 왕국의 시들지 않는 영광을 선사하는 것이며, 유일한 아들에게만 속하는 유산을 나누어 주게 하는 것이며, 영원한 지복을 갖도록 해주는 것 외에 다름이 아닙니다. 이 지복에는 우리가 갈망할 수 있는 모든 《기쁨의 정원hortus deliciarum》이 있습니다.〉(니콜라우스 쿠자누스 2014: 90~91) 여기서 지복은 〈그것을 넘어서는 그보다 큰 어떤 것도 존재할 수 없는 모든 정신적 갈망의 절대적 최대치〉이므로 결국 신의 바라봄은 테오시스의 출발점이자 종착점이라 할 수 있다.

신비 신학자들이 생각한 신의 눈이 곧 사랑이었다면 현대의 의학자이자 철학자인 탤리스R. Tallis는 신의 눈을 〈시점이 없는 전망a view without a point〉이라 상상한다.

물론 우리를 올바로 이해하고 있는 그대로 보는 시선이 존재한다. 그것은 신의 시선이다. 이 시선 속에서는 모든 심판관과 권위자가 합쳐지고 모든 신호가 풀이되고 자아는 일시적인 흔적이 아니라 영원히 평가되는 불변의 영혼으로 응결된다. 신은 응시하는 인간들이 얻을 수 없는 완전한 지식을 가지고 있다. 이러한 응시는 두려움의 대상이다. 다행히 이 응시는 상상 불가능한 것이기도 하다. 신의 관점은 특정한 시점이 없는 전망이기 때문이다. 이 관점이 조망하는 곳은 모든 곳이기도 하고 그 어떤 곳도 아니기도 한 사물의 궁극적인 진리이다. 이런 시선은 인간의 비인간적인 시선만큼이나 불가능하다.(탤리스 2011: 236)

탤리스가 상상한 신의 눈은 그러나 〈상상 불가능한 응시〉로 귀착한다는 점에서 자가당착적이다. 아마도 종교적 성찰을 배제한 채 인간이 다다를 수 있는 신의 눈은 탤리스의 정의를 넘어서기 어려울 것 같다. 우리가 신의 눈을 상상할 때 문학에 의존할 수밖에 없는 것도 바로 이 점에 기인한다. 신비 신학자가 바라보는 〈신의 바라봄〉은 너무 숭고해서 일부 성인들 외에는 체험하기 어렵고 비종교인이 상상하는 신의 눈은 설명은 가능하지만 상상이 불가능하다. 반면 작가들은 수천 가지 다른 방식으로 신의 눈을 상상했다. 그들은 — 신앙인이건 비신앙인이건 — 신의 눈을 설명하는 대신 신의 바라봄과 유사한 인간의 바라봄을 때로는 소극적으로 또 때로는 용감하게 서사에 투영했다. 그리고 서사와 얽힌 신의 바라봄은 그들의 작품에 궁극적인 윤리의 차원을 생성하는 데 가장 중요한 역할을 하곤 했다. 문학 속에 나타난 신의 바라봄 역시 방대한 주제이므로 대표적인 몇몇 작가의 경우만을 간략하게 살펴보기로 하겠다.

3
눈물 흘리는 눈

데리다는 실명에 관한 글에서 인간 눈의 본질이 눈물과 〈안 보는 것not sight〉이며 이 본질이야말로 인간만의 고유한 자질이라 했다.(Derrida 2007: 126) 그는 또 눈의 진실을 드러내는 실명(눈멂)은 눈물로 가리어진 응시가 될 것이라고도 했다.(Derrida 2007: 127) 데리다의 지적은 신의 눈을 상상해 온 작가들을 위한 한 줄 요약문으로 읽힌다. 안 보는 것, 곧 거룩한 어둠의 그리스도교적 의미는 실명을 다루는 장에서 설명했으므로 이 장에서는 눈물의 신학적 의미를 살펴보기로 하자.

동방과 서방 교회는 오래전부터 눈물에 깊은 의미를 부여했다. 눈물의 신비, 눈물의 은총 같은 표현에서 드러나듯이 신학적 차원에서 바라보는 인간의 우는 행위에는 비의적인, 거의 부정 신학적인 의미가 개재한다. 시각이 이미지로서의 가시적 세계에 응답하는 것이라면 시각의 일부로서의 눈물, 혹은 데리다식으로 말해 눈물로 가리어진 응시는 언어와 이미지로 표현할 수 없는 절대적인 현존과의 교감이다. 그리스도교에서 말하는 은사로의 눈물이 〈영적인 눈물spiritual tears〉로, 혹은 오리게네스가 말한 것과 같은 〈신의 눈물〉로 표현되는 것은 바로 그 때문이다.(Ware 2005: 242~243) 눈물은 생리적인 현상과 정신적인 반응을 포괄하고, 영과 육의 신비한 교차점을 넘나들면서 신의 바라봄에 대한 인간적 해석의 지평을, 더 나아가 인간과 신의 교감 가능성을 무한히 확장한다. 눈물은 이를테면 〈감각이 영적으로 승화되고〉 인간의 몸과 정신이 모두 대속될 수 있음을 보여 주는 생리적인 증상이다.(Ware 2005: 245)

성경이 기술하는 신의 눈물은 인간의 고통과 죽음을 환기한다. 죽은 라자로를 위한 눈물[〈예수님께서는 눈물을 흘리셨다.〉 (「요한 복음서」 11: 35)], 멸망할 예루살렘을 위한 눈물[〈예수님께서 예루살렘에 가까이 이르시어 그 도성을 보고 우시며 말씀하셨다.〉 (「루카 복음서」 19: 41~42)], 그리고 그리스도 자신의 인간적 고통 앞에서 흘리는 눈물[〈예수님께서는 이 세상에 계실 때, 당신을 죽음에서 구하실 수 있는 분께 큰 소리로 부르짖고 눈물을 흘리며 기도와 탄원을 올리셨고〉 (「히브리인들에게 보낸 서간」 5: 7)]은 모두 신의 눈물과 인간의 눈물이 고통을 축으로 합쳐짐을 말해 준다. 인간의 고통 앞에서 신이 흘리는 눈물은 인간이 서로를 위해 흘리는 연민의 눈물로 변형되고 연민의 눈물은 참회와 구원의 눈물로 다시 연장된다. 인간이 타인의 고통을 위해 눈물을 흘릴 때 신의 눈을 본받는 기나긴 여정이 시작되는 것이다. 히니가 신의 눈물에서 모든 생명이 솟아났다고 노래하는 것도 이러한 맥락에서 이해된다.

하늘의 신이 끝없는 고독을 꿈꾼 뒤 흘린
눈물에서, 그 눈물의 소금에서 모든 생명은 솟아났음을
—「양심 공화국에서From the Republic of Conscience」 중에서
(Heaney 1987: 12~13)

눈물은 〈하느님, 당신 자애에 따라 저를 불쌍히 여기소서〉라고 울부짖는 다윗의 절절한 통회에서(「시편」 51: 3), 동서방 교회의 성자전에서, 알레그리G. Allegri의 「미제레레Miserere」와 바흐J. S. Bach의 「마태 수난곡Matthäus-Passion」 중 〈불쌍히 여기소서Erbarme Dich〉에서, 동방 교회의 성모 이콘에서, 루오G. Rouault의 〈미제레레〉 연작 판화에서 참회와 연민과 통한을 상징한다. 그러나 관상의 경우와 마찬가지로 눈물의 신학적 의미를 근대적 의미의 소설에 녹여 내는 것은 만만한 일이 아니다. 도스토옙스키는 그 어려운 일을 해낸 몇 안 되는 작가 중 하나이다. 쓰다 보니 어려운 주제가 새로 등장할 때마다 도스토옙스키를 대표로 언급하게 되는데 사실이 그러하니 어쩔 수가 없다. 아무튼 『악령』에 등장하는 반미치광이 여자 마리야 레뱟키나는 끝없는 눈물로써 자신의 존재를 문학사에 새겨 놓은 독특한 인물이다. 그녀는 주인공 스타브로긴에게 강간당하고 오빠에게 폭행당하고 온갖 수모와 모욕을 다 당하다가 결국 살해당하는, 모든 학대받은 여성의 원형이다. 러시아 문화사에 종종 등장하는 유로디비(성 바보)의 여성 버전인 레뱟키나는 수난의 상징이자 러시아인들이 사랑한 성모 이콘의 모상이다. 그녀는 상상과 현실 사이를 넘나들며 횡설수설하면서 눈물의 궁극적 의미를 전달한다.

〈수녀님 한 분이 성당에서 나와 나한테 속삭였지,《성모님이 누구라고 생각하느냐》라고.《위대하신 어머니이시며 인류의 희망이십니다》라고 내가 대답했어.《그렇다, 성모님은 위대하신 모후이시며 촉촉한 대지이시다. 바로 여기에 인간에게 위대한 기쁨이 있는 것이니라. 지상의 모든 비애와 지상의 모든 눈물은 우리에게 기쁨이니라. 반 아르신밖에 안 되는 발밑의 땅을 눈물로 적시다 보면 당장에 모든 것에 기뻐하게 될 것이다. 그러면 너에게 더 이상 그 어떤 고뇌도 없을 것이다. 이것이 바로 나의 예언이니라》라고 말했어. 그때 그분의 말이 나한테 떨어졌어. 그때부터 나는 이마가 땅에 닿도록 엎드려 입 맞추며 기도하기 시작했어. 입을 맞추며 눈물을 흘렸어. (……) 이 눈물 속엔 고약한 건 아무것도 없어. 너한테 아무런 슬픔도 없다고 해도 좋아. 네 눈물은 그것과 상관없어. 네 눈물은 오직 기쁨 때문에 흘러내리는 거니까. 눈물이 알아서 흘러내리는 거지.〉(도스토옙스키 17: 290-291; DKPSS 10: 116)

도스토옙스키 작품에서 눈물이 개인적인 참회와 구원을 넘어서는 보편적인 구원이 될 수 있는 것은 눈물로 대지를 적시는 행위에 기인한다. 이때 눈물은 고통을 구원으로 변형하는 기적의 묘약이며 인간의 고통을 다른 차원의 기쁨으로 승화해 주는 신의 손길이다. 반미치광이 바보 여인 레뱌키나가 신과 인간의 중개자로 변신할 수 있는 것도 이 눈물 덕분이다. 그녀는 산으로 올라가 동쪽으로 얼굴을 돌린 채 땅에 엎드려 흘러넘치는 눈물로 대지를 적신다. 그녀는 아무것도 이해하지 못한 채 그저 울기만 하고 그녀의 등 뒤에서는 불길처럼 타오르는 거대한 태

〈보골류보프 성모〉 이콘 속 성모의 얼굴.

양이 산 너머로 지고 곧이어 칠흑 같은 어둠이 덮쳐 온다. 눈물, 저물어 가는 태양, 그리고 다가오는 암흑은 하나로 합쳐져 구원의 신비에 대한 묵시록적 상징이 된다. 인간의 논리와 서사의 논리 모두를 초월하는 바보 여인의 불가해한 눈물은 등장인물 대다수가 죽거나 자살하거나 살해당하는 무거운 소설에서 거의 유일한 희망의 원천으로 부상한다. 그녀의 눈물은 인간적인 원인을 초월하여 만인의 죄를 위한 눈물, 회개와 보속의 눈물이 되고 그녀는 피에타상과 「스타바트 마테르Stabat Mater」에 깊이 새겨진 복음적인 아름다움과 선을, 12세기 〈보골류보프 성모Bogoliubskaia ikona Bozhiei Materi〉 이콘의 눈에서 금방이라도 흘러내릴 듯한 연민의 눈물을 환기함으로써 서사 밖으로 튕겨 나온다. 광대처럼 분칠을 한 채 눈물을 흘리는 레뱌키나는 러시아의 가장 보편적인 성모 이콘이자 도스토옙스키가 가장 사랑했던 이콘인 〈모든 슬퍼하는 사람들의 기쁨Vsekh skorbiashchikh radost'〉 이콘과 중첩되는 이미지, 곧 이미지의 이미지, 상징의 상징으로 변모하는 것이다.

눈물로 대지를 적시는 행위는 도스토옙스키의 마지막 장편소설 『카라마조프 씨네 형제들』에서 기쁨과 구원의 상징으로 굳어진다. 도스토옙스키에게 인간이 자신의 눈물로써 대지에 물을 주는 행위는 가장 즉물적인 차원에서부터 가장 정신적인 차원에 이르기까지 생명의 전 스펙트럼을 아우르며 궁극적으로 인간과 신의 관계를 확정 짓는다. 자기 비움에서 시작해 참회를 거치면서 생명의 합창으로 이어지는 눈물은 결국 인간을 신에게 들어 올리며, 그 점에서 그것은 가장 숭고한 기쁨의 눈

〈모든 슬퍼하는 사람들의 기쁨〉 이콘.

물이 된다. 『카라마조프 씨네 형제』의 신학적 차원을 대변하는 조시마 장로가 선종 직전에 남기는 유언에서 사랑과 환희로 고양되는 눈물을 말하는 것은 결코 우연이 아니다. 〈모든 사람이 당신을 버린다면 대지에 엎드려 입을 맞추고 눈물로 대지를 적시십시오. (……) 대지는 그 눈물의 열매를 되돌려 줄 것입니다. (……) 고독한 가운데 머물면서 기도드리십시오. 기꺼이 대지에 엎드려 그 대지에 입을 맞추십시오. 열심히 대지에 입을 맞추면서 끝없이 사랑하십시오. 만인을, 만물을 사랑하며, 사랑의 환희와 열광을 추구하십시오.〉(도스토옙스키 24: 717, 719) 조시마의 영적인 아들 알료샤의 회심 장면에서 대지를 적시는 눈물은 다시 등장한다. 수습 수도사인 알료샤는 드미트리에 비해 주인공으로서의 면모가 빈약한 편이지만, 도스토옙스키는 그에게 소설의 가장 핵심적인 메시지를 전달하는 임무를 맡김으로써 구상은 했지만 쓰지 못한 소설 2부의 주인공이 될 근거를 마련해 줬다. 도스토옙스키에 관한 다른 글에서도 여러 번 인용했지만 다시 한번 알료샤의 눈물을 되새기며 이 단락을 마무리 짓도록 하겠다.

> 알료샤는 현관 계단에서도 걸음을 멈추지 않고 빠른 속도로 계단을 내려갔다. 환희로 충만한 그의 영혼은 자유와 공간과 광활함을 열망했던 것이다. 그의 머리 위에 고요히 빛나는 별들로 가득 찬 창공이 무한히 광활하게 펼쳐져 있었다. 아직은 희미한 은하수가 밤하늘 한가운데서 지평선까지 흩어져 있었다. 땅 위에는 아무런 움직임도 없이 고요하

고 신선한 밤이 드리워져 있었다. 성당의 하얀 탑과 황금빛 꼭대기가 루빗빛 하늘을 배경으로 반짝였다. 집 곁 정원에 핀 화려한 가을의 꽃들은 아침 녘까지 잠들었다. 지상의 고요가 하늘의 그것과 융합하는 듯했고, 지상의 신비가 별들의 그것과 서로 맞닿는 듯했다……. 고목이 쓰러지듯 알료샤는 제자리에 서서 그것을 바라보다가 별안간 대지 위에 몸을 던졌다. 그는 무엇 때문에 대지를 포옹했는지 알지 못했으며, 어째서 대지에, 그 대지 전체에 그토록 입을 맞추고 싶어 했는지 이유를 알 수 없었지만 눈물을 흘리고 오열하며, 그리고 눈물로 대지를 적시며 입을 맞추었고 대지를 사랑하겠노라, 영원히 사랑하겠노라 굳게 맹세했다.(도스토옙스키 24: 806~807)

4
인간의 응시

톨스토이는 그리스도교 신앙에 대해 비판적이었지만, 그리고 기회만 되면 러시아 교회를 비난했지만 신기하게도 그의 소설에는 이 책에서 말하고자 하는 신의 바라봄을 구현하는 대목이 꽤 많다. 우선, 그는 눈의 작가이다. 도스토옙스키가 눈의 작가인 것과는 다른 차원에서 그렇지만 두 작가가 함축하는 시각성의 강도는 비슷하다. 간단히 말해 눈은 톨스토이의 모든 소설에서 가장 중요한 의사소통 수단이다. 그는 아흔 권이나 되는 전집을 남겼음에도 말이나 글로 이루어진 일체의 소통에 항상 의심과 불신을 표명했으며 예외 없이 언어적 의사소통이 아닌 눈빛과 제스처를 통한 의사소통에 손을 들어 줬다. 그는 신을 바라보거나 신의 바라봄을 흉내 내는 데는 관심이 없었지만 인간과 인간이 서로를 바라보는 행위에는 자신의 소설가적 역량을 다 쏟아부었다. 그렇게 해서 그가 만들어 낸 인간과 인간 간의 마주 보기의 서사는 그러나 그 가장 궁극적인 차원에서는 인간이 흉내 내는 신의 바라봄과 중첩되며 또 그 점에서 톨스토이와 도스토옙스키, 그리고 그들뿐 아니라 진정한 대가들은 종교와 이념을 넘어 문학의 핵에서는 반드시 만나게 된다는 해묵은 진리를 다시 한번 입증해 준다.

『안나 카레니나』에서 참된 사랑을 하는 인물들은 항상 눈빛으로 소통하고 거짓된 사랑을 하는 인물들은 말로써 사랑을 표현한다는 것은 널리 알려진 사실이다. 그러나 마주 보기의 숭고한 의미는 『전쟁과 평화』의 한 대목에 함축되어 있다. 주인공 피에르는 프랑스군의 포로가 되어 장군 다부 앞으로 끌려간다. 그의 생사는 다부에게 달려 있다. 처음에 다부는 피에르를 러시아 간첩이라 생각하여 그를 처형할 생각을 한다. 그런데 한순간 장군과 포로의 눈이 마주치며 두 사람은 서로를 응시한다.

> 다부는 눈을 들고 피에르를 찬찬히 바라보았다. 몇 초 동안인가 두 사람은 서로를 쳐다보았으며 이 응시는 피에르를 구조했다. 이처럼 응시를 하는 동안 전쟁이라든가 재판이라든가 하는 일체의 조건을 초월한 인간으로서의 관계가 두 사람 사이에 맺어졌다. 이 순간 그들은 둘 다 어렴풋이 무수한 사물을 느꼈다. 그리고 자기들은 둘 다 인류의 자식이자 동포라는 것을 깨달았다. 인간의 행위와 목숨을 번호로 부르고 있는 명부에서 고개를 쳐들었던 다부가 최초의 눈길을 던졌을 때 피에르는 그저 한낱 상황에 불과하였다. 그렇기 때문에 다부는 나쁜 짓을 한다는 양심의 가책을 조금도 느끼지 않고 피에르를 총살할 수도 있었다. 그러나 이제 그는 피에르의 속에서 하나의 인간을 보았던 것이다.(톨

스토이 1988-3: 189)

간신히 처형을 모면한 피에르는 이후 계속해서 자신에게 사형 선고를 내릴 수도 있었을 주체에 관해 숙고한다. 누가 그에게 사형 선고를 내려 온갖 추억과 노력과 희망과 상상과 더불어 그의 목숨을 빼앗아 가려 하는가. 그는 이 모든 것의 원흉으로 〈질서〉를 지목한다. 〈그것은 질서였다. 여러 가지 상황의 중첩이었다. 질서라는 이름의 어떤 것이 피에르를 죽이고 생명과 그의 모든 것을 빼앗고 그의 존재를 지워 버리려는 것이었다.〉(톨스토이 1988-3: 190) 여기서 톨스토이가 말하는 〈질서〉란 결국 생로병사라는 이름의 엄정한 질서, 죽음이라 불리는 법칙, 그 누구도 피할 수 없는 바로 저 무서운 시간의 행진이다. 현실주의자인 톨스토이에게 이것이 신의 뜻인지, 아니면 그냥 우주의 법칙인지는 중요하지 않다. 그것을 무찌를 것인가, 아니면 그것에 굴복해 일찌감치 삶을 포기하고 자신의 관자놀이에 총구를 가져다 댈 것인가. 이에 대한 답을 그는 인간끼리의 심오한 응시에서 찾았다.

인간이 신의 시선을 상상하는 것이나 신의 시선을 흉내 내는 것은 불가능할지 몰라도 인간이 인간의 눈으로 다른 인간을 보는 것은 가능하다. 다부와 피에르의 상호 응시는 종교에 대한 의존 없이 세속적인 서사로써 신의 바라봄을 흉내 내고 그럼으로써 초월성의 영역으로 한 발을 내디딘다. 플로티노스는 『엔네아데스』에서 구별과 차이를 모두 초월하는 선험적 시각을 설명하며 〈신 안에 흡수되면 그는 한 원의 중심이 다른 중심과 일치하는 것처럼 신과 함께 하나를 이룬다〉라고 말한다.(제임스 2000: 506~507 재인용) 다부의 눈과 피에르의 눈은 마치 신 안으로 흡수된 듯이, 신과 함께 하나를 이룬 듯이 서로를 쳐다보며 바로 그 점에서 그들의 시선은 죽음의 법칙을 초월하고 심리학에서 말하는 상호 주관성의 의미조차도 훌쩍 넘어 인간 자체의 의미에 대한 다른 차원의 이해로 들어선다.

죽음 앞에 선 근대적인 자아가 삶을 이해하는 방식으로서의 응시는 톨스토이의 중편소설 『이반 일리치의 죽음*Smert' Ivana Ilyicha*』에서 궁극의 단계에 다다른다. 불치병에 걸린 이반 일리치를 가장 고통스럽게 하는 것은 육체적인 통증도, 죽음의 공포도, 죽음 자체도 아니다. 그를 진정으로 압도하는 고통은 삶이다. 〈이건 맹장 문제도 아니고 신장 문제도 아니야. 이건 삶, 그리고…… 죽음의 문제야.〉(톨스토이 2018: 73) 〈어쩌면 내가 잘못 살아온 것이 아닐까. 그렇지만 나는 뭐든지 제대로 했는데 어떻게 잘못 살았을 수가 있어?〉(톨스토이 2018: 110) 근대적 개인의 보편적인 소외를 훨씬 넘어서는 불쾌하고 불편하고 심오한 어떤 결렬, 자아와 세계를 갈라놓고 자아와 타자를 갈라놓은 넘을 수 없는 정서적 균열, 균열을 통해 흘끗 보이는 암흑의 심연 — 이것들 앞에서 이반 일리치는 삶을 이해할 수 없고 삶을 정의할 수도 없고 자신이 살아온 삶을 종합할 수도 없음에 절규한다. 이반 일리치의 고통은 이 총체적 불능에 대한 다른 이름이다.

눈의 작가 톨스토이가 불능 상태에 빠진 주인공을 구원하기 위해 마련해 놓은 서사적 돌파구는 인간과 인간 간의 시선 교환이다. 임종을 앞에 둔 이반 일리치의 침대 곁으로 그의 중학생 아들이 다가온다. 이반 일리치는 단말마의 고통 속에서 허우적거리다가 아들이 눈물을 흘리는 것을 보는 바로 그 순간 죽음의 고통에서 벗어난다. 아들의 눈물을 계기로 이어지는 일련의 상황은 톨스토이 메시지의 절정이라 할 수 있다. 어린 아들이 진심으로 자신을 불쌍하게 여긴다는 것을 알게 된 시점부터 이반은 세계를 다르게 바라보기 시작하고 피상적이고 의례적인 삶의 경계를 넘어간다.

> 바로 이 순간 이반 일리치는 나락으로 굴러떨어져 빛을 보았다. 그는 지금까지 자신이 살아온 인생이 그래서는 안 되는 삶이었지만 아직 그것을 바로잡을 수 있으며 바로잡아야만 한다는 사실을 깨달았다. 〈그것〉이 도대체 뭐지? 그는 스스로에게 질문을 던지고는 조용히 입을 다문 채 귀를 기울였다. 그때 누군가가 자신의 손에 입을 맞추는 것이 느껴졌다. 눈을 뜨자 아들이 보였다. 아들이 불쌍했다.(톨스토이 2018: 124)

이 대목에서 톨스토이가 사용하는 동사, 즉, 〈보다〉, 〈듣다〉, 〈느끼다〉는 모두 감각과 관련된 동사이지만 그것들은 궁극적으로 윤리적인 각성으로 이어진다. 진정으로 본다는 것은 톨스토이에게(그리고 도스토옙스키에게도) 깊이 안다는 것이고 깊이 안다는 것은 근본적으로 윤리적인 행위이자 더 나아가 종교적인 행위이기 때문이다.

> 아내가 곁으로 다가왔다. 그는 아내를 바라보았다. 아내는 입을 헤벌린 채 절망적인 표정으로 그를 보고 있었다. 눈물이 그녀의 코와 뺨을 타고 주룩주룩 흘러내렸다. 아내도 안쓰러웠다.(톨스토이 2018: 124)

그는 평생 단 한 번도 진심으로 바라본 적이 없는 아내를 마지막으로, 진심으로 본다. 아내도 그를 본다. 그러자 비로소 그의 눈에는 무언가가 보이기 시작한다. 인간은 진심으로 볼 때만 볼 수 있다. 인간이 진심으로 볼 때 그의 눈에는 이제까지 보이지 않았던 많은 것들이, 심지어 신의 눈까지도 보이기 시작한다. 그가 아내의 얼굴에서 본 것이 무엇인지는 알 수 없다. 그러나 그가 마지막 순간에 경험하는 아내와의 시선 교환은 매우 짧은 시간 동안, 거의 순간에 가까운 시간 동안 주변 사람들과의 화해, 세계와의 화해, 그리고 마지막으로 자기 자신과의 화해로 이어진다. 결국 그가 그토록 알고 싶었던 〈그것〉은 연민, 화해, 용서, 그리고 그 모든 것을 다 포괄하는 사랑이었다. 이반 일리치는 신을 믿지 않으면서 신의 눈을 흉내 냈으며 인간끼리의 시선 교환으로 신과의 시선 교환이 가능할 수도 있다는 사실을 보여 줬다. 예술가로서 톨스토이의 힘은 그가 초월, 신비, 영원이라는 단어를 전혀 사용하지 않으면서 초월성을 전달한다는 데서 다시 한번 확인된다.

5
나는 진리를 보았다

이 책을 마무리하는 문학 작품으로 도스토옙스키의 단편소설 「우스운 인간의 꿈」을 살펴보기로 하겠다. 이 작품보다 더 문학적으로 시각과 인지의 중첩, 신의 바라봄과 신을 바라봄의 중첩을 보여 주는 작품은 없을 것 같다. 이 작품은 또한 앞에서 우리가 논의했던 환시의 문제, 원근법의 문제를 아우르며 더 나아가 이 책의 가장 밑바닥을 떠받들어 주는 시각의 윤리를 서사화한다는 점에서 결론을 갈음하는 텍스트로 더할 나위 없이 적절하게 여겨진다.

이 소설은 자신이 진리를 〈보았다고〉 주장하는 사람의 이야기이다. 세상은 그를 웃기는 인간 혹은 미친 인간으로 취급한다. 제목 〈우스운 인간의 꿈〉은 여기서 비롯한 것이다. 주인공 〈나〉의 1인칭 서술로 전개되는 텍스트는 크게 세 부분으로 구성되는데, 첫 번째는 꿈을 꾸기 전의 상황, 두 번째는 꿈속의 경험, 그리고 세 번째는 꿈에서 깨어난 이후의 상황이다. 첫 부분은 주인공의 니힐리즘적 상황을 내용으로 한다. 그는 언젠가부터 인생은 아무런 의미도 없으며 존재하는 것은 아무것도 없다는 것을 절감하기 시작한다. 기뻐할 일도, 화낼 일도, 두려워할 일도 없었다. 〈아무래도 상관없는〉 이 삶에 종지부를 찍기 위해 그는 자살을 결심한다. 두 달 전에 이미 권총을 구입해 실탄을 장전해 놓고 적당한 기회가 오기만을 기다리고 있다. 두 번째 부분은 방아쇠를 당기기 전에 주인공이 꾸는 꿈에 할애된다. 꿈속에서 그는 자살을 실행한 뒤 되살아나 지구의 복사판인 또 다른 지구, 그러나 원죄 이전의 낙원과도 같은 행성을 방문한다. 그곳 사람들은 자기네가 서로를 완전히 사랑한다는 믿음, 우주와 자기들이 하나라는 믿음을 가졌으며 그들과 함께 지내는 동안 그는 충만한 삶이 무엇인지 직관적으로 알게 된다. 그러나 그는 그들에게 죄를 전염시킨다. 그들이 주인공에게서 거짓을 배우고 거짓을 사랑하기 시작하면서 황금시대는 종말을 고하고 낙원은 타락의 내리막길을 미친 듯이 달려간다. 그는 그들에게 낙원을 파괴한 원흉인 자신을 처형해 달라고 요구하지만 그들은 그런 그를 미친 사람 취급한다. 그러다가 그는 잠에서 깨어난다. 세 번째 부분은 꿈에서 깬 주인공이 새로운 삶을 시작하는 것을 주 내용으로 한다. 〈나는 꿈에서 진리를 보았다. 꿈에서 나는 선하게 살 수 있는 가능성을 보았고 악은 정상적인 상태가 아니라는 것도 보았다. 그러나 나는 꿈을 꾼 뒤 언어에 대한 모든 감각을 상실했으므로 이 모든 것을 말로는 설명할 수가 없다. 그럼에도 나는 내가 본 것을 사람들에게 알리기로 작정했다. 중요한 건 이웃을 네 몸같이 사랑하라는 말씀이다. 이것이 제일 중요하다. 이것이 전부이다.〉(도스토옙스키 20: 506~508)

이 짧은 소설의 독서를 어렵게 하는 요인은 크게 두 가지이다. 우선, 제목의 〈꿈〉과 부제인 〈환상적인 이야기〉를 감안한다 하더라도 소설의 모든 것이 지나치게 비현실적임을 부인하기 어렵다. 비현실성은 무엇보다도 단편소설의 스케일에서 관찰된다. 일찍이 바흐친M. Bakhtin이 이 단편소설과 관련하여 언급한 〈거대한 사상적 용량〉은(바흐친 1988: 224) 물론이거니와 시간과 공간의 용량이 장편소설의 스케일을 훌쩍 넘어선다. 이승과 저승뿐 아니라 오늘날의 다중 우주론을 연상시키는 지구의 복제본까지 아우르는 공간 구조, 그리고 「창세기」에서 「묵시록」에 이르는 구세사 전체를 조망하고 에덴동산에서 19세기 후반까지 인류가 걸어온 타락의 역사를 요약하는 시간 구조는 러시아어 원서 16면짜리 단편소설이 담아내기에는 다소 과하다고 여겨진다. 저자는 이 점을 예상했던지 〈꿈속에서는 공간도 시간도 존재와 이성의 법칙을 뛰어넘어 단지 마음이 몽상하는 어떤 지점에서만 머무른다〉(도스토옙스키 20: 488)라고 도피구를 마련해 놓지만, 용량에 관한 독자의 생각은 크게 바뀌지 않는다. 두 번째 어려움은 소설이 지닌(그리고 도스토옙스키 소설의 일반적인) 양가성에 기인한다. 전통적으로 이 작품은 대략 세 가지 방향에서 연구되어 왔다. 첫째는 우스운 인간을 그리스도교의 유로디비(성 바보)에 비유하고 그의 낙원에 대한 비전이 곧 도스토옙스키 신앙의 핵심이라 해석하는 방향, 둘째는 주인공의 태도를 사이비 예언자로, 그의 말과 행위를 낙원에 대한 패러디로 해석하는 방향, 셋째는 모호성과 불확정성 자체에 초점을 맞추는 방향이다.(Spektor 2021: 247) 이 세 번째 시각에서 관찰되는 모호성과 불확정성은 사실상 「우스운 인간의 꿈」을 고도로 난해하게 만들어 주는 핵심 요인이다. 꿈과 현실, 예지와 지식, 가장 아름다운 것과 가장 추한 것, 일치와 소외가 한 인간 안에, 그리고 그 인간이 주인공인 서사 안에 공존하고 낙원을 향한 염원과 낙원의 실현 불가능성에 대한 인지가 동시에 작동한다. 주인공은 〈지하 생활자〉에서 라스콜니코프를 거쳐 이반 카라마조프로 이어지는 이성적인 인물의 계보에 한쪽 발을 걸치고, 다른 한쪽 발은 소냐에서 미시킨 공작을 거쳐 알료샤와 조시마 장로로 이어지는 직관적 인물군에 걸치고 있다. 그는 마치 이반 카라마조프처럼 절망으로 반항하고 반항하면서 그리스도를 모방하며, 마치 미시킨 공작처럼 선을 향해 나아가면서 실패한 그리스도의 형상을 독자의 뇌리에 새겨 놓는다. 말과 말 없음, 이미지와 말의 상호 배타적이면서도 상호 보완적인 어울림 또한 이 소설의 가장 중요한 양가성 중 하나이다.* 그는 마치 이미지를 지각하듯이 진리를 보았고 자신이 본 진리를 말로는 전달할 수 없다고 주장하지만, 동시에 말로써 하는 설교와 전도가 자신의 임무임을 선포한다. 〈그러나 도대체 어떻게 해서 낙원을 이룩하지? 나는 그 방법을 모른다. 그것은 말로 전달할 수가 없으므로 꿈에서 깨어났을 때 잊어버리고 말았다. 적어도 가장 중요한 말은 다 잊어버렸다. 하지만 그건 어쩔 수 없다. 나는 떠나겠다. 내가 본 것을 전달하는 방법은 모르지만 어떻든

* 김수환은 「우스운 인간의 꿈」에 나타난 이러한 양가성을 최종적이고 완결된 담론을 유보하는 바흐친적 의미에서의 열린 〈이미지-말〉로 규정한다. 김수환 2005를 보라.

이 두 눈으로 분명히 보았으니까 끝까지 이야기하겠다.〉(도스토옙스키 20: 508)

이상에서 살펴본 상충하는 관념들의 충돌과 공존은 바흐친의 유명한 다음향적 담화polyphony, 비최종화성unfinalizability, 미정성indeterminacy, 미완결성indefiniteness의 토대가 된다. 요컨대 인물들은 특별히 예외적인 사례를 제외하면(이를테면 조시마 장로의 유훈) 결코 최후의 말을 발설하지 않고 완결된 운명의 주인이 되지 못하며 그들의 서사는 항상 열린 채로 끝난다. 한마디로, 도스토옙스키에게 진리는 최종성을 거부한다. 〈도스토옙스키의 작가적 구상 속에 최종화된 인간상은 들어가 있지 않다. 왜냐하면 살아 있는 인간은 모종의 간접적인, 최종화하는 인지 과정의 말 없는 대상으로 전환될 수 없기 때문이다. 인간 속에는 언제나 그 자신만이 드러내 보일 수 있는 무언가가, 외적이고 간접적인 정의를 따르지 않는 무언가가 있게 마련이다. (……) 인간이 살아 있는 한, 그 인간을 살아가게 하는 것은 다름 아닌 그는 아직 최종화되지 않았다는 사실, 그는 아직 궁극의 말을 내뱉지 않았다는 사실이다.〉(바흐친 1988: 86~87; Bakhtin 1984-1: 58~59)

도스토옙스키 연구의 고전처럼 읽히는 바흐친의 지적은 그러나 오해의 소지가 있다. 즉 최종적인 말을 도스토옙스키가 유보하는 것, 그리고 인물들의 운명을 열린 채로 마무리 짓는다는 것은 결코 진리의 〈궁극적인 상대성〉을 의미하거나 도스토옙스키 자신이 최종적인 진리를 거부했다는 것을 의미하지는 않는다. 유배 이후 도스토옙스키에게 그리스도는 진리였으며 그의 호산나가 설령 불신의 도가니를 거쳐 나왔다 하더라도 그 호산나는 그의 삶과 소설 모두를 압도하는 단 한 가지 원칙이었다. 그러니까 그의 다음향성과 비최종화성은 진리를 표현하는 방식이었지 진리 자체의 어떤 속성은 아니라는 얘기이다. 토마스 아퀴나스가 『신학 대전*Summa Theologiae*』에서 찬pro을 논증하기 위해 반contra을 제시하고, 중세 유럽 법정에서 〈악마의 변호사〉가 시성을 검증하기 위해 성인 후보자를 가차 없이 부정한 것과 유사한 맥락이라 볼 수 있다.* 진리의 문제를 논증하기 위해 논증을 부정하고 선을 말하기 위해 선을 뒤집고 예지를 전달하기 위해 광인의 입을 빌린다는 점에서 「우스운 인간의 꿈」은 확실히 전형적인 도스토옙스키 소설이다. 부연하자면, 이 짧은 단편소설은 도스토옙스키의 종교 철학과 역사 철학은 물론 미학까지 종합할 뿐 아니라 그 이전에 그가 쓴 거의 모든 소설을 압축해 담고 있고, 그가 마지막으로 쓰게 될 『카라마조프 씨네 형제들』을 **압축해서** 예고한다는 점에서 그의 소설 전체에 대한 〈시놉시스〉라 할 수 있다.

「우스운 인간의 꿈」은 처음부터 시각의 문제를 도입한다. 주인공-화자는 꿈에 관한 이야기를 시작하기 전에 우선 그 꿈이 진리의 깨달음과 직결됨을 명시한다. 그는 진리를 깨달았다. 〈내가 진리를 보고 진리를 깨달은 한, 그것은 틀림없는 진리이

* 다음을 참고하라. 〈하지만, 이제껏 도스토옙스키적 세계 속의 이미지와 말, 그들의 빛과 어둠을 차례로 에둘러 온 우리들에게, 이상적 이미지의 최종적인 실현을 결단코 거부(/유보)하려는 도스토옙스키/바흐친의 위와 같은 지향이 불러일으키는 느낌은 분명 표면적으로 드러나는 거부(/유보)의 몸짓 이상의 것이다. 즉 이러한 거부의 몸짓 너머에서 우리는 그보다 훨씬 더 깊고 절실한 어떤 내면적 희구(希求)의 존재감을 감지하게 된다.〉(김수환 2005: 72)

다.〉(DKPSS 25: 109) 이렇게 소설의 시작을 알리는 〈진리를 보았다〉는 소설의 말미에서 반복됨으로써 짧은 소설을 두꺼운 철학적 프레임으로 장식한다. 러시아어 원서 끝에서 두 번째 면에서 〈보았다videl〉 동사가 13회 반복된다는 것은 결코 가볍게 볼 일이 아니다.(DKPSS 25: 118) 이 소설은 〈보았다〉로 시작해서 〈보았다〉로 끝난다 해도 과언이 아니다.

> 나는 진리를 보았다. 내 두 눈으로 보았다, 진리의 모든 영광을 똑똑히 보았다. (……) 나는 그 진리를 보았다, 진리를 보고 알게 되었다, 인간은 지상의 삶을 포기하지 않고서도 아름답고 행복한 존재가 될 수 있다는 것을. 악이 인간의 정상적인 상태라는 것을 나는 믿을 수 없고 믿고 싶지도 않다. 세상 사람들은 모두 나의 이 생각을 비웃는다. 하지만 어찌 이것을 믿지 않을 수 있겠는가. 나는 진리를 보았다. 이성으로 생각해 낸 것이 아니라 보았다, 확실히 보았다. 진리의 살아 있는 이미지(오브라즈)는 영원히 내 영혼을 가득 채웠다. 나는 그것을 너무나도 충실하고 완전한 형태로 보았기 때문에 진리가 인간에게 불가능하다고는 도저히 믿을 수 없다. (……) 내가 본 그 살아 있는 이미지(오브라즈)는 언제나 나와 함께 있고, 언제나 나를 바로잡아 올바른 방향으로 이끌어 줄 것이다. (……) 나는 가겠다. 내가 본 것을 전달하는 방법은 모르지만 어쨌든 이 두 눈으로 분명히 보았으므로 나는 모든 것을 이야기하겠다.(DKPSS 25: 118)

여기서 도스토옙스키는 진리와 보는 행위를 병기할 뿐 아니라 진리의 자질까지도 시각 대상에 걸맞게 부연한다. 주인공은 단순히 진리를 본 것이 아니라 〈진리의 살아 있는 이미지〉를 보았다. 이 세 개의 단어 속에 사실상 도스토옙스키가 하고자 한 모든 것이 압축되어 있다고 해도 과언이 아니다. 우선 우스운 인간이 언급하는 〈이미지〉를 살펴보자. 앞에서도 얘기했듯 도스토옙스키는 이미지의 작가이다. 그에게 이미지는 강생voploshchenie, incarnation의 두 가지 의미, 요컨대 미학적 원칙으로서의 강생과 그리스도교 신앙의 정수로서의 강생을 환기한다. 미학적 원칙으로서 강생은 그의 소설에서 이미지로 환원되지 않는 사유, 시각적으로 서술될 수 없는 관념을 서사의 중심에서 외곽으로 밀어낸다. 바흐친에 의하면 〈도스토옙스키에게는 어떤 관념도, 생각도 입장도 아무에게도 속하지 않고 《그 자체로서만》 존재하는 법이 절대 없다. 그는 심지어 《진리 자체》까지도 그리스도교 교의에 따라 그리스도 안에서 강생한voploshchennaia 형태로 제시한다〉.(Bakhtin 1979: 38) 여기서 바흐친이 사용하는 〈강생〉은 도스토옙스키 시학의 본질이자 예술 원칙이며 강생의 원칙에 의해 생성되는 이미지는 인물들은 물론 그 인물들을 창조한 저자의 세계관과 윤리에 대한 근원적인 척도로 작용한다.*

한편 강생은 도스토옙스키 그리스도교의 핵심이다. 도스토옙스키에게 그리스도교의 핵심은 교리도 성경도 윤리도 삼

* 도스토옙스키 시학에서 강생이 의미하는 바에 관해서는 석영중 2023: 269~275를 보라.

위일체도 아닌 그리스도 그 자신, 조금 더 구체적으로 말해서 〈사람이 되신 말씀〉으로서의 그리스도, 즉 강생하신 그리스도이다. 〈세상을 구원하는 것은 그리스도의 도덕성이 아니라, 그리스도의 가르침이 아니라, 《말씀이 사람이 되셨음slovo plot' byst'》에 대한 믿음이다. 이 믿음은 그분의 가르침이 우월하다는 것을 이성적으로 인정하는 것이 아니라 본능적으로 거기 매달리는 것을 의미한다. 이것이 인간의 최종적인 이상이라는 것, 모든 것이 곧 강생하신 말씀, 즉 육을 취한 하느님이라는 것, 바로 이 점을 믿어야 한다.〉(DKPSS 11: 187~188) 〈이 세상 전체가 존재한다는 징표는 세 마디 말, 즉 《말씀이 사람이 되셨다》라는 데 있다.〉(DKPSS 11: 179) 요컨대 도스토옙스키 신앙의 정점에 존재하는 것은 그리스도이며 그런 의미에서 그리스도는 이 세상에서 가장 아름다운 존재, 모든 이미지 중의 이미지, 궁극의 이미지, 로고스 그 자체이다. 그가 『백치』를 집필하면서 질녀에게 보낸 편지는 이 점을 분명하게 보여 준다. 〈이 세상에는 오로지 단 하나의 전적으로 아름다운 존재가 있으니 그리스도가 바로 그 존재란다. 이 헤아릴 수 없이 무한하게 아름다운 인물의 등장은 결국 무한한 기적이라 할 수 있지. 「요한 복음서」 전체는 같은 맥락에서 이해할 수 있단다. 요한은 모든 기적을 오로지 강생에서, 아름다움의 현현에서 찾고 있기 때문이지.〉(DKPSS 28-2: 251)

다시 우스운 인간이 언급하는 〈진리의 살아 있는 이미지〉로 돌아가자. 방금 살펴본 강생의 의미를 염두에 둔다면 〈진리의 이미지〉는 무엇보다도 〈진리는 곧 그리스도〉라는 해석을 촉발한다. 형용사 〈살아 있는〉이 도스토옙스키가 가장 사랑했던, 거의 외우다시피 읽었던, 그리하여 만년의 소설에서 가장 많이 언급한 「요한 복음서」를 즉각적으로 상기시킴으로써 〈진리 = 그리스도〉를 성서적으로 공고히 해주기 때문이다. 〈나는 길이요 진리요 생명이다.〉(「요한 복음서」 14:6) 복음서의 그리스도, 진리, 생명이 〈진리의 살아 있는 이미지〉에서 하나로 합쳐짐으로써 주인공의 〈진리를 보았다〉라는 진술은 앞에서 다루었던 신과의 시선 교환, 신을 바라봄, 관상의 다른 버전이 되는 것이다. 더 나아가 주인공의 〈나는 가겠다〉라는 결의는 복음서의 길의 이미지와 합쳐져 로고스와 육신이, 관념과 실재가, 말과 이미지가 상충이 아닌 일치의 관계를 조성하는 데 기여한다.

그러나 주인공이 아무리 열세 번씩이나 〈보았다〉라는 말을 해도, 그리고 진리가 곧 그리스도임을 독자가 받아들인다 해도, 그리고 주인공의 주장처럼 진리는 말로써 설명될 수 없는 것임을 인정한다 해도 여전히 진리에 대한 의문은 해결되지 않는다. 진리가 단지 보는 사람의 시각에 포착된 이미지일 따름이라면 인류 역사에 누적된 그 방대한 양의 신학도 종교 철학도 모두 불필요할 것이다. 게다가 인간의 언어는 진리를 전달하는 데 부족하다는 사실은 신비 신학, 헤시카즘, 부정 신학 등등은 물론이거니와 침묵을 추앙하는 인류 정신사의 다른 여러 전통 속에서 수시로 언급되어 온 친숙한 주장이다. 설령 〈우스운 인간〉은 할 수 없을지라도, 그를 창조한 소설가 도스토옙스키는 어떻게 해서든 진리를 서사로(즉 언어로) 풀어내야만 한다. 여기서 등장하는 것이 바로 헐벗은 어린 여자아이이다.

우스운 인간이 현실에서 자살을 실행에 옮기지 못한 것은 어린 여자아이 때문이다. 자살을 결심한 날 밤 그는 외투도 없이 완전히 빗물에 젖은 낡은 신발을 신은, 여덟 살 정도 되어 보이는 어린 여자아이와 거리에서 마주친다. 아이는 〈엄마, 엄마〉 하고 울부짖으며 그에게 도움을 청하지만 그는 귀찮아서 발을 구르며 아이를 쫓아 버린다. 여자아이의 모습은 그의 상념 속에서 오랫동안 맴돌았다. 그는 아이가 불쌍해서 견딜 수 없었지만 두 시간 후면 세상을 하직할 사람에게 아이가 무슨 의미가 있겠냐는 생각을 떨쳐 버릴 수 없었다. 결국 아이에 대한 상념 때문에 그는 방아쇠를 당기지 못하고 잠이 든다.

도스토옙스키 소설에서 가장 명시적으로 고통의 주체가 되는 존재는 어리고 가난하고 학대받는 여자아이이다. 폭력과 학대에 무방비 상태로 노출된 어린아이가 당하는 고통은 너무나도 강렬하여 이반 카라마조프와 그 비슷한 인물들에게는 신을 부정할 수 있는 가장 든든한 근거가 된다. 〈우스운 인간〉은 이성적으로는 아이의 고통에 무감각하지만(혹은 무감각해야만 한다고 생각하지만) 그의 내면에 있는 무엇인가가 그의 연민을 자극한다. 고통받는 어린아이에 대한 연민은 이 단편소설의 서사적 핵심이며 그 덕분에 말로 표현하기 어려운 진리의 실체가 드러나기 시작한다. 연민은 우리가 상식적으로 생각하는 것보다 훨씬 복잡한 개념이다. 동정, 연민, 공감, 동감 등의 단어는 종종 같은 맥락에서 사용되지만 항상 같은 것을 의미하지는 않는다. 도스토옙스키는 연민과 관련하여 극명하게 대립하는 두 가지 견해를 피력했다. 그는 연민이야말로 그리스도교의 모든 것이라고 확언하는 동시에(DKPSS 9: 270) 「환경Sreda」 및 『작가 일기』에 수록된 일련의 칼럼에서는 범죄자들에 대한 러시아 배심원들의 과도한 연민을 통렬하게 비난했다.(DKPSS 21: 13~23; DKPSS 23: 16) 그러니까 도스토옙스키에게 〈그리스도교의 모든 것〉인 연민은 단순히 불쌍한 상태나 사람에 대해 측은지심을 느끼는 것 이상의, 궁극의 종교 체험을 의미한다는 뜻이다.

단적으로 말해서 연민은 도스토옙스키에게 인간으로 하여금 신에 다가가게 해줌으로써 인간과 인간이 서로를 상대방의 눈으로 바라보게 해주는 상호 이해의 시선이다. 바흐친에 의하면, 고통받는 타자를 연민의 시선으로 바라보기 위해 우리는 자신을 타자의 내부로 들어가게 하여 그의 내부에서 그의 눈으로 고통을 바라볼 수 있어야 한다.(Bakhtin 1990: 25) 여기서 바흐친이 사용하는 러시아어 단어 〈브지바니에vzhivanie〉는 〈내부를 향하여into〉와 〈살기living〉의 합성어로 (타자의) 내부로 들어가기, 내부로 투사하기, 내부로 들어가서 머물기, 동화되기, 혹은 더 나아가 〈실천적 공감active empathy〉 등으로 번역되는, 이른바 〈타자 윤리〉의 핵심이다.(Wyman 2016: 5) 진정한 연민은 이러한 〈브지바니에〉가 없다면 불가능하다. 자칭 타칭 도스토옙스키의 철학적 후예인 레비나스 역시 유사한 취지의 주장을 한다. 레비나스에게 연민은 그의 〈책임 윤리〉의 키워드라 할 수 있다. 이 책의 제2장에서도 언급했다시피 그는 윤리란 곧 〈영적인 광학〉이라고 단언하면서(Levinas 1969: 78) 고통에 가득 찬 눈길로 나에게 호소하는 타인의 부름에 전적으로 응답할 때만, 곧 타자를 내 존재로 환원함 없이 타자를 이해하고 타자에 대해 전적으로 책임을 질 때만 나는 윤리적 주체가 될 수 있다고 주장한다. 두 사람의 주장은 고결하게 들리지만 현실성이 없다는 점에서 공허하기도 하다. 바흐친 자신도 나와 타자의 완벽한 일치, 완벽한 시선의 중첩은 불가능함을 지적한다. 이 불가능을 그는 〈바라봄의 잉여excess of seeing〉로 설명한다. 잉여 시선이란 나와 타자의 관계에서 나의 외적인 위치 덕분에 타자에 대해 내가 가지는 시각적 특권을 의미한다. 나의 잉여 시선 때문에 나와 타자는 서로를 속속들이 이해할 수 없다. 타자의 고통을 완벽하게 이해하려면 나는 그의 내부로 들어가 그의 눈으로 세계를 바라봐야 한다. 〈내가 가지는 바라봄의 잉여가 사유의 대상인 타자의 지평을 메워 그의 시야가 완결되도록 해야 한다.〉(Bakhtin 1990: 25) 레비나스 역시 바라봄에 내재한 〈신적인 요소〉를 지적함으로써 전적인 책임이란 인간의 한계를 넘어섬을 인정한다. 그에게 인간이 타자의 얼굴을 대하는 방식은 인간 내면의 신적 본원에 대한 척도가 되며 또한 인간이 가진 신적인 시선이 가장 순수하게 드러날 수 있는 계기가 된다. 〈얼굴에 접근하는 일은 분명 신의 관념에 접근하는 것을 포함한다.〉(Levinas 1985: 86) 바흐친의 타자 윤리와 레비나스의 책임 윤리가 도스토옙스키 소설 속 연민과 접점을 이루는 부분은 사실상 그들의 추상적이고 비현실적인 〈브지바니에〉나 〈전적인 응답〉보다는 시선의 잉여와 신적인 시선의 개입이라고 할 수 있다.

그럼 다시 「우스운 인간의 꿈」에 등장하는 여자아이의 문제로 돌아가자. 19세기 러시아의 지식인이자 당대 니힐리즘에 경도된 주인공이 어린아이를 향해 느끼는 본능적인 측은지심은 그 자체만으로는 감정에 불과할 수 있지만, 바로 그 측은지심이 그로 하여금 방아쇠 당기는 것을 멈추게 해 결과적으로 그를 구원한다는 사실은 가볍게 볼 일이 아니다. 특히 이 소설이 고전적인 회심 에피소드를 따른다는 것은 어린아이의 문제를 심오한 종교적 성찰의 차원으로 고양한다. 주인공이 꿈속에서 자살한 후 그에게 일어나는 최초의 변화는 시력의 상실이다. 〈나는 눈도 멀고 귀도 먼 것 같았다.〉(도스토옙스키 20: 486) 그 뒤 무한 공간을 비행하던 그에게 발생하는 두 번째 변화는 시력의 회복이다. 그리스도교 전통 속에서 갑자기 시력을 상실했던 성자가 갑자기 시력을 회복하듯이 그는 〈갑자기 시력을 회복했다〉.(도스토옙스키 20: 488) 그의 시력에 가장 먼저 포착된 것은 그때까지 한 번도 본 적이 없는 암흑, 깊고 깊은 밤이었다. 그러다가 마침내 그가 우주 속에서 작은 행성, 자신이 버리고 온 지구와 같은 행성을 바라보면서 삶을 향한 열렬한 사랑으로 몸을 떨 때 다름 아닌 여자아이의 이미지가 스쳐 간다. 〈나는 내가 버리고 온 지구에 대한 열렬한 사랑에 몸을 떨면서 절규했다. 그러자 그 가엾은 여자아이, 내가 모욕한 그 가엾은 여자아이의 이미지가 눈앞에서 명멸했다.〉(도스토옙스키 20: 491) 마지막으로 그가 꿈에서 깨어나 자신이 진리를 보았다고 절규할 때, 요컨대 그가 회심의 경계선을 넘어갔을 때 그가 하는 마지막 말, 소설의 마지막 문장 역시 어린아이에 관한 것이다. 〈나는 그 어린 여자아이를 찾아냈다. 나는 아이에게 갈 것이다! 갈 것이다!〉(도스토옙스키 20: 509)

회심 스토리의 패러다임을 염두에 두고 읽다 보면 우스운 인간은 전혀 우습지 않게 여겨지고 그의 환상적 이야기는 지극히 현실적으로 느껴진다.(Oppo 2023: 12) 이 소설은 주인공의 〈시력 상실-시력 회복-다른 차원의 시력 획득〉이라는 플롯을 중심으로 전개되며 그것과 나란히 헐벗은 어린아이가 등장한다. 주인공의 시선과 어린아이의 시선이 맺는 관계는 바흐친의 〈브지바니에〉나 레비나스의 〈전적인 책임〉 같은 이론적 코드로는 해석되기 어렵다. 어린아이는 주인공이 현실에서 만난 살아 있는 존재이자 그가 꿈에서 보았다고 주장하는 진리이기도 하다. 그가 진리를 말로 설명할 수 없음을 역설하면서도 그래도 가장 중요한 것은 〈네 이웃을 네 몸같이 사랑하라〉라는 복음서의 가르침이라고 말할 때 그것을 구체적으로 보여 주는 것이 어린아이를 찾아낸 사건임은 자명하기 때문이다. 어린아이는 〈진리의 살아 있는 이미지〉가 그리스도가 될 수 있는 바로 그만큼 진리의 살아 있는 이미지가 되고 결국 그리스도가 된다. 어린아이를 찾아낸 행위는 곧 살아 있는 이웃을 사랑하는 것이고 진리이자 생명이신 그리스도를 사랑하는 것이다. 결국 이 소설은 사랑에 관한 소설이다. 여자아이는 신학적 진술과 서사의 갈림길에 서서 이 기이하고 짧은 텍스트를 소설로 만들어 준다. 주인공은 〈진리〉를 보았지만 저자는 독자에게 진리를 보라고 촉구하는 대신 아이를 보라고 촉구하는 것 같다. 서사 속의 진리는 그리스도가 아니라 어린아이이다. 아니면 어린아이의 모습으로 나타난 그리스도인지도 모른다.

윤리적인 바라봄의 영역에서 감각과 인지와 윤리를 하나

빅토르 피보바로프V. Pivovarov, 「우스운 인간의 꿈」 삽화.

로 융해하는 것은 사랑이다. 도스토옙스키에게 사랑은 윤리의 최종 지점으로 그에게 타자를 바라보는 것은 아는 것이고 아는 것은 곧 사랑하는 것이다. 그러나 인간끼리의 바라봄을 사랑으로 완성해 주는 것은 신의 바라봄이다. 니콜라우스 쿠자누스가 〈주님, 당신의 시선은 당신의 본질입니다〉라고 했듯이(니콜라우스 쿠자누스 2014: 114) 신의 시선으로 타인과 세계와 삶을 바라보는 것은 신의 본질에 다가가는 것이다. 타인을 사랑한다는 것은 그의 내면으로 들어가 그 안에 있는 신의 눈으로 그를 보는 것이자 내 안에 있는 신의 눈으로 그를 보는 것이다. 〈내가 신을 보는 눈과 신이 나를 보는 눈은 같은 것이다. 동일한 눈, 동일한 시각, 동일한 지식, 동일한 사랑이다.〉(Paintner 2014: 148) 결국 신을 바라보는 인간의 눈과 인간을 바라보는 신의 눈은 같은 것이다. 오로지 사랑만이 이 같음의 체험을 인간에게 선사한다. 아우구스티누스의 『신국론』 마지막 구절로 결론을 대신하기로 하자.

> 그날 끝은 저녁이 아니라 주님의 날, 곧 여덟째의 영원한 날이 될 것이다. 주일은 주님 부활로 성별되어 영뿐 아니라 육체까지 영원히 안식할 것을 예표한다. 그때 우리는 쉬면서 보고, 보면서 사랑하며, 사랑하면서 찬양할 것이다. 끝없는 끝에 있게 될 일을 보라. 끝없는 나라에 이르는 것 말고는 무엇이 우리 끝이며 목표이겠는가?(아우구스티누스 2013: 1183)

에필로그

2019년 4월 10일, 유럽 중부 시간 15시 7분. 인류 역사상 최초로 블랙홀 사진이 세계 곳곳에서 동시에 공개되었다. 빛의 고리에 둘러싸인 어둠의 핵을 바라보며 수십억 사람들이 열광했다. 그러나 블랙홀 안에서 누군가가 그들을 보고 있다는 사실은 아무도 알지 못했다. 그는 지평선 너머에서 5500만 광년을 보았고 시공간을 보았고 태초의 침묵을 보았다. 산이 녹아내리는 것을 보았고 거대한 성운을 휩쓸고 지나가는 모래 폭풍을 보았고 광막한 궁창을 감싼 검은 벨벳 위에서 별들이 새빨갛게 불타 사위는 것을 보았다. 별들의 잿더미 위에서 새로운 별이 탄생하는 것을 보았고 형상들이 열을 지어 행진하는 것을 보았고 형상들에 새겨진 고통과 증오와 사랑이 무한의 안개 속으로 사라져 가는 것을 보았다. 그는 지구만큼 큰 가상 전파 망원경의 렌즈가 포착하지 못하는 모든 것을 보았지만 자신이 본 것을 사람들에게 전할 수 없었다. 그의 가슴은 터질 것 같았다. 살아 있는 사람은 그 누구도 그를 보거나 듣지 못할 것이다. 그러나 그는 거기 머물 것이다. 아마도 영원히.

참고 문헌

가자니가, 마이클, 『왜 인간인가』, 박인균 옮김(서울: 추수밭, 2009).

______________, 『윤리적 뇌』, 김효은 옮김(서울: 바다출판사, 2009).

고골, 니콜라이, 『친구와의 서신 교환선』, 석영중 옮김(파주: 나남, 2007).

고댕, M., 『거기 눈을 심어라: 눈멂의 역사에 관한 개인적이고 문화적인 탐구』, 오숙은 옮김(서울: 반비, 2022).

고재현, 『빛의 핵심』(서울: 사이언스북스, 2020).

골드스타인, 브루스 외, 『감각 및 지각 심리학 제11판』, 박창호 외 옮김(서울: 박학사, 2023).

괴테, 요한, 『로마 체류기』, 정서웅 옮김(서울: 현대소설사, 1992).

국립중앙박물관, 『호모 사피엔스』(서울: 공존, 2021).

그륀, 안셀름, 『예수, 생명의 문: 요한 복음 묵상』, 김선태 옮김(칠곡: 분도출판사, 2004).

그린필드, 수전, 『브레인 스토리』, 정병선 옮김(서울: 지호, 2006).

글레즈, A., 「큐비즘」, 『큐비즘』, E. 프라이 편, 김인환 옮김(서울: 미진사, 1988), 164~172면.

길르랑, 오귀스탱, 『그들은 침묵으로 말한다』, 이상현 옮김(서울: 생활성서, 2022).

김도현, 『동물의 눈: 눈의 진화』(서울: 나라원, 2015).

김성규, 「G. M. 홉킨스 시의 음악성」, 『문학과 종교』, Vol. 25, No. 3(2020), 75~93면.

김수환, 「도스토예프스키 소설에서 말과 이미지의 문제: 단편 『우스운 사람의 꿈』을 중심으로」, 『슬라브학보』, Vol. 20, No. 2(2005), 51~79면.

______, 「유리 집(Glass House)의 문화적 계보학: 세르게이 에이젠슈테인과 발터 벤야민 겹쳐 읽기」, 『한국비교문학회』, Vol. 0, No. 81(2020), 51~87면.
김양호 외 편, 『인체생물학』(서울: 현문사, 2017).
김영웅, 『닮은 듯 다른 우리』(구리: 선율, 2021).
김응준, 「인류문명의 몰락에 관한 보고서: W. G. Sebald의 『토성의 고리』에 그려진 비극적 인류사」, 『뷔히너와 현대문학』, Vol. 32(2009), 97~120면.
김재연, 『우리에게는 다른 데이터가 필요하다』(서울: 세종서적, 2023).
김지인, 「원근법(Perspective)의 신학적 함의: 중세부터 바로크까지」, 『신학논단』, Vol. 92(2018), 35~77면.
김채연, 「신경미학의 현황: 발전과 전망」, 『한국심리학회지: 인지 및 생물』, Vol. 27, No. 3 (2015), 341~365면.
김태경, 「지각, 내용 그리고 인지적 침투(Cognitive Penetration): 인지적 침투의 불가능성과 지각적 표상 내용의 비개념성 문제」, 『동서철학연구』, Vol. 102(2021), 407~426면.
깁슨, 윌리엄, 『뉴로맨서』, 김창규 옮김(서울: 황금가지, 2005).
나룰라, 허먼, 『우리는 가상 세계로 간다』, 정수영 옮김(서울: 흐름출판, 2023).
다마지오, 안토니오, 『느낌의 발견』, 고현석 옮김(파주: 북이십일, 2021).
______________, 『데카르트의 오류』, 김린 옮김(남양주: 눈출판그룹, 2017).
대한뇌전증학회, 『임상뇌전증학』(서울: 범문에듀케이션, 2018).
도모히로, 이시즈, 『아름다움과 예술의 뇌과학』, 강미정 외 옮김(성남: 북코리아, 2023).
도스또예프스끼, 표도르, 『전집』, 석영중 외 옮김(서울: 열린책들, 2000).
도스토예프스키, 표도르, 『도스토예프스키의 유럽 인상기』, 이길주 옮김(서울: 푸른숲, 1999).
돌턴, 제레미, 『확장현실』, 김동한 옮김(서울: 유엑스리뷰, 2023).
드보르, 기, 『스펙타클의 사회』, 유재홍 옮김(서울: 울력, 2014).
디킨스, 찰스, 『디킨스 명작선』, 홍가역 옮김(서울: 홍신문화사, 2003).
디킨스, 찰스. 「신호수」, 『세계의 환상 소설』, 이탈로 칼비노 편, 이현경 옮김(서울: 민음사, 2010), 373~390면.
라우스, 앤드루, 『서양 신비사상의 기원』, 배성옥 옮김(칠곡: 분도출판사, 2001).
라이언, 데이비드, 『감시사회로의 유혹』, 이광조 옮김(서울: 후마니타스, 2014).
레르몬토프, 미하일. 『우리 시대의 영웅』, 오정미 옮김(서울: 민음사, 2009).
레스탁, 리차드, 『나의 뇌 뇌의 나: 마음에 대한 과학적 접근 1, 2』, 김현택, 류재욱, 이강준 옮김(서울: 학지사, 2006).

로어, 리처드, 『벌거벗은 지금』, 이현주 옮김(서울: 바오로딸, 2023).
로젠블룸, 브루스, 『양자 불가사의: 물리학과 의식의 만남』, 전대호 옮김(서울: 지양사, 2012).
로즈, 데이비드, 『슈퍼사이트』, 박영준 옮김(서울: 흐름출판, 2023).
로트만, 유리, 『러시아 문화에 관한 담론 1』, 김성일, 방일권 옮김(파주: 나남, 2011).
류전희, 「고대 그리스 로마 시기의 건축적 재현에서 자연적 원근법과 유클리드 광학」, 『대한건축학회 논문집: 계획계』, Vol. 25, No. 1(2009), 201~208면.
______, 「원근법의 변화와 고전 광학이론: 중세에서 초기르네상스까지」, 『대한건축학회논문집』, Vol. 25, No. 2(2009), 167~174면.
______, 「15~16세기 초 원근법의 전개 과정」, 『대한건축학회 논문집』, Vol. 27, No. 2(2011), 115~122면.
르낭, E., 『예수의 생애』, 최명관 옮김(서울: 도서출판 창, 2010).
리멜레, 마리우스 외, 『보는 눈의 여덟 가지 얼굴』, 문화학연구회 옮김(파주: 글항아리, 2015).
마, 앤드루, 『세계의 역사』, 강주헌 옮김(서울: 은행나무, 2012).
마그누스, 알베르투스, 『신과 하나가 되는 길』, 안소근 옮김(일산: 오엘북스, 2023).
메를로퐁티, 모리스, 『눈과 마음』, 김정아 옮김(서울: 마음산책, 2008).
________________, 『지각의 현상학』, 류의근 옮김(서울: 문학과지성사, 2002).
메칭거, J., 「큐비즘과 전통」, 『큐비즘』, E. 프라이 편, 김인환 옮김(서울: 미진사, 1988), 119~121면.
바니치, M. 외, 『인지 신경과학』, 김명선 외 옮김(서울: 박학사, 2014).
바예호, 이레네, 『갈대 속의 영원』, 이경민 옮김(서울: 반비, 2023).
바흐찐, 미하일, 『도스또예프스끼 시학』, 김근식 옮김(서울: 정음사, 1988).
바흐친, 미하일, 『말의 미학』, 김희숙, 박종소 옮김(서울: 도서출판 길, 2006).
박우찬, 『미술은 이렇게 세상을 본다』(서울: 재원, 2002).
박정자, 『시선은 권력이다』(서울: 기파랑, 2008).
배정석, 「괴테의 이탈리아 기행과 독일 고전주의」, 『괴테 연구』, 한국 괴테협회 편(서울: 문학과 지성사, 1983), 24~40쪽.
버거, 존, 『다른 방식으로 보기』, 최민 옮김(파주: 열화당, 2012).
_______, 『피카소의 성공과 실패』, 김윤수 옮김(서울: 미진사, 1989).
베일렌슨, 제러미, 『두렵지만 매력적인: 가상현실이 열어준 인지와 체험의 인문학적 상상력』, 백우진 옮김(서울: 동아시아, 2019).

벤담, 제러미, 『파놉티콘』, 신건수 옮김(서울: 책세상, 2019).
벤야민, 발터, 『발터 벤야민 선집 5』, 최성만 옮김(서울: 도서출판 길, 2008).
보버, 벤, 『빛 이야기』, 이한음 옮김(서울: 웅진닷컴, 2004).
뵈메, 마들렌 외, 『역사에 질문하는 뼈 한 조각: 인류의 시초가 남긴 흔적을 뒤쫓는 고인류학』, 나유신 옮김(파주: 글항아리사이언스, 2021).
뷔티커, 우르스, 『빛과 공간 루이스 칸』, 이효원 옮김(서울: 시공문화사, 2002).
브래머, 어니스트, 『맹인 탐정 맥스 캐러도스』, 배지은 옮김(서울: 손안의책, 2016).
빌링턴, 제임스, 『이콘과 도끼 3』, 류한수 옮김(서울: 한국문화사, 2015).
뿌쉬낀, 알렉산드르, 『벨낀 이야기』, 석영중 옮김(서울: 열린책들, 1999).
_______________, 『잠 안 오는 밤에 쓴 시』, 석영중 옮김(서울: 열린책들, 1999).
사라마구, 주제, 『눈먼 자들의 도시』, 정영목 옮김(서울: 해냄, 1998).
색스, 올리버, 『마음의 눈』, 이민아 옮김(서울: 알마, 2013).
샤르티에, 로제 외 편, 『읽는다는 것의 역사』, 이종삼 옮김(서울: 한국출판마케팅연구소, 2006).
서요성, 「가상현실의 몰입에 대하여」, 『브레히트와 현대연극』, No. 36(2017), 337~358면.
석영중, 『뇌를 훔친 소설가』(서울: 예담, 2011).
______, 「도스또예프스끼와 르낭: 『까라마조프가의 형제』를 중심으로」, 『노어노문학』, Vol. 18, No. 2(2006), 287~308면.
______, 「도스토예프스키와 렉시오 디비나: 듣기와 보기에 관한 고찰」, 『러시아어문학연구논집』, Vol. 57(2017), 97~116면.
______, 「도스토예프스키와 신경미학: 『백치』에 나타난 시각의 문제를 중심으로」, 『러시아어문학연구논집』, Vol. 53(2016), 65~92면.
______, 「도스토예프스키와 신경신학」, 『슬라브학보』, Vol. 28, No. 4(2013), 267~286면.
______, 「도스토예프스키의 물리학과 아인슈타인의 형이상학」, 『슬라브학보』, Vol. 27, No. 4(2012), 313~334면.
______, 「도스토예프스키의 '지하생활자'와 신경과학자」, 『러시아어문학연구논집』, Vol. 41(2012), 29~50면.
______, 「도스토옙스키와 바라봄의 문제 : 구경, '어시디아', 그리고 스타브로긴」, 『러시아어문학연구논집』, Vol. 72(2021), 59~80면.
______, 「도스토옙스키와 시각: 시각 학습과 윤리의 문제」, 『러시아어문학연구논집』, Vol. 65(2019), 63~83면.

_____, 『도스토옙스키의 철도, 칼 그림』(파주: 열린책들, 2023).
_____, 『러시아 정교』(서울: 고려대학교 출판부, 2005).
_____, 『러시아 현대시의 해석』(서울: 고려대학교출판문화원, 2023).
_____, 『매핑 도스토옙스키』(파주: 열린책들, 2019).
_____, 「베젠스끼와 대화의 신학」, 『노어노문학』, Vol. 19, No. 3(2007), 191~208면.
_____, 「올레샤의 『질투』에 나타난 서술자와 시점의 문제」, 『러시아연구』, Vol. 1(1992), 51~78면.
_____, 『인간 만세!: 도스토옙스키의 〈카라마조프가의 형제〉 읽기』(서울: 세창, 2018).
_____, 「큐비즘, 미래주의, 그리고 마야꼽스끼」, 『노어노문학』, Vol. 3(1990), 43~75면.
셰익스피어, 윌리엄, 『셰익스피어 전집』, 김재남 옮김(서울: 을지서적, 1995).
소슬로, 로버트, 『시각심리학』, 신현정 외 옮김(서울: 시그마프레스, 2000).
소포클레스, 『오이디푸스왕』, 강대진 옮김(서울: 민음사, 2009).
손정우 외, 「신경미학이란 무엇인가?: 정신의학에서의 새로운 패러다임」, 『신경정신의학』, Vol. 52, No. 1(2013), 3~16면.
슈피들릭, 토마스, 『그리스도교 동방 영성』, 곽승룡 옮김(서울: 가톨릭 출판사, 2014).
스노든, 로버트 외, 『시각심리학의 기초』, 오성주 옮김(서울: 학지사, 2013).
스코프, 마르틴 외 편, 『신경미학』, 강미정 외 옮김(성남: 북코리아, 2019).
스턴버그, 엘리에저, 『뇌가 지어낸 모든 세계』, 조성숙 옮김(파주: 다산북스, 2019).
시롯키나, 이리나, 『문학 천재 진단하기』, 이수현 옮김(서울: 그린비, 2022).
십자가의 성 요한, 『어둔 밤』, 최민순 옮김(서울: 바오로딸, 1973).
아나티, 엠마누엘, 『예술의 기원』, 이승재 옮김(서울: 바다출판사, 2008).
아른하임, 루돌프, 『미술과 시지각』, 김춘일 옮김(서울: 기린원, 1989).
아세모글루, 대런 외, 『권력과 진보』, 김승진 옮김(서울: 생각의 힘, 2023).
아우구스티누스, 『고백록』, 성염 역주(파주: 경세원, 2019).
__________, 『삼위일체론』, 성염 역주(칠곡: 분도출판사, 2015).
__________, 『신국론』, 추인해 옮김(서울: 동서문학사, 2013).
아이리시, 윌리엄, 『환상의 여인』, 최운권 옮김(서울: 해문출판사, 1994).
알베르티, 레온, 『회화론』, 노성두 옮김(서울: 사계절, 1998).
알브레히트, 에바 외, 『양극성 장애』, 이지연 외 옮김(서울: 하나의학사, 2010).

앤티스, 스티븐 외, 『감각과 지각』, 곽호완 외 옮김(서울: 시그마프레스, 2018).
엘리아스, 로린 외, 『임상 및 실험 심리학』, 김명선 옮김(서울: 시그마프레스, 2009).
예이츠, 윌리엄, 『예이츠 시선』, 허현숙 옮김(서울: 지만지, 2011).
올레샤, 유리, 『리옴빠』, 김성일 옮김(서울: 미행, 2024).
__________ 외, 『우리들/질투』, 석영중 옮김(서울: 중앙일보사, 1990).
와일드, 오스카, 『도리언 그레이의 초상』, 윤희기 옮김(파주: 열린책들, 2013).
요코야마, 유지, 『선사 예술 기행』, 장석호 옮김(파주: 사계절출판사, 2005).
용, 에드, 『이토록 굉장한 세계』, 양병찬 옮김(서울: 어크로스, 2023).
우성주, 『호모 이마고』(서울: 한언, 2013).
울프, 버지니아, 『런던 거리 헤매기』, 이미애 옮김(서울: 민음사, 2019).
울프, 알렉스, 『한눈에 보는 세계사』, 김민수 옮김(서울: 빅북, 2014).
월마, 크리스티안, 『철도의 세계사』, 배현 옮김(서울: 다시봄, 2019).
웨스트, 토머스, 『글자로만 생각하는 사람, 이미지로 창조하는 사람』, 김성훈 옮김(서울: 지식갤러리, 2011).
웨인바움, 스탠리, 『피그말리온의 안경』, TR클럽 옮김(서울: 위즈덤커넥트, 2016).
웰스, 허버트, 『타임 머신』, 김석희 옮김(파주: 열린책들, 2011).
윤보석, 「인지적 침투, 결과주의, 그리고 경험적 합리성: 천현득 교수의 논의를 중심으로」, 『과학철학』, Vol. 24, No. 2(2021), 1~29면.
융, 칼 외, 『인간과 상징』, 이윤기 옮김(서울: 열린책들, 1996).
이강영, 『보이지 않는 세계』(서울: 휴먼사이언스, 2012).
이상욱 외, 「실감 콘텐츠 윤리적 부작용 대표 사례 및 규정 연구: 유형 분류 및 세부 요소를 중심으로」, 『한국공간디자인학회 논문집』, Vol. 16, No. 7(2021), 411~420면.
이상희, 『인류의 진화』(서울: 도서출판 동아시아, 2023).
이소림, 「W. G. 제발트의 『아우스터리츠』에 나타난 재현 미학: 사진과 텍스트의 병치 효과」, 『독어독문학』, Vol. 164(2022), 125~142면.
이종관, 『포스트휴먼이 온다』(고양: 사월의책, 2017).
이희원, 「러시아 인문과학의 융복합적 사유 (Ⅱ): 기호-공백의 '화이트홀'과 테크노-휴머니즘」, 『외국학연구』, Vol. 51(2020), 191~218면.
임철규, 『눈의 역사 눈의 미학』(파주: 한길사, 2004).
자먀찐, 예브게니, 『우리들』, 석영중 옮김(파주: 열린책들, 2005).
재서노프, 실라, 『테크놀로지의 정치』, 김영진 옮김(파주: 창비, 2022).
잭슨, 로즈메리, 『환상성 전복의 문학』, 서강여성문학연구회 옮김(서울: 문학동네,

2001).
정동훈, 『가상현실 개념사전』(파주: 21세기북스, 2017).
정인선 외, 「완전 영화 재사유하기: 바쟁과 바르자벨의 개념을 통하여」, 『현대영화연구』, Vol. 15, No. 2(2019), 121~138면.
정지원, 『체홉의 문학과 의학』, 석사학위논문, (서울: 고려대학교, 2018).
제럴드, 제이슨, 『VR BOOK: 기술과 인지의 상호작용, 가상 현실의 모든 것』, 고은혜 옮김(서울: 에이콘출판사, 2019).
제이, 마틴, 『눈의 폄하』, 전영백 외 옮김(파주: 서광사, 2019).
제키, 세미르, 『이너 비전 뇌로 보는 그림, 뇌로 그리는 미술』, 박창범 옮김(서울: 시공사, 2003).
조광석, 「현대회화에서 원근법과 큐비즘 공간」, 『기초조형학연구』, Vol. 10, No. 1(2009), 507~517면.
조은정, 「고대 미술의 공간 재현과 선 원근법의 기원」, 『서양미술사학회논문집』, Vol.17(2002), 177~202쪽.
_____, 「유클리드 광학과 초기 선 원근법 이론의 형성」, 『미술이론과 현장』, Vol. 18(2014), 7~31면.
주보프, 쇼샤나, 『감시자본주의 시대』, 김보영 옮김(파주: 문학사상, 2021).
주현경, 「코로나 시대와 감시 감금의 형사 정책」, 『코로나 시대의 법과 철학』, 양천수 외 편(서울: 박영사, 2021), 135~157면.
지상현, 『뇌, 아름다움을 말하다』(서울: 해나무, 2005).
천현득, 「지각의 인지적 침투와 관찰의 이론적재성」, 『과학철학』, Vol. 23, No. 1(2020), 75~107면.
체르니셰프스끼, 니꼴라이, 『무엇을 할 것인가』, 서정록 옮김(파주: 열린책들, 2009).
체스터튼, 길버트, 『브라운 신부의 동심』, 최정순 옮김(서울: 일신서적 출판사, 1991).
_______________, 『스캔들』, 이수현 옮김(서울: 북하우스, 2002).
체호프, 안똔, 『지루한 이야기』, 석영중 옮김(파주: 창비, 2016).
체홉, 미카엘, 『미카엘 체홉의 테크닉 연기』, 윤광진 옮김(서울: 예니, 2015).
최현석, 『인간의 모든 감각』(파주: 서해문집, 2010).
카르티에-브레송, 앙리, 『영혼의 시선』, 권오룡 옮김(파주: 열화당, 2006).
카버, 레이먼드, 『대성당』, 김연수 옮김(파주: 문학동네, 2014).
칼비노, 이탈로 편. 『세계의 환상 소설』, 이현경 옮김(서울: 민음사, 2010).
케이시, 마이클, 『거룩한 책읽기』, 강창헌 옮김(서울: 성서와 함께, 2007).

켐프, 마틴, 『보이는 것과 보이지 않는 것』, 오숙은 옮김(서울: 을유문화사, 2010).
쿠자누스, 니콜라우스, 『박학한 무지』, 조규홍 옮김(서울: 지식을 만드는 지식, 2013).
__________, 『신의 바라봄』, 김형수 옮김(서울: 가톨릭출판사, 2014).
크리스천, 데이비드 외, 『빅 히스토리: 우주와 지구, 인간을 하나로 잇는 새로운 역사』, 이한음 옮김(파주: 웅진지식하우스, 2023).
탤리스, 레이먼드, 『무한 공간의 왕국: 머리, 인간을 이해하는 열쇠』, 이은주 옮김(파주: 동녘사이언스, 2011).
토도로프, 츠베탕, 『환상문학 서설』, 최애영 옮김(서울: 필로소픽, 2022).
토리, E., 『조현병의 모든 것』, 정지인 옮김(서울: 푸른숲, 2021).
톨스토이, 레프, 『안나 카레니나』, 이철 옮김(파주: 범우사, 1999).
__________, 『예술이란 무엇인가』, 이철 옮김(파주: 범우사, 2017).
__________, 『전쟁과 평화』, 박형규 옮김(서울: 삼성출판사, 1988).
트래비스, 엘버러, 『거의 모든 안경의 역사』, 장상미 옮김(서울: 유유, 2022).
파노프스키, 에르빈, 『상징형식으로서의 원근법』, 심철민 옮김(서울: 도서출판b, 2014).
파커, 앤드루, 『눈의 탄생』, 오숙은 옮김(서울: 뿌리와이파리, 2007).
패티슨, 커밋, 『화석맨』, 윤신영 옮김(파주: 김영사, 2022).
포스터, 핼, 『시각과 시각성』, 최연희 옮김(부산: 경성대학교 출판부, 2004).
포티, 리처드, 『삼엽충』, 이한음 옮김(서울: 뿌리와이파리, 2007).
푸코, 미셸, 『감시와 처벌』, 오생근 옮김(파주: 나남, 2016).
프라이, 노드럽, 『비평의 해부』, 임철규 옮김(파주: 한길사, 1988).
플라톤, 『국가』, 박종현 역주(파주: 서광사, 2023).
_____, 『티마이오스』, 박종현 외 역주(파주: 서광사, 2000).
_____, 『파이돈』, 최현 옮김(파주: 범우사, 2009).
플래허티, 앨리스, 『하이퍼그라피아』, 박영원 옮김(서울: 휘슬러, 2005).
플로티노스, 『플로티노스의 엔네아데스 선집』, 조규홍 옮김(남양주: 누멘, 2019).
피어시그, 로버트, 『선과 모터사이클 관리술』, 장경렬 옮김(서울: 문학과지성사, 2010).
하라리, 유발, 『사피엔스』, 조현욱 옮김(파주: 김영사, 2015).
__________, 『호모 데우스』, 김명주 옮김(파주: 김영사, 2017).
하임, 마이클, 『가상현실의 철학적 의미』, 여명숙 옮김(서울: 책세상, 1997).
한경훈 외, 「사이버멀미의 유발 원인과 감소 방법」, 『한국심리학회지: 인지 및 생물』, Vol. 23, No. 2(2011), 287~299면.

한국천주교주교회의, 『성경』(서울: 한국천주교중앙협의회, 2011).
헉슬리, 올더스, 『멋진 신세계』, 이덕형 옮김(서울: 문예출판사, 2020).
__________, 『지각의 문: 천국과 지옥』, 권정기 역주(파주: 김영사, 2017).
헐, 존, 『손끝으로 느끼는 세상』, 강순원 옮김(서울: 우리교육, 2004).
헥트, 유진, 『광학』, 조재흥 외 옮김(파주: 자유아카데미, 2018).
홉킨스, 제라드, 『홉킨스 시선』, 김영남 옮김(서울: 지만지, 2014).
홍경자, 「매체 문화에서 가상과 현실에 대한 정보해석학적 해명」, 『현상학과 현대철학』, Vol. 29(2006), 279~307면.
황농문, 『몰입』(서울: 랜덤하우스, 2008).
후퍼, 댄, 『우리 우주의 첫 순간』, 배지은 옮김(서울: 해나무, 2023).

Al-Azzawi, A., *Light and Optics: Principles and Practices* (Boca Raton: CRC/Taylor & Francis, 2007).
Al'fonsov, V., *Nam slovo nuzhno dlia zhizni. V poeticheskom mire Maiakovskogo* (Leningrad: Sovetskii pisatel'. 1984).
Andrew, J., "'The Blind Will See': Narrative and Gender in 'Taman'", *Russian, Croatian and Serbian, Czech and Slovak, Polish Literature*, Vol. 31, No. 4 (1992), pp. 449~476.
Anonymous, "Sleepy Signalmen", *The British Medical Journal*, Vol. 1, No. 1158 (1883), pp. 471~472.
Antonova, C., *Space, Time, and Presence in the Icon. Seeing the World with the Eyes of God* (London, New York: Routledge, 2016).
__________, "The Vision of God and the Deification of Man: The Visual Implications of Theosis", *Vision of God and Ideas on Deification in Patristic Thought*, edits. M. Edward and E. Vasilescu (London, New York: Routledge, 2017), pp. 208~222.
__________, "Visual Thought in Modern Orthodoxy: Art History as Theology", *Vizual'naya teologiia*, Vol. 1, No. 5 (2023), pp. 10~21.
__________, "Visuality among Cubism, Iconography, and Theosophy: Pavel Florensky's Theory of Iconic Space", *Journal of Icon Studies*, Vol. 1 (2015), pp. 1~10.
Antonova, C., Kemp, M., "'Reverse Perspective': Historical Fallacies and an Alternative View", *The Visual Mind II*, edits. M. Emmer (Cambridge, Massachusetts, London, England: The MIT Press, 2005), pp. 399~431.

Atherton, C., Hetherington. P., "Ekphrastic Spaces: the Tug, Pull, Collision and Merging of the in-between", *New Writing: The International Journal for the Practice and Theory of Creative Writing*, Vol. 20, No. 1 (2023), pp. 83~98.

Bailey, et al., edits., *The Sign: Semiotics Around the World* (Ann Arbor: Michigan Slavic Publications, 1980).

Bakhtin, M., "Author and Hero in Aesthetic Activity", *Art and Answerability: Early Philosophical Essays*, edits. M. Holquist and V. Liapunov, trans. V. Liapunov (Austin: Univ. of Texas Press, 1990), pp. 4~255.

__________, *Problems of Dostoevsky's Poetics*, edits. and trans. C. Emerson (Minneapolis: Univ. of Minnesota Press, 1984-1).

__________, *Problems of Dostoevsky's Poetics*, edits. and trans. C. Emerson (Minneapolis: Univ. of Minnesota Press, 1984).

__________, "Toward a Methodology for the Human Sciences", *Speech Genres and Other Late Essays*, edits. C. Emerson and M. Holquist (Austin: Univ. of Texas Press, 1987), pp. 159~172.

__________, *Toward a Philosophy of the Act*, edits. V. Liapunov and M. Holquist, trans. V. Liapunov (Austin: Univ. of Texas Press, 1993).

__________, "Toward a Reworking of the Dostoevsky Book", *Problems of Dostoevsky's Poetics* (Minneapolis: Univ. of Minnesota Press, 1984-2), pp. 283~302.

Balakian, P., "Ending the Dry Spell: Mandel'stams Journey to Armenia", *Literary Imagination*, Vol. 24, No. 2 (2022), pp. 97~114.

Ball, K., et al., edits., *Routledge Handbook of Surveillance Studies* (New York: Routledge, 2012).

Barratt, A., "Yury Olesha's Three Ages of Man: A Close Reading of 'Liompa'", *The Modern Language Review*, Vol. 75, No. 3 (1980), pp. 597~614.

Baumann, C., et al., "Did Fyodor Mikhailovich Dostoevsky Suffer from Mesial Temporal Lobe Epilepsy?", *Seizure*, Vol. 14, No. 5 (2005), pp. 324~330.

Bauman, Z., Lyon D., *Liquid Surveillance. A Conversation* (Cambridge: Polity, 2013).

Beaujour, E., *The Invisible Land: A Study of the Artistic Imagination of Iurii Olesha* (New York: Colombia Univ. Press, 1970).

Beckman, J., "Lessons of Law & Legal Studies through Literature: The Psychology of a Criminal versus the Psychology of a Police Investigator as

Seen through the Lenses of 'Crime and Punishment': Porfiry v. Raskolnikov", *Stetson Law Review*, Vol. 47 (2017), pp. 85~110.

Behrmann, M., "The Mind's Eye Mapped onto the Brain's Matter", *Current Directions in Psychological Science*, Vol. 9, No. 2 (2000), pp. 50~54.

Bell, E., *Men of Mathmatics* (New York: Simon and Schuster, 1937).

Beliakova, M., "Paradoks dushevnoi bolezni v rasskaze A. P. Chekhova 'Chernyi monakh'", *Filologiia i lingvistika v sovremennom obshchestve*, Sbornik (Moskva: Buki-Vedi, 2014), pp. 42~50.

Bergeron, V., Lopes, D., "Aesthetic Theory and Aesthetic Science", *Aesthetic Science: Connecting Minds, Brains, and Experience* (Oxford: Oxford Univ. Press, 2012), pp. 63~80.

Bernstein, J., "Preface", *Ethics and Images of Pain*, edits. A. Grønstad and H. Gustafsson (New York: Routledge, 2012), pp. xi~xiv.

Binz, S., *Conversing with God in Scripture* (Frederick: The Word Among Us Press, 2008).

Bobrinskaia, E., *Russkii avangard: granitsy iskusstva* (Moskva: Novoe literaturnoe obozrenie, 2006).

Boccioni, U., et al., "Futurist Painting: Technical Menifesto", *Futurist Menifestos*, edit. U.Apollonio (London: Thames & Hudson, 1973), pp. 27~31.

Bologov, P., "Psikhastenicheskii mir Chekhova", Nauchnyi tcentr Psikhicheskogo zdorov'ia FGBNU (인터넷 출처: https://psychiatry.ru/stat/152, 검색 일자: 2024. 1. 10.)

Borges, J., *Obras Completas* (Buenos Aires: Emecé, 1974).

Bosing, W., *Hieronymus Bosch Between Heaven and Hell* (Paris: Taschen, 2010).

Botello, N., "Surveillance Cameras and Synopticism: A Case Study in Mexico City", *Eyes Everywhere* (London: Routledge, 2013), pp. 249~261.

Bulgakov, S., *Drug zhenikha. O pravoslavnom pochitanii Predtechi* (Paris: YMCA Press, 1927).

Burckhardt, S., "The Poet as Fool and Priest", *elh*, Vol. 23, No. 4 (1956), pp. 279~298.

Cartwright-Finch, U., Lavie, N., "The Role of Perceptual Load in Inattentional Blindness", Cognition, Vol. 102, No. 3 (2007), pp. 321~340.

Canaday, J., *The Artist as a Visionary* (New York: The Metropolitan Museum of

Art, 1959).
Caprotti, F., "Authoritarianism and the Transparent Smart City", *The Routledge Companion to Urban Imaginaries* (London: Routledge, 2018), pp. 137~146.
Cappelletto, C., *Embodying Art: How We See, Think, Feel, and Create*, trans. S. Fleck (New York: Columbia University Press, 2022).
Carroll, N., et al., "The Philosophy of Art and Aesthetics, Psychology, and Neuroscience", *Aesthetic Science: Connecting Minds, Brains, and Experience* (Oxford: Oxford Univ. Press, 2012), pp.31~62.
Catteau, J., *Dostoevsky and the Process of Literary Creation* (Cambridge: Cambridge Univ. Press, 2005).
Çavdar, R., "An Architectural Reading of Zamyatin's Intersectional Elements in The Novel 'We'", *GRID-Architecture, Planning and Design Journal*, Vol. 4, No. 1 (2021), pp. 26~37.
Chatterjee, A., "Neuroaesthetics: Growing Pains of a New Discipline", *Aesthetic Science: Connecting Minds, Brains, and Experience* (Oxford: Oxford Univ. Press, 2012), pp. 299~317.
__________, *The Aesthetic Brain: How We Evolved to Desire Beauty and Enjoy Art* (Oxford: Oxford Univ. Press, 2013).
Chatterjee, A., Cardilo, E., edits., *Brain, Beauty, and Art: Essays Bringing Neuroaesthetics into Focus* (New York: Oxford Univ. Press, 2021).
Chekhov, A., *Polnoe sobranie sochinenii i pisem v tridtsati tomakh. Pis'ma v dvenadtsati tomakh* (Moskva: Nauka, 1974~1983).
__________, *Polnoe sobranie sochinenii i pisem v tridtsati tomakh: Sochineniia v vosemnadtsati tomakh* (Moskva: Nauka, 1983).
Chichkina, M., "Nulevoi ekfrasis: sovremennye perspektivy issledovaniia", *Filologicheskie nauki, Voprosy teorii i praktiki*, Vol. 9, No. 1 (2015), pp. 192~194.
Chizh, V., *Dostoevskii kak psikhopatolog: ocherk* (Moskva: V Universit, 1885).
Cirino, M., "Beating Mr. Turgenev: 'The Execution of Tropmann' and Hemingway's Aesthetic of Witness", *The Hemingway Review*, Vol. 30, No. 1 (2010), pp. 31~50.
Clough, P., "Hardy's Trilobite", *The Thomas Hardy Journal*, Vol. 4, No. 2 (1988), pp. 29~31.
Cole, G., et al., "A Return of Mental Imagery: The Pictorial Theory of Visual

Perspective-taking", *Consciousness and Cognition*, Vol. 102 (2022), pp. 1~7.

Cooke, S., "Cultural Memory on the Move in Contemporary Travel Writing: W. G. Sebald's 'The Rings of Saturn'", *Mediation, Remediation, and the Dynamics of Cultural Memory*, edits. A. Erll, et al. (New York: Walter de Gruyter, 2009), pp. 15~30.

Cuevas, S., et al., "Aesthetics of Hallucination: Ontology of Visual Kaleidoscopes from the Age of Myth to Virtual Reality", *Artnodes: revista de arte, ciencia y tecnología*, No. 32 (2023), pp. 1~9.

Cunningham, V., "Why Ekphrasis?", *Classical Philology*, Vol. 102, No. 1 (2007), Special Issues on Ekphrasis, edits. S. Bartsch and J. Elsner, pp. 57~71.

Damasio, A., *Self Comes to Mind: Constructing the Conscious Brain* (New York: Vintage Books, 2012).

Darwin, C., *On the Origin of Species by Means of Natural Selection; or, the Preservation of Favoured Races in the Struggle for Life* (New York: D. Appleton, 1861).

Davydov, S., "The Ace in 'The Queen of Spades'", *Slavic Review*, Vol. 58, No. 2 (1999), pp. 309~328.

Derrida, J., *Memoirs of the Blind*, trans. A. Pascle and M. Naas (Chicago: Chicago Univ. Press, 2007).

Dimitrov, E., "Dostoevskii i roman-ikona", *Iazyk. Kul'tura. Kommunikatsiia*. Vol. 2, No. 1 (2017), pp. 236~249.

Dostoevskii, F., *Polnoe sobranie sochinenii v 30 tomakh* (Leningrad: Nauka, 1972~1990).

Dretske, F., *Seeing and Knowing* (Chicago: Chicago Univ. Press, 1969).

Dokic, J., et al., "Looks the Same but Feels Different: A Metacognitive approach to Cognitive Penetrability", *The Cognitive Penetrability of Perception: New Philosophical Perspectives* (Oxford: Oxford Univ. Press, 2015), pp. 240~267.

Druskin, Ia., "Chinari", *Avrora*, No.6 (1989), pp. 103~115.

_________, "Materialy k poetike Vvedenskogo", A.Vvedenskii, *Polnoe sobranie proizvedenii v dvukh tomakh*, t. 2 (1993), pp.164~174.

Duganov, R., *Velimir Khlebnikov. Priroda tvorchestva* (Moskva: Sovetskii pisatel', 1990).

Eco, U., *Semiotics and the Philosophy of Language* (London: The MacMillan Press, 1984).

Einstein, A., *Out of My Later Years* (New York: Philosophical Library, 1959).

Elkins, J., "Images in Sebald's 'Rings of Saturn'", https://hcommons.org/deposits/objects/hc:14132/datastreams/CONTENT/content (2017), pp. 1~15.

________, *The Object Stares Back* (San Diego: Harcourt Brace, 1997).

________, *The Poetics of Perspective* (Ithaca: Cornell Univ. Press, 1994).

Elliott, B., et al., "Delusions, Illusions and Hallucinations in Epilepsy: 1. Elementary Phenomena", *Epilepsy research*, Vol. 85, No. 2~3 (2009), pp. 162~171.

Emerson, C., "'The Queen of Spades' and the Open End", *Pushkin Today*, edits. D. Bethea (Bloomington: Indiana Univ. Press, 1993), pp. 31~37.

Emery, J., Geballe, E., "Between Fiction and Physiology: Brain Fever in the 'Brothers Karamazov' and Its English Afterlife", *Publications of the Modern Language Association of America (PMLA)*, Vol. 135, No. 5 (2020), pp. 895~913.

Epstein, T., "Vvedensky in Love", *The New Arcadia Review*, No. 2 (2004), pp. 1~11.

Erlich, V., *Russian Formalism: History-Doctrine* (New Haven: Yale Univ. Press, 1981[1965]).

Evdokimova, S., "Dostoevsky's Postmodernists and the Poetics of Incarnation", *Dostoevsky beyond Dostoevsky*, edits. S. Evdokimova and V. Golstein (Brighton, MA: Academic Studies Press, 2016), pp. 213~231.

Falk, D., et al., *Seeing the Light: Optics in Nature, Photography, Color, Vision, and Holography* (New York: Wiley, 1986).

Fiorio, G., "The Ontology of Vision. The Invisible, Consciousness of Living Matter.", *Frontiers in Psychology*, Vol. 7 (2016), pp. 1~8.

Fisher, C., "Doctor-Writers: Anton Chekhov's Medical Stories", *New Directions in Literature and Medicine Studies*, edits. S. Hilger (London: Palgrave Macmillan, 2017), pp. 377~396.

Florenskii, P., *Sochineniia v chetrekh tomakh* (Moskva: Mysl', 1994~1999).

Florensky, P., *Ikonostasis*, trans. D. Sheeman and O. Andrejev (Crestwood, New York: St Vladimir's Seminary Press, 1996).

__________, "On Realism", *Beyond Vision*, edits. N. Misler (London: Reaktion Books, 2002), pp. 175~182.

__________, "Reverse Perspective", *Beyond Vision*, edits. N. Misler (London: Reaktion Books, 2002), pp. 197~272.

Florovskii, G., *Puti russkogo bogosloviia* (Paris: b.i., 1937).

Franke, W., "Apophatic Paths Modern and Contemporary Poetics and Aesthetics of Nothing", *Angelaki*, Vol. 17, No. 3 (2012), pp. 7~16.

Frederick, D., edit., *The Roman Gaze: Vision, Power, and the Body* (Baltimore: Johns Hopkins Univ. Press, 2002).

Fung, P., *Dostoevsky and the Epileptic Mode of Being* (London: Legenda, 2015).

Futrell, M., "Dostoyevsky and Islam (And Chokan Valikhanov)", *The Slavonic and East European Review*, Vol. 57, No. 1 (1979), pp. 16~31.

Gambino, R., Pulvirenti, G., "The Paradox of Romantic Ekphrasis. Metacritic Discourse, Perception and Imagination in Art", *Metacritic Journal for Comparative Studies and Theory*, Vol. 4, No. 1 (2017), pp. 151~179.

Gasparov, B., *Literaturnye leitmotivy* (Moskva: Nauka, 1994).

Gilliom, J., et al., *Super Vision: An Introduction to Surveillance Society* (Chicago: Chicago Univ. Press, 2013).

Gibson, R., "Normality and Disability in H. G. Wells's 'The Country of the Blind'", *Journal of Medical Humanities*, Vol. 44, No. 3 (2023), pp. 1~16.

Gogol', N., *Sobranie sochinenii v 7 tomakh* (Moskva: Khudozhestvennaia literatura, 1967).

Gogröf, A., "The President's Address 2018: Visibility Is a Trap? Dimensions of Surveillance and Its Effects on Culture Today", *Pacific Coast Philology*, Vol. 54, No. 2 (2019), pp. 117~134.

Goerner, T., "The Theme of Art and Aesthetics in Dostoevsky's 'The Idiot'", *Ulbandus Review*, Vol. 2, No. 2 (1982), pp. 79~95.

Grønstad, A., Gustafsson, H., edits., "Introduction", *Ethics and images of Pain*, Vol. 1 (New York: Routledge, 2012), pp. xv~xxiii.

Grygar, M., "Kubizm i poeziia russkogo i cheshskogo avangarda", *Structure of texts and Semiotics of Culture*, edits. J. Van Der Eng and M. Grygar (Hague: Mouton, 1973), pp. 59~101.

Gunn, J., *The Joy Makers* (New York: Bantam Books, 1961).

Hardy, T., *A Pair of Blue Eyes* (London: Macmillan, 1957).

Harte, T., *Fast Forward: The Aesthetics and Ideology of Speed in Russian Avant-Garde Culture, 1910~1930* (Madison, WI: Univ. of Wisconsin Press,

2009).

Heaney, S., *Seeing Things* (London: Faber, 1991).

_________, *The Haw Lantern* (New York: Farrar, Straus, Giroux, 1987).

Heffermehl, F., "From Curved Space to Reverse Perspective: Interdisciplinary Tendencies in Russian Theory of Painting (Tarabukin Reads Florenskii)", *The Slavic and East European Journal*, Vol. 62, No. 1 (2018), pp. 93~117.

Heft, P., "Virtual Embodiment, or: When I Enter Cyberspace, What Body Will I Inhabit?", *Cosmos and History: The Journal of Natural and Social Philosophy*, Vol. 19, No. 1 (2023), pp. 193~211.

Herman, G., "Greek Epiphanies and the Sensed Presence", *Historia: Zeitschrift für Alte Geschichte*, Bd. 60, H. 2 (2011), pp. 127~157.

Holland, N., "Foreword: The Literarity of Dreams, the Dreaminess of Literature", *The Dream and the Text: Essays on Literature and Language*, (New York: State Univ. of New York Press, 1993), pp. ix-xx.

Hopkins, G., *Poems and Prose* (Harmondsworth, Middlesex: Penguin Classics, 1985).

Howland, J., "One Hundred Years of We", *New Criterion*, Vol. 39, No. 3 (2020), pp. 12~17.

Hudson, A., *The Evolution of the Eye from Algae and Jellyfish to Humans: How Vision Adapts to Environment* (Lewiston: Edwin Mellen Press, 2010).

Hyde, G., "Russian Futurism", *Modernism*, edits. M. Bradbury and J. Mcfarlane (New York: Penguin Books, 1983), pp. 259~273.

Iniesta, I., "Epilepsy in the Process of Artistic Creation of Dostoevsky", *Neurología (English Edition)*, Vol. 29, No. 6 (2014), pp. 371~378.

Inversen, L., et al., edits., *Dopamine Handbook* (Oxford: Oxford Univ. Press, 2010).

Isenberg, C., *Substantial Proofs of Being: Osip Mandelstam's Literary Prose* (Columbus: Slavica, 1987).

Jackson, F., *Perception, a Representative Theory* (Cambridge: Cambridge University Press, 1977).

Jackson, R., *Dialogues with Dostoevsky: the Overwhelming Questions* (Stanford: Stanford Univ. Press, 1993).

Jacob, P., Jeannerod, M., *Ways of Seeing the Scope and Limits of Visual Cognition* (Oxford: Oxford Univ. Press, 2003).

Jacobs, C., *Sebald's Vision* (New York: Columbia Univ. Press, 2015).
James, W., Kuklick, B., *William James: Writings 1902~1910 (LOA #38)* (New York: Library of America, 1987).
Johnsen, S., *The Optics of Life: A Biologist's Guide to Light in Nature* (Princeton: Princeton Univ. Press, 2011).
Johnson B., "Intersecting Nervous Disorders in Dostoevsky's The Insulted and the Injured", *Dostoevsky Studies*, New Series, Vol. XVI (2012), pp. 73~98.
Jones, P., "Building the Empire of the Gaze: The Modern Movement and the Surveillance Society", *Architectural Theory Review*, Vol. 4, No. 2 (1999), pp. 1~14.
Judd, B., "Light and Darkness in Dostoevsky's 'White Nights' and Kafka's 'Hunger Artist'", *Light and Obscurity in Symbolism*, edits. D. Cibelli and R. Neginsky (Cambridge: Cambridge Scholars Publishing, 2016), pp. 340~347.
Jung, C., *The Structure and Dynamics of the Psyche*, trans. R.Hull (Princeton: Princeton Univ. Press, 1969).
Kahn, A., *Mandelstam's Worlds: Poetry, Politics, and Identity in a Revolutionary Age* (Oxford: Oxford Univ. Press, 2020).
Kantor, V., "Confession and Theodicy in Dostoevsky's Oeuvre (The Reception of St. Augustine)", *Russian Studies in Philosophy*, Vol. 50, No. 3 (2011), pp. 10~23.
Kaptein, A., et al., "'Why, Why Did You Have Me Treated?': The Psychotic Experience in a Literary Narrative", *Medical Humanities*, Vol. 37, No. 2 (2011), pp. 123~126.
Karnes, M., *Imagination, Meditation, and Cognition in the Middle Ages* (Chicago: Univ. of Chicago Press, 2011).
Kasatkina, T., *Sviashchennoe v povsednevnom: dvusostavnyi obraz v proizvedeniiakh F. M. Dostoevskogo* (Moskva: IMLI RAN, 2015).
Kawabata, H., Zeki, S., "Neural Correlates of Beauty", *Journal of Neurophysiology*, Vol. 91 (2004), pp. 1699~1705.
Kendrick, K., et al., edits., *Current Advances in Affective Neuroscience* (Switzerland: Frontiers Media SA, 2020).
Kennedy, D., Meek, R., "Introduction: from Paragone to Encounter", *Ekphrastic Encounters: New Interdisciplinary Essays on Literature and the Visual Arts* (Manchester: Manchester Univ. Press, 2018), pp. 1~24.

Keskiaho, J., "The Epistemology of Visions: The Reception of Augustine on the Threevisiones", *Dreams and Visions in the Early Middle Ages: The Reception and Use of Patristic Ideas, 400~900* (Cambridge: Cambridge U. Press, 2015), pp. 137~216.

Khardzhiev, N., *Poeziia i zhivopis'. K istorii russkogo avangarda* (Stockholm: Hylaea Prints, 1976).

Killian, J., "That Deceptive Line: Plato, Linear Perspective, Visual Perception, and Tragedy", *The Journal of Aesthetic Education*, Vol. 46, No. 2 (2012), pp. 89~99.

Kosslyn, S., et al., *The Case for Mental Imagery* (New York: Oxford Univ. Press, 2006).

________, "The Cognitive Neuroscience of Mental Imagery", *Neuropsychologia*, Vol. 33, No. 11 (1995), pp. 1335~1344.

Krieger, M., *Ekphrasis: the Illusion of the Natural Sign* (Baltimore: Johns Hopkins Univ. Press, 2019).

Kuzmin, M., "O prekrasnoi iasnosti", *Apollon*, No. 4 (1910), pp. 5~20.

Lantz, K., edit., *The Dostoevsky Encyclopedia* (Westport: Greenwood Press, 2004).

Lavie, N., "Attention, Distraction, and Cognitive Control Under Load", *Current Directions in Psychological Science*, Vol. 19, No. 3 (2010), pp. 143~148.

Lee, C., "Variations of the Prophetic Dream in Modern Russian Literature", *The Dream and the Text: Essays on Literature and Language*, edits. C. Rupprecht (Albany: SUNY Press, 1993), pp. 284~305.

Lever, A., "Neuroscience v. Privacy? A Democratic Perspective", *I Know What You're Thinking: Brain Imaging and Mental Privacy*, edits. S. Richmond, G. Rees, S. Edwards (Oxford: Oxford Univ. Press, 2012), pp. 205~222.

Levin, Iu., "Struktura russkoi metafory", *Trudy po znakovym sistemam*, vyp.II (Tartu: Uch. zap. Tartus. gos. universiteta, 1965), pp. 293~299.

Levin, Iu., et al., "Russkaia semanticheskaia poetika kak potentsial'naia kul'turnaia paradigma", *Russian Literature*, Vol. 3, No. 2~3 (1974), pp. 47~82.

Levinas, E., *Ethics and Infinity*, trans. R. Cohen (Pittsburgh: Duquesne Univ. Press, 1985).

________, *Totality and Infinity: An Essay on Exteriority*, trans. A.Lingis

(Pittsburgh, Penn.: Duquesne Univ. Press, 1969).
Lewis-Williams, D., *The Mind in the Cave: Consciousness and the Origins of Art* (London: Thames & Hudson, 2004).
Lewis-Williams D., et al., *Deciphering Ancient Minds the Mystery of San Bushman Rock Art* (New York: Thames & Hudson, 2011).
Lieber, E., "'Pardon, Monsieur': Civilization and Civility in Turgenev's 'The Execution of Tropmann'", *Slavic Review*, Vol. 66, No. 4 (2007), pp. 667~681.
Lively, A., "Ye Shall Bear Witness: An Ethics of Survival in W. G. Sebald's 'Rings of Saturn'", *Journal of Modern Literature*, Vol. 46, No. 1 (2022), pp. 34~47.
Lock, C., "What Is Reverse Perspective and Who Was Oskar Wulff?", *Sobornost/ Eastern Churches Review*, Vol. 33, No. 1 (2011), pp. 60~89.
Lossky, V., *The Mystical Theology of the Eastern Church* (Crestwood: St. Vladimir's Seminary Press, 2002).
Lotman, Iu., "'Pikovaia dama' i tema kart i kartochnoi igry v russkoi literature nachala XIX veka", *Izbrannye stat'i Iu.M.Lotmana v trekh tomakh*, t. 2 (Tallinn: Aleksandra, 1992), pp. 389~415.
__________, *The Structure of the Artistic Text*, trans. G. Lenhoff and R. Vroon (Ann Arbor: Univ. of Michigan, 1977).
Louth, A., "Theology, Contemplation, and the University", *Studies in Christian Ethics*, Vol. 17, No. 1 (2004), pp. 69~79.
Lovén, S., *Also Make the Heavens: Virtual Realities in Science Fiction* (Uppsala: Avdelningen för litteratursociologi, Uppsala universitet, 2010).
_________, "Even Better Than the Real Thing: Counterfeit Realities and Twentieth Century Dystopian Fiction", *Human IT: Journal for Information Technology Studies as a Human Science*, Vol. 5, No. 2~3 (2001).
Luttrell, M., *Color, Line, and Narrative: Visual Art Techniques in Lev Tolstoy's Fiction*, Doctoral dissertation, Univ. of Kansas, 2019.
Lyon, D., *Pandemic Surveillance* (Cambridge: Polity Press, 2022).
_______, *The Electronic Eye. The Rise of Surveillance Society* (Minnesota: Univ. of Minneapolis Press, 1994).
_______, *Surveillance Studies: An Overview* (Cambridge: Polity Press, 2007).
_______, "9/11, Synopticon, and Scopophilia: Watching and Being Watched", *The New Politics of Surveillance and Visibility*, edits. K. Haggerty and R. Ericson (Toronto: Univ. of Toronto Press, 2006), pp. 35~54.

Maiakovskii, V., *Sobranie sochinenii v 12 tomakh* (Moskva: Izdatel'stvo Pravda, 1978).

__________, *Polnoe sobranie sochinenii v 13 tomakh* (Moskva: GIKhL, 1955~1961).

Mandelker, A., "A Painted Lady: Ekphrasis in Anna Karenina", *Comparative Literature*, Vol. 43, No. 1 (1991), pp. 1~19.

Mandel'shtam, O., *Sobranie sochinenii v 4 tormkh* (Moskva: Terra, 1991).

Manford, M., et al. "Complex Visual Hallucinations. Clinical and Neurobiological Insights", *Brain*, Vol. 121, Iss. 10 (1998), pp. 1819~1840.

Markov, V., edit., *Manifesty i programmy russkikh futuristov* (München: Wilhelm Fink Verlag, 1972).

Marks, P., *Imagining Surveillance Eutopian and Dystopian Literature and Film* (Edinburgh: Edinburgh Univ. Press, 2015).

Mathiesen, T., "The Viewer Society: Michel Foucault's 'Panopticon' Revisited", *Surveillance, Crime and Social Control* (Routledge, 2017), pp. 41~60.

Matthewson, G., "People Who Live in Glass Houses: Walter Benjamin and the Dream of Glass Architecture", *Cultural Crossroads: Proceedings of the 26th Annual Conference of the Society of Architectural Historians, New Zealand* (Auckland: SAHANZ, 2009).

McNaughton, P., *Perspective and Other Optical Illusions* (Glastonbury: Wooden Books, 2009).

McQuire, S., "From Glass Architecture to Big Brother: Scenes from a Cultural History of Transparency", *Cultural Studies Review*, Vol. 9, No. 1 (2003), pp. 103~123.

Miles, M., "Vision: The Eye of the Body and the Eye of the Mind in Saint Augustine's 'De trinitate' and 'Confessions'", *The Journal of Religion*, Vol. 63. No. 2 (1983), pp. 125~142.

Milgram, P., Kishino, F., "A Taxonomy of Mixed Reality Visual Displays", *IEICE Transactions on information and Systems*, Vol. 77, No. 12 (1994), pp. 1321~1329.

Milkova, S., "Ekphrasis and the Frame: on Paintings in Gogol, Tolstoy, and Dostoevsky", *Word & Image: A Journal of Verbal/Visual Enquiry*, Vol. 32, No. 2 (2016), pp. 153~162.

Miller, M., "Narrative Medicine in Chekhov and Bulgakov", *The Russian*

Medical Humanities: Past, Present, and Future, edits. K. Starikov, et al. (London: The Rowman & Littlefield, 2021), pp. 99~118.

Miltenova, A., Angusheva-Tihanov, A., "5 The Enigma of the Night: Dream Interpretations in Medieval Slavonic Apocrypha", *Enigma in Rus and Medieval Slavic Cultures*, No. 8 (2024), pp. 105~123.

Milton, F., et al., "Behavioral and Neural Signatures of Visual Imagery Vividness Extremes: Aphantasia versus Hyperphantasia", *Cerebral Cortex Communications*, Vol. 2, Iss. 2 (2021), pp. 1~15.

Miščin, D., "F. M. Dostoevsky and Nihilistic Interpretation of Holbein's Painting 'Dead Christ in the Tomb'", *Folia Linguistica et Litteraria*, No. 38 (2021), pp. 51~66.

Mitchell, W., "Ekphrasis and the Other", *Picture Theory* (London, Chicago: Univ. of Chicago Press, 1995), pp. 151~181.

Moore, A., "Privacy, Neuroscience, and Neuro-surveillance", *Res Publica*, No. 23 (2017), pp. 159~177.

Mortimer, R., "Dostoevsky and the Dream", *Modern Philology*, Vol. 54, No. 2 (1956), pp. 106~116.

Munzar, B., "Characterization of Bipolar Disorder in Anton Chekhov's The Black Monk", *Psychiatria Danubina*, Vol. 34, No. 2 (2022), pp. 205~208.

Muskhelishvili, N., "Traditsiia lectio divina: kognitivno-psikhologicheskoe prochtenie", *Vestnik PSTGU I: Bogoslovie. Filosophiia*, Vol. 51. No. 1 (2014), pp. 99~120.

Nakhimovsky, A., *Laughter in the Void: An Introduction to the Writings of Daniil Kharms and Aleksander Vvedenskii* (Vienna: Wiener Slawistischer Almanach, 1982).

Nellis, M., "Since Nineteen Eighty Four: Representations of Surveillance in Literary Fiction", *New Directions in Surveillance and Privacy* (Devon: Willan Publishing, 2013), pp. 178~203.

Nesbet, A., "Tokens of Elective Affinity: the Uses of Gothe in Mandel'stam", *SEEJ*, Vol. 32, No. 1 (1988), pp. 109~125.

Olesha, Iu., *Izbrannoe* (Moskva: Khudozhestvennaia literatura, 1974).

Orlandi, N., *The Innocent Eye Why Vision is Not a Cognitive Process* (Oxford: Oxford Univ. Press, 2014).

Paintner, C., *Lectio Divina: The Sacred Art* (Woodstock: Skylight Paths

Publishing, 2014).

Palmén, R., *Richard of St. Victor's Theory of Imagination* (Boston: Brill, 2014).

Panksepp, J., *Affective Neuroscience: The Foundations of Human and Animal Emotions* (New York: Oxford Univ. Press, 2005).

Paris, B., *Dostoevsky's Greatest Characters* (New York: Palgrave Macmillan, 2008).

Pedro, M., et al., "The Devil is in the Details: Neurological Diseases Presenting as Religious Hallucinations in Two Literary Works", *European Neurology*, Vol. 83, No. 2 (2020), pp. 228~231.

Peppard, V., *The Poetics of Yury Olesha* (Gainesville: Univ. of Florida Press, 1989).

Peter of Limoges, *The Moral Treatise on the Eye*, trans. R.Newhauser (Toronto: Pontifical Institute of Medieval Studies, 2012).

Pfau, T., *Incomprehensible Certainty: Metaphysics and Hermeneutics of the Image* (Notre Dame: Univ. of Notre Dame Press, 2022).

Pollak, N., "Mandel'shtam's Mandel'shtein (Initial Observations on the Cracking of a Silt-Eyed Nut, or a Couple of Chinks in the Shchell)", *Slavic Review*, Vol. 46, No. 34 (1987), pp. 450~470.

Pomorska, K., *Russian Formalist Theory and Its Poetic Ambiance* (The Hague: Mouton, 1968).

Pontarotti, P., et al., edits., *Evolutionary Biology Convergent Evolution, Evolution of Complex Traits, Concepts and Methods* (Cham: Springer, 2016).

Porter, L., "Real Dreams, Literary Dreams, and the Fantastic in Literature", *The Dream and the Text: Essays on Literature and Language*, edits. C. Rupprecht (Albany: State Univ. of New York Press, 1993), pp. 32~47.

Poster, M., "Database as Discourse", *Computers, Surveillance, and Privacy*, edits. D. Lyon, et al. (Minneapolis: Univ. of Minnesota Press, 1996), pp. 175~192.

Przybylski, R., *An Essay on the Poetry of Osip Mandelstam: God's Grateful Guest*, trans. M. Levine (Ann Arbor: Ardis, 1987).

Pseudo-Dionysius, *Complete Works*, trans. C. Luibheid (New York: Paulist Press, 1987).

Ramachandran, V., Hirstein, W., "The Science of Art. A Neurological Theory of Aesthetic Experience", *Journal of Consciousness Studies*, Vol. 6, No. 6~7

(1999), pp. 15~51.

Ramel, A., Paccaud-Huguet, J., "From the Picture of Dorian Gray", *Rewriting/Reprising in Literature: The Paradoxes of Intertextuality* (2009), pp. 112~126.

Reinhardt, M., "Painful Photographs: From the Ethics of Spectatorship to Visual Politics", *Ethics and Images of Pain, Vol. 1*, edits. A. Grønstad, H. Gustafsson (New York: Routledge, 2012), pp. 33~56.

Rice, J., "The Covert Design of The Brothers Karamazov: Alesha's Pathology and Dialectic", *Slavic Review*, Vol. 68, No. 2 (2009), pp. 355~375.

______, "Dostoevsky's Medical History: Diagnosis and Dialectic", *The Russian Review*, No. 42 (1983), pp. 131~161.

Roberts, G., *The Last Soviet Avant-garde Oberiu — Fact, Fiction, Metafiction* (Cambridge: Cambridge Univ. Press, 1997).

Robins, K., "Cyberspace and the World We Live In", *Body & Society*, Vol. 1, No. 3~4 (1995), pp. 135~155.

Ross, M., "Simulation and Flesh: Total Cinema, Virtual Reality and 1930s Science Fiction", *Textual Practice*, Vol. 35, No. 10 (2021), pp. 1707~1723.

Rule, J., *Privacy in Peril: How We Are Sacrificing a Fundamental Right in Exchange for Security and Convenience* (Cambridge: Oxford Univ. Press, 2009) (Online Edition Oxford Academic, 2012).

Saver, J., Ravin, J., "The Neural Substrates of Religious Experience", *Journal of Neuropsychiatry and Clinical Neurosciences*, Vol. 9 (1997), pp. 498~510.

Schwartz, R., "Vision and Cognition in Picture Perception", *Philosophy and Henomenological Research*, Vol. 62, No. 3 (2001), pp. 707~720.

Sebald, W., *Die Ringe Des Saturn* (Frankfurt am Main: S. Fischer Verlag, 2012).

Seed, D., "Mystery in Everyday Things: Charles Dickens' 'Signalman'", *Criticism*, Vol. 23, No. 1 (1981), pp. 42~57.

Seits, I., "Revolutionised through Glass: Russian Modernism in the Age of the Crystal Palace", *Modernity, Frontiers and Revolutions: Proceedings of the 4th International Multidisciplinary Congress (PHI 2018), October 3~6, 2018, S. Miguel, Azores, Portugal* (CRC Press, 2018), pp. 51~56.

Semerenko, L., Pliuscchai, A., "Pictorial as Readable: Ekphrasis in a Literary Work and Reader's Perception", *Alfred Nobel Univ. Journal of Philology/Visnyk Universitetu imeni Alfreda Nobelya. Seriya: Filologicni Nauki*, Vol. 1,

No. 23 (2022), pp. 50~59.

Shaw, P., "Missed Encounters: Stendhal, Sebald and the Return of Waterloo", *Interférences littéraires/Literaire interferenties*, No. 20 (2017), pp. 13~27.

Shettleworth, S., *Cognition, Evolution and Behavior* (Oxford: Oxford Univ. Press, 2010).

Shimamura, A., "Toward a Science of Aesthetics", *Aesthetic Science: Connecting Minds, Brains, and Experience* (Oxford: Oxford Univ. Press, 2012), pp. 3~30.

Shindin, S., "K interpretatsii 'Stikhov o neizvestnom soldate'", *Osip Mandel'shtam k 100-letiiu so dnia rozhdeniia* (Moskva: Mandel'shtamovskoe obshchestvo, 1991).

Shklovskii, V., "Iskusstvo kak priem", *O teorii prozy* (Ann Arbor: Ardis, 1985[1917]).

Shukla, A., "Epilepsy in Dostoevsky's The Idiot-Language, Stigma, and Mythology", *Forum: Univ. of Edinburgh Postgraduate Journal of Culture & the Arts*, Iss. 31 (2021), pp. 2~18.

Siddiqi, B., "Existentialism, Epiphany, and Polyphony in Dostoevsky's Post-Siberian Novels", *Religions*, Vol. 10, No. 1, 59 (2019).

Siegel, S., *The Contents of Visual Experience* (Oxford: Oxford Univ. Press, 2011).

Silbajoris, R., *Tolstoy's Aesthetics and His Art* (Columbus: Slavica Publishers, 1991).

Simons, D., et al., "Gorillas in Our Midst: Sustained Inattentional Blindness for Dynamic Events", *Perception*, No. 28 (1999), pp. 1059~1106.

Smajic, S., "The Trouble with Ghost-Seeing: Vision, Ideology, and Genre in the Victorian Ghost Story", *English Literary History*, Vol. 70, No. 4 (2003), pp. 1107~1135.

Smith, A., *The Ghost Story 1840~1920: A Cultural History* (Manchester: Manchester Univ. Press, 2013).

Smith, M., *The Nervous Stage: Nineteenth-Century Neuroscience and the Birth of Modern Theatre* (Oxford: Oxford Univ. Press, 2017).

Solms, M., *The Feeling Brain: Selected Papers on Neuropsychoanalysis* (Routledge, 2018).

Solodkaia, D., "The Mystery of Germann's Failure in 'The Queen of Spades':

Cracking Pushkin's Personal Code", *Pushkin Review*, No. 11 (2008), pp. 61~79.

Spira, A., *The Avant-garde Icon: The Russian Avant-garde Art and the Icon Painting Tradition* (Burlington: Lund Humphries; New edition, 2008).

Stadler, M., et al., "Appearance of Structure and Emergence of Meaning in the Visual System", *Seeing, Thinking and Knowing: Meaning and Self-Organisation in Visual Cognition and Thought*, edits. A. Carsetti, (Dordrecht: Springer Netherlands, 2004), pp. 293~306.

Starikov, K., "Chekhov in North American Medical Schools: Surveying the Pre-Covid Attitudes of Slavic Scholars and Their Role in Medical Humanities", *The Russian Medical Humanities: Past, Present, and Future*, edits. K. Starikov, et al. (London: The Rowman & Littlefield, 2021), pp. 41~64.

Steadman, P., "Samuel Bentham's Panopticon", *Journal of Bentham Studies*, No. 14 (2012), pp. 1~30.

Steiner, P., *Russian Formalism: A Metapoetics* (Ithaca: Cornell Univ. Press, 1984).

Stork, D., Falk, D., *Seeing the Light: Optics in Nature, Photography, Color, Vision, and Holography* (New York: Wiley, 1986).

Straus, N., "The Brothers Karamazov, Affective Neuroscience, and Reconsolidation of Memories", *Culture & Psychology*, Vol. 25, No. 1 (2019), pp. 33~46.

Strezova, A., *Hesychasm and Art* (Canberra: Australian National Univ. Press, 2014).

St. John of Damascus, *On the Divine Images*, trans. D. Anderson (Crestwood: St. Vladimir's Seminary Press, 1980).

Sumner, T., "Zoom Face: Self-Surveillance, Performance and Display", *Journal of Intercultural Studies*, Vol. 43, No. 6 (2022), pp. 865~879.

Sypnowich, C., "Lessons from Dystopia: Critique, Hope and Political Education", *Journal of Philosophy of Education*, Vol. 52, No. 4 (2018), pp. 660~676.

Tarasov, O., "Florensky and 'Reverse Perspective': Investigating the History of a Term", *Sobornost Incorporating Eastern Churches Review*, Vol. 43, No. 1 (2021), pp. 7~37.

________, "Spirituality and the Semiotics of Russian Culture: From the Icon to

Avant-Garde Art", *Modernism and the Spiritual in Russian Art*, edits. L. Hardiman, N. Kozicharow (Open Books Publishers, 2017), pp. 115~128.

Thompson, D., "Problems of the Biblical Word in Dostoevsky's Poetics", *Dostoevsky and the Christian Tradition*, edits. G. Pattison, D. Thompson (Cambridge: Cambridge Univ. Press, 2001), pp. 69~99.

__________, "Dostoevskii and Science", *The Cambridge Companion to Dostoevskii*, edits. W. Leatherbarrow (Cambridge: Cambridge Univ. Press, 2002), pp. 191~211.

Tippner, A., "Vision and its Discontents: Paradoxes of Perception in M. Ju. Lermontov's Geroj našego vremeni", *Russian Literature*, Vol. 51, No. 4 (2002), pp. 443~469.

Tolstoi, L., *Polnoe sobranie sochinenie v 90 tomakh* (Moskva: Khudozhestvennaia literatura, 1928~1958).

Turgenev, I., *Polnoe sobranie sochinenii v 30 tomakh* (Moskva: Nauka, 1978).

Vdovin, A., "Dostoevsky, Sechenov, and the Reflexes of the Brain", *Dostoevsky at 200*, edits. K. Bowers, K. Holland (Toronto: Univ. of Toronto Press, 2021), pp. 99~117.

Uspensky, P., *Tertium Organum: The Third Canon of Thought: A Key to the Enigmas of the World*, trans. N. Bessaradoff, C. Bragdon (London: Routledge & Kegan Paul, 1957).

Vvedenskii, A., *Polnoe sobranie proizvedenii v 2 tomakh* (Moskva: Gileia, 1993).

Vyshedskiy, A., "Neuroscience of Imagination and Implications for Human Evolution", *Current Neurobiology*, Vol. 10, No. 2 (2019), pp. 89~109.

Wachtel, A., "Rereading 'The Queen of Spades'", *Pushkin Review/Pushkinskii vestnik*, No. 3 (2000), pp. 13~21.

Ware, K., "'An Obscure Matter': The Mystery of Tears in Orthodox Spirituality", *Holy Tears: Weeping in the Religious Imagination* (2005), pp. 242~254.

Werner, J., et al., *The New Visual Neurosciences* (Cambridge: The MIT Press, 2013).

Westin, A., *Privacy and Freedom* (New York: Atheneum, 1967).

Whitehead, C., "Anton Chekhov's 'The Black Monk': An Example of the Fantastic?", *Slavonic and East European Review*, Vol. 85, No. 4 (2007), pp. 601~628.

White-Lewis, J., "In Defense of Nightmares: Clinical and Literary Cases", *The Dream and the Text: Essays on Literature and Language* (1993), pp. 48~70.

Wilde, O., *The Picture of Dorian Gray*, edits. D. Lawler (New York: Norton Critical Edition, 1988).

Wilkinson, F., "Auras and Other Hallucinations: Windows on the Visual Brain", *Progress in Brain Research*, No. 144 (2004), pp. 305~320.

Wyman, A., *The Gift of Active Empathy* (Evanston: Northwestern Univ. Press, 2016).

Young, S., "The Crystal Palace", *Dostoevsky in Context*, edits. D. Martinsen, O. Mairova (Cambridge: Cambridge Univ. Press, 2015), pp. 176~184.

Zeimbekis, J., Raftopoulos, A., edits., "The Cognitive Penetrability of Perception: An Overview", *The Cognitive Penetrability of Perception: New Philosophical Perspectives* (Oxford: Oxford Univ. Press, 2015), pp. 1~56.

도판 출처

32면 "Ardipithecus ramidus specimen, nicknamed Ardi" by T. Michael Keesey / CC BY 2.0

37면 "Fossil of Paradoxides gracilis at the American Museum of Natural History" by Ryan Schwark / CC0

52면 © 아모레 퍼시픽 미술관

54면 © 뮤지엄 산

55면 "Dormition Cathedral, Moscow" by Daniel Kruczynski / CC BY-SA 2.0

57면 "Ibn Al-Haytham portrait" by Michel Bakni / CC BY-SA 4.0

61면 (위) © 열린책들

61면 (아래) © 열린책들

81면 (위) Illustration by Antoni van Leeuwenhoek, *The Collected Letters from Antoni van Leeuwenhoek, Vol. II* (Amsterdam: Swets & Zeitlinger, 1941) / Public Domain

81면 (아래) Roger Bacon's circular diagrams relating to the scientific study of optics (British Library) / Public Domain

82면 (위) "Janssen microscope" by Alan Hawk (National Museum of Health and Medicine, USA) / Public Domain

82면 (아래) Replica of Galileo's telescope (Science Museum Group) / CC BY 4.0

84면 René Descartes, *Discours de la méthode* (Leyde: Jan Maire, 1637) / Public Domain

85면 René Descartes, *Discours de la méthode* (Leyde: Jan Maire, 1637) / "Descartes: Diagram of ocular refraction" by Wellcome Images / CC BY 4.0

89면 (위) "Clash of the Titans (NGC 3256)" by ESA/Webb, NASA & CSA, L. Armus, A. Evans / CC BY 2.0

89면 (아래) "Euclid spacecraft" by ESA. Acknowledgement: Work performed by ATG under contract for ESA. / CC BY-SA IGO 3.0

94면 "Conversione di san Paolo" by Caravaggio (Odescalchi Balbi Collection) / Public Domain

108면 "Die Versuchung des heiligen Antonius" by Pieter Huys (Musée du Louvre) / Public Domain

113면 (위) "Der Löwenmensch aus der Stadel-Höhle im Hohlenstein, Lonetal" by Thilo Parg / CC BY-SA 3.0

113면 (아래) "Cave Paintings, Lascaux Caves" by user: Peter80 / CC BY-SA 3.0

114면 © Adam Brumm

138면 "Selective attention test" by Daniel Simons and Christopher Chabris (https://www.youtube.com/watch?v=vJG698U2Mvo) © Daniel Simons

147면 "Spokes spotted in Saturn's rings" by ESA/Hubble, NASA & A. Simon, A. Pagan (STScI) / CC BY 4.0

151면 © Eichborn AG

156면 © Eichborn AG

184면 "Spas Iaroe oko" by unknown artist (Uspenskiy sobor) / Public Domain

185면 Jeremy Bentham, *The Works of Jeremy Bentham, vol. 4* (Edinburgh: William Tait, 1838~1843) / Public Domain

188면 "Zeven Hoofdzonden" by Hieronymus Bosch (Museo del Prado) / Public Domain

218면 https://www.youtube.com/watch?v=iTV5A5G5MG0 © Laboratoriya Kino, Nemesis Films

226면 https://www.youtube.com/watch?v=6Cf7IL_eZ38 © Corning Incorporated

228면 © 석영중

232면 "Louvre Pyramid" by Irene Ledyaeva / CC0

260면 Illustration for the "Pikovaya dama" by Aleksei Kravchenko / CC BY-

Domain

455면 Leon Battista Alberti, *Della pittura e della statua di Leon Batista Alberti* (Milano: Società Tipografica de'Classici Italiani, 1804) / Public Domain

460면 Fragment of a polychrome tomb-painting representing the pool in Nebamun's estate garden (British Museum) / Public Domain

466면 "Polozheniye vo grob Iz prazdnichnogo china" by unknown artist (Gosudarstvennaya Tretyakovskaya Galereya) / Public Domain

473면 "Pianist" by Lyubov'Popova (National Gallery of Canada) / Public Domain

488면 "Portrait de Ambroise Vollard" by Pablo Picasso (Muzej izobrazitel'nyh iskusstv imeni A. S. Puskina)

489면 "Avtoportret" by Vladimir Mayakovskii / Public Domain

534면 "Apofeoz voyny" by Vasily Vereshchagin (Gosudarstvennaya Tretyakovskaya Galereya) / Public Domain

552면 An interpretation of the Shield of Achilles design by Angelo Monticelli. Illustration from Giulio Ferrario, *Le Costume ancient et modern* (Milan: De l'imprimerie de l'éditeur, 1815). / Public Domain

560면 "Der Leichnam Christi im Grabe" by H. Holbein der Jüngere (Kunstmuseum Basel) / Public Domain

570면 "Iavlenie Khrista narodu" by Alexander Ivanov (Gosudarstvennaya Tretyakovskaya Galereya) / Public Domain

592면 "Allegory of Christianity" by Jan Provoost (Musée du Louvre) / Public Domain

615면 "Bogolyubskaya ikona Bozhiyey Materi" by unknown artist / Public Domain

617면 "Vsekh skorbiashchikh radost'" by unknown artist / Public Domain

641면 © Victor Pivovarov

찾아보기

ㅈ

ㅋ

지은이 **석영중** 1959년 서울에서 태어났다. 고려대학교 노어노문학과를 졸업하고 오하이오 주립 대학교 슬라브어문과에서 문학 박사 학위를 받았다. 1991년부터 2024년까지 고려대학교 노어노문학과 교수로 재직했고 한국 러시아 문학회 및 한국 슬라브 학회 회장을 역임했다. 지은 책으로 『죽음의 집에서 보다: 도스토옙스키와 갱생의 서사』, 『도스토옙스키의 철도, 칼, 그림: 석영중 교수의 〈백치〉 강의』, 『도스토옙스키 깊이 읽기: 종교와 과학의 관점에서』, 『도스토옙스키의 명장면 200』, 『매핑 도스토옙스키: 대문호의 공간을 다시 여행하다』, 『인간 만세!: 도스토옙스키의 〈카라마조프가의 형제〉 읽기』, 『자유: 도스토예프스키에게 배운다』, 『러시아 문학의 맛있는 코드: 푸슈킨에서 솔제니친까지』, 『톨스토이, 도덕에 미치다: 톨스토이와 안나 카레니나, 그리고 인생』 등이 있으며 옮긴 책으로는 도스토옙스키의 『분신』, 『가난한 사람들』, 『백야 외』(공역), 톨스토이의 『이반 일리치의 죽음 · 광인의 수기』(공역), 푸시킨의 『예브게니 오네긴』, 『대위의 딸』, 체호프의 『지루한 이야기』, 자먀틴의 『우리들』, 스트루가츠키 형제의 『세상이 끝날 때까지 아직 10억 년』 등이 있다. 푸시킨 작품집 번역에 대한 공로로 1999년 러시아 정부로부터 푸시킨 메달을, 2000년 한국 백상 출판문화상 번역상을 받았다. 2018년 고려대학교 교우회 학술상을 수상했다.

눈 뇌 문학

발행일 **2024년 10월 10일 초판 1쇄**

지은이 **석영중**
발행인 **홍예빈**
발행처 **주식회사 열린책들**

경기도 파주시 문발로 253 파주출판도시
전화 **031-955-4000** 팩스 **031-955-4004**
www.openbooks.co.kr

ISBN 978-89-329-2468-7 03800